Gernot Wolfgruber:
Niemandsland
Roman

Deutscher
Taschenbuch
Verlag

dtv

Von Gernot Wolfgruber
sind im Deutschen Taschenbuch Verlag erschienen:
Herrenjahre (1483)
Auf freiem Fuß (5453)

Unveränderter fotomechanischer Nachdruck
September 1980
Deutscher Taschenbuch Verlag GmbH & Co. KG,
München

ISBN 3-7017-0200-4
Umschlaggestaltung: Celestino Piatti
Gesamtherstellung: C. H. Beck'sche Buchdruckerei,
Nördlingen
Printed in Germany · ISBN 3-423-01568-3

Irgendwann hatte Klein gemerkt, daß es nichts half, einfach nur immer wieder davonzurennen. Aufatmend aus einem Fabrikstor zu gehen und sich einzubilden, es habe sich mit dem Kündigen die Welt verändert, es fange jetzt wirklich ein ganz anderes Leben an. Zwei Schritte vom Tor dachte er doch schon mit absoluter Sicherheit daran, daß er wieder in ein anderes Fabrikstor hineinmußte. Seine *Neuanfänge* waren ja im Grunde nur Szeneriewechsel gewesen. Kaum hatte er sich an einem anderen Arbeitsplatz zurechtgefunden, kaum hatte er die in seiner Nähe Arbeitenden mit Namen gekannt, war ihm schon vorgekommen, es seien nur die Kulissen ausgetauscht worden, er aber am alten Platz geblieben. Spätestens wenn er den Weg zur Arbeit auswendig kannte, war alles wie vorher. Und er wußte auch, ein-, zweimal noch den Unternehmer wechseln, dann würde man beim Betrachten seiner Lohnsteuerkarte, beim Begutachten seines als arbeitswillig sich anbietenden Körpers sicher heftige Bedenken haben. Das ist anscheinend einer, der es nirgends aushält. Dem paßt nichts. Der ist noch nicht so weit, daß er alles in Kauf nimmt, daß er schon froh ist, überhaupt Arbeit zu haben. In so einen steckt man nur unnötig die unergiebigen Wochen der Anlernzeit hinein, und wenn dann wirklich etwas aus ihm herauszuholen wäre, steht er schon wieder im Personalbüro und verlangt den restlichen Lohn. Ein-, zweimal hätte Klein nur noch zu wechseln brauchen, dann hätte man seine Unzufriedenheit sicher einmal eine Zeitlang mit Arbeitslosigkeit kuriert. Außerdem gab es im Ort nicht so viele Arbeitsmöglichkeiten, als daß er bis zum Erreichen des Rentenalters jedesmal hätte wechseln können, wenn ihm seine Unzufriedenheit über den Kopf gewachsen wäre. Sich seine von Arbeit freie Zeit durch einen langdauernden Fahrweg noch mehr zu verkürzen, hielt er ohnedies für eine Verrücktheit, die er keinesfalls mitmachen wollte. Sollte er sich mitten in der Nacht in einen Autobus unter lauter mißmutige Menschen setzen, die nur die Müdigkeit davon abhielt, vor lauter Hilflosigkeit dem Nächstbesten den Hals umzudrehen? Und erst zu einer Zeit nach Hause kommen, wo jede Vorstellung, was

er mit dem Abend anfangen sollte, von vornherein auf die Kalkulation von zwei, drei Stunden reduziert war? Bevor er sich auf solche Blödheiten einlasse, sagte Klein, halte er es noch eher in der Voglerfabrik aus, wo er nach der Vormittagspause in dieser museumsreifen Bude, ohne etwas zu sagen, einfach wieder gegangen war, sich nicht einmal die zwei Stunden Fässerrollen hatte auszahlen lassen. Oder er gehe lieber zurück zum Hinger und frage, ob er die Schlosserlehre, von der er ja immerhin zwei Jahre hinter sich gebracht hatte, nicht noch einmal anfangen und zu einem Abschluß bringen könne, alles sei seine eigene Schuld gewesen, würde er zum Hinger sagen, und er bäte um Verzeihung, daß er sich damals mit dem Rücken in die Ölwanne gelegt habe, heute könne er ja auch schon mehr Standfestigkeit garantieren, um nicht, nachdem er zweimal hintereinander eine Welle zu kurz abgeschnitten habe und auch noch frech geworden sei, um nicht auf eine darauffolgende Ohrfeige gleich quer durch die Werkstatt zu segeln und ausgerechnet in der Ölwanne zu landen.
Irgendwann merkte Klein einfach, daß es nichts half, sich immer wieder auf das Abenteuer einer Kündigung, einer Stellensuche, eines scheinbaren Neuanfangs einzulassen. Aber wenn er sich vorrechnete, daß er nun schon drei Jahre beim Plohberger war, ausgeharrt hatte, als müsse irgendeinmal die Belohnung dafür kommen, dann kam ihm das auch nicht gerade vernünftig vor. Und wenn er seinen Vater sagen hörte, nun sei er also doch noch vernünftig geworden, dann schien ihm diese Beständigkeit schon wieder ganz verrückt zu sein. Er sah doch am Vater, wohin dessen Vernünftigkeit geführt hatte. In den Schrebergarten. In eine stumpfsinnige Gleichförmigkeit, in der dem Vater schon die Tatsache, daß der Veilchensamen gut aufgegangen war, wie ein halbes Glück vorkam. Manchmal, wenn sich Klein während der Jausenpause im Vorraum des Klos beim Rauchen umsah, wenn er wirklich zuhörte, was dort geredet wurde, und vor allem, wenn er sich selber genauso *mitreden* hörte, dann hatte er deutlich das Gefühl, daß sich etwas ändern mußte. Da waren um ihn herum ja fast nur mehr verkrüppelte Menschen.

IE

Das Buch

„Oft hatte Georg Klein plötzlich das Gefühl, in ein Niemandsland geraten zu sein. Er ist weg aus seiner Welt, in die er auch nicht mehr zurück kann, in die er auch gar nicht zurück will, weil ihm schon vor der Vorstellung graut, wieder in einer Fabrik zu stehen, noch dazu unter Menschen, die in ihm längst einen Gegner sehen, und in eine andere Welt kommt er einfach nicht hinein, und wenn er sich schon manchmal in ihr drinnen glaubt, dann merkt er doch, daß er hier nicht daheim ist." Georg Klein, der soziale Aufsteiger, von dem Gernot Wolfgruber erzählt, glaubt den Einstieg in ein besseres Leben geschafft zu haben, ist es ihm doch gelungen, den blauen Arbeitsanzug gegen das Statussymbol des Angestellten, den weißen Kragen, einzutauschen. Der geglückte Karrieresprung wird für ihn allerdings zum Problem, zur individuellen Tragödie, denn mit diesem Schritt ist er seiner proletarischen Identität verlustig gegangen, sind all seine bisherigen Erfahrungen unbrauchbar geworden. Weil er voll akzeptiert werden will, weil ihn die Angst peinigt, als ehemaliger Arbeiter erkannt zu werden, unterliegt er dem Zwang, sein Äußeres, sein Benehmen, seinen Umgang den veränderten Verhältnissen total anzupassen. Doch so sehr er sich auch abmüht, heimisch wird Klein in dem neuen Milieu, in dem er keinerlei Rückhalt findet, nicht, und seine Unsicherheit, die er immer verzweifelter zu überspielen sucht, wächst nur noch. Klein ist aufgestiegen, angekommen ist er jedoch im Niemandsland.

Der Autor

Gernot Wolfgruber, 1944 in Gmünd in Niederösterreich geboren, nach der Hauptschule Lehrling und Hilfsarbeiter in verschiedenen Berufen, dann Programmierer. Als Externer holte er die österreichische Matura nach und studierte anschließend Publizistik und Politologie. Er lebt als freier Schriftsteller in Wien. Weitere Veröffentlichungen: ‚Auf freiem Fuß‘ (1975), ‚Herrenjahre‘ (1976), ‚Der Jagdgast‘ (1978).

Mehr oder weniger, und je älter sie waren, um so mehr verkrüppelte Menschen, die nach der Arbeit nach Hause gehen, den restlichen Tag verstreichen lassen oder ihn irgendwie wegarbeiten würden. Es war ein ganz entsetzlicher Gedanke für Klein, einmal genauso wie die meisten aus dem Fabrikstor zu gehen, nicht einmal mehr besonders froh darüber, daß es endlich Abend geworden war, herauszugehen aus der Fabrik und nichts mehr vor sich zu haben als das Alltägliche, einen weiteren Arbeitstag und noch einen und ein Wochenende dazwischen und ein wenig Urlaub, der um war, bevor man sich an ihn gewöhnen konnte, einen bewußtlosen Schritt nach dem anderen, ohne daß man dorthin wollte, wohin man lief, man sich aber anscheinend auch nichts anderes mehr vorstellen konnte. Momentan konnte Klein sich noch etwas ganz anderes vorstellen. Das ging ganz leicht. Viel leichter, als sich am Sonntagabend den Platz am Fließband vorzustellen. Viel leichter, als sich vorzustellen, ein Leben lang Arbeiter bleiben zu müssen. Eine Fabrik, schien ihm, war keine Zukunft. Das war eine Durchgangsstation. Bestenfalls. Als beim Plohberger als Ausgleich für den mageren Lohn von einer Lebensstellung geredet worden war, hatte er es sofort mit der Angst bekommen. Warum sollte er gerade in diesen Hallen, zwischen diesen Maschinen, Werkstücken und Arbeitenden sein Leben verbringen? Daß er nun schon so lange hier war, länger als an allen früheren Arbeitsplätzen, bedeutete ja nicht, daß er sich auf dem richtigen Platz gefühlt hätte. Das war einfach ein Ausharren gewesen. Weil sich bis jetzt noch nichts Besseres ergeben hatte. Ein Warten. Ein ständiges Warten darauf, daß gleich Schluß ist damit.

Lange hatte er sich ja eingebildet, außerhalb der Fabriksmauern werde etwas geschehen. Wenn etwas geschehen würde, dann ohnedies nur außerhalb, hatte er gemeint, weil die Fabriksmauern alles auszusperren schienen, was mit Arbeit nichts zu tun hatte. Es konnte einfach niemand herein, um zu sagen, Hallo Georg, laß den Krempel jetzt liegen, draußen steht mein Hubschrauber, wir sind dahin. Niemand konnte plötzlich hinter ihm stehen und zu sprechen anfangen, und Klein mußte sich gar nicht umdrehen, mußte gar nicht richtig zuhören, um zu wissen, man komme ihn jetzt holen, man habe ihn schon eine Weile heimlich beobachtet und finde es grotesk, daß er hier sein Leben vertue, in Nizza liege eine Zwölfmeterjacht für eine Kreuzfahrt durch alle erfreulichen Meere der Welt bereit, eine Jacht voller interessanter, phantasiebegabter Menschen, die ihn schon lange kennenlernen wollten. Wenn ihn wirklich jemand von hinten anredete, dann war es immer nur ein Kollege oder ein Vorarbeiter, der ihn zurückholte von den heißen Deckplanken, auf denen er gerade noch ausgestreckt gelegen war, in einem flimmernden Licht, neben einem braunen, mit winzigen Schweißperlen glänzenden Körper.

Seit einiger Zeit konnte er aber schon nicht mehr so wie früher daran glauben, er gehe eines Abends weg, und dann geschehe etwas, und wenn er heimkäme, nur mehr, um den Koffer zu packen, wenn er überhaupt noch darauf anstünde auf das, was er zu Hause in den Koffer packen könnte. Wenn er trotzdem noch manchmal daran dachte, dann war das nur mehr eine ganz vage Hoffnung aus Gewohnheit, die er eben noch nicht losgeworden war. Eine jugendliche Spinnerei, sagte er, aber jetzt ist er erwachsen. Und er kann doch nicht warten, bis er vielleicht alt und grau ist. Oder bis er endlich vergessen hat, daß er wartet. Oder bis nach dem Tod endlich das schönere Leben anfängt, die ausgleichende Gerechtigkeit hereinbricht. Er habe sich jetzt selber lange genug zugeschaut, meinte er, und es werde langsam Zeit, die Geduld zu verlieren.

Die Frage war nur: Wie kam man aus den Fabriken heraus, ohne wieder in eine andere hineinzumüssen? Was mußte man tun, um sich heraußen halten zu können? Wenn es noch lange *so* weiterging, dachte er, würde er doch wieder einmal von Kündigung reden müssen.

Immer öfter versuchte Klein sich aufzuzählen, was ihn von den anderen Arbeitern unterschied, von denen, die anscheinend nichts dagegen hatten, ihr Leben lang Arbeiter bleiben zu müssen, die zumindest keine Versuche machten, das zu ändern, sondern es hinnahmen wie das Wetter. Es schien ja ganz ungehörig zu sein, wirklich etwas anderes zu wollen, und es sich nicht nur mit einem resignierenden Unterton in der Stimme zu wünschen, oder Totospielen für das einzig mögliche Rezept zu halten. Hoffnungen, die Klein aussprach, sollten sofort wieder mit nach unabwendbarem Schicksal klingenden Sätzen erledigt werden: Es ist eben nicht so; kannst nichts machen. Dabei war ständig von Menschen die Rede, die es zu etwas gebracht hatten, dauernd hörte Klein von Menschen, die mit nichts angefangen hatten und jetzt über eine Rolls-Royce-Flotte verfügten, aber wenn Klein nur davon redete, daß er garantiert nicht lebenslänglich in einer Fabrik herumfuhrwerken werde, dann kamen Handbewegungen: Jaja, red nur. Wenn er von *seiner* Zukunft redete, dann nahm man ihn einfach nicht ernst. Wenn er gesagt hätte, jetzt spart er einmal drei Jahre, dann sucht er sich eine zum Heiraten, schafft sich zwei Kinder an und tritt als förderndes Mitglied in den Fußballverein ein, dann wäre er sofort ganz ernst genommen worden. Aber er hat ja den Hang zum Höheren, spottete Robert, der Bruder. (Was ihm natürlich auch nichts nützen würde, war Robert überzeugt.) Wie kam Klein denn dazu, auf einmal höher hinaus zu wollen? Woher nahm er denn die Berechtigung? Er ist doch nie etwas Außergewöhnliches gewesen. An ihm ist doch nie etwas gewesen, daß man hätte meinen können, es stehe ihm etwas Besonderes zu.

Alle hatten längst vergessen, daß er einmal als genieverdächtig gegolten hatte. Zumindest als außerordentlich begabt. Das war schon lange her und gar nicht mehr wahr. Mit drei, vier Jahren, noch bevor er hatte lesen können, hatte er alle seine Bilderbücher auswendig gekonnt, hatte er den Text, der unter den Bildern stand, beim Anblick der Bilder fehlerlos herunterbeten können: Beim Purzel läutet jemand an. Ja macht doch auf dem kleinen Mann. Was wünschet denn der kleine Held? Drops, Drops, von oben, für das Geld. Noch heute hatte Klein einige dieser Bilderbuchstrophen im Kopf. Die damals noch unverheiratete Schwester des Vaters war vor Entzücken nicht aus dem Kopfschütteln herausgekommen und hatte ihm ständig neue Bilderbücher gebracht, um seinem Kopf Nahrung zu geben und auszuprobieren, wann sein Genie an eine Grenze stoßen würde. Aber es war an keine Grenze gestoßen, weil es damals nicht genug Bilderbücher gegeben hatte. Wenn Besuch dagewesen war, hatte Klein immer die Bücherstapel herbeischleppen und „vorlesen" müssen, und der um drei Jahre ältere Bruder, der schon *richtig* lesen konnte, hatte eine Wut gehabt, weil dann um den Kleinen so ein Getue war, während man sein Lesen als eine Selbstverständlichkeit hinnahm. Klein werde sich „spielen" mit der Schule, hatte die Tante prophezeit, aus ihm werde was werden. Aber gleich beim ersten Zeugnis war alles nicht mehr wahr gewesen: Er hatte nicht einmal lauter Einser gehabt. Sofort gab es keinen Grund mehr, ihn vorzuzeigen. Und die Tante wurde schwanger und heiratete und hatte von da an ihre eigenen Kinder zum Loben. Und der Bruder, der Klein immer schon als Vorbild für Reinlichkeit und Bravsein hingestellt worden war, wurde auch noch das Vorbild für Gescheitsein, weil Robert sogar in der vierten Klasse nur einen einzigen Zweier nach Hause gebracht hatte. Dafür hatte Klein immer öfter rote Sätze in den Heften stehen, die vom Vater unterschrieben werden mußten. Bereits in der zweiten Klasse die erste „Betragennote", weil Klein monatelang diese Sätze selber unterschrieben und weil er behauptet hatte, der Lehrer wisse etwas nicht.

Es hatte ein Diktat gegeben, und Klein hatte das Wort Wasserwaage ohne Doppel-a geschrieben. Er hatte gewußt, daß man Waage mit zwei a schrieb, aber er war sicher, im Bilderlexikon, in dem er ständig las und das ihm die Welt, von der im Ort nicht viel zu sehen war, erklärte, eine Wasserwaage ohne Doppel-a gelesen zu haben. Tatsächlich war dort ein Druckfehler gewesen, aber Klein wußte damals noch nicht, daß es Druckfehler gab. Der Lehrer hatte das fehlende a angestrichen, und als er das Diktat wiederholte, um festzustellen, ob die Schüler etwas dazugelernt hatten, hatte Klein, im Bewußtsein, der

Lehrer habe sich bei seiner Verbesserung geirrt und im Lexikon stünde die Wahrheit, wieder nur „Wasserwage" geschrieben. Was glaubst du, warum ich dir das beim erstenmal angestrichen habe?, wurde Klein gefragt. Wasserwaage schreibe man mit einem a, beharrte Klein, der Lehrer wisse es halt nicht. Zwei Ohrfeigen. In die Ecke. Aber man schreibt es wirklich nicht mit Doppel-a, sagte Klein dort. Vorladung des Vaters. Der Vater mußte sich extra einen Tag dienstfrei nehmen, um sich dieser Schande aussetzen zu können. Dabei flog dann auch die Unterschriftenfälscherei auf. Der Vater, der sich sonst nie an den Kindern vergriff, sondern das von der Mutter erledigen ließ, war außer sich. Dazu noch zwei Wochen Hausarrest: Und wenn in dem Scheißlexikon hundertmal was anderes steht! Der Vater interessierte sich nicht für Kleins Beweis, und dem Lehrer wagte Klein nichts mehr zu beweisen.

In den folgenden Jahren wurden „Fleiß: befriedigend", „Äußere Form der Arbeiten: genügend" zu einem Standard, den er nicht mehr unterschritt. Nur noch in Singen, Zeichnen und Turnen ein sicheres „Sehr gut". Daß er phantasievolle Aufsätze schrieb, konnte die Scharten nicht auswetzen. Außerdem war auch seine Phantasie nicht immer günstig, weil er dadurch oft das Thema verfehlte. Mit einem Zeugnis in der Tasche zögerte er das Nachhausekommen immer so lange hinaus, bis er sicher war, mit dem langen Ausbleiben alles nur noch schlimmer gemacht zu haben. Und immer wieder der Bruder als Vorbild. Als ob es nicht genügt hätte, daß der Bruder größer war. Mit Ingrid, der jüngeren Schwester, die brav und sauber wie Robert war, wurde Klein nicht verglichen, weil nach der Meinung der Eltern Mädchen von Natur aus brav und sauber und überhaupt ganz anders als Buben waren. Mit Klein hatte man nur Sorgen.

Mit ihm mußte man sich genieren: Er zog den Dreck regelrecht an. (Es war ein Rätsel, von wem er das *haben* könnte.)

Immer wieder kam sich jemand beschweren, weil er frech war.

Und im Kopf hatte er nur „Blödheiten und nicht das Lernen".
Selbstverständlich war er dabei, als im Stinek-Wirtshaus mit einem Schilling an einer Schnur Tischfußball gespielt wurde, was die Gendarmerie zu einer gewaltigen Betrugsaffäre aufblies. Und als aufflog, daß die Kirschen, die ein paar Hauptschüler an den Gaudenz, die Schnapsbrennerei, verkauft hatten, im Prasser-Garten gestohlen worden waren, hatte natürlich auch Klein nicht unter den Tätern gefehlt.
Als er in der letzten Klasse der Hauptschule ohne ersichtlichen Grund beinahe die ganze Klasse überflügelte und es sogar im Betragen auf ein „Sehr gut" brachte, hieß es, ihm sei jetzt endlich der Knopf aufgegangen. Allerdings hatten die guten Noten dann nichts mehr bedeutet, weil in der Werkstatt des Hinger Schulzeugnisse keine Rolle spielten, wie auch überhaupt mit Ausnahme der Grundrechnungsarten alles, was Klein in der Schule gelernt hatte, dort ganz nutzlos war.
Er wurde Lehrling, wie fast alle aus der Klasse, zog mit Lehrlingen herum und redete über dasselbe wie sie. Nichts schien an ihm besonders zu sein. Nichts extra zu loben. Und erst recht dann nicht mehr, als er die Lehre hinschmiß und Hilfsarbeiter wurde und mit den Hilfsarbeitern herumzog. Und dann schon überhaupt nicht mehr, als er anfing, aus den Fabriken wegzurennen, in die ihn hineinzubringen man alle Hebel und Verwandten in Bewegung hatte setzen müssen.
Also nirgendwo eine Vergangenheit, die zu einer besonderen Zukunft berechtigt hätte.
Die Zukunft, die der Vater für ihn ausersehen hatte, hatte Klein ja vertan, als er aus der Schlosserlehre davonlief. Einen Beruf erlernen und dann zur Eisenbahn gehen, war für den Vater das beste Rezept, sein Leben hinter sich zu bringen. Ein Rezept, das schon bei Robert versagt hatte. Nach der abgebrochenen Handelsschule, die Robert gegen den Widerstand des Vaters und mit der Unterstützung der Mutter begonnen hatte, und nach einem weiteren Jahr als Lastwagenbeifahrer war Robert zum Militär gegangen,

jetzt, als Nachschubunteroffizier, konnte Robert auch schon wieder die Eltern besuchen, ohne mit dem Vater über die angeblich verlorenen Möglichkeiten in Streit geraten zu müssen. Immerhin war Robert im Staatsdienst, also in klaren Verhältnissen, in bestimmten Abständen würde er befördert werden, er hatte geheiratet und für den Vater zwei Enkelkinder gezeugt und hielt seine Laufbahn auch schon für ein sicheres Rezept, das dem Bruder verschrieben werden konnte. (Aber so oft, meinte Klein dazu, könne man ihn gar nicht herunterschneiden, als daß er sich da nicht doch noch lieber immer wieder aufknüpfen würde.)

Als Klein die Schlosserlehre angefangen hatte, hatte der Vater ihm alle früheren Kränkungen verziehen und hatte geglaubt, wenigstens mit dem jüngeren Sohn werde also alles gutgehen. Er ist eben doch der Vernünftigere von den zweien, hatte der Vater gemeint. (Die Schwester zählte, was einen Beruf anlangte, sowieso nicht: irgendwann würde sie heiraten, und aus.) Dabei war es Klein ziemlich blöd vorgekommen, genau dorthin zu rennen, wohin der Vater vorausgelaufen war. Der Vater hatte getan, als würde er Klein damit weiß Gott was vererben. Aber wenn es sich nur um einen Beruf handelte, dann war darauf leicht zu verzichten. Wenn es ein Grafentitel wäre, hatte Klein gemeint, mit riesigen Ländereien dahinter, dann wäre das eine vernünftige Sache. Oder als Gewerbetreibender mit dem Beruf dem Sohn auch die Werkstatt, die Kundschaft und die Arbeiter zu vererben, wäre auch noch ein verständlicher Wunsch gewesen. Aber dem Vater gehörte die Eisenbahn nicht. Als Klein nach Hause kam und erklärte, er gehe dem Hinger keinen Schritt mehr in die Werkstatt hinein, hatte der Vater sich aufgeführt, als hätte Klein tatsächlich eine Millionenerbschaft ausgeschlagen. Wozu hatte er Söhne in die Welt gesetzt, wenn er jetzt keinen auf der Eisenbahn „unterbringen“ konnte. Überhaupt war es dem Vater ganz unverständlich gewesen, daß man aus einer Lehre davonlaufen konnte. Auch als Klein berichtet hatte, daß ihn der Hinger geohrfeigt habe, sodaß er in die Ölwanne geflogen sei, war der

Vater nicht einsichtig geworden. Der Mensch müsse eben einiges einstecken. Einstecken können. Das bringe ihn nicht gleich um. Überhaupt ein junger Mensch. Der müsse erst gebogen werden. Dem müsse das Wilde heruntergeräumt werden. Der müsse erst zu einem anständigen Menschen gemacht werden. Eben. Die Lehrzeit müsse man eben aushalten. Die gehe vorbei. Eineinhalb Jahre nur noch durchhalten, dann Militär, und dann: Eisenbahn. Wegen einer Ohrfeige könne man nicht alles aufs Spiel setzen. Zugegeben, recht sei es nicht vom Hinger gewesen. Das Züchtigungsrecht stehe den Eltern zu. Der Vater erzieht sich seine Kinder schon selber. Aber trotzdem. Auch die Ölwanne sei kein Grund, jetzt den großen Herrn zu spielen und zu sagen, da gehe ich nicht mehr hinein. Sei der Sohn denn von allen guten Geistern verlassen, daß er sich einbilde, der Hinger komme tatsächlich aus der Werkstatt heraus und bitte um Verzeihung, damit ihm der Lehrbub wieder hineingeht? Lehrlinge kriege der Hinger in Massen, wenn er wolle. Der stehe auf einen bestimmten doch nicht an. *Reden* könne er mit dem Hinger, gestand der Vater zu, bestenfalls reden. Damit so was in Zukunft nicht mehr vorkomme.

Klein fand es selber ziemlich verrückt, die zwei Jahre Lehrzeit als zwei vertane Jahre wegstreichen zu müssen, zwei Jahre umsonst den letzten Dreck gespielt, gekuscht zu haben, ohne daß nun dafür irgendeine Belohnung in Aussicht stand. Aber wenn er zwei Stunden zurückdachte, wie er sich aufgerappelt hatte und in der Werkstatt gestanden war, grinsenden Gesellen gegenüber und einem Hinger, der ein Gesicht gemacht hatte, als erwarte er jetzt noch ein Um-Verzeihung-Bitten von Klein, ein „Entschuldigung-Herr-Chef“, weil ihn der rotzfreche Lehrbub so in Rage gebracht, ihm die Ohrfeige regelrecht abgebettelt habe, wenn Klein daran dachte, daß sogar die beiden anderen Lehrlinge gegrinst hatten, dann war es ihm unmöglich, sich vom Vater etwas einreden zu lassen und noch einmal in diese Werkstatt hineinzugehen. Er konnte doch nicht einfach vergessen, wie es gewesen war, mitten in der Werkstatt zu stehen, und das dreckige Öl lief ihm den

Rücken hinunter. Er war einen Moment wortlos dagestanden, dann hatte er langsam zu gehen angefangen, ging, immer schneller werdend, aus der Werkstatt, auf den Hof, riß das Rad vom Ständer, schwang sich im Laufen hinauf, der Hinger tauchte im Tor auf, fuchtelte mit den Armen, schrie irgend etwas, aber Klein schüttelte so heftig den Kopf, daß er nichts verstand, und er fuhr hinaus auf die Straße, jetzt ist Schluß, dachte er, jetzt ist Schluß, jetzt war es zu viel, sich schlagen zu lassen, war zu viel, und die beiden Arschlöcher haben noch gegrinst, und demnächst werden sie selber durch die Werkstatt geprügelt, wenn man jetzt nicht gleich etwas unternimmt, dann reißt das ein, dann glaubt der Hinger, ohne Prügeln nicht mehr auskommen zu können, da redet man von modernen Zeiten, vom Atomzeitalter, und in den Werkstätten herrscht noch immer die Prügelstrafe, herrschen noch immer mittelalterliche Zustände, aber bei mir, dachte Klein, ist er jetzt an den Falschen gekommen, bei mir nicht, Herr Chef, wozu gab es denn eine Gewerkschaft? Die Gewerkschaft würde dem Hinger Feuer aufs Dach setzen, würde ihm einheizen. Klein stellte sich vor, wie er mit einem Menschen von der Gewerkschaft zurück in die Werkstatt kommt, und der Hinger sieht sie kommen und möchte am liebsten noch schnell die Ölwanne beseitigen, um behaupten zu können, es sei ja gar keine Ölwanne da, also könne auch kein Lehrling in eine Ölwanne gefallen sein, die Hände möchte sich der Hinger schnell noch bandagieren lassen, um sie treuherzig ausstrecken zu können und den Gewerkschaftsmenschen zu fragen, ob die Gewerkschaft denn wirklich glaube, daß ein Mensch mit verbundenen, schmerzgepeinigten Händen sich auch noch an einem Lehrling vergreifen könne, aber der Gewerkschaftsvertreter würde mit einem Finger gegen die Brust des Hinger stoßen, würde ihn mit einem Finger wortlos durch die Werkstatt stoßen, bis zur Ölwanne stoßen, kurz zögern und ins angsterfüllte Gesicht des Hinger grinsen und dann den Hinger in die Ölwanne hineinstoßen. Klein stieg vom Rad und ging ins Gebäude der Arbeiterkammer hinein, dort hatte die Gewerkschaft ihr Büro, und ihm schien, daß der mit poliertem Granit verkleidete Bau regelrecht die Kraft und die Macht der Gewerkschaft ausdrückte, gleichzeitig kam er sich mit seiner ölgetränkten Blauen in diesem Bau nicht so recht am Platz vor, zögernd klopfte er an, eine Frau sah ihm über eine Schreibmaschine entgegen, als habe Klein sich in der Tür geirrt, als sei noch nie ein solcher Mensch zur Tür hereingekommen. Er möchte den Gewerkschaftsvertreter sprechen, sagte Klein, und die Frau schüttelte den Kopf, der Herr Gewerkschaftssekretär sei jetzt nicht zu sprechen, sagte sie, jetzt seien keine Sprechstunden, ob er denn nicht lesen könne, deutete sie mit einem lackierten Finger zur Tür, dort stehe doch angeschrieben, wann Sprechstunden seien, groß und deutlich stehe das angeschrieben, sie möchte wissen, stieß sie die Luft durch die Nase, wozu man Schilder mit genauen Anordnungen aufhänge, wenn dann jeder hereinkomme, wie es ihm passe. Aber es ist dringend, sagte Klein, er möchte den Herrn Sekretär sofort sprechen. Worum es gehe? Klein drehte sich um und deutete auf seinen Rücken, der Alte, sagte er, hat mich in die Ölwanne geschmissen, welcher Alte?, na der Hinger, Bau- und Portalschlosserei Hinger. Aha, sagte die Frau, ja, aber ihr sei noch immer nicht klar, was er da wolle. Klein schaute die Frau an. Die sah doch nicht gerade blöd aus. Warum begriff sie nicht? Er wolle einfach mit dem Gewerkschaftssekretär sprechen, sagte er, das sei doch ein Fall für die Gewerkschaft. Naja, sagte die Frau, sie glaube das eigentlich nicht, und außerdem seien jetzt keine Sprechstunden. Klein stand da und gab keine Antwort, kopfschüttelnd erhob sich die Frau, ausnahmsweise, erklärte sie, sie werde also fragen, ob der Herr Sekretär Zeit habe, und verschwand in einer Tür. Klein überlegte, ob er sich mit seinem öligen Zeug auf einen der beiden Polstersessel setzen sollte, die offenbar für wartende Besucher da waren, aber da kam die Frau schon heraus und deutete mit dem Kopf, und als Klein im Büro des Gewerkschaftssekretärs stand, dachte er sofort, der Hinger ist ja ein armer Hund gegen die Gewerkschaft, der Hinger kann von so einem Büro nicht einmal träumen, das Büro des Hinger war bloß ein Verschlag, nicht viel weniger dreckig und ölig als die Werkstatt. Also was ist los, fragte der Sekretär, wo brennt es. Klein führte noch einmal seinen Rücken vor, berichtete, was geschehen war, aber seltsamerweise schienen den Menschen hinter dem wuchtigen Schreibtisch nicht so sehr die Ohrfeige und die Ölwanne zu interessieren, als das, was vorher gewesen war. Er habe sich beim Abmessen geirrt, sagte Klein, zweimal habe er eine Welle zu kurz abgeschnitten. Ja, sagte der Sekretär, und dann? Dann hat der Chef gesagt, berichtete Klein, dann habe ich gesagt, worauf der Chef gesagt hat, und dann habe ich noch gesagt, und dann eben ... Und was stellst du dir vor, was ich jetzt tun soll, wollte der Sekretär wissen. Klein starrte ihn an. Dieser Mensch wußte nicht, was er tun sollte? Das war doch nicht möglich. Da gab es doch nur eins zu tun, und das mußte dieser Mensch doch wissen. Wer denn sollte es wissen, wenn nicht die Gewerkschaft. Und wer weiß, wie es wirklich gewesen ist, breitete der Sekretär die Arme aus, erzählen kannst du mir bald was. Klein stand da und ließ sich anschauen. Ob er überhaupt Gewerkschaftsmitglied sei, wollte der Sekretär plötzlich wissen. Ja, sagte Klein, der Vater hat mich einschreiben lassen. Seufzend griff der Mann zum Telefon und redete hinein, daß man ihn mit dem Hinger verbinden solle, und während er wartete, sah er Klein nicht an, sondern lauschte angestrengt in den Hörer hinein und rückte zwei Bleistifte, die auf dem Tisch lagen, näher zusammen, wieder weiter auseinander, näher zusammen, ah, meine Verehrung, Herr Hinger, schrie er dann plötzlich, sodaß Klein zusammenzuckte, und der Sekretär hatte ein breites Lächeln auf dem Gesicht, wie es dem Herrn Hinger gehe, wollte er wissen, danke, man lebt, meldete er seinerseits, und dann lachte er ausgiebig, offenbar hatte der Unternehmer Hinger einen für die Gewerkschaft passenden Witz gemacht, also Herr Hinger, sagte der Sekretär und wurde langsam doch ein wenig ernster, ich habe da so einen Buben von Ihnen da, sagte er, drehte sich mit einem Ruck zu Klein und hielt die Telefonmuschel zu, wie heißt denn eigentlich?, wollte er wissen, Klein heiß ich, sagte Klein, also den Klein, sagte der Sekretär, und der erzählt mir da so Geschichten, so Räubergeschichten, sagte er und fing, während er zuhörte, immer mehr zu grinsen an, jaja, sagte er, jaja, und plötzlich wußte Klein, daß es eine Verrücktheit gewesen war, hierherzufahren und sich alles mögliche einzubilden, und er drehte sich um, ging schnell hinaus und rannte die Treppe hinunter. Als er unten beim Rad stand, wußte er nicht, wohin er jetzt sollte. Unmöglich, dem Hinger noch einmal hineinzugehen, der ihn triumphierend empfangen und ihn vor den anderen Lehrlingen, die vielleicht wieder grinsen würden, niederbrüllen würde, was er sich denn einbilde, zu einer Gewerkschaft zu rennen, ihn bei der Gewerkschaft anzuschwärzen.

Der Vater konnte Klein zureden soviel er wollte, konnte vom Drohen ins An-die-Vernunft-Appellieren, so wie er sich das vorstellte, verfallen, Klein ging nicht mehr zum Hinger zurück. Eine Weile glaubte er noch, in einer anderen Schlosserei unterzukommen, die Lehre dort abschließen zu können, immerhin gab es vier Schlossereien im Ort, und dann glaubte er, zumindest sagte er nichts dagegen, daß der Vater sich einbildete, eine andere Lehrstelle zu finden, schließlich war es egal welche, wenn man nachher sowieso zur Eisenbahn ging, vorteilhaft sei natürlich ein Beruf, in dem man später auch pfuschen gehen könne, wenn man dienstfrei habe, Maurer, Installateur, Elektriker, Fliesenleger, aber es war Ende Oktober, und da hatten sich natürlich schon alle Unternehmer mit Lehrlingen eingedeckt, erst im nächsten Jahr wieder, hieß es überall, und es kam, selbstverständlich, nicht in Frage, daß Klein so lange nichtstuend zu Hause blieb, herumlungerte, wie das genannt wurde, und auf lauter blöde Gedanken kam, vielleicht auf den Gedanken kam, daß ein Leben, ohne arbeiten zu gehen, durchaus zu ertragen war, und kurze Zeit später stand Klein zum ersten Mal in einer Fabrik und fand, Hilfsarbeiter, Angelernter zu sein, sei in Wirklichkeit viel besser als Lehrling, auch wenn zu Hause immer behauptet worden war, Hilfsarbeiter seien das Letzte. In der Fabrik wollte niemand mehr aus ihm einen anständigen Menschen machen, niemand drohte ihm an, ihm noch ein Benehmen beizubringen, wie eine Erlösung kam es Klein vor, nicht ständig einen dauernd von Materialverschwendung redenden Meister neben sich zu haben, der täglich behauptete, an den Lehrlingen noch zugrunde zu gehen, nicht mehr den heimtückischen Witzen der mit einem seltsamen Humor ausgestatteten Gesellen ausgesetzt zu sein. In der Fabrik erwartete niemand mehr von ihm, daß er mit dem Gruß am Morgen, mit einem lockeren, fröhlichen Schritt und einem freundlichen, aber ernsthaften Gesichtsausdruck seine Freude am Arbeiten kundtue, in der Fabrik gab es anderes, wonach man beurteilt wurde, Arbeitstempo, Stückzahlen, eine Weile war es für Klein wirklich eine Wohltat, daß niemand sich für ihn selber, sondern daß man sich nur für seine Arbeit interessierte, und vor allem hatte er auf einmal so viel Geld, wie er noch nie gehabt hatte, die sogenannte Lehrlingsentschädigung hatte man ja nicht einmal richtig Geld nennen können, und wenn er in den Akkord käme, würde er bald noch mehr haben. Als es im Sommer darum ging, den dann schon nicht mehr so günstig beurteilten Platz in der Fabrik gegen eine Lehrstelle zu vertauschen, kam Klein sich schon viel zu erwachsen für eine Lehre vor, einfach unvorstellbar war es ihm, sich mit siebzehn Jahren wieder wie ein Vierzehnjähriger, sich überhaupt wieder wie ein Lehrling behandeln lassen zu müssen, und so blieb er Hilfsarbeiter, wechselte er nur mehr die Firmen und hatte keine Aussicht mehr, in die Fußstapfen des Vaters zu treten und zu einer ordentlichen Zukunft zu kommen.

Es war für die meisten wirklich ganz unverständlich, daß Klein auf einmal glaubte, für etwas Besseres auserkoren zu sein. Dieses Unverständnis war wiederum für Klein ziemlich unverständlich. Wahrscheinlich war er an den Leuten zu nahe dran, meinte er, als daß sie hätten merken können, was an ihm dran war. So mußte es Jesus ergangen sein, als er plötzlich anfing, Wunder zu tun, nachdem er jahrelang nur irgendein Einheimischer, der Sohn eines Zimmermanns gewesen war. Gut, sagte sich Klein, ich bin nicht Jesus. Sonst würde er selber das Wunder tun und nicht drauf warten. Aber er war auch nicht irgendwer. Es gab doch wirklich genug, meinte er, was ihn von denen unterschied, mit denen er am Morgen durchs Fabrikstor ging, unter denen er im Garderoberaum hastig in die Blaue kroch und neben denen er am Band stand. Schließlich hatte er sich *nicht wirklich* daran gewöhnt, Arbeiter zu sein. Auch nach so vielen Jahren nicht. Das hatte vielleicht nur eine Zeitlang so ausgesehen. Das hatte er manchmal für kurze Zeit ein wenig vergessen. Aber wirklich abgefunden hatte er sich nie, er hatte nie gedacht: Schicksal. Während die anderen, kam ihm vor, die ihn einfach für ihresgleichen hielten, ja eigentlich gar nichts anderes sein wollten. Denen war doch anscheinend egal, was sie taten. Wenn nur die Marie stimmte. Und wenn Klein über Arbeiter geredet hatte, als gehöre er gar nicht dazu, dann hatte er ganz deutlich gespürt, daß er nicht dazu gehörte. In letzter Zeit hatte Klein oft so geredet. Meistens, wenn er irgendwo in einem Nest der Umgebung, wo ihn niemand kannte, auf einem Kirtag oder sonst einer Tanzveranstaltung gewesen war. Meistens vor Mädchen. Da hatte er sich, wenn er sich als *etwas ganz anderes* ausgegeben hatte, doch wirklich als ganz anderer gefühlt. Und seine Behauptung, daß er eigentlich nicht arbeite oder wenn schon, dann nur so, daß er sich eher aus Langeweile oder weil sein Freund, der Unternehmer, ohne ihn nicht auskommen könne, ein wenig in einem Büro aufhalte, diese Behauptung war ihm ja nie wie eine richtige Lüge vorgekommen, sondern eher wie etwas, das nur im Moment noch nicht wahr war, aber sicher bald wahr werden würde. Und war er dabei nicht immer so glaubwürdig gewesen, daß niemand es für wahr, sondern für absurd, für erlogen gehalten hätte, wenn er plötzlich gestanden haben würde, er sei nur Hilfsarbeiter? In Wirklichkeit nur Hilfsarbeiter?

Immerhin: Er war zu einer eigenen Bildung gekommen. Er hatte sie sich selber verschafft. Eigenhändig, sagte er.

Vor einigen Jahren hatte er ziemlich plötzlich angefangen, alles in sich hineinzufressen, was ihm nur einigermaßen brauchbar erschien. Einen Roman über die Entstehung des Reichsarbeitsdienstes genauso wie „Stahls Großes illustriertes Kräuterbuch" und eine Broschüre übers Schnapsbrennen im Heimbetrieb. Fast alles hatte er gelesen oder zumindest angefangen zu lesen, was es zu Hause im Bücherschrank gegeben hatte. Vorher war der Bücherschrank als ziemlich unnützes Möbel herumgestanden, selten hatte jemand die quietschende Glastür aufgesperrt, er war einfach dagestanden als Erinnerung an den Bruder des Vaters, der im Krieg gefallen war und neben einigen SS-Uniformen eben auch den Bücherschrank hinterlassen hatte, auf den manchmal gedeutet wurde, wenn vom Bruder des Vaters die Rede war. Klein konnte selber nicht sagen, was ihn plötzlich dazu gebracht hatte, über die Bücher herzufallen. Er konnte sich an keinen bestimmten Anlaß erinnern; ein beklemmendes Gefühl des Mangels war auf einmal dagewesen, ein Gefühl, etwas versäumt zu haben, nichts zu wissen, nicht genug zu wissen; als er las, daß der menschliche Körper zu vier Fünfteln aus Wasser bestehe, war ihm vorgekommen, als habe er bis jetzt in der finstersten Unwissenheit gelebt. Der Mensch bestand zu vier Fünfteln aus Wasser – und er hatte es nicht gewußt! Was wußte er noch alles nicht? Alles war ihm recht, was dieses ganz körperliche Gefühl zudeckte, einen hohlen Kopf zu haben, ein Loch dort, wo hätte Wissen sein sollen. Am liebsten hätte er das ganze Lexikon auswendig gelernt, um zumindest das Wichtigste, wie er meinte, zu wissen. Den fassungslosen Eltern hat er auf einmal Vorwürfe gemacht, daß sie ihn nicht auf Schulen geschickt hatten. Ihn? Auf Schulen? Ja warum denn? Er hat doch, solange er zur Schule ging, nichts von der Schule wissen wollen. Das kam ihm auch schon wie ein Irrtum vor. In Schulen kam man ganz bequem zu einer Bildung. Man setzte sich hin und alles ging von selber, schön langsam füllte sich der Kopf, während er jetzt nicht einmal wußte, was er in seinen Kopf hineinlesen und wo er das hernehmen sollte. War das, was der Onkel in seinen

Bücherschrank gestellt hatte, genau das, was der Mensch wissen mußte? Kaum lehnte er sich befriedigt zurück, im Bewußtsein, nun schon ein wenig mehr zu wissen, war das Gefühl, vielleicht doch nicht alles nachholen zu können, sofort wieder da. Als er in einem Buch ein lateinisches Zitat las, das ohne Übersetzung dastand, meinte er, alles, was er sich zusammenlese, sei sowieso ganz sinnlos, weil ohne Latein werde er nie zu den Gebildeten zählen. Zum erstenmal kamen ihm die Gymnasiasten als Menschen vor, die ihm etwas voraus hatten. Früher hatten er und seine Freunde sich immer versichert, nichts mit denen zu tun haben zu wollen, das waren, hatten sie gemeint, ja überhaupt nur lächerliche Figuren, die keine Ahnung von etwas hatten, weil sie nachts nicht unterwegs waren, in keine klassen Lokale gingen, sondern es sich von Mamapapa einfach verbieten ließen. Die waren einfach *brav*, geschneuzt und gekämmt und immer höflich, waren noch nie in einer Fut und redeten deppert. Hochdeutsch. Es war ein scharfer Schnitt zwischen den Lehrlingen und jungen Arbeitern des Ortes und den Gymnasiasten, und es gab kaum Berührungen. Wenn sie schon wirklich einmal zusammentrafen, in einem Kinovorraum, im Strandbad, dann waren die Lehrlinge noch lauter, noch handgreiflicher, noch lässiger als sonst und verwendeten nach Möglichkeit überhaupt nur noch *ordinäre* Wörter, während die Gymnasiasten noch hochdeutscher, noch höflicher untereinander wurden. Wie er sich früher oft (und vergeblich) gewünscht hatte, an eines der Mädchen aus besseren Familien heranzukommen (an einem Mädchen hätte ihn die Wohlerzogenheit nicht gestört; die wäre ihr schon, hatte er gemeint, unter seinen Sprüchen und Handgriffen vergangen), so wünschte er sich jetzt manchmal, einen Gymnasiasten unter seinen Freunden zu haben, an dem er hätte feststellen können, was ihm selber an Wissen noch fehlte. Er fing an, Aussprüche in ein Heft zu schreiben, die in Zeitungen als Zwischenraumfüller abgedruckt waren. Sätze, die er allesamt für richtig hielt. Und dann die Unsicherheit, weil sich zwei dieser Sätze widersprachen. Und die Unsicherheit, die Unschlüssigkeit vor dem Drehgestell in der Papierhandlung, auf dem ein paar Dutzend Taschenbücher standen. Würde er, wenn er sich zufällig für ein bestimmtes Buch entschied, dann nicht vielleicht als einer dastehen, der keine Bildung hatte, weil Menschen mit einer Bildung dieses Buch nicht gelesen haben würden? Der Papierhändler, meinte er, mußte das ja beurteilen können. Sollte er sich ein lateinisches Schulbuch als Alibi kaufen, damit ihn dann das, was er auf dem Drehgestell zufällig erwischte, nicht mehr blamieren konnte? Was mußte ein Mensch, der zu einer Bildung kommen wollte, lesen? Was er las, war ganz zufällig. Die erste Orientierung brachte der Katalog einer Buchgemeinschaft. Hier waren Namen und Buchtitel in bestimmte Abteilungen eingeordnet: Gesellschaftsromane, Abenteuer und Krimi, Spannung und Unterhaltung, anspruchsvolle, moderne Literatur, Klassiker. Unterhaltung kam nicht in Frage. Kriminalromane auch nicht. Er hatte keine Lust, Jerry Cotton zwischen Buchdeckeln wiederfinden zu müssen. Anspruchsvolle Literatur würde noch das Richtigste sein, meinte er. Aber was er dann zu lesen bekam, verstand er nicht. Er verstand die Wörter, verstand die Sätze. Aber er konnte im Ganzen keinen Sinn finden. Wovon war da eigentlich die Rede? Entweder war er zu blöd, oder dieser Kafka hatte sich einen Spaß erlaubt und hatte sich ein Rätsel ausgedacht, für das es keine Lösung gab. Manchmal hatte er beim Lesen zwar das Gefühl, er begreift es, gab es immer wieder Punkte, wo er mit seiner eigenen Erfahrung hinreichte, fast sagte, ja, genauso ist es bei mir, aber dann, wenn er *das Ganze* in seine sichtbare Welt, als eine Geschichte, die sich *genau so* ereignet hatte, einordnen wollte, dann zerrann ihm wieder alles, und überhaupt, als er meinte, einen dahinterliegenden *Sinn* finden zu müssen, der mir seiner Welt absolut nichts zu tun habe, weil er sich nicht vorstellen konnte, daß die Welt, die er kannte, interessant genug für einen Dichter, ja überhaupt erwähnenswert wäre. Gab es jemanden, fragte er sich, der solche Bücher verstand? Und was hatte der hinter sich gebracht, bis er endlich so weit war? Sicher einen Haufen Schulen und ein paar hundert Bücher. Hundert

Bücher waren Klein damals noch als eine ganz gewaltige Menge vorgekommen. Zumindest war ihm nun klar, was Gerda, eine Freundin für zwei Wochen, die ein paar Jahre älter als er gewesen war, damit gemeint hatte, als sie sagte, sie verstehe ein Buch nicht. Das Glasperlenspiel, konnte Klein sich erinnern, hatte es geheißen. Er hatte sich so ein Buch damals nicht vorstellen können. Wie war es möglich, wenn Sätze dastanden, wenn es schwarz auf weiß gedruckt war, ein Buch nicht zu verstehen? Man konnte einzelne Wörter nicht verstehen. Das wußte er nur zu gut aus eigener Erfahrung. Aber dafür gab es ein Lexikon. Das Lexikon war lange Zeit für ihn noch das Sicherste, zu lesen und sich keine Minderwertigkeitsgefühle einzuhandeln. Auch das Bilderwörterbuch, in dem er schon als Kind gelesen hatte, mochte er gerne. Da war alles klar, alles lag überschaubar da, alles hatte seinen bestimmten Namen. Nichts änderte sich. Wie eine Welt war das, die stehengeblieben war, wie im Märchen vom Dornröschen. Langsam meinte er dann doch, ein wenig mehr zu verstehen. Etwas zu wissen. Sich unter Arbeitern aufzuhalten, wurde plötzlich zur Gelegenheit, ein wenig selbstbewußt zu werden. Unter ihnen konnte er sich ganz leicht sagen, schon eine gewaltige Bildung zu haben. Unter denen noch immer, sagte er sich. Da konnte ihm keiner mehr das Wasser reichen. Auch unter den Freunden, von denen er meinte, sie würden sowieso bald nur mehr ehemalige Freunde sein, war keiner, der an ihn herangereicht hätte. Die waren dort stehengeblieben, wo jemals selber gestanden zu sein er sich gar nicht mehr richtig vorstellen konnte. Ihre Wirtshausgespräche langweilten ihn plötzlich, und wenn er mitredete, hatte er das Gefühl, daß jemand anderer sprach und nicht er selber. Und mit Heidi hatte er wieder einmal, diesmal vorläufig endgültig, Schluß gemacht, weil er gemeint hatte, wenn man ihnen beim Reden zuhört, dann kann man sogar schon hören, daß sie nicht zusammenpassen. Auch wenn sie ihm abgeht, hilft es nichts; wie sollen sie einander verstehen, wenn sie verschiedene Sprachen sprechen. Und erst recht zu Hause. Der Vater fing an, ihn größenwahnsinnig und einen

Hochstapler zu nennen. Die Mutter meinte, Klein spinne eben ein bißchen. Aber das würde sich schon wieder geben. Er sei eben noch jung. Klein war es gleichgültig, was sie sagten. Er nahm es höchstens als Beweis, daß sich mit ihm etwas geändert hatte, daß er weitergekommen war. Und es hat ihn nur noch selbstsicherer gemacht.

Eine abfällige Bemerkung über autodidaktische Halbbildung während einer Fernsehdiskussion von Menschen, die sich locker von den Griechen bis in die Gegenwart zitierten, stürzte ihn sofort wieder zurück. Und es dauerte lange, bis er sich das Gefühl, daß ihm rundum alles fehlte und daß er es nie würde aufholen können, wieder vom Leib gelesen hatte.

Dafür tauchte immer öfter die Frage auf, warum er das alles auf sich nahm. Sich zu sagen, was man im Kopf habe, könne einem niemand wegnehmen, genügte ihm immer weniger. Was konnte er denn wirklich anfangen mit dem, was er nun in seinem Kopf hatte? Was nützte es denn, vielleicht als einziger in der Fabrik auf Anhieb sagen zu können, daß Kuala Lumpur die Hauptstadt von Malaysia, daß ein Abakus entweder ein römisches Rechenbrett oder eine Säulendeckplatte war? Was konnte er damit anfangen zu wissen, daß die Muse des Tanzes Terpsichore hieß? Daß er überhaupt alle Musen herunterbeten konnte? Damit konnte er beim Kreuzworträtsellösen soufflieren oder sich beim Fernsehquiz sagen, wenn er jetzt dort gesessen wäre, er hätte es gewußt. Manchmal hatte er kurz den Verdacht, daß seine ganze zusammengelesene Bildung im Grunde auch nichts Besseres war, als zu wissen, wer bei welchem Fußballspiel in welcher Minute den das weitere Spiel entscheidenden Anschlußtreffer geschossen hatte. Mit so einem Wissen war wenigstens während der Jausenpause oder im Wirtshaus etwas anzufangen, während er sein Wissen ja ziemlich verheimlichen mußte, um nicht als Obergescheiter, als Wichtigtuer dazustehen.

Für sein Leben in der Fabrik, sein Leben im Ort schien alles, was sich in seinem Kopf angesammelt hatte, einfach ohne Folgen zu sein, so wie Kaninchenzüchten im Garten folgenlos blieb oder Bierdeckelsammeln. Bei den Gymnasiasten genügte es anscheinend, bei einer Prüfung einmal etwas gewußt zu haben, überhaupt sich im Gebäude des Gymnasiums ein paar Jahre aufgehalten zu haben, und schon machte man ihnen überall die Türen sperrangelweit auf, während er alles mögliche, wovon, wie er meinte, die Gymnasiasten sicher nicht die blasseste Ahnung hatten, in sich hineinstopfen konnte, ohne daß etwas passierte. Offenbar kam es nur auf Bescheinigungen an. Auf Bescheinigungen, daß man eine Zeitlang in einem bestimmten Haus herumgelegen war, und nicht darauf, was man im Kopf hatte.

Manchmal kam es ihm überhaupt wie ein gigantischer Selbstbetrug vor, tagsüber in einer Fabrikshalle zu stehen, auf seine Bewegungsfähigkeit reduziert zu sein und nach der Arbeit und am Wochenende den Arbeiter abzulegen, sich in seinem Zimmer einzusperren und dort klassische Musik bereits schön zu finden, Bücher über Menschen zu lesen, für die offenbar Wörter wie Fabrik, Arbeit, Akkordprämie so fremd waren wie für ihn Jour fixe, Salon, Konversation, und dann wieder in den Overall zu steigen und in den Lärm der Halle hinein Takte irgendwelcher Sinfonien zu pfeifen, die er sich endlich gemerkt hatte, sich, während er noch zurechtgewiesen, während noch auf ihn hinabgeredet wurde, bereits besser vorzukommen als der Trottel von Vorarbeiter, der bestimmt nicht wußte, wer die Brüder Karamasow oder die Buddenbrooks geschrieben hatte. War es denn nicht verrückt, mit ölig verschmierten Händen herumzuwerken und dabei im Kopf wie die Menschen in den Büchern, die er las, auf der Terrasse einer Villa zu sitzen, im Sonnenschein, ein Glas mit darin klingelndem Eis in der Hand und schönen Frauen in weißen Korbstühlen gegenüber und ohne die geringste Anstrengung zu reden, ohne Schweißausbrüche Wörter und Sätze einfach von sich zu lassen, als habe er sein Leben nichts anderes getan und habe nicht das Kuschen lernen müssen?

Vielleicht aber, meinte er, war er auch nur einfach auf einen Trick hereingefallen. Auf den Bildungstrick. So wie andere auf den Sporttrick hereinfielen, eine Weile glaubten,

Fußballstars werden zu können und dann für ihr weiteres Leben in erster Linie Fußballanhänger blieben, die die Tage, an denen es kein Fußballmatch im Fernsehen, ja nicht einmal eine Sportsendung gab, als ganz sinnlos in ihrem Dasein wegstrichen.
Aber das durfte nicht wahr sein.
Es war jedenfalls besser, nicht daran zu denken.
Es konnte natürlich auch sein, daß er genau die falschen Bücher gelesen hatte.

Am besten würde es sein, meinte Klein, einen Lautsprecher auf ein Auto zu montieren, mit Marschmusik durch die Stadt zu fahren und bekanntzugeben, daß es unter den Arbeitern des Ortes einen Menschen gebe, der gar nicht dorthin passe, einen Menschen, der zu Großem fähig sei, mindestens aber zum Angestellten tauge, und der, dem es gelinge, diesen Menschen ausfindig zu machen, könne eine ganze Nacht lang in einem Wirtshaus nach Wahl auf Kosten dieses Menschen fressen und saufen, was er wolle. Dann nämlich, meinte Klein, werde ein fieberhaftes Suchen einsetzen, jeden einzelnen Arbeiter werde man sich genau und zweimal anschauen, bevor man sage, naja, der taugt nur zum Arbeiter, mit ganz anderen Augen werde man dann auf die Arbeiter schauen, plötzlich werde man Fähigkeiten entdecken, von denen man vorher nichts gewußt hatte, und es werde Schluß sein damit, beim Anblick eines Arbeiters sofort, wie im Reflex, zu denken, daß der da so wild herumfuhrwerkende Mensch genau das mache, was ihm zustehe, daß er sei, was ihm gebühre, und daß er gar nichts anderes wolle und auch sonst nichts könne. Wenn man nämlich einmal unter die Arbeiter geraten sei, zufällig und ohne sich dafür entschieden zu haben, dann sei es fast aussichtslos, sich bemerkbar zu machen als einer, der dort falsch am Platz war.
In den Werkstätten und Fabriken herrschte ja eine anscheinend unheilbare Kurzsichtigkeit. Warum, fragte sich Klein, beschäftigte man denn in dieser Scheißfabrik nur seine Hände? Warum? Obwohl er doch nicht nur Hände,

sondern auch einen Kopf hatte. Einen Kopf, der sich einiges ganz anderes vorstellen konnte. Warum ignorierte man seinen Kopf, wenn er schon einmal da war? Das war doch einfach unrationell, vom kaufmännischen Standpunkt eine Verschwendung, einen Menschen mit einem Kopf einzustellen und dann nur seine Hände zu gebrauchen. Das war zum mindesten brachliegendes Kapital, wenn nicht ein Abzugsposten, weil doch ein solcher Kopf, der ohne weiteres ein Angestelltenkopf sein konnte, weil dieses unruhige Ding dauernd mit den Händen über Kreuz kam, ständig paßte dem Kopf irgend etwas nicht, dauernd fiel ihm etwas auf, dachte er sich etwas aus, womit er unzufrieden sein konnte. Und wie sollten sich dann die Hände mit traumwandlerischer Sicherheit, mit sich von selbst verstehender Genauigkeit bewegen, wenn der Kopf etwas ganz anderes wollte, wenn er die Hände immer wieder verführen wollte, diese automatischen Bewegungen aufzugeben, den Hammer quer durch die Halle sausen zu lassen oder dem Vorarbeiter zwischen die Augen, sodaß er dort steckenblieb und dieser Kreatur endlich der nur Fehler und Unregelmäßigkeiten sehende Blick verging, er wenigstens für einen kurzen Moment wach würde und ein einziges Mal nicht schon alles wissend, sondern staunend? Ein solcher Kopf, der immer wieder derart die Hände unruhig zu machen versuchte, mußte doch ein Minusposten in der Buchhaltung der Firma sein. Alles, was beim Firmentor hineinging, wurde doch sonst auf die Habenseite geschrieben. Warum aber wollte man denn gerade seinen Kopf nicht vom Soll ins Haben bringen? Wahrscheinlich war hier noch nicht bekannt, daß ein mindestens zum Angestelltenkopf taugender Kopf die zum selben Körper gehörenden Hände davon abhalten konnte, größtmöglichen Nutzen zu bringen. Trotz der modernen Fabriksfassade und den neuen Firmenwerbesprüchen war die Firma Plohberger anscheinend eine rückständige Firma. Denen fiel nichts ein, als unauffällig das Arbeitstempo zu steigern. Auf der einen Seite wollten sie, daß die Menschen sich immer schneller bewegten, und auf der anderen Seite ließen sie den halben Menschen ungenützt. Diesen

Stoppuhrkreaturen glänzten die Augen, wenn sie die Möglichkeit entdeckten, den Arbeiterhänden zwischen zwei Handgriffen noch einen dritten anzuhängen, und gleichzeitig merkten sie nicht, daß da ein Kopf durch den Raster ihrer Zeittabelle fiel. Kaum schaute die Betriebsleitung oder die Betriebsverwaltung einen Menschen an, der nur als Arbeiter beschäftigt wurde, hatte sie gleich Scheuklappen auf und sah nur noch Hände, aber keinen Kopf mehr. Und wenn sie schon einmal einen bemerkte, dann war das fast sofort ein Kündigungsgrund, zumindest ein Grund zum Drohen, zum Schreien, den Kopf lauthals niederzuschreien, bis er nicht mehr aufmuckte und man ihn wieder vergessen konnte. Wie aber stellte man es an, sich als Mensch bemerkbar zu machen, der auch einen Kopf hatte, ohne gleichzeitig mit der Kündigung rechnen zu müssen? Wie kam man in dieses verdammte Angestelltengebäude hinein, um seine Fähigkeiten zu beweisen und nicht, um seine Lohnsteuerkarte und die Lohnendabrechnung abzuholen? Wenn ein Arbeiter schon sonst nichts für sich verlangen konnte, dann mußte er doch wenigstens die im Firmeninteresse liegende bestmögliche Ausnützung seiner Person verlangen können, seiner ganzen Person, also auch seines Kopfes. Einen Tag nur, meinte Klein, ihn ins Bürogebäude lassen, einen Tag nur, dann würden sie merken, daß er am Fließband auf dem falschen Platz war, daß man dort draußen ein Angestelltentalent verkümmern ließ, unter Handgriffen, die jeder Gehirnhautentzündler genausogut, wenn nicht besser verrichten konnte, unter Arbeiten, für die ohne weiteres Maschinen erfunden werden könnten, die längst erfunden worden wären, wenn seine zwei Hände, die am Freitagabend bloß den Kollektivvertragslohn plus maximal zwanzig Prozent Akkordprämie aus dem Lohnsäckchen schütteten, nicht billiger gewesen wären. Manchmal, wenn Klein einen Angestellten der oberen Etagen des Bürogebäudes durch die Halle gehen sah, der sich aus irgendeinem Grund hierher verirrt hatte und der vorsichtig zwischen den Bandstraßen dahinstieg, um nicht irgendwo anzustreifen und einen Fleck auf dem Anzug mit hinauszunehmen, dann dachte Klein, jetzt schleicht er diesem Menschen nach und zerrt ihn hinter eine Maschine: ihn zu überwältigen, Anzug, weißes Hemd und Krawatte abzunehmen, selber aus dem Overall zu fahren und diesen Menschen hineinzustecken, ist das Werk eines Augenblicks, und dann befestigt er den gewesenen Angestellten am Fließband und geht selber vorsichtig zwischen den Bandstraßen auf den Ausgang zu, über den Hof und ins Angestelltengebäude, so kommt er ins Angestelltengebäude, anders anscheinend nicht, und er setzt sich an den Schreibtisch und fühlt sich gleich als auf dem richtigen Platz, und bis man bemerkt, daß da einer am Band ist, der nicht einmal den Hammer richtig halten kann, hat man auch gemerkt, daß Klein einen rundum brauchbaren Angestellten abgibt, auf den zu verzichten sich die Firma einfach nicht leisten kann.

Warum sollte er denn nicht wenigstens Angestellter werden? Ein paar der Angestellten des Ortes waren mit ihm in der Schule gesessen, und er konnte sich nicht erinnern, daß sie schon damals so unter den anderen hervorgestochen hätten, als daß von vornherein eine Angestelltenkarriere draus hätte werden müssen. Das waren doch fast durchwegs die gewesen, die in der Klasse nie aufgefallen waren und die beim Zusammenstellen der Völkerballmannschaften während der Turnstunde von den beiden Mannschaftskapitänen immer als letzte gewählt wurden oder die dabei überhaupt übriggeblieben waren. Irgendwer, ihre Eltern oder sonst wer, hatte sich eben eingebildet, sie noch auf Schulen schicken zu müssen, während Klein die Eisenbahnerlaufbahn hätte einschlagen sollen. Und vor zwei Jahren war plötzlich Kollmann in der Fabrik aufgetaucht, der eine Zeitlang neben Klein in der Bank gesessen war und der bei jeder Deutschschularbeit knapp vor Ende der Stunde mit Klein schnell das Heft getauscht hatte, damit Klein ihm die Fehler ausbesserte, auf einmal war Kollmann in der Fabrik gewesen und hatte sich „Herr Ingenieur" nennen lassen. Es hätte gerade noch gefehlt, daß er das auch von Klein verlangt hätte. Das „Du" war dem Kollmann ohnedies sichtlich zuwider gewesen. Er ging in einem schwarzen Arbeitsmantel in der

Fabrikshalle herum und hatte es also zu etwas gebracht. Er war jemand geworden, weil sein Vater, ein Beamter der Bezirkshauptmannschaft, offenbar gemeint hatte, ein Beamtensohn sei zu Höherem berufen, der dürfe in eine Fabrik nicht als einer hinein, dem etwas angeschafft werden kann, sondern höchstens als einer, der selber anschafft, und so hatte der Kollmann eben seine Beine unter ein Schulpult gesteckt und war dabei etwas geworden, während Klein seinen Körper in Fabrikshallen bewegt hatte. Wenn mein Vater, meinte Klein, Beamter der Bezirkshauptmannschaft gewesen wäre und dem Kollmann seiner Eisenbahner, dann wäre es heute genau umgekehrt, dann würde er, Klein, durch die Fabrikshalle spazieren und dem Kollmann beim Schwitzen zuschauen. Wo blieb da die Vernunft? Und wo blieb da erst recht die Gerechtigkeit? Warum sollte er also nicht Angestellter werden?

Er hatte schon ziemlich vergessen, daß ihm, als er sich noch ausschließlich unter Lehrlingen aufgehalten hatte, Angestellte immer eher wie Menschen erschienen waren, die bei der Muskelverteilung zu kurz gekommen und zu ungeschickt waren, um einen Hammer richtig halten zu können, die sich garantiert auf den Daumen droschen, wenn sie schon einmal einen Nagel in eine Wand schlagen wollten, Menschen, die sich keine zwei Tage in Werkstätten und Fabrikshallen hätten halten können, die nach seiner Meinung ganz schnell wieder daraus hinausgelacht, hinausgebrüllt worden wären. Angestellte waren für ihn keinesfalls Vorbilder gewesen, nichts, was er zu werden wünschte. Oder nur kurz, wenn er in schmierige, schweißtreibende Arbeiten verwickelt gewesen war und einen sauberen Angestellten gemächlich herumspazieren gesehen hatte. Damals hatte er noch gemeint, den ganzen Tag an einem Schreibtisch zu sitzen, richtig stillzusitzen und sich mit irgendwelchen Zahlen herumzuschlagen, mit Zetteln, die Belege hießen, mit Blaupapier und Buchhalterdeutsch, das sei doch kein Abenteuer. Das war nur als die tödlichste Langeweile vorstellbar gewesen. In Beantwortung Ihres werten, teilen wir Ihnen höflichst mit. Höflichst! Nicht ein einziges Mal laut durch die Gegend fluchen! Durch

die Nase gähnen! Ärmelschoner und einen spiegelnden Hosenboden haben! So hatte er sich das vorgestellt. Den Bleistift ganz vorsichtig auf die Tischplatte legen, damit niemand im Raum zu Tode erschrak! Im Vergleich dazu war ihm das Leben in den Fabrikshallen ja fast wie ein Romanheft vorgekommen. Da bewegte sich wenigstens etwas. Da hatte er diese Bewegung und den Lärm damit verwechseln können, daß etwas in seinem Leben geschah.
Wenn er jetzt Angestellte über den Fabrikshof gehen und im Bürogebäude verschwinden sah, in Kleidern, die sie nicht *extra* fürs Büro anziehen mußten, sondern mit denen sie auch im Ort herumgehen konnten, die sie sich nicht sofort nach dem Heimkommen wie einen Makel vom Leib reißen mußten, dann hatte Klein ganz deutlich das Gefühl, daß sie fast alles hatten, was er sich wünschte. Und die Angestellten hatten ja auch Hände, wie die Menschen in Büchern sie hatten, in denen nur geredet, gegessen, getrunken und spazierengegangen wurde, in denen jede Tätigkeit nur eine Art Privatvergnügen und Arbeiten selber offenbar höchstens ein Auswuchs seelischer Unrast war, lange, schmale, feingliedrige Hände hatten sie, mit glänzenden Fingernägeln ohne ausgefranstes Nagelbett. Von denen kämpfte niemand nach der Arbeit mit dem Dreck unter den Nägeln, der so festsaß, als sei er bereits ein Bestandteil des Körpers, niemand mußte seine von der Arbeit verunstalteten Hände so von sich wegwünschen, daß sie ihm schließlich nur noch wie ihm nicht gehörende Bretter von den Gelenken gehangen wären und er manchmal hätte denken müssen, wenn die Hände nicht angewachsen wären, würde er sie dauernd irgendwo liegenlassen, würde er sie ständig irgendwo vergessen, wie man einen Regenschirm irgendwo vergaß, wenn es nicht regnete.
Klein hatte es ja schon die längste Zeit satt, seine Hände irgendwo auf einen Tisch zu legen. Jedermann schien sich dann gleich einbilden zu können, mit einem Blick zu wissen, mit wem er es zu tun hatte. Es war einfach anstrengend, immer erst lange reden zu müssen, gegen den Eindruck, den seine Hände hervorgerufen hatten, anreden zu müssen, um als jemand angesehen zu werden, der nicht

nur Hände hatte. Er war doch ein Mensch. Ein ganzer Mensch, und nicht nur eine Fortbewegungsapparatur von Händen. Sollte er, wenn er sich irgendwo an einen Tisch setzte, immer gleich ein Gedicht aufsagen, eine Rede über Julius Cäsar loslassen, über den er einen dicken Roman gelesen hatte? Nur damit man nicht dauernd auf seine Hände schaute. Damit man ihn als einen nahm, mit dem nicht nur über Paßschrauben, Dichtungsringe, Schweinsbraten und Abseitstore geredet werden konnte. Schließlich konnte Klein schon über alles mögliche reden. Zumindest im Kopf ging das schon ganz leicht.

Es mußte nur, meinte er, jetzt bald etwas geschehen. Im Kopf ein ganz geheimes Leben neben dem sichtbaren zu führen, ohne jemandem zeigen zu können, was er schon alles konnte und verstand, sich immer nur vorzustellen, am Morgen nicht in die Fabrikshalle, sondern ins Angestelltengebäude hineinzugehen, an immer größeren Schreibtischen aus immer edleren Hölzern zu sitzen, mit immer weniger Arbeit darauf, und am Abend so sauber herauszugehen, wie er hineingegangen war, als Angestellter durch den Ort zu gehen und Grüße freundlich zu *erwidern* und ganz berechtigt im Kaffeehaus zu sitzen, das führte zu nichts, diese schöne Vorstellung, die wie von selbst lief, führte zu nichts, höchstens daß er im Lauf der Zeit, wenn es so weitergehen sollte, zum Sonderling werden würde.

Später hat Klein immer wieder gesagt, daß er auf jeden Fall aus der Fabrikshalle herausgekommen wäre, daß er es auf jeden Fall geschafft hätte. Der Gedanke, welche Rolle der Zufall dabei gespielt hatte, ist ihm immer so unangenehm gewesen, daß er ihn sofort, wenn er aufkam, aus dem Kopf gedrängt hat.

Die Ventalitoren an der Fabrikshalle liefen schon wieder, die Vormittagspause war bereits vorbei, als Klein die paar Stufen des Bürogebäudes herunterkam und über den Hof ging. Vor einer Viertelstunde war er noch im Vorraum des Klos gesessen und hatte nichts gewußt, da war der Tag noch ein ganz gewöhnlicher Montag gewesen, und Klein hatte beim Pfiff der Sirene alles liegen und stehen lassen und war ins Klo gerannt, um noch einen Sitzplatz zu erwischen. Aber wie immer waren schon die auf den verbeulten Öltonnen gehockt, die einen kürzeren Anmarschweg hatten. Der Gestank war wieder einmal besonders arg gewesen. Obwohl auf einer der beiden Klotüren ein Zettel „Verstopft" hing, wurde es weiter benutzt, und der Gruner hatte sich aufgeregt, ich kann mir nicht helfen, hatte er gesagt, aber der Arbeiter ist einfach eine Sau. Weil sonst gibt es das ja nicht. Daß es für hundert Mann nur zwei Klos gebe, sei zwar eine Schweinerei, aber trotzdem sei es nicht notwendig, daß es hier ärger stinke als in einem Stall. Alle heben sich das Scheißen für die Pause auf, hatte er gesagt. Der Eder war noch nicht vollständig angezogen aus dem noch intakten Klo gekommen, weil sie hinter ihm schon gedrängt hatten, er solle sich beeilen. Zu seinem zehnten Betriebsjubiläum, hatte er gesagt, wenn er es überhaupt erlebt, wünscht er sich ein Häusl für sich allein. Ob er denn zu Hause kein Häusl habe, hatte der Gruner gefragt, und der Eder erklärte, er scheiße, wenn er es gezahlt kriege. Einen Dreck kriege er gezahlt, hatte der Tröstl gesagt, wenn man im Akkord stehe, kriege man doch keine Pause gezahlt. Naja, hatte der Eder gegrinst, aber man könne es sich wenigstens vorstellen. Wie in jeder Pause war irgendwer unbedingt fürs Fensteraufmachen gewesen, aber die bei der Tür gesessen waren, wo es ohnedies zog, waren natürlich dagegen gewesen, erstunken sei noch keiner, hatte es geheißen, aber erfroren seien schon viele. Ja, hatte Klein gemeint, was eine ordentliche Sau ist, braucht ihren Gestank. Er soll die Goschen halten, war ihm gesagt worden, wenn er auf der Heizung hockt. Klein hatte die Schultern gezuckt und ausgiebig die Asche von seiner Zigarette geklopft, auch als schon längst keine mehr dran gewesen war. Vor den Klotüren hatten sie dann zu streiten angefangen, weil schon wieder einmal kein Papier dagewesen war. Wie er drin war, hatte der Eder erklärt, sei noch eine halbe Zeitung dagewesen, eine AZ, hatte er gesagt, die müsse der Wimmer verbraucht haben, denn der sei nach ihm drin gewesen. Schmarren, hatte der Wimmer geschrien, weil mit einer Arbeiter-Zeitung wische er sich nicht einmal den Arsch. Wer nämlich so was über den Sportclub schreibe, hatte er erklärt, sei bei ihm unten durch. Als dann die Tür aufging und der Mehrwald in seinem grauen Vorarbeitermantel hereinkam, war mit einem Schlag alles ruhig. Nur der Wimmer hatte weiter über seinen Verein geredet.

Klein ging durch die untere Halle, am Gedröhne der Lackierstraße entlang, und er fand es komisch, hier mitten während der Arbeitszeit zu gehen, während rundum gearbeitet wurde, hier mit leeren Händen dahinzugehen, statt zu rennen und sich umzusehen, als sei ihm innerhalb weniger Minuten alles ganz fremd geworden. Früher, wenn er gekündigt hatte, war er sich ähnlich vorgekommen: als sei er die ganze vergangene Zeit verfolgt worden und endlich habe er entwischen können. Am liebsten wäre ihm gewesen, wenn ihn irgendein Vorarbeiter angegangen wäre, wenn ihn einer gefragt hätte, ob er denn nichts zu tun habe. Lieber Herr, hätte Klein dann sagen können, befleißigen Sie sich einer angemessenen Redeweise, jetzt ist nämlich alles ganz anders, jetzt gibt es für Sie keinen Klein mehr, sondern nur mehr einen Herrn Klein. Schließlich hatte man ihn ja geadelt, und künftighin würde es keinen Georg Klein mehr geben, der sich auf das Wort Klein hinauf automatisch betroffen fühlen würde. Ohne Anredetitel nicht mehr. Schon der Mehrwald, der ins Klo gekommen war, hatte *Herr* Klein gesagt, ganz deutlich: Herr Klein, Sie sollen bitte ins Bürogebäude kommen. Einen Moment hatte Klein den Mehrwald angestarrt, der ihn freundlich anlächelte, und dann war er hastig aufgestanden und hatte sich mit fahrigen Bewegungen zwischen den ihm nur langsam Platz Machenden aus dem Vorraum des Klos gedrängt, hinter ihm war ein Gelächter losgegangen, irgendwer hatte den Mehrwald nachgeäfft, Herr Klein, bitte, habts gehört, *Herr* Klein hat er gesagt, aber Klein hatte das gar nicht wahrgenommen, er hatte auch nicht mehr gehört, daß der Eder ihm nachschrie, er solle denen da drüben einen schönen Gruß sagen und sich erkundigen, wohin man in Zukunft scheißen solle, er war durch die Schwingtür ins Stiegenhaus gegangen und dort erst hatte er gemerkt, daß er noch immer die brennende Zigarette in der Hand hielt, und er hatte sich schnell umgesehen, ob nicht jemand das bemerkt habe, aber das Stiegenhaus war leer, und Klein war die Stufen hinuntergestolpert, in den Ohren und im Magen hatte er sein Herz gespürt, wenn es nur wahr ist, wenn es nur wahr ist, mein Gott, wenn es nur wahr ist, hatte er dauernd gedacht, wenn es nur wahr ist, am liebsten hätte er sich schnell auf die Stufen hingekniet und hätte ein Gebet losgelassen, Unsinn, hatte er aber gleich wieder gemeint, Unsinn, niemand kann ihm jetzt helfen, es ist ja alles schon entschieden, die da drüben ändern doch den Grund, warum sie ihn rufen lassen, nicht mehr, es muß einfach wahr sein, das hält doch niemand aus: jetzt solche Hoffnungen zu haben, und dann ist es vielleicht nur ein Irrtum. Aus welchem Grund sollen sie ihn denn sonst rufen lassen? Es muß dieser eine Grund sein, sonst hält er es nicht aus, er hat doch so darauf gewartet. Unerträglich lange zwei Monate seit dem Test, mit jedem weiteren Tag hat er dringender darauf gewartet und hat sich gar nicht mehr vorstellen können, daß er hier jahrelang hereingegangen war, ohne wirklich etwas erwarten zu können, jedesmal, wenn ein Vorarbeiter oder ein Mensch der Betriebsverwaltung in seine Nähe gekommen ist, hat er erwartet, daß es jetzt endlich heißen würde, herzlichen Glückwunsch, Klein, Sie haben es geschafft, Sie können zusammenpacken und ins Bürogebäude übersiedeln, und wenn er den Mehrwald mit einem anderen Arbeiter hat reden sehen, hat er gehofft, sie reden über etwas anderes und der Mehrwald überbringt jetzt diesem anderen nicht gerade die Nachricht vom Ausgang des Tests; jeden Morgen, wenn er in die Fabrik gekommen ist, hat Klein erwartet, heute würde die Nachricht kommen; wenn er zum Umziehen in den Garderoberaum getreten ist, hätte er am liebsten sofort die Frage herausgeschrien, weiß man schon etwas?, wer ist es geworden?, aber er hat sich immer sofort zu einem gleichgültigen Gesichtsausdruck gezwungen, um nicht als der dazustehen, der sich für so gut hält, um glauben zu können, er werde das Rennen machen, um später nicht ausgelacht zu werden als einer, der sich nur eingebildet hat, er sei so gescheit, gescheiter als die anderen, wenn er doch nicht der Beste beim Test sein sollte; immer hat er erst in die Gesichter geschaut, ob da nicht schon eine Ankündigung war, und dann erst hat er ganz nebenbei die Frage gestellt.

Schon als Klein den Anschlag auf dem Schwarzen Brett neben der Stechuhr gelesen hatte, auf dem mitgeteilt wurde, daß für eine Abteilung der Betriebsverwaltung ein Mitarbeiter gesucht werde, schon damals hatte Klein, als er unter den anderen vor dem Schwarzen Brett stand, ganz deutlich das Gefühl gehabt, das sei jetzt seine Chance, und eigentlich habe man diesen Anschlag nur für ihn aufgehängt, und er hatte sich sofort vom Portier in die Kandidatenliste eintragen lassen, und am Abend nach dem Test, der ein paar Tage später im Speisesaal stattgefunden hatte, zog er gegen jede Gewohnheit zum Weggehen ein weißes Hemd an und band eine Krawatte um. Er hat ganz genau gewußt, daß ein weißes Hemd mitten in der Woche für einen Arbeiter eine Anmaßung war. Wie konnte denn ein Arbeiter mitten in der Woche weiße Hemden anziehen, wenn doch sonst nur Angestellte mitten in der Woche weiße Hemden anhatten? Was sollten denn die Angestellten sonst für Hemden anziehen? Und ihm war ja auch niemand gestorben, sodaß man hätte meinen können, er habe nach dem Begräbnis nur aufs Umziehen vergessen. Damals schien ihm, als könne er mit dem angemaßten weißen Hemd erzwingen, es in Hinkunft auch rechtmäßig tragen zu können, so als könne er damit den Ausgang des Tests günstig für sich beeinflussen: Wenn er schon ein weißes Hemd anhat und damit wie ein Angestellter aussieht, dann mußten die Betriebsleitung und der

Psychologe, der den Test veranstaltet hatte, sich denken, daß er unter all den Kandidaten schon der richtige Mann sein werde. Trotzdem hatte er die ganze Zeit, während er mit dem weißen Hemd und der Krawatte in einem Lokal saß, das Gefühl gehabt, als übertreibe er. Und zu Heidi, die seinen Aufzug selbstverständlich unpassend fand, hatte er, als er das erste Mal wochentags so vor ihr erschienen war, gesagt, er weiß selber nicht warum, aber ihm ist heute so nach Feiern zumute, und er hat sowieso schon beim Salzamt um eine Sondergenehmigung angesucht, hatte er es gleich ins Lächerliche zu ziehen versucht, weil er ganz sicher gewesen war, auch sie werde seine *wahren* Gründe, seine *Berechtigung* nicht verstehen oder höchstens als Hochstapelei mißverstehen, wie das der Vater genannt hatte.

Doch jetzt hatte man ihn rufen lassen.

Der Mehrwald hatte angeblich nicht gewußt, was man von Klein wollte. Aber er hat vieldeutig gelächelt. Und er ist sehr freundlich gewesen. *Herr* Klein, hat er gesagt, und Bitte auch noch. Das hat der Mehrwald bis jetzt nie notwendig gehabt. Durch die untere Halle und auf dem Weg über den Hof hatte Klein alle Indizien zusammengesucht, die für seine Hoffnung sprachen. Mit aufgeweichten Händen war er dann dem Betriebsleiter Kramer und dem Niggisch im Besprechungszimmer gegenübergestanden und hatte mit einem Blick gesehen, daß es zumindest nichts Schlechtes war, was da auf ihn zukam, und etwas Gutes konnte für ihn im Moment sowieso nur eines sein, und das hatte der Kramer dann auch tatsächlich gesagt. Mit einem freundlichen Lächeln. Klein hatte ein wenig den Atem angehalten, um nicht ganz tief aufzuseufzen. Der Kramer, der ihn sonst kaum zurückgegrüßt hatte, hatte ihm sogar die Hand gegeben und ihn dem Niggisch vorgestellt. Aha, hatte der Niggisch genickt, das sind also Sie, und er hatte ein wenig enttäuscht ausgesehen, als habe er sich unter dem Gewinner einen ganz anderen als Klein vorgestellt. Abwechselnd hatten der Kramer und der Niggisch dann geredet, als hätten sie es vorher mit verteilten Rollen einstudiert, es sei ein Versuch, den man mit ihm mache, erst einmal ein Versuch, hatten sie gesagt. Das Ergebnis des Tests, bei dem Klein, zugegeben, am besten von allen Kandidaten abgeschnitten habe, verpflichte sie nämlich zu gar nichts. Das sei nur einmal eine erste Vorauswahl gewesen. Klein solle sich also keine falschen Hoffnungen machen. Anspruch habe er nämlich keinen. Es komme ganz auf ihn an, ob er die Chance, die er da bekomme, auch nütze, denn über eins müsse er sich im klaren sein, so eine Chance, vom Hilfsarbeiter direkt ins Arbeitsvorbereitungsbüro aufzusteigen, sei einmalig, und eine solche bekomme er nicht wieder. Wenn sich der Lesjak nicht mit dem Auto erschlagen hätte, hätte die Firma ja auch keinen Test ausschreiben müssen. Und die Firma hätte ja auch gleich einen fix und fertig ausgebildeten Mann nehmen können. Daß sie einem Mitarbeiter nun diese Chance einräume und ihn auszubilden gedenke, sei ein Zuvorkommen der Firma, das man nicht so bald irgendwo finden werde. Aber wie gesagt, die Firma könne genausogut jemand anderen nehmen. Der Firma komme es ja nicht auf Personen an, sondern einzig und allein auf die Eignung. Nicht wahr? Man werde ihn also jetzt einmal zwei Wochen ausprobieren, und dann werde man weitersehen. Wenn er etwas taugt, werde man ihn auf Kurse schicken. Klein war gestanden und hatte zugehört, mit einer ihn benommen machenden Hitze und immer wieder mit Gedanken im Kopf, die gar nicht zum Thema gehörten. Ganz verrückt kam es ihm vor, daß der Niggisch, der klein und unauffällig war, der Chef jener Abteilung sein sollte, der sie draußen in den Hallen alle in den letzten Jahren hereingebrochenen Rationalisierungsmaßnahmen zu verdanken gehabt hatten. Undeutlich hatte er sich erinnert, ihn schon ein paarmal durch die Halle gehen und mit einem Vorarbeiter reden gesehen zu haben. Damals hatte er aber nicht gewußt, wer und was dieser Mensch mit dem ziemlich schäbigen Arbeitsmantel war. Dieser unscheinbare Mensch sollte der sein, dem sie Mord und Totschlag angedroht hatten? Anbrunzen und in die Sonne stellen? Der sollte verantwortlich sein dafür, daß sie plötzlich auch bei der ärgsten Schinderei höchstens noch auf die Hälfte der früheren Akkordprämie gekommen waren? Sie hatten ja draußen nie erfahren, wer ihnen das eingebrockt hatte. Die Änderungen waren einfach anonym dahergekommen. *Irgendwer* hatte ihnen die Vorgabezeiten gekürzt. Sie waren einfach gekürzt worden. Irgendwer hatte sich andere Arbeitsabläufe ausgedacht, Abläufe von einer Art, daß sie zu Beginn gemeint hatten, kein Mensch könne sich so bewegen. In ihrer Unwissenheit hatten sie ihre ganze Wut auf die beiden Zeitnehmer, auf den Korbel und den Ondra, geladen, aber daß die beiden *wirklich verantwortlich* für die Änderungen sein könnten, hatte doch keiner ernsthaft geglaubt. Wenn Klein sich schon einen Mann im Hintergrund vorzustellen versucht hatte, dann hatte er sich immer eine nicht nur im übertragenen Sinn schlagkräftige Persönlichkeit ausgedacht. Auf keinen Fall wäre er auf eine Figur wie den Niggisch gekommen. Auf einen zerknitterten Hemdkragen mit aufgebogenen Spitzen. Auf ein nicht einmal mehr richtig weißes Hemd. Daß der Niggisch nicht gerade sympathisch war, das paßte.

Immer wieder hatte Klein den Niggisch und den Kramer angenickt und versucht, ein zuversichtliches Gesicht zu machen. Ganz gleich, was die sagen, hatte er gedacht, jetzt ist er endlich im Bürogebäude drin, jetzt nützt er seine Chance. Nur seine Leiche bringt man da wieder hinaus. Er ist doch nicht verrückt. Nach so einer Beförderung wieder degradiert zu werden, wäre tödlich. Unmöglich, sich weiter in der Fabrikshalle aufzuhalten. Nur mehr als einer herumzugehen, der sich einen Moment über die anderen erhoben hat und der wieder gefallen ist und der nun um so leichter hinuntergetreten werden kann, den der Spott erschlagen würde. Als der Kramer und der Niggisch aufstanden, hatte Klein nicht gewußt, ob er sich bedanken und wie er da sagen sollte. Womöglich wartete man auf seinen Dank, und wenn er nichts sagte, war das vielleicht gleich der erste Minuspunkt. Aber alle Sätze, die ihm eingefallen waren, waren ihm viel zu geschwollen erschienen: Ich werde mich Ihres Vertrauens für würdig erweisen! Ich werde alles daransetzen, Ihre Erwartungen

nicht zu enttäuschen! Es war sicher besser, so etwas nicht zu sagen, kam ihm vor. Für die beiden war er noch kein Angestellter. Für die war er noch ein Arbeiter. Also sollte er wohl besser Arbeitersätze sagen. Schließlich hatte er dann nur gesagt, daß er sich bedanken möchte. Wenn er sich schon bedanken will, hatte der Kramer daraufhin gemeint, dann soll er sich anstrengen.
Er ging durch die obere Halle an seinen Arbeitsplatz zurück und hatte ganz deutlich das Gefühl, daß man ihm bereits ansehen konnte, daß er jetzt etwas anderes war. Um nicht zu grinsen, preßte er die Lippen zusammen und versuchte so auszusehen, als sei gar nichts passiert oder als sei alles, was geschehen war, eine Selbstverständlichkeit für ihn. Etwas, das er mit Sicherheit hatte erwarten können. Worauf er jetzt nicht extra stolz sein mußte. An seinem Platz arbeitete schon ein anderer, arbeitete mit dem Schraubenschlüssel, zu dem Klein noch vor kurzem *mein* Schraubenschlüssel gesagt hatte, und einen Augenblick schien es Klein, als sähe er sich selber beim Arbeiten zu. So hatte er also die ganzen Jahre über ausgesehen, wenn er dort gearbeitet hatte. Wie ein Mensch, der den Veitstanz hat. Ganz kurz kam ein Gefühl wie Befriedigung in ihm hoch, als er merkte, daß sein Nachfolger nur mühsam mit der Bandgeschwindigkeit Schritt halten konnte. Ganz auswechselbar war er also doch nicht. Sein Nachfolger würde sicher ein paar Wochen brauchen, bis er wirklich ein vollwertiger Ersatz für ihn war. Oder zumindest ein paar Tage. Sollte er ihm sagen, mach dir nichts draus, du wirst es schon auch noch lernen? Schließlich war das auch ihm einmal gesagt worden. Und sollte er ihm schnell noch ein paar der Tricks beibringen, auf die man erst nach Monaten kam? Aber ihm waren ja schließlich auch keine Tricks beigebracht worden, als er angefangen hatte. Er nahm seine Tasche aus dem Fach unter der Werkbank und stellte die noch halbvolle Thermosflasche hinein. Eigentlich könnte er sie ja dalassen, weil ins Büro würde er keine mehr mitnehmen. In Büros, meinte er, kochen die Weiber sowieso in einem fort Kaffee. Was ist mit dir?, schrie der Maresch vom Nachbarband herüber.

Ich bin weg, sagte Klein, endgültig weg. Der Maresch riß die Augen auf, was, schrie er, gekündigt? Klein ging langsam hinüber. Er wußte, daß auch Maresch den Test mitgemacht hatte, daß auch er sich die einmalige Chance hatte geben lassen, ins Arbeitsvorbereitungsbüro aufzusteigen. Nein, schüttelte Klein den Kopf, nicht entlassen, ich war der Beste beim Test. Der Maresch versuchte zu grinsen, wirklich?, sagte er ganz leise, wirklich? Klein zuckte die Schultern, ich kann auch nichts machen, sagte er, aber tu dir nichts an, es kann eben nur einer gewinnen. Ja eh, sagte der Maresch, eh. Klein stand noch einen Moment herum und wußte nicht, ob er sich von seinen früheren Nebenleuten am Band verabschieden sollte. Aber davon hatte keiner was, und wahrscheinlich würden sie dann sowieso nur glauben, daß er sich aufspielen will. In spätestens zehn Minuten würde es ohnedies die ganze Halle wissen. Wenn der Maresch es erst einmal wußte. Er ging hinunter in den Garderoberaum, um den Spind auszuräumen. Obwohl er ihn jetzt so lange benützt hatte, war der Spind genauso unpersönlich wie am ersten Tag. Manche hatten sich Fotos von nackten Frauen aus Illustrierten hineingehängt, um den Spind *persönlicher* zu machen, aber er nicht. Er hatte ja nie die Absicht gehabt, sich hier häuslich niederzulassen, hier heimisch zu werden. Er hatte sogar eine seltsame Scheu davor gehabt, irgendeine persönliche Spur zu hinterlassen, so als könne das etwas sein, was ihn hier festhalten würde. Die Arbeit, die er getan hatte, trug ja keinen Namen, niemand sah den Pumpen an, die an ihm vorbeigewandert waren, wer seine Hände dran gehabt hatte. Da hinterließ er nichts Persönliches. Die Arbeit hatte ja nach Vorschrift, genau nach Vorschrift geschehen müssen, und er hatte höchstens draufspucken und sich einbilden können, nun habe der Krempel unter seinen Händen tatsächlich etwas mit ihm zu tun. Er hatte lediglich die Anfangsbuchstaben seines Namens an die Spindtür geschrieben, um nicht immer wieder in einen falschen Spind zu geraten und sich sagen lassen zu müssen, er solle gefälligst fremdes Eigentum in Ruhe lassen. Die Buchstaben waren mit den Jahren schon ziemlich verblaßt. Bevor Klein aus dem Garderoberaum ging, machte er sie mit dicken, schwarzen Bleistiftstrichen unleserlich.

Knapp nach zwölf stieg Klein die Treppe zur Wohnung der Eltern hinauf. Er ging von Zimmer zu Zimmer und machte sogar die Klotür auf. Niemand war zu Hause. Die großspurigen Sätze, die er sich beim Nachhausegehen vorgedacht hatte, waren noch immer so deutlich in seinem Kopf, daß er sie am liebsten laut in die Stille der Wohnung hineingesagt hätte. Warum war gerade heute niemand da? Gerade heute? Wenigstens die Mutter hätte da sein können. Die hatte doch um zwölf Uhr Arbeitsschluß, und weit nach Hause hatte sie es auch nicht. Sicher hatte sie irgendwo auf dem Weg eine andere Frau getroffen und stand jetzt da und quatschte belangloses Zeug daher, ohne ein Ende finden zu können, ließ sie sich irgendwelche, sie gar nicht betreffende Geschichten erzählen, während sie zu Hause von ihm lebensverändernde Neuigkeiten erfahren hätte. Oder sollte er schnell zu Heidi rennen? Aber das war zu weit weg. Da käme er nicht mehr rechtzeitig zurück in die Firma. Und schon gar nicht zu einem Mittagessen an einem Angestelltentisch. Aber Heidi würde Augen machen. Sie war ja die einzige gewesen, die gesagt hatte, unter den Besten, könne sie sich vorstellen, werde er sicher sein. Allerdings hatte er gestern mit ihr schon wieder einmal gestritten. Er wußte zwar nicht mehr, wie es angefangen hatte, aber aufgehört hatte es wie schon so oft damit, daß sie geheult und gesagt hatte, sie läßt sich nicht dauernd sagen, daß sie genauso blöd wie ihre Mutter ist und was sie alles falsch macht; er soll sich endlich eine suchen, die ihm gescheit genug ist und für die er sich vor den Leuten nicht genieren muß, wenn ihn so eine überhaupt will. Da braucht sie sich gar keine Sorgen machen, hatte er sie angegrinst, und sie war stehengeblieben, na was glaubst denn du schon, wer du bist, hatte sie geschrien und sich umgedreht und war davongelaufen. Eine Zeitlang läßt er sie jetzt dünsten, hatte er sich vorge-

nommen, bis sie von selber kommt. Aber jetzt konnte er natürlich eine Ausnahme machen. Das war ein Grund für eine Ausnahme. Heute abend würde er hingehen.
Er warf seine Arbeitskleider in eine Ecke und schlüpfte in ein weißes Hemd. Sollte er der Mutter einen Zettel schreiben? Ab heute ist alles anders! Bin Angestellter geworden! Oder: Bin im REFA-Büro. Das würde für sie noch exotischer klingen. Aber wenn er ihr wirklich eine Nachricht hinterließ, dann würde er ihr Gesicht nicht sehen können, mit dem sie auf die Neuigkeit reagieren würde. Dann erfährt sie es eben später, dachte er, und es kam ihm so vor, als sei das auch gleich die gerechte Bestrafung dafür, daß sie nicht da war. Sie hätte es sonst am Nachmittag gleich allen Leuten erzählen können. Vier Stunden früher hätte sie sich darüber freuen können, daß sie jetzt nicht mehr davonrennen mußte, wenn die Nachbarinnen von ihren Söhnen redeten, die einen schönen Posten hatten und brav waren und auf dem besten Weg, noch einen schöneren Posten zu bekommen und noch braver zu werden. Gleich hätte sie ihnen zeigen können, daß ihr Sohn ein noch viel braverer Sohn sei, der Beste sei er gewesen, hätte sie sagen können. Der Beste von dreiunddreißig. Er zog die Jacke seines grauen Anzugs an und musterte sich im Spiegel. Zum ersten Mal hatte er den Anzug an einem Arbeitstag vor Arbeitsschluß an. Wie ein richtiger Angestellter, dachte er, wie ein geborener Angestellter. Endlich würde ihn niemand mehr mit etwas anderem verwechseln können. Endlich war er auch außen, was er im Innern schon längst gewesen war. Leider war das Stiegenhaus leer, als er wieder hinunterging.
Er ging schnell zur Fabrik zurück. Der schmutzige Schneematsch, der an den Straßenrändern zusammengeschoben war, störte ihn. An so einem Tag war das doch unpassend. Ein herrlicher Frühlingstag müßte sein, oder Sommer, ein Tag wie für eine Fronleichnamsprozession. Wenn er nämlich später einmal an diesen Tag zurückdenken würde, müßte er sich Schneematsch und Dreck vorstellen! Bevor er durchs Tor der Fabrik ging, sah er an sich hinunter, zupfte das weiße Stecktuch zurecht, und plötzlich wußte

er nicht, ob die Angestellten während der Arbeit überhaupt Stecktücher trugen. Er versuchte sich ein paar Angestellte vorzustellen, aber er konnte sich nicht erinnern, ob sie auf der Brust etwas Weißes gehabt hatten. Wenn die Angestellten kein Stecktuch hatten, dann würde er, wenn er eins hatte, gleich einmal auffallen. Und auffallen konnte nur heißen: *unangenehm* auffallen. Vielleicht würde man ihm sagen, daß er auf keinem Ball sei. Aber wer sollte ihm das sagen? Er war schließlich kein Arbeiter mehr, dem *alles* gesagt werden konnte. Und im Bürogebäude herrschte doch, soviel er bis jetzt gemerkt hatte, ein ganz anderer Ton. Plötzlich entschlossen, zog Klein das weiße Spitzentuch heraus und steckte es in die innere Brusttasche. *Deswegen* zahlte es sich ja eigentlich wirklich nicht aus, aufzufallen.

Auf der Verladerampe saßen einige Arbeiter in der schwachen Märzsonne. Klein sah, ohne den Kopf zu wenden, aus den Augenwinkeln zu ihnen hinüber. Er hörte sie reden und lachen, und sofort hatte er das Gefühl, daß sie über ihn sprachen. Wie von selbst schlüpfte seine linke Hand in die Hosentasche, und er paßte genau auf seine Beine auf, die er bei jedem Schritt so deutlich spürte, daß er fürchtete, sie kämen ihm durcheinander. Es ist ja nur der Neid, sagte er sich vor, die haben ja alle nur einen Neid. Trotzdem wäre es ihm im Moment lieber gewesen, wenn er das weiße Hemd und den Anzug nicht angehabt hätte.

In der Kantine waren die meisten schon mit dem Essen fertig, hockten nur noch redend da, rauchten und stocherten in den Zähnen. Klein hatte sich vorgestellt, er werde ganz einfach an den Tischreihen vorbeigehen, an denen die Arbeiter saßen, und werde sich an einen Tisch setzen, der für die Angestellten reserviert war, an einen Tisch mit einem weißen Tischtuch, und er werde sich das Essen bringen lassen. Gleich heute wird er allen zeigen, wohin er jetzt gehört. Er sah sich um, ob jemand aus der Arbeitsvorbereitung da war, irgendeiner seiner neuen Kollegen, der schon wußte, daß er, der Herr Klein, ein Recht hatte, an einem weißgedeckten Tisch zu sitzen, irgendeiner, mit dem Klein sich schon ohne weiteres würde ein paar Worte zu wechseln getrauen. Aber nur der Korbel, der Zeitnehmer, war noch da, und Klein ging auf ihn zu, der Korbel sah in seine Richtung, verzog aber keine Miene, machte keine Anstalten, den näher kommenden Klein als neuen Kollegen zu erkennen. Hatte der Korbel keine Augen im Kopf? Er hatte Klein doch am Vormittag, so wie die anderen der Abteilung, die Hand gegeben. Sah er nicht, daß Klein ein weißes Hemd anhatte? Klein hielt sich am Stoff seiner Hosentasche fest, tat schnell so, als suche er jemanden, und ging hastig zur Essensausgabe hinüber. Er nahm ein Tablett vom Stapel und wartete, bis die Köchin, die hinten in der Küche schon mit dem Aufräumen angefangen hatte, zu ihm herankam. Er spürte ganz deutlich die Blicke der Menschen in seinem Rücken, alle sehen ihn an, hatte er das Gefühl, sicher sehen ihn jetzt alle an, und plötzlich ärgerte er sich, daß er sich nicht demonstrativ an einen Angestelltentisch gesetzt hatte. Warum hatte er sich nicht getraut? Es hätte ihn doch niemand vertreiben können. Aber allein an einem solchen Tisch wäre er ja richtig wie auf einem Präsentierteller gesessen. Und wie hätte er das aufgeregte Bewußtsein, daß er jetzt ganz allein zum Anschauen dort saß, vertreiben sollen? Aber wozu war er denn überhaupt essen gegangen? Doch nicht, um jetzt vor der Essensausgabe zu stehen und sich aus der Kantine hinauszuwünschen, sich zu wünschen, daß er sich jetzt einfach in Luft auflöst, weil ihm die Vorstellung, das Tablett wieder zurückzulegen und quer durch die Kantine auf den Ausgang zuzugehen, so unangenehm ist, daß ihm ganz heiß wird. Klein wendete ein wenig den Kopf, doch soviel er erkennen konnte, sah ihn überhaupt niemand an. Aber was hieß das schon? Sicher hatten sie ihn alle eben noch angestarrt und nur im Moment den Blick weggedreht. Die Köchin stellte ihm den Suppenteller und den Teller mit dem Fleisch aufs Tablett. Den Vanillepudding, den es jeden zweiten Tag gab, schob Klein wie immer zurück. Sonst hatte die Köchin gleich gesagt, wer heikel ist, bleibt übrig, aber heute sagte sie nichts, bekam sie nur eine steile Falte zwischen den Brauen. Die traut sich jetzt nichts mehr sagen, dachte Klein sofort, die hat gleich gesehen, daß sie sich bei mir nichts mehr erlauben darf. Sollte er sich nicht doch noch neben den Korbel setzen? Gestatten sagen, ist da frei? Wenn er einmal dort saß, würde der Korbel ihn erkennen und mit ihm reden müssen. Rasch ging Klein auf ihn zu, aber noch bevor er ihn erreichte, stand der Korbel auf, und Klein drehte sich mit seinem Tablett jäh zu den Arbeitertischreihen hinüber.

Als er sich neben den Willner an den Tisch setzte, ohne recht zu merken, wer dort saß, spürte er, daß er einen ganz heißen Kopf hatte, und er war auf einmal so müde, als hätte er eine ungeheure Anstrengung hinter sich. Der Willner klappte den Mund überrascht auf, was ist denn leicht mit dir?, sagte er. Klein zuckte die Schultern und schüttelte den Kopf, was soll sein, fragte er, was soll denn sein mit mir. Der Willner deutete mit der Gabel auf Klein hin, na, so wie du ausschaust, sagte er. Klein faßte an den Aufschlag seiner Jacke, das meinst du, sagte er, weißt du es noch nicht? Der Willner gab keine Antwort und sah ihn nur an. Ich bin doch jetzt im Büro, sagte Klein, und er war froh, daß der Satz genauso klang, als habe seine Übersiedlung ins Angestelltengebäude schon vor Monaten stattgefunden und müßte mittlerweile allen bekannt sein. Ach so, sagte der Willner und rückte wie in einem Reflex mit seinem Tablett ein Stück zur Seite. Sonst schien ihm im Moment nichts mehr einzufallen. Klein sah stur auf seinen Teller. Denn wenn er den Kopf hob, hatte er die weißen Tische der Angestellten im Blick. Warum saß er nicht dort drüben? Warum hatte er es nicht geschafft? Warum schaffte er so was nicht? Auf dem Tisch, an dem er saß, war natürlich kein weißes Tischtuch. Dafür aber Soße, die jemand ausgepatzt hatte. Die Geräusche, die der Willner beim Essen machte, waren ihm plötzlich so zuwider, daß er ihm am liebsten den Teller hinuntergestoßen hätte. Noch nie, schien ihm, war ihm so deutlich aufgefallen, wie dieser Kerl fraß. Fraßen alle so, die an diesen

Tischen da saßen? Den halben Teller auf einmal hineinschieben, als hätten sie Angst, daß ihnen jemand etwas wegfrißt, und dann mampfen, noch dazu mit Maulauf- und -zuklappen, sodaß man das zerkaute Zeug sehen konnte? Das war doch eine Zumutung. Am liebsten hätte Klein sein Essen stehengelassen und wäre gegangen. Denn wenn er mit so einem Menschen an einem Tisch saß, dann würde ihn doch jeder auch für so einen halten, selbst wenn er anders aussah und anders aß. Bei ihm hörte man nichts. Er hatte die Lippen beim Kauen fest zu. Aber er konnte jetzt nicht einfach davon. Was sollte er zum Willner sagen, um den plötzlichen Abgang und das Stehenlassen des Essens zu begründen? Was würde der sich dann wieder denken? Daß ihm vielleicht der Anzug und das weiße Hemd zu Kopf gestiegen sind? Oder etwas Ähnliches.
Aber morgen, das wußte Klein, würde er gemeinsam mit einem aus der Arbeitsvorbereitung essen gehen. Da würde er ganz selbstverständlich und ohne Krämpfe an einem weißen Tisch zu sitzen kommen. Denn ehe er sich noch einmal zu denen da herübersetzt, hungert er.

REFA, stand auf einem Schild an der Tür, und darunter waren schmale Kärtchen mit den Namen der Leute, die da arbeiteten, unter eine Glasplatte geschoben, alle in Normschrift geschrieben, Ing. A. Niggisch als einziger Name in Großbuchstaben. Die Abteilung war klein. Zwei gleich große Räume, die nur durch eine Glaswand mit Schiebetür voneinander getrennt waren, sechs Schreibtische im einen Raum, der Niggisch hinter der Glaswand allein im anderen, von wo er alle seine Untergebenen beobachten konnte, während sie erst den Kopf drehen mußten, um ihm beim Beobachten zuschauen zu können. Klein hatte den ganz links stehenden Schreibtisch bekommen, sodaß er wiederum alle anderen der Abteilung im Rücken hatte, während sie ihn im Blick hatten und er nur die Wand und den daran befestigten Bildkalender anstarren konnte. Alle im Nacken zu haben, fand Klein nicht gerade erfreulich, aber so war er wenigstens am weitesten vom Niggisch entfernt. Schließlich war es ihm in den Jahren, in denen er in Fabrikshallen gestanden war, zu einem fast körperlichen Bedürfnis geworden, so weit weg wie möglich von den Befehlshabern zu sein. Zwar konnte er sich nicht vorstellen, daß es im Bürogebäude zwischen Abteilungsleitern und gewöhnlichen Angestellten so zugehen würde wie draußen zwischen den Meistern, Vorarbeitern und den Arbeitern, aber zumindest schaden, meinte er, konnte so eine Distanz nicht.

Der Herr Steiner werde ihn jetzt *anlernen,* sagte der Niggisch zu Klein, bevor er sich nach der Mittagspause hinter seine Glaswand zurückzog. Klein erschrak, weil ihn dieses Wort sofort an draußen erinnerte, an die Fabrikshalle, an die angelernten Hilfsarbeiter, daran, wie er selber angelernt worden war. Anlernen? Schon wieder nur anlernen? Würde er denn auch hier nur ein Angelernter werden und kein Gelernter? Anlernen war schließlich nicht lernen. Das war abrichten. Ein paar Handgriffe so lange zu üben, bis sie scheinbar von selber gingen, bis man schließlich etwas tat, wo man nachher, wenn es erledigt war, nicht einmal mehr mit Sicherheit sagen konnte, daß man es *selbst* gemacht hatte, man eher den Eindruck hatte, daß es irgendwie *von selber* passiert war. Gab es vielleicht Fachangestellte wie es Facharbeiter gab? Und angelernte Hilfsangestellte wie angelernte Hilfsarbeiter? Gab es das? Aber dann fiel ihm ein, daß man ihm doch Kurse versprochen hatte. Zumindest in Aussicht gestellt hatte man sie ihm. Und Kurse waren etwas für den Kopf. Und einen Kopf konnte man wahrscheinlich nicht so dressieren, daß er fortwährend das gleiche dachte, so wie man Hände dazu bringen konnte, immer wieder die gleichen Griffe zu machen. Und vielleicht, redete Klein sich ein, hatte der Niggisch das Wort Anlernen auch nur unüberlegt ausgesprochen, ohne zu wissen, was es *eigentlich* bedeutete. Was es *draußen* bedeutete.

Der Steiner schien ohnedies keine Ahnung zu haben, was er Klein beibringen, wie er ihn anlernen sollte. Er zuckte, als die Tür hinter dem Niggisch einschnappte, die Schultern, ja mein Gott, sagte er, anlernen, wie denn anlernen? Er hat doch keine Zeit, Klein jetzt des langen und breiten die Grundbegriffe der Arbeitsvorbereitung beizubringen. Schließlich hat er selber eine Postarbeit. Die Arbeit, die man morgen kriegt, muß sowieso schon immer gestern fertig sein. Hilfesuchend sah er den Tarmann und den Bachholder an, die aber auch nur die Schultern hochzogen. Ohne Kurs, schüttelte der Bachholder den Kopf, ganz ohne Kurs? Klein hatte gute Lust, ihn zu fragen, ob er nicht auch einmal als Unwissender angefangen habe oder ob er gleich mit dem nötigen Grundwissen für einen Angestellten der REFA-Abteilung auf die Welt gekommen sei. Naja, irgendeine Beschäftigung, meinte der Tarmann, irgendwas wird sich doch finden lassen für ihn. Der Steiner fing an, in seinem Schreibtisch herumzukramen, seufzte und schüttelte mehrmals den Kopf in Richtung Niggisch, als hätte der ihm aufgetragen, einem Arm- und Beinamputierten den Gebrauch von Hammer und Schraubenschlüssel beizubringen. Also nichts lernen, dachte Klein, beschäftigen wollen sie mich da. Wie sollte er da die Probezeit bestehen, wenn nichts in seinen Kopf kam? Der Steiner riß einen Stapel Listen mit Zahlenkolonnen aus einem Schreibtischfach und erklärte Klein umständlich, wie die elektrische Rechenmaschine funktionierte und was er zu rechnen habe. Für den Anfang, meinte er zufrieden, sind Sie da eh eingedeckt.

Ohne zu wissen, was sie bedeuteten, tippte Klein die Zahlen in die Maschine. Das seien die Daten der Nachkalkulation, hatte der Steiner ihm gesagt. Gut, Nachkalkulation. Aber was war eine Nachkalkulation? Klein überlegte, ob er den Steiner nicht fragen sollte. Aber vielleicht würde es dann wieder nur heißen: Naja, ob Sie das verstehen? Ohne Kurs? Zumindest, fand Klein, war das, was er tat, keine schlechte Arbeit. Eigentlich sogar eine schöne Arbeit. Wenn er sich vorstellte, statt dessen wieder draußen in der Halle zu stehen, dann mußte er zugeben, daß das eine schöne Arbeit war. Sicher die schönste, die er bis jetzt gehabt hatte. Niemand stand hinter ihm und trieb ihn an. Und wenn er einen Moment eine Pause machte, dann blieb die Rechenmaschine unverrückbar auf dem Schreibtisch stehen, lief ihm nicht davon wie draußen das Fließband, sodaß er sich hätte nachstürzen müssen und der Moment Atemholen sofort wieder durch ein Außer-Atem-Kommen bestraft worden wäre. Er betrachtete seine Hand, die auf die Tasten der Rechenmaschine tippte, und je länger er sie ansah, um so stärker wurde der Eindruck, daß diese Hand, die da, *während* sie arbeitete, aus einer weißen Manschette ragte und die sauberen roten und schwarzen Tasten drückte, unmöglich die seine sein konnte. Es war ein Gefühl, als betrachte er sich bei etwas, das gar nicht wirklich war, das er sich nur zu lange gewünscht hatte, als sei alles, der weiche Drehsessel unter ihm, die großen, blanken Fenster, die ruhigen Sätze in seinem Rücken nur eine Vorstellung, aus der er gleich wieder herausfallen könnte. Herausfallen aus dem Phantasieren und sich am Fließband wiederfinden. Wie groß der Unterschied war! Allein die Ruhe hier! Die Sauberkeit! Die Höflichkeit der Angestellten untereinander! Bitte, danke. Können Sie bitte einmal? Gehen Sie, seien Sie so gut! Aber gern! Wie aus einem halbbarbarischen Zustand in die Zivilisation gefallen kam Klein sich vor. Scheiße zu denken, wenn man die Zahlen durcheinandergebracht hatte, schien hier nicht am Platz zu sein. Es zu sagen, überhaupt unmöglich. In den Pausen würde hier sicher nicht bloß über Fußball und Weiber geredet werden. Worüber aber? Würde er da mitreden können? Nach einer Stunde nahm Klein die Uhr vom Handgelenk, weil er merkte, daß ihm bei dieser Arbeit die Zeit nicht verging. Das mußte er sich auch noch abgewöhnen: ständig auf die Uhr zu schauen und auf den Arbeitsschluß zu warten. Schließlich war das die typische Einstellung der Arbeiter zur Arbeit, kam ihm vor. Und die mußte er auf jeden Fall loswerden.

Jedesmal, wenn er das Telefon klingeln hörte, dachte er daran, Heidi im Geschäft anzurufen. Er wußte zwar, daß der Höfer es nicht gerne sah, wenn seine Verkäuferinnen während der Arbeitszeit Privatgespräche führten, aber heute wäre das Klein egal gewesen. Wenn das kein Grund

zum Anrufen war, was war dann ein Grund? Aber was sollte er am Telefon sagen? Wo doch alle im Zimmer zuhören konnten. Da bringt er doch nichts über die Lippen. Er kann ja nicht sagen, Heidi, rat einmal, von wo ich anrufe?, wenn du mich sehen könntest, wo ich bin!, und was ich anhabe!, das errätst du nicht!, ich bin der Größte gewesen beim Test, tatsächlich. Was würde man dann denken von ihm, wenn er so etwas sagt? Wenn er wirklich der geeignete Mann ist, denken sie vielleicht, dann braucht er sich gar nicht so beschenkt vorzukommen. Da muß er seinen Wert doch kennen. Wenn Privatgespräche nicht überhaupt verboten waren.
Kurz nach zwei fragte ihn der Bachholder, ob er auch etwas für die Jause bestellen wolle. Klein sah ihn überrascht an. Jause bestellen? Der Greißler neben der Schule bringe sie, wenn man ihn anrufe, erklärte ihm der Bachholder. Obwohl Klein am Nachmittag nie etwas aß, bestellte er eine Wurstsemmel und ein Cola. Das war also schon wieder ein Unterschied. Man durfte hier eine Jause bestellen. Früher war das am Vormittag auch in der Halle üblich gewesen, der Greißler war zu einem Fenster gekommen, und man hatte bestellen können, aber eines Tages hatte es geheißen, wo kommen wir denn da hin, wenn jeder von seinem Platz wegrennt. Einen Moment ärgerte sich Klein, daß ihm am Vormittag noch verboten gewesen war, was er jetzt durfte, aber dann sagte er sich, der vom Vormittag bin ich nicht mehr. Außerdem nützte es denen draußen einen Schmarren, wenn er jetzt aus Protest nichts bestellte. Gleich darauf fand er es blöd, daß er sich extra hatte sagen müssen, nicht mehr der vom Vormittag zu sein. Wie lange würde es denn dauern, bis ihm das endlich selbstverständlich war? Bis endlich aus seinem Kopf war, was er sowieso nie gewollt hatte? Er versuchte sich vorzustellen, was der Greißler für ein Gesicht machen, wie er ihn grüßen würde, wenn er, wie meistens am Abend nach der Arbeit, zu ihm einkaufen käme, und der Greißler wüßte dann schon, daß Klein nun zu denen gehörte, denen er die Sachen nachtragen, die er praktisch bedienen mußte. Aber leider wußte der

Greißler ja nicht, daß die Wurstsemmel und das Cola ausgerechnet für den Herrn Klein waren.
Niemand im Zimmer rauchte. Klein wartete bis nach drei, weil er dachte, dann gäbe es eine Pause wie draußen in der Halle. Aber alle arbeiteten weiter, aßen und redeten nur nebenher. Klein wußte nicht, was er davon halten sollte. Gab es hier keine Pause, oder waren seine neuen Kollegen so verrückt, darauf zu verzichten? War ihnen vielleicht gar das Arbeiten lieber, als nichts zu tun? Auf dem Fensterbrett neben Klein stand eine Schale, die ein Aschenbecher sein konnte. Und wenn schon ein Aschenbecher da war, würde man wohl auch rauchen dürfen. Explosionsgefahr wie draußen neben der Lackstraße gab es ja keine. Kaum hatte Klein ein paarmal an der Zigarette gezogen, wobei er sich bemühte, das so selbstverständlich wie möglich zu tun, kam der Niggisch aus seinem Glasverschlag gestürzt, da gebe es kein Rauchen, sagte er scharf, bei ihm werde nicht geraucht, er lasse das nicht zu, die anderen würden auch hinausgehen zum Rauchen, und überhaupt sei das eine Frechheit. Entschuldigung, sagte Klein und drückte hastig die Zigarette wieder aus, aber er habe das nicht gewußt. Na, jetzt wissen Sie es, sagte der Niggisch und schmiß die Glasschiebetür wieder hinter sich zu. Klein saß still da und tat so, als suche er die letzte Zahl auf der Liste, bei der er stehengeblieben war. Am liebsten wäre er auf der Stelle davongerannt. Was dachten die anderen jetzt hinter ihm? Es war also nur ein Irrtum gewesen, sich einzubilden, hier könne ihm nicht alles gesagt werden. Hier konnte ihm also genauso einer den Herrn zeigen. Oder war das nur so, weil er noch kein richtiger Angestellter war, sondern momentan noch immer ein Hilfsarbeiter, der bloß zur Probe im Angestelltengebäude sitzen durfte? Aber die anderen gingen ja auch hinaus zum Rauchen, hatte der Niggisch gesagt. Keiner von denen hatte auf die Sätze des Niggisch reagiert. Alle hatten weitergearbeitet, als gehe sie das nichts an. Und auch nachher fiel kein Wort darüber. Wenn in der Halle draußen jemand von einem Vorarbeiter oder sonst einem Feldwebel niedergebellt worden war, dann

war das immer sofort beredet worden. Da hatte man sich versichert, was der Befehlshaber für ein Trottel war. Da war gesagt worden, mach dir nichts draus, mich hat er auch gerade angebissen, aber weißt eh, das ist doch ein Kopfschüßler, dem haben sie doch ins Hirn geschissen und zum Runterlassen vergessen. Aber hier? Kein Wort. Oder nahmen sie ihn vielleicht noch nicht als Kollegen? Interessierte er sie überhaupt nicht, sodaß sie etwas, was ihn betraf, nicht einmal zur Kenntnis nahmen? Er saß doch in einem Zimmer mit ihnen, und wenn man ihn anschaute und von seinen Händen absah, dann unterschied er sich doch durch nichts. Gab es im Bürogebäude kein stillschweigendes Zusammenhalten? Oder war das so still, daß man gar nichts mehr hörte? Oder trauten sie sich bloß nichts zu sagen? Hatte man auch denen schon jeden Schneid abgekauft? Das war doch nicht möglich. Wenn sie so selbstbewußt über den Hof und durch die Fabrikshallen gehen konnten, dann war das doch nicht möglich, meinte er. Er tippte weiter die Zahlen in die Maschine, aber in seinem Kopf waren so viele Sätze, die gegeneinanderrannten, daß er sich dauernd irrte. Er ließ sich erklären, wo das Klo war, und ging hinaus.

Der Zustand des Klosetts ließ ihn den Niggisch sofort vergessen. Es stank nicht nur nicht wie draußen im Scheißhaus der Halle, sondern es roch nach Fichtennadeln. Diese Angestellten, dachte Klein, sind vielleicht doch andere Menschen, weil sie etwas mit Fichtennadelgeruch scheißen. Und wie lange wird es dauern, bis auch ich etwas mit Fichtennadelgeruch scheiße? Er setzte sich auf die Klobrille und zündete eine Zigarette an. In Zukunft würde er auch „Toilette“ wie der Bachholder sagen. Und nicht mehr Häusl oder Klo. Als ihm Asche auf den Boden fiel, stand er auf und blies sie in eine Ecke. Hier konnte es sein, daß man auf der Muschel hockte und doch nichts aus sich herausbrachte. Bei soviel Sauberkeit ringsherum. Keine an die Wände geschmierte Scheiße. Keine Sprüche an der Tür. Neben der Waschmuschel im Vorraum lag sogar ein Stück Seife. Er roch: gleichfalls Fichtennadeln. Draußen, im Klo der Halle hatte es früher Waschsand gegeben, aber der war schon lange abgeschafft worden. Angeblich hatten die Arbeiter zuviel verbraucht. Sollte sich eben besser ein jeder seine Pratzen daheim waschen, sonst kam er noch auf die Idee und wusch sie vor Arbeitsschluß. Und die Handtücher, wenn es überhaupt etwas zum Abtrocknen gab, waren auch nie mehr als irgendwelche zu sonst nichts mehr zu gebrauchende Fetzen gewesen. Hier hing ein Automat an der Wand, wo auf Zug immer wieder ein sauberes Stück Handtuch erschien. Das tadellose Weiß des Handtuches kam Klein von den dunklen Wasserflecken, die seine Hände beim Abtrocknen hinterließen, so besudelt vor, daß er so lange am Handtuch zog, bis der von ihm benutzte Teil wieder hinten im Automaten verschwand.

Nach dem Öffnen der Wohnungstür ging sein Blick wie immer ganz automatisch zur Garderobe. Ein paar Uniformröcke, ein Umhang und eine Kappe hingen dort. Der Vater war also wahrscheinlich auch zu Hause. Ohne aus der Jacke zu fahren, ging Klein in die Küche hinüber. Die Mutter stand neben dem Fenster und war dabei, rote Rüben zu schälen. Du hast es finster da, sagte Klein und drehte das Licht auf. Ach, sagte die Mutter, so spät ist es schon? Klein setzte sich an den Tisch und sah der Mutter zu, wie sie hastig die Vorhänge vors Fenster zog, als gäbe es hier in der Küche etwas zu verbergen. Sie machte es ja sonst umgekehrt: zuerst die Vorhänge zuziehen und dann erst Licht aufdrehen. Ist er da, fragte Klein, und die Mutter deutete mit dem Kopf gegen die Wand, hinter der das Schlafzimmer war, um zwei, sagte sie mit plötzlich gedämpfter Stimme, ist er erst aus dem Dienst gekommen. Sie holte die Schüssel mit den Rüben zum Tisch. Ich mache einen Rübensalat, deutete sie mit dem Kopf auf die Rübe in ihren Händen, ich eß ihn auch gerne, sagte sie, und es klang, als wolle sie sich dafür entschuldigen, daß sie etwas kochte, was sie selber gerne aß. So?, sagte Klein, ein Rübensalat wird das, ich hätte gedacht eine Trüffelpastete. Die Mutter sah ihn an, schüttelte ein wenig den Kopf, und plötzlich klappte ihr Mund auf. Was hast denn du heute an?, sagte sie verwundert. Klein begann ein wenig zu lächeln und schaute auf die Hände der Mutter, die in der Bewegung erstarrt über der Schüssel standen, als könnten sie sich erst auf ein erlösendes Wort hinauf wieder weiterbewegen. Warst vielleicht gar nicht in der Arbeit?, sagte sie. Klein wußte genau, welche Gedanken die Mutter jetzt im Kopf hatte. Hatte der Sohn vielleicht schon wieder einmal gekündigt? Nach den paar Jahren Beständigkeit, sodaß sie hatte meinen können, er sei vernünftig geworden, habe sich endlich dreingefunden ins Leben, wieder einmal alles hingeschmissen? Ich bin nicht mehr in der Fabrik, sagte Klein, damit ist es aus, ein für allemal aus. Die Mutter ließ Messer und Rübe in die Schüssel sinken, aber warum denn, sagte sie, was war denn schon wieder? Ich bin zu gescheit dafür, sagte Klein, das habe ich euch schon immer gesagt. Die Mutter schien überhaupt nichts mehr zu verstehen. Hilflos, mit sich bewegender Unterlippe, sah sie Klein an, und er wußte, wenn er jetzt nicht gleich alles sagte, wenn er jetzt nicht gleich alles aufklärte, dann kippte diese Hilflosigkeit in Ärger um, dann würde sie wieder anfangen, wie früher würde sie anfangen, und einen Moment überlegte Klein, ob er sie nicht anfangen lassen sollte, sie auf ihn losschimpfen lassen sollte, um sie dann mittendrin mit ein paar Wörtern abzubremsen, aber dann machte er eine wegwerfende Handbewegung, reg dich nicht auf, sagte er, es ist eh alles in Ordnung, ich bin jetzt im Büro. Die Mutter glotzte ihn an, bist leicht, stotterte sie, hast leicht die Prüfung bestanden? Test heiße das, sagte Klein. Er sei der Beste gewesen und schon seit zehn Uhr im Büro. Wirklich, sagte die Mutter und wollte ihm mit der vom Rübensaft rotgefärbten Hand auf den Arm greifen, zuckte aber wieder zurück, mein Gott, sagte sie, so ein Glück. Klein schüttelte den Kopf, das sei nicht Glück, erklärte er, wenn man der Beste sei, sei das nicht Glück. Hirn sei das, Hirn, klopfte er sich mit dem Zeigefinger gegen den Kopf. Ja, sagte die Mutter, so ein Glück. Sie stand plötzlich auf und ging zur Tür, bleib da, sagte Klein, deswegen brauchst du ihn nicht aufwecken. Aber

er freut sich doch auch, sagte die Mutter. Freuen könne er sich auch später, meinte Klein, aber die Mutter war schon draußen.
Kopfschüttelnd kam sie dann zurück und setzte sich wortlos wieder zu ihren Rüben. Klein lehnte an der Kredenz, sah ihr zu, sah sie so lange an, bis sie den Kopf zu ihm drehte. Heute ist er wieder zuwider, sagte sie. Klein zuckte die Schultern und versuchte zu grinsen. Ich hab dirs eh gesagt, sagte er, daß du ihn in Ruh lassen sollst. Na ich hab halt geglaubt, sah ihn die Mutter an, als müsse sie ein schlechtes Gewissen deswegen haben, daß der Vater nicht freudestrahlend aus dem Bett gesprungen und in die Küche gestürmt war und dem Sohn auf die Schulter geschlagen und gesagt hatte, er habe ja schon immer gewußt, daß aus ihm noch was werden würde, und daß er nicht die Kognakflasche aus dem Wohnzimmer geholt hatte, die nur er anrühren durfte, weil er sie von Kollegen zum fünfundzwanzigjährigen Eisenbahnerjubiläum bekommen hatte. Glauben heißt nichts wissen, sagte Klein, und sofort fiel im ein, daß das sonst immer die Mutter sagte, und er ging schnell hinaus, nahm die dicke Mappe, die ihm der Niggisch gegeben hatte, vom Garderobefach und ging in sein Zimmer. Fast hätte er die Tür hinter sich zugeschmissen, aber im letzten Moment bremste er sie ab. Nein, dachte er, überhaupt nicht. Den Gefallen, daß er sich jetzt ärgert, tut er dem Vater nicht. *In Wirklichkeit* ist ihm nämlich ganz egal, was der Vater tut oder sagt. Der mit seinem Proletenstolz kann ihm doch gestohlen bleiben. Überhaupt diese ganze Familie. Was hat er denn mit denen zu tun. Er schläft da und Samstag und Sonntag ißt er auch da. Aber damit basta. Die sind ihm doch viel zu kleinkariert. Was verstehen denn die schon. Die wissen doch nichts. Blöd geboren und nichts dazugelernt, sagt der Vater oft von anderen. Dabei trifft es auf den Vater am besten zu, meinte Klein. Soll er sich ruhig im Bettzeug vergraben und die Augen zumachen. Daß der Sohn jetzt was geworden ist, muß er trotzdem zur Kenntnis nehmen. Außerdem sollen sie ihm den Buckel hinunterrutschen. Lange ist er sowieso nicht mehr da. Den entscheidenden

Schritt hat er jetzt gemacht. Jetzt wird er bald weg sein. Wenn er die Kurse hat und ein bißchen Praxis, ist er weg. Bis jetzt ist er ja ziemlich angehängt gewesen. Als Hilfsarbeiter wegzugehen, hätte nichts gebracht. Da wäre er überall der gleiche Dreck gewesen. Aber jetzt hat er sich freigespielt. Und wird sich bald abseilen. Von ihm aus können sie hier ruhig Hinterwäldler bleiben. Er hat nicht die Absicht. Nie gehabt. So eine Familie kann man sowieso vergessen. Stolz drauf sein kann da keiner.

Als er wieder in die Küche kam, stand der Vater im Pyjama beim Herd und goß sich aus der Aluminiummilchkanne Kaffee ein, der für ihn immer am Rande der Herdplatte warm gestellt wurde. Während er trank, sah er Klein über den Rand der Tasse an, und Klein grinste ihm entgegen, bis der Vater die Tasse absetzte. Angestellter bist also jetzt, sagte der Vater. Ja, sagte Klein, aber ich weiß eh, daß das für dich nichts ist. Aber wer sagt denn das, fragte der Vater. Klein machte eine geringschätzige Handbewegung, für dich, sagte er, sind ja nur die Eisenbahner was, oder? Die sind das Größte. Und das Allergrößte: der Bahnmeister und der Stationsvorstand. Ein rotes Kappel und Gold am Kragen. Ein Angestellter, grinste Klein, hat das alles nicht. Der hat leider nur einen schwarzen Arbeitsmantel. Na immerhin, sagte der Vater, haben die Eisenbahner eine Verantwortung. Wenn man ganz allein auf der Lok sei, habe man keinen Chef in der Nähe, den man fragen könne, wenn einmal der Hut brenne. Er soll ihm jetzt einmal sagen, was das ist: eine Verantwortung, sagte Klein. Na eine Verantwortung, deutete der Vater mit den Händen herum, das wisse doch jeder, was das sei. Na was denn? Eine Verantwortung ist, erklärte der Vater, na, das ist eben, wenn du verantwortlich bist. Aha, sagte Klein, das hab ich mir schon immer gedacht. Was soll denn das heißen, fragte der Vater. Nichts, sagte Klein, hol lieber deinen Spezialkognak. Der ist reserviert, erklärte der Vater, wenn wir die nächste Wahl gewinnen. Wir, sagte Klein betont, wir? Er werde, sagte er, nächstes Mal nämlich eine andere Partei wählen. Na, untersteh dich, wurde der Vater laut, oder glaubst, daß du jetzt was Besseres bist? Aber geh, hob die Mutter beschwichtigend die Hand, der redet ja nur so. Na zuzutrauen, meinte der Vater, ist dem alles. Ja, sagte Klein, da hast du ausnahmsweise einmal recht. Der Vater schüttelte den Kopf, nahm seine Zeitung vom Radio, wo sie immer lag, sah zwischen der Mutter und Klein hin und her, schüttelte noch einmal den Kopf und verschwand wieder. Sag jetzt nicht, sagte Klein, daß er es nicht so meint. Aber geh, sagte die Mutter, der ist ja noch gar nicht ausgeschlafen. Auf jeden Fall freut sich der Vater. Das ist sicher. Er kann es nur nicht so zeigen. Er kann nur zeigen, sagte Klein, daß er nicht ausgeschlafen ist. Und was hat die Heidi gesagt, wollte die Mutter wissen, weiß sie es schon? Nein, sagte Klein, ich gehe dann vielleicht eh hin. Die Mutter sah ihn an, vielleicht, fragte sie. Klein gab keine Antwort und zuckte die Schultern. Ihr streitets jetzt schon mehr, als wenn ihr verheiratet wärts, sagte sie. Sie könne sich nicht erinnern, daß sie mit dem Vater vor der Hochzeit schon gestritten habe. Ja, sagte Klein, weil er nicht streitet. Der Vater fängt immer nur an, und wenn man ihm Kontra geben will, hält er sich die Zeitung vors Gesicht, oder er schaut zum Fenster hinaus, oder er fängt über die Krokuszwiebeln oder den Endiviensalat zu reden an. Naja, sagte die Mutter, so ist er eben. Aber ich bin nicht so, sagte Klein.

Sein weißes Hemd war nun keine falsche Tatsache mehr, die er anderen, vor allem aber sich selber vorspiegelte. Leider war es kalt, und mit Schnee vermischter Regen fiel, als er von daheim wegging. Er wäre trotzdem lieber ohne Mantel weggegangen, wußte aber nicht, wie er aus der Wohnung hätte kommen sollen, ohne zu Hause neuerlich die Meinung über sich zu hinterlassen, er spinne also noch immer oder fange jetzt ganz arg zu spinnen an. Es war aber ohnedies fast niemand unterwegs, und die paar Leute, die er traf, rannten mit eingezogenem Kopf und hochgestelltem Kragen oder unter Regenschirmen an ihm vorbei, ohne ihn besonders anzuschauen. Sommer, dachte er wieder, Sommer müßte sein. Da wäre es noch hell, und auf den Straßen wären Leute, und alle könnten ganz deutlich sehen, wie er herumgeht. Er würde auf dem Stadtplatz herumschlendern, langsam und vielleicht mit den Händen auf dem Rücken, vielleicht mit Stefan, damit er jemanden zum Reden hat, und sie würden reden und an den Leuten vorbeigehen, an den Bekannten, aber nirgends stehenbleiben, nur kurz hinübergrüßen und dann schon wieder miteinander weiterreden, und man würde sich nach ihnen umdrehen, ihnen nachschauen, ein paar Abende würde er so herumspazieren, und bald wäre es im ganzen Ort bekannt, irgend jemand würde auf die Frage, warum dieser Klein wochentags so herumgeht, sicher eine Antwort wissen, und es würde sich herumsprechen, ohne daß er selber etwas sagen müßte, und bald würde sich niemand mehr einen anderen Klein vorstellen können.

Er überquerte den Hof des Gemeindebaues, in dem Heidi mit ihren Eltern wohnte, sah zu ihrem Fenster hinauf, und plötzlich erschien es ihm ganz lächerlich, daß vor die vielen Fenster des Hofes, die alle das gleiche Format hatten, überall Vorhänge mit *verschiedenem* Muster gezogen waren. Als ob das noch was nützen könnte, dachte er. Die Hausbesorgerin war gerade dabei, das Stiegenhaus aufzuwaschen, stand mit dem Rücken zu Klein gebückt da, und unter ihrem hochgerutschten Kittel leuchtete ihm ein bleicher Streifen ihrer Oberschenkel entgegen, in die der Abschluß der Strümpfe scharf einschnitt und einen schwammigen Wulst heraustrieb. Klein sah schnell weg und schluckte. Die Frau richtete sich auf und klatschte einen grauen Fetzen, den sie in die schmutzige Brühe eines Eimers getaucht hatte, auf die Stufen. Haben Sie sich eh ordentlich abgeputzt?, sagte sie und sah Klein wütend nach. Das ist der rote Teppich, dachte er beim Hinaufgehen, der rote Teppich und die Empfangsmusik. Und wie würde es oben sein? Oben, stellte er sich vor, würde es wie immer sein. Wahrscheinlich wird Heidi ihm die Tür aufmachen und wird sagen, ach, du bist es, als habe sie eigentlich jemand anderen erwartet, und sie wird gleich an den letzten Streit denken und einen harten Zug um den Mund bekommen, ein ganz ablehnendes Gesicht, aber nur solange, bis sie im Wohnzimmer sind. Dort wird sie dann den Eltern das ungetrübte Glück vorspielen. Und sie werden eine Weile auf der Polsterbank sitzen, über die eine Decke gebreitet ist, damit sich der geblümte Bezug nicht abnützt, der ihn jedesmal daran erinnert, wie er zum ersten Mal mit ihr geschlafen hat. Damals waren ihre Eltern bei der Sparvereinsauszahlung gewesen, und Heidi hatte extra für seinen Besuch die Schonerdecke von der Bank genommen, und die Blut- und Spermaflecken, die auf dem Bezug entstanden waren, hatten gleich die ganze Zärtlichkeitsstimmung in ihm zerstört, so verrückt war Heidi mit Wasser und Lappen zwischen Küche und Bank hin und her gelaufen. Dort würden sie dann sitzen, oder er allein, während sie sich zum Weggehen fertigmacht, und Heidis Eltern auf jeden Fall unverrückbar vor dem Fernseher. Und sein Kommen, dachte er, wird für sie etwas ganz Selbstverständliches sein, wird als etwas ziemlich Bedeutungsloses hingenommen werden, und sein Reden wird nicht mehr sein als unpassende Zwischenbemerkungen zum Geschehen auf dem Bildschirm: Er wird gegen den Bildschirm anreden müssen, wird sich aufspielen müssen, um ernst genommen zu werden, um ihnen klarzumachen, daß sein heutiges Kommen nicht das Übliche ist. Sicher, meinte er, irgendwie werden sie sich freuen, werden was daherreden, nein, das freut uns aber für dich, werden sie sagen, aber wahrscheinlich sagen sie, ja, das freut uns aber für *euch*, ganz sicher werden sie *euch* sagen, dachte er, und es wird so sein, als sei die Tatsache, daß er Angestellter geworden ist, nur ein weiterer erfreulicher Stein für die sichere Zukunft der Tochter. Und wenn er mit Heidi aus der Wohnung geht, wird sie dasselbe Gesicht machen wie zuerst bei der Tür, und wenn sie die Stufen hinuntergehen, wird sie nichts reden, und auf der Straße wird sie nichts reden, bis er sagt, wenn sie sowieso nichts redet, kann er ja wieder gehen, und dann werden sie dort anfangen, wo sie gestern zu streiten aufgehört haben, und er wird den halben Abend reden müssen, um ein paar

Sätze zu beseitigen, die er zwar noch immer zutreffend findet, die er aber nicht hätte sagen dürfen.
Er stand auf der vorletzten Stufe und sah auf die Tür hin. Zwei Schritte, dachte er, und den Finger auf die Klingel, dann läuft das, dann läuft das unaufhaltsam ab. Und dabei möchte er, daß es heute ganz anders ist. Heute möchte er etwas ganz anderes. Plötzlich entschlossen drehte er sich um, nein, da gehe ich heute nicht hinein, dachte er, heute nicht, und stieg die Treppen wieder hinunter. Er würde zu Stefan gehen. Stefan, meinte er, würde heute genau das Richtige sein.
Die Hausbesorgerin sah ihm entgegen, ist niemand daheim?, sagte sie, aber ich habs doch gerade noch gehört, die müssen doch daheim sein. Klein verzog ein wenig die Lippen, ach, sagte er, mir ist gerade noch was eingefallen. Da hätten Sie mir nicht alles antreten müssen, sagte die Frau. Klein drehte sich um, dann müssen Sie eben nächstes Mal eine Strickleiter aufspannen, sagte er heftig, oder mich mit einem Seil hinaufziehen. Die Frau klappte den Mund auf, was die sich eigentlich einbildet, dachte Klein, und er hätte gerne noch die Tür hinter sich zugeschlagen, aber der automatische Türschließer bremste sie ab. Wütend ging er über den Hof auf das Gittertor zu. So war das also, dachte er: Sogar die Hausbesorgerin, die er nicht einmal kennt, kennt ihn und denkt ihn als den, der auf Tür Nummer zwölf gehört. Als könnte er in diesem Haus nicht genausogut zu jemand anderem gewollt haben. Das ist der von der Schafranek, denkt die sich gleich, wenn sie ihn sieht. Die kann ihn anscheinend gar nicht einzeln denken, sondern nur als Bestandteil der jungen Schafranek vom letzten Stock. Dachten im Ort vielleicht mehrere Leute so? Noch immer? Oder schon wieder? War er schon wieder ein zukünftiger Schwiegersohn? Das hatte er doch abgestellt. Oder hatte er sich nur eingebildet, daß sich das abstellen läßt? War es einfach nach dem Jahr, das sie getrennt gewesen waren, nur wieder dort weitergelaufen, wo er Schluß gemacht hatte?
Wenn noch einmal mit ihr, hatte er doch gedacht, dann wird das ganz anders. Dann muß das ganz anders werden

als damals. Das war doch seine Bedingung gewesen. Auf keinen Fall, hatte er gesagt, wird er mit ihr wieder Ehepaar spielen. Er sagt ihr das gleich. Das war ja verrückt. Wenn er allein irgendwo hinkommt, will er nicht sofort hören, wo er denn heute die Heidi hat. Soweit war es ja schon gewesen. Sie hatten sich noch nicht einmal einen ganzen Monat gekannt, als er schon angefangen hatte, bei ihr daheim ein und aus zu gehen. Und das war dann beinahe drei Monate so gelaufen. Fast jeden Tag hatte er sie abgeholt. Etliche Male war er über Nacht geblieben. Zwar nicht mit ausdrücklicher Billigung ihrer Eltern, aber sie hatten nur angeblich nichts davon gewußt. Zwei Canasta-Familiensonntagnachmittage hatte er schon mitgemacht. Heidis Eltern hatten in ihm zweifellos den künftigen Schwiegersohn gesehen, auch wenn das mit keinem einzigen Wort ausgesprochen worden war. Aber ihre Mutter hatte ihm die Bettwäsche und die Handtücher gezeigt, die für Heidi seit ihren Kindertagen als Aussteuer zusammengespart wurden. Allein deshalb, um sich lange Vor-der-Tür-Stehereien, aufwendige Heimlichkeiten und Im-Wald-und-auf-Wiesen-Herumliegen zu ersparen, hatte er sich immer mehr in ein Familienverhältnis verwickelt, in das er nicht verwickelt werden wollte. Obwohl man ihn von allen Seiten gewarnt hatte. Mit einer großspurigen Handbewegung hatte er erklärt, daß er sowieso alles bestens unter Kontrolle hat. Aber es sind schon ganz andere Steher eingebraten worden, hatte der Bruder gemeint. Georg glaubt, es geht nur ums Vögeln und findet es toll, daß ihre Eltern nichts dagegen haben, aber in Wirklichkeit sehen sie schon einen Schwiegersohn im Bett liegen. Wenn dir das passiert ist, sagte Klein, dann heißt das noch lange nicht, daß es mir auch so gehen wird. Jaja, hatte Robert erklärt, das bildet sich auch jeder ein. Und die Mutter hatte gesagt, nichts gegen die Heidi, sie ist ja ein liebes Mädchen und brav und ordentlich, aber um sich schon so aneinander zu hängen, sind sie doch noch viel zu jung. Und die Freunde und Bekannten hatten gegrinst und ihn gefragt, ob er heute tatsächlich Ausgang hat, wenn er allein irgendwo aufgetaucht war. Und ob er schon auf einen Windelmercedes spart, hatten sie auch gefragt. Keine Angst, hatte er gesagt, wenn schon, dann auf einen richtigen.

Aber dann wäre er beinahe wirklich bald unter Windeln herumgegangen. Wenn sich nicht doch noch herausgestellt hätte, daß es nur falscher Alarm war. Drei Wochen lang hatte er sich täglich ausmalen dürfen, wohin das lief und wie weit es mit seiner Kontrolle her war. Und er hatte sich gesagt, daß er sich mit jedem Schritt neben Heidi, auch wenn sie jetzt kein Kind kriegen sollte, tatsächlich nur aufs Heiraten, aufs Angehängtsein zubewegen würde. In keine Zukunft mehr hinein, sondern in ein gewöhnliches Familienleben. In eine Imitation der Zustände daheim. In Küchendunst statt Geruch der großen Welt. Jede Hoffnung müßte er dreimal umdrehen und anschauen, ob auch die Familie einen Platz darin hat. Außerdem hatte er auf einmal ganz genau gewußt, daß sie eigentlich gar nicht zusammenpassen. Alles, was ihn schon immer an ihr gestört hatte, ist ihm plötzlich ganz deutlich geworden, weil es nicht mehr dadurch, daß er mit ihr ins Bett stieg, zu etwas Nebensächlichem werden konnte. Als sie sich eingebildet hatte, schwanger zu sein, hatte sie ihn ja nicht mehr auf sich gelassen. Und da sah er, daß ihm tatsächlich die Annehmlichkeit, nicht lange herumsuchen und herumreden, eine erst überreden zu müssen, sondern sie bei der Hand zu haben und jederzeit bereit zu finden, wenn ihm danach war, die Hauptsache gewesen war. Auf einmal verstand er nicht mehr, wie er so lange über so vieles hatte hinwegsehen können. Sie hatte sich ja nie wirklich für das interessiert, sagte er sich, wofür er sich interessiert hatte. Eigentlich hatte sie sich für überhaupt nichts richtig interessiert. Wenn er davon geredet hatte, was er gerade liest und ungeheuer interessant findet, dann hatte sie einfach nichts dazu gesagt, und er hatte dieses Schweigen lange mit einem interessierten Zuhören verwechselt, während sie ihn in Wirklichkeit einfach reden ließ. Und eine eigene Meinung hatte sie auch nie gehabt. Aber das hatte er zuerst nur praktisch gefunden. Ohne weiteres hatte sie sich von ihm die ausgeschnittenen Köpfe ihrer Lieblingsschlagersänger von den Wänden ihres Zimmers herunterreden lassen, als er behauptet hatte, das sei eine Primatenmusik. Etwas für geistig minderbemittelte Jugendliche. Beethoven, Bach, Sinfonien, Klavierkonzerte, hatte er gesagt, das ist etwas, und er hatte im Kofferradio in ihrem Zimmer solche Musik laufen lassen, und sie hatte gesagt, ja, das findet sie schön, während sie in Wirklichkeit aufgeatmet hat, wenn die Sendung endlich vorbei war. Das hatte er ihr aber noch nicht übelgenommen, weil er wußte, wie es bei ihm gewesen war, als er gemeint hatte, zu einer richtigen Bildung gehöre auch so eine Musik. Aber dann war er ihr draufgekommen, daß sie die Bücher, die er ihr gab, gar nicht las, obwohl sie behauptete, sie gelesen und gut befunden zu haben. Wozu redete er dann überhaupt über solche Dinge mit ihr? Und wenn sie schon hier Interesse geheuchelt hatte, dann war ihr wahrscheinlich auch alles andere, was er erzählt hatte, nur beim einen Ohr hinein- und beim anderen schon wieder hinausgegangen. Perlen vor die Säue, hatte er gedacht. Statt dessen hatte sie weiterhin „Bravo“ gefressen und behauptet, eigentlich interessiert es sie sowieso nicht; sie lese es nur, weil das Abonnement eben noch laufe. Aber alles das war immer wieder dadurch weggewischt worden, daß sie die Beine für ihn auseinandertat. Und das merkte er ganz deutlich, als sie nicht mehr wollte. Und am Tag, an dem sie ihm berichtete, daß ihre Periode doch eingetreten sei, hatte er Schluß gemacht. Endgültig Schluß. Was aber nicht einmal eine ganze Woche gedauert hatte, weil sie ihm so abging, daß er sich schon wieder fragte, ob er sich denn nicht alles, womit er sie sich ausredete, in Wirklichkeit nur selber einredete. Außerdem, hatte er sich gesagt, kann er sie sich doch einfach nur fürs Vögeln halten und nichts weiter. Über einen Monat lang ging es dann hin und her mit Neuanfang und Schlußmachen und noch einem Versuch und Schlußmachen und sogar Briefen und Davonrennen und Auflauern vor dem Geschäft. Aber es hatte nicht mehr wie zuvor werden können, weil er einfach nicht mehr über alles, was ihn an ihr störte, hinwegsehen konnte, sondern weil er im Gegenteil dauernd darauf lauerte. Außerdem war ihre, wie er meinte, übertriebene Angst, ein Kind zu bekommen, ein unüberwindliches Hindernis gewesen. Und als es gerade wieder einmal aus gewesen war, war ihm Gerda untergekommen. Mit ihr hatte es zwar nur zwei Wochen gedauert, aber sie war wie ein Prellbock gewesen, an dem sich die Geschichte mit Heidi hatte totlaufen können. Über ein Jahr waren sie dann getrennt gewesen. Und wenn sie sich auf der Straße getroffen hatten, hatten sie einander nicht einmal gegrüßt.

Sie war für ihn langsam eine Vergangenheit geworden. Ein Achselzucken: das war einmal. Wenn er an sie dachte, dann meistens nur an leeren Sonntagnachmittagen oder wenn er allein aus dem Kino kam und ihm nichts anderes mehr einfiel, als nach Hause zu gehen. Oder wenn er betrunken war und alles für möglich hielt, sogar, daß er jetzt gleich, mitten in der Nacht, zu ihr gehen kann. Am nächsten Tag hatte er über so einen verrückten Einfall sowieso nur noch den Kopf schütteln können und sich den Refrain vorgesagt, daß er doch froh sein kann, damals noch bei so gutem Wind davongekommen zu sein. Schließlich hatte er sich auch das nicht mehr sagen müssen. Und er hatte es längst nicht mehr für möglich gehalten, als es dann doch wieder begann, zu Silvester, auf einem Ball, auf den er zu spät gekommen war, um noch vor Mitternacht, vor dem Neujahrskuß eine zu erwischen, bei der er die zuerst ganz unverbindliche Glückwunschküsserei hätte ausbauen können; mit ein paar anderen Zuspät- und Zukurzgekommenen hatte er sich am Schanktisch des Büfetts auf eine Rundensauferei einlassen müssen, und auf einmal war Heidi neben ihm gestanden, und sie hatten sich überrascht angesehen, Prosit Neujahr, hatte er gesagt und sie angelacht, und sie hatte auch Prosit gesagt, aber gleich wieder weggeschaut. Neben ihr war der Frick gestanden und hatte besitzergreifend den Arm um sie gelegt, und sie hatte sich an ihn gelehnt. Klein hatte sich abrupt weggedreht, aber er hatte, obwohl ein ziemliches Gedränge war, ganz deutlich gespürt, daß sie neben ihm steht. Er hatte sie lachen gehört und schnell angefangen, heftig auf den Riedl einzureden. Trotzdem hatte er nur daran denken können, daß sie neben ihm steht, in einem dünnen Kleid und mit nacktem Rücken, den er, wenn er wollte, im Geschiebe scheinbar unabsichtlich berühren könnte, und er hatte auf einmal wieder ganz genau gewußt, wie sich dieser Rücken anfühlte und wie es war, wenn unter seiner Hand eine Gänsehaut entstand; auch dann hatte er sie noch neben sich gespürt, als sie schon gar nicht mehr dagestanden war. Sie war mit dem Frick unter den Tanzenden verschwunden, und nach einer Weile war er ganz beiläufig bis zum Rand des Tanzparketts gegangen und hatte getan, als schaue er eigentlich niemandem Bestimmten zu, und jedesmal, wenn der Frick und Heidi in seine Nähe gekommen waren, hatte sie sich enger an den Frick geschmiegt und ihn angelächelt, aber Klein hatte auch gesehen, daß sie dabei immer ganz kurz zu ihm herübersah, als wolle sie sich überzeugen, ob er diese Demonstration von Glücklichsein auch sehen kann. Als sie wieder am Tisch gesessen war, hatte er sich einen Ruck gegeben. Und es dann gleich ganz lächerlich, eigentlich eine Zumutung gefunden, den Frick um Erlaubnis fragen zu müssen, ob er mit ihr tanzen darf. Ununterbrochen hatte er auf sie eingeredet, es ist doch ein Witz, sie sind doch keine kleinen Kinder, wenigstens reden können sie doch miteinander, es ist doch verrückt, so zu tun, als würden sie einander nicht kennen, und wenn sie ein bißchen ein freundlicheres Gesicht macht, tut das doch sicher nicht weh, eine Messe läßt er lesen für ein Lächeln, na also, es geht ja schon, und so gerade wie ein Stock braucht sie sich auch nicht halten, zu nahe kommt er ihr sowieso nicht, da braucht sie keine Angst zu haben, er tut ihr schon nichts, er hat ihr ja noch nie was getan, nur wenn sie gewollt hat, und nebenbei paßt ihr die neue Frisur besser als die alte, überhaupt muß er sagen, verändert hat sie sich, aber Parfüm hat sie noch immer das gleiche, ob es noch dieselbe Flasche ist, die er ihr zum Geburtstag geschenkt hat?, insofern ist sie ihm also treu geblieben, und als er sagte, eigentlich sei ja auch nichts dabei, wenn sie jetzt auf einen Schluck in die Sektbar gehen, war sie mitgegangen. Drunten waren sie eingezwängt unter den anderen gestanden, unvermeidlich dicht nebeneinander, und er hatte bald nicht mehr gewußt, redet er jetzt nur deshalb so wild drauflos, um sich zu beweisen, daß der Frick baden gehen kann, wenn er, Klein, auftaucht, oder redet er jetzt tatsächlich schon für sich selber. Heidi war dann nur noch zum Frick hinaufgegangen, um sich von ihm die Garderobemarke für ihren Mantel zu holen.

Klein ging durch den Regen, der ein wenig nachgelassen hatte, nur noch ein feines Nieseln war, und er zog die Zehen ein, weil die Kälte des zerfließenden Schneematsches durch seine dünnen Schuhe drang. War es mit Heidi, dachte er, tatsächlich schon wieder wie vor einem Jahr? War er wirklich schon wieder in diesem Fahrwasser? Oder bringt ihn bloß diese Hausbesorgerin auf solche Gedanken? Von einem bei Heidi daheim Ein-und-aus-Gehen konnte ja keine Rede mehr sein. Manchmal, wenn sie nichts vereinbart hatten, holte er sie ab. Aber meistens zog er droben nicht einmal seinen Mantel aus. Öfter als dreimal in der Woche traf er sie ja nicht. Das hatte er vom Beginn an eingeführt. Damit sie nicht gleich wieder unter der Hand das Wichtigste auf der Welt wird oder es sich zumindest einbilden kann und damit sie ihm nicht vor lauter Gewohnheit schon abgeht, wenn er sie seit vorgestern nicht gesehen hat. Und für seine Bildung hatte er schließlich auch etwas tun müssen. Außerdem hätte er gar nicht gewußt, was er jeden Tag mit ihr machen soll. Bei dieser Jahreszeit. Jeden Tag mit ihr ins Kino zu gehen, war ja nicht möglich. Und nicht ins Kino zu gehen hieß, in Lokalen herumzusitzen und über andere Leute zu reden, weil es sonst wenig gab, was er mit ihr bereden konnte. Und zwei- bis dreimal in der Woche, sagte er sich, ist eine Stehpartie im Keller dieses Rohbaues in der Straußgasse ja ganz schön, aber öfter hat er für solche Unbequemlichkeiten und Ruck-Zuck-Erledigungen gar nicht mehr den richtig jugendlichen Drang. In der Schrebergartenhütte war es ja auch nicht wärmer, und außerdem war sie so weit draußen. Und daß sie ihn nur läßt, wenn er sich einen, wie er das Gefühl hat, Radschlauch überzieht, macht ihm die Sache auch nicht gerade aufregender. Sie kennt sich ja mit ihrem Unterleib nicht aus, und daß er sich auskennt, glaubt sie ihm nicht, obwohl er ihr schon einige Male ganz genau und mit den richtigen medizinischen Fachausdrücken versehen erklärt hat, warum es zumindest in der ersten Woche nach der Periode ganz gefahrlos ohne Präservativ geht. Sie besteht darauf. Immer wieder sagt sie, besser sie haben, als sie hätten aufgepaßt. In diesem Punkt läßt sie sich nichts einreden. Und wenn ihm einmal die Präservative ausgegangen sind, macht er schon gar keinen Versuch mehr. Am liebsten würde er, wenn es nicht ausgemacht wäre, sie an so einem Tag nicht einmal treffen. Einen Arzt zu fragen, ob er ihr die Pille verschreibt, traut sie sich ja nicht. Wie schaut denn das aus, sagt sie, was muß sich denn der denken? Außerdem habe Ilse, ihre Freundin, es schon versucht, und der Doktor Riedler hat sie gleich heruntergeputzt, er unterstützt das Herumhuren nicht, hat er gesagt, bei ihm kriegt die Pille nur eine verheiratete Frau, die mindestens zwei Kinder hat. Also kann Klein immer wieder den weiten Weg zur Drogerie Dungl machen, weil in der Drogerie, die er in der Nähe hat, nur Frauen bedienen, und er sich geniert, hineinzugehen und Präservative zu verlangen. Manchmal sagte er sich, daß vielleicht die Radschläuche sowieso besser sind, weil Heidi dann nicht ganz zufällig auf die Pille vergessen kann, um aus ihm, auch wenn sie angeblich keine Absichten hat, einen Ehemann zu machen. Der Gefahr, daß ihn ihre Eltern mit ihr im Bett erwischen und einen ordentlichen Grund hätten, von der Vernunft des Heiratens zu reden, hat er sich ja nicht mehr ausgesetzt. Nur jeweils am ersten Sonntagnachmittag des Monats hatte er sich in ihr Bett gelegt, an dem ihre Eltern die Großmutter im Altersheim besuchten und vor sechs am Abend nicht zurück sein konnten. Er hatte sich also, konnte er sich sagen, so gut es ging herausgehalten. Daß es ohnedies nur etwas auf Zeit ist, hatte er schon am Neujahrstag gewußt. Sie hatten sich beim Lazek getroffen, und schon als er hineingekommen war und sie sitzen gesehen hatte, war ihm die Erinnerung an die vergangene Nacht wie eine erlogene, ziemlich

sentimentale Geschichte vorgekommen. Und er hatte sich gleich wieder geärgert und ein wenig geniert für sie, weil sie beim Kaffeetrinken noch immer den Zeigefinger in den Henkel der Tasse fädelte und den kleinen Finger starr wegspreizte, obwohl er ihr schon früher erklärt hatte, daß man das nicht macht. An diesem Tag hatte er zwar noch nichts gesagt, aber später war aus solchen Kleinigkeiten sehr schnell ein Streit geworden. Sie versteht ja überhaupt nicht, sagte sie manchmal, daß er immer wieder kommt, wenn ihm sowieso nichts an ihr paßt. Und wie er ihr dann noch ins Ohr keuchen kann, daß er sie liebt. Manchmal, meinte er, versteht er das auch nicht. Aber es war eben alles nicht so einfach. Sie bildet sich ein, er muß sie nehmen, wie sie ist. Aber das kann er beim besten Willen nicht. Wenn sie neben ihm sitzt und nur Unsinn redet und andere es hören können, dann fällt das doch auf ihn. Da muß man sich doch denken, weit kann es mit dem nicht her sein, wenn er so eine ungeheuer gebildete Freundin hat. Wenn er sich eine Krawatte kauft, überlegt er doch auch, wie er mit ihr dastehen wird. Und bei einer Freundin ist das noch viel gravierender. Es ist ja nicht mehr so wie früher, wo er so gedankenlos war, daß ihm jeder und jede recht gewesen ist. Jetzt muß er sich seinen Umgang genau aussuchen. Und ab heute schon überhaupt. Wenn er mit den Bekannten und Freunden von früher herumläuft, dann wird man ihm seine Arbeitervergangenheit ja nie vergessen. Mit so einem Umgang wird man ihn in der besseren Welt nicht willkommen heißen.
Stefan war nicht zu Hause. Seine Mutter, die die Tür öffnete und sonst sehr gesprächig war, fertigte Klein kurz ab, wahrscheinlich, meinte er, weil sie im Fernsehen, das im Hintergrund der Wohnung zu hören war, nichts versäumen wollte. Stefan sei zu Elsi gegangen, vor einer knappen Viertelstunde, sagte sie, es tue ihr leid, wann er heimkomme, wisse sie nicht, und zog die Tür wieder zu.
Er wußte nicht, wohin er jetzt sollte. Vielleicht doch noch zu Heidi? Nein, das kam nicht in Frage. Aber zu wem sonst? Wer würde sich denn wirklich freuen, wenn er erzählen würde, was heute mit ihm geschehen war? Er

dachte alle Bekannten durch, aber er hat sich bei allen nur Neid vorstellen können. Einen Neid würden sie haben, sonst nichts. Und ihn als einen ansehen, der sich wochenlang nicht anschauen läßt und dann nur kommt, um großzutun. Stefan, war er sicher, hätte sich mit ihm gefreut. Zumindest über die Flasche Sekt, die Klein an ihn verwettet hatte, hätte er sich gefreut. Einem Arbeiter wie mir, der noch nie jemandem in den Arsch gekrochen ist, hatte Klein behauptet, geben sie sowieso keine Chance, alles nur ein Schmäh mit dem Test, hatte er gesagt, er wette um alles in der Welt, hatte er dann wirklich gewettet und dabei gehofft, daß er verliert, weil er ja nur gewettet hatte, um dann, wenn er nicht der Beste beim Test sein sollte, nicht als zu blöd für einen Angestellten dazustehen, sondern als einer, dessen Charakterstärke dran schuld ist, daß man ihn nicht ins Angestelltengebäude läßt. Und gerade heute war Stefan bei seiner Verlobten. Das ist wie das Amen im Gebet, dachte Klein, immer wenn man jemanden braucht, ist keiner da.
Er hatte Stefan in den letzten Monaten ziemlich oft getroffen. Sie waren schon miteinander in die Schule gegangen, hatten sich aber nachher ein wenig aus den Augen verloren, Stefan hatte Optiker gelernt, und die Sauberkeit des Berufs und der weiße Arbeitsmantel hatten in ihm den Glauben entstehen lassen, mit den Lehrlingen, die in schmierigen Arbeitsanzügen herumgingen, habe er eigentlich gar nichts zu tun, er hatte sich nie für einen Arbeiter gehalten und war selber kaum für einen gehalten worden, Optiker, das schien ein Zwischending zu sein, zwar jemand, der mit den Händen arbeitete, aber doch mehr auf der Angestelltenseite drüben, und wenn Klein ihm begegnet war, dann hatten sie einander gegrüßt, weil sie einander kannten, aber keiner hatte den anderen für seinesgleichen gehalten, bis Klein angefangen hatte, sich aus der Fabrik hinauszuwünschen, bis sie einander in der Papierhandlung vor dem Bücherständer getroffen hatten und Stefan überrascht gewesen war, Klein dort zu treffen, einen Arbeiter vor einem Bücherständer!, und als sie nachher in einem Espresso gesessen waren, hatte Klein sein

ganzes Wissen über Bücher und Literatur, das er aus dem Buchgemeinschaftskatalog hatte, vor Stefan ausgebreitet, hatte er plötzlich diejenigen Bücher als die besten und ihn am meisten interessierenden genannt, die er nicht verstanden hatte, und Stefan hatte innerhalb weniger Minuten seine Meinung über Klein geändert. Sie hatten einander dann Bücher geliehen und immer öfter getroffen, und als Stefan erzählt hatte, sein Vater, der in einer Mühle arbeitete, halte ihn seiner Bücher und vielen Krawatten wegen für einen Hochstapler, da hatte Klein sagen können, genau wie bei mir zu Hause. Aber seltsamerweise hatte Stefan Klein nie mitgenommen, wenn er seine Verlobte traf, die die Tochter eines Oberlehrers war, oder wenn er zu jemandem ging, mit dem auch Klein gerne bekannt geworden wäre, Angestellte meistens. Immer hatten sie einander nur allein getroffen, und Klein hatte Stefan in Verdacht gehabt, er geniere sich trotz allem mit ihm, weil er doch nur Arbeiter war, obwohl Stefan immer behauptete, ihm sei es gleich, was jemand sei, es komme schließlich auf den Kopf an, und mit dem Satz, er sitze doch mit Klein öffentlich in Lokalen und lasse sich mit ihm sehen, also könne von Genieren keine Rede sein, hatte er Kleins Verdacht immer leicht zur Seite reden können. Aber jetzt, meinte Klein, wird sich ja die Wahrheit bald herausstellen. Wenn ihm Stefan nun, wo er im Angestelltengebäude ist, auf einmal die Oberlehrerstochter vorstellen will, dann weiß er, wie er mit Stefan dran ist.
Als er im Espresso beim Bahnhof, das sich großspurig „City-Bar“ nannte, seinen Mantel an den Kleiderständer hängte und im Anzug dastand, wurde er plötzlich beim Gedanken, daß er jetzt das Versprechen einlöst, das er die letzte Zeit mit seinem weißen Hemd gegeben hat, so übermütig, daß er sich fast an einen Tisch in der Mitte des Raumes gesetzt hätte. Aber dann steuerte er doch schnell den üblichen Fensterplatz an, und schon im Hinsetzen griff er automatisch nach den Zigaretten, zündete eine an, und erst nachdem er ein paar Züge hinausgeblasen hatte, sah er sich richtig um. Wie meistens an einem Montag und noch dazu bei so einem Wetter waren nicht viele Leute

da. Nicht einmal die Hälfte der Tische war besetzt, und es war ziemlich ruhig. Von seinem Tisch aus hatte er das ganze Lokal im Blick, und obwohl er sah, daß sich von den Anwesenden niemand um ihn kümmerte, er anscheinend niemanden interessierte, hatte er das Gefühl, daß alle ihr Interesse nur verbargen und am liebsten die ganze Zeit zu ihm hinschauen möchten. Ohne es zu merken, fing er ein wenig zu grinsen an, ja, dachte er, tuts nur so als ob. Als der Lazek ihn fragte, was es sein dürfe, sah Klein ihn ganz genau an, aber er konnte nicht feststellen, ob der Lazek freundlicher war als sonst. Der Lazek machte eine Bemerkung über das scheußliche Wetter, weil Klein einen Glühwein bestellte, aber diese Bemerkung, meinte Klein, hätte er wahrscheinlich aus Gewohnheit bei jedem gemacht. Vielleicht sogar, dachte er, wenn er sich in einem Arbeitsanzug hereingesetzt hätte. Aber in so einem Fall hätte sich der Lazek sicher gleich Sorgen um seine mit hellem Stoff bezogenen Sessel gemacht und wäre nicht noch extra freundlich gewesen, um so einen Gast nicht auch noch zum Dableiben zu ermuntern. Doch derart adjustierte Menschen verirrten sich ja ohnedies fast nie herein. Mit einer Blauen am Leib wäre auch Klein automatisch ein paar Häuser weiter ins Bahnhofswirtshaus gegangen. Die ungeschriebenen Gesetze funktionierten ja klaglos, solange die Menschen nüchtern waren. Da war jeder gleich sein eigener Staatsanwalt und Richter, und es kam nur selten vor, daß jemand erst mit der Nase auf diese Gesetze gestoßen und aus einem Lokal hinausgeschmissen werden mußte. Zum Lazek kam man herein, wenn man eine Umgebung brauchte, die zum Wochenendanzug paßte. Aber vielleicht, meinte Klein, weiß der Lazek überhaupt nicht, was das für Leute sind, die da zu ihm kommen. Er sieht sie ja nie, wie sie *wirklich* sind, weil sie zu ihm nur in Kleidern hineinkommen, die die Woche über im Kasten hängen. Vielleicht wußte er auch nicht, was Klein bisher für einen Beruf gehabt hatte. Vielleicht hatte er ihn immer schon für einen Angestellten gehalten. Klein konnte sich sehr gut vorstellen, für einen Angestellten gehalten worden zu sein. Er wußte doch, was sich gehörte. Beim Lazek aus dem Rahmen gefallen zu sein, konnte er sich nicht erinnern. Mit fünfzehn hatte er einmal, als das Lokal noch ganz winzig gewesen war, nach zwei Vierteln Wein auf die Plastikbank gekotzt. Aber das war so lange her, daß der Lazek sich wahrscheinlich nicht mehr erinnern konnte. Außerdem hatte Klein das Erbrochene selber mit seinem Taschentuch und den Taschentüchern seiner Freunde weggewischt. Und es war sicher schon vorgekommen, daß ein echter Angestellter einmal zu viel getrunken hatte und abgestürzt war. Doch höchstwahrscheinlich hatten Leute wie der Lazek einen Blick für Menschen. Ganz sicher hat der einen Blick dafür, dachte Klein. Und seine Hände hatte Klein ja auch nicht immer verbergen können. Zumindest beim Zahlen mußte der Lazek die Trauerränder gesehen haben. Auf jeden Fall wollte er bei Gelegenheit eine Bemerkung machen, damit der Lazek in Hinkunft klarsah und ihn nicht vielleicht mit einem Arbeiter verwechselte, der sich bloß umgezogen hat. Der einen Tarnanzug anhat.

Er saß da und hörte zu, wie sich zwei Tische weiter ein paar Männer, offenbar Handelsvertreter, lachend über irgendwelche Frauen unterhielten, die ihnen auf ihren Reisen untergekommen waren, und es ärgerte ihn ein wenig, weil sie so laut redeten, und gleichzeitig bewunderte er sie, weil sie sich laut zu reden getrauten. Er trank seinen Glühwein, der mehr Wasser als Wein war, und dann noch einen, und wenn er eine Zigarette fertiggeraucht hatte, zündete er gleich die nächste an, weil ihm im Moment, wo er ohne Zigarette dasaß, deutlich wurde, daß er eigentlich *unnötig* dasaß. Was hatte er denn hier verloren? Allein. Der Kohlenhändler Oppolzer unterhielt sich mit seiner Frau und der Frau des Lazek, und weiter vorne im Raum war der junge Kulhavy, der Sohn des Apothekers, mit einem Mädchen beschäftigt, hielt unter dem Tisch ihre Hand und schien sich um die Umgebung nicht zu kümmern, und die paar Leute, die sonst noch da waren, kannte Klein nicht. Was sollte er also da? Was brachte das, wenn er hier herumsaß? Er sah ständig zur Tür, aber es kam niemand herein. Wenn die Tür geöffnet wurde, dann ging jemand. Langsam ist das angenehme Gefühl, das er zuerst gehabt hatte, als er sich ein wenig bewegte, um seinen Anzug und das Hemd zu spüren, immer mehr verschwunden. Und es ist nicht einmal mehr mit dem Gedanken, daß er heute zu Recht *so* in diesem Lokal saß, wieder herbeizurufen gewesen. Außerdem ärgerte er sich bald darüber, sich das immer wieder zu sagen. Und eine Gelegenheit, beim Lazek eine Bemerkung fallen zu lassen, hat sich auch nicht ergeben. Er bestellte extra noch einen Glühwein, aber als der Lazek das Tablett vor ihn hinstellte, wußte Klein nicht, wie er sagen sollte. Sollte er sagen: Wissen Sie schon das Neueste über mich? Oder: Falls Sie es nicht wissen sollten, Sie haben es mit einem Angestellten zu tun.

Er sah eine Weile zu dem Mädchen hinüber, das mit dem Apothekerssohn da war, und ihr ruhiges, ihm ganz unschuldig erscheinendes Gesicht ließ ein wenig Schadenfreude in ihm hochkommen. Da hat dieser eingebildete Affe sicher keine Chance, dachte er, bei der nicht. Er konnte sich ziemlich gut vorstellen, jetzt statt des Kulhavy dort zu sitzen und zu reden, über höchst interessante Dinge zu reden, und das Mädchen würde ihn mit großen Augen anschauen und würde denken, endlich einmal ein Mensch, mit dem man reden kann, endlich einer, der einen nicht nur ins Bett hineinreden will, so würde er reden, und ohne daß ein Wort darüber verloren werden müßte, würde es ein deutlich spürbares Einverständnis zwischen ihnen geben. In Zukunft, dachte Klein, würde er auch an solche Mädchen herankommen. Die war sicher aus einem guten Haus, das konnte man sehen. Schon allein an ihrem grauen, einfachen, aber doch eleganten Kostüm und der weißen Bluse. Die hatte es nicht notwendig, sich aufzuputzen, um als jemand Besonderer genommen zu werden. Die mußte nicht extra ganz kurze Röcke und hautenge Pullover anziehen, wie die Mädchen aus den Fabriken und die Verkäuferinnen und Friseurinnen, die nichts hatten als ein Paar Beine, Schenkel und Brüste, um jemanden anzulocken, der sie aus der Zukunft, die ihnen drohte, herausriß oder sie dort erst recht hineinriß. Die konnte sicher einfach gelassen ihre Herkunft, ihre Bildung, eine zu erwartende Mitgift für sich sprechen lassen. Wenn er sich die Heidi neben diesem Mädchen vorstellt, vergeht ihm überhaupt alles. Da schickt er ihr auf der Stelle den Kündigungsbrief. Auf hundert Meter Entfernung könnte man den Unterschied sehen. Und dann erst, wenn Heidi den Mund aufmacht. Obwohl an Heidi sicher auch etwas dran ist. Mehr Busen hat sie auf jeden Fall. Aber darauf kommt es ihm ja nicht an. Busen hat bald eine. Wenn jemand, meinte er, die Heidi anschaut, dann wird ihm wahrscheinlich nicht viel mehr als Vögeln einfallen. Aber bei diesem Mädchen kann man sich etwas ganz anderes vorstellen, Zärtlichkeit, eine ganz sanfte Zärtlichkeit, und schöne Gespräche an einem offenen Kamin, während die Scheiter krachen und langsam die Glut zusammenfällt, oder in einem sonnendurchfluteten Speisezimmer beim Frühstück. Als der Kulhavy kurze Zeit später an ihm vorbeiging und im Klo verschwand, das in der Nähe des Tisches war, an dem Klein saß, hat Klein sich vorgestellt, daß er jetzt zu dem Mädchen hinübergeht, und sie sieht ihm lächelnd entgegen, und er sagt nur ein paar Worte, und sofort ist alles klar, und wenn der Kulhavy aus dem Klo kommt, ist sie nicht mehr da, längst ist sie mit ihm geflohen, fluchtbereit ist ein Auto mit laufendem Motor vor der Tür gestanden. Plötzlich riß ein rumpelndes Geräusch, das aus dem Klo kam, Klein aus seinen Vorstellungen. Der Präservativautomat, dachte er, das gibts doch nicht, das ist der Präservativautomat. Am liebsten hätte er vor Wut laut aufgelacht. Ein Witz, dachte er, ich glaube, dort sitzt ein Engel, und der Kulhavy kauft schon Präservative. Der benützt ungeniert den Präservativautomaten, ohne sich darum zu kümmern, daß man das Rumpeln des Automaten durch das halbe Lokal hören kann. Der nimmt nicht einmal Rücksicht auf das Mädchen, von dem sich jetzt jeder denken kann, daß sie den Kulhavy drüberlassen wird. Ein brutaler Hund, dachte Klein, ist das. Da nimmt ja er auf die Heidi viel mehr Rücksicht. Er benützt den Automaten beim Lazek nie, weil er weiß, wie laut der ist. Er würde sich genieren, aus dem Klo zu kommen und zu denken, jeder weiß, was passieren wird, wenn er mit Heidi dann das Lokal verläßt. Auf jeden Fall ist dieses Mädchen mit dem siebensüßen Gesicht eine gewaltige Enttäuschung. Er drehte sich weg und sah wieder zur Tür. Vielleicht, meinte er, wäre es überhaupt besser gewesen, daheim zu bleiben und in der „Einführung in die Grundlagen der Arbeitsvorbereitung“ zu lesen. Schließlich hatte der Niggisch sie ihm nicht gegeben, damit er sie aufs Nachtkastl legte, um am Morgen beim Aufwachen einen Beweis zu haben, daß der Aufstieg ins Angestelltengebäude nicht nur ein schöner Traum gewesen war. Und es konnte ja durchaus sein, daß der Niggisch ihn morgen gleich einmal prüfen würde.

Er hat noch ein paarmal an Heidi gedacht; wenn sie ein Telefon daheim hätte, meinte er, würde er sie anrufen und herbestellen, aber zu ihr hinaufgehen will er nicht. Außerdem ist das Haustor schon geschlossen, und er müßte ihren Vater herunterläuten. Als nur mehr der Tisch mit den Vertretern besetzt war, die immer noch über tolle, aber, was das Hirn anlangte, ziemlich unbedarfte Katzen redeten, die nicht in der Lage gewesen waren, die wahren Absichten der Vertreter zu durchschauen, gab Klein schließlich die Hoffnung auf, daß noch jemand *Brauchbarer* für ihn zur Tür hereinkommen könnte.

Es hatte zu regnen aufgehört, aber es ging ein so starker Wind, daß Klein sich richtig dagegenlehnen mußte. Ein Auto, dachte er, würde er sich jetzt auch bald anschaffen müssen. Schließlich konnte er als Angestellter nicht immer noch zu Fuß gehen, während jeder Maurer schon ein Auto hatte.

Er hat sich den langen Heimweg vorgestellt, hat daran gedacht, wie er nach Hause kommt, in die warme Wohnung hinein, und einen Moment ist diese Vorstellung eine schöne Vorstellung gewesen, doch dann hat er daran gedacht, daß er zu Hause seinen Anzug und das weiße Hemd auszieht, und das kam ihm ganz unmöglich vor: zu Hause schon wieder alles ausziehen zu müssen, ohne daß er damit irgend etwas *erreicht* hat, sich ins Bett zu legen und einzuschlafen, als sei heute nur irgendein Tag, als habe er auf diesen Tag nicht so lange gewartet, als habe er sich diesen Tag in den vergangenen Wochen nicht immer wieder vorgestellt, ganz anders vorgestellt: Da ist er in Lokale hineingegangen, und rundherum ging sofort ein Tuscheln los, und er schreitet locker und ohne die geringste Hitze im Kopf durch den Raum, und von einem Tisch, an dem ein paar Angestellte sitzen, steht einer auf und hebt die Hand, der Höhneck ist es, der noch ziemlich junge Direktor der Sparkasse, oder der Berger, der in der Strumpffabrik den Einkauf leitet und der ein Schulfreund von Kleins Bruder gewesen ist, der aber, seit er Einkaufsleiter geworden ist, Klein nicht mehr kennen will, ja der Berger ist es, und der macht eine höflich einladende Geste auf den freien Sessel am Tisch, auch am Nebentisch möchte man den Herrn Klein selbstverständlich liebend gern sitzen haben, und alle tun so, als hätten sie ihn nie für etwas anderes gehalten, schon immer wollten alle angeblich seine Bekanntschaft gemacht haben, aber es hat sich eben nie so recht ergeben, und Klein grüßt freundlich hinüber, stellt sich aber zuerst unter die Arbeiter an den Schanktisch, wo man ihm auf die Schulter schlägt, ihn beglückwünscht, Mensch, Klein, du bist ein Hund, wir haben es ja immer gesagt, und er wird sofort auf ein Bier eingeladen, aber er winkt ab und deutet dem Wirt, eine Runde Schnaps für alle, natürlich den besten, den er da hat, und er hebt abwehrend die Hand, als man auf sein Wohl trinken will, auf weiterhin gute Kameradschaft will Klein getrunken haben, er ist ja nicht so, er ist keiner, dem so etwas zu Kopf steigt und der die früheren Freunde und Arbeitskollegen nicht mehr kennt, und weil der Berger schon wieder deutet, setzt er sich zu den Angestellten hinüber, oder er kommt ins Kaffeehaus, und als er durch den hellen Raum auf einen freien Tisch zugeht, gelassen und ohne nervös herumsuchendem Blick, da stockt der Salcher, der sich beim Billard zum nächsten Stoß hinuntergebeugt hat, Köpfe drehen sich, aber Klein kümmert das nicht, er setzt sich an den Tisch, wo der Kaffeesieder schon bereitsteht und ihn darauf aufmerksam macht, daß die Schinkenkipferl heute ganz frisch sind, gerade aus dem

Ofen gekommen, und der Kaffeehausbesitzer schleppt Zeitungen, und Klein nippt an seinem Kaffee, vertieft sich in irgendein ausländisches Blatt, trotzdem merkt er, daß der Lehrer Salcher zu ihm herüberkommt, sich offenbar nicht recht traut, aber dann doch vor ihm steht, er habe es schon erfahren, sagt der Salcher, und schon damals, als er Klassenvorstand von Kleins Klasse gewesen sei, habe er immer gesagt, eines Tages werde man von dem Klein noch etwas hören.

Das Kaffeehaus, dachte Klein, warum bin ich nicht gleich ins Kaffeehaus gegangen?, und bevor er sich noch einmal zum Heimgehen, zum Weitergehen überreden konnte, drehte er um und ging Richtung Stadtplatz. Der Wind kam von hinten und trieb ihn voran, und bis zum Stadtplatz hinunter war er sicher, daß das Kaffeehaus das einzig Richtige sein würde, immer wieder ist der Salcher an seinen Tisch gekommen, aber nicht nur er, auch ein paar Leute, mit denen Klein in die Volksschule gegangen war, die dann aber nicht wie er in die Hauptschule, sondern aufs Gymnasium übersiedelt waren, sind gekommen und haben verlegen von früher zu reden angefangen, um einen Anfang fürs Reden zu haben, und er ging auf die gelbe Kaffeehausreklame zu, an den großen Kaffeehausfenstern vorbei, und bei einem waren die Vorhänge nicht ganz zugezogen, und er sah durch den Spalt hinein, keine Bewegung war da drinnen, ganz ruhig saßen die Menschen an ihren Tischen, die ganzen Besseren, dachte Klein, und er würde hineinkommen, und alle würden zur Tür sehen, würden ihn ansehen, und plötzlich wußte er wieder genau, wie das immer für ihn gewesen war, da hineinzukommen und angeschaut zu werden, sich wie ein ganz und gar ungebetener Gast vorzukommen, wie ein Eindringling, und er wußte, daß es auch diesmal so sein würde, warum sollte es auf einmal anders sein?, nur einmal, als er mit Stefan hineingegangen war, hatte er ein wenig das Gefühl gehabt, nicht ganz im falschen Lokal zu sein, aber damals hatte er schon einiges getrunken gehabt, und er ließ die Türklinke, die ihm abschreckend kalt vorkam, wieder los, sah sich hastig um, ob ihn nicht

jemand beobachtet hatte, und ging schnell quer über den Platz aufs nächste Wirtshaus zu.
Er stellte sich an den Schanktisch, ohne seinen Mantel auszuziehen, und verlangte einen Schnaps. Neben ihm kamen zwei betrunkene Bauarbeiter, die anscheinend noch nicht wußten, daß es zu regnen aufgehört hatte, alle paar Sätze auf ihre Hoffnung zu sprechen, daß es auch morgen regnen würde, damit sie einen „Vierziger", einen Regenfeiertag, machen könnten, um im Pfusch an irgendeinem Haus den Innenputz zu machen. Eine Sintflut, sagte der eine immer wieder, müßt kommen, vierzig Tage und vierzig Nächte nur Regen, da könntest im Pfusch was verdienen. In den Nächten, meinte der Wirt, müßte es schön sein, sonst kommt ihm ja niemand herein, weil alle daheim hockenbleiben. Wir zwei kommen, da braucht er sich gar keine Sorgen machen, wurde ihm versprochen. Klein hat sich eine Zigarette angezündet, und der Mann neben ihm sah die Zigarettenschachtel an, ah, sagte er, solche hab ich schon lange nicht geraucht. Klein hielt ihm die Schachtel hin, und der Mann nahm gleich zwei Zigaretten heraus, für ihn auch eine, grinste er und deutete auf seinen Kollegen, und nach dem nächsten Schnaps hat Klein sich schon ganz selbstverständlich an ihrem Gespräch beteiligt, vom Krankenstand war die Rede, und einer der beiden Männer meinte, er verstehe es nicht, wie in Deutschland die Arbeiter krank*feiern* sagen könnten. Die scheißen sich doch in die eigene Tasche, meinte er. Die Unternehmer reden vom Feiern, wenn ein Arbeiter sein Leiden auskuriere, das er sich von der Arbeit zugezogen habe, und es sei doch eine Idiotie von den Arbeitern, das einfach nachzureden. Wie er im Fernsehen zum erstenmal einen Arbeiter, dem flüssiger Stahl den Arm verbrannt hatte, von krankfeiern reden gehört habe, habe er geglaubt, er höre nicht den Arbeiter, sondern seinen Chef reden, und er habe ganz genau geschaut, ob er nicht irgendwo den Chef entdecke, aber es sei wirklich keiner da gewesen. Vielleicht, sagte Klein, reden die nur deshalb vom Feiern, weil eben die mieseste Krankheit immer noch besser ist, als in die Bude hackeln zu gehen. Ach du ver-

stehst das, sagte der Mann, hast du vielleicht auch schon einmal barabert? Geh, sagte der andere, schaut der vielleicht so aus? Klein grinste ein wenig, nein, schüttelte er den Kopf, er sei in einem Büro. Na, da kann er sich ja eh nicht beklagen, wurde ihm gesagt. Nein, meinte Klein, das gerade nicht. Aber er verstehe, wie das mit den Arbeitern sei. Er habe ja Gelegenheit, manchmal zuzuschauen, sagte er, konnte er endlich sagen, was er den ganzen Abend schon hatte sagen wollen, ließ er die Sätze heraus, die sich in seinem Kopf angestaut hatten, obwohl die beiden Männer einfach das falsche Publikum waren und dummerweise auch der Wirt gerade nicht hinter der Schank stand. Obwohl ihm vorkam, er habe zu den beiden Männern eine ungeheure Distanz, hat er sich plötzlich neben ihnen so wohl gefühlt, daß er seine Zigaretten nicht gleich wieder eingesteckt, sondern auf dem Schanktisch liegengelassen hat.

Er stand da und redete und trank, und zwischen den eigenen Zigaretten rauchte er die Zigaretten der beiden Männer, weil sie meinten, er müsse auch einmal eine ordentliche Zigarette, eine, die einem die Lunge durchputze, rauchen, und hin und wieder versuchte Klein schnell zu kalkulieren, ob er wohl jetzt schon genug getrunken habe, aber immer wieder kam ihm vor, daß ihm gerade noch ein Schluck Schnaps fehlte, ein Schluck noch, dann würde es passen, dann würde er sich trauen, dann würde er sich alles trauen, und er würde sich im Kaffeehaus sicher nicht mehr fehl am Platz fühlen.

Er war schon ein wenig unsicher auf den Beinen, als er sich endlich losriß und hinausging. Schon von weitem sah er, daß die gelbe Kaffeehausleuchtschrift ausgeschaltet worden und das Lokal dunkel war.

Der nächste Tag war schwierig. Er saß da und tippte Zahlen in die Maschine. Der Steiner schien einen unerschöpflichen Vorrat an Listen mit Zahlenkolonnen zu haben. Sooft Klein angesprochen wurde und Antwort geben mußte, hatte er Angst, man werde seinen vielleicht vorhandenen Mundgeruch bemerken. Der Kopf tat ihm weh. Die Zunge klebte im Mund. Manchmal schien die Rechenmaschine in einer welligen Bewegung von ihm weg- und dann wieder auf ihn zuzuschwimmen, sodaß er die Augen zudrücken mußte, um wieder klar zu sehen. Die Zahlen kamen ihm durcheinander, bis er sich ein Lineal aufs Blatt legte und es nach jeder Zahl ein Stück weiterrückte. Und er wünschte sich ins Bett. Gleich nach dem Heimkommen würde er sich heute niederlegen, nahm er sich vor, und auch trinken würde er nichts mehr, als Angestellter konnte er nicht trinken, da brauchte man einen klaren Kopf, nicht wie unter den Arbeitern draußen, wo der Nebel im Kopf gleichgültig war, wenn sich der Körper nur *normal* weiterbewegte. Überhaupt, merkte er, war es viel leichter, draußen in den Hallen einen solchen Zustand zu verheimlichen. Man war an niemandem so nahe dran wie hier, wo jedes Husten und Seufzen bereits auffällig werden, man nicht alles mit Bewegungen zudecken konnte.

Am Nachmittag hat es ihn dann schon zu ärgern begonnen, daß man ihm keine andere Arbeit zu tun gab.

Auf dem Klo im Fichtennadelgeruch zu sitzen und zu rauchen, ist fast genauso schön wie am Vortag gewesen.

Als er aus dem Fabrikstor ging, konnte er sich schon nicht mehr vorstellen, am Abend zu Hause zu bleiben, weil es ihm ganz nutzlos schien, Angestellter geworden zu sein, ohne daß man im Ort davon wußte. Heute abend, meinte er, würde es besser laufen.

Auf dem Weg nach Hause hat er in einer Drogerie einen nach Pfefferminz riechenden Mundspray gekauft.

Wenn Heidi allein wohnen würde, meinte er, könnte man, wenn er zu ihr geht, es als ein Zur-Geliebten-Gehen ansehen. Eine richtige Geliebte hätte ja eine eigene Wohnung. In der sich dann einiges abspielen würde, wie sich dort immer schon, wenn er zu ihr gekommen wäre, allerhand abgespielt hätte. Schließlich war eine Geliebte etwas ganz anderes als eine, bei der der Text von Anbahnungsannoncen, „spätere Heirat möglich", trotz aller anderslautenden Absichten ständig in der Luft hing und von den Leuten schon auf hundert Kilometer Entfernung wahrgenommen wurde. Eine richtige Geliebte, meinte er, würde einem nicht zur Last gelegt werden, so wie einem eine Freundin zur Last gelegt wurde, mit der man der Einfachheit halber und wegen der überall herrschenden Gedankenlosigkeit und aus Phantasiemangel kurzerhand in eins gesetzt wurde. Eine Geliebte, und wenn Hunderte bei ihr ein und aus gingen, würde einem das Ansehen ja nicht vermindern. Und da würde er dann, kaum betritt er ihr Haus, nicht schon wieder ans Umkehren denken, so wie er jetzt, sobald er sich nur vorstellt, daß er dort hineingeht, wieder ans Umkehren denkt. Da hätte er vor Aufregung auf der Treppe schon Herzklopfen, das er in Wirklichkeit höchstens bekommt, wenn er die vier Stockwerke fünfmal auf und ab rennt. Es würde ihm gar nichts ausmachen, wenn er dann bei seiner Geliebten nicht der einzige wäre. Im Gegenteil. Konkurrenten zu haben, hieße doch, daß er sich eine ausgesucht hat, die so zum Verrücktwerden ist, daß sie sich der Angebote gar nicht erwehren kann. Auf die Klingel zu drücken, wäre dann eine ungeheure Erwartung. Eine berechtigte Erwartung. Und wenn sie dann öffnet, hätte sie nur einen seidenen Kimono an, und wenn er sie zur Begrüßung umarmt und sie sich an ihn drängt, spürt er gleich, daß sie darunter nackt ist, und der Kimono hätte nur einen lose gebundenen Gürtel. In der Wohnung wäre nicht der Kleineleutedunst, sondern gedämpftes Licht und leise Musik und ein schwerer, aber doch angenehmer Geruch, von dem man nicht wüßte, woher er eigentlich kommt, ob er von ihr ausgeht oder ob die ganze Wohnung schon diesen ihren Geruch angenommen hat, und man könnte durch eine offene Tür im Hintergrund ein großes, wunderschönes Bett sehen, eigentlich mehr erahnen als sehen, wie ein Versprechen. Und in einem Eiskübel stünde Champagner bereit und daneben zwei Gläser, und er würde sich schnell, aber ganz unauffällig umsehen, ob da nicht irgendwo die Spur eines Rivalen ist. Doch wenn er in Wirklichkeit hineingeht? Aber diese Wirklichkeit, dachte er, will er sich jetzt gar nicht vorstellen.

Ganz fehl am Platz kam er sich vor. Rundum in den Verschlägen, in die der Raum mit brusthohen Platten geteilt war, saßen hauptsächlich Jugendliche, Lehrlinge mit großspurigen Reden, und bildeten sich offenbar ein, hier in der bunten Beleuchtung, die der Ganglberger einfach mit ein paar gefärbten Glühbirnen hergestellt hatte, in einer anderen Welt als der sonst gültigen zu sein. Ihre Selbstsicherheit, dachte Klein, möchte er morgen vormittag in den Betrieben sehen. Fast unmöglich schien es ihm, daß er selber einmal auf diese Atmosphäre hereingefallen war, daß er hier gesessen war und das Gefühl gehabt hatte, das sei nun die schönste Entschädigung für die Trostlosigkeit der Werkstatt, der Fabrikshalle und für die Gewalttätigkeit der Maschinen, Menschen und Arbeitsvorgänge. Die große Welt, hatte er damals geglaubt, sei das hier, zumindest ein Stück des wirklichen Lebens, während tatsächlich alles nur ein Betrug war, der ihn seine paar Groschen Lehrlingsentschädigung, sein lächerliches Taschengeld gekostet hatte. Nicht einmal das Holz der Bänke, Trennwände und Wandverkleidungen war echt, sondern nur eine Plastikfolie. Das hatte er zwar auch damals gewußt, weil sie sich oft den Spaß gemacht hatten, dem Ganglberger in die Augen zu schauen und währenddessen unter dem Tisch Löcher in die Plastikhaut zu brennen, aber damals hatte es ihn nicht gestört, war ihm gar nicht aufgefallen, daß sein Inbegriff der *anderen* Welt einfach nur eine Imitation war. Eine Imitation, die mit der Glut einer Zigarette durchlöchert werden konnte und wo dann die rohen Bretter zum Vorschein kamen.
Er war lange nicht hier gewesen, und wenn es nach ihm gegangen wäre, säße er auch jetzt nicht da, doch Heidi hatte nicht zum Lazek gehen wollen. Jedesmal, wenn sie dorthin gehen, hatte sie gesagt, wird eine Streiterei draus. Sie waren die Bahnhofstraße hinaufgelaufen, hatten ein paarmal den Stadtplatz umkreist, bis Heidi schließlich

gesagt hatte, sie hat keine Lust, stundenlang herumzurennen, den halben Abend durch die Stadt zu rennen, und dann landen sie trotzdem beim Lazek, wo nur die Lähmung ist. Vor dem Espresso Ganglberger hatte sie das gesagt und mit dem Kopf zur Tür gedeutet. Noch bevor sie recht gesessen waren, hatte sie eine Handvoll Schillinge aus der Handtasche gekramt und war zur Musikbox gegangen. Ohne lange überlegen zu müssen, hatte sie auswendig und zielsicher die Tasten gedrückt, und er hatte gedacht, wahrscheinlich hat sie schon wieder Angst vorm Reden, deshalb macht sie einen Lärm. Früher, war ihm eingefallen, hatte auch er die Nummern dieser Musikbox auswendig gewußt, zumindest die Nummern jener Schlager, die die Hitparade im Radio angeführt hatten und die er und seine Freunde rein zufällig ebenfalls für die allerklassesten gehalten hatten. Manche können Klavierspielen, hatte er damals oft gesagt, aber er ist perfekt auf der Musikbox. So lange hatte er das gesagt, bis er angefangen hatte, sein Hilfsarbeiterdasein zu verleugnen, und ihm vorgekommen war, daß er sich mit dem Spruch übers Klavier- und Musikboxspielen dauernd in die eigene Tasche geschissen hatte. Schließlich war Klavierspielen etwas, das man als Herkunftsbeweis zitieren konnte. Jemand, der Klavier spielen konnte, hatte zumindest, konnte man annehmen, sein Leben nicht in Zimmern verbracht, in denen man das Klavier höchstens mit Stricken zum Fenster hätte hinaushängen können, weil drinnen alles mit Betten und Kästen verstellt war.

Als Heidi wieder zum Tisch gekommen war, hatte er sie gefragt, woher sie denn eigentlich die Musikbox auswendig kann. Und ihre Antwort, daß sie öfter mit Ilse während der Mittagspause und manchmal auch abends hier sei, ohne ihm das danach immer sofort zu berichten, hatte ihn ärgerlich gemacht. Noch dazu, weil Heidi gar nicht zu leugnen versucht, sondern es sofort *gestanden* hatte. Das ist also der Erfolg, hatte er gemeint: Er bemüht sich, ihr etwas beizubringen, ihr die Unterschiede zwischen echt und falsch und oben und unten klarzumachen, und sie sagt jaja und rennt hinterrücks nach wie vor ins Ganglberger. Als sie sich über den Tisch gebeugt hatte, um ihn flüsternd darauf aufmerksam zu machen, wie der Ganglberger und die neue Kellnerin sich ansahen, hatte er laut schnuppernd an ihren Haaren gerochen. Heute riecht sie wieder einmal besonders stark nach Schuhen, hatte er gesagt. Wie erwartet, war Heidis Mund sofort ganz schmal geworden. Wenn er den ganzen Tag in der Schuhabteilung steht, hatte sie ihn angefahren, wird auch er nach Schuhen riechen. Es hatte eine Weile gedauert, bis ihr dann noch eingefallen war, daß er selber nach Fabrik riecht. Das gibt es nicht, hatte er den Kopf geschüttelt, damit ist es vorbei. Und warum? Seit neuestem werden nämlich die Arbeiter, bevor sie nach Hause gehen, mit Kölnischwasser geduscht, damit ihnen niemand nachsagen kann, sie riechen nach Fabrik. Nicht Kölnischwasser, hatte Heidi gesagt, sondern Petroleum. Klein hatte sie eine Weile angegrinst, einfach nur angegrinst, bis Heidi ganz wütend geworden war, und dann hatte er auf einmal gesagt, außerdem, hatte er die Handflächen nach oben gedreht, bin ich schon zwei Tage im Bürogebäude. Angestellter. Der Beste beim Test gewesen. Der Allerbeste. Längst ist alles anders. Alles ist jetzt ganz anders. Wirklich?, hatte Heidi gesagt, wirklich?, immer wieder hatte sie kopfschüttelnd und immer mehr lächelnd Wirklich? gesagt.

Ihre Freude hatte ihn so lange selber gefreut, bis es ihm auf einmal ganz lächerlich vorkam, in so einer Umgebung solche Eröffnungen zu machen. Das war einfach, hatte er gemeint, eine unpassende Umgebung. Bier auf dem Tisch und Schlagermusik, die einem das Hirn weich macht, anstatt Wein aus Kristallgläsern zu einem Streichquartett. Das wäre richtig. Oder wenigstens das Kaffeehaus. Aber das Kaffeehaus war ja nicht möglich gewesen. Mit einer anderen, zum Beispiel mit so einer, die der junge Kulhavy gestern beim Lazek mitgehabt hat, könnte er überall hineingehen. Aber mit Heidi doch nicht. Soll er sich genieren für sie, weil sie sicher keine Ahnung hat, wie man sich da drinnen benehmen muß, damit man nicht auffällig wird? Da müßte er ihr ja vorher den kleinen Finger amputieren. Und ihr Redeverbot erteilen. Schließlich haben die Leute ja überall so leicht Kurzschlüsse in den Köpfen, denken sich, aha, das ist dieses Verkäufermensch vom Höfer, und der da neben ihr?, na, das wird sicher auch einer aus der unteren Schublade sein. Auch wenn er jetzt Angestellter ist, werden sie das denken. Und das ist natürlich die schlechteste Ausgangsbasis. Denn wenn er nächstes Mal hineinkommt, wird man denken, jetzt hat sich der schon wieder verirrt. Weiß wie lang wird er brauchen, bis man ihm das Verkäufermensch vergißt. Außerdem geht ihm die Heidi dort sowieso nicht hinein. Einmal, hat sie gesagt, ist sie drinnen gewesen. Aber das hat ihr gereicht. Da sitzen nämlich, hat sie gesagt, genau die herum, vor denen sie sonst die allertiefsten Bücklinge machen muß, damit diese eingebildeten Spezialkunden, nachdem sie schon über fünfzig Schuhschachteln um sie herum aufgebaut und hundertmal gesungen hat, das macht aber einen schönen Fuß, nicht doch noch nach der Frau Chefin schreien, um sich zu beklagen, daß das Personal keine Geduld und kein Benehmen habe und anscheinend kein Geschäft machen wolle. Also hockt er mit ihr im Ganglberger statt im Kaffeehaus. Eigentlich, hatte er gedacht, braucht sie sich gar nicht so über meinen Aufstieg zu freuen, denn das wird ihr auch nichts nützen. Irgendeinmal wird Schluß sein zwischen ihnen. Und dann kann es für sie ganz egal sein, ob der Verflossene ein Baraber war oder einer, der seine gepflegten Hände aus weißen Manschetten hängen ließ.

Als dann Ilse aufgetaucht war, die keinen Grund gehabt hatte, in einen Freudentaumel zu verfallen, weil Klein, den sie Heidi ohnedies dauernd ausreden wollte, zu einer Schreibtischexistenz geworden war, war sowieso gleich das Thema gewechselt worden. Aha, hatte Ilse gesagt, schön für dich, und dann hatte sie selber gleich etwas viel Wichtigeres zu berichten: Stell dir vor, hatte sie zu Heidi gesagt, die Rosi läßt sich ihr Hochzeitskleid nicht einmal bei uns im Ort machen.

In der Nachbarkoje schlugen ein paar Jugendliche vor einem Mädchen Räder, jeder hatte irgendeine unsichtbare Beschädigung seines Körpers als Zeichen seiner bereits voll entfalteten Männlichkeit vorzuweisen, meine Lunge ist eh schon hin, sagte der eine, kannst dir ja denken, bei vierzig Zigaretten am Tag, und ein anderer behauptete, daß seine Nieren längst vom Saufen bedient seien, Heidi redete über die Laufmaschen, die sie sich im Geschäft ständig zwischen den engen Regalen holte, und Klein saß da und kam sich mißachtet vor. Ab und zu machte er eine zynische Bemerkung, und dazwischen drängte sich immer wieder die Vorstellung in seinen Kopf, daß er sich jetzt gleich vorbeugen und den beiden Mädchen ins Gesicht grinsen wird, und mit einer plötzlichen Handbewegung wird er die Gläser vom Tisch wischen und die Plastikfolie von der Trennwand loskratzen und wegreißen, und wenn der Ganglberger herbeigestürzt kommt, zieht er nur ruhig seine Brieftasche heraus, was macht es denn?, grinst er und läßt ein paar Geldscheine zu Boden flattern, denen sich der Ganglberger nachwirft, und dann geht er, ohne sich um die Bewunderung und das Entsetzen ringsum zu kümmern, hochaufgerichtet aus dem Lokal. Immer wieder dachte er, daß er das jetzt eigentlich machen müßte. Soll er sich denn ein Gespräch über Laufmaschen und auswärts hergestellte Hochzeitskleider anhören, als gäbe es nichts Wichtigeres zu bereden? Wozu hat er denn von der größten Lebensveränderung seit seinem ersten eigenhändig herbeigeführten Samenerguß berichtet, wenn die Heidi dann so tun kann, als sei gar nichts geschehen? Als habe er ihr das nur erzählt, um sie ein bißchen zu unterhalten. Da hätte er ihr ja genausogut berichten können, daß es heute mittag in der Kantine Rollschinken und Sauerkraut gegeben hat. Glauben die zwei vielleicht, ihn unterhalten Verkäuferinnengespräche? Auch wenn er ihnen hundertmal auf ihre Sprüche eingestiegen ist, wenn er mit ihnen geredet hat, als sei er tatsächlich genau ihresgleichen, so hatte er sich in Wirklichkeit ja doch nur herabgelassen. Er hatte eben nur eine Weile seinen Kopf auf Automatik und niederste Betriebsstufe gestellt, um überhaupt mit ihnen reden zu können. Um im Anschluß seinen Schwanz unterbringen zu können. Eine ganz kleine Flamme hatte da im Kopf genügt. Ganz

genau wußte er plötzlich, daß er sich immer nur herabgelassen hatte. Und ganz genau wußte er, daß das ein Unsinn gewesen war. Derselbe Unsinn, wie überhaupt hier zu sitzen. Hier zu sitzen war reinste Zeitverschwendung. Das brachte nichts. Jemand, der ihn interessieren kann, kommt hier nicht herein. Und wenn mit ihm gar nichts passiert wäre, wenn er noch immer Arbeiter und nicht Angestellter wäre, säße er auch nicht anders da. Wozu dann also? Da kann er sich ja im Bett schon wieder sagen, daß er den Abend vertan hat. Was kann denn hier schon passieren? Hier sitzen wird er und ein Glas nach dem anderen trinken, so lange wird er etwas in sich hineintrinken, bis endlich sein Ärger ersoffen ist und bis es still ist im Kopf und ihm selber nicht mehr auffällt, daß er schon die längste Zeit dieselben Sprüche klopft, wie sie hier üblich sind. Und dann wird er sich ein paar Minuten lang, während er mit Heidi im Rohbau ist, noch schnell ganz lebendig vorkommen, aber wenn er den Radschlauch abzieht, wird ihm mit dem jäh zurückkehrenden Bewußtsein alles nur noch unsinnig sein, und am liebsten würde er sie gleich unten an der rohen Ziegelmauer angelehnt lassen und selber durchs nächste Kellerfenster davonfliegen, weil er es eine furchtbare Gedankenlosigkeit findet, sich einzubilden, im Rohbau sei noch etwas zu retten, wenigstens dieser Abend, der Rohbau sei eine Entschädigung für alles, was vorher nicht war, aber auch für alles, was tatsächlich gewesen ist.
Er stand plötzlich auf und ging, ohne etwas zu sagen, zur Schank hinüber. Er zahlt alles, was an diesem Tisch getrunken wurde, sagte er, und als er seinen Mantel vom Haken nahm und zur Tür ging, stand auf einmal Heidi neben ihm. Was ist denn, was hast denn, was rennst denn davon?, stotterte sie, er soll doch warten. Jetzt ist Schluß mit Warten, sagte Klein, überhaupt ist Schluß. Heidi, die ihn am Arm gepackt hatte, ließ sofort los, und er sah, wie man rundum auf sie aufmerksam wurde, und er richtete sich ganz gerade auf und schaute Heidi von oben bis unten an, die mit hängenden Armen dastand, du bist mir zu blöd, sagte er, verstehst?, ganz einfach, und drehte

sich weg. Als die Tür hinter ihm zufiel und er seine Schritte laut auf dem Pflaster hörte, hatte er deutlich das Gefühl, er habe jetzt tatsächlich den letzten Rest einer noch an ihm hängenden Vergangenheit hinter sich gelassen. Heidi ist dort, dachte er, wo sie eigentlich hingehört, und ich bin unterwegs.

Als er sich im ziemlich leeren Kaffeehaus an einen gleich bei der Tür gelegenen Platz setzte und der Besitzer des Kaffeehauses fast sofort an seinen Tisch kam und mit einer leichten Verbeugung fragte, was der Herr wünsche, und mit einem „Bittesehr, der Herr“ davonging, und dann auch noch die Frau des Kaffeehausbesitzers im Vorbeigehen fragte, ob der Herr schon bestellt habe, schien ihm, als sei diese unerwartete Freundlichkeit die Anerkennung dafür, daß er Heidi endlich von sich abgeschnitten hatte, daß er sie, daß er so eine hier nicht mit hereingenommen hat. Als habe er sie geopfert, kam ihm plötzlich vor, damit man ihn hier willkommen heißt.

Die Erinnerung, wie Heidi mit hängenden Armen und hilflos sich bewegender Unterlippe vor ihm gestanden war, hat er, indem er nur ein wenig den Kopf bewegte und die Menschen ansah, die hier saßen, ganz leicht von sich wegschieben können.

Schon in den ersten Tagen hatte Klein den Eindruck, daß im Bürogebäude komplizierte Verhältnisse zu herrschen schienen. Hier gab es anscheinend die klaren Fronten nicht mehr, die es draußen in den Hallen gegeben hatte. Draußen war es einfach gewesen: auf der einen Seite die Arbeiter und ihnen gegenüber alle anderen: Vorarbeiter, Werkmeister, Betriebsleitung, überhaupt alles, was im Bürogebäude aus und ein ging, was in einem grauen, schwarzen oder weißen Arbeitsmantel herumlief oder einfach einen Anzug als allereindeutigste Uniform anhatte. Im Bürogebäude war ihm alles unübersichtlich. Seine frühere Vorstellung, daß ein Angestellter so gut und viel wie ein anderer sei, merkte er, war kindisch gewesen. So kindisch wie, sich alle Erwachsenen, Eltern, Lehrer, Gesellen, Meister, private und militärische Feldwebel einfach nur als Menschen vorzustellen. Überall gab es Obere und Untere. Aber das Hüben und Drüben, das in den Fabrikshallen alles so klar, so übersichtlich gemacht hatte, gab es hier nicht mehr. Stillschweigend vorausgesetzt standen alle im Bürogebäude auf der Seite des Plohberger. Auch wenn sie dabei nicht an ihn selbst dachten, sondern von der Firma, vom Betrieb redeten. Diese Sächlichkeit, die sich vor den Plohberger schob, die er selber in Weihnachtsfeieransprachen als Tarnkappe benutzte, schien es allen Angestellten ganz leicht zu machen, für ihn zu sein. Aber daß sie auf seiner Seite standen, machte die Verhältnisse im Bürogebäude nicht durchsichtiger. Schließlich standen sie verschieden hoch, und Gräben gab es hier genauso, nur war es Klein unklar, wie sie verliefen. Aus den Gesprächen, die hinter ihm im Zimmer geführt wurden, konnte er sich lange nichts zusammenreimen. Eine Abteilung schien gegen die andere zu sein, aber nicht jede gegen jede, unerklärliche Bündnisse gab es da, Fronten und Feindschaften und Nebeneinander, zwischen den Angestellten und den Abteilungsleitern und den Abteilungen und den Stockwerken. Nicht einmal Titel, stellte Klein fest, waren eine sichere Orientierung, auch wer wen zuerst grüßte, wer vor wem buckelte, war kein eindeutiger Hinweis. Obwohl alles so sauber und ordentlich und gesichert aussah, schien es ein ungeheures Durcheinander zu sein, und die größte Schwierigkeit, meinte Klein, würde wahrscheinlich darin bestehen, sich als Neuer hier zurechtzufinden. Am wahrscheinlichsten war ihm noch die Erklärung, daß jeder gegen jeden war und, wo es nicht danach aussah, wahrscheinlich nur unter Höflichkeit versteckt. Andererseits kam es ihm unmöglich vor, daß hier, wo die Menschen gewöhnt waren zu denken, mit den Köpfen zu arbeiten, eine solche Verrücktheit herrschen könnte.

Allein in der REFA-Abteilung waren ihm die Verhältnisse unklar. Der Niggisch war hier der Boß. Gut. Aber dann fing die Unsicherheit schon an. Daß alle anderen in der Abteilung gleich waren, merkte er, war Unsinn. Alle schienen sich zwar ein wenig vor dem Niggisch zu fürchten, aber nicht alle gleich viel. Eine Weile meinte er, nach dem Niggisch komme in der Hierarchie der Steiner, weil der Niggisch, wenn der Herr Hans, der Juniorchef, in die Abteilung kam und irgendeine Auskunft wollte, fast immer den Steiner zu Rate zog. Aber dann sah Klein, daß der Steiner, der die Zeitung in der offenen Schublade las, diese immer hastig zuschob, wenn die Glasschiebetür ging, während der Bachholder die Zeitung ungeniert auf dem Schreibtisch hatte. Andererseits fragte der Bachholder den Steiner ständig um Rat, und außerdem teilte der Steiner dem Bachholder die Arbeit zu. Wo der Ondra und der Korbel standen, war überhaupt nicht festzustellen, weil sie meistens zum Zeitnehmen draußen waren, der Ondra mit dem Niggisch per du war, während der Korbel ein Schulfreund des Betriebsleiters Kramer war, der Niggisch den Korbel aber nicht Herr Korbel, sondern nur Korbel nannte und überhaupt nur von oben herab behandelte, während der Niggisch selber aufsprang, wenn der Kramer ins Zimmer kam. Es war einfach ein Durcheinander. Aber für ihn, meinte Klein, hatte das ohnedies noch keine besondere Bedeutung. Seine Position war ja noch am klarsten: er war der Letzte. Einer, der noch nicht einmal richtig, sondern nur zur Probe da war. Später, meinte er, würde sich schon alles entwirren. Wenn er selber einmal einen sicheren Standpunkt hätte. Wenn er die Kurse hätte. Und den schwarzen Arbeitsmantel.

Seine Meinung über die Bildung der Angestellten hat Klein ziemlich schnell ändern müssen. Die Gespräche, die von ihnen während der Mittagspause und zwischen den Arbeiten geführt wurden, waren zwar anders, als er sie von den Hallen und den Scheißhäusern gewohnt war, aber was von den Angestellten geredet wurde, war längst nicht das, was er erwartet hatte. Da war keine Spur von *hochgeistigen* Gesprächen, die er sich erhofft, vor denen er sich aber auch ein wenig gefürchtet hatte. Dieselben Alltäglichkeiten kamen daher. Übers Hausbauen wurde geredet, über Fußball und über Autos und über Urlaub

und übers Fernsehen. Auffällig war nur, daß das Thema Nummer eins von draußen: Weiber, fehlte. Zumindest wurde nicht so offen darüber geredet, sondern nur in so und so auslegbaren Andeutungen. Und ihr *Privat*leben schienen sie regelrecht mit den zugezogenen Krawatten in sich eingesperrt zu haben. Was in ihren eigenen vier Wänden geschah, schien jeder für etwas so Besonderes, Individuelles zu halten, daß keiner ein Wort darüber herausließ. So als hätten sie sonst nichts mehr, wenn sie darüber geredet hätten. Niemand redete von seiner *Alten*, der er wieder einmal den Herrn gezeigt hatte. Keiner hatte offenbar *Erlebnisse*. Keiner hatte, wie Kleins frühere Kollegen, es einer Frau *ordentlich* besorgt, um damit prahlen zu können. Klein konnte sich seine neuen Kollegen auch gar nicht beim Vögeln vorstellen. Das war ihm einfach absurd, so absurd, wie ihm früher manchmal die Vorstellung gewesen war, daß sein Vater die Mutter besteige. Überhaupt war es für Klein seltsam, daß er auch nach einigen Tagen noch kaum etwas über seine neue Kollegen hätte sagen können. Wie waren denn die wirklich? Kaum auseinanderzuhalten, wenn er vom Äußeren absah. Dabei hatte er sie sich als die allerausgeprägtesten Persönlichkeiten vorgestellt. Nur der Tarmann war ein wenig anders als die übrigen der Abteilung. Der redete fast nichts. Aber von ihm war bekannt, daß ihm seine Frau davongelaufen war. Sonst würde er vielleicht genauso sein.
Dafür kam seinen neuen Kollegen in ihren Gesprächen ständig die Arbeit dazwischen. Sogar während der Mittagspause war dauernd von Arbeit die Rede. Was zu machen und wie es zu machen sei. Wie man etwas am besten mache. Und was, ah, da fällt mir gerade ein, schon zu machen gewesen wäre. Dauernd wurde der weißgedeckte Mittagstisch zum Schreibtisch, wurden schon in der Kantine Probleme gelöst, wofür doch das Büro dagewesen wäre. Auch in der Mittagspause arbeiteten die Angestelltenköpfe für den Unternehmer weiter, machten sie Überstunden, die ihnen keiner bezahlte. Von den Arbeitern, dachte Klein, wäre keiner auf so eine Verrücktheit gekommen. Wenn unter den Arbeitern außerhalb der Ar-

beitszeit von Arbeit die Rede gewesen war, dann nur so, daß darüber geschimpft wurde. War die Angestelltenarbeit denn wirklich so ungeheuer interessant? Aus dem, was Klein in diesem Gerede mitbekam, ließ sich so eine Feststellung nicht ableiten. Alles was recht war, meinte er. Der Plohberger schenkte doch auch denen nichts. Warum also ihm etwas schenken? Auf eigene Kosten zum Nutzen der Firma herumdenken. Vielleicht, argwöhnte er, gaben die auch nach der Arbeit keine Ruhe. Lagen vielleicht nachts wach und arbeiteten im Kopf schon den nächsten Tag voraus. Waren die vielleicht dem Plohberger auch noch immer dankbar, daß er sie ins Angestelltengebäude gelassen hatte? Und zeigten sich jetzt erkenntlich?

Er selber hatte jahrelang gelernt, Leben und Arbeiten fein säuberlich auseinanderzuhalten. Das war ihm unauslöschlich beigebracht worden. Leben, hatte er erfahren, war schließlich nicht arbeiten gewesen. Warum brachte man denn hier alles durcheinander? Konnte doch keiner sagen, er habe in der Kantine beim Mittagessen zwanzig Minuten lang Arbeitsprobleme erörtert, und jetzt während der Arbeitszeit setze er sich als Zeitausgleich zwanzig Minuten in die Sonne, weil sie gerade so schön scheine. Überhaupt der Steiner schien von nichts anderem als von Arbeit reden zu können. Wenn wenigstens der Alte, der Herr Hans oder der Kramer oder zumindest der Niggisch in der Nähe gewesen wäre und zuhören hätte können, dann wäre das für Klein noch einigermaßen verständlich gewesen. Es hatte ja auch draußen immer ein paar Leute gegeben, die wie verrückt zu arbeiten angefangen hatten, wenn irgendein Oberer in die Nähe gekommen war. Klein hatte das immer für eine ganz kurzsichtige Dummheit gehalten, die zu nichts führte. Sicher nicht zu einem grauen Vorarbeitermantel. Denn wegen besonderer *Arbeits*leistung war, soviel er sich erinnern konnte, noch keiner befördert worden. Die Firmenleitung hätte doch hirnrissig sein müssen, einen Arbeiter, der sich derart in die Arbeit kniete, der anscheinend wirklich alles aus sich herausholte, was herauszuholen war, zu einem nur noch redenden, schreienden Herumsteher zu machen.

Aber wahrscheinlich, meinte Klein, wäre es günstig, genauso wie die anderen mitzureden. Über die Arbeit. Allerdings konnte er das noch nicht, wo er sich doch hinten und vorne nicht auskannte. Aber er konnte zumindest deutlich sein Interesse zeigen. Während der Probezeit schadete das sicher nicht. Schließlich mußte seine Eignung nach irgendeinem Kriterium beurteilt werden. Zudem hätte ihn das, was die da über die Arbeit redeten, interessiert. Gerne hätte er schon alles verstanden, um mit dem Verstehen seine Eignung beweisen zu können. Außerdem meinte er immer wieder, auch wenn ihm etwas ziemlich verrückt vorkam, irgendwo doch noch eine Vernünftigkeit darin entdecken zu müssen. Auch dort, wo er früher nur Kurzsichtigkeit gesehen hatte. Als sei mit dem Tag seiner Beförderung nachträglich alles vernünftig geworden. Schließlich hatte man ja nicht irgendeinen Trottel, sondern gerade ihn ausgesucht und befördert. Und das war vernünftig. Also mußte es auch alles andere sein. Die Tatsache, daß er nun an einem Schreibtisch saß, ist ihm wie der beste Beweis vorgekommen.

Außerhalb der Fabrik, des Bürogebäudes, bildeten sich alle anscheinend ein, er sei noch immer ganz derselbe wie früher. Nach mehreren Wochen grüßte ihn noch immer niemand auf der Straße, der ihn nicht schon früher gegrüßt hätte. Und auch die ließen sich weiterhin grüßen, von denen er meinte, daß nun eigentlich sie zuerst grüßen müßten. Und die, die er auf einmal grüßte, Menschen, die ihm schon seit seiner Lehrlingszeit als „solche Besseren" keinen Gruß wert gewesen waren – die grüßt er doch nicht auch noch, hatte er damals gesagt –, und an denen er sich jetzt näher dran glaubte, schienen von seiner plötzlichen Freundlichkeit nicht sonderlich überrascht zu sein. Und in den Geschäften ließ ihn auch keiner vor. Und wenn er die traf, die er bei sich „seine früheren Bekannten" nannte, den Berger, den Nosko, den Vogler und all die anderen, dann redeten sie mit ihm nicht anders, als sie immer geredet hatten. Als wollten sie ihm beweisen, daß man mit ihm immer noch so reden kann: und ihn damit gleich herabsetzen. Und niemand sagte Sie zu ihm, der früher Du gesagt hatte. Und nirgends schien es jemanden zu geben, der früher nicht mit ihm geredet hatte und plötzlich mit ihm hätte reden wollen. Und wenn er in ein Lokal kam, dann drehten sich zwar die Köpfe zu ihm, aber das war nur üblich, ganz gleich, wer da hereinkam. Schließlich drehten sie sich ja auch gleich wieder weg. Und nirgends konnte er bemerken, daß hinter ihm ein Tuscheln losgegangen wäre. Nicht einmal im Kaffeehaus, in dem er nun schon zweimal, zuerst vier und dann beinahe fünf Stunden gesessen war; aber nicht deshalb so lange, weil er sich dort drinnen allein an einem Tisch so wohl gefühlt hätte, sondern weil er Angst davor gehabt hatte, beim Weggehen alle Augen auf sich zu ziehen. Und der Lazek kam auch um kein bißchen schneller an seinen Tisch. Dem war anscheinend überhaupt alles egal, außer natürlich, daß viel getrunken wurde. Und kaum jemand sprach ihn an, um mit ihm über seine Veränderung zu reden. Selbst die nicht, bei denen er sicher war, daß sie es wußten. Als sei es das Selbstverständlichste auf der Welt, daß jemand plötzlich ein anderer wird. Wie viele tatsächlich schon im Bilde waren, merkte er daran, daß ihn fast niemand mehr fragte, warum er an einem Wochentag Anzug und weißes Hemd anhatte. Überhaupt war er viel seltener gefragt worden, als er geglaubt hatte. Als seien alle ausgerechnet bei ihm blind geworden. Bestenfalls fielen ein paar beiläufige Worte. Mehr, als das Gespräch unauffällig in diese Richtung zu lenken, was er eigentlich ständig versuchte, wagte er ja selber nicht. Er hatte eine Scheu davor, damit anzufangen, eine Scham im voraus, weil man dann, war er sicher, sofort denken werde, eigentlich steht diesem Klein so ein Aufstieg gar nicht zu. Denn einer, dem er zusteht, würde ihn einfach als das ihm Zustehende hinnehmen. Dem würde das nichts sein, worüber er sich nicht und nicht beruhigen kann und wovon ihm dauernd das Maul übergeht. Um zu zeigen, daß es ihm zustand, durfte er gar nichts zeigen, keine Freude darüber, nichts scheinen lassen, sollte er es schon zu etwas Selbstverständlichem herunterspielen, noch lange, bevor es das tatsächlich hätte werden können. Für ihn selbstverständlich. Aber für die anderen, meinte er, doch nicht. Er verstand das nicht. Wenn er in den letzten Jahren erfahren hatte, daß ein Mensch, von dem es nicht zu erwarten gewesen war, etwas geworden war, dann hatte er diesen Menschen doch auch plötzlich anders angeschaut. Meist war ihm zwar vorgekommen, daß der das eigentlich gar nicht verdiente, selber wäre er vielleicht besser geeignet, hatte er gemeint, aber er hatte es schließlich doch zur Kenntnis genommen. Die einzige Möglichkeit, die Menschen dazu zu zwingen, in ihm endlich das zu sehen, was er nun war, und nicht mehr den Klein, den sie von früher her zu kennen glauben konnten, schien ihm darin zu bestehen, sich selber so schnell wie möglich bis zur Unkenntlichkeit zu verändern.

Alle waren ja anscheinend so ungeheuer träge im Kopf, daß sie einen Menschen, den sie all die Jahre in einer bestimmten Weise gedacht hatten, nicht plötzlich umdenken konnten. Aber er war einfach nicht mehr derselbe. Er putzte sich zwar die Zähne noch auf die gleiche Weise wie früher und zog auch noch immer den rechten Schuh auf den rechten Fuß an, aber sonst, kam ihm vor, war bei ihm alles anders geworden.

Er war seit dem Montag, an dem er ins Angestelltengebäude übersiedelt war und an dem es ihn am Abend vom Kaffeehaus weg- und kurz in ein Wirtshaus abgetrieben hatte, nie mehr in einem Lokal gewesen, in dem er Arbeiter, ehemalige Kollegen, hätte treffen können. Und er hatte, wenn er welche getroffen hatte, meist Eile vorgetäuscht. Oder er war auf die andere Straßenseite gegangen, wenn ihm schien, daß er denen nicht auskommen kann, sobald er ihnen erst einmal in die Arme läuft. Und er war, wenn er auf der Straße ging, nicht einfach gegangen, sondern hatte sich ganz genau beobachtet, wie er geht. Als müsse er tatsächlich jetzt auch anders gehen. Selbstbewußter. Oder eigentlich nur: selbstbewußt erscheinend. Hochaufgerichtet. Überhaupt hatte er außerhalb der Wohnung nichts mehr nur irgendwie gemacht.

Nicht einmal, wenn es stockdunkel war. Ständig hat er darauf geachtet, was er macht und wie er es macht. Und dauernd ist ihm etwas eingefallen, was er eigentlich nicht hätte machen sollen. Den Zigarettenstummel lässig in hohem Bogen über die Straße zu schnippen, war ihm auf einmal als für ihn ganz unpassend vorgekommen. So hatte ein Rundgang durch den Ort, den er sich, sein weißes Hemd, den Anzug, sich selber herzeigend, wie einen Gang durch ein ihn im stillen bewunderndes, beneidendes, anerkennendes Spalier vorgestellt hatte, plötzlich zu einem erschöpfenden Unternehmen werden können, weil er nicht wußte, worauf er zuerst achten sollte, und er trotz allen Vorher-Kalkulierens das Gefühl nicht los wurde, irgend etwas doch nicht richtig gemacht zu haben.
Dazu kam, daß Wörter und Sätze, die er jahrelang verwendet, die er automatisch von sich gegeben hatte, auf einmal unbrauchbar waren und durch andere ersetzt werden mußten. Als sei er, obwohl er den Ort nicht verlassen hatte, in ein anderes Land geraten, wo er die Sprache erst erlernen muß. Nicht einmal die Grußformeln paßten mehr. Grüß Gott statt Guten Tag. Lange glaubte er, das nicht über die Lippen bringen zu können. Doch es mußte sein, kam ihm vor, auch wenn er sich noch so schämte dabei und er das Gefühl hatte, den Pfaffen damit, ohne es überhaupt zu wollen, einen Gefallen zu tun. Schließlich grüßte ein Großteil der Angestellten so, obwohl sie außer Kirchensteuerzahlen mit der Kirche nichts hatten und die Pfarrer des Ortes längst fast ausschließlich vor alten, alleinstehenden Frauen, Schulkindern und den Funktionären der Unternehmerpartei und sonst leerstehenden Bänken predigten.
Wenn er sich am Freitag von seinen Arbeitskollegen verabschiedet hatte, dann hatte er gesagt, grüß euch, oder: Habedieehre, machts es gut, manchmal hatte er noch hinzugefügt: aber nicht zu oft, aber nun mußte er sagen: Schönes Wochenende! Danke gleichfalls, hieß es dann. Er hätte nie geglaubt, daß ihm etwas so Einfaches Schwierigkeiten machen könnte. Aber obwohl er wußte, daß niemand von ihm erwartete, wirklich zu meinen, wirklich zu

wünschen, was er da sagte, kostete es ihn lange eine Überwindung, diese Wörter auszusprechen, weil es ihm wie die ärgste Kriecherei vorkam, jemandem etwas Schönes zu wünschen, der ihm ganz gleichgültig war oder den er in Wirklichkeit zum Teufel wünschte. Es war doch eine scheußliche Verlogenheit und eine Demütigung dazu, etwa dem Niggisch ein schönes Wochenende zu wünschen, der ihn vor zehn Minuten noch zusammengestaucht, vor allen anderen heruntergeputzt hatte. Sich eben noch zu denken, so ein Trottel, regt sich wegen einer einzigen Zahl in einer falschen Spalte so auf, der Schlag soll ihn beim Scheißen treffen, und dann die Glastür zur Seite schieben, ein freundliches Gesicht machen und Schönes Wochenende oder Angenehmen Feiertag ins Zimmer des Niggisch hineinzureden. Manchmal, wenn er es endlich hinter sich hatte und durch die Tür des Bürogebäudes ging, wußte Klein schon nicht mehr, ob er es nun tatsächlich gesagt oder ob er sich das nur vorgestellt hatte.
Und bevor jemand angesprochen, eine Frage gestellt werden konnte, waren umständliche Einleitungsformeln notwendig, für die draußen in den Hallen gar nicht genug Zeit gewesen wäre. Er konnte nicht mehr einfach sagen, geh, schau einmal her, du. Nun hatte es zu heißen, Entschuldigung, haben Sie einen Moment Zeit?, Entschuldigung, darf ich Sie einen Augenblick stören? Auch wenn der Niggisch oder der Steiner oder der Bachholder gerade nichts taten und gedankenverloren zum Fenster hinaussahen.
Außerhalb des Bürogebäudes von Arbeit zu reden, Arbeitsbeginn, Arbeitsschluß, Arbeitszeit, Arbeitengehen zu sagen, war auch nicht mehr möglich. Jeder mußte dann glauben, meinte Klein, er habe es noch immer mit einem Arbeiter zu tun. Zumindest den ehemaligen Arbeiter werde man daran erkennen können. Wenn Klein bemerkte, daß er gerade vom Arbeiten geredet hatte, dann hängte er immer noch schnell einen Satz an, in dem statt des Wortes „Arbeit" das Wort „Büro" stand. Bürobeginn, Büroschluß, ins Büro gehen, sagte er dann. Selbst bei denen hat er sich schnell verbessert, die schon wußten, daß er

nicht mehr *in die Fabrik* ging. Aber obwohl er dabei nicht die Unwahrheit sagte, hatte er lange Zeit, wenn er diese neue Bezeichnung verwendete, das Gefühl, er übertreibe, er schneide auf, und ist dann so verlegen geworden, daß er schnell drüber hinwegredete, daß er sich genau darüber hinwegredete, worauf er eben noch hatte hinweisen wollen. Vor lauter Scham ist er dann oft so geschwätzig geworden, daß er wirklich anfing zu übertreiben, hat er so geredet, als sei er auch im Büro jemand Besonderer, bis er so verwirrt war, daß er ganz sicher sein konnte, nun glaube man ihm überhaupt nichts mehr. (Es hat lange gedauert – und lang noch hat es Rückschläge gegeben –, bis es ihm ganz selbstverständlich war, vom Büro zu reden, bis er sich das Wort *Arbeit* endlich abgewöhnt hatte.)

Immer noch, schien ihm auf einmal wieder, fehlte seinem Kopf rundum alles. Als habe er tatsächlich nur das Unnützeste in sich hineingelesen, das Wichtigste aber vergessen. So vieles war ihm noch unbekannt. Käse- und Weinsorten, wie sie in besseren Häusern auf den Tisch kamen, Perserteppiche und Rassehunde und *echte* Möbel. Nichts davon kannte er wirklich, außer ganz wenige Namen, während das alles, glaubte er, bei den Menschen, mit denen er jetzt bald zusammenkommen würde, schon seit jeher das Selbstverständlichste war. Nicht, daß es für ihn tatsächlich plötzlich notwendig geworden wäre, so etwas zu wissen. Er war ja an diese Menschen noch nicht herangekommen. Aber solange er das alles nicht wußte, meinte er, war es einfach eine Verwegenheit, sich wirklich näher an sie heranzuwagen. Schon die Vorstellung, daß ihm bei einer endlich sich bietenden Gelegenheit dieses Wissen fehlen und ihn das gleich entlarven würde, machte ihn panisch. Daß er diese Menschen, unter die er sich nun bald begeben würde, zu Unrecht mit solchen verwechselte, von denen er gelesen hatte und die nicht die geringsten Schwierigkeiten gehabt hatten, zu einem Möbelstück Chippendale oder Louis Seize zu sagen, ist ihm erst viel zu spät aufgefallen.

Plötzlich meinte er, sich von den ärgsten Unsicherheiten befreien zu können: In einer Auslage der Papierhandlung hatte er ein Buch über gutes Benehmen entdeckt. Aber gleich stand ihm wieder eine Schwierigkeit entgegen: Wenn er hineinging und das Buch kaufte, dann stellte er sich doch gleich selber bloß, stand er als einer da, der so ein Buch noch notwendig hatte. Der Hexer müßte man sein, dachte er, der aus dem Wallace-Film, da wäre das kein Problem, im nächsten Hauseingang zu verschwinden und eine Minute später als ein ganz anderer herauszukommen, mit falschem Bart, Brille; ganz unkenntlich. Oder sollte er die Mutter schicken? Aber die erzählte es womöglich bei der nächsten Gelegenheit dem Bruder, und was er sich dann von dem anhören muß, kann er sich lebhaft vorstellen. Oder sollte er dem nächsten Kind, das vorbeikam, das Geld in die Hand drücken und einen Zehner für Kaugummi als Lohn dazu? Er stand vor dem Geschäft und wartete darauf, daß endlich die letzte Kundschaft daraus verschwinden würde, damit wenigstens nur der Papierhändler Zeuge sei, aber kaum meinte er, jetzt sei es gleich soweit, betrat schon wieder jemand das Geschäft. Plötzlich kam ihm ein Gedanke, und er ging ganz locker hinein: Wenn er das Buch als Geschenk verpacken läßt, meinte er, muß jeder glauben, daß es nicht für ihn ist.
In der folgenden Zeit lernte er das Buch regelrecht auswendig, übte er vor dem Spiegel, sprach er sich im Zimmer, wenn er die Eltern sicher beim Fernsehen wußte, die Regeln vor, wer wem zuerst vorgestellt werden mußte und was dabei zu sagen war, welche Kleidung zu welchen Anlässen gehörte, welcher Wein zu welchen Speisen, und er merkte beim Lesen, daß er sich nur eingebildet hatte, früher sowieso das halbwegs richtige Benehmen gehabt zu haben. In Wirklichkeit hatte er also einen Fehler nach dem anderen gemacht, hatte man offenbar, während er gemeint hatte, unauffällig zu sein, ganz genau sehen können, was er für einer war. Nachträglich wurde ihm noch heiß, wenn er sich zurückerinnerte. Außerdem, erfuhr er, war er bis jetzt eine Nicht-Existenz gewesen. Wer nämlich nicht vorgestellt worden sei, existiere gesellschaftlich gar nicht. Aber

das würde sich jetzt alles ändern. Ab nun würde er keine Kartoffel mehr mit dem Messer zerschneiden. Würde er Damen und Ranghöhere immer rechts neben sich gehen lassen, auch wenn er keinen Degen trug, der den neben ihm Gehenden hätte stören können. Und auch den Kompottsaft würde er nicht mehr austrinken. Dazwischen kam ihm das alles wieder ganz blöd vor, ganz unsinnig, und als passe das gar nicht zu ihm. Wozu lernte er auswendig, wie man Austern aß, wenn er noch nie welche gesehen hatte? Im ganzen Ort gab es keine Auster. Dafür aber sicher genug Menschen, die nicht einmal wußten, was das war. Und es war doch grotesk, in den Spiegel hineinzureden, Mama (Betonung auf der letzten und nicht wie üblich auf der ersten Silbe), Mama, darf ich dir Fräulein Baumann vorstellen?, und dabei an die eigene Mutter zu denken. Eine ungeheure Lächerlichkeit, nach dem Üben vor dem Spiegel hinüber zu den Eltern zu kommen, die in Schlapfen dasaßen, und eben hatten sich in seinem Kopf noch Menschen durch einen Salon bewegt, war in Frack und Abendkleid und Orden mit Polonaise und Linkswalzer ein Ball eröffnet worden. Obwohl er sich seine Einwände immer gleich auszureden versucht hat, er ist jetzt kein Prolet mehr, und da braucht er auch keine Proletenvorurteile gegen die bessere Gesellschaft, sind sie doch immer wieder durchgekommen. Spätestens wenn er merkte, daß ihm diese vorgeschriebenen Verhaltensweisen einfach nicht und nicht selbstverständlich werden wollten. Schon beim Üben hatte er Angst, im Ernstfall alles falsch zu machen. Und der kleinste Fehler, hieß es im Buch, zerstöre den Gesamteindruck. Die Gewohnheiten waren doch nicht so leicht umzubringen. Allein die simple Regel, daß Hände nicht in Hosentaschen gesteckt werden dürfen, schien ihm eine unerfüllbare Forderung zu sein. Seine Hände krochen automatisch hinein, kaum daß er eine Unsicherheit, eine nicht ganz überschaubare Situation nur erwartete. Sollte er sich die Hosentaschen zunähen? Aber dort gehörte doch das Stofftaschentuch hinein. Eines in die Hosentasche, eines in die innere Brusttasche der Jacke, stand geschrieben.

Immerhin: Auch wenn nicht alles gleich von selbst ging, er sich vielmehr immer genau beobachten und zum richtigen Verhalten zwingen mußte, so versetzte ihn doch das, was er in dem Buch zusammengelesen hatte, in die Lage, andere nach diesen neuen Gesichtspunkten zu beurteilen. Und dabei entdeckte er, daß fast alle höheren Angestellten in der Firma und auch viele Leute im Ort, die weiß Gott wie groß taten, offenbar keine Ahnung von wirklichem Anstand hatten. Und er hat gemeint, gleich ein wenig auf sie herabschauen zu dürfen.
Und wenn er einmal den Papst getroffen hätte, sagte er sich später, hätte er gewußt, daß er ihn mit „Eure Heiligkeit" anreden muß.

Dem Vater schien Klein manchmal so unsagbar zu sein, daß er nur noch deuten konnte. Sich mit dem Finger auf die Stirn tippen, mit dem Finger auf Klein zeigen, den Kopf schütteln. Oft ging er herum, als könne er in Klein, wenn er ihn im weißen Hemd sitzen sah und reden hörte, nicht mehr seinen Sohn erkennen. Dann wieder kam er plötzlich in einem so ungewöhnlich scharfen Ton daher, daß Klein für Momente meinte, zu einem Kind zusammenschrumpfen zu müssen. Ganz unvermittelt, plötzlich aufschauend, fragte er, was dem Sohn denn eigentlich überhaupt noch passe. Wenn ihm sowieso alles zu schlecht sei, fuhr er Klein an, vom Essen bis zum Fernsehprogramm, und alles und alle zu blöd und alle Verwandten und Bekannten sowieso nur Kleinhäusler für ihn seien, dann solle er doch endlich schauen, daß er weiterkommt. So einen braucht man nicht da. Wenn Klein dann sagte, daß er ohnedies die längste Zeit hier gewesen sei, ließ der Vater seine gedankenlosen, automatischen Sätze los, mit denen er auch schon nach Robert und Ingrid geschlagen hatte, um ihnen ihre Hoffnung auf ein anderes Leben lächerlich zu machen. Gern wirst du noch an daheim denken. So gut wird es dir nirgends mehr gehen. Glaubst du, woanders werden sie es dir vorschütten? Glaubst du, die Gebratenen werden dir hineinfliegen? Er konnte Kleins gewaltsame Anstrengungen, vor allem in Details die Vergangenheit aus sich hinauszuwerfen, damit man, vom Teil aufs Ganze schließend, ihn endlich als einen anderen nehme, einfach nicht verstehen, während Klein dieses Nichtverstehenkönnen, auch wenn er es manchmal als ein Nichtverstehenwollen mißverstand und es ihn ärgerte, als den deutlichsten Beweis dafür nahm, daß sich etwas mit ihm geändert hatte. Als sie einmal nebeneinander vom Haus auf die Straße traten und Klein jemanden mit einem Grüßgott grüßte, blieb dem Vater so der Mund offen, daß er gar nichts mehr sagen konnte. Erst Tage später wollte er auf einmal wissen, ob Klein denn nicht auch noch zum Kirchenrennen und Kerzenschlucken anfangen wolle. Darauf warte er jetzt nämlich schon, sagte er. Allein plötzlich Dinge in seinem Kühlschrank zu haben, die er ein Leben lang nicht für notwendig gehalten oder die er gar nicht gekannt hatte und die Klein nun auf einmal zum Nachtmahl haben wollte, war dem Vater ein Ärgernis. Und es störte ihn, daß die Mutter, um diese Dinge zu kaufen, extra ins Delikatessengeschäft auf den Stadtplatz laufen mußte, in dessen Schaufenster, wie der Vater voller Stolz sagte, er noch kein einziges Mal hineingeschaut habe. Er nahm die Camembertschachtel aus dem Kühlschrank, sah sie an und schüttelte den Kopf. Und er sah den Schinken an, den Klein auf dem Teller hatte, schüttelte den Kopf und sah auf seine eigenen Hände hinunter, die mit dem Taschenmesser die billigste Wurst auf dem Papier schnitten, die es, wie er behauptete, für ihn immer noch tat. Von der Mutter erfuhr Klein dann, daß der Vater sich erkundigt habe, ob diese neuen Einführungen, die der Sohn plötzlich haben müsse, aus der Haushaltskasse bezahlt worden seien. Die Mutter war zwar, was das Essen anlangte, genau derselben Meinung wie der Vater, aber wenn Klein ihr etwas anschaffte und von einem höheren Kostgeld redete, das er jetzt, wenn er mehr verdiene, bald zahlen werde, dann brachte sie es. Und der Vater habe ihr auch noch vorgehalten, den Größenwahn ihres Sohnes zu unterstützen, indem sie ihm seine weißen

Hemden wasche und bügle. Wenn der Sohn schon jeden Tag ein frisches Hemd anziehen wolle, dann solle er sich das gefälligst selber machen, habe er verlangt. Recht hat er ja eh, sagte die Mutter, und sie hielt Klein manchmal ein Hemd, das er schon zur Schmutzwäsche geworfen hatte und das ihr noch fast ganz sauber schien, unter die Nase, doch wenn Klein sie an die schmierigen Arbeitsanzüge erinnerte, die sie früher für ihn hatte waschen müssen, und wenn er ihr nebenbei androhte, die Hemden in die Wäscherei zu geben, dann sagte die Mutter, sie habe doch nur gemeint. Eine Wäscherei war für die Mutter der schamloseste Luxus, so als gestehe man mit ihrer Benützung sofort die eigene Faulheit und ein Nichtwirtschaften-Können ein. Na, das wär grad was, sagte sie, daß die Leute was zu reden haben.
Die Mutter hatte ohnedies, auch wenn sie sich sonst über Kleins Aufstieg zu freuen schien, und mit dem sie manchmal vor den Bekannten ein wenig groß tat, etwas ganz anderes an ihm auszusetzen. Immer wieder fing sie mit Heidi an. Sie traf sie fast täglich, weil sie halbtags im Lager desselben Kaufhauses arbeitete, in dem Heidi Schuhe verkaufte, und ließ sich von ihr sogar Botschaften mitgeben. Heidi wolle heute abend ins Kino gehen, richtete sie ihm aus. Aber Klein zuckte nur die Schultern. Tags darauf wollte Heidi schon wieder ins Kino. Was geht das mich an, sagte Klein, wenn sie geben will, soll sie gehen. Die Mutter schüttelte immer wieder den Kopf. Und dann hatte sie zu berichten, daß Heidi ins Lager gekommen sei, ohne dort etwas zu tun zu haben, herumgedrückt habe Heidi sich, aber sich nicht fragen getraut, *so* sei Heidi um sie herumgeschlichen, imitierte die Mutter Heidi mit dem trostlosesten Gesicht, und da habe sie ihr, weil sie sie erbarmte, schöne Grüße von ihm ausgerichtet und gesagt, daß er heute komme. Klein hat gemeint, sofort schreien zu müssen. Ob die Mutter verrückt geworden sei? Ob sie sich nicht zu dumm vorkomme, da einen Boten zu spielen? Aber so kannst doch auch nicht sein, sagte die Mutter. Solange war Heidi ihm recht und jetzt auf einmal. So was macht man doch nicht, schüttelte

sie den Kopf. Man vielleicht nicht, sagte Klein, aber ich schon. Kopfschütteln. Ihr kommt wirklich vor, hörte er dann, er hat gar keinen Charakter mehr.
Manchmal, wenn die Mutter abends in sein Zimmer kam und er über den Skripten saß und die Mutter an den Dingen herumzurücken anfing, wußte er schon, was sie für ein Gesicht machte, ohne daß er sie ansehen mußte. Fürchterlich peinlich schien der Mutter diese Geschichte zu sein. Jeden Tag läuft ihr Heidi über den Weg, und sie muß wegschauen. Aber sie kann doch nicht jeden Tag wegschauen. Und wie Heidi noch dazu dreinschaue. Kopfschütteln. Und was soll sie tun, wenn sie ihre Eltern auf der Straße treffe? So anständige Leute seien das. Immer denkt sie auf der Straße, hoffentlich treff ich die nicht. Ob er denn auf einmal glaube, eine Prinzessin zu bekommen? Sowieso, sagte Klein. Kopfschütteln. Und immer wieder sagte sie, sie sei überzeugt, daß er doch noch einmal vernünftig werde.
Dabei war ihm gerade das Drängen der Mutter der beste Beweis dafür, daß es das Vernünftigste gewesen war, Schluß zu machen. Denn das Beste, das die Mutter ihm immer gewollt hatte und das sie noch immer wollte, war ja immer nur das Naheliegendste gewesen. Kein Schritt darüber hinaus. Alles sollte immer nur das Sicherste, das Üblichste sein. Er konnte sich nicht erinnern, den Satz: Wer nicht wagt, gewinnt nicht, jemals von der Mutter gehört zu haben, außer beim Ausfüllen des Teilnahmescheines eines Preisausschreibens, bei dem nicht mehr als die paar Groschen für die Briefmarke gewagt wurden.
Daß er selber meinte, auf der Stelle zu Heidi gehen zu müssen, kam ja auch nicht mehr jeden Tag vor. Und wenn, dann hat er immer gleich „Sentimentalität“ dazu gesagt und es weggeschoben. Manchmal dachte er auch, das sind nichts weiter als die Hormone, die ihm zu Kopf steigen. Und tatsächlich war der Drang, zu ihr zu gehen, fast ganz weg, wenn er dann aus dem Klo kam und sich fragte, was er jetzt eigentlich noch bei ihr wolle. Nur ganz selten, wenn er im Bett lag und schon spürte, wie der Schlaf kam, hatte er plötzlich das Gefühl, neben ihr zu

liegen. Und als er an einem Samstagmorgen, als die Mutter ins Geschäft ging, durchs Schnappen der Tür geweckt wurde, mitten aus einem Traum, in dem er bei Heidi gewesen war, hat er sich, als er sich wieder einrollte, für Momente gewünscht, dort weiterträumen zu können, hat er sich mit seiner ganzen noch aus dem Traum übrigen Zärtlichkeit ins Bettzeug gedrückt, als sei sie das, aber er hat nicht weiter davon geträumt. Als ihm das tagsüber plötzlich wieder einfiel, hat er alles, auch den Wunsch, von ihr weiterzuträumen, nur mehr für einen Traum gehalten. Für den er nichts kann.

Er hatte zuerst gar nicht hingehen wollen, zumindest hatte er sich den ganzen Samstag über immer wieder eingeredet, es bringt nichts, wenn er dorthin geht, dort werden sicher keine Leute sein, die ihn interessieren, wer geht denn schließlich schon ins Volksheim, das vor ein paar Jahren, vor der Renovierung, noch Arbeiterheim geheißen hat. Jugendliche würden dort sein, Lehrlinge und solches Zeug, dachte er, Fabrikmenscher und Baraber, die sich in die Kluft schmeißen und glauben, daß sie damit auch schon was sind, und natürlich die übliche Partie Handelsvertreter, denen die Hauptsache ist, etwas abschleppen zu können, was zwei Beine zum Auseinandertun hat, und ein Haufen Bekannter würde dort sein, Leute, die sich wahrscheinlich noch immer für seine Freunde halten, der Vogler auf jeden Fall, weil der keine Tanzerei ausließ und schon gar nicht eine, bei der es einen Tanzwettbewerb geben würde, und wenn der Vogler dort war, würden auch der Wallner und der Fleckinger dort sein, weil die ja meist zusammen weggingen, und wenn er hingehen würde, meinte er, dann würde es nicht zu vermeiden sein, sich zu denen zu setzen, dann würde er, um nicht auf die Schaufel genommen zu werden, so tun müssen, als sei er noch der Klein von früher, an ihren sinnlosen Redereien würde er sich beteiligen müssen, bei denen es nur darauf ankommt, wer den besseren Spruch hat, die alten Sprüche würde er auskramen und loslassen müssen und sich dauernd dabei denken, was rede ich da eigentlich für einen Blödsinn daher, Sätze ohne Hirn, nur ein Reflex auf irgendein Stichwort, mit niemandem würde er ein ordentliches Gespräch über vernünftige Dinge führen können, und sicher würde er sich dann auch eine aufreißen, irgendeinen Notnagel, weil es ja sonst überhaupt nicht auszuhalten ist, und wenn er sich mit diesem Körper nicht gleich aus dem Staub macht, sondern ihn zum Tisch bringt, dann würde wie das Amen im Gebet eine Balzerei der sogenannten Freunde anfangen, um sie ihm abspenstig zu machen, das war ja immer so, alles in allem, meinte er, konnte das nur ein Rückfall werden, auch wenn ihm das, wenn er genug getrunken hat, nicht mehr auffallen sollte, und da ist es doch gescheiter, er bleibt zu Hause, noch dazu, wo er endlich einmal allein in der Wohnung ist, weil die Eltern zur Schwester gefahren sind, da kann er machen, was er will, da kann er endlich einmal seine Sinfonien in Konzertlautstärke spielen, ohne daß ihn jemand fragt, ob ihm dieser nicht auszuhaltende Lärm nun wirklich gefällt, und ihm gleich wieder alles miesgemacht wird und er nur noch aus Protest oder Trotz die Lautstärke beibehält, er aber von der Musik nichts mehr hat, weil er ständig dran denken muß, wie die jetzt drüben sitzen und sich ärgern und sich an die Stirn tippen oder gleich wieder die Tür aufgehen wird und er gesagt bekommt, daß es nicht seine Wohnung ist, in der er sich befindet, und die üblich sich daraus ergebende Schreierei losgeht.

Bis gegen sieben konnte er sich noch sehr gut vorstellen, zu Hause zu bleiben, konnte er es sich als etwas Schönes vorstellen, und er lobte sich schon, daß ihn so etwas, worauf er früher tagelang gewartet hatte, nun offenbar ganz kalt ließ, als Beweis kam es ihm vor, daß er wirklich ein anderer geworden war, den Nachmittag über, seit die Eltern weg waren, hatte er gelesen, Platten gehört, war er in der leeren Wohnung herumgegangen, mit dem Gefühl, sich endlich einmal ganz gedankenlos bewegen zu können, tun zu können, was ihm gerade einfiel, nur kurz hatte er daran gedacht, wie es wäre, wenn Heidi hier

wäre, und dann hatte er angefangen, immer öfter auf die Uhr zu schauen, war er unruhig geworden, und alles, was er sich vorgenommen hatte zu tun, war ihm auf einmal gar nicht mehr so interessant erschienen, er hatte seine Lieblingsplatte noch einmal aufgelegt, aber selbst daß er richtig mitsummen konnte, hatte ihm nicht mehr die Befriedigung wie am Nachmittag gegeben, er hatte vielmehr das Gefühl gehabt, er kennt das schon, und das bringt nichts mehr, und ob es Porfirij Petrowitsch gelingen würde, Raskolnikow doch noch zu einem Geständnis zu bringen, schien ihn auch nicht mehr recht anzugehen, immer wieder sah er auf die Uhr, die gegen acht ging, stand auf, schob die Vorhänge zur Seite und schaute auf die Straße hinunter, und das Gefühl, gerade heute etwas zu versäumen, war mit vernünftigen Sätzen, daß er eigent- noch nie etwas Wesentliches bei solchen Veranstaltungen versäumt hatte, nur immer ganz kurz zu vertreiben. Als es acht war, atmete er auf, weil er es tatsächlich geschafft hatte, nicht hinzugehen.
Es war gerade eine Tanzpause, als er gegen elf in den Saal trat. Zwischen den Tischreihen taumelten schon die Betrunkenen. Der Raum war sehr hell, nüchtern und ohne Dekoration, es war sehr laut, und Klein sah sich um, und sofort sagte er sich, daß alles so war, wie er es vorhergesehen hatte. Das habe ich ja nur wissen wollen, sagte er sich vor. Das ist doch der einzige Grund, warum ich überhaupt hergegangen bin. Eigentlich könnte er gleich wieder gehen. Jetzt hat er den Beweis, daß er nichts versäumt hätte. Wenn er jemanden sah, der nach seiner Rechnung nicht hierher paßte, sagte er sich, daß dieser eben eine Ausnahme sei, und er wunderte sich, wie oft er sich das sagten mußte. Ohne jemanden zu grüßen, als sei er ohnedies schon den ganzen Abend dagewesen, ging er durch den Saal schnell und zielstrebig in die Bar hinunter. Wenn er wieder heraufkommen würde, würde er weitersehen. Beim Lazek, bei dem es trostlos leer gewesen war, hatte er zwar schon vorbeugend zwei doppelte Schnäpse getrunken, aber davon merkte er fast nichts. Auf der Treppe war es stockfinster, und er kam am Kohlenkeller vorbei,

von dem er wußte, daß er nie abgesperrt war: Bei einem Ball war er einmal mit einem Mädchen dort drinnen gelegen, und nachher hatte er mit ihr nicht mehr gemeinsam hinaufgehen können, weil ihr Kleid über und über schwarz gewesen war. Nur ein paar Kerzen brannten auf dem Schanktisch, und davor standen in mehreren Reihen die Menschen, schrien sich an, um den Lärm, der aus den Lautsprechern kam, zu übertönen, an den Wänden lehnten Paare, schienen sich richtig in die Wand, in die Finsternis hineindrücken zu wollen, ein zuckender Knäuel von sich gegenseitig behindernden Tanzenden versperrte den Weg zum Schanktisch, hinter dem zwei Frauen hin und her rannten, Schnapsflaschen aus den Regalen rissen, lachten, die Köpfe ruckten, und Klein versuchte sich durchzudrängen, als seien es nicht Menschen, durch die er sich drängte, sondern Dickicht im Wald, nichts, was ihn anging, sondern nur etwas, das ihm hinderlich war, und auf einmal schob sich eine Hand unter seinen Arm, er drehte sich um, sah in ein lachendes, schon ein wenig betrunkenes Gesicht, Hansi stand da, ich hab schon geglaubt, du bist heute nicht da, sagte sie, und er hatte das Gefühl, als sei mit einem Schlag die Distanz verschwunden, die er zu allem hier gehabt hatte, die ihn alles nur wie etwas Fremdes beobachten, registrieren hatte lassen, als sei er jetzt erst richtig da, kam ihm vor, und er faßte ihre Hand, und diese Hand schob gleich die Finger zwischen die seinen, und es war, als habe er plötzlich etwas, wo er sich anhalten kann und was ihn sicher macht, und er drängte sich zur Bar durch, stützte einen Ellbogen auf den Schanktisch, und als er Hansi fragen wollte, was sie trinken möchte, sah er den Lenz stehen, mit hängenden Armen, dem Hansi zuwinkte, herzukommen. Die ist mit dem da, dachte Klein enttäuscht, aber da war der Druck ihrer Hand, und das Gesicht, das ihn anlächelte, vertraut wie immer, aber den hat sie ja wegen mir stehenlassen, dachte er, gleich wie sie mich gesehen hat, hat sie den stehengelassen und ist zu mir, und er schob seine Hand um ihre Hüften und spürte, wie heiß ihr Körper war, heiß nur für ihn, kam ihm vor, und er hätte dem Lenz am liebsten zugerufen, daß es nicht genügt, ein Besserer zu sein, nur einen Arzt zum Vater zu haben, genüge nicht, bei der Hansi zähle nämlich etwas anderes. Hansi lachte und redete neben ihm, sagte, daß sie schon den ganzen Abend nach ihm Ausschau gehalten habe. Na ich ja auch, sagte Klein grinsend, und Hansi stieß ihn mit dem Ellbogen, Schmäh, sagte sie, du bist doch gerade gekommen, und dann stand der Lenz neben ihr, mit einem unsicheren Gesichtsausdruck und sah Klein an, und Klein grinste und griff fester zu, und Hansi drängte sich fast demonstrativ an ihn. Die will den, mir scheint, loswerden, dachte Klein, und es war ihm wie die endliche Entschädigung, daß der Lenz an ihm immer vorbeigesehen hatte, daß er ihn, als Klein einmal mit Stefan beim Lazek gesessen war, einfach als Luft behandelt, nur mit Stefan geredet hatte. Klein winkte der Kellnerin, trinkst auch einen mit, fragte er den Lenz, und die Frau goß die Gläser voll, und sie tranken, und Klein überlegte, ob er dem Lenz nicht alles noch deutlicher machen, ihm zeigen soll, was jetzt läuft, die Hansi einfach umarmen und ausdauernd küssen, so lange, bis der Lenz merkt, da hat er keine Chance, und dasteht wie bestellt und nicht abgeholt und sich wegdrücken muß, am liebsten im Erdboden verschwinden möchte. Fräulein, schrie Klein über den Tisch und deutete auf die Gläser. Da nützt dem Lenz keine bessere Familie und keine Matura und kein tolles Auto, dachte er, heute ist Zahltag.

Fünf Minuten später war Hansi verschwunden. Sie hatte sich plötzlich, als habe sie jemanden entdeckt, durch die hinter ihnen Stehenden gedrängt, war im Dunkel verschwunden, und Klein und Lenz hatten ihr nachgeschaut, lehnten an der Theke, sahen sich an, grinsten sich an, und Klein zuckte die Achseln, und der Lenz hob die Schultern und zog ein wenig den Kopf ein, und Klein hielt ihm die Zigarettenpackung hin. Trinken wir noch einen?, sagte Klein. Ja, sagte der Lenz, aber die zahl jetzt ich.

Sie blieben über zwei Stunden in der Bar. Klein hielt einen Vortrag darüber, wie Mädchen wie Hansi am besten zu behandeln seien: Man sagt ihnen hundertmal, daß man auf sie steht, aber man grinst dabei, sodaß sie nicht wissen, wie sie dran sind. Wenn solche Mädchen nämlich einmal wüßten, daß sie einem was bedeuten, sei man gleich Zweiter. Nebenhin ließ Klein immer wieder Sätze fallen, die beweisen sollten, was er alles wußte. Der Lenz sollte sehen, daß er es nicht mit einem X-beliebigen zu tun hatte. Aber der Lenz kam dauernd auf Hansi zu sprechen, wollte von nichts anderem reden. Er ließ sich von Klein sogar erzählen, daß Hansi, die im Haus neben Klein wohnte, als kleines Mädchen das dreckigste, rotzigste Kind der ganzen Straße gewesen war und daß Klein sie einmal dabei ertappt hatte, wie sie mit ein paar Buben in der Hofeinfahrt gestanden war und versucht hatte, aufrecht stehend wie die Buben an die Einfahrt zu pissen, was ihr auch gelungen war. Den hat es erwischt, dachte Klein immer wieder, und er stellte sich vor, daß der Lenz jeden Tag zum Friseur geht, bei dem Hansi in der Herrenabteilung ist, und sich die Haare immer ein paar Millimeter kürzer schneiden läßt, nur damit er ihr in die Nähe kommt, damit Hansi ihn anfaßt. Eigentlich, dachte Klein, kann einem der leid tun.

Dazwischen kam immer wieder jemand an die Bar, mit dem Klein noch nie geredet hatte, aber nun ein wenig ins Reden kam, weil er neben dem Lenz stand, den sie als ihresgleichen kannten, und am nächsten Tag zählte er sich auf, mit wievielen Besseren er geredet hatte: mit dem Storm, dem Sohn des Bezirksrichters; mit der kleinen Täubl, deren Vater eine Steuerberatungskanzlei hatte; mit dem Stelzl, denen die beiden Kaufhäuser am Stadtplatz, denen überhaupt der halbe Stadtplatz gehörte; und mit dem Heinisch, dem einzigen Sohn von Heinisch-Obst-Gemüse-en-gros. Niemand von denen war zwar älter als neunzehn, und vor noch nicht allzu langer Zeit hätte Klein sie als bessere Windelscheißer abgetan, als junge Hupfer; in der Fabrik stehend, von der Fabrikshalle aus gesehen, hätte er sie Dauerwichser, Schnellspritzer genannt und ihre Mädchen Attrappen oder mit Schlössern zwischen den Beinen, deren dazupassende Schlüssel man erst vom Pfarrer bei der Hochzeitszeremonie überreicht bekommt, so hatte er noch vor längstens zwei Jahren geredet, aber

nun zählte etwas anderes für ihn: Bessere, sagte er sich, sind sie doch. Und in ein paar Jahren geben die den Ton an.
Er hat krampfhaft zu überlegen angefangen, was er tun könnte, damit es mit dem Lenz nicht lief, wie es sonst lief: daß eine versoffene Verbrüderung stattfindet, wie öfter schon, wie zuletzt mit dem Neumeyer, dem jungen Tierarzt, beim Gschnas-Fest, und am nächsten Morgen, wenn er aufwacht, und der Kopf tut ihm weh, und er hat Schwierigkeiten, sich an alles zu erinnern, was gewesen ist, am nächsten Tag hält er schon längst nicht mehr für möglich, was ihm die ganze Nacht über ganz einfach, ja selbstverständlich gewesen ist: daß es weitergeht mit dieser Freundschaft, daß er den Saufkumpan der letzten Nacht in Zukunft mit „Servus" begrüßt und ihn mit Du und dem Vornamen anredet. Denkbar wäre das eigentlich nur dann, wenn er dem Saufgenossen allein im Wald begegnet, auf keinen Fall aber im Ort, wenn der andere auch noch in Gesellschaft ist. Als er etwa den Neumeyer später wiedergetroffen und gegrüßt hatte, gar nicht vertraulich, sondern ohnedies nur mit einem „Guten Tag", war nur ein nebenhin gesprochener Gruß aus diesem in jener Nacht so zugänglichen Menschen herausgekommen, und sein Gesicht hatte nicht die geringsten Anzeichen gehabt, daß er sich überhaupt noch an Klein erinnern konnte.
Immer wieder hat Klein Andeutungen gemacht, daß er Angestellter ist, hat seine *eigentlichen* Interessen angedeutet, moderne anspruchsvolle Literatur, hat er gesagt und ein paar Namen hingeworfen, klassische Musik, um vielleicht derart mit dem Lenz auf einen gemeinsamen Nenner zu kommen. Einen Besseren wie den Lenz, dachte er, muß doch so was interessieren, das ist doch eigentlich alles etwas für die Besseren, aber der Lenz ist einfach nicht darauf eingegangen. Plötzlich hat Klein sein Glas weggestellt, weißt was, hat er gesagt, ich bring dir die Hansi. Das war *die* Möglichkeit, ist ihm vorgekommen: wenn er sich die Hansi einfängt und sie dann dem Lenz leiht, sie ihm zuführt, dann muß der ihm einfach dankbar sein.
Es dauerte eine Weile, bis er sie fand, weil auch droben

das grelle Licht ausgeschaltet worden war und sich auf der Tanzfläche ein Knäuel hin und her schob, in dem die einzelnen Teile nicht recht auseinanderzuhalten waren. Er stand da, schaute zu, und plötzlich, bevor er noch recht überlegen konnte, wie er es anpacken soll, gab er sich einen Ruck und drängte sich zu Hansi durch, die an einem hing, den Klein nicht kannte und der ihr ins Ohr hineinkriechen zu wollen schien, und Klein packte sie am Arm, na hörst, fuhr er sie an, was soll denn das, was fällt denn dir ein, jetzt schaust aber schnell, daß du mitkommst, was bildest dir denn eigentlich ein, na so was, aber ein bißchen plötzlich, und er zog sie mit sich, und sie ließ sich, ganz perplex, einfach von ihm abführen, und Klein drehte sich noch einmal um, sah den an, der sich wahrscheinlich noch eben schönste Hoffnungen gemacht hatte, aber der hatte noch gar nicht reagiert, stand nur blöd da und glaubte offenbar, da sei einer sein Eigentum holen gekommen, der da gekommen war, habe irgendein Recht, und Klein redete lachend auf Hansi ein, redete sie in die Bar hinunter, ich hab das nicht mehr mitanschauen können, so ein Gimpel, hast denn das notwendig, sagte er, das hast doch nicht notwendig, redete er sie zum Lenz hin, für den richtig die Sonne aufzugehen schien und der gleich eine Runde bestellte und Klein zuflüsterte, also das hätte ich dir nicht zugetraut, daß du das schaffst. Klein machte eine großspurige Handbewegung: gar keine Kunst; aber er wunderte sich selber, daß er das fertiggebracht hatte, wo er in der letzten Zeit die einfachsten Dinge nicht geschafft hatte. Aber das ist eben noch eine Technik von früher, sagte er sich, und die beherrscht er eben noch, und eine Situation wie früher, wo er sich auskennt, und keine neue. Und ein wenig betrunken ist er ja eigentlich auch schon.

Der Lenz hat die Hansi nicht mehr ausgelassen, und wenn sie sich an Klein zu hängen versuchte, hat er sie mit ein paar Sätzen dem Lenz wieder in die Arme geredet: sei doch nicht blöd, auf den solltest dir aufpassen, eine andere tät sich alle Zehne abschlecken, denk doch einmal, das ist doch kein schlechter Fang. Manchmal, wenn er sie ansah, hat er kurz daran gedacht, dem Ganzen ein Ende machen,

die Hansi nehmen und mit ihr verschwinden zu müssen, aber seine Großzügigkeit, mit dem er sie dem Lenz überließ, hat ihm doch zu sehr imponiert. Und solange sie dort waren, hat er ständig darauf aufgepaßt, daß die Hansi sich nicht mehr selbständig machte.
Als um zwei Uhr in der Bar das Licht aufgedreht und nichts mehr ausgeschenkt wurde, wußten sie nicht wohin. Die letzte halbe Stunde waren sie schon zu sechst gewesen: Eva, eine Freundin Hansis, die wie sie Friseurin war, hatte sich zu Hansi geflüchtet, offenbar im Glauben, bei ihr sei sie sicher vor dem jungen Heinisch und einem, der Fritz hieß und der Klein nach den ersten zehn Worten schon erzählte, er sei aus der Großstadt, wo er zusammen mit dem Heinisch auf eine WH gehe, und dort habe er auch einen offenen Sportwagen, der zweihundertzwanzig auf dem Tachometer stehen habe. Ja, sagte Klein, so ein schnelles Fahrrad habe ich auch. Sie standen eine Weile vor dem Volksheim herum, niemand außer Eva wollte nach Hause, irgendwas müsse doch noch mit dem angebrochenen Abend gemacht werden, hieß es, und Klein überlegte, ob er nicht sagen soll, er hat heute eine sturmfreie Bude und zu trinken gibt es auch etwas, aber dann hat er sich vorgestellt, in welchen Wohnungen der Lenz und der Heinisch daheim waren, und da konnte er sie doch nicht in die kleinhäuslerische Mickrigkeit der Wohnung seiner Eltern bringen, den Lenz womöglich ins Kaukasischnußschlafzimmer mit dem geblümten Bettzeug, und überall steht deutlich der Geschmack der Eltern herum, die mit schwarzer Wolle umhäkelte Flasche auf dem Fernseher, die eine Katze darstellen soll, und daneben die beleuchtbare Windmühle und daneben die Kirche unter Glas, auf die es herabschneit, wenn man sie umdreht, und der Kram in der Vitrine, die Lokomotive aus Porzellan und die Lokomotive aus Sperrholz, und die Waldundwiesenbilder an den Wänden, die ein Eisenbahnerkollege des Vaters gemalt hat, und die aus schwarzem Draht gebogene Figur eines Betrunkenen mit Luftballon, der sich an einer schiefen Laterne festhält, wovon der Vater vor Jahren zwanzig Stück hergestellt hatte und die auch überall bei

der Verwandtschaft und den Freunden des Vaters hingen; eine solche Umgebung, meinte Klein, kann er doch dem Lenz nicht zumuten, da muß ihm ja gleich alles vergehen, gleich sieht er, daß er da mit dem Falschen mitgegangen ist, und alles ist aus. Zu sechst sind sie ins Auto des Lenz gestiegen und losgefahren, kann ja sein, der Lazek hat ausnahmsweise noch offen, haben sie gemeint, aber beim Lazek war es schon finster, und als Eva wieder vom Heimgehen geredet hat, hat Klein endlich doch gesagt, naja, wenn ihr wollt, können wir auch zu mir, da ist sonst niemand daheim. Der Lenz hat sofort umgedreht.

Sie sind eine Weile im Wohnzimmer gesessen, bei einer Kerze, die einmal ein Weihnachtsgeschenk des Bruders an die Eltern gewesen und eigentlich nicht zum Anzünden gedacht war, und Klein ist froh gewesen, daß der Lenz sich nicht einmal umgesehen hatte, ganz genau hatte Klein beobachtet, was der Lenz beim Hereinkommen für Nasenlöcher machte, aber der Lenz hatte sich offenbar für nichts außer für Hansi interessiert, hatte auch, was Klein bedauerte, den Dostojewski auf dem Tisch ignoriert, und die beiden anderen waren ohnedies schon zu betrunken, um noch viel wahrzunehmen, das Radio lief, viel zu laut für die dünnen Wände des Hauses, aber Klein stellte es absichtlich nicht leiser, als sei er jemand so Besonderer, zu dem sich kein Nachbar etwas zu sagen getrauen darf, und nach einer Weile hat er dem Lenz mit dem Kopf gedeutet und ist hinausgegangen. Wenn du willst, hat er draußen zu ihm gesagt und die Tür zu seinem Zimmer aufgemacht und aufs Bett gedeutet, und der Lenz hat gegrinst.

Er blieb bei den anderen und redete und trank und hat es lustig gefunden, wie der Heinisch und der angebliche Sportwagenbesitzer einander mit hilflosem Angeben auszustechen versuchten, ohne zu merken, daß für keinen von beiden bei Eva etwas herausschaute, er hat gelacht, aber immer wieder mußte er daran denken, wie die Hansi jetzt beim Lenz lag, wenn der nicht ganz ungeschickt war, wie sie ihn umarmte, und Klein wußte, wie das war, bei ihr zu liegen, aber jetzt lag ein anderer dort, obwohl er dort hätte liegen können, als ob er sie verschachert hätte, kam ihm vor, aber sie hätte ja nicht müssen, sagte er sich, sie hätte ja nein sagen können, aber er hatte sie überredet, nicht zu sich, sondern zum Lenz überredet, der jetzt bei ihr lag, auf ihr vielleicht oder irgendwie sonst, in ihr drin war, und ihr Körper würde auch beim Lenz so weich und warm sein, wie er gewesen war, als er mit ihr geschlafen hatte, ein Körper, der so zärtlich sein konnte und so energisch und so anschmiegsam. Als sei ihr Körper nur ein zu seinem eigenen und zu keinem sonst passendes Gegenstück, hatte er oft das Gefühl gehabt, und manchmal hatte er sich dabei auch vorstellen können, daß mehr daraus wird, aber es war nie mehr daraus geworden, immer nur zufällig hatte es sich mit ihnen ergeben und hatte ein paar Stunden einer Nacht gedauert und manchmal auch den folgenden Tag, aber dann war es abgerissen bis zur nächsten Zufälligkeit, und das Seltsame dabei war, daß er sich dann, wenn er mit ihr schlief, gar nicht recht vorstellen konnte, daß sie ihm nicht abgegangen war, auch während der Zeit mit Heidi war sie ihm ab und zu untergekommen, und er hatte sie hingenommen wie eine ihm zustehende Entschädigung für die Routine, die bei Heidi schon einriß, aber es war keine Verpflichtung daraus geworden, keine Verpflichtung aus Dankbarkeit dafür, daß sie ihn in sich hineinließ, wie bei anderen, wie bei Heidi, und vor allem hatte er sich immer gesagt, sie hat ja überhaupt nichts im Kopf, eigentlich am allerwenigsten von allen, die er kannte, und nur im Bett liegen ist auch zu wenig, mit ihr zu reden war nur ein Sprüche-hin-und-her-Jonglieren, alles sollte immer nur lustig sein, und mit einer Treue war bei ihr schon gar nicht zu rechnen, allein die Vorstellung, wie sie an den Männern im Friseurgeschäft herumtat, wie dort mit ihr geredet wurde, ununterbrochen Anzüglichkeiten liefen, wäre ihm unangenehm gewesen, unmöglich, daß sie seine Freundin sein konnte, wenn so mit ihr geredet wurde, das hätte ihn ja nur lächerlich gemacht, jeder, den sie nur zweimal zu oft angelacht hätte, hätte sich denken können, was dieser Klein für ein Trottel ist, als Gockel wäre er dagestanden, der seine Katz nicht zur Raison bringen kann, und erst recht seit damals war sie unmöglich für ihn geworden, als er sich das erstemal gedacht hatte: und eine Friseurin ist sie ja auch nur und ihr Vater nur Portier und die Mutter eine Fabrikshacklerin. Ach was, dachte Klein, was geht sie mich an, sie liegt ja auch sonst mit allen möglichen und unmöglichen Männern in den Betten herum, warum soll es mich denn gerade jetzt stören, soll sie ficken, mit wem sie will, ich bin doch für sie auch nur irgendeiner, ein Zufall, den sie halt zufällig ein wenig lieber hat, auf den sie ein bißchen steht, wenn das überhaupt etwas bedeutet bei ihr. Und der zufällig der Erste bei ihr gewesen ist, an einem Sonntagnachmittag im Bad, als er sich gewundert hatte, was aus ihr geworden war, was für ein Körper, erst als er sie im Bikini gesehen hatte, hatte er gemerkt, zur Kenntnis nehmen müssen, daß sie nicht mehr das kleine Mädchen war, das er aufwachsen gesehen hatte, als sie sich zu ihm auf die Decke gesetzt hatte, noch nicht ganz sechzehn war sie gewesen und er neunzehn, und plötzlich war ihm der Altersunterschied zwischen ihnen ganz unbedeutend vorgekommen, waren da einfach nicht mehr zwei verschiedene Welten gewesen, wie sie gewesen waren etwa zwischen der Dreizehnjährigen und dem fast Siebzehnjährigen; am letzten Sonntag, bevor er zum Militär hatte müssen, war es passiert und hatte, weil er erst zwei Wochen später wieder nach Hause kam, auch keine Fortsetzung finden können, und nach diesen zwei Wochen hatte er sie zum erstenmal im Auto eines Handlungsreisenden gesehen, und er hatte sich sagen können, daß es blöd gewesen war, ein schlechtes Gewissen zu haben, außerdem hatte er sich ja auch sagen können, selber am wenigsten dazu getan zu haben, daß es passiert war, daß es so weit gekommen war im Bad, wo sie mit ihm herumzuraufen angefangen, ihn einfach nicht ruhig auf der Decke liegen lassen hatte, und plötzlich waren sie in die Decke eingerollt gewesen, ziemlich weitab von den anderen, hinter dem großen Stein, und mit einemmal hatte die Balgerei aufgehört, war die spielerische, gedankenlose Heftigkeit der Bewegungen mit einem Schlag weg gewesen, als seien ihnen ihre in die Decke gewickelten Körper plötzlich zum Bewußtsein gekommen, und das Gelächter hatte aufgehört, als sei ein ungeheurer Ernst hereingebrochen, und seine Hand, die im Herumraufen zufällig auf ihrer Brust zu liegen gekommen war, hatte gemerkt, wo sie lag, und er hatte langsam den Druck verstärkt, sodaß die letzte Zufälligkeit verschwunden war, und ihr Gesicht war ganz ernst gewesen, hatte ein wenig in den Mundwinkeln gezuckt, als versuche sie ein Lächeln, und ihr Gesicht war seinem ganz nah gewesen. Klein stand plötzlich auf, mit einer heftigen, jähen Bewegung, und stieß an den Tisch, sodaß das rote Wachs der Kerze überschwappte, der soll woanders ficken, aber nicht da, gerade da und gerade sie, dachte er, jetzt ist Schluß, so lange sind die schon da drin, aber in der Tür stieß er gegen den Lenz, der gerade hereinwollte. Der Lenz grinste ein wenig, ich glaube, wir gehen, sagte er, und hinter ihm tauchte Hansi auf, mit wirrem Haar und kleinen Augen. Ja, sagte Klein, machen wir Schluß, ich fall auch schon um.

Am nächsten Vormittag konnte Klein sich nicht erklären, wie er nur auf die Idee hatte kommen können, den Kognak des Vaters auf den Tisch zu stellen und ohne die geringsten Bedenken austrinken zu lassen. Und aus dem Leintuch seines Bettes mußte er die Flecken herauswaschen, die der Lenz hinterlassen hatte.

Aber immerhin: als er den Lenz und die Hansi und die anderen aus dem Haus gelassen hatte, hatte der Lenz den Vorschlag gemacht, am nächsten Nachmittag mit Hansi und Eva irgendwohin zu fahren. Es ging also weiter. Mit dem Lenz, dachte Klein, hat er den richtigen Zipfel in der Hand. Einen Zipfel der Welt, in die er hineinwollte. Da könnte es weitergehen.

Jeden Morgen, wenn er ins Büro kam, ging sein Blick zuerst an die Namenstafel an der Tür. Und jeden Morgen dieselbe Enttäuschung, weil sein Name noch immer nicht dort stand. Er wäre schon zufrieden gewesen, wenn er nur halb so groß wie die anderen geschrieben gewesen wäre. Ein Viertel, gerade noch leserlich, hätte ihm auch genügt. Und jeden Freitag hoffte er, daß die alte Wanek nicht mit ihrer Schachtel in die Abteilung kommen und ihm das Lohnsäckchen bringen würde. Aber sie kam. Und das war der eindeutige Beweis: genaugenommen war er noch immer kein Angestellter. Denn die Angestellten bekamen ihr Gehalt monatlich und mußten es an der Kassa abholen. Er aber stand offenbar weiterhin als Arbeiter in den Lohnlisten der Firma. Und im Lohnsäckchen war der Grundlohn. Zwanzig Prozent weniger als früher, weil er keine Akkordprämie mehr bekam. Was das Geld anlangt, durfte er sich sagen, war sein Aufstieg ein zwanzigprozentiger Abstieg gewesen. Aber das sagte er ohnedies nur sich selbst. Vor anderen mußte er gewaltige Geldmengen andeuten.

Im übrigen tröstete er sich damit, daß sich auch das noch in Kürze ändern würde. Nach den Kursen nämlich. Die warten nur ab, dachte er, ob ich die Kurse bestehe. Schließlich war das eine Hürde, an der er immer noch scheitern konnte. Auch wenn er das für ausgeschlossen hielt. Schließlich hatte der Bachholder, der seiner Meinung nach wirklich kein Genie war, die Kurse auch bestanden. Und auch der Ondra, mit dem Klein sich nicht einmal vergleichen lassen wollte. Und der Korbel auch, der außer dem Fußballverein, in dem er Obmann des Anhängerklubs war, nicht viel im Kopf zu haben schien. Wenn die bestanden hatten, würde er auch bestehen. Spielend. Denen würde er es sogar zeigen. Es kam ihm nicht ausgeschlossen vor, daß er wie beim Test auch bei den Kursen als Bester abschneiden würde. Nur will die Firma, meinte er, bis dahin eben alle Trümpfe in der Hand behalten. Die Firma will nicht einen Menschen ins Angestelltenverhältnis befördern, der sofort aus dem Bürogebäude zu vertreiben sein muß, wenn er von den Kursen zurückkommt und gesteht, daß er doch zu blöd war. Ein richtiger Angestellter hätte ja nicht wieder degradiert und zurück ans Fließband geschickt werden können. Dem hätte höchstens zum nächsten Quartal gekündigt werden dürfen. Und das, sagte sich Klein, wäre für die Firma natürlich unpraktisch. Und darum versteht er es, daß sie vorsichtig sind. Er verstand ja überhaupt schon sehr viel, was die Firma mußte. Schlimm war nur, daß es für ihn weiterhin die Stechuhr gab. Als echter Angestellter wäre er keine Nummer mehr auf einer Stempelkarte gewesen. Zweimal täglich, am Morgen, wenn er kam, am Abend, wenn er ging, fühlte er sich dort herabgesetzt. Immer wieder war es für ihn eine Demütigung, sich unter die Arbeiter zu stellen, sich hinten anzustellen, Schritt für Schritt vorzurücken und vor aller Augen seine Karte zu stempeln. Alle lachten ihn insgeheim deswegen aus, hatte er das Gefühl, alle vergönnten es ihm, daß er nicht wie die anderen Angestellten aus der Tür des Bürogebäudes kommen und schnurstracks über den Hof nach Hause gehen konnte. Am liebsten hätte er sich dabei in seinem Anzug verkrochen, hätte er den Hals so weit eingezogen, daß es ausgesehen hätte, als gehe ein Anzug ganz allein zur Stechuhr. Schließlich war er auffällig. Von weitem konnte man sehen, daß da ein weißes Hemd in der Schlange stand. Er hat dabei wieder an den Verwandlungskünstler, an den „Hexer" von Edgar Wallace gedacht. Im Büro ein korrekter Angestellter, vor der Stechuhr in einer Blauen und gleich nach dem Tor wieder im Anzug und mit weißem Hemd, dachte er. Ein einziges Mal versuchte er, sich nicht einzureihen, drängte er sich gleich zur Stechuhr. Aber obwohl nur ein leichtes Murren aufkam, ihm jedoch niemand laut und deutlich sagte, schleich dich, stell dich hinten an, wie das anderen Arbeitern gesagt wurde, die sich vordrängten, hat er es kein zweites Mal probiert, weil er sich dabei erst recht auffällig vorkam und meinte, überhaupt im Erdboden versinken zu müssen. Schließlich ging er dazu über, nach Arbeitsschluß (Büroschluß) noch aufs Klo zu gehen und dort so lange zu hocken, bis er sicher sein konnte, daß die meisten Arbeiter schon weg waren und es nur noch wenige Zeugen gab, wenn er aus dem Bürogebäude kam, sich hastig umsah und dann wie gehetzt und ohne einen Blick zur Seite tun zu können, zur Stechuhr ging und seine Karte mit der Nummer 42/5 (5: das bedeutete angelernter Hilfsarbeiter) in den Schlitz steckte.

Er hatte einen neuen Koffer gekauft, der fast wie Leder aussah, eine blau-rot gestreifte Krawatte und versilberte Manschettenknöpfe. Nur mit Mühe hatte er der Mutter ein Jausenpaket für die Fahrt ausreden können. Aber wenigstens ein kaltes Schnitzel vom Mittag und ein Glas mit Kartoffelsalat könnte er mitnehmen, hatte sie dann gemeint, denn dann hätte er gleich ein ordentliches Nachtmahl. Es wollte ihr einfach nicht in den Kopf, daß man wegfahren konnte, ohne etwas zu essen mitzunehmen. Die Angst der Mutter, plötzlich nichts zu essen zu haben, hatte sich offenbar in ihrer Kindheit und Jugend so in ihr festgesetzt, daß sie sie nicht mehr aus sich herausbrachte. Die jetzt schon lange andauernden *besseren Zeiten* waren ihr anscheinend kein vernünftiges Argument. Auch nicht dagegen, daß sie immer mindestens fünf Kilo Zucker auf Vorrat hatte. Aber er ist doch nicht so ein Kleinhäusler, hatte Klein gesagt, wenn er etwas essen will, wird er sich einfach in ein Restaurant setzen. Aber was das kostet, schüttelte die Mutter den Kopf. Die Firma zahle es doch sowieso, sagte Klein.

Schon am Vormittag hatte er überlegt, ob er besonders zeitig oder besonders spät, erst knapp vor Abfahrt des Zuges, zum Bahnhof gehen sollte, weil er nicht die geringste Lust hatte, die dreieinhalb Stunden Fahrt neben dem Niggisch zu verbringen. Und wenn er ihn auf dem Bahnhof traf, dann würde er, meinte er, nicht darum herumkommen, sich neben ihn zu setzen. Dreieinhalb Stunden mit dem Niggisch reden! Worüber denn? Sich vielleicht aushorchen lassen müssen. Dreieinhalb Stunden dem Niggisch ins Gesicht schauen. Am Sonntag, der schließlich kein Arbeitstag war. Ja, wenn der Niggisch wenigstens etwas gleichgeschaut hätte. Nach einem Mann von Welt. Nach dem sich die Leute im Waggon bewundernd umgedreht hätten. Neben dem Klein sich emporgehoben hätte vorkommen können. Aber so? Neben dieser kümmerlichen Figur in Kleidern, denen man ansah, daß sie von der Stange waren?

Soviel er den Niggisch bis jetzt kannte, würde der sicher rechtzeitig daheim aufbrechen und zum Bahnhof fahren, um den Zug unter allen Umständen zu erreichen. Der kalkulierte doch sicher jede mögliche Verzögerung ein. Geschlossene Schranken, unvorhergesehene Umleitungen, wenn nicht sogar einen Achsbruch. Also war es, meinte Klein, wahrscheinlich am sichersten, noch zeitiger als der Niggisch beim Zug zu sein, denn sonst war es möglich, daß der Niggisch sich in den letzten Waggon setzte und ihn, wenn er erst knapp vor der Abfahrt kommen sollte, aus dem Fenster lehnend, zu sich ins Abteil winken würde. Warum mußte der Niggisch denn gerade zum selben Termin in die Großstadt fahren, um da irgendeinen Managementkurs zu machen? Wollte er ihn unter Kontrolle haben? Ganz ausgeschlossen kam Klein das nicht vor. Aber ziemlich unwahrscheinlich. Auf jeden Fall war es ein dummes Zusammentreffen, gerade zu der Zeit nicht im Büro zu sein, zu der der Niggisch weg war. Ohne Niggisch, meinte Klein, würde es, wahrscheinlich, im Büro ein wenig anders zugehen. Wenn die Katze aus dem Haus war. Vielleicht würde endlich ein wenig lockerer geredet werden. Würde nicht auf dem Klo, sondern im Zimmer geraucht werden. Keine vorsichtigen Blicke über die Schulter auf die Glasscheibe würde es geben. Lauthals lachen. Und er würde endlich wissen, wie er mit den Kollegen dran war. Die würden doch sicher über den Niggisch reden. Und er würde merken, ob er in Zukunft sowieso nur in eine ausgeschlagene Kerbe schlägt, wenn er leise etwas über den Niggisch sagt. Oder ob er sich das ewig würde verkneifen müssen.

Als Klein auf den Bahnhof kam, wurde der Zug erst zusammengestellt, die Waggons und die Lok noch hin und her verschoben. Er stellte sich neben den Zeitungskiosk, von dem aus der Bahnhofsvorplatz und die Bahnsteige zu überblicken waren. Der Versuch, die Zeitung, die er gekauft hatte, wie ein Detektiv in einem Kriminalfilm vors Gesicht zu halten, um nicht gesehen zu werden, kam ihm dann doch zu blöd vor. Im Kino hatte das immer ganz natürlich ausgeschaut, während er sich mit so hoch erhobenen Armen auffällig vorkam. Er stand eine Weile da, rauchte und sah über den Vorplatz, der Lautsprecher sagte die Ankunft eines Zuges auf dem jenseits der Straße liegenden Bahnsteig an, und als gleich darauf ein Schwarm Menschen in die Halle hereinkam und ihm den Blick verstellte, fürchtete er, gerade in diesem Moment den Niggisch zu übersehen. Die Menschen stellten sich vor dem Fahrkartenschalter an, der Niggisch war nicht dabei, Klein drehte sich um und sah zum mittleren Bahnsteig, wo der Zug, mit dem er fahren mußte, gerade hereingeschoben wurde, und dann trat ein Mann vom Fahrkartenschalter weg, wollte quer durch die Halle aufs Bahnhofswirtshaus zu, stockte, als er Klein sah, kam auf ihn zu, der Stadler, merkte Klein, war das, ein ehemaliger Arbeitskollege aus der Tanekfabrik und eine Zeitlang ein häufiger Mitsäufer an den Wochenenden. Wenn es noch gegangen wäre, hätte Klein sich schnell weggedreht. Aber der Stadler stand schon da, ah, sagte er, fährst auch fort? Klein merkte, daß der Stadler etwas getrunken haben mußte. Wohin denn?, wollte der Stadler wissen. Endstation, sagte Klein und drehte schnell den Kopf weg, um auf den Bahnhofsplatz zu sehen. Ob er er denn vielleicht jetzt in der Großstadt sei, fragte der Stadler, er habe Klein jetzt nämlich schon eine Weile nicht mehr beim Holzer gesehen. Und beim Sommer ja auch nicht. Ja überhaupt, wunderte er sich, schon ewig nicht mehr. In keinem Wirtshaus mehr. Oder bist leicht jetzt verheiratet, grinste er und faßte Kleins rechte Hand, um zu sehen, ob Klein einen Ehering trug. Klein zog die Hand rasch zurück, nein, sagte er, spinnst? Und jetzt fahre er nur weg, um einen Kurs zu machen. Ach so, sagte der Stadler, na, ich fahr auf jeden Fall zu einer Katz. Klein nickte und sah wieder zum Fenster hinaus, es war jetzt nur noch eine knappe halbe Stunde bis zur Abfahrt des Zuges, der Stadler soll sich schleichen, dachte er, was will er denn von mir? Ich will nichts von ihm, er soll sich schleichen. Er habe sich nämlich, sagte der Stadler, in einem Bauernnest eine neue Katz aufgerissen, eine klasse Katz, sagte er, tätst gar nicht glauben, daß es in so einem Nest so was gibt. Na, schön für dich, sagte Klein, und dann sah er, daß ein Eisenbahner auf den mittleren Bahnsteig ein Schild stellte, und Klein nahm sofort seinen Koffer,

ich steig gleich ein, sagte er, Servus, und er wollte den Stadler stehen lassen, aber der blieb neben ihm, gehen wir noch auf ein Bier, sagte er, ist eh noch Zeit. Klein schüttelte den Kopf und ging schneller, na, ich brauch eins, sagte der Stadler und hob salutierend die Hand zum Kopf, wir sehen uns dann eh noch.
Im Abteil des letzten Waggons, in das Klein einstieg, stank es nach kaltem Rauch. Hier, meinte er, würde sich der Niggisch sicher nicht hereinsetzen. Einen Moment kam er sich vor ihm ganz in Sicherheit gebracht vor, aber dann fiel ihm ein, daß der Niggisch ja durch diesen Teil des Waggons gehen konnte, um in den nächsten, ins Nichtraucherabteil, zu gelangen. Und der Stadler würde ihm vielleicht auch noch blühen, wenn er im Wirtshaus keinen passenden Gesprächspartner treffen sollte. Warum der Stadler nicht merkt, dachte Klein, daß ich nicht mehr so bin wie er? Merkte das keiner, oder hatte der Stadler heute keinen Blick mehr für so einen Unterschied? Mußte er es solchen Leuten immer direkt ins Gesicht sagen, daß sie ihm gestohlen bleiben konnten? Daß sie ihn mit jemandem verwechselten, der er nicht mehr war? Genaugenommen, meinte Klein, nie richtig gewesen war. Er nahm den Koffer herab und legte das Skriptenpaket, das der Niggisch ihm gegeben hatte, aufs Ablagebrett. Er würde einfach darin zu lesen anfangen, wenn der Stadler sich zu ihm setzen sollte. Ganz deutlich würde er ihn spüren lassen, daß er unerwünscht war, und dann fiel ihm ein, daß er einen Moment enttäuscht gewesen war, weil der Stadler ihn gar nicht gefragt hatte, welchen Kurs er denn überhaupt besuchen wolle, und er daher auch nicht hatte sagen können, daß er jetzt in einem REFA-Büro war. Ärgerlich schüttelte Klein den Kopf. Hatte er es denn notwendig, sich vor so einem Menschen aufzuspielen? Was brachte ihm das? Er hatte den Stadler zwar immer gut leiden können, hatte mit ihm oft ausgedehnte Unternehmungen in die Wirtshäuser und zu den Mädchen der Umgebung gemacht, schließlich hatte der Stadler damals neben einem Auto auch einen Führerschein besessen, aber das war alles lange her. Zumindest weit weg vom jetzigen

Klein. Und für immer vorbei. Für ihn war das vorbei. Und daran erinnert werden wollte er auch nicht immer.

Gleich darauf ging die Tür, und der Stadler kam herein. Grinsend und mit beiden Händen voller Bierflaschen. Ich hab gleich mehr mitgenommen, sagte er, für dich auch, weil wenns da sind, trinkt sie schon wer. Der Stadler hielt ihm eine Flasche hin, aber Klein schüttelte den Kopf, nein, heute nicht, ihm sei nämlich nicht ganz gut. Na gerade eben dann, sagte der Stadler, müsse er was trinken, er wisse doch von sich selber, daß das die beste Medizin sei, und er ließ die erste Flasche knallen, Prost, sagte er, das war heute eine Nacht, so wie früher, kannst dich erinnern?, grinste er, und die ersten Leute stiegen ein, nahmen in der Umgebung Platz, und der Stadler redete, das größte Theater, weißt eh, sagte er, sei noch immer gewesen, als sie damals zu fünft mit der Kellnerin, im schon zugesperrten Wirtshaus, im Extrazimmer, auf einem Tisch, das war was, sagte er, und Klein verzog ein wenig die Mundwinkel, kannst dich vielleicht nicht mehr erinnern, fragte der Stadler, aber Klein wollte sich nicht erinnern, an damals schon gar nicht, außerdem war er da stockbetrunken gewesen, aber er traute sich nicht zu sagen, daß er sich nicht mehr erinnerte, um den Stadler nicht noch mehr ins Reden zu bringen, ihn dazu zu bringen, die Details auszukramen, immer mehr Leute stiegen ein, rundum konnte man zuhören, und Klein nickte leicht mit dem Kopf und machte eine verächtliche Handbewegung, als wolle er sagen, das interessiere ihn heute nicht mehr, aber der Stadler lachte und redete, Klein sah auf den Bahnsteig, er durfte ja den Niggisch nicht übersehen, aber heute in der Nacht habe er so was wie damals ganz allein geschafft, erzählte der Stadler, ganz allein habe er ein Mädchen fast ruiniert, grinste er, vom vielen Bier habe er nämlich so einen Mordsständer gehabt, der nicht umzubringen gewesen sei, fast zwei Stunden sei er mit dem Mädchen in einem Schuppen neben dem Wirtshaus gewesen, habe fast zwei Stunden herumgewerkt, hätte noch stundenlang herumwerken können, aber das Mädchen sei schon völlig am Ende gewesen, kein Wunder, grinste er, so was ist ihr sicher noch nie passiert, zwei Stunden ohne Absetzen, sagte er, wer hat denn schon oft so einen Lauf, grinste er Klein an, und Klein saß da und wußte nicht, wie er sollte, sollte er zum Fenster hinausschauen, um den Niggisch nicht zu übersehen, oder sollte er zuhören, denn wenn er den Stadler nicht anschaute, wurde der, um die Aufmerksamkeit Kleins auf sich zu lenken, nur noch lauter, und wenn er so laut war, konnten alle in der Umgebung mithören, und da mußte er sich doch genieren, neben so einem Menschen, dachte Klein, muß ich sitzen, die glauben, ich bin auch so einer, und dann sah er den Niggisch daherkommen, mit Frau und Kindern, und Klein sprang auf, Moment, sagte er und ging schnell aufs Klo, sperrte sich ein, und er horchte angespannt hinaus, sehen konnte er nichts, weil das Fenster eine Milchglasscheibe hatte, und er hörte, wie draußen der Kies unter Schritten knirschte und glaubte kurz die Stimme des Niggisch zu hören, offenbar stieg er nicht ein, sondern ging weiter nach vorn, Klein blieb noch eine Weile im Klo, und als er dann die Waggontüre einen Spalt öffnete und den Zug entlang schaute, sah er ganz vorne den Niggisch einsteigen, die Frau reichte ihm den Koffer hinauf, nicht nur der Niggisch ist mickrig, dachte Klein, die ganze Familie, und angezogen sind sie wie die letzten Hinterwäldler, und er ging zurück an seinen Platz, und der Stadler hatte schon das erste Bier hinter sich, machte das zweite auf, aber das Beste, sagte er, kommt erst. Er habe das Mädchen nach Hause begleitet, erzählte er, ins nächste Dorf, fast einen Kilometer weit, und weil ihm sein Schwanz einfach nicht umgefallen sei, habe er sich die Handtasche des Mädchens draufgehängt, und zuerst habe sie das noch lustig gefunden, aber je näher sie den Häusern gekommen seien, um so mehr Angst habe sie gekriegt, daß jemand sie so mit ihm sehen könnte, dauernd habe sie nach der Handtasche gegrapscht, und wenn sie, lachte er, mir die Handtasche nicht doch noch heruntergerissen hätte, ich schwör dirs, sagte er, ich wäre mit ihr auch so durch den Ort gegangen. Er machte einen langen Zug aus der Flasche, ist dir so was schon einmal passiert, fragte er, und Klein schüttelte den Kopf und griff nach dem Skriptenpaket, schlug es auf, blätterte, sah den Stadler nicht mehr an, aber der Stadler redete, ließ sich überhaupt nicht stören, trug Klein auch immer wieder ein Bier an, und Klein überlegte, ob er nicht einfach seine Sachen nehmen und in den nächsten Waggon gehen sollte, es konnte doch sein, daß der Niggisch, um sich zu vergewissern, daß Klein im Zug war, in dieses Abteil kam, und dann würde er ihn hier sitzen sehen, neben einem Saufenden, neben einer Batterie Bierflaschen, ganz klar, was der Niggisch sich denken würde, aber obwohl er sich dauernd vorstellte, er nimmt jetzt seinen Koffer und geht, blieb er doch sitzen, nickte zu den Reden des Stadler ein wenig mit dem Kopf, verzog die Mundwinkel und versuchte immer wieder, das Gespräch in zivilisiertere Bahnen, wie er meinte, zu lenken. Aber für den Stadler war alles ein Stichwort, um auf sein Thema zurückzukommen.

Eine Stunde lang wurde der Zug dann bei jeder Station immer leerer. Die Menschen, die Sonntagnachmittagsbesuche machten, stiegen aus, und auch der Stadler verabschiedete sich endlich, und Klein stellte die Bierflaschen auf die andere Seite des Waggons hinüber. Er war froh, in einem fast leeren Waggon zu sitzen, ohne Gegenüber, das ihn hätte anschauen können, doch nach einem Drittel der Strecke stiegen immer mehr Arbeiter mit Umhängebeuteln über der Schulter oder abgetragenen ehemaligen Schultaschen ein, und es wurde laut, viele dieser Männer schienen einander zu kennen, wahrscheinlich trafen sie sich jeden Freitag bei der Heimfahrt und am Sonntag nach dem Wochenendfamilienbesuch auf der Rückfahrt zur Arbeit im Zug, bald war es rund um Klein voll von ihnen, Gespräche wurden durch den halben Waggon geführt, auch die Plätze neben Klein waren mit Arbeitern besetzt, die laut redeten, Freßpakete auspackten, kalten Schweinsbraten auf Zeitungspapier mit ihren Taschenmessern schnitten, leere Bierflaschen rollten über den Boden, und dauernd war Gelächter, und diese Lustigkeit kam Klein wie ein Beweis vor, wie sehr er sich früher schon, als man ihn noch als ihresgleichen ansah, von diesen Menschen unterschieden hatte. Diese Menschen, schien ihm, waren ganz zufrieden mit ihrem Leben, wollten gar kein anderes, denn sonst, meinte er, könnten sie doch nicht so lustig sein. Er an ihrer Stelle, dachte er, hätte mit so einem nächsten Tag, einer solchen nächsten Woche vor Augen höchstens aus Galgenhumor lachen können. Auf den auf Knien liegenden Taschen wurde ohne Einsatz Karten gespielt, wie üblich ging es nur darum, wer die besseren, die lustigeren Kommentare zum Spiel machte, und eine Stunde vor der Ankunft, als der Zug in einer Station vier Minuten Aufenthalt hatte, stürmte ein Haufen Menschen, über die Geleise stolpernd, in die Bahnhofswirtschaft, um sich mit neuem Bier einzudecken. Klein lehnte in seiner Ecke, sah zu, hörte die Reden, und er hatte das Gefühl, von dem allem ganz weit weg zu sein, so weit weg, daß er von außen zuschauen kann, daß er ganz leicht ein wenig verächtlich die Mundwinkel nach unten ziehen kann. Niemand kümmerte sich um ihn, das niedere Volk, dachte Klein, vor kurzem hatte er in einem Buch einen Spruch über das niedere Volk gelesen, und er hatte gefunden, daß der Spruch stimmte, aus eigener Erfahrung, hatte er gemeint, stimme der Spruch, das niedere Volk, hatte es geheißen, sei ewig ein Feind des Geistes, auf Latein war das dagestanden und in Klammern auf deutsch, aber die lateinischen Wörter hatte er vergessen, er würde das noch einmal nachlesen und auswendig lernen, dachte er, das Buch hatte er ja im Koffer, und er sah zum Fenster hinaus, auf die Felder, auf denen das Korn schon über eine Handbreit hoch stand, und plötzlich ertappte er sich dabei, daß er über einen Witz, der nebenan erzählt worden war, wenn auch nicht für ihn, ein wenig grinste. Er sah sich schnell um, ob jemand sein Mitgrinsen bemerkt hatte. Die könnten sich sonst einbilden, dachte er, ich will mitreden. Er blätterte im Skriptenpaket, aber was darin stand, schien ihm auf einmal in dieser Umgebung, unter diesen Menschen, ganz unwirklich geworden zu sein. Jedesmal, wenn die Tür ging, sah er auf, weil er erwartete, daß der Niggisch auftauchen würde, aber der Niggisch kam nicht, kam bis zum Aussteigen nicht.

Draußen zogen die Vorstädte vorbei, und als die erste Straßenbahn auftauchte, ging Klein auf die Plattform, öffnete das Fenster und steckte den Kopf hinaus, und sofort hatte er den Geruch in der Nase, der ihm immer aufgefallen war, wenn er in die Stadt fuhr, ein süßlicher Geruch war das, unerklärlich woher, der Geruch der Großstadt war das für ihn immer gewesen, und wenn er sich aus dem Ort in eine andere Welt gewünscht hatte, dann hatte dieser Geruch immer dazugehört, immer hatte ihn dieser Geruch ganz erwartungsvoll gemacht, obwohl er schon öfter hier gewesen war, ohne daß etwas Außergewöhnliches passiert wäre. Aber vielleicht war er eben nur nicht lange genug hier gewesen, dachte er, zumindest noch nie so lange, wie er jetzt hier sein würde. Er atmete tief ein und fühlte sich plötzlich so wohl, daß er noch immer lächelte, als er zurück in den Waggon ging, wo die Menschen schon ihre Sachen zusammensuchten.
Als er unter den anderen ausstieg, fiel ihm auf, daß von denen, die zuerst so lustig geschienen hatten, fast niemand mehr lachte. Aber er hat sich dazu nichts denken wollen.
Im vordersten Waggon war der Niggisch gerade dabei, umständlich herabzuklettern, und Klein trat schnell hin und nahm ihm einen Koffer ab. Und plötzlich hätte er am liebsten laut brüllend herausgelacht, als er merkte, daß seine Angst, die Fahrt über neben dem Niggisch sitzen zu müssen, daß alle seine Gedanken und Vorkehrungen einfach lächerlich gewesen waren: Der Waggon, aus dem der Niggisch stieg, war ein Waggon Erster Klasse, in dem Klein mit seinem Zweiteklassefahrschein, den ihm die Firma bezahlt hatte, höchstens auf dem Gang hätte stehen dürfen.

Ungeheuer lebendig schien ihm hier alles. Wie immer, wenn er eben angekommen war. Als sei gerade hier das Leben konzentriert. Hier und nirgends sonst. Abgezogen aus dem ganzen Land, sodaß alles hier war und draußen nur mehr die Lähmung zurückbleiben konnte. Jeder Mensch, schien ihm, mußte sich hier mittendrin vorkommen. Unvorstellbar, daß hier jemand Langeweile haben konnte. Er hatte das Gefühl, als habe er bis jetzt auf eine leere Leinwand gestarrt, und plötzlich habe der Film zu laufen begonnen, ein Film, der ihn aber nicht zum Zuschauer machte, sondern ihn sofort mit einbezog. Aber der Niggisch riß ihn immer wieder heraus, wollte, daß Klein ihm zuhörte, ihn ansah, während sie mit einem Taxi zum Hotel fuhren, sofort kam er mit Unterweisungen daher: Klein soll am Morgen lieber eine halbe Stunde früher aus dem Hotel gehen, denn man weiß nie, wie das ist mit dem Verkehr. Er ist jetzt in der Großstadt. Am Abend soll er sich zeitig niederlegen, damit er am nächsten Tag ausgeschlafen und fit ist. Er soll nicht glauben, daß er zum Vergnügen da ist. Überhaupt Nachtlokale und so, sagte er, gehen Klein gar nichts an. Er sage das, weil für Klein, als einen vom Land, vielleicht so was eine Verlockung sei. Aber man habe ihn nicht hergeschickt, daß er sich ins Vergnügen stürzt, sondern damit er was lernt. Kurszeit sei Arbeitszeit, müsse er sich immer vor Augen halten. Außerdem melde der Veranstalter des Kurses die Abwesenheit der jeweiligen Teilnehmer an die Firmen. Er soll sich also nicht einbilden, man erfährt nicht, was er macht. Er soll in das Speisehaus zwei Gassen vom Kurslokal entfernt essen gehen, denn das sei preisgünstig. Wenn er am Abend vom Kurs heimkomme, soll er gleich alles wiederholen, was tagsüber vorgetragen worden sei. Daß er sich anstrengen muß, ist sowieso klar. Bei der Prüfung werde sich ja zeigen, wie ernst er die Sache genommen habe. Außerdem sei ja alles in seinem eigenen Interesse. Klein nickte ständig mit dem Kopf und machte Handbewegungen, als habe er sich das, was ihm der Niggisch sagte, sowieso schon von sich aus fest vorgenommen. Dabei kamen ihm die Sätze des Niggisch nur wie ganz weit entfernte Randbemerkungen zu dem vor, was er durch die Scheiben des Autos sah. Wenn der Niggisch nicht „Sie" zu mir sagen würde, dachte er, müßte der Taxilenker glauben, er habe es mit Vater und Sohn zu tun. Mit einem strengen Vater und einem blöden Sohn. Einem Dorftrottel, der zum erstenmal in die Großstadt kommt.

Als sie vor dem Hotel, das in einer Seitengasse lag, ankamen, war Klein ganz dick im Kopf, weil er die ganze Fahrt über, während der Reden des Niggisch, unablässig und ohne es recht zu merken, automatisch alle Ladenschilder, Reklameschriften und Straßennamen an den Häusern gelesen hatte, als seien alle diese Sätze und Wörter von Wichtigkeit: Mitteilungen, die man nicht übersehen durfte.

Sie standen vor dem Pult des Hotelportiers. Der Niggisch hatte den Meldezettel schon ausgefüllt und sah zu, wie Klein ihn ausfüllte, und als Klein zum Beruf kam und Angestellter hinschreiben wollte, stockte er auf einmal, und er sah den Niggisch an, und der machte ein Gesicht, daß Klein sofort dachte, der läßt auf keinen Fall zu, daß du da Angestellter hinschreibst, noch dazu, wo er Angestelltenbetriebsrat ist, der duldet sicher nicht, dachte er, daß ich mich als Angestellter ausgebe, wenn ich für die Firma praktisch noch immer ein Arbeiter bin, und während er schrieb, spürte er, daß seine Ohren heiß wurden, plötzlich fühlte er sich in seinem Anzug nicht wohl, als hätte er einen Anzug an, der ihm überhaupt nicht paßt, der sofort als ein ihm nicht gehörender Anzug zu erkennen sein muß, auch der Portier, merkte er, hatte zugesehen, wie er Hilfsarbeiter hingeschrieben hatte, der muß sich jetzt denken, dachte Klein, das ist doch eine Frechheit von mir, mit einem solchen Anzug einem Angestellten zum Verwechseln ähnlich zu sehen und doch nur Hilfsarbeiter als Beruf hinschreiben zu können. Nicht einmal dreckige Manschetten habe ich, dachte er. Er ging hinter dem Niggisch zum Lift und erwartete, jeden Moment auf dem glatten Steinboden ins Stolpern zu kommen, das glatte Parkett der Gesellschaft, fiel ihm plötzlich ein, das hatte er einmal irgendwo gelesen, und obwohl er wußte, daß das damals nur bildlich zu verstehen gewesen war, spürte er in seinen unsicher werdenden Beinen, daß das für ihn ganz direkt zu verstehen war. Er war froh, als sich endlich die Lifttür hinter ihnen schloß, der Niggisch im zweiten Stock ausstieg und er selber im dritten Stock allein in einen leeren Gang hinauskam.

Im Zimmer war es halbdunkel, und es roch nach abgestandenem Essen. Klein drehte das Licht auf und sah sich um: Bett, Nachtkästchen, Tisch, Sessel, Kasten, Waschmuschel und ein Gestell für den Koffer sah er, mehr bin ich also der Firma nicht wert, dachte er sofort. Nach der protzigen Hotelhalle unten hatte er etwas ganz anderes erwartet. Doch nicht gerade ein Zimmer genau von der Art, bei der man sagt: aber wenigstens sauber ist es! Er ging zum Fenster, das eine undurchsichtige, geriffelte Scheibe hatte, und machte es auf, um frische Luft hereinzulassen, aber draußen lag nur die andere Seite des Hotelganges. Mit einem beklemmenden Gefühl, als bekomme er in dem Raum nicht genügend Luft, machte er das Fenster wieder zu und setzte sich aufs Bett. Für den Portier unten, überlegte er, mußte er jetzt als das Allerletzte gelten: als einer, für den gerade diese Kammer gut genug ist. Oder hatte der Portier ihm dieses Zimmer erst gegeben, nachdem er die Berufsbezeichnung gelesen hatte? Ein Trost war immerhin, daß er mit dem Niggisch nicht Tür an Tür wohnen mußte, wie er befürchtet hatte. Außerdem, meinte er, würde er sich hier sowieso kaum aufhalten. Er war ja nicht in der Großstadt, um sich in so einem Loch einzusperren. Und ruhig war das Zimmer auch. Schon das Knarren der Fußbodenbretter, als er zwischen Koffer und Kasten hin und her ging und seine Sachen einordnete, kam ihm wie Lärm vor. Kaum glaublich, daß draußen, hinter den Mauern, die Stadt war, laut, durcheinander, lebendig. Als er die Hände wusch, war plötzlich das beklemmende Gefühl weg, das ihn beim Anblick des Hotelganges vor dem Fenster überfallen hatte. Er durfte nur nicht wieder daran denken. Er konnte sich ja auch sagen, daß draußen ein Park war. Oder daß es Nacht war. Er zog die Vorhänge vors Fenster, legte sich aufs Bett und drehte die Nachttischlampe auf. Wenn er die Augen schloß, konnte er sich ganz leicht vorstellen, im schönsten

Zimmer zu sein. Im Vorstellen, dachte er, bin ich ja schon immer groß gewesen. Aber der Niggisch, fiel ihm gleich wieder ein, hatte bestimmt ein Zimmer, das er sich nicht erst umzuphantasieren brauchte. Und dabei hat der Niggisch sowieso nur einen Geschmack, daß einer Sau grausen kann. Am besten wäre es, meinte er, er geht jetzt gleich hinunter und trägt den Niggisch mitsamt seinen lächerlichen Klamotten hier herauf und quartiert sich selber im unteren Stock ein. Dann wäre gleich alles, wie es sein müßte.

Der Niggisch hatte nicht gesagt, daß er ihn heute noch einmal zu sehen wünschte. Also konnte Klein sich gleich hineinstürzen. Ins Leben da draußen. Als er dem Portier den Schlüssel gab, wußte er nicht, was er von dessen Lächeln halten sollte. Der denkt an den Hilfsarbeiter und an das Loch da oben, meinte er. Jedesmal, wenn er mich sieht, denkt sich der das. Er war froh, als er auf der Straße stand und das Gefühl los war, im Hinausgehen die Augen des Portiers im Rücken zu haben. Ohne zu wissen, wohin er sollte, lief er eine Weile ziellos die Hauptstraße entlang. Droben im Zimmer hatte er noch gemeint, er müsse nur hinunter, und schon werde es losgehen. Irgendwas, hatte er gemeint, würde ihm schon einfallen. Irgendwas würde ihm unterkommen. Ständig hatte er das Gefühl, gleich von irgendwem angesprochen zu werden. Es liefen ja so viele Menschen herum. Waren unterwegs, zu irgend etwas unterwegs, wo er vielleicht genau dazugepaßt hätte. Bei jeder Kreuzung überlegte er, welche der abzweigenden Straßen die *richtigere* sein könnte. Und nachher sagte er sich, daß vielleicht doch die andere, die er nicht gegangen war, die richtige gewesen wäre. Und er sagte sich, daß er vielleicht nicht das richtige Gesicht gemacht hatte, um schon von weitem als der zu erscheinen, der brauchbar ist. Allerdings, stellte er fest, schauten die Menschen auf der Straße gar nicht richtig. Schauten ihn gar nicht genau an. Schauten nur so vor sich hin und bemerkten ihn nur als etwas, das eben auch auf

der Straße war und mit dem man nicht zusammenstoßen durfte. Vielleicht nicht anders, als wenn er ein Verkehrsschild wäre.
Als er nach einer Stunde jede Orientierung verloren hatte und ziemlich lange brauchte, um sich auf dem Stadtplan zurechtzufinden, entschloß er sich, weil ihm einfach nichts über den Weg lief, zur Schwester zu fahren.
Es war fast dunkel, als er nach zweimal Umsteigen hinauskam. Von der Lebendigkeit, die er weiter drinnen in der Stadt noch richtig zu spüren gemeint hatte, war hier nichts mehr zu merken. Es gab keine farbigen Leuchtreklamen, keine hellen Schaufenster mehr und keine Menschen, die herumspazierten, als sei überall ein Ziel, nur ab und zu ein erleuchtetes Wirtshaus an einer Ecke der hohen, grauen Häuserblöcke, aus dem Lärm und Geruch von Bratenfett und Spülicht kam. Fast niemand war auf der Straße, auf den schiefen, holprigen Gehsteigen mit Katzenkopfpflaster, und Klein hatte das Gefühl, nicht in einem anderen Teil der Stadt zu sein, sondern überhaupt in einem anderen Land, in dem andere Menschen wohnen mußten. Hinter den erleuchteten Parterrefenstern, vor die ausgewaschene Vorhänge gezogen waren, konnte er sich nichts anderes als die mit Fünfundzwanzig-Watt-Lampen erhellte Trostlosigkeit von Alte-Leute-Wohnungen, nur mit alten, braunen Möbeln und fünfzigjährigem Kram vollgestopfte Zimmer vorstellen. Eine Selbstmördergegend, dachte er, das muß eine Selbstmördergegend sein. Zumindest würde er sich, wenn er hier hausen müßte, sicher bald aufhängen. Den Gedanken, daß in jedem der Häuser einer hängt oder bald einer hängen wird, und da drüben schneiden sie vielleicht gerade einen vom Lusterhaken herunter, hat er so lange lustig gefunden, und er hat sich ausführlich die Details vorgestellt, angeschissen hängen die Leute herum, dachte er, weil sie beschissen worden sind und weil sich ja angeblich jeder, der sich aufhängt, in den letzten Zukkungen noch schnell einmal anscheißt, so lange hat er diese Gedanken sehr spaßig gefunden, bis er vor dem Haus stand, in dem die Schwester wohnte.

Stickig heiß war es im Zimmer, in der Küche, die gleichzeitig Vorraum und Wohnzimmer war. Auf dem Tisch, hinter dem Klein saß, stand eine Wanne aus Plastik, in der das Kind gebadet wurde, und auf einem Gestell über dem Ofen trockneten Windeln und Babywäsche, und die Schwester war ununterbrochen mit Handgriffen beschäftigt, die sich um das Kind drehten. Wie ein nach genauen Regeln ablaufendes Zeremoniell kam es Klein vor, bis das Badewasser richtig temperiert, das Kind ausgewickelt, gebadet, abgetrocknet, eingecremt, mit frischen Windeln gewickelt, angezogen worden war, bis die Nasenlöcher und Ohren gesäubert und die paar Haare zu einer von der Schwester und dem Schwager bewunderten Locke gebürstet waren und Ingrid endlich ins Nebenzimmer ging, um dem Kind die Brust zu geben. Klein hätte gerne gefragt, ob der ungeheure, ihm ganz unnötig erscheinende Aufwand, der da mit der Reinigung des Kindes betrieben wurde, der Ersatz dafür sein sollte, daß sie dem Kind sonst nichts bieten konnten. Einen Moment hatte er gefürchtet, Ingrid werde gleich neben ihm ihre Brust herausholen, weil sie schon ihre Bluse aufzuknöpfen angefangen hatte, aber dann hatte sie ihn kurz angeschaut und war ins Nebenzimmer gegangen. Sie war dick geworden. Und sie kam ihm ein wenig schlampig vor, wie er sie gar nicht in Erinnerung hatte. Und Günther, der früher an den Wochenenden, an denen er nach Hause kam, immer nach der letzten Mode gekleidet gewesen war, Günther saß in einem Unterhemd und alten Hosen beim Tisch, und als Klein gekommen war, hatte Ingrid nach der ersten Überraschung fahrige Handgriffe hierhin und dorthin gemacht, um schnell aufzuräumen, ja, wenn wir das gewußt hätten, hatte sie gesagt, und Klein war ein wenig ärgerlich geworden, weil sie sich entschuldigte. Sie kann doch nichts dafür, hatte er gedacht, daß sie da gelandet ist, in so einem Loch, Zimmerküche für zwei Erwachsene und ein Kind, Häusl am Gang, weil Toilette kann man ja dazu nicht sagen. Aber sie hat sich den ja eingebildet. Dabei hätte sie sicher etwas Besseres haben können. So wie sie damals noch ausgeschaut hat. Sie habe ja nicht einmal was zu Hause, hatte die Schwester den Kühlschrank aufgerissen, aber wegen mir, hatte Klein gesagt, brauchst du keine Umstände machen. Er habe nämlich sowieso nicht lange Zeit. Er hat schnell erzählt, warum er in der Stadt war. Daß er sich nun in einem Bürogebäude aufhielt und wie er dorthin gekommen war, hatte er nicht mehr als die große Überraschung auslassen können, weil die Mutter es Ingrid beim letzten Besuch schon ausführlich berichtet hatte. Also ein Angestellter bist jetzt, Herr Schwager, ein Besserer also, hatte ihn Günther angegrinst. Ob er da überhaupt noch Du sagen dürfe? Klein hatte eine geringschätzige Handbewegung gemacht, als ob es ihm gleichgültig sei, nun etwas Besseres zu sein. Ausnahmsweise, hatte er gesagt, war er auf Günthers Ton eingegangen, ausnahmsweise, weil du es bist, aber nur unter uns, verstehst?, hatte er gesagt. Vor anderen Leuten müsse er auf dem Sie bestehen. Dann hatte er das Kind anschauen müssen, das fett und rosig im Korb gelegen war, hatte sich angehört, wie erfreulich sich das Kind entwickelte, wieviel es bei der Geburt gewogen hatte und wieviel es jetzt schon wog, und er hatte gedacht, wie von einem Mastschwein reden die, das schnell hinaufgefüttert werden muß, damit man es bald schlachten kann, und dann hatte er loben, zumindest hatte er beifällig nicken müssen, wie sie sich alles hergerichtet hatten, alles selber, was sie aus dem alten Loch gemacht hatten, nicht mehr wiederzuerkennen, was?, hatte Günther gesagt, und während die Schwester dann mit dem Kind nebenan war, sagte Günther, es sei ja eh nicht so schlecht da, gar kein schlechtes Haus sei das, wenn im Parterre nicht alles mit Tschuschen vollgelegt worden wäre, mindestens zehn Mann auf ein Zimmer drei mal drei Meter, weil der Hund von einem Hausherrn eben nur ans Verdienen denke, und Gastarbeiter könne man leicht ausnehmen, die zahlen, sagte er, pro Mann mehr als unsrige Leut für die ganze Wohnung, und seither ist das Haus ein Durchhaus, da kannst du gar nicht mehr hinuntergehen, ohne daß du einen von dem Gesindel triffst, und die Ingrid hat überhaupt Angst, allein auf den Gang zu gehen, wenn es finster ist, und das Haus verkomme ganz, weil die Hausmeisterin auch schon ein Tschuschenweib sei, eine Drecksau, die glaubt, wenn sie einen nassen Fetzen vom letzten Stock bis ins Parterre, ohne ihn auszuwaschen, über die Stufen zieht, sei schon alles erledigt. Und nur deshalb, sagte er, weil von unseren Leuten keiner mehr die Arbeit machen will, keiner will mehr arbeiten. Warum *er* die Arbeit nicht machen will, fragte Klein. Wenn es ihm nicht paßt, könne doch er Hausmeister werden. Warum ich?, sagte Günther, und dann erzählte er, wie er Wasser eingeleitet hatte, in allen Details schilderte er, auf welche unerwarteten Schwierigkeiten er dabei gestoßen war, und Klein saß da und hörte zu, und er mußte dauernd denken, er höre den eigenen Vater reden, der sich auch des langen und breiten über winzigste Einzelheiten seiner Reparaturen, die er zu Hause machte, auslassen konnte. Unglaublich, dachte Klein, wie der sich verändert hat, und ihm fiel ein, daß die Mutter, nachdem Ingrid zum ersten Mal mit Günther daheim aufgetaucht war, gemeint hatte, das sei kein Mann zum Heiraten, das sei doch ein Hallodri, der nehme ja nichts ernst, nur aufs Vergnügen sei der aus und traue sich auch noch öffentlich sagen, in welchen Lokalen er sich in der Großstadt die Nächte um die Ohren schlage. Nun aber schien er nichts anderes mehr im Kopf zu haben als das Kind und die Wohnung, schien er sich mit den Zuständen um ihn herum nicht nur abgefunden zu haben, sondern sie im Grunde ganz in Ordnung zu finden und genau das zu wollen. Wenn ihm das genügt, dachte Klein, mir kann es egal sein, hat er in Gedanken die Schultern gezuckt, und solange er dort saß, hat er alles wie eine Demonstration dessen genommen, dem er nun mit Sicherheit glaubte, entgangen zu sein. Für ihn selber, meinte er, würde so eine Umgebung einfach nicht mehr in Frage kommen. Darüber war er hinaus.

Zum Essen mußte er auch noch dableiben. Aber kommt ja gar nicht in Frage, sagte Ingrid, daß du essen gehst. Wenn er schon einmal auf Besuch da ist, ißt er selbstverständlich mit ihnen. Sie läßt sich doch nichts nachsagen. Soviel haben sie noch immer. Wie die Mutter, dachte

Klein. Die sagte unter den gleichen Umständen genau dieselben Sätze. Die Schwester räumte den Kühlschrank aus, packte alles auf den Tisch, und Klein mußte mit Günther in den Keller Wein holen gehen, weil Günther ihm unbedingt zeigen wollte, wie er sich dort eine Bastelwerkstatt eingerichtet hatte. Als sie wieder ins Zimmer zurück kamen, fiel ihm der starke Kinder-Windel-Abwaschwasser-Babycreme-Wäschedörr-Geruch wieder auf, der ihm, als er gekommen war, fast die Luft genommen, an den er sich aber im Dortsitzen schon gewöhnt hatte. Ein original Kleineleutegeruch ist das, dachte er, und er kam sich in seinem Anzug und mit den weißen Manschetten ganz unpassend vor in diesem Raum. Ingrid trank nicht mit. Wegen der Milch, erklärte Günther, und er griff hinüber auf Ingrids Brust, hob eine ein wenig hoch, ordentliche Euter hat sie gekriegt, was?, grinste er, und Ingrid wurde ein bißchen verlegen, und Klein sagte nichts, schob einen Bissen in den Mund und dachte, den hat sie sich ja selber ausgesucht. Er hat ihr sowieso abgeraten. Er hat zwar nichts gegen Günther persönlich gehabt, aber zum Schwager hätte er ihn nicht gerade haben müssen. Wozu hatte er denn die Schwester über die Tricks aufgeklärt, die er selber bei Mädchen anwandte? Damit sie dann trotzdem auf einen hereinfällt und sich ein Kind machen läßt, sodaß dann auch die Mutter nur mehr fürs Schnell-Heiraten gewesen ist?

Klein mußte erzählen, was es im Ort Neues gab, aber er hat nichts Neues gewußt. Nur ein paar Todesfälle sind ihm eingefallen. Darüber, was die ehemaligen Freundinnen Ingrids machten, wußte sie selber viel besser Bescheid als er, erzählte sie ihm Einzelheiten, während sie keine zwei Minuten beim Tisch saß und schon wieder aufstand, herumhantierte, nach dem Kind sah, das Fenster zum Gang aufmachte, zumachte, Brot schnitt, Wasser zum Abwaschen zustellte, sich in der Enge des Raumes herumzwängte und die ganze Zeit gut aufgelegt zu sein schien. Klein sah zu, mit welcher Selbstverständlichkeit sie das alles erledigte, als hätte sie nie etwas anderes getan, und er schaute Günther an, der sie hier hereingebracht hatte

und der dasaß, als sei es selbstverständlich, daß er saß, während Ingrid dauernd in Bewegung war. Der könnte auch was tun, dachte Klein, und es kam ihm wie eine ungeheuerliche Frechheit vor, als er Günther sagen hörte, Ingrid müsse sich sowieso ihren Speck wieder herunterarbeiten, und er stellte sich vor, daß es mit ihm selber immer weiter bergauf geht, ein richtiger Angestellter ist er schon, wird noch ein besserer, immer noch geht es weiter, und er hat immer mehr Geld, bald hat er einfach *genug* Geld, und dann läutet er eines Tages an Ingrids Wohnungstür, und sie macht ihm auf, Günther ist nicht da, und Ingrid hat die Hände naß vom Spülwasser, und er sagt zu ihr, komm, sagt er, laß alles liegen und stehen, nimm das Kind und komm, und draußen, irgendwo am Stadtrand in einer ganz noblen Gegend, hat er sein Haus, und er weist Ingrid einen Seitentrakt zu, sie braucht aus der früheren Wohnung, diesem Loch, gar nichts mitzunehmen, alles, was sie braucht, ist da und noch viel mehr, alles, was sie brauchen könnte, und er führt sie von einem Zimmer ins andere, durch eine ganze Reihe von Zimmern, und Ingrid lacht und hängt sich in ihn ein, wie früher, als er sie die ersten Male auf Bälle mitgenommen hatte. Klein sah sie an, ihr fettes Haar, schaute ihre Figur auf und ab, und er hörte sie über ihre Hoffnung reden, daß es morgen schön sein werde, damit sie mit dem Kind ausfahren könne; Unsinn, dachte er, Unsinn, bei der ist alles zu spät. Wenn er sich die in die Villa nimmt, dann nur als Gesinde.
Als der Fernseher, der in der Ecke neben der Kredenz stand, wo er nicht im Weg war, vor die Tür geschoben und eingeschaltet wurde, sagte Klein, daß er für morgen noch in ein Buch hineinschauen müsse. Er mußte versprechen, wieder einmal vorbeizusehen, und er hat, als er sich von Ingrid verabschiedete, die Hand weit von sich gestreckt, damit ihm die Schwester nicht zu nahe kommen konnte und er sie nicht küssen mußte. Als er unten aus dem Haus trat, ist er einen Moment stehengeblieben und hat tief aufgeatmet, und während er zur Straßenbahn ging und durch die Stadt zurück zum Hotel fuhr, hatte

er ständig das Gefühl, als lasse er jetzt endgültig eine Vergangenheit hinter sich, von der er immer gefürchtet hatte, daß sie ihm auch als Zukunft drohen könnte.

Es war ein sonniger Morgen mit einem klaren, blauen Himmel zwischen den Häusern, alles war feucht, und die frischen Blätter glänzten, und es kam ihm vor, daß er sich eigentlich ganz wohl fühlen müßte, immerhin war etwas geschehen, er ging hier mit einem Anzug und weißen Manschetten in der Sonne und hatte eine Mappe mit Papier und Schriften bei sich, keine abgetragene Tasche mit einer Thermosflasche und schon gar keine Blaue, er konnte hier noch ein wenig herumspazieren, während er sonst um diese Zeit schon im Lärm der Halle gestanden war und keinen Himmel mehr gesehen hatte, und wenn er jetzt gleich hineinging, erwartete ihn auch nur etwas, das ein weiterer Schritt weg von der Vergangenheit sein würde, etwas für den Kopf erwartete ihn und nicht etwas für die Hände, eine Zukunft war da drinnen und keine sich täglich wiederholende Vergangenheit, warum also nicht zufrieden sein und sich freuen und locker dahingehen und hineingehen, warum ist da diese Unruhe, diese Angst, sodaß er nicht einfach denken kann, heute ist ein schöner Morgen, sondern denken muß, daß eigentlich ein schöner Morgen wäre? Bevor er hineinging, rauchte er vor dem Portal, durch das ununterbrochen Menschen gingen, in hastigen Zügen vorbeugend eine Zigarette, es konnte ja sein, stellte er sich vor, daß drinnen Rauchen verboten war, und als er in der Eingangshalle vor der riesigen Tafel stand, auf der die verschiedensten Kurse und die Nummern der Räume, in denen sie abgehalten wurden, verzeichnet waren, und er seinen Kurs und seine Türnummern suchte und durch ein Gewirr von Gängen lief und sich gleich einmal verlief und in einem Seitentrakt landete, ärgerte er sich, daß er nicht gleich hereingegangen, sondern ums Gebäude spaziert war, sodaß er vielleicht noch zu spät kam, und er lief zurück, Treppen hinauf, wieder Gänge entlang, an Menschen vorbei, die redeten und lachten und zielstrebig dahingingen und die sich im Gegensatz zu ihm, kam ihm vor, hier richtig daheim fühlten. Bei keinem Menschen, an dem er vorbeilief, konnte er sich vorstellen, daß der sich hier verlaufen würde. Ganz typisch schien es ihm, daß er nicht auf Anhieb den richtigen Weg gefunden hatte, selbstverständlich geriet gerade er immer in Schwierigkeiten, wo andere nie in Schwierigkeiten gerieten, andere, hielt er sich vor, blieben einfach stehen, wenn sie nicht weiter wußten, und fragten nach dem richtigen Weg, aber er nicht, er überlegte es sich hundertmal, bevor er einen Menschen anredete, einen Fremden fragte, weil er sich immer fürchterlich genierte, als einer dazustehen, der sich nicht auskennt, dem nicht alles schon selbstverständlich ist, dem also anzumerken ist, daß er aus einer anderen Welt kommt.

Endlich erreichte er den Kursraum, in den er hineingehörte, Menschen standen davor herum, einzeln die meisten und mit Abstand zum nächsten, und er ging durch die offene Tür in den Raum hinein, grüßte, nur ein paar Plätze waren besetzt, und er ging schnell zu einer der hinteren Bankreihen, setzte sich und sah sich um, und sofort meinte er, in den falschen Raum geraten zu sein. Da saßen Menschen, die unmöglich, kam ihm vor, in denselben Kurs wie er gehörten: Der Mann in der Fensterreihe hatte einen eleganten, dunkelblauen Anzug an und las in einer Zeitung, die Klein als Unternehmerblatt bekannt war, und einer der beiden Männer, die zwei Reihen vor ihm saßen, hatte eben von *seinem* Betrieb gesprochen, daraufhin, hatte er gerade gesagt, habe er sich in seinem Betrieb zu Rationalisierungen entschlossen, und Klein sah den jungen Mann an, der in der ersten Reihe Schreibzeug und Papier aus der Mappe kramte und auf dem Tisch hin und her schichtete, war das auch einer aus der oberen Etage, fragte er sich, oder war das einer wie er? Und der da drüben?, aber der hatte einen schäbigen Anzug an, der paßte vielleicht, aber auch Unternehmer und höhere Angestellte hatten manchmal schäbige Anzüge an, er brauchte nur an den Niggisch zu denken, und der Mann da mit der auffällig goldenen Uhr am Handgelenk, was war das für einer?, paßte der, oder war er selber hier überhaupt falsch, in einen Kurs für höhere Angestellte, wenn nicht sogar in eine Unternehmersitzung geraten? Er wartete einen Moment, sprungbereit, und als dann ein Mann mit Lederaktenkoffer mit schnellem Schritt den Raum betrat, nicht grüßend, sondern nur leicht den Kopf neigend, da stand Klein sofort auf und ging schnell hinaus, als schwindle er sich hinaus, hatte er das Gefühl, aber draußen wußte er erst recht nicht, ob er falsch oder richtig war, weil die Männer, die hier herumstanden, ihm den Eindruck machten, als hätten sie noch im Stehen den echtledernen Chefstuhl oder wenigstens einen gepolsterten Oberangestelltensessel unter dem Arsch, besonders die, die nicht allein, sondern zu zweit oder dritt dastanden und redeten, kamen ihm so vor, während die meisten, die allein Stehenden, ihm doch passend erschienen, und er zögerte ein wenig und ging dann auf einen Menschen zu, dessen Krawatte, wie Klein sofort feststellte, eindeutig nicht zum Sakko paßte. Ob da drinnen sicher der Arbeitsvorbereitungskurs sei, fragte Klein, und der Mann nickte, aber, sagte Klein, da seien welche, die ganz anders ausschauten, und die da, deutete er auf drei offenbar teuer gekleidete Herren, was ist mit denen da? Keine Ahnung, sagte der Mann und hob ein wenig hilflos die Schultern, er habe sich das auch schon gefragt, sagte er. Klein blieb stehen und zog seine Zigaretten heraus und hielt sie dem Mann hin, und der gab ihm Feuer, naja, sagte Klein leichthin, werden wir sicher alles noch erfahren, und er war froh, an jemanden geraten zu sein, der sich auch nicht auskannte und sich endlich nicht mehr ganz allein und ganz allein blöd vorkommen zu müssen. Wenn der Kerl nicht so eine unmögliche Krawatte hätte, dachte er. Und er kam sich gleich ein wenig überlegen vor.

Der Kursleiter, der sich als Ingenieur vorgestellt hatte, verlangte schon in den ersten zehn Minuten, daß sie sich ein neues Denken angewöhnen: das Denken in Kosten. Nur bei denen setzte er es schon voraus, gegen die er sich bei der Begrüßung leicht verbeugt hatte: bei den fünf höheren Angestellten, die er auch beim Reden immer anschaute, als sei der ganze Kurs nur für sie und die übrigen zwanzig Menschen im Raum nur ein Hintergrund, von dem sie sich abheben konnten. Lauter leitende Angestellte waren das, hatte Klein auf der Liste gelesen, die von Bank zu Bank gegangen war und wo jeder sich hatte eintragen müssen. Zwei Leiter der Personalabteilung, ein Betriebsleiter und ein Abteilungsleiter ohne nähere Bezeichnung. Und sie waren auch schon deshalb etwas Besonderes, weil sie nicht da waren, um sich ausbilden zu lassen, sondern nur, um sich ein wenig über die Anwendungsgebiete und Methoden der Arbeitsvorbereitung zu informieren. Nur eine Woche waren sie da, in der „Allgemeine Einführung“ auf dem Kursprogramm stand, und Klein konnte sich sehr gut vorstellen, daß jeder der fünf daheim in den Betrieben dann so tun würde, wie auch der Herr Hans immer tat: als verstehe er sowieso alles bestens, und er läßt es andere nur machen, weil er selber nicht genug Zeit hat. Unternehmer, hatte Klein festgestellt, war doch keiner dabei. Der, der von *seinem* Betrieb geredet hatte, war nur der Betriebsleiter. Überhaupt hatte Klein gemerkt, als die Liste zu ihm in die Bank gekommen war, und er schnell die Berufsbezeichnungen durchlas, daß er sich in vielen der hier Sitzenden getäuscht hatte. Es waren wirklich nur fünf, hatte er sich gewundert, also längst nicht so viele höhere Angestellte da, als er zuerst draußen gemeint hatte, herumstehen zu sehen.

Anfangs kam es ihm ein wenig komisch vor, da auch mit Menschen in einem Raum zu sitzen, die ihm sonst als das Unerreichbarste schienen, vor denen er sonst Angst haben mußte und auf die er früher bestenfalls geschimpft hätte. Das sollten nun tatsächlich auf einmal so etwas wie Schulkollegen sein! Die Sätze des Kursleiters kritzelten sie zumindest so pflichteifrig mit wie er. Und sie stellten Fragen, wo sogar ihm alles ganz klar war. Überhaupt schien ihm alles, was der da vorne vortrug, die größte Klarheit und Vernünftigkeit. Was der sagte, war berechenbar. Dauernd belegte er, was zuerst nur wie eine

Behauptung ausgesehen hatte, mit schnell auf die Tafel hingeworfenen Berechnungen, brachte er jeden zum Glauben, es sei die reine Unvernunft, Rationalisierungsmaßnahmen als nicht eindeutig im Sinne der Arbeitskraft anzusehen. Auch Klein glaubte sofort daran, obwohl er sich noch deutlich erinnern konnte, daß ihm früher jede Änderung des Arbeitsvorgangs als Schikane, nur als der hinterhältige Versuch, ihnen damit schon wieder einmal die Prämie zu kürzen, erschienen war. Aber damals, sagte er sich, hatte ihm eben noch der Überblick gefehlt. Und die Vernunft. Die Logik. Das klare Denken; das er jetzt lernt und das alles so einfach macht wie das Einmaleins. Um alles noch klarer werden zu lassen, warf der Ingenieur immer wieder mit einem Apparat Bilder an die Wand, die Witze sein sollten. Schlagartig kam allen mit dem Lachen die Einsicht, als ein gezeichneter Arbeiter ein schweres Faß zum Ölkännchen schleppt, um es zu füllen, und der Arbeitstechniker fragt ihn in einer Sprechblase, warum er denn nicht mit dem Ölkännchen zum Faß gehe, und der Arbeiter gibt darauf zur Antwort, ach so, das geht auch? aber ich habs ja schon immer so gemacht. Natürlich wurde da gleich vieles klar. Sofort fielen jedem Beispiele ein, wo in der Firma mit der Kirche ums Kreuz gegangen wurde. Und wer, meine Herren, fragte der Kursleiter rhetorisch, wer ist schließlich der Nutznießer, wenn dann vernünftigerweise umgekehrt mit dem Kreuz um die Kirche gegangen werde? Wer? Selbstverständlich die Arbeitskraft. Denn sie erspart sich Kraft und erspart sich Zeit. Und in dieser Zeit kann sie schon wieder was anderes machen. Zeitersparnis heißt ja nicht, daß sich die Arbeitskraft auf die faule Haut legen soll oder einen ungeheuer interessanten Tratsch über die Metamorphose der Maikäfer mit einem Kollegen halten oder schnell eine rauchen soll. Denn das wäre dann eine Brachzeit. In der neuen Sprache, die Klein lernen mußte, hieß das „durch den Arbeiter bedingte Brachzeit“. Und die gilt es natürlich auszuschalten. Zeit ist Geld, meine Herren. Wir haben in Kosten zu denken. Überall gibt es Kosten, nur mehr Kosten. Im Moment, wo die Arbeitskraft die Stempelkarte

in den Schlitz der Stechuhr steckt, erfuhr Klein, fangen die Kosten zu laufen an, kommen zu den ununterbrochen laufenden Kosten dazu, die die Maschinen, Werkzeuge, Hallen etcetera verursachen, die das Unternehmen der Arbeitskraft für ihre Tätigkeit zur Verfügung stellt, jede Bewegung, die sie macht, kostet etwas. Andauernd war von Kosten die Rede, und Klein konnte es fast nicht glauben, daß er am Fließband etwas so genau Kalkuliertes gewesen war, daß die Bewegungen und Handgriffe, die er zwar nicht von sich aus gemacht hatte, die aber doch Bewegungen *seines* Körpers gewesen waren, vorhergedacht, exakt geplant worden sein sollten. Und plötzlich meinte er das dumpfe Gefühl zu verstehen, das er da immer gehabt hatte, das Gefühl, gar kein Mensch zu sein. Er war ein Kostenfaktor gewesen, sah er, ein Kosten machender Bewegungsapparat. Wenn er das, dachte er, seinen ehemaligen Arbeitskollegen erzählt, glaubt ihm das keiner. Und einen Moment hat er gemeint, noch nachträglich eine Wut kriegen zu müssen. Aber es war gleich wieder vorbei. Jetzt ist er doch weg davon, sagte er sich, was soll er sich da noch giften. Außerdem war das das alte Denken. Und das, hatte der Kursleiter gesagt, müssen sie schleunigst abbauen zugunsten des neuen, klaren, logischen, nachrechenbaren Denkens. Denn das ist nicht durch Gefühlswallungen beeinflußt, wenn nicht gar bestimmt, die aus dem Stammhirn kommen, sondern spielt sich einzig und allein in der Großhirnrinde ab. Und die Großhirnrinde ist es, die den Menschen erst zum Menschen macht und nicht das Stammhirn. Das haben nämlich Viecher auch. Na also. Und daher sind Rationalisierungsmaßnahmen sowieso das Allermenschlichste. Aber das hat Klein doch nicht recht glauben wollen. Vielleicht, hat er gemeint, wenn sie der Ingenieur macht. Aber der Niggisch?
Seine Einwände, die er manchmal doch gehabt hat, hat er sich immer gerne ausreden lassen. Und wenn der Kursleiter sie ihm nicht ausgeredet hat, hat er es selber getan. Er hat sie ja nicht einmal vorgebracht. Wozu sollte er so was sagen, hat er gemeint, was hatte denn das schon für einen Sinn, hier in diesem Raum zu sagen, daß er trotz

der klaren Sätze des Kursleiters manchmal das Gefühl hat, da stimmt etwas nicht, daß er manchmal meint, für den Arbeiter ist es gehüpft wie gesprungen, der ist so und so der Angeschissene. Warum, sagte er sich, soll er hier für die Arbeiter Partei ergreifen. Es schaut doch nichts dabei heraus. Aber ihn schaut man dann gleich an. Und es ist ja im Kurs nicht von Arbeitern, sondern nur von Arbeitskräften die Rede. Und wenn er Partei ergreift, kommt er vielleicht gleich in Verdacht, selber noch vor kurzem Arbeiter gewesen zu sein und den Arbeiter noch nicht aus sich hinausgebracht zu haben. Und außerdem darf ein Arbeitstechniker auf gar keiner Seite stehen, weder da noch dort, sondern er muß objektiv sein. Das ist ja eine Grundregel der Arbeitsvorbereitung. Und mit schönen Sätzen, Berechnungen, Beispielen und erhellenden Bilderwitzen wie der Ingenieur kann er auch nichts beweisen. Er müßte von Vermutungen reden, von einem Gefühl. Und da würde der Kursleiter sicher sofort das Stammhirn ins Spiel bringen, und er könnte sich auslachen lassen. Außerdem kann er später einmal was sagen, dachte er.

Er hatte auf keinen Fall in Wirtshäuser essen gehen wollen. Das hätte er ja auch zu Hause gekonnt. Jetzt wollte er in Restaurants gehen. Zu Mittag war das kein Problem, weil er da gemeinsam mit einigen Kurskollegen gehen konnte. Doch am Abend mußte er allein gehen. Und das führte immer zu einem langwierigen, oft stundenlangen Herumlaufen, Herumsuchen in den Straßen, von einem Lokal zum anderen, immer wieder stand er vor einem und versuchte bei den Fenstern hineinzusehen, oder er versuchte sich nach dem Aussehen des Hauses, des Portals, des Ladenschildes und des Namens auf dem Schild vorzustellen, wie es drinnen sein könnte, was ihn drinnen *erwarten* würde.
Wenn er endlich eines gefunden hatte, das ihm *passend* erschien, dann war, indem er sich schon fast körperlich hineingehen und zwischen den Kellnern und Gästen und Tischen durchgehen spürte, immer wieder sofort der Ge-

danke da, man könnte da drinnen sein gewollt *ordentliches*, ja wahrscheinlich sogar *richtiges* Benehmen als eine Fassade, als eine Maske durchschauen. In so einem Lokal schien ihm, könnte man erkennen, daß er sich dazu zwingen mußte, daß er sich noch darum bemühen mußte, würde man in ihm einen sehen, der da also gar nicht hineingehört. Aber immer sagte er sich auch gleich wieder, selbst als es schon viel zu oft passiert war, als daß er sich das noch richtig hätte glauben können, das Lokal sei eigentlich doch nicht so gut, sicher nicht so gut, um dort die Speisen zu bekommen, die er zu essen wünschte. Schließlich wollte er endlich einmal etwas Besonderes essen. Etwas, das er nur dem Namen nach kannte. Er kannte sehr vieles dem Namen nach.
Während seiner Zeit beim Militär hatte er ein französisches Kochbuch in die Hand bekommen, das ihm alle seine Vorstellungen über Essen durcheinandergebracht hatte. Jeden Tag und nicht nur am Sonntag Fleisch zu essen, war in seiner Kindheit die Vorstellung vom Essen der reichen Leute gewesen. Und später, als die Fleischlosigkeit der Wochentage nur mehr eine Tradition, aber keine Notwendigkeit mehr war und auch schon oft durchbrochen wurde, hatte er gemeint, daß die besseren Leute eben nur mehr als die anderen aßen, daß sie soviel in sich hineinessen konnten, wie sie wollten, und nicht mit dem zufrieden sein mußten, was auf den Teller kam. Und in den Romanen, die er gelesen hatte, war ja auch immer gestanden, daß man stundenlang aß, aber seltsamerweise war nie richtig beschrieben worden, was dabei gegessen wurde, sodaß ihm die Tatsache des langdauernden Essens das Besondere schien und nicht das, was dabei auf die Tafel kam. Die fraßen eben Hühner, Schweinsbraten und Schnitzel hintereinander, hatte er gemeint, und nicht auf einzelne Tage verteilt. Erst das französische Kochbuch hatte ihm gezeigt, daß so eine Meinung einfach kleinhäuslerisch war. Immer wieder, wenn er Bereitschaftsdienst hatte, hatte er sich von einem Koch, der mit ihm im selben Zimmer schlief, das Buch ausgeborgt, hatte er die vielen bunten Bilder angesehen, die Rezepte gelesen,

stundenlang, war ihm mit einemmal vorgekommen, daß er sein Leben lang noch nie richtig gegessen hatte, daß er abgespeist worden war, irgendwie gesättigt, abgefüttert, getränkt, aber gegessen, wie anscheinend in manchen Häusern gegessen wurde, hatte er noch nie; und wenn er die komplizierten Herstellungsprozeduren gelesen und die Bilder dazu angeschaut hatte, hatte er sich auch gar nicht recht vorstellen können, in diese Kunstwerke, für die eine ganze Schar von Köchen stundenlang gearbeitet hatte, einfach hineinzuschneiden, sie in den Mund zu stecken, zu zerbeißen und hinunterzuschlucken, überhaupt hinunterzuschlucken, einfach in sich hineinzufressen wie irgend etwas, das bei ihm zu Hause auf den Tisch gekommen war und zu dem es so oft geheißen hatte, Hunger sei der beste Koch. Sofort hatte er versucht, sich die Namen der Gerichte zu merken, Canard à l'orange, Pâté foie gras, Vôle au vent, ohne zu wissen, wie man das richtig aussprach, lernte er die deutschen und französischen Bezeichnungen auswendig wie Vokabeln, unter denen er sich nichts als die Bilder aus dem Buch vorstellen konnte und die er immer wieder durcheinanderbrachte. Aber er hatte dadurch bald anders über Essen reden können. Und er hatte von da an gerne darüber geredet, weil das die anderen immer zu Zuhörern machte, die nicht mithalten konnten. Hinterrücks, nicht großsprecherisch, sondern versteckt als Andeutung, hatte er mit dem Wissen um solche Gerichte bewiesen, daß er mit der Welt, in der sie gegessen wurden, schon zu tun gehabt hatte, daß er sich dort ein wenig auskannte. Manchmal, bei ihm fremden Menschen, die nicht aus dem Ort waren und bei denen er auch nicht befürchten mußte, sie kämen einmal dorthin und fänden ihn unter Arbeitern im Wirtshaus, war das auch gleich ein Beweis gewesen, daß er einer aus dieser anderen Welt war, in ihr ein und aus ging und sich im Moment nur ein wenig zu der anderen herabgelassen hatte. Und auch die Kurskollegen waren nun solche Fremden gewesen, und er hatte, als sie das erste Mal gemeinsam mittagessen gegangen waren, gleich über der Speisekarte erklärt, naja, viel heiße das Lokal ja nicht,

was Ordentliches sei da nicht zu finden, und über dem Zwiebelrostbraten hatte er anderen Appetit bekundet, eigentlich hätte er jetzt Appetit auf ein Entrecôte, genauer gesagt Entrecôte à la Mirabeau, hatte er gesagt, aber kann man eben nichts machen, müsse er sich eben bis zum Abend gedulden, da werde er dann eines essen, hatte er nebenhin, aber genau kalkuliert, über den Tisch gesprochen.
Aber es war nur leicht zu sagen gewesen. Am Abend lief er herum und immer wieder davon vor den Lokalen, die alle nicht im entferntesten danach aussahen, als könnte es da drinnen erlesene Köstlichkeiten geben, vor Lokalen, vor denen ihm aber schon die *Vorstellung* weißgedeckter Tische und schwarzer, ihn gleich taxierender Kellner und einer Atmosphäre, wie er sie aus Filmrestaurants kannte, angst machte, und wenn er von weitem das Schild oder die Leuchtreklame eines Restaurants sah, nahm er sich vor, dort jetzt auf jeden Fall hineinzugehen, auf jeden Fall, aber wenn er dann davor stand, schien ihm der Vorsatz wieder nur eine ganz unerfüllbare Forderung, war die Angst gleich wieder da und das Umlügen der Angst, damit er weiterlaufen konnte, so lange, bis sein leerer Magen endlich die Angst überschrie und er in ein Lokal hineinstürzte, fast blind vor Aufregung, auf einen freien Tisch am Rande, im Halbdunkel, abseits, zustolperte.
Bald hätte er, wenn es möglich gewesen wäre, am Abend überhaupt aufs Essen verzichtet, um sich nicht immer wieder selber sein Ungenügen vorführen zu müssen. Andere, meinte er, bewegten sich in einer solchen Umgebung doch auch ganz natürlich und selbstverständlich, während er bei jedem Schritt in Lokalen, in die er sich hineinzwingt, fürchten muß zu stolpern, hinzufallen. War es vielleicht doch eine Anmaßung, ein Irrtum, und in Wirklichkeit gehörte er nur in Proletenwirtshäuser? Dort hat er sich ohne weiteres bewegen können. Und im Vorraum des Scheißhauses der Fabrik sind ja noch viel mehr Menschen herumgesessen, ohne daß er da einmal so unsicher gewesen wäre wie nun in diesen Lokalen. Dort hatte er ohne Schwierigkeiten reden können, und es hat ihn nie

im geringsten gestört, wenn er als einziger geredet hat. Dort hat er doch auch nicht, auch wenn es so war, alle Augen auf sich gerichtet gesehen, so wie er jetzt, wenn er in ein Lokal hineinkommt, wo er sich erst zum Hineintrauen zwingen muß, alle Augen auf sich gerichtet sieht. Stand ihm das, was andere selbstverständlich beanspruchten, einfach benützten, vielleicht doch nicht zu?
Oft gab er es nach einem langen Herumsuchen auf, ein passendes Lokal zu finden, und fraß an einem Würstelstand eine heiße Wurst hinunter und versuchte sich dabei noch Zufriedenheit einzureden, Zufriedenheit vorzurechnen, weil er sich wegen der billigen Wurst einiges von dem erspart hatte, das ihm die Firma als Taggeld zubilligte. Wozu dann immer wieder sofort kam, daß er sich vorstellte, am nächsten Abend mit dem ersparten Geld in ein ganz besonders gutes Restaurant essen zu gehen, vielleicht sogar tatsächlich in ein Lokal, in dem es Entrecôte à la Mirabeau gab oder geben konnte, ein Gericht, das ihm wegen des klangvollen Namens als etwas ganz Besonderes erschien, als etwas, das nur Menschen bestellen konnten, die eine richtige Bildung hatten und folglich wirklich etwas Besseres waren, Menschen, die den Namen des Gerichtes dem Kellner nennen konnten, ohne befürchten zu müssen, ihn falsch auszusprechen, und sich damit gleich als ein unpassender, unerwünschter Gast herauszustellen, sich selber zu verraten. In ein solches Lokal, redete er sich an der Würstelbude ein, werde er am nächsten Tag gehen, was dann nur zu einem noch verrückteren Herumsuchen führte, zu einem Stehen und Davonrennen vor Restaurantportalen, durch die er sich dann schon gar nicht wagte, weil ihm bereits von außen alles so vornehm erschien, daß er sich drinnen nur vorgekommen wäre wie eine Sau im Tempel, er sich auch gar nichts anderes vorstellen konnte, als daß man ihm drinnen sagen würde, freundlich, aber bestimmt, bedaure, kein Tisch mehr frei, und er schließlich wieder an einer Würstelbude eine heiße Wurst in sich hineinstopfte und das gesparte Geld noch mehr zunahm, oder er in einem Wirtshaus landete, in einem ganz gewöhnlichen Lokal, in dem sein

gesuchtes, ausgesuchtes Benehmen völlig fehl am Platz, ja geradezu auffällig war, sodaß er schon wieder einmal alle Augen auf sich gerichtet sah, nun auch bereits in einer Umgebung, in der er sich früher ziemlich gedankenlos hatte verhalten können.
Ein Ausweg, auf den er zufällig kam, war ihm dann das Bahnhofsrestaurant. (Und ist es auch später noch oft gewesen.) Hier waren alle fremd, es gab keine *passenden* Gäste, keine Stammgäste, die jeden anderen sofort als Eindringling hätten betrachten können. Hier mischte sich alles, gab es Maßanzüge *und* Latzhosen, wurde der gespickte Fasan bedenkenlos neben den Würsteln mit Saft gegessen. Die Menschen, die hier aßen, hatten nicht so sehr ihre Umgebung im Kopf als die Abfahrtszeit ihres Zuges, die Reise und die spätere Ankunft, hörten mit einem Ohr auf den Lautsprecher, der die Züge ansagte, oder verdösten eine Stunde Aufenthalt. Und wenn Klein schon einmal einen Blick auffing, dann war das ein zufälliger Blick, den er gar nicht recht ernst nahm, gar nicht recht für wirklich, weil er wußte, daß hier die Menschen nur so nebenbei waren, ihr Hiersein nur ein Aufenthalt zwischen zwei Zügen war, ein Überbrücken der Zeit, was niemand, das kannte er von sich selbst, richtig als Leben nahm.

Samstag und Sonntag hätte er nach Hause fahren können. Die Firma hätte die Fahrt bezahlt. Entweder die Fahrt oder das Hotel. Aber er hatte sich längst entschlossen, in der Stadt zu bleiben. Von der Stadt aus war ja der Ort, waren die mit dem Dunkelwerden wie ausgestorbenen Straßen und die Lokale mit den immer gleichen Gästen nur als das Lächerlichste zu denken gewesen. Und als die ärgste Trostlosigkeit. Demgegenüber hat er sich in der Stadt zu bleiben und weiter nichts zu tun zu haben, als etwas zu erleben, ganz aufregend vorstellen können. Daß die letzten Tage nichts Besonderes passiert war, ist ihm gar kein Argument gegen seine Hoffnungen gewesen. Die Woche über hatte er sich ja ständig sagen müssen, am nächsten Morgen muß er fit sein. Der Kurs ist nun einmal im Moment das Wichtigste. Denn davon hängt alles ab. Die Zukunft. Zuerst kommt die Zukunft. Deshalb hat er sich auch auf nichts einlassen können, hat er sich eingeredet. Von vornherein hat er deshalb keine Gelegenheit gesucht. Und zufällig hat sich keine gefunden. Rein zufällig. Er hat ja immer fürchten müssen, den Niggisch im Frühstückszimmer zu treffen, sodaß ihm schon die Vorstellung gereicht hat, morgens, nach einer ergiebigen, aufregenden, und das war in seinem Kopf ziemlich gleichbedeutend mit einer letztlich betrunkenen Nacht, dem Niggisch gegenübersitzen zu müssen, mit einem nicht zu übersehenden Kater im Gesicht, mit Triefaugen und einem Dunst aus dem Maul, sodaß er sich nichts zu sprechen hätte getrauen dürfen. Aber jetzt war der Niggisch weg. Jetzt braucht er sich nicht mehr wie unter Kuratel gestellt vorzukommen. Zwei Tage frei zu haben, hat er gleich mit Frei-Sein verwechselt.

Als er am Freitagnachmittag aus dem Kursgebäude kam, sind ihm die wegen des Endes der Arbeitswoche ausgebrochene Hast, der Lärm und der sich stauende Verkehr schon im vorhinein wie eine Bestätigung vorgekommen, daß heute etwas mit ihm passieren würde. Er hat die teuersten Zigaretten gekauft, die es in der Trafik gab, und ist mit dem Päckchen in der Tasche ganz sicher gewesen, daß er jetzt schon den ersten Schritt getan hat. Dann hat er sich in die überfüllte Straßenbahn gedrängt. Und war überrascht, als er genauer zu schauen begann, und die Gesichter der Menschen, zwischen denen er eingezwängt stand, ganz mißmutig waren, verschlossen oder mißmutig, als habe die Arbeitswoche nicht eben aufgehört, sondern gerade angefangen. Als freue sich keiner aufs Wochenende, sondern habe Angst vor den zwei Tagen Freizeit. Als plötzlich weiter vorne im Waggon ein paar junge Leute in lautes Gelächter ausbrachen, drehte sich der halbe Waggon nach ihnen um, als sei da eben etwas ganz Ungehöriges geschehen.

Der Portier las in einer Zeitung und schaute kaum auf, als Klein vor dem Pult stand. Zielsicher griff er nach

hinten und legte ihm wortlos den Schlüssel hin. Aber Klein blieb stehen, bis der Mann ihn wieder ansah. Ich reise nicht ab, sagte Klein, ich bleibe auch über das Wochenende. Exakt hochdeutsch sagte er das. Aha, nickte der Portier, ist recht, und Klein drehte sich schnell weg, weil er merkte, daß seine Ohren heiß wurden. Im Lift schüttelte er ärgerlich seinem Spiegelbild den Kopf. Noch immer kein Fortschritt, dachte er, ich mache einfach keine Fortschritte. Rotglühende Ohren! Kaum will er *ordentlich* sprechen, richtig hochdeutsch, wie er sonst nie spricht, wird ihm schon heiß, weil er gleich das Gefühl hat, das paßt gar nicht zu ihm, er spielt sich nur auf, und jeder merkt, muß sofort merken, daß so eine Sprache nicht zu ihm paßt, daß er sich aufspielt. Immer hat er gleich das Gefühl, daß er diese Sprache vielleicht nicht richtig kann. Das Gefühl, als sage er etwas fürchterlich Obszönes. Als wäre ihm in feiner Gesellschaft ein Furz entwichen. Wenn er gesagt hätte, ich fahr nicht heim, in Umgangssprache wie sonst, was genau dasselbe bedeutet hätte, hätte er sich nicht geniert. Aber er hat *abreisen* gesagt. Sicher zum ersten Mal in seinem Leben: abreisen. Gesagt! Bisher hatte er das Wort nur gelesen. Vielleicht auch gedacht. Aber im Ort, daheim, nie ausgesprochen, weil man ihn sonst gleich angeschaut hätte wie einen, dem das nicht zusteht. Der sich mit fremden Federn schmücken will. Denn in der Welt, aus der er kam, fuhr man höchstens irgendwohin, aber man reiste nicht. Reisen war Erste Klasse. Genau wie Hochdeutsch.
Droben im Zimmer hat er sich ausgiebig gewaschen. Als hätte er wie früher eine dreckige Arbeitswoche loszuwerden. Beim Abtrocknen drängte sich schon die Frage in den Kopf, was er heute abend machen soll. Plötzlich ekelte es ihn, mit den bloßen, frischgewaschenen Füßen auf dem Fußboden zu stehen, auf dem schon viele Menschen mit bloßen Füßen gestanden haben mußten, und er zog sich aufs Bett zurück. Was sollte er also heute anfangen? Er konnte sich nichts anderes als ein wieder ganz sinnloses Durch-die-Straßen-Rennen vorstellen. Er dachte an die Stadt, an die Straßen, durch die er schon gelaufen war,

dachte sich Lokale zurecht, spürte sich auf diesen Straßen herumgehen, und sofort war das Gefühl eines Herumirrens, eines ganz unsinnigen Gerennes da. Aber es ist ja sowieso noch viel zu früh, tröstete er sich. Bis es Zeit zum Weggehen ist, wird ihm schon etwas einfallen. Ihm fiel gar nicht auf, daß er ja überhaupt nicht wußte, wofür es noch zu früh sein sollte.

Er kroch unter die Bettdecke, weil ihm mit dem feuchten Körper kalt zu werden begann, und hatte plötzlich das Gefühl, gerade aus der Schicht gekommen zu sein, wie damals, als er ein paar Monate in der Feuerzeugfabrik gearbeitet hatte. Da war er täglich um halb zwei am Nachmittag nach Hause gekommen, hatte gegessen, war ein wenig in der Küche bei der Mutter herumgestanden, und draußen war Herbst und dann Winter gewesen und alle Freunde in der Arbeit, und meistens hatte er dann in seinem Zimmer die Vorhänge zugezogen und hatte sich niedergelegt, und das Im-Bett-Liegen war ihm wie das Schönste im Leben vorgekommen und gleichzeitig wie eine verlorene Zeit, und er hatte sich im Bett gerekelt, um soviel wie möglich von seinem Körper zu spüren, und die Wärme war wie eine Tröstung gewesen, nach den acht Stunden in der zugigen Lagerhalle der Fabrik und der klammen Kälte der Blechkästen mit den Einzelteilen, die er über den Hof in die verschiedenen Abteilungen hatte karren müssen, und während er sich im Bett noch wohl gefühlt hatte, hatte er schon gewußt, daß der Tag für ihn vorbei ist, wenn er jetzt der Verlockung nachgibt und einschläft, weil dann, wenn er aufwacht, sein Kopf nur ganz dick ist und der Abend nur ein stumpfes Herumtaumeln, aus dem nichts werden kann, als nochmal ein Zu-Bett-Gehen. Wie ein Vieh bin ich damals gewesen, dachte Klein, essen, schlafen, scheißen und arbeiten wie ein Fuhrroß. Und im Kopf auch nicht viel. Sonst hätte er es dort nicht so lange ausgehalten. Vier Monate. Vier Monate Frühschicht. Aufstehen um halb fünf. Und dieses Arschloch von einem Lagerleiter, der jedesmal, wenn Klein es gewagt hat, *zurückzureden*, ihn nur mehr in der dritten Person angesprochen, abgekanzelt hat: *Er* soll da nicht glauben, daß *er* auch wer ist. *Er* soll lieber erst einmal trocken hinter den Ohren werden. Ganz unglaublich kam es Klein vor, daß er sich das einmal hatte gefallen lassen. Und an Mord nur gedacht hatte. Und dann nur gekündigt hatte. Er versuchte sich zu erinnern, was während dieser Zeit noch alles gewesen war, aber es fiel ihm nichts ein als die Arbeit in der Fabrik und danach das wohltuende Liegen im Bett und Wegsacken in die vollständige Bewußtlosigkeit, in den Schlaf. Und so was hat auch Leben geheißen, dachte er. Und nichts ist davon geblieben als das Bewußtsein, daß es im Bett angenehm sein kann. Was sonst noch? Er zog seine Hände unter der Bettdecke hervor und hielt sie ins Licht: die schmale Narbe, die sich an der linken Hand quer über den Handrücken zog, war geblieben, die würde bleiben, als ein Schandmal, kam ihm vor, wie die Lilie auf der Schulter der Lady Winter aus den Drei Musketieren, aber ohne daß er die entsprechenden Abenteuer dazu gehabt hätte, nur ein Schmiß war die Narbe, ein Arbeiterschmiß, auf den er nie in seinem Leben stolz sein, den er höchstens umlügen konnte. Drei Wochen Krankenstand hatte die Verletzung gebracht. Ein Spottpreis für so eine Narbe. Aber während des Krankenstands hatte er Maria kennengelernt, die nach all dem Wald-und-Wiesen-Vögeln die erste war, mit der er in einem Bett schlief. Und bei der er völlig sicher war, daß sie es ist, auf die er schon immer gewartet hat. Bis er merkte, er kann sich bei ihr fast alles erlauben, ohne daß sie ihm davonrennt. Dann war es schnell wieder vorbei gewesen. Und Maria später nur mehr eine Zahl, wenn er sich vorrechnete, mit wie vielen Mädchen er schon geschlafen hatte. Aber wenn ich die Narbe nicht hätte, dachte er, wüßte ich jetzt nicht einmal, wann das genau war. Auf jeden Fall mußte er sich wegen der Narbe schleunigst etwas einfallen lassen. Denn wenn mich einmal jemand danach fragt, dachte er, muß ich schon eine Geschichte auf Lager haben. Daß er sie sich bei einer Schlägerei geholt hat, wie er früher manchmal erzählt hatte, konnte er ja jetzt nicht mehr sagen. Als Angestellter, als ein Besserer ist man keinesfalls in Schlägereien verwickelt. Da läßt man nicht die Faust los, sondern ein paar wohlgezielte Sätze, die den Gegner gründlich niederhauen. Leider aber hinterläßt so etwas keine sichtbaren Narben. Von einer Safari, ein Löwenbiß, dachte er. Aber das glaubt wahrscheinlich keiner. Zumindest müßte er vorher einen entsprechenden Reisebericht lesen. Ein Säbelhieb geht ja wahrscheinlich auch nicht. Über der Vorstellung anderer Möglichkeiten ist er, ohne es zu merken, langsam eingeschlafen.

Als er ganz plötzlich mitten aus einem Traum wie mit einem Ruck wach wurde, war es schon halb elf. Entsetzt sprang er aus dem Bett, der Kurs, dachte er, ich hab den Kurs verschlafen. Aber dann fiel ihm ein, daß ja Wochenende war. Warum lag er dann im Bett? Und war es jetzt Vormittag oder Nacht? Im Zimmer brannte das Licht wie sonst. Daran ließ sich nichts feststellen. Er steckte den Kopf aus der Tür und sah auf den Gang hinaus, von dem ein Fenster auf die Straße ging. Draußen war es dunkel, und er riß den Kasten auf und begann sich hastig anzuziehen. Vor Wut warf er alle Kleider heraus. Versäumt, sagte er sich immer wieder, alles versäumt. So viel hatte er von diesem Abend erwartet und ihn jetzt nur verschlafen. Beim Zuknöpfen des Hemdes wurden seine Hände wie von selbst immer langsamer, weil das Gefühl, daß es heute schon für alles zu spät ist, immer stärker wurde. Er hat zugeknöpft, wütend wieder aufgeknöpft, hat sich aufs Bett gesetzt, vor sich hingestarrt, wieder zugeknöpft, ist in die Hose gefahren, aber dann ist ihm alles nur ganz vergeblich vorgekommen. Er stellte sich vor den Spiegel und sah sich eine Weile an, und als es ihn im Hals zu würgen begann, hat er sich schnell weggedreht. Morgen, hat er sich zu trösten versucht, ist ja auch noch ein Tag.

Nach dem Frühstück fuhr er in die Innenstadt, wo die Menschen herumliefen und sich in den Straßen und Geschäften drängten, als sei heute der allerletzte Tag, an dem man etwas kaufen konnte, als käme nie wieder so ein Tag. Kaum aus der Straßenbahn, erst ein paar Minuten die Schaufenster entlanglaufend, verwechselte er schon das

Geschiebe und Gerenne mit etwas Aufregendem. Allein die Dinge in den Schaufenstern, die dalagen und sich nicht rührten, machten ihm den Eindruck, als geschehe durch sie etwas. Das deutliche Gefühl, plötzlich wirklich zu leben, etwas zu erleben, das Gefühl, ganz gleich, wo er geht, ist er auf dem richtigen Weg. Und das Gefühl, nichts falsch machen zu können. Er ließ sich herumtreiben, schielte in die Schaufenster und versuchte passende Wörter und Sätze zu seinem Spiegelbild zu finden, das mit ihm dahinging. Alle paar Auslagen faßte er seine Manschetten und ruckte mit den Schultern, um die Manschetten aus den Ärmeln zu ziehen. Ein junger Mann aus gutem Haus, dachte er, der durch die Straßen flaniert, um sich Appetit fürs Diner zu machen. Fast war er sicher, daß man ihn mit so einem verwechseln konnte. Nirgends an sich sah er ein Gegenargument. Zu dem ihm fremden Geruch der frischgebrannten, kandierten Erdnüsse vor einem Großkaufhauseingang hat er „Geruch der großen Welt" gesagt. Diesen Irrtum hat er, als er ihn bemerkte, nur komisch gefunden. Jetzt war er drinnen. Vor lauter Selbstsicherheit ging er eine Weile und ohne feuchte Hände zu bekommen hinter einer jungen Frau her, nur weil er, zufällig hinter ihr gehend, plötzlich gemerkt hatte, daß sie im Gleichschritt gingen. Er hat sich sofort alles mögliche vorstellen können. Gleichschritt, hat er gedacht, so viele Menschen gehen da, und gerade mit dieser Frau geht er im Gleichschritt. Wenn das nichts zu bedeuten hatte! Als die Frau vor einem Schaufenster stehenblieb, schob er sich so nahe an sie heran, bis sein Gesicht im Fensterglas über ihrer Schulter auftauchte. Er sah ihr in das durch die Scheibe gespiegelte Gesicht, und als sich ihre Blicke trafen und er schon spürte, wie sich ein Mundwinkel zu einem Lächeln verziehen wollte, sah die Frau schnell weg, und plötzlich merkte er, daß er vor einem Geschäft für Damenunterwäsche stand. Er hat den Hals eingezogen und sich weggedreht und ist langsam weitergegangen. Der Schritt, den er dann hinter sich hörte und der eine Weile hinter ihm blieb, war aber der Schritt einer anderen, viel älteren Frau, und er ist sich auf einmal sehr lächerlich vorgekommen, weil er die ganze Zeit gedacht hatte, ja tatsächlich deutlich gespürt hatte, jetzt gehe sie ihm nach, und er schon Anbahnungssätze in seinem Kopf hin und her geschoben hatte. Trotzdem, dachte er, hätte es ja sein können. Heute war so ein Tag. Ohne weiteres konnte ein Film, der noch ungeheuer spannend werden würde, so anfangen.

Über eine Viertelstunde stand er dann vor der Auslage einer Delikatessenhandlung. Er hat die Etiketten der Flaschen immer wieder gelesen und hat versucht, sich von den teuersten Getränken die Namen zu merken. Unglaubliches gab es da: eine Flasche Rotwein in einem Körbchen, die mehr kostete, als er in zwei Wochen verdiente. Der Name war kompliziert und schwer zu merken. Der Preis wunderte ihn weniger als die Tatsache, daß es so etwas überhaupt gab und daß er so viele Jahre hinter sich gebracht hatte, ohne je davon gehört zu haben. In was für einer beschränkten Welt war er da aufgewachsen! In einer Welt zweiter oder dritter Wahl, dachte er. In einer Ausschußwelt. Die Menschen, die in das Geschäft gingen oder herauskamen, hat er allesamt gleich für solche gehalten, die sich diesen Wein ohne weiteres leisten können. Die so etwas in sich hineintrinken konnten, wie er ein Bier trank. Und er hat gemeint, ganz unmöglich selber in diesen Laden hineingehen zu können, bevor er sich diesen Wein nicht auch leisten kann. Das war gleich ein neues Ziel vor Augen. Und während er noch immer ins Schaufenster sah, fiel ihm ein, wie er als Kind mit Freunden phantasiert hatte, was sie sich wohl kaufen würden, wenn sie so viel Geld hätten, daß sie tatsächlich einen Fünfziger zuviel hätten: ein ganzes Glas Essiggurken für mich allein, hatte er damals gesagt. So viele Essiggurken, daß er nicht das Gefühl haben muß, er muß im größten Genuß schon wieder aufhören, sondern daß er weiter und weiter essen darf, bis er tatsächlich einmal sagen kann, er mag jetzt wirklich keine mehr. Lächerlich, dachte er, Essiggurken, einfach lächerlich. Das konnte er nur schnell vergessen. Erzählen kann er niemandem, daß er sich als Kind nichts anderes als genug Essiggurken gewünscht hat. So eine Vergangenheit kann er nur vergessen. Obwohl er doch nichts dafür kann. Er hätte sich, war er sicher, schon etwas ganz anderes gewünscht, wenn er nur gewußt hätte, was sich wünschen ließ. Plötzlich kam es ihm auffällig vor, so lange vor dem Schaufenster zu stehen und hineinzustarren. Ohne sich umzusehen, aber mit dem deutlichen Gefühl, beobachtet zu werden, ging er weiter. Als er in die nächste Seitengasse abbog, mußte er schon die Hände an der Hose abwischen. Er tat es schnell, als könne er es so vor sich selber verheimlichen.

Ein paar Straßen weiter fuhr ein großer Wagen an den Gehsteigrand, und ein Mann sprang heraus, ging um den langen Kühler herum und öffnete einer jungen Frau die Tür, als habe sie selber keine Hände oder nur, um sie sich küssen zu lassen, und hinter der Frau sprang ein großer Hund heraus, Haute Couture, dachte Klein, als er vorbeiging, eindeutig, und das Auto hat Echtledersitze, und die Handbewegungen, diese Selbstsicherheit, nicht gelernte Manieren, kam ihm vor, sondern angeborene, und ein Gang, die schreitet, dachte er, die geht nicht, und plötzlich prallte er gegen etwas Hartes, Pardon, sagte Klein und sah, daß er gegen eine große blecherne Werkzeugkiste gestoßen war, die ein Mann über der Schulter trug. Kannst auch nicht aufpassen, sagte der Mann ärgerlich. Klein sah ihn an, und der Mann schüttelte den Kopf, geschneuzter Affe, sagte er und ging weiter. Klein schaute ihm nach. Was sollte er tun? Nachlaufen und ihn auf der Stelle niederschlagen? Und damit einen Auflauf auslösen? Was tat man in so einem Fall? Früher, dachte er, wäre der ihm nicht so davongekommen. Früher hätte er sofort etwas gewußt. Einen schönen Spruch. Geh doch scheißen, hätte er gesagt. Mindestens. Und jetzt stand er nur da. Und ärgerte sich. Und ging weiter. Was, dachte er, würde der Mann mit dem großen Auto dahinten an seiner Stelle tun? Sicher nicht bloß perplex dastehen. Dem Kerl den Handschuh ins Gesicht schmeißen und ihm die Sekundanten schicken. Das, dachte Klein, waren damals überhaupt Zeiten. Duell im Morgengrauen. Wie im Film „Scaramouche, der galante Marquis". Aber so ein Prolet wäre ja nicht einmal satisfaktionsfähig gewesen. Den hätte der

Marquis de Maine einfach auspeitschen lassen. So einer kann ihn ja eigentlich gar nicht beleidigen. So einer nicht. Geschneuzter Affe, hat er gesagt. Wenn ihm wenigstens was Neues eingefallen wäre. Das hat Klein selber schon hundertmal gesagt. Daheim, zu irgendwelchen Besseren. Eigentlich, dachte er, war das für ihn tatsächlich keine Beleidigung. Sondern eine Anerkennung. Der Kerl hatte in ihm sofort etwas Besseres gesehen und ihn aus Neid, weil er selber dreckig herumrennen mußte, zu beleidigen versucht. Und dabei danebengetroffen. Er ist vor der Auslage eines Papiergeschäftes stehengeblieben, weil ihm ein Briefpapier in die Augen stach. Er wußte zwar überhaupt nicht, wem er einen Brief schreiben sollte, aber dieses Briefpapier, meinte er, das muß er sich kaufen. So vornehm sah das aus: dickes Papier und die Kuverts in einem Format, das er noch nie gesehen hatte, das ihm aber gleich als etwas Besonderes vorkam, und dazu noch der Name „Diplomat". Er ging näher mit dem Kopf heran, um den Preis lesen zu können, und stieß plötzlich mit der Nase heftig gegen die Scheibe, die so blank geputzt war, daß er sie nicht gesehen hatte. Mit einem Ruck trat er zurück, zog den Kopf ein und sah sich um. Hatte jemand das beobachten können? Ohne mehr an das Briefpapier zu denken, hat er sich weggedrückt. So eine Schande, dachte er, wie der letzte Hinterwäldler, der Glas nicht kennt, rennt er gegen eine Scheibe. Lachen wird man über ihn. Wie er über den Bauern gelacht hat, der mit der Nase gegen die Scheibe des Hutgeschäfts auf dem Stadtplatz gefahren ist. Und wie seine Freunde gelacht haben, als er erzählte, daß er über diesen Neandertaler gelacht hat, der sich da einen Hut kaufen wollte. Ganz deutlich hatte er das Gefühl, daß jemand hinter ihm ging, der alles gesehen hatte und nun über ihn lachte. Am liebsten hätte er sich umgedreht, aber das wäre ihm wie das Einbekenntnis seiner Schuld vorgekommen. Überhaupt, dachte er auf einmal, was gehen ihn denn die Leute hier an? Hier kennt ihn doch keiner. Wenn ich hier mitten auf die Straße scheiße, dachte er, dann kann niemand denken, daß ich, der Klein, hier auf die Straße scheiße, sondern sie können sich nur denken, daß hier einer, *irgendeiner*, auf die Straße scheißt, den sie nachher wahrscheinlich nie wieder zu Gesicht bekommen werden und dem es daher ganz gleichgültig sein kann, wenn die Leute sich denken, so eine Drecksau, scheißt hier auf die Straße. Wenn *er* hier geht, geht ein Fremder. Da geht er nicht daheim über den Stadtplatz oder irgendwelche Straßen entlang, wo die Leute hinter den Vorhängen lauern und jeden Vorübergehenden zum Gesprächsstoff machen. Aus lauter Mangel an sonstigen Erlebnissen glotzen sie dort, wenn im Fernsehen nichts ist, dauernd aus dem Fenster. Als er das letztemal bei der Großmutter gewesen ist und ihr berichtet hat, daß er jetzt im Büro ist, hat er sich ja auch ärgern müssen, weil die Großmutter immer wieder den Vorhang zur Seite geschoben und hinausgesehen hat, als sei das, was er ihr bieten konnte, gar nicht so interessant. Und als er ihr gerade erzählte, welche Konkurrenten er beim Test aus dem Feld geschlagen hatte, hat sie plötzlich gesagt, so was, hat sie den Kopf geschüttelt, daß die Leut da spazierengehen, ich kenn sie gar nicht, als sei es eigentlich eine Frechheit, als ein ihr nicht Bekannter vor ihrem Fenster vorbeizugehen. Daheim, wußte er, war es nicht einmal in der finstersten Nacht möglich, über einen Platz zu gehen und nicht zum Gesprächsthema, zumindest zum Thema für ein Selbstgespräch hinter einem Vorhang zu werden. Aber hier? Warum hatte er dann trotzdem ständig das Gefühl, er stehe hier genauso unter Beobachtung? Und wenn er sich sagte, er kann doch, hier kennt ihn niemand, ganz unbekümmert dahingehen, dann geht er und sagt sich, na also, und bald fällt ihm auf, daß er ja eigentlich überhaupt nicht unbekümmert dahingeht, sondern daß er sich im Gegenteil ganz genau beobachtet, als müsse er einem anderen Beobachter nur eine Unbekümmertheit vorspielen. Das ist ein Verfolgungswahn, dachte er, ich spinne schon. Er konnte sich nicht erklären, wie er dazu gekommen war. Das war doch früher nicht so. Nicht einmal daheim im Ort. Hatte er nicht früher oft gesagt, was scheiß ich mich!? Und als er das letztemal hier war, war er doch auch nur wie ein junger Hund gewesen.

Augen nach überallhin, aber nicht dauernd auf sich selber.
Den ganzen Nachmittag lief er dann kreuz und quer durch die Stadt, bis ihm die Fußsohlen brannten. Der Wind begann lange Staubfahnen durch die Straßen zu wirbeln, die bald im Schatten lagen, als werde es schon so früh Abend, und immer wieder dachte Klein daran, zurück ins Hotel zu gehen, ins Zimmer, wo es auch tagsüber wie Nacht war, aber wenn er dann wieder auf einen Platz kam, auf den die Sonne unvermutet grell zwischen den hohen Häuserreihen durchschien, kam ihm der Gedanke, nicht mehr weiterzugehen, wie ein kleinmütiges Aufgeben vor. Die Menschen, die an ihm vorbeiliefen, sind alle nur Menschen gewesen, die an ihm vorbeiliefen, und immer wieder waren ihm die zu beneiden, die hier nicht allein gehen mußten. Als er an einer Telefonzelle vorbeikam, in der zwei Mädchen standen und kicherten und sich abwechselnd den Hörer wegnahmen, als habe die eine immer noch etwas Wichtigeres als die andere zu sagen, kam es ihm vor, als seien alle Telefonzellen in der Stadt nutzlos, nur weil es für ihn niemanden gab, den er hätte anrufen können. Dabei kannte er viele, die aus dem Ort weg- und hierhergegangen waren. Aber von keinem einzigen wußte er, wo er wohnte. Eine Weile ist er ganz aufmerksam geworden und hat den Menschen, die an ihm vorübergingen oder die hinter einem Autofenster kurz auftauchten, ins Gesicht gesehen, weil es ihm gar nicht unwahrscheinlich schien, hier einem von denen zu begegnen, die plötzlich aus dem Ort verschwunden waren, nachdem sie schon so lange vom Weggehen nur geredet hatten, daß niemand sie mehr ernst nahm. Er hätte gerne jemanden getroffen, und ein Buch fiel ihm ein, das im Paris vor der Revolution spielte und in dem eine Frau jeden Tag von morgens bis abends an einer Seinebrücke saß, in der Hoffnung, ihr Geliebter, von dem sie nicht einmal den Namen wußte, werde eines Tages über die Brücke kommen. Obwohl es noch nicht lange her war, daß er das Buch gelesen hatte, konnte er sich nicht mehr erinnern, ob die Frau damit Erfolg gehabt hatte. Die

beiden waren zusammengekommen, aber ob das auf der Brücke gewesen war, wußte er nicht mehr. Herbert, dachte er, muß hier in der Stadt sein. Das war eigentlich der einzige gewesen, der ihm wirklich abgegangen war, und bei dem er nicht verstanden hatte, daß er weggehen und ihn zurücklassen hatte können. Wenn er ihn später einmal getroffen hatte, hatte Klein immer davon geredet, er wird ihn einmal besuchen, jedesmal hatte er das gesagt und es auch geglaubt, aber die Adresse hatte er sich doch nie geben lassen. Er ging in die nächste Telefonzelle, um im Telefonbuch Herberts Namen zu suchen, aber das Häuschen war von jemandem als Scheißhaus benützt worden, und bis er zur nächsten Telefonhütte kam, konnte er sich nicht mehr recht vorstellen, was er mit Herbert hätte reden können. Klein hat sich umgesehen und erst dann den Stadtplan auseinandergefaltet, als weit und breit niemand zu sehen war, weil er meinte, daß man ihn daran sofort als einen Stadtfremden, als einen Dummen vom Land erkennen könnte.

Auf dem Bahnhof, auf dem er vor einer Woche angekommen war, ist er auf den Bahnsteig hinaus- und wieder in die Halle hereingegangen, wieder hinaus, wieder herein, und die Menschen, die dastanden und auf den Zug warteten, sind ihm wie jemand vorgekommen, der eigentlich in der größten Zufriedenheit leben müßte, weil er auf jemanden warten kann. Er hat am Kiosk ein Bier getrunken und überlegt, ob er sich im Automaten fotografieren lassen soll. Ein paar Minuten vor Ankunft des Zuges, mit dem möglicherweise jemand aus dem Ort hätte kommen können, hat er den Bahnhof ganz plötzlich wieder verlassen, weil er auf einmal meinte, er beweise mit seinem Warten auf einen Zug, der ihn nichts anging, daß er von daheim nicht loskommt, er steht, werde man von ihm denken müssen, seit er vor einer Woche hier angekommen ist, auf dem Bahnhof herum, wo es wenigstens Schienen gibt, die ihn mit daheim verbinden. Draußen ist er plötzlich ganz froh darüber gewesen, daß er sich nicht hatte fotografieren lassen.

Als es kühl zu werden begann, saß er auf der Bank eines kleinen, staubigen Parks und sah zu, wie ein Kind von einer alten Frau aus der mickrigen Wiese geschimpft wurde und wie sich auf derselben Wiese Hunde zusammenkrümmten und schissen. Was er dachte, war nicht viel mehr, als sich vorzusagen, was er gerade sah. Er hat seine Manschetten umgedreht, weil sie schon ganz schwarz waren. Irgendwohin gehen, dachte er, ist für mich dasselbe, wie irgendwo allein an einem Tisch sitzen.
Im Kino mußte er sich dann wenigstens zwei Stunden lang nicht fragen, was er weiter tun soll, ist ihm zwei Stunden lang endlich wieder einmal alles selbstverständlich gewesen. Ganz leicht hat er sich vorstellen können, er habe tatsächlich etwas mit den Menschen um ihn herum zu tun. Als er herauskam, war es Nacht, und alles sah so verändert aus, daß er sich erst umständlich orientieren mußte, weil der Ausgang des Kinos nicht auf der Hauptstraße lag, wo der Eingang war. Im Film hatten sich die Menschen ohne Ausnahme mit der größten Selbstsicherheit bewegt, sogar die, die nur einmal über die Leinwand marschierten, und jeder schien genau zu wissen, warum er etwas tat, und Klein hatte drinnen noch gemeint, davon etwas herausretten zu können, aber als er dann durch die Straßen an den erleuchteten Schaufenstern entlangging, sagte er sich nur noch, daß er wenigstens den Film früher gesehen hatte als alle im Ort, wohin der Film erst nach ein paar Monaten, wenn überhaupt, kommen würde.
Er ist froh gewesen, daß seine Müdigkeit keine Ausrede mehr war, um ins Hotel gehen zu können. Plötzlich stockte er, weil ihm auffiel, daß die Frauen, an denen er gerade vorbeigelaufen war, Prostituierte gewesen sein mußten. Er ging auf die andere Straßenseite und sah zurück: eindeutig, Huren, dachte er. Eine von ihnen redete gerade auf einen Mann ein. Und ihn hatte keine angesprochen! Warum hatte ihn keine angesprochen? Hatte er irgend etwas an sich, was alle abschreckte? Was sogar Huren abschreckte? Und den ganzen Tag über alle Menschen abgeschreckt hatte, sodaß er allein durch die Stadt hatte rennen müssen? Aber wahrscheinlich, meinte er, bin ich

an den Huren nur zu schnell vorbeigegangen, sodaß sie sich gesagt haben, der rennt vorbei, damit wir ihn nicht ansprechen. Sollte er zurückgehen, langsam zurückgehen, um es auszuprobieren? Und wenn ihn dann noch immer keine anspricht? Unsinn, dachte er und ging weiter, was soll denn das, er würde doch sowieso ablehnen. So was hat er ja noch nie notwendig gehabt. Hat sich immer eine gefunden, wo er seinen Schwanz gratis unterbringen kann. Wenn er daheim wäre, hätte er jetzt eine.

Als er sich im Bett ausstreckte und ihm der vergangene Tag durch den Kopf lief, fiel ihm plötzlich auf, daß er den ganzen Tag lang mit niemandem gesprochen hatte. Außer wenn er etwas gekauft hatte. Er hatte das Mittagessen bestellt. Zahlen bitte, hatte er gesagt. Beim Bahnhofskiosk ein Bier verlangt. Den Portier am Morgen beim Weggehen und den Nachtportier zuerst beim Kommen gegrüßt. Das war alles. Ein menschenleerer Tag war das gewesen. Als er sich auf den nächsten Tag vertrösten wollte, fiel ihm ein, daß er das auch schon in der letzten Nacht getan hatte. Morgen ist auch noch ein Tag, hatte er sich da eingeredet. Den Gedanken, daß es doch besser gewesen wäre, nach Hause zu fahren, hat er sich dann aber nicht erlauben wollen.

Und am Sonntag fuhr er, um sich alles andere zu ersparen, wieder zur Schwester hinaus.

Die ganze Woche war Kurs und für Klein sonst nichts Besonderes. Die fünf höheren Angestellten, die während der Vorwoche auch unter der Allerweltsschulklasseneinrichtung wie inmitten des feinsten Rio-Palisander-Mobiliars herumgegangen waren, hatten ihm gefehlt. Und unter dem verbleibenden Rest der Klasse hat er sich an niemanden mehr heranwünschen können. Viele von ihnen, hatte sich ja längst herausgestellt, waren früher auch Arbeiter gewesen, Facharbeiter die meisten, Dreher, Werkzeugmacher, Schlosser, und manche hatten die Fabrikshallen noch nicht länger verlassen als Klein selber. Mit keinem von ihnen hätte er besonders viel zu tun haben

wollen; und bis zum letzten Tag sind auch alle untereinander noch per Sie gewesen. Daß sie über ihr Arbeiterdasein in Fabriken und Werkstätten hätten reden können, hat sie ja nicht zusammengebracht, sondern eher noch auseinander, so als wolle keiner durch den anderen an seine eigene Vergangenheit erinnert werden. Statt dessen ist ständig von der unmittelbar bevorstehenden glänzenden Zukunft, wozu der Kurs die Eintrittskarte war, und von künftig zu übernehmenden Aufgabenbereichen die Rede gewesen, wobei Klein nie recht unterscheiden konnte, was dabei die Wahrheit war und was nur die durch das Großtun eines anderen erzwungene Phantasie, wie bei ihm selber. Daneben hat Klein bei manchem gestört, daß dem, wie er meinte, der ehemalige Baraber noch deutlich anzumerken war. Auch wenn er sich dabei einreden konnte, selber schon viel weiter zu sein, so hatte er doch immer wieder das Gefühl, als breite sich dieser Makel der sichtbaren oder hörbaren Vergangenheit auch auf ihn aus, wenn er neben einem solchen Menschen stehe und allzu vertraulich mit ihm rede. Keinesfalls wäre das jemand gewesen, mit dem er die Abende hätte verbringen wollen. Er ist oft ins Kino gegangen und saß sonst in seinem muffigen Zimmer über seinen Skripten und Aufzeichnungen. Manchmal sagte er sich zwar, daß der Niggisch die hellste Freude mit ihm haben könnte, wenn er ihn sähe, und daß er genau das tat, was der Niggisch ihm befehlend empfohlen hatte, aber mehr als ein kurzes Kopfschütteln und gleich darauf ein Achselzucken ist ihm dazu nicht eingefallen.
Am Freitag war dann die Prüfung, die ihm nach dem, was damals bei diesem Test in der Firma von ihm gefordert worden war, ziemlich läppisch vorkam. Nach der Hälfte der zur Verfügung stehenden Zeit war er fertig. Aus Angst, vielleicht doch zu dumm dafür gewesen zu sein und die wahre Problemstellung gar nicht erkannt zu haben, suchte er noch eine Weile nach einer verborgenen Schwierigkeit, aber er hat keine finden können. Erst das lächelnde Nicken des Kursleiters, der ihm über die Schulter zusah, hat ihn ganz sicher gemacht. Sein Nachbar sah

ihn hilfesuchend an, aber Klein tat, als merke er das nicht. Mir hätte auch keiner geholfen, dachte er, und er räumte seine Mappe ein, gab die Arbeit ab und ging. Die Blicke der anderen, die noch über den Prüfungsformularen brüteten, kamen ihm wie ein Zu-ihm-Aufschauen vor. Ganz deutlich meinte er Bewunderung in diesen Blicken sehen zu können. Bewunderung und Neid. Der Niggisch müßte das jetzt sehen können, dachte er, und der Bachholder und die anderen. Als er im Zug aus der Stadt hinausfuhr und es im Tunnel schwarz vor dem Fenster wurde, ist er, als er sein Spiegelbild in der Scheibe ansah und sich ein wenig anlächelte, nach langem wieder einmal ganz einverstanden mit sich selber gewesen. Niemand, meinte er, konnte jetzt mehr sagen, daß es damals beim Test nur zufällig ihn erwischt hatte. Seinen Kopf kann ihm keiner mehr bestreiten. Jetzt hat er den Wahrheitsbeweis angetreten. Und bekommt eine Bescheinigung dafür, die etwas Handfestes ist. Die er, ganz anders als seine bisherige Bildung, die man nicht sah, auf den Tisch legen kann. In den Ort zurückzukommen, hat er sich fast als etwas Schönes vorstellen können.
(Allerdings ist im Zeugnis, das nach einigen Tagen in die Firma kam und das ihm der Niggisch kommentarlos überreichte, kein Wort darüber gestanden, daß er als Erster die Prüfungsarbeit beendet hatte, daß er vielleicht der Beste gewesen war. Es wurde nur bestätigt, daß er den Grundlehrgang besucht und erfolgreich abgeschlossen hat.)

Er hatte ziemlich genau gewußt, wie seine Ankunft zu Hause ablaufen würde, und er hatte auch gar nichts anderes erwartet. Trotzdem, kam ihm vor, hatte er noch nie so deutlich gespürt, daß er in dieses Daheim nicht mehr hineinpaßte. Eine Zumutung, fand er, war das für ihn. Schon vor der Tür der bekannte, aufdringliche Geruch nach Bodenpasta und anderen Putzmitteln. Ah, da bist du ja wieder, sagte die Mutter. Ein ganz intelligenter Satz, dachte Klein, ein Primatensatz. Dann der schmatzende Kuß, der seinen Mund hätte treffen sollen, aber nur die

Wange traf, weil er den Kopf wegdrehte. Dann trat die Mutter einen Schritt zurück und sah ihn prüfend an, als habe sie nach den zwei Wochen ungeheure Veränderungen an ihm erwartet. In der Küche, wo er den Eindruck hatte, das Kleineleutemilieu springe ihn jetzt geradezu körperlich an, die herumstehenden Proletenwohnungsdevotionalien werden ihn gleich wieder zur Tür hinauszwingen, schaute der Vater von seiner Parteizeitung auf, ah, sagte er, bist mit dem Sechsvierundsiebziger gekommen, und dann kam gleich die Frage der Mutter, ob er hungrig sei. Und weil er hungrig war, sofort die Frage, ob er *dort* wenigstens immer ordentlich gegessen, ob er etwas *Gescheites* zu essen bekommen habe. Entrecôte à la Mirabeau, Escalope de veau en papillote, Bouillabaisse und so weiter, sagte Klein. Was, fragte die Mutter und zog die Brauen zusammen. Das ist etwas zum Essen, erklärte Klein. Die Mutter schüttelte den Kopf und begann am Herd zu hantieren. Am liebsten, dachte Klein, würde sie einem heute noch ihre Brust auf Reisen mitgeben, damit sie ja sicher sein kann, daß man nicht vom Fleisch fällt. Und sonst?, wollte die Mutter wissen. Ob er die Schwester besucht hat? Ja, hab ich, dort ist alles in Ordnung, die Ingrid ist ausgefressen, und das Kind ist fett, sagte er, denen geht es bestens, und sie lassen grüßen. Der Vater hatte keine Fragen, saß nur hinter dem Tisch, hörte zu und tat so, als werde er eigentlich beim Zeitunglesen gestört. Und wie war das mit diesem, na diesem Dings-Kurs, fragte die Mutter. Klein hob ein wenig hilflos die Schultern. Wie sollte er das der Mutter erklären? Die versteht doch nichts, dachte er. Naja, interessant, aber, machte er eine wegwerfende Handbewegung, das kannst dir sowieso nicht vorstellen. Die Mutter wollte auch gar nicht mehr darüber wissen. Nur der Vater ließ plötzlich den ersten Satz seit der Begrüßung los: Na, so was Besonderes wird das wohl auch wieder nicht gewesen sein; oder glaubst, wir sind deppert? Klein drehte sich um, sah den Vater an, und der grinste ein wenig herausfordernd, und die Mutter, die mit einem schnellen Blick die Lage abschätzte, fing rasch zu berichten an, was in den letzten beiden Wochen alles passiert war. Ausführlich erzählte sie, was ohnedies dauernd passierte, irgend jemand für Klein völlig Uninteressanter war gestorben, und die Waschmaschine ist übergegangen, und die Herzog aus dem oberen Stock hat beim Gießen der Blumenkästen der Mutter schon wieder einmal die frischgeputzten Fenster versaut und ist auch noch ausfällig geworden. Klein räumte die Schmutzwäsche aus seinem Koffer, warf sie neben die Kredenz und ging in sein Zimmer hinüber. Selbstverständlich, stellte er sofort fest, war dort aufgeräumt worden. Nichts lag oder stand herum, als habe die Mutter den Drang, alles, indem sie es in den Kasten und in die Laden räumte, zu verstecken. Er überlegte einen Moment, ob er nicht hinübergehen und sie zusammenstauchen sollte. Hundertmal hat er ihr schon gesagt, seine Sachen gehen sie überhaupt nichts an, und sie soll sie gefälligst in Ruhe lassen. Aber dann hat er nur das Fenster aufgemacht und sich eine Zigarette angezündet, um den im Zimmer stehenden Sauberkeitsgeruch zu vertreiben. Mit einem Beethoven-Klavierkonzert, das er dann noch aufgelegt hat, hat er gemeint, auch alles andere Kleinhäuslerische restlos beseitigen, von sich wegtreiben zu können.

Überm Schreibtisch war noch dasselbe Kalenderbild, und auch sonst war alles unverändert. Dabei hatte Klein gemeint, wenn er zurückkommt, muß irgend etwas anders sein. Daß er jetzt den Kurs hatte und überhaupt zwei Wochen weggewesen war, schien niemandem sonderlich interessant zu sein. Mit ein paar Fragen, na, wie war es, und wer ist denn Kursleiter gewesen?, war er schon wieder etwas Gewöhnliches, und der Bachholder, der Ondra und der Korbel konnten weiter Mutmaßungen über die künftige Entwicklung der Fußballmeisterschaftstabelle anstellen, die sich mittlerweile um ein paar Punkte verändert hatte. Der Steiner schien überhaupt schon wieder die Uhr nicht zu kennen und war, obwohl es noch gar nicht sieben war, bereits ganz versunken in irgendwelche graphischen Darstellungen. Niemand wollte von Klein wissen, ob er in bestimmten Straßen gewesen war oder vielleicht im Puff oder ob er sich sonst eine aufgerissen habe. Und er konnte nicht darauf sagen, na, was glaubt ihr denn?, ich bin doch keiner, der nur mit Heimvorteil zum Schuß kommt. Nicht daß Klein auf solche Sprüche neugierig gewesen wäre. Das waren ja Overall-Sprüche, sagte er sich, und er hatte doch längst ein weißes Hemd an. Aber draußen im Garderoberaum und in den Hallen wäre, bevor das Band angeruckt hätte, immerhin mit ihm geredet worden. Und man hätte ihm berichtet, was die beiden letzten Wochen alles passiert war. Aber hier war anscheinend nichts passiert, oder man hielt ihn noch immer für einen, den das nichts anging. Er ist dann richtig überrascht gewesen, als der Tarmann kam, ihn angrinste und gleich fragte, ob er schon im Personalbüro gewesen sei, um sich die ersten Sterne für die Kragenspiegel zu holen. Aber ein Gespräch, an dem auch die anderen sich beteiligt hätten, ist trotzdem nicht daraus geworden.

Als der Niggisch kam, meldete Klein sich zurück, und bevor er aus seinem Zimmer gehen konnte, überfiel ihn der Niggisch hinterrücks mit der Frage, und wissen Sie jetzt, was die drei großen W sind? Was, Wie, Warum getan werden muß, ratterte Klein, ohne sich einen Moment besinnen zu müssen, und während er sich noch wunderte, so etwas Lächerliches überhaupt gefragt werden zu können, und er noch ganz andere, wirklich schwierige Fragen erwartete, merkte er schon an Niggischs Gesichtsausdruck, daß der sich nur übers Nichtwissen gefreut haben würde. Vielleicht, dachte er, hätte ich ihm den Gefallen tun und wenigstens ein bißchen nachdenken sollen.

Bei der ersten Arbeit, die der Niggisch ihm dann gab, wußte Klein sofort, daß er sie nicht schafft. Er hat trotzdem eine Weile darüber gebrütet, bevor er aufgestanden ist und den Steiner um Rat fragte. Kaum stand er, kam der Niggisch schon aus seinem Verschlag geflogen. Das gibts doch nicht, daß es da Probleme gibt. Kennt Klein sich da wirklich nicht aus? Hat er im Kurs nicht aufgepaßt? Im Kurs, verteidigte sich Klein, sei so was nicht

zur Sprache gekommen, und er bekam zu hören, daß der Kurs, den er besucht hatte, offenbar auch nicht mehr das sei, was er einmal gewesen war. Auf jeden Fall soll Klein die anderen nicht belästigen und bei der Arbeit aufhalten, sondern er soll seinen Kopf anstrengen. Ein paar Hinweise kann er haben, aber auf die Lösung muß er schon selber kommen. Er ist nicht mehr draußen, wo er alles vorgedacht und angeschafft bekommt. Hier muß er selber denken. Was ist, wenn gerade niemand da ist, der ihm einsagen kann. Offenbar glaubte der Niggisch, im Kurs, den Klein besucht hatte, sei auch eine Einzelkämpferausbildung inbegriffen gewesen; als müsse jeder ganz allein so überlebensfähig sein, um mitten überm Urwald mit dem Fallschirm abspringen zu können, wo ja auch keiner da ist, der ihm sagt, wie er Probleme des Soll-Ist-Vergleichs auf Kostenstelle 4081 (alt und neu) lösen kann.
Klein machte gar keinen Versuch mehr, die anderen im Zimmer um Hilfe zu bitten, weil er genau wußte, der Niggisch hält das für eine Art von Schularbeit und paßt genau auf, daß ihm nichts geflüstert wird. Fragen sind an den Lehrer zu richten, damit er sieht, was der Kandidat nicht weiß. Trotzdem, fand Klein, eines kann man sagen: interessant ist es wenigstens. Auf keinen Fall wird ihm da einmal langweilig dabei. Der Kopf ist beschäftigt, da vergeht die Zeit. Und dem Niggisch wird er es zeigen.
Daß es nicht nur auf die Lösung ankam, merkte er, als der Niggisch ihn nach einer Stunde fragte, ob er denn mit dieser Lächerlichkeit noch immer nicht fertig sei. Denken im Akkord, dachte Klein, gibt es also auch.
Als er fertig war und ein wenig stolz, daß er es nun doch geschafft hatte, hörte er, daß es für das Ganze sowieso schon einen seit langem eingespielten Bearbeitungsvorgang gab. Daß er sich also seine Lösung an den Hut stecken konnte. Zu kompliziert war sie sowieso. Wo er meinte, umständliche Berechnungen anstellen zu müssen, gab es längst Karteien, in denen schon alles drinstand und die man nur herausziehen mußte. Außerdem wird er in Zukunft sowieso etwas ganz anderes machen. Jeden Morgen wird er sich die Akkordzettel vom Portier holen und

nach Stammnummer, Kostenart und Kostenstelle die jeweiligen Ist-Zeiten in die jeweiligen Tabellen eintragen, Vorgabezeiten dazu, ausrechnen, dann die Stammzettel mit den errechneten Prämienpunkten ins Lohnbüro tragen, und dann schlüsselt er die Zeiten nach Modellnummern auf. So. Und dann ist es wahrscheinlich sowieso schon Nachmittag, und wenn er noch Zeit hat, soll er fragen kommen, was er sonst noch tun kann. Arbeit gibt es genug.

Als er wieder an seinem Schreibtisch saß, fiel ihm ein, daß er vergessen hatte zu fragen, wann er denn nun endlich ins Angestelltenverhältnis übernommen wird. Am Morgen war seine Stechkarte wie die aller anderen Arbeiter ja noch immer in der Nummerntafel gesteckt, obwohl er noch im Draufzugehen gehofft hatte, sie dort nicht mehr vorzufinden. Aber das ist jetzt gar keine Frage mehr, daß er nun auch formell befördert wird. Wo er doch schon seinen fixen Platz hat, einen eigenen Arbeitsbereich, wo er fehlen wird, wenn er nicht da ist. War also bestimmt alles im besten Fahrwasser. Und den Niggisch deutlich im Rücken zu spüren, wird er sich sicher im Lauf der Zeit auch noch abgewöhnen. Es störte ihn nur ein wenig, daß der Niggisch gesagt hatte: *Jeden* Tag machen Sie das. Aber er konnte und wollte sich ohnedies nicht vorstellen, daß hier etwas dasselbe wie draußen in den Hallen bedeuten könnte.

Später am Vormittag merkte er, daß sich im Zimmer doch etwas geändert hatte: Der Gummibaum hatte begonnen, ein frisches Blatt herauszuschieben.

Nie hätte Klein gedacht, daß ihm so schnell ganz gewöhnlich werden könnte, was er sich so lange als fast unerreichbar vorgestellt und oft als Spinnerei, schön, aber leider nicht wahr, abgetan hatte. Nun ging er längst am Morgen ganz automatisch ins Angestelltengebäude hinein, ohne sich extra freuen zu können, daß er jetzt da hineingehen durfte und nicht mehr nach dem Stempeln seiner Karte in die obere Halle mußte.

Das weiße Hemd war jetzt einfach ein Hemd. Sicher hätte er kein anderes angezogen, aber das deutliche Gefühl, zu spüren, daß er ein weißes anhat, auch wenn er gar nicht hinschaut, war langsam weggestorben. Wenn er sich damit im Spiegel sah, dachte er sich nichts mehr dazu. Und in den schwarzen Arbeitsmantel schlüpfte er am Morgen genauso gedankenlos, wie er früher in die Blaue gefahren war. Ab und zu war es ihm noch unangenehm, in der Kantine auf der Angestelltenseite zu sitzen, an einem weißen Tisch, und bedient zu werden und zu den Arbeitern hinüberzusehen, aber selbst dieses leichte Unbehagen war etwas Übliches geworden, sodaß es ihm schon ganz normal vorkam wie seine eigene, bestimmte Haarfarbe. Und die Jause bestellte er beim Greißler nicht mehr nur deshalb, weil Angestellte im Gegensatz zu den Arbeitern eine Jause bestellen konnten.

Daß die Schwielen an seinen Händen schon ziemlich verschwunden waren, nur unter dem kleinen Finger und dem Ringfinger der rechten Hand noch ein wenig als faserige Erhebungen abschuppten, war auch nichts, worüber er sich fort und fort hätte freuen können. Seine Hände waren jetzt einfach so. Und schöne, elegante Hände würden das sowieso nie mehr werden. Was geblieben war, war der plötzliche, panische Blick auf seine Fingernägel, als könnten sie, wenn er vergessen hätte, sie zu säubern, überhaupt noch so dreckig sein wie früher. Immer wieder, wenn er irgendwo in einem Lokal war, dieser panische Blick, wobei ihm heiß wurde, und dann das Aufatmen und eine kurze Zufriedenheit, die sich aber nicht hielt.

Überhaupt mußte er sich jetzt Zufriedenheit oft schon wieder einreden. Die Arbeit, die er machen mußte, war

ja längst nicht das, was er zu Beginn von ihr erwartet hatte. Das war keine gewaltige Kopfleistung, kein Herumdenken in immer wieder Neuland mit hochfliegender Entdeckerfreude. Das war ein immer automatischer werdendes Abspulen eines festgelegten, unveränderlichen Arbeitsvorgangs. Er wußte längst im Schlaf, welche Karteien er herausreißen mußte, welche Formulare zu verwenden waren, in welche Rubriken was gehörte, was blau und was mit Rotstift zu schreiben war.
Eine Menge Zahlen hatte sich schon in seinem Kopf angesammelt: Modellnummern, Materialnummern, Kostenstellennummern, Lohngruppennummern, und zu Beginn hatte er noch versucht, sich die jeweiligen Armaturen oder Pumpen oder die bestimmten Arbeitsvorgänge, die diese Zahlen bezeichneten, konkret vorzustellen, aber weil diese Vorstellungen für die Durchführung seiner Arbeit überflüssig waren, ein Luxus, der nur Zeit kostete, waren diese Zahlen für ihn nach und nach etwas geworden, auf das er ganz automatisch reagierte, wie ein Telefon, dessen Nummer angewählt wird. Für ihn hieß das: eine bestimmte Kartei ziehen, bestimmte Formulare vor sich hinlegen, die und die Zahlen herausschreiben, so und so herumrechnen. Kein Überlegen mehr, was er als nächsten Schritt tun muß, wie etwas zu machen ist. Nur wenn irgendwo ein Fehler auftauchte, kam ein wenig Sand ins Getriebe, gab es Fragen. Sonst lief es.
Die Fehler, die ihm ab und zu selber passierten, kamen nicht mehr dadurch zustande, daß er nicht gewußt hätte, wie es richtig zu machen gewesen wäre, sondern er machte Fehler, weil er inzwischen auswendig wußte, was und wie etwas zu tun war, und ihm deshalb die Gedanken fast schon wie früher draußen am Band davonliefen.
Und die Kollegen in der Abteilung kamen ihm auch schon längere Zeit nicht mehr so ununterscheidbar vor. Mittlerweile wußte er, daß der Steiner, der ein ruhiger Mensch war, die Hauptarbeit verrichtete, daß er tat, was sich der Niggisch dann als Feder an den Hut steckte, wenn der Herr Hans in die Abteilung kam. Ohne die geringsten Skrupel gab der Niggisch das als seine eigenen Ideen aus,

was der Steiner ihm gerade erklärt hatte. Unverständlich war es Klein nur, daß der Steiner sich das gefallen ließ. Dem schien das aber ganz gleichgültig zu sein. Daß er die Arbeit tun durfte, schien ihm zu genügen. Und er schien auch nichts anderes im Kopf zu haben. Nur wenn von dem Haus die Rede war, das er sich baute, wachte er auf. Wahrscheinlich, meinte Klein, verdient der Steiner einen solchen Haufen Geld, daß er die Lorbeeren getrost dem Niggisch überlassen kann. Oder ihm reicht das *Gefühl* der Überlegenheit. Der Steiner war der einzige, der ein Foto seiner Frau und seiner beiden Kinder auf dem Schreibtisch stehen hatte, obwohl alle außer dem Bachholder verheiratet waren. Wenn er selber so eine Walküre zur Frau hätte, dachte Klein oft, würde er sie sich auf keinen Fall auf den Schreibtisch stellen. Verwunderlich war ihm nur, daß der Umfang der Frau Steiner kein einziges Mal Anlaß für irgendwelche Witzeleien wurde. Die eigene Ehe und die der Kollegen im Zimmer schien allen heilig zu sein, so als hätte sich jeder selber als einen Idioten sehen müssen, wenn er etwas dagegen gesagt hätte. Dabei war ortsbekannt, daß dem Tarmann die Frau davongelaufen war, daß er sie nach ein paar Monaten, alles verzeihend, wieder aufgenommen hatte und daß sie nun schon wieder weg war. Der Tarmann war Klein noch der Angenehmste. Er war der einzige, der sich nicht scheute, etwas über den Niggisch zu sagen, auch wenn der Bachholder im Zimmer war, von dem Klein nun schon genau wußte, daß er dem Niggisch alles mögliche hinterbrachte. Ununterbrochen fraß der Tarmann in Schokolade getunkte Waffeln, schmierte die Formulare an und hatte, als der Niggisch ihm wegen der Flecken einmal Vorhaltungen machte, nur gesagt: brauch ich meine Arbeit nicht unterschreiben, wenn ich die Fingerabdrücke hinterlasse. Im übrigen komme das nur zustande, weil der Steiner es so warm im Zimmer haben, kein Fenster aufmachen lassen wolle, wodurch, der Schreibtisch steht neben den Heizkörperrippen, die Schokolade eben immer ganz weich sei. Mit dem Bachholder, wußte Klein, war nur über Autos zu reden und seit einiger Zeit, seit er für

die Jagdprüfung lernte, über die Jagd. Und der Korbel war so vielseitig gebildet, daß Klein sich nicht vorstellen konnte, was er mit dem reden sollte, wenn über Fußball und die Arbeit zu reden verboten wäre. Seine gewaltige Bildung und geistige Potenz, meinte Klein, kann man nur daran erkennen, daß der Korbel Celsiusgrade blitzschnell in Fahrenheit umrechnen kann. Heute hat es schon wieder neunundachtzig Grad, sagte er grinsend, wenn er das Zimmerthermometer abgelesen hatte. Und über den Ondra wußte Klein schon seit langem, daß er Subkassier im Ortsverein derselben Partei war, der auch Kleins Vater angehörte, einer Partei, die angeblich Arbeiterinteressen vertrat, aber nun wußte er auch, daß der Ondra anscheinend nur im Privatleben nach fünf Uhr Parteimitglied war, zumindest hatte er noch nie erlebt, daß der Ondra im Arbeitsvorbereitungsbüro Arbeiterinteressen im Kopf gehabt hätte.
Mit keinem von ihnen hätte Klein nach Büroschluß etwas zu tun haben wollen. Aber es bestand sowieso keine Gefahr. Eine Kumpanei wie draußen unter den Arbeitern, die im Suff am Freitag nach Arbeitsschluß bekräftigt wurde und sich für die nächste Woche Gesprächsstoff ersoff, gab es ja nicht. Zu Beginn hatte Klein noch gehofft, es werde sich mit einem von ihnen eine Art Freundschaft ergeben, aber nun war er froh, daß das nur eine Spinnerei gewesen war. Schließlich möchte er mit niemandem zusammensein, der Zeuge davon ist, wie er vom Niggisch behandelt wird, mit einem, der weiß, daß er in der Abteilung der Letzte ist, sodaß er nicht einmal Andeutungen, wie wichtig er der Firma ist, machen könnte. Es genügte Klein vollauf, tagsüber mit ihnen in einem Raum zu sitzen, zu wissen, was sie für ein Rasierwasser benützen und wie die Kinder heißen, von denen jedes einen Intelligenzquotienten an die hundertfünfzig zu haben schien, wobei Klein sich nicht erklären konnte, von wem sie den geerbt haben könnten. Was ihn an ihnen interessiert hätte, nämlich wieviel jeder von ihnen verdiente und ob es da wirklich so große Unterschiede zwischen den Gehältern gab, erfuhr er ohnedies nicht. Das schien im gan-

zen Bürogebäude das größte Geheimnis zu sein. Hier wurden nicht, wie das draußen in den Hallen der Fall war, nach dem Geldempfang die Lohnstreifen miteinander verglichen. Im Gegenteil. Die wurden sofort in der Brieftasche eingesperrt und an die Brust genommen. Und die Kassa durfte zum Geldabholen der Nächste erst betreten, wenn der Vorhergehende herauskam. Als Klein das zum ersten Mal sah, ist es ihm wie die größte Verrücktheit vorgekommen. Das war doch kein Kartenspiel, wo jeder gegen jeden spielte und man das Blatt verdecken mußte. Sahen die denn nicht, daß die Firma hier die Bank hielt? Bei den leitenden Angestellten, die wahrscheinlich wirklich viel verdienten, war das ja noch verständlich. Die wollten eben niemanden eifersüchtig oder neidisch machen. Aber alle anderen schissen sich doch in die eigene Tasche. Wenn keiner wußte, was dem anderen in der Kassa hingezählt wurde, konnte sich jeder einbilden, er kriegt mehr als der Nachbar, während es vielleicht in Wirklichkeit genau umgekehrt war. Und keiner konnte sagen, ich möchte mehr haben, weil der da auch mehr hat. Dieses verrückte Versteckspiel hätte von der Firma erfunden sein können, meinte Klein. Nur hätte sie es nicht durchsetzen können, weil sich so etwas nicht anschaffen läßt. Und er sah ja, daß man seinen Kollegen das auch gar nicht extra befehlen mußte. Was aber war der Grund, daß sie da mitspielten, wobei doch mindestens die Hälfte betrogen wurde?
Daß er sich die Zustände im Angestelltengebäude einmal einfach als paradiesische hatte vorstellen können, verstand er ja schon lange nicht mehr. Eine Zeitlang hatte er alles, was ihm nicht gefiel, für sich damit aus der Welt geschafft oder ihm die Schärfe genommen, daß er sich die Zustände draußen in den Hallen vor Augen hielt. Mein Gott, hatte er sagen können, das ist doch gar kein Vergleich. Nur hatte sich dieses Vergleichen schnell abgenützt, und er kam immer seltener auf den Gedanken, alles sofort an früher, am Dreck und Lärm da draußen und an der Fließbandschinderei zu messen. Warum sollte er dauernd nach unten, dauernd zurück schauen? Er freute sich ja

auch nicht mehr über jedes Butterbrot, nur weil er als Kind Margarine hatten essen müssen. Und wenn der Niggisch in seinen Feldwebelton verfiel, dann war leider das Klo nichts mehr, das Klein, wie in seinen ersten Tagen unter den Angestellten, hätte trösten können, weil ihm der Fichtennadelgeruch mittlerweile das Allerselbstverständlichste geworden war und er ihn gar nicht mehr wahrnahm, wenn er drinnen saß und rauchte, so selbstverständlich, wie ihm früher draußen der Gestank im Scheißhaus gewesen war.
Meistens zerschlug ihm ja der Niggisch die dünne Schicht der Zufriedenheit. Ständig stieß er mit ihm zusammen. Beim Niggisch, hatte der Tarmann einmal zu Klein gesagt, hat der ganze Managementkurs nichts gefruchtet, obwohl dabei doch Menschenführung auf dem Kursprogramm gestanden ist. Aber den hat der unendliche Adolf verdorben; der bleibt bei seinen Barrasmethoden. Klein hatte gegrinst und heftig genickt, als der Tarmann das gesagt hatte. Beim Tarmann konnte er sich solche Äußerungen erlauben. Manchmal, wenn er gerade mit ihm allein in der Abteilung war, konnte er sogar ein wenig den Mund aufmachen. Aber richtig loszulegen, wie er das von früher kannte, wagte er auch vor ihm nicht. Statt dessen: Augenbrauen hinaufziehen. Kopfschütteln. Tief aufseufzen. Kurz auflachen, aber gleich wieder ernst sein, damit, wenn ihn ein anderer, vielleicht der Bachholder, anschaut, gar nichts gewesen ist.
Schon an der Art, wie der Niggisch die Glasschiebetür aufmachte, konnte Klein erkennen, was kommen würde. Wenn die Schubrollen der Tür plötzlich aufkreischten und die Tür gegen den Anschlag stieß, dann wußte Klein, entweder stürmt der Niggisch hinaus aus der Abteilung oder er stürmt auf ihn zu, aber wahrscheinlich stürmt er auf ihn zu, weil es für den Niggisch einfacher ist: Bei Klein braucht er sich auf keinen Streit gefaßt zu machen; ihn kann der Niggisch in weniger als einer Minute niederhauen, ohne daß Klein mehr tun kann, als in immer wieder ganz vergeblichen Anläufen, aber . . ., aber . . ., zu sagen. Und wenn der Niggisch dann vor ihm steht und

so tut, als habe Klein das größte Verbrechen begangen, das jemals in dieser Abteilung begangen wurde, jedesmal wieder das allergrößte Verbrechen, dann fragt er sich schon oft, wozu er soviel auf sich genommen hat. Wozu hat er sich in diesen Test hineingekniet und ist dann wochenlang mit der allergrößten Hoffnung in der ärgsten Unsicherheit herumgelaufen und hätte am liebsten ständig Stoßgebete losgelassen, wenn er sich davon wenigstens ein Promille Erfolg versprochen hätte, und wozu hat er sich gefreut, als ihm der Kramer und der Niggisch den Ausgang des Tests verkündet haben, gleich auf Vorrat gefreut? Und wozu hat er die Kurse gemacht, hat er keine einzige Kursstunde versäumt und sich dauernd gesagt, alles muß ich mir merken, einfach alles, was der Herr Ingenieur herunterredet, was er als Bild an die Wand wirft oder auf die Tafel malt, alles wird er in seinem Kopf nach Hause bringen, hat er gedacht, damit die Firma ihm nicht umsonst die Chance gegeben, sondern einen rundum brauchbaren Angestellten an ihm hat, und wozu hat er sich im Hotelzimmer verkrochen und gelernt und geübt und Skripten gefressen, statt sich in die nächstbesten Abenteuer zu stürzen? Wozu das alles, wenn der Niggisch sich dann nur neben ihn zu stellen braucht und auf ihn hinlassen darf, was er will? Wegen jeder Lächerlichkeit, die Klein morgen schon wieder vergessen hat, kann der Niggisch ihm vorwerfen, er bringe die Welt zum Einsturz, kann er so tun, als sei es eine Fehlkalkulation gewesen, einen wie Klein an diesen Schreibtisch zu lassen, als sei es überhaupt eine durch nichts gerechtfertigte Menschenfreundlichkeit gewesen, beim Test jeden zuzulassen, also auch Arbeiter. Nun habe man die Bescherung. Laut Niggisch hätte ja kein Original-Angestellter jemals solche Fehler gemacht. Niemand als einer mit einer Vergangenheit wie Klein hätte ihn immer wieder mit so fürchterlichen Fehlern *persönlich* beleidigt. Und hätte, wenn er ganz freundlich auf Unzulänglichkeiten hingewiesen worden wäre, ein so aufsässiges Gesicht gemacht, daß man meinen könnte, er habe diesen Hund absichtlich in die Arbeit gemurkst.

Manchmal, wenn der Niggisch auf ihn losging, hinter ihm im Zimmer stehend über ihn schimpfte, als sei Klein gar nicht anwesend, als sei er nur ein Stück Holz wie der Schreibtisch, das kein Gefühl hat, dann wußte Klein sich nicht mehr anders zu helfen, um nicht auf der Stelle alles hinzuschmeißen und ein für allemal davonzugehen, als sich den Niggisch, um ihn auszuhalten, über der Klomuschel hockend vorzustellen, und dem Niggisch kommen dabei die Adern an den Schläfen genauso heraus, wie wenn er im Begriff ist, loszuschreien. Klein nahm an, daß dem Niggisch über der Klomuschel die Adern hervortreten, weil er schon öfter gesehen hatte, daß er Abführtabletten schluckte. Umgekehrt müßte es sein, meinte Klein, dann wäre vieles gleich anders: Wenn der Niggisch beim Schreien an Verstopfung litte und draußen auf dem Klo alles ohne Schwierigkeiten von sich geben könnte, so ganz ohne Hemmnisse, wie er herinnen herumschreit.
Es half ihm nicht viel, sich dauernd eine *geistige* Überlegenheit vorzureden, sich zu sagen, eigentlich ist der Niggisch ein ganz ungebildeter Hund; er liest nichts, hat kein Ahnung von Musik, ganz zu schweigen von einer *Herzensbildung*. Diese Überlegenheit war unsichtbar, war nirgends als in seinem Kopf. Und änderte gar nichts. Sie war nur eine kalorienlose Abspeisung seines geschlagenen Selbstbewußtseins, die ihm nicht zu verbieten war, weil es Gedankenfreiheit gab. Aber der Niggisch hatte Redefreiheit. Ohne sich umdrehen zu müssen, wußte Klein, ob der Niggisch in seinem Zimmer war. Wenn er nicht drinnen oder einen halben Tag überhaupt nicht da war, hatte Klein das deutliche Gefühl, er mache die Arbeit jetzt richtig freiwillig. Aber der Niggisch hielt sich für viel zu unentbehrlich, als daß Klein länger als für ein paar Stunden in den Genuß gekommen wäre, zu spüren, hinter der Glaswand ist niemand auf Ausguck. Manchmal ließ der Niggisch die Jalousie zwischen den beiden Räumen herunter. Niemand wußte, warum er das tat. Vielleicht, meinte Klein, macht er zur Entspannung ein freundliches Gesicht, das er niemandem zeigen will oder das keiner sehen darf.

Und jeden Tag war es dasselbe: Der Niggisch blieb meistens länger, und wenn Klein bei Büroschluß ging und ihm Auf Wiedersehen oder Gute Nacht durch die geöffnete Schiebetür ins Zimmer sagte, dann machte der Niggisch ein derart mißmutiges Gesicht, als sei es im Grunde eine Frechheit von Klein, einfach davonzulaufen, so als müsse er höchstpersönlich die Arbeit seines Untergebenen fertigmachen, als warte die Arbeit nicht ohnedies auf Klein. Es tröstete Klein nicht besonders, zu wissen, daß der Niggisch auch den anderen in der Abteilung nur einen geknurrten Gruß nachwarf, wenn sie es wagten, gleich nach dem Ertönen des Fünfuhrgongs zu verschwinden. Dabei lag es gar nicht im Belieben der Angestellten, länger zu bleiben. Zumindest hätten sie fürs Längerbleiben dann nichts verrechnen dürfen. Überstunden mußten nämlich bei der Betriebsleitung beantragt werden. Umgekehrt konnte die Firmenleitung, konnte der Niggisch Überstunden einfach befehlen. Auf keinen Fall hätte sich jemand getraut zu sagen, er macht sie nicht, wenn der Niggisch kam und sagte, das muß bis zu dem und dem Termin fertig sein. Ich glaube, sagte der Niggisch dann, Sie müssen ein wenig länger dableiben. Daß der Niggisch diesen Glauben hatte, war so gut wie ein Befehl. Nicht einmal ein Murren ging dann los. Bestenfalls gab es zusammengepreßte Lippen. Darin hatten alle, auch Klein schon, eine ziemliche Routine.

Genaugenommen, sagte er sich, hatte er sich diesen Beruf ja nicht einmal ausgesucht. Er hatte kein Baraber mehr sein wollen. Und da war er, selbstverständlich, gleich durch die erste Tür gerannt, die aufgemacht wurde. Durch jede wäre er gerannt, die nur halbwegs nach Ausweg ausgesehen hätte. Durch jede. Und der Wunsch, in den Angestelltentempel hinaufzukommen, war ja schon größenwahnsinnig genug gewesen, als daß er sich auch noch in eine bestimmte Abteilung, in ein bestimmtes Zimmer hätte wünschen können. Er hatte ja nicht einmal genau gewußt, was es da alles zu wünschen gegeben hätte. Ein Lohnbüro

war ihm bekannt gewesen, ein Personalbüro, ein Konstruktionsbüro, Buchhaltung mußte es wohl auch eine geben; aber sonst? Angestellte waren ihm gleich Angestellte gewesen. Unterschiedslos Bewohner des Paradieses. Und der Lesjak, der sich auf einer schnurgeraden Straße mit dem Auto zwischen zwei Bäumen durchgefädelt hatte und der schadlos in einem Rübenacker gelandet wäre, wenn es nicht ausgerechnet an dieser Stelle dann auch noch einen Telegrafenmasten gegeben hätte, der Lesjak war eben zufällig ein Bewohner des Büros für Arbeitsvorbereitung gewesen, sodaß ausgerechnet dort ein Sessel frei geworden war. Sonst, meinte Klein, wäre er vielleicht in einer ganz anderen Abteilung gelandet. Genauso zufällig. Den Gedanken, daß er ohne diesen Telegrafenmasten wahrscheinlich noch immer draußen am Band herumspringen würde, hat er gar nicht erst aufkommen lassen, weil er ihm so unangenehm war wie als Kind die Vorstellung, nicht gezeugt, nicht geboren worden, überhaupt nicht auf der Welt zu sein.
Wie es in der AV-Abteilung war, und was er dort, falls man ihn hineinließe, tatsächlich zu tun haben würde, hatte er sich nicht einmal vorstellen können. Es war ihm auch gleichgültig gewesen. Wichtig war nur gewesen, überhaupt hineinzukommen.
Aber jetzt war er nicht mehr nur einfach in diesem Gebäude. Er war in einem bestimmten Zimmer, unter bestimmten Menschen und mußte eine bestimmte Arbeit tun. Etwas, das ihm von vornherein recht gewesen war, das er sich aber nicht gewünscht hatte. Und das, meinte er, konnte zumindest *ein* Grund sein, warum er sich trotz aller glücklichen Veränderungen und unbestreitbaren Annehmlichkeiten auch aus dieser Umgebung hinauswünschte. Neben dem Niggisch ein Grund. Er kam einfach nicht auf den Gedanken, sich hineinzuwünschen, wenn er draußen war, endlich draußen. Ein Steiner, wußte er, würde er hier herinnen nie werden. Er würde sicher nie sagen: Was, schon Mittag? Schon Büroschluß? Er hatte es sich ja nicht abgewöhnen können, ständig auf die Uhr zu schauen. Kaum war er im Büro, fing er zu zählen an. Soundsoviele

Stunden noch bis mittag. Soviele bis zum Abend. Nur selten sagte er: *nur* noch soundsoviele. Oft fragte er sich, ob diese Sehnsucht nach dem Büroschluß, dieser automatische Blick aufs Handgelenk, dieses dauernde Uhr-Anstöhnen wirklich nur der alte Arbeiter in ihm war, der sich nicht umbringen ließ. Der sich auch in dieser im Verhältnis ja doch ganz erfreulichen Umgebung nicht und nicht aus ihm zurückziehen wollte. Sollte er sich wirklich dauernd sagen, daß er selber schuld war, zumindest mitschuld, sein Charakter? Schon wieder einmal sein Charakter? Als er sich aus den Werkstätten und Fabrikshallen hinausgewünscht hatte, war ihm das doch auch als Arbeitsscheu, als Faulheit ausgelegt worden. Ein Querulant ist er, hatte er damals gehört. Und sollte er sich jetzt auf einmal überhaupt nichts mehr wünschen dürfen? Ein für allemal zufrieden sein? Bis ans Lebensende nur mehr zufrieden? Wo es doch genug gab, was er sich ganz anders vorstellen konnte. Den Niggisch zum Beispiel. Überhaupt das Klima in der Abteilung. Er suchte doch nicht nur Läuse. Gab es denn nicht richtige Beweise aus anderen Abteilungen, wo die Leute mit Grund zufriedener mit den Vorgesetzten waren? In der EDV-Abteilung etwa oder im Einkauf? Allerdings konnte das vielleicht nur nach außen diesen Eindruck machen. Er selber tat ja seine Unzufriedenheit auch nirgends kund.

Den Arbeiter aus sich loswerden zu wollen, hatte ja nicht nur bedeutet, an einem Schreibtisch sitzen zu dürfen. Das war, selbstverständlich, inbegriffen gewesen. Aber es war nicht alles gewesen. Und keinesfalls hatte er einen Niggisch erwartet. Einen Bachholder auch nicht. Und Rauchverbot. Und daß ihn der Niggisch noch immer „Klein“ nennen konnte, nicht *Herr* Klein sagen mußte. Und nach wie vor die Stempeluhr. Und keinen Groschen mehr. Und das routinierte Abhaspeln eines durch nichts zu verändernden Arbeitsablaufs. Und Langeweile mitten im Arbeiten. Und noch immer das Gefühl, es gibt zwei ganz verschiedene Zeiten: eine sich endlos ziehende Bürozeit und die unter der Hand verschwindende Freizeit. Er hatte vieles nicht erwartet.

Das Schlimme war nur, daß er mit niemandem darüber sprechen konnte. Wie es wirklich war, konnte er nur sich selber vorbeten. Zu erzählen, wie ihn der Niggisch behandelte, was er tatsächlich in der Abteilung für eine Rolle spielte, hätte ihn ja gleich herabgesetzt. Als einer wäre er dagestanden, bei dem der Niggisch sich so etwas erlauben *darf*. Als ein ganz, ganz kleiner Untergebener. Ein Hühnchen, das sich draußen aufplustert, sich aber im Bürogebäude zusammenducken muß. So etwas zu erzählen, hätte das schöne Bild ruiniert, das er von sich verbreiten wollte. Da konnte er ja gleich zum Lenz sagen, du gibst dich mit dem Falschen ab, Christian, ich bin ja nur ein Furz im Wald, den man nicht riecht. Und zu Hause konnte er ja auch nichts sagen. Die achselzuckenden Sprüche der Mutter, jaja, das ist einmal so, kannte er schon. Abfinden und dreinfinden und das Beste draus machen. Und so arg wird es ja nicht sein. Aber geh, ich kann mir das nicht vorstellen. Mit nichts bist zufrieden. Statt daß du froh bist. Andere an deiner Stelle. Und mit der Zeit wird es schon anders werden. Überall muß man klein anfangen. Und das Grinsen des Vaters konnte er sich auch so vorstellen: Na, was hast du geglaubt, daß dort sein wird? Das hätt ich dir schon vorher sagen können. Und angeschafft hat dirs ja auch keiner. Wärst geblieben, wo du warst. Arbeiten ist keine Schande. Aber du bildest dir ja immer ein, wie gescheit du nicht bist. Man muß sich die Nase selber anrennen.

Ganz allein war er mit seiner Unzufriedenheit, seinem Ärger. Er ahnte zwar, daß in der Abteilung nicht nur er dem Niggisch alle möglichen Pestilenzen an den Leib wünschte und daß in vielen Köpfen des ganzen Gebäudes die ausführlichsten Morde stattfanden, aber das brachte sie nicht zusammen. Nach außen wahrte jeder den Schein. Wollte sich doch keiner herabsetzen. Und auf eine Stufe mit ihm stellen, wollte sich schon gar keiner. Und so ging es nur in seinem Kopf herum, drehte es sich im Kreis und ließ, weil es nirgends ausgelassen werden durfte, auch nie so richtig nach. Früher hatte er sich die Wut auf einen Meister, einen Vorarbeiter oder auf eine Arbeit zusammen mit Freunden oder Arbeitskollegen aus dem Bauch reden können, und nachher war zwar nicht alles wieder gut gewesen, aber es war ihm vorgekommen, als stünde er drüber. Schon deshalb, weil er nicht, so wie jetzt, ganz allein gestanden war.

Ungewöhnlich war ihm im Moment der Weg in die Firma, weil er seit einigen Wochen nicht mehr zu Fuß ging, sondern mit dem Auto fuhr und ihm das Autofahren noch nicht zu etwas geworden war, das ganz selbstverständlich nebenher passierte wie das Gehen. Er mußte noch denken, was er tat. Schalthebel und Pedale funktionierten noch nicht, als seien sie direkt ans Rückenmark gekoppelt. Außerdem hatte er das Gefühl, als seien aus den Menschen des Ortes, an denen er vorbeifuhr, lauter Fahrschullehrer und Fahrprüfer geworden, die seine Fahrkünste genau beobachten und jeden Fehler, jedes nicht ganz exakte Schalten sofort registrieren und begrinsen würden. In den ersten Tagen wäre er am liebsten schon um sechs in der Früh in die Firma gefahren, um einen leeren Parkplatz vorzufinden und sich nicht unter den aufmerksamen Augen der früheren Arbeitskollegen in eine Parklücke zwängen zu müssen, wobei ihm jeder neuerliche Anlauf das Blut in den Kopf und den Schweiß aus den Achselhöhlen trieb.
Daß er sich kein *neues* Auto leisten konnte, hat er mit den einleuchtendsten Vernunftsargumenten umlügen können. Zu Beginn, wenn es noch leicht einmal kracht, sei es ja ganz unsinnig, sich gleich einen teuren Schlitten zu kaufen. Und ein neues Auto soll von jemandem eingefahren werden, der schon Routine hat. Außerdem ist das Auto ja *fast* neu. Und gut gepflegt. Das Baujahr sieht man ihm nicht an. Der vorherige Besitzer hat es ja nach jeder Wochenendausfahrt gewaschen und die von Sandkörnern verursachten winzigen Lackschäden immer gleich mit dem Lackstift ausgebessert. Es war so schon schwierig genug gewesen, das Geld für die Anzahlung zusammenzukratzen. Ersparnisse hatte er ja keine gehabt. Die für ihn, wie er meinte, nun standesgemäßen Getränke im Kaffeehaus und

in der am Wochenende, seit er den Lenz kannte, üblichen Alhambra-Bar in M. hatten ja nicht zu seinem aufs Biertrinken angelegten Arbeiterlohn gepaßt, den er noch immer bekam. Und der neue Anzug, den ihm der Wondracka gemacht hatte, war auch viel zu teuer gewesen. Aber den hatte er sich leisten müssen: Niemand im Ort, konnte er sich sagen, kann zu einem besseren Schneider gehen, weil der Wondracka der anerkannt beste ist. Als Klein zum Anmessen dort gewesen war, hatte der Wondracka ihm aufgezählt, für welche Persönlichkeiten er gerade Kleider unter der Nadel hatte. Ganz flach hat Klein sich zu atmen bemüht, als er den Preis hörte. Er hatte ja auf keinen Fall den Eindruck erwecken wollen, daß ihm irgend etwas zu teuer sein kann. Über der schönen Vorstellung, dann in einem echt englischen Wollstoff herumzugehen, mit einem Etikett „Feine Maßschneiderei Josef Wondracka“ auf der inneren Brusttasche, ist er gleich wieder zu einem regelmäßigen Atemholen gekommen.
Er hatte das Moped verkauft, die Großmutter hatte ihm ein paar Tausender geliehen, und auch die Mutter hatte für das Auto etwas aus ihrer Geheimkassa beigesteuert, über deren Existenz und Inhalt nicht einmal der Vater Genaues wußte. Außerdem, aber sagst *ihm* nichts, hatte die Mutter ihm auf unbestimmte Zeit das Kostgeld erlassen. Dafür wird er die Mutter und die Großmutter dann überall hinführen, wohin sie nur wollen. Und sobald er kann, hatte er versprochen, wird er selbstverständlich alles zurückzahlen. Aber er hatte genau gewußt, daß nur der Form halber vom Borgen geredet wurde, daß es aber ziemlich sicher heißen würde, na stecks wieder ein, wenn er mit den ersten paar Hundertern ankäme und sagte, wie schwer es ihm fällt, sie gerade jetzt herzugeben. Nebenbei war damit zu rechnen, daß sie längst aufgegeben haben würden, von ihm eine Rückzahlung zu erwarten, bis er endlich den Kredit abgestottert hätte. Die Mutter würde, dachte er, jetzt eben eine Zeitlang um so mehr sparen, um auch Robert und Ingrid beteilen zu können, damit ihr Gerechtigkeitssinn keinen Schaden leidet. Und wenn auch die anderen etwas bekommen, braucht er überhaupt keine

Skrupel zu haben, von ihr etwas zu nehmen, auch wenn er weiß, wie sie sich das Geld verdient, und wenn sie sagt, daß sie es eigentlich schon dafür gedacht hatte, auch einmal auf Urlaub zu fahren. Der Alte fährt ihr außerdem sowieso nicht, der sagt ja nur wieder, daß er es nirgends so schön hat wie im Schrebergarten. Im Krieg ist er genug herumgekommen, das hat ihm gereicht. Und von der Großmutter etwas zu nehmen, braucht Klein sich auch nicht zu genieren, weil die Großmutter ohnedies lebenslang daran gewöhnt ist, nichts zu haben, und immer noch dreimal die Woche Milchsuppe und Kartoffeln ißt, um sich von ihrer lächerlichen Rente etwas für die Besuche der Enkel auf die Seite legen zu können, damit sie ihnen etwas zustecken kann, oder für ihr Begräbnis, weil sie niemandem, sagt sie, wenn sie einmal nicht mehr ist, Scherereien machen will. Und die Großmutter freut sich doch, wenn sie ihm etwas geben kann. Warum soll er ihr also diese Freude nicht machen?
Selbstverständlich war der Vater gegen ein Auto gewesen. Wozu braucht Klein eins, wenn nicht zum Angeben? Die zehn Minuten in die Firma wird er doch noch zu Fuß gehen können. Er, der Vater, ist so alt ohne Auto geworden. Bei Robert ist es etwas anderes, weil er sieben Kilometer bis in die Kaserne hat. Der liegt auch dem Vater nicht mehr auf der Tasche. Wenn der Herr Sohn nicht weiß, was er mit seinem Geld machen soll, kann man ihm ja das Kostgeld erhöhen. Er hat sowieso dauernd Sonderwünsche beim Essen. Eine dürre Wurst vom Kranz läßt es ihm ja schon lange nicht mehr hinunter. Und die Seife, die es bis jetzt getan hat, ist ihm auch zu wenig fein. Er ist neugierig, hatte Klein gesagt, ob der Vater ihm dann, wenn er das Auto hat, nicht liebend gern einsteigen wird; führ mich dahin, führ mich dorthin, wird es heißen. Er wird nicht einsteigen, hatte der Vater behauptet, und Klein hatte gesagt, er verzichtet gern auf das Auto, wenn ihm die Eisenbahn überall dorthin Schienen legt, wohin er möchte, und wenn immer gerade dann ein Zug fährt, wenn er fahren will, und selbstverständlich Züge mit Komfort wie ein Auto, und daß er das Fenster aufmachen

kann, ohne daß sich die nächste Alte an den Kopf faßt und jammert, daß sie das Reißen kriegt. Unter solchen Umständen verzichtet er, hatte er gesagt. Aber er hatte es nur gesagt, weil es leicht zu sagen gewesen war. Tatsächlich zu verzichten, hätte er sich schon gar nicht mehr vorstellen können. Oder höchstens, wenn man den anderen Angestellten, vor allem aber den Arbeitern des Ortes das Auto weggenommen hätte.

Stapelweise hatten sich schon Prospekte in seinem Zimmer gesammelt. Und auf den Straßen waren plötzlich nicht mehr einfach Autos gefahren, sondern das war auf den ersten Blick ein Opel Commodore Coupé gewesen, ein Ford Escort 1300, ein Volvo 145 DL, ein Sparkäfer, ein Fünfzehnhunderter VW. Er hat hingeschaut, und sofort hat sich in seinem Kopf die Mitteilung gebildet: hundertachtzig auf dem Tacho und serienmäßig Gürtelreifen.

Außer, daß er es sich eigentlich nicht leisten kann, hatte das Auto, fand er, ungeheure Vorteile. Keine Rede davon, meinte er, daß er es nur zum Angeben benützt. Selbstverständlich denkt er noch dauernd, wenn er an jemandem vorbeifährt, daß der sich jetzt denkt, aha, der Klein ist also auch schon zu einem Auto gekommen. Aber er ist keiner, der den Autoschlüssel demonstrativ auf den Tisch wirft, wenn er ein Lokal betritt. Er weiß ja noch, wie er sich selber über so etwas lustig gemacht hat. Doch wenn es regnet, braucht er sich jetzt nicht mehr zu sagen, daß es keinen Sinn hat, lange Anbahnungsmanöver zu veranstalten, weil die Wiesen sowieso naß sind. Mit dem Auto eine nach Hause zu bringen, hatte er letzten Freitag gemerkt, war eine hervorragende Ausgangsposition. Ganz etwas anderes, als sie an der Hand nach Hause zu führen und sie von der Haustür wieder weg in den Wald oder hinter Büsche zu bringen. Man war von vornherein nahe beisammen; man konnte hinübergreifen aufs andere Fenster, um es hinauf- oder hinunterzukurbeln und aus dem Hinübergreifen gleich etwas machen; und vom Schaltknüppel war es nicht weit bis zu einem Knie, und man war abgeschlossen, und der nächste garantiert menschen-

leere Waldweg war nicht mehr eine halbe Stunde, sondern nur mehr zehn Minuten entfernt.
Das Angenehmste aber war, daß er kein Schaulaufen mehr an vielen Menschen vorbei auf sich nehmen mußte, wenn er durch den Ort irgendwohin wollte. Jetzt saß er geschützt und war ganz schnell vorbei. Und damit war die schwierige Frage des Grüßens ziemlich aus der Welt.

Den Lenz zu treffen, war für Klein auch nicht mehr die Sensation, die es einmal gewesen war. Er war sogar schon ein paarmal bei ihm in der Wohnung. Er soll ihn abholen kommen, hatte der Lenz gesagt, und Klein war so überrascht gewesen und hatte das Gefühl gehabt, als bekomme er jetzt einen Orden an die Brust geheftet, daß ihm gar keine Bedenken eingefallen waren. Der Lenz, hatte er gemeint, nimmt ihn als einen, den man sogar der Familie präsentieren kann. Für standesgemäß. Den man nicht verstecken muß, sondern herzeigen kann, ohne sich zu genieren. Am liebsten hätte er sich bedankt. Als er aber dann vor der Tür gestanden war, hatte er das Herz am Magen gespürt und lange mit dem Finger über dem Klingelknopf gezögert, und er hatte überlegt, ob er nicht doch besser wieder hinuntergeht und von einer Telefonzelle aus anruft und sagt, Christian möge hinunterkommen. Was sollte er denn sagen? Vorstellen mußte er sich auf jeden Fall. Guten Abend, Herr Doktor, oder Frau Doktor, würde er sagen, mein Name ist Klein, ich bin ein Freund Ihres Sohnes, er erwartet mich. Christians Mutter hatte die Tür geöffnet, und Klein hatte in ein unwilliges Gesicht geschaut. Was gibt es denn, hatte sie gesagt, der Herr Doktor hat heute nicht Dienst. Klein hatte herumgestottert, nein, er will nichts, nicht zum Herrn Doktor, er will nur fragen, ob Christian da ist. Ach so, hatte die Frau erleichtert gesagt und sich umgedreht, Christian, Besuch für dich, hatte sie gerufen und Klein ein wenig angelächelt und stehengelassen, und dann war sie in einem Zimmer verschwunden, aus dem ein Fernsehapparat zu hören gewesen war. Klein hatte sich gewundert, daß man hier also genauso vor dem Fernseher saß und dasselbe anschaute, vor dem auch daheim die Eltern hockten. Das war also der Einführungsbesuch, der Antrittsbesuch, vor dem er gezittert hatte. Wegen dem er noch einmal die Vorstellungsregeln nachgeschlagen hatte. War er denen doch zu wenig, um richtig zur Kenntnis genommen zu werden? Ein Mensch, der nicht vorgestellt wurde, stand doch geschrieben, existierte gesellschaftlich gar nicht. War er weiterhin einfach eine Nicht-Existenz für diese Leute? Obwohl er Christians Freund war und ihm auf die Hansi geholfen hatte? Oder gab es in diesem Haus das richtige Benehmen, den guten Ton gar nicht? Standen die vielleicht schon drüber und brauchten sich nicht mehr daran zu halten?

Christian war noch im Bad beschäftigt, und Klein hatte sich in seinem Zimmer umgeschaut, hatte die Titel der Bücher auf dem kleinen Regal gelesen und war immer enttäuschter geworden. Da hatte er ja selber viel mehr Bücher. Und bessere obendrein. Und außerdem: Wo war denn hier in dieser Wohnung überhaupt der Geschmack? Kostbare Möbel, schöne Bilder und wertvolle Teppiche? Er hatte immer geglaubt, solche Menschen müssen einen erlesenen Geschmack haben. Wer denn, wenn nicht die? Die das Geld haben. Aber was hier herumstand, konnte man in jedem Möbelhausschaufenster sehen. Es war zwar alles neu, aber nichts Besonderes. Später, als Christians Eltern einmal nicht da waren, sah er, daß auch das Wohnzimmer nicht anders war, obwohl er sich eingeredet hatte, dort werden auf jeden Fall die Schätze sein. Eine fast lebenslange Vorstellung war ihm eingestürzt. Aber er hatte sich gleich wieder gesagt, das muß der Geschmack der sogenannten Frau Doktor sein, die ja nur die Tochter eines Greißlers gewesen und auf deren hübsche Larve der Herr Doktor einmal hereingefallen war, wie die Mutter Klein erzählt hatte. Den Herrn Doktor selbst hat er, wenn er Christian abholte, nie zu Gesicht bekommen.

Mit dem Lenz wegzugehen, war jetzt einfach schon üblich. Jedes Wochenende. Auch ohne Hansi, die nicht zu halten gewesen war und sich auch von Klein auf die Dauer nicht

einreden ließ, daß der Lenz eine Errungenschaft sei, auf die sie stolz sein könne und auf die sie sich aufpassen müsse.
Dabei verstand er überhaupt nicht, warum der Lenz so ungeschickt bei Mädchen war, ja manchmal sogar ganz unsicher wirkte, während er doch sonst so selbstsicher war, vor niemandem Angst zu haben schien. Auch vor vollbesetzten Lokalen nicht. Er ging darin genauso locker herum, als ob er sich nur im Wald unter Bäumen befände, konnte bei Tischen stehenbleiben und reden und lachen, ohne sich sichtlich darum zu kümmern, daß alle ihn beobachten konnten. Und an Sonntagnachmittagen kam er tatsächlich manchmal in bunten Hemden und Jeans daher und überschritt darin bedenkenlos die Türschwellen von Lokalen, ging auch ohne weiteres ins Kaffeehaus hinein, ohne anscheinend überhaupt daran zu denken, da drinnen mit so einer Kleidung auffällig zu sein. Wenn Klein in seinem schönen Anzug, auf den er sonst stolz war, neben ihm ging, kam ihm vor, als übertreibe er jetzt, als habe er selber etwas ganz Unpassendes an. Was wird man denken, dachte er, wenn man sie so zusammen sieht: der Sohn des Arztes leger und der ehemalige Arbeiter geschniegelt. Etwas anderes, meinte er, kann da gar keiner denken. Aber so weit möchte er einmal kommen, daß er sich erlauben kann, anzuziehen, was er will. Er konnte sich so eine Zeit gar nicht recht vorstellen. Wahrscheinlich, fürchtete er, fehlt ihm dazu sowieso der entsprechende Hintergrund. Wenn er irgendwo hineinkommt, dann kann man nicht denken, aha, der Sohn vom Doktor, und vier Semester Medizin hat er studiert, und verwandt mit dem Bürgermeister ist er auch. Der Lenz hatte einfach immer unsichtbar den Vater neben sich. Klein hatte ja früher auch nie gedacht, aha, der Lenz, sondern er hatte sich gesagt, da geht der Sohn vom Doktor Lenz. Statt auf eine Herkunft pochen zu können, mußte Klein im Gegenteil noch froh sein, wenn man sie ihm vergaß. Er, meinte er, konnte sich nur selber soweit bringen.

Zum erstenmal sollte er mit der Stoppuhr in die Hallen hinaus. Statt des Ondra, der auf Urlaub war. Und ausgerechnet in die Montagehalle sollte er. Als der Niggisch ihm das am Freitagnachmittag eröffnete, hatte er sofort das Gefühl, in die Magengrube geschlagen worden zu sein. Samstag, Sonntag überlegte er, welche Krankheit er ausbrechen lassen sollte. Aber er wußte, daß das nur ein Aufschub wäre. Schließlich hatte er diesen Beruf, und da gehörte Zeitnehmen eben dazu. Wozu hatte man ihn den Zeitnehmerkurs machen lassen? Und während des Kurses hatte er ja das Zeitnehmen auch interessant gefunden, und er hatte gedacht, daß das viel abwechslungsreicher sein würde, als dauernd im Büro zu hocken, und weg vom Niggisch wäre er auch, hatte er gemeint, da hätte er ihn nicht dauernd im Rücken und, wenn er sich umdreht, sein griesgrämiges Gesicht vor sich. Doch er hatte vermieden, sich zu den Zeitaufnahmen auch Menschen vorzustellen. Nun aber war nichts mehr zu vermeiden. Deutlich hatte er die Gesichter, denen er gegenüberstehen würde, vor sich. Den Maresch, den Eder, den Heisinger, die ganze Partie. Jede andere Abteilung wäre ihm lieber gewesen, wo er wenigstens die Leute nicht so gut gekannt hätte. Fast hat er eine Absicht des Niggisch dahinter vermutet.

Als er dann am Montagvormittag zum erstenmal draußen stand, mußte er die Klappe mit der Stoppuhr und der daraufgeklemmten Tabelle ganz krampfhaft festhalten, um das Zittern zu verbergen. Als stünde er hier am Pranger, kam ihm vor, und er hoffte inständig, der Hallenboden tue sich auf und verschlinge ihn. Er wußte nicht, wie er schauen sollte und wohin er schauen sollte. Seine Körperhaltung kam ihm ganz unnatürlich vor. Die erste halbe Stunde stand der Kramer neben ihm, sodaß sich Kleins frühere Kollegen nichts zu sagen trauen konnten. Aber wenn er sie ansah, hatte er das Gefühl, daß sie ihn gleich anspucken werden. Wenn der Kramer geht, dachte er, wird die Katastrophe losbrechen. Was soll er denn tun, wenn sie ihn einfach auslachen? Wenn sie sagen, schleich dich mit deiner Scheißuhr, uns kannst *du* nicht stoppen? Dann kann er ihnen mit dem Abteilungsleiter drohen oder überhaupt gleich mit dem Kramer. Aber wenn sie dann noch immer lachen? Dann kann er zum Niggisch gehen und sagen, Herr Niggisch, es geht nicht, die haben keinen Respekt vor mir. Und was ist dann?

Er war richtig überrascht, daß der Eder, als der Kramer ging, nur herüberschrie, na, Klein, wie kommst du dir denn da so vor?, und ein wenig grinste, und daß ihm die anderen überhaupt nur ab und zu einen wütenden, verächtlichen Blick zuwarfen und ihn sonst für Luft nahmen. Er hat darauf gewartet, daß da noch mehr kommt, aber es kam nichts als immer wieder diese Blicke, denen er dadurch zu entkommen versuchte, daß er den Kopf ein wenig drehte und dann sofort beiläufig auf seine Tabelle hinuntersah und zu schreiben vorgab. Zum erstenmal in seinem Leben ist ihm der rundum herrschende Lärm angenehm gewesen, der alles, was in mehr als zehn Schritt Entfernung von ihm gesprochen wurde, unhörbar machte. Er sah Lippenbewegungen, Kopfrucken, Armbewegungen, Herumdeuten, und manchmal, wenn einer einem anderen etwas zurief und dieser den Kopf zu Klein drehte, dann wußte Klein, daß über ihn geredet wurde, und er spürte sofort, wie seine Augenlider wie im Krampf zu rucken begannen. Aber die Übersichtlichkeit und Klarheit seiner Tabelle hat ihn immer wieder beruhigt.

Als während der Pause das Band stillstand und er ins Angestelltengebäude hinüberging, kam er sich dort wie in Sicherheit gebracht vor. Unter seinen Armen hatten sich große Schweißflecken auf seinem Hemd gebildet, die schon auf den Arbeitsmantel durchzuschlagen begannen. Zum Glück war ja der Arbeitsmantel schwarz, sodaß sie außen nicht zu sehen waren. Der Niggisch fragte, wie es gegangen sei, und Klein versuchte so zu tun, als könne er diese Frage gar nicht verstehen. Trotzdem nickte ihm der Tarmann dann tröstend zu und sagte, daß es nur die ersten paar Male schwierig sei. Ich habe es nicht schwierig gefunden, behauptete Klein. Jaja, sagte der Tarmann, das muß man sagen. Die Dompteure fürchten sich angeblich auch nicht, wenn sie zum erstenmal in den Löwenkäfig kommen. Daß er darüber lachen konnte, ist Klein wie eine

Befreiung gewesen. Als er dann wieder in der Halle stand und mit Blicken bedacht wurde, sagte er sich, daß der Ärger dieser Menschen ja eigentlich nur der Beweis dafür war, daß sie ihn ernst nahmen.

Er stand da, setzte die Stoppuhr in Gang, schaute zu, wie ein Lager aufgezogen wurde, stoppte die Uhr, trug eine Zeit ein, und die Uhr lief, und vor ihm bewegte es sich, und auf seiner Tabelle entstanden Zahlen, und der Schubert warf ihm einen Blick zu, schlug einen Splint in die Kolbenstange, Hammerschläge hallten, und Klein mußte auf einmal daran denken, wie der Schubert und der Eder ihn durch die Halle getragen hatten, als er mit dem Fuß unter eine herabkippende Schwimmbeckenturbine geraten war, im Laufschritt hatten sie ihn zum Portier geschleppt, mit aufgeregten, betroffenen Gesichtern, und jetzt hatte der Schubert nur ein ärgerliches Gesicht, weil er sich unter den Augen der Stoppuhr bewegen mußte, mein Gott, dachte Klein, das hat doch keinen Sinn, wenn sich der da jetzt so ärgert. Und gerade über ihn. Und nur deswegen, weil er vor ein paar Monaten noch neben ihm gestanden ist. Was hatte es denn für einen Sinn, dachte er, daß ihm die aus der früheren Nachbarschaft einen Vorwurf machen? Weiß doch jeder ganz genau, wenn er es nicht macht, dann macht es ein anderer. Hätte er damals vielleicht Nein sagen sollen, als ihm die Firma die Chance gegeben hat? Unsinn. Und es hätte ja auch nichts genützt. Hätten sie eben einen anderen genommen. Hätten sie vielleicht nein gesagt? Alle Zehn hätten sie sich abgeschleckt. Aber sie hat man ja nicht gefragt. Und eigentlich, dachte er, hat man auch mich nicht gefragt. Man hat ihn genommen und ihm etwas angeschafft. Auf den Gedanken, daß er ablehnen hätte können, wäre die Firma doch gar nicht gekommen. Im Gegenteil, Dankbarkeit haben sie erwartet, sofort Dankbarkeit. Und wenn er jetzt zum Schubert oder zum Eder sagt, ob sie nicht tauschen möchten, dann ist klar, was er da zur Antwort kriegt. Sie sind keine Verräter, würden sie sagen, aber in Wirklichkeit wäre jeder liebend gern an seiner Stelle. Wenn er in Ruhe seine Jause ißt, und es stinkt nicht dabei, und es ist nicht dreckig, und es ist kein Getöse. Und wenn er auf seinem Drehsessel sitzt und nur ein wenig die Finger auf der Rechenmaschine bewegt. Das möchten sie doch auch, dachte er, das möchte ein jeder, weil man das, wo sie stehen und wie sie dastehen, ja wirklich nicht wollen kann. Das kann man nur hinnehmen und sich daran gewöhnen. Und von den Schwierigkeiten, dachte er und sah zu, wie sich der Schubert vom Band wegdrehte, unter dem Preßluftschlauch durchtauchte, an seiner Bank eine Mutternschachtel aufriß, ihm einen Blick zuwarf und zurück ans Band stieg, von meinen Schwierigkeiten, dachte er, wissen sie ja nichts. Aber die gehen sie ja auch nichts an. Hättest du ja nicht müssen, können sie sagen, du hast dich ja selber darum gerissen. Und was wissen denn die, was der Niggisch manchmal für ein Hund ist. Er hat es doch auch nicht leicht. Manchmal fragt er sich ja selber, wo denn da, bitteschön, der Unterschied ist. Natürlich kann man gleich wieder sagen, schau dir das Bürogebäude an und dann die Fabrikshallen, das sagt doch alles. Sicher, ja, da ist ein Unterschied, aber es ist nicht die ganze Wahrheit. Im Bürogebäude gibt es für ihn genauso Leute, von denen er angefahren werden kann, wie sie hier vom Mehrwald. Und was wissen sie denn schon, wie das ist, wenn man endlich geglaubt hat, man ist heraußen und alles ist ganz anders, und dann ist es doch nicht so. Nur eine falsche Vorstellung gewesen. Die können sich ja gar nicht vorstellen, in welcher Haut er steckt. Sie halten ihn einfach für einen, der drüben steht. Auf der anderen Seite. Mit der Stoppuhr. Und bilden sich einfach ein, er ist gegen sie. Dabei ist er überhaupt nicht gegen sie. Aber das können sie sich nicht vorstellen. Das können sie ihm gar nicht glauben. Denn eigentlich, dachte er, dürfen sie mir das gar nicht glauben, wenn sie ein Hirn im Kopf haben. Ohne weiteres könnte er sie hineinlegen, dachte er und sah, wie der Schubert seinen Schraubenschlüssel holte, den er zuerst extra auf der Bank liegengelassen hatte, um noch einmal den Weg zurück machen zu können, und wenn ich ihnen jetzt ihre Tricks, dachte Klein, ganz einfach übersehe, mit denen sie Zeit schinden wollen, dann denken sie höchstens, der Trottel merkt das nicht. Dabei vergessen sie, daß er diese Tricks durch und durch kennt. Schließlich hat er sie ja selber noch vor gar nicht langer Zeit angewandt. Und das, fiel ihm plötzlich ein, ist vielleicht überhaupt der Grund, warum die Firma ausgerechnet ehemalige Arbeiter zu Zeitnehmern macht: weil die eben die Tricks kennen. Aber die da glauben anscheinend, daß er auf einmal blöd geworden ist, so blöd, daß er seine eigenen Tricks nicht mehr kennt. Und wenn er sie ihnen wirklich nicht anrechnet, was ja nicht einmal möglich ist, dann könnten sie auch noch sicher sein, daß er ein Trottel ist, der nichts gemerkt hat. Ein kleiner Triumph wäre das, mitten in ihrer Wut auf ihn. Aber wenn er sich vorstellt, wie sie sich dann vorkommen würden, ihm, diesem Trottel, gegenüber, und wenn er sich vorstellt, wie sie vor den anderen großtun und erzählen, wie sie ihn übers Ohr gehauen haben, dann kriegt er natürlich selber eine Wut, das müssen sie verstehen, und er würde von der Zeit, die er gestoppt hat, einfach die Zeit abziehen, die sie mit ihren blöden Tricks schätzungsweise herauszuschinden versucht haben, wenn er das nicht ohnedies gleich gemacht hätte. Dann würden sie nämlich, wenn sie die neuen Vorgabezeiten bekommen, auf einmal merken, daß sie zu früh gelacht, daß sie ihn zu früh für blöd gehalten haben.

Im Moment, wo er in die Produktionshallen hineingeht, um die Zeitaufnahmen zu machen, muß er vergessen, was sein Leben lang ganz eindeutig, ganz unverwechselbar gewesen ist: Er darf Menschen nicht mehr als Menschen erkennen und – das ist noch viel schwieriger – in ehemaligen Freunden auch keine ehemaligen Freunde mehr sehen. Wenn er zwischen den Maschinen und Werkbänken und Bandstraßen durchgeht, um an den Platz zu kommen, wo er stoppen soll, muß er Scheuklappen aufsetzen, obwohl er sich gleichzeitig einbilden muß, er bekommt jetzt den ganz klaren Blick, den Röntgenblick, der durch alle

Gesichter hindurchgeht, durch die Körper. Bewegungen muß er sehen, nichts als Bewegungen; Dinge werden nur durch Bewegungen verändert, sieht er; ein Werkstück gerät an etwas, das die Bewegung in sich hat, sie nur aufs Werkstück drauflassen will.
Hin und wieder kam es vor, daß ihn jemand dabei ansprach, irgendeine Bemerkung machte, meist eine, die ihn zum Auslachen dastehen lassen sollte, und da mußte Klein dann richtig blinzeln, um glauben zu können, daß hier tatsächlich ein Mensch stand. Unsinn, mußte er sich sagen, so ein Unsinn, ich habe da meine Tabelle vor mir und die Stoppuhr, was hat das mit Menschen zu tun, für mich sind das Bewegungen in der Zeit. Wenn er weg ist, sollen sie sein, was sie wollen, von ihm aus auch Menschen, wenn sie können, wenn das möglich ist. Aber im Moment nicht. Sonst kommt es vielleicht noch so weit, daß er in seine Tabelle statt einer Sekundenzahl die Augenfarbe dessen einträgt, der ihn die ganze Zeit, wo Klein vor ihm steht, mit deutlicher Verachtung ansieht.

Manchmal, wenn er rauchend auf dem Klo saß, war plötzlich wieder die Vorstellung da, die ihn schon früher, als er noch am Band stand, überfallen und davongetragen hatte. Längere Zeit war diese Vorstellung ausgeblieben, aber nun war sie auf einmal wieder da, die Vorstellung, als Neugeborenes vertauscht worden, bei den falschen Eltern aufgewachsen zu sein, aber plötzlich stellt sich der Irrtum heraus, die richtigen Eltern wohnen in einer Villa und leben in so bequemen Verhältnissen, daß sie an Geld nicht einmal zu denken brauchen, und mit einem Schlag ist alles anders: Ohne die geringste Anstrengung unternehmen zu müssen, ist er plötzlich jemand, ein Sohn von Eltern, die er nicht unterschlagen muß, und seine Vergangenheit ist eine Vergangenheit, die ihm gar nicht gebührt hätte, einem anderen hat er diese Zeit abgenommen, dieses Leben in den Fabriken, dieses Leben in diesem Nest, ein anderer ist statt ihm .zwischen Seidendecken gelegen und hat, wenn er, bis in den schönsten Vormittag hineinschlafend, aufwachte, vom Bett aus in den großen, sonnenbeschienenen Park mit den schönen, alten Bäumen sehen können, der die Villa umgibt, ein anderer hat mit dem nackten Fuß auf einem echten Teppich nach den Pantoffeln getappt und ist ins marmorausgelegte Bad hinübergegangen und hat sich gemächlich auf einen durch kein Arbeitenmüssen verunstalteten Tag vorbereitet, während der richtige Sohn schon zehnmal auf die Uhr geschaut hat, ob es denn nicht bald Mittag wird, aber dafür wird er nun tausendfach entschädigt, haben kann er, was er will, kaum daß er nur eine Andeutung macht, wird ihm schon jeder Wunsch erfüllt, und ohne jemals in dieser Umgebung gewesen zu sein, fühlt er sich dort gleich zu Hause, und endlich versteht er, warum er immer von den nun falschen Eltern, warum er aus den Fabriken, warum er aus diesem ganzen kleinen Leben davonwollte, aber das Schönste ist doch, daß er seine Vergangenheit nicht mehr als eine Vergangenheit ansehen muß, die ihm zustand, sondern nur als die, die er dem anderen abgenommen hat; er hat sie erlitten, aber das macht ihm jetzt nichts mehr aus, weil ihm niemand mehr diese Vergangenheit zur Last legt, sondern man sieht sie nur mehr als etwas, durch das er tapfer hindurchgegangen ist wie durch ein Fegefeuer, ein Abenteuer ist sie nun fast, in das er geraten ist und das er bestanden hat, er wäre ja ohnedies schon auf dem besten Weg gewesen, sich daraus hinauszuarbeiten, aus eigener Kraft dorthin zu gelangen, wo er eigentlich hingehört, aber diese letzte Anstrengung wird ihm nun geschenkt, er legt dieses fremde Leben ab, das er so lange als sein eigenes gelebt hat, kehrt in das *zurück*, das ihm zusteht, und die Zukunft, die ihn erwartet und die natürlich eine glänzende ist, wird dann endlich seine eigene sein.

Wenn er den Rest der Zigarette zwischen seinen Beinen ins Wasser der Klomuschel fallen ließ, dann war ihm das Aufzischen und Verlöschen der Glut wie ein Signal, daß nun die Wirklichkeit wieder galt, daß nun dieses eben schon als fremdes abgetane Leben wieder weiterlief.

Er ging über den Platz, Freitagnacht, und er war schon ziemlich betrunken, war beim Lazek gewesen und vorher im Kaffeehaus, hatte dort zuerst zugeschaut, wie der Stenzl und der junge Heinisch Billard spielten, und er hatte es wieder als allergrößten Mangel empfunden, nicht Billard spielen zu können, das mußt du auch noch lernen, hatte er sich gesagt, aber es fragt sich nur wo, schließlich konnte er sich hier im Kaffeehaus nicht als Anfänger hinstellen, den der Kaffeehausbesitzer vor Angst, er stößt ihm Löcher ins grüne Tuch, ständig umkreisen muß, und wobei jeder sofort daran erinnert wird, daß ihm, Klein, die Billardvergangenheit fehlt, und dann war er neben dem Stenzl und dem jungen Heinisch gesessen, fast selbstverständlich war es ihm schon gewesen, dort zu sitzen, neben einem Lehrer und dem Sohn eines Gemüsegroßhandels, die vom Kaffeehausbesitzer immer wieder mit Namen angesprochen wurden, während er noch immer nicht mit Namen angesprochen wurde, doch dann waren der Hoffmann, der Siller und der Piatnik gekommen und hatten sich dazugesetzt, und es war auf einmal gewesen, als habe sich eine Trennwand zwischen ihn und den Stenzl und den Heinisch geschoben, sie hatten getan, als sei er plötzlich verschwunden, als sei er ohnedies die ganze Zeit nur ein Ersatz gewesen, mit dem man redet, solange niemand anderer da ist, plötzlich hatte ihn keiner mehr angeredet, der Hoffmann hatte von einem neuen Lokal in der Umgebung erzählt, das heute eröffnet worden sei und in dem angeblich die Kellnerinnen mit nacktem Busen servierten, der Hoffmann hatte dabei immer nur den Stenzl, den Siller, den Heinisch und den Piatnik angeschaut, aber nie ihn, über ihn war sein Blick immer nur drübergewischt, Klein hatte zwar mitgelacht, als Gelächter ausbrach, und er hatte manchmal eine Bemerkung gemacht, aber niemand hatte das richtig zur Kenntnis nehmen wollen, und er hatte sich gefragt, was denn am Hoffmann und am Piatnik wohl gar so Besonderes sei, das waren doch auch nur Angestellte, hatte er sich sagen müssen, der Hoffmann beim Finanzamt und der Piatnik als Zeichner in der Textilfabrik, und ein Elternhaus, das sie empfehlen würde, hatten die doch auch nicht, zumindest waren ihm ihre Eltern unbekannt, also konnten sie nichts Besonderes sein, der Vater des Siller war wenigstens Bahnhofsvorstand, aber wahrscheinlich, hatte er dann gemeint, haben sie ihm nur die Jahre voraus, die sie bereits hier ein und aus gegangen sind, während er unsinnigerweise gemeint hatte, in Wirtshäusern sei es viel lustiger, und als der Hoffmann den Vorschlag gemacht hatte, doch diesen nackten Busen einen Besuch abzustatten, war das eine beschlossene Sache gewesen, ohne daß sie hätten hören wollen, was er dazu meint, und als sie draußen ins Auto des Siller gestiegen waren, war Klein wie von selbst übriggeblieben, mehr Platz hab ich leider nicht, hatte der Siller wie bedauernd die Schultern gezuckt und gegrinst, und Klein hatte schnell gesagt, daß er sowieso sein eigenes Auto da hat, und er war hinter ihnen hergefahren, aber bei der zweiten Kreuzung hatte er sie schon aus den Augen verloren, weil der Siller so schnell fuhr, und Klein hatte sich auf einmal gar nichts anderes mehr vorstellen können, als daß ihn der Siller abhängen wollte, und er war beim Lazek stehengeblieben, in der Hoffnung, daß da drinnen jemand Brauchbarer für ihn herumsitze, aber es war niemand dagewesen, und er hatte allein auf einem Barhocker seinen Ärger hinuntergetrunken, warum bin ich übriggeblieben, hatte er sich immer wieder gefragt, warum nicht ein anderer, warum bleibt immer gerade er übrig, ohne daß sich die anderen eigentlich vordrängen müssen, und dann hatte er noch eine Weile weitergetrunken, weil er schon einmal angefangen hatte und er außerdem allein auf dem Hocker nichts weiter hatte tun können, als an der Zigarette zu ziehen und nach dem Glas zu greifen, bis ihm eingefallen war, daß er ja jetzt Autofahrer war und eigentlich überhaupt nichts trinken dürfte, und als er den Schlüssel nicht gleich ins Schloß brachte, hatte er auch gemerkt, daß er eigentlich nicht nur fürs Fahren, sondern überhaupt schon zu viel getrunken hatte, trotzdem, war es ihm vorgekommen, kann er doch jetzt nicht schon nach Hause gehen, und als er in den Schubertplatz eingebogen war und das rote Schild des Gasthauses Grünauer gesehen hatte, hatte er sofort abgebremst, da geht er hinein, hatte er gedacht, warum soll er denn nicht mehr hineingehen?, lachende, lustige Gesichter, hatte er sich vorgestellt, lauter alte Bekannte, und es wird ein Hallo losgehen, wenn er hineinkommt, Schulterklopfen, Zusammenrücken, damit er Platz hat.

Drinnen war es, wie immer an einem Freitagabend, laut und ziemlich voll, und ein Durcheinanderreden und Von-Tisch-zu-Tisch-Schreien, und er hatte das Gefühl, als sei er ohnedies erst gestern dagewesen, das war ihm einfach vertraut, und er drängte sich an den Männern vorbei, die gleich bei der Tür um den Schanktisch standen, weiter hinten sah er den Vogler sitzen, und er steuerte auf ihn zu, nahm im Hingehen schon einen freien Sessel mit, grüß euch, sagte er, ist es da eh gestattet, und dann sah er erst, wer da noch am Tisch saß, der Maresch, sah er, und der Wimmer, beide aus der Fabrik, außerdem noch der Groh, und der Tisch war voll mit leeren, nicht weggeräumten Gläsern, alle schienen schon ziemlich viel getrunken zu haben, viel los da heute, sagte Klein schnell und sah in die Runde, aber obwohl da gerade noch heftig geredet worden war, saß er plötzlich Schweigen gegenüber. Langsam fing der Groh zu grinsen an, ich glaub, sagte er, da hat sich einer verirrt. Mir scheint auch, sagte der Vogler, und dann war wieder Schweigen, überall nur ein vages Grinsen. Hast du dich sicher nicht geirrt, fragte der Vogler endlich, du sitzt nämlich im Gasthaus Grünauer. Jaja, sagte Klein, was denn?, es ist eh noch alles so wie früher. Der Groh stieß den Maresch an, hast du das gehört, Kurt, sagte er, was der gesagt hat. Ja, sagte der Maresch, ich habs gehört. Früher, sagte der Groh, ihr habts alle gehört, früher, hat er gesagt. Wann ist denn früher?, wollte er wissen. Früher ist früher, sagte Klein. Aha, sagte der Vogler, das ist uns aber neu. Wollt ihr mich auf die Schaufel nehmen, fragte Klein. Aber geh, sagte der Groh, wie kommst du denn darauf. Nie würden wir uns trauen, dich auf die Schaufel zu nehmen, grinste der Vogler. Traut ihr euch vielleicht, sah er sich um, traut sich einer von euch, diesen Herrn da auf die Schaufel zu nehmen? Du siehst also, keiner traut sich, sagte er, aber im Ernst, hast du dich wirklich nicht verirrt? Nein, sagte Klein, überhaupt nicht. Du bist also gekommen, sagte der Groh, um uns eine Runde zu zahlen. Naja, sagte Klein, das eigentlich nicht, aber wenn es sein muß. Dann ist es gut, sagte der Groh, daß du dich verirrt hast, unter solchen Umständen kannst du dich öfter verirren. Einen Scheißdreck, sagte der Maresch plötzlich heftig, und Klein sah ihn an, sah in ein wütendes Gesicht, aber bevor noch jemand etwas sagen konnte, ging nebenan ein Wirbel los, ein Betrunkener war vom Sessel gefallen und saß breitbeinig auf dem Boden, versuchte aufzukommen, schaffte es aber nicht, rundum Gelächter, Gebrüll, Kommentare, Ratschläge, was man mit ihm machen soll, stellts ihm das Bier hinunter, schrie einer, was braucht er einen Tisch, und der Grünauer kam gelaufen, und dann wurde der Betrunkene endlich hinausgetragen, ins Auto setzen, einfach ins Auto setzen, hieß es, ist das Beste. Zahlst jetzt eine Runde?, wollte der Groh wissen. Hab ich ja gesagt, sagte Klein, und der Groh schrie gleich dem Grünauer. Da zahlt jetzt das schlechte Gewissen, hörte Klein plötzlich den Maresch sagen, und er sah ihn an, und der Maresch sah ihn an, mußt du dem Alten jetzt eigentlich täglich die Hand küssen, fragte der Maresch, und ein Gekicher ging los, und als ob das ein Stichwort gewesen wäre, kamen plötzlich von allen Seiten Sätze auf Klein zu, ist es wahr, daß die Angestellten deswegen jeden Tag frische weiße Hemden anziehen müssen, weil sie am Abend schon wieder braun sind?, und in welchem Arsch ist es denn schöner, in dem vom Alten oder vom Junior?, fuhren die Sprüche auf Klein los, als wäre das schon vorher geprobt worden, um es auf ihn hinzulassen, wenn er einmal in ihre Gasse kommt, und Klein saß da, zugedeckt von Gelächter, und hatte plötzlich das Gefühl, als sei er wieder mittendrin, ein wenig ausgelacht zwar, aber wieder mittendrin, und er ließ selber schnell ein paar Sprüche los, lachte mit, fühlte sich auf einmal in dem Gelächter ungeheuer wohl, und dann kamen die beiden Männer zurück, die den Betrunkenen hinausgetragen hatten, abgefahren sei er, schrien sie, zwar so, deutete der eine eine Schlangenlinie mit der

Hand, aber immerhin. Neugierig bin ich, schrie der Vogler, ob der morgen vormittag wieder auftaucht. Na, ich auch, lachte Klein, und dann stellte der Wirt die Schnapsgläser auf den Tisch und fünf Minuten später die nächsten und dann noch eine Runde, der Herr Chef da zahlt sie, deutete der Wimmer lachend auf Klein, naja, sagte Klein, aber dann kommts ihr dran, und plötzlich nahm der Groh sein Glas, trinken wir auf das größte Arschloch an unserem Tisch?, sagte er lächelnd. Sowieso, sagte der Maresch, auf dich also, grinste er Klein an, und Klein grinste auch, und plötzlich schüttete er dem Maresch das Glas ins Gesicht, und sofort packte ihn der Vogler, und der Maresch fuhr über den Tisch, faßte ihn am Hals, holte mit der Faust aus, und Klein duckte sich unter seinem Arm, aber es kam nichts, und als er aufschaute, sah er in das verzerrte Gesicht des Maresch, schleich dich, stieß der Maresch heraus, schleich dich, aber schnell. Klein taumelte von seinem Sessel auf, was ist denn da los, hörte er hinter sich den Grünauer, und rundum, sah er, gaffte man ihn an, du Proletensau, stieß Klein hervor, und der Maresch hatte ihn sofort wieder an der Jacke, sag das noch einmal, schrie er, aber da war schon der Grünauer dazwischen, was ist denn los, wo sind wir denn?, fuhr er auf den Maresch hin. Klein machte einen Schritt zurück und versuchte ein Grinsen und griff sich an den Hals, um die Krawatte zu richten, das wirst du noch bereuen, sagte er zum Maresch, verlaß dich drauf, alle, sah er in die Runde, allen wird das noch leid tun, und dann drehte er sich plötzlich um, hinter ihm war Gelächter und die Stimme des Maresch, geh scheißen, du Oberarschloch, schrie der Maresch, und Klein ging zur Schank und riß seine Geldtasche heraus. Was war denn?, wollte die Wirtin wissen. Aber Klein gab keine Antwort, machte nur eine verächtliche Handbewegung. Die haben heute alle schon ein bißchen zu viel, lächelte die Wirtin. Ohne zu grüßen ging Klein hinaus.

Manchmal schien ihm, als sei es seit damals, als er ins Angestelltengebäude übersiedelte, ganz menschenleer um ihn geworden. Als sei er von allen ganz weit weg. Von den einen hatte er sich getrennt. Auf ihrer Seite zu stehen, hatte er ja, sich in die andere Welt wünschend, schon lange vorher nicht mehr von sich behaupten können. Und die Menschen, die an ihre Stelle getreten waren, mit denen er nun umging oder bald umgehen zu können hoffte, schienen ihm manchmal auch nicht mehr zu sein als ein Ersatz. Ein Mittel, um durch sie andere kennenzulernen. Unter ihnen war niemand, dem er sich wirklich nahegefühlt hätte. Auch dem Lenz nicht, der außerdem nur zum Wochenende da war und der, was Klein vielleicht ein wenig geholfen hätte, keinen Grund sah, Klein für seinen einzigen Freund zu halten, ihn allen früheren Bekannten vorzuziehen. Niemanden gab es, bei dem er sich bedenkenlos hätte fallen lassen können. Da gab es keine Gedankenlosigkeit mehr wie früher, in der alles selbstverständlich war, in der er das Gefühl gehabt hatte, nichts falsch machen zu können. Die Angst, für einen Eindringling gehalten zu werden, war immer nur kurz wegzudenken. Ununterbrochen meinte er, beweisen zu müssen, daß er dazugehört. Während in diese Welt hineingeborene oder sich schon lange in ihr aufhaltende Menschen es sich schon wieder erlauben konnten, keinen Wert auf äußere Kenntlichkeit zu legen, sie sogar hin und wieder aus der Rolle fallen konnten *(leutselig* seien sie, hieß es dann höchstens, oder *überhaupt nicht eingebildet)*, kam Klein sich ständig abgeschätzt vor, wurde er auch dauernd abgeschätzt, durfte er sich nichts *erlauben*, ohne sofort befürchten zu müssen, man lege ihm seine Vergangenheit, seine Herkunft zur Last, man werde ihn ihretwegen sofort ausschließen. Oft hatte er plötzlich das Gefühl, in ein Niemandsland geraten zu sein. Er ist weg aus seiner Welt, in die er nicht mehr zurückkam, in die er auch gar nicht will, weil ihm schon vor der Vorstellung graut, wieder in einer Fabrik zu stehen, noch dazu unter Menschen, die in ihm längst einen Gegner sehen, und in die andere Welt kommt er einfach nicht hinein, und wenn er sich schon manchmal in ihr drinnen glaubt, dann merkt er doch, daß er hier nicht daheim ist.

Immer noch war dieser unerträgliche Zustand nicht beseitigt worden. Von Monatsanfang zu Monatsanfang wartete Klein darauf, aus den Lohnlisten gestrichen und in die Gehaltstabellen eingetragen, endlich ins Angestelltenverhältnis übernommen zu werden. Aber es geschah nichts. Nach wie vor schrumpfte er vor der Stechuhr zur Nummer 42/5, zum angelernten Hilfsarbeiter zusammen. Und wenn er durch die Hallen ging oder sonst jemanden sich entsetzlich abschinden sah, dann packte ihn manchmal eine fürchterliche Angst, daß ihm das selber noch einmal blühen könnte. Und in seiner Vergangenheit gab es auch genug, um sich solche Bilder ganz leicht jederzeit vorstellen zu können. Die Firma, wußte er, hätte ihm nur zu kündigen brauchen, und schon hätte er sich wieder in so einer Lage befunden. Als Arbeitslos-Gewordener hätte er ja nicht auf irgendwelche Angestelltenrechte pochen können, hätte er vor allem kein Recht auf eine Angestelltenarbeit gehabt, sondern er hätte als Hilfsarbeiter jede und auch die schlimmste Dreckarbeit annehmen müssen, die ihm das Arbeitsamt angeboten hätte. Auch wenn er sich sagte, daß so etwas wahrscheinlich nie Wirklichkeit werden würde, so half ihm das doch nicht gegen seine plötzlich ausbrechende Angst, gegen dieses Gefühl, in der Luft zu hängen. Daß die Firma ihn absichtlich in so einem Zustand halten wollte, hat er sich nicht vorstellen können. Sie werden mich ganz einfach vergessen haben, war ihm noch die einleuchtendste Erklärung.
Immer wieder nahm er sich vor, den Niggisch daraufhin anzusprechen. Aber wenn er ihm dann ins Gesicht sah, hielt ihn eine seltsame Angst, eigentlich etwas ganz Ungehöriges, ihm gar nicht Gebührendes zu verlangen, davor zurück. Und den Tarmann, mit dem er sich als einzigem darüber zu reden traute und der der Meinung war, daß Klein eigentlich schon die längste Zeit angestellt worden sein müßte, den Tarmann wagte Klein nicht zu bitten, den Niggisch darauf aufmerksam zu machen. Außerdem war Klein nicht sicher, ob der Niggisch dafür überhaupt zuständig war. Schließlich war der Niggisch Angestelltenbetriebsrat und also für Angestellte zuständig und nicht

für Noch-nicht-Angestellte. War also, fragte sich Klein, vielleicht überhaupt der Arbeiterbetriebsrat der richtige Mann? Aber bei dem konnte er sich schon gar nicht vorstellen, daß der etwas für ihn tun könnte. Der Tarmann meinte, wahrscheinlich ist der Kramer zuständig, der ja auch Personalchef war. Zweimal war Klein schon vor dessen Tür gestanden, aber dann hatte er sich jedesmal gesagt, bis zum nächsten Monatsersten warte ich jetzt noch, und wenn es dann noch immer nicht soweit sein sollte, dann gehe ich wirklich hinein. Außerdem wollte er auch gleich vom Geld reden. Wenn er schon richtige Angestelltenarbeit tat, dann wollte er auch ein richtiges Angestelltengehalt sehen. Schließlich waren seine Ausgaben ja auch dadurch gestiegen, daß er sich bemühte, eine rundum akzeptable Angestelltenexistenz darzustellen. Diesen dauernden Griff nach der Geldbörse und das Schnell-Nachzählen, als ob das Geld seit dem letzten Zählen von allein mehr hätte werden können, fand er entwürdigend. Dieses ständige Kopfrechnen, ob er sich etwas leisten kann, schien ihm gar nicht zu seinem neuen Leben zu passen. Als er dann erfuhr, daß das Fräulein Kirchner aus der Vermittlung, die die Tochter des Betriebsratsobmannes war und die Klein von früher kannte, als sie noch in der Armaturenmontage Wasserhähne zusammengesetzt hatte, längst eine richtige Angestellte war, und als er sie auf seine vorsichtige Frage vollständigste Zufriedenheit mit dem Gehalt andeuten gehört hatte, meinte Klein, nun doch nicht länger warten zu können. Außerdem sind ihm keine Ausreden mehr für einen weiteren Aufschub eingefallen.
Händeabwischen, Krawattegeraderücken, Einatmen. Im Ausatmen dann anklopfen und die Tür aufmachen. Darf ich einen Moment stören? Es war ihm gleich peinlich, daß der Kramer nicht allein im Zimmer war, sondern daß auch das Fräulein Sagreiter herumsaß. Ich hab mir gedacht, stotterte Klein. Naja. Ich meine. Ich möchte nur einmal fragen. Die Sätze, die er sich zurechtgelegt hatte, waren auf einmal ganz aus seinem Kopf, und er mußte schnell neue zusammensuchen. Außerdem wäre er froh gewesen, wie beim Militär in Habtachtstellung dastehen zu können,

weil er dann wenigstens gewußt hätte, daß die Hände, die auf einmal ganz überflüssig an ihm herumhingen, an die Hosennaht gehören. Und überhaupt von Geld zu reden, war ihm vor der Sagreiter peinlich, als gestehe er damit ein, daß er ein ganz armer Hund ist. Der Kramer ließ ihn aber gar nicht ausreden. Ich verstehe Sie nicht, sagte er. Was wollen Sie denn eigentlich? Haben Sie da unten nicht eine schöne Arbeit, oder was? Schon, sagte Klein, schon, aber ... Ich habe immer geglaubt, Sie sind uns dankbar dafür, was wir für Sie getan haben. Wir bezahlen Ihnen eine Ausbildung und lassen Sie Kurse machen. Und Sie? Ihnen geht die Akkordprämie ab. Aber bitte sehr, sagte der Kramer wütend, wenn Sie meinen? Ich hab nichts dagegen, wenn Sie wieder zurück ans Fließband wollen.

Als Klein die Stufen wieder hinabging, wußte er schon nicht mehr, wie sein Rückzug vor sich gegangen, wie er überhaupt aus dem Zimmer gekommen war. Fließband, dachte er, der Kramer hatte gesagt: Fließband. Wenn es Ihnen draußen lieber ist, bitte sehr. Nicht um einen einzigen Groschen hatte er verhandelt. Nicht einmal in Betracht gezogen, ihn ins Angestelltenverhältnis zu übernehmen. Hat einfach Fließband gesagt.

Der Niggisch telefonierte, als Klein zurück in die Abteilung kam. Jetzt erfährt er alles, dachte Klein, jetzt informiert ihn der Kramer. Daneben hatte er das Gefühl, daß alle im Zimmer ohnedies schon wußten, was geschehen war. Alle, schien ihm, hielten sich nur zurück und würden am liebsten bei seinem Anblick laut herauslachen. Er hielt es an seinem Schreibtisch nicht aus und ging aufs Klo, rauchte und sah die Fugen zwischen den Bodenfliesen entlang. So ist das also, dachte er immer wieder, so steh ich also da. Das erstemal macht er den Mund auf, und schon hat er einen Knebel drinnen. So einfach war er kaltzustellen. Er darf nicht einmal fordern, was die anderen selbstverständlich bekommen. Was heißt fordern? Er ist ohnedies fast durch den Türspalt hineingekrochen. Entschuldigung, hat er gesagt. Ob man nicht vergessen hat. Irrtümlicherweise. Nur irrtümlicherweise. Und sofort heißt

es: Fließband. Wenn Ihnen was nicht paßt. Und so was sei ihm noch nicht untergekommen, hatte der Kramer gesagt. Als ob Klein das Ansinnen gestellt hätte, daß man ihm die Firma schenkt. Nichts als ewig dankbar darf er sein, daß man ihn draußen erlöst hat. Die Menschenfreundlichkeit der Firma ist also nur ein Trick gewesen, dachte er. Man hatte nicht einem Arbeiter eine Chance gegeben, sondern man hatte einen haben wollen, der mit seiner ewigen Dankbarkeit ganz billig kommt. So billig hatten sie sich einen Ersatz für den Lesjak besorgt. Für einen Hilfsarbeiterlohn ohne Akkordprämie. Er konnte sich auf einmal gut vorstellen, daß der Lesjak absichtlich gegen diesen Telegrafenmasten gefahren war. Vielleicht, dachte er, hat man mit dem dasselbe gespielt. Und da ist er auf der schnurgeraden Straße plötzlich nach rechts abgebogen. Ein unglaublicher Trottel bin ich, dachte Klein, ein ganz unglaublicher Trottel. Warum hatte er nicht früher gesehen, was da gespielt wurde. Statt dessen ist er so verrückt und bildet sich ein, die Firma ist nicht so. Ist plötzlich eine andere geworden. Nie hat er gesehen, daß die Firma etwas für einen Arbeiter tut, immer hat er gesehen, daß sie etwas will. Man hatte gewollt, daß er schneller arbeitet. Für weniger Geld. Daß er weniger Kosten macht. Daß er seine Brachzeiten minimiert. Das war seine lebenslange Erfahrung mit den Unternehmen gewesen, auch wenn er damals noch nicht die exakten REFA-Bezeichnungen dazu gewußt hatte. Und plötzlich war er so verrückt gewesen, sich einzureden, die Firma ist überhaupt kein Gegner, sondern im Gegenteil ganz auf seiner Seite. Plötzlich hat er Scheuklappen auf und sieht nur mehr das Allerbeste. Der Niggisch, hatte er sich gesagt, ist eine Ausnahme. Wenn der Niggisch nicht wäre, hatte er gesagt. Was für ein Witz, dachte er. In Wirklichkeit könnte der Niggisch nämlich das Aushängeschild sein. Das Firmenzeichen. Mürrisch dreinschauend oder mit offenem Maul. Aber ab nun, dachte er, ist es aus mit der Dankbarkeit. Das ist der Vorteil des Ganzen. Jetzt sieht er wenigstens klar. Ab heute keine Dankbarkeit mehr.
In der nächsten Zeit hat er dann Dankbarkeit nur noch

vorgespielt, ohne wirklich noch dankbar zu sein. Er hat gelächelt oder betroffen dreingeschaut, je nach Notwendigkeit, hat sich geduckt, auch wenn ihm vor lauter Wut der Mund dabei trocken wurde. Es der Firma *heimzuzahlen*, sie dafür *büßen* zu lassen, hat er ja auf später aufschieben müssen. Wenn die Zeit kommt, in der er einmal auf dem längeren Ast sitzt. Jetzt, wußte er, würde ihm das höchstens selber als Aufsässigkeit auf den Kopf fallen. Die Notwendigkeit, ein regelrechter Angestellter zu werden, bestand ja für ihn nach wie vor. Und damit man ihn zur Belohnung doch noch ins Angestelltenverhältnis übernähme, mußte er ja erst ein Verhalten an den Tag legen, für das er überhaupt belohnt werden konnte.

Es war viel zu heiß für einen Anzug samt Weste und eine bis zum Anschlag zugezogene Krawatte. Ein für die Jahreszeit ungewöhnlich heißer, staubiger Tag. Sonntagnachmittag Anfang September. Obwohl Klein beide Fenster hinuntergekurbelt hatte, spürte er bald, wie der Schweiß unter seinen Achseln stand, wie die Hose an seinen Oberschenkeln und das Hemd auf seinem Rücken festzukleben anfingen. Wenn er sich ein wenig vom Sitz abhob, hatte er das Gefühl, das Gewebe des Anzugsstoffes und der Unterhose habe sich in seine Haut eingefressen. Obwohl er viel zu früh dran war, fast eine halbe Stunde zu früh, sah er ständig auf die Uhr. Und alle Augenblicke sah er seine Manschetten an, als hätten sie im Nur-Dasitzen schon schmutzig werden können, nur weil *er* es war, der dieses Hemd trug. Wenn er eine Zigarette anzündete, merkte er, wie das Papier zwischen seinen Fingern feucht wurde.
Er stand mit dem Auto in der Nähe des Busbahnhofs, wo er die lange gerade Straße, die vom Stadtplatz herausführte, bis hinauf zur protestantischen Kirche im Blick hatte. Lange bevor sie ihn sehen würde, würde er sie sehen. Manchmal drehte er den Kopf und sah über das neue Postgebäude hinüber. Dahinter, wußte er, wo sich die sonst öde Wiese bis zum Teich erstreckte, war das Volks-

fest. Da waren die Landmaschinenausstellung, der Vergnügungspark und das Bierzelt. Da war in diesem Moment die halbe Stadt versammelt, um an der Übertragung der allseits beliebten Autofahrersendung, die Klein schon die längste Zeit eine Oberidiotensendung nannte, teilzunehmen. Wenn er genau aufpaßte, konnte er sogar Musikfetzen und die abgerissene Stimme eines Ausrufers herüberhören, und wenn er sich das Innere des Bierzeltes vorstellte und daran dachte, was dort gestern gewesen war, fing er, ohne es zu merken, ein wenig zu lächeln an. Daß sich da drinnen so etwas ergeben kann, dachte er, hätte ich nie geglaubt.

Es war zuerst nur das übliche gewesen. Dasitzen auf den wackligen Bänken und Bier hineinschütten und sich die Ohren von der Blasmusik zunageln lassen und lachen und schreien. Daß er nicht bei denen gesessen war, mit denen er sich die letzten Jahre beim Volksfest um die Wette um den Verstand getrunken hatte, sondern inmitten seiner neuen Bekannten, angefangen vom Lenz über den Schielek bis zur kleinen Höfer, dem Heinisch und noch einem Haufen anderer, die sonst das Kaffeehaus für standesgemäß hielten, hatte er ja nur zu Beginn besonders gefunden, als er sich im zum Bersten vollen Bierzelt noch eingebildet hatte, alle seien eigentlich nur deswegen hergekommen, um ihn nun auf der *anderen Seite* sitzen zu sehen. Von allen Bänken rundum war er sich genau beobachtet vorgekommen. Aber nach dem dritten Bier waren ihm solche Gedanken vergangen. Zwischen dem Lenz und der kleinen Höfer eingezwängt war er auf der Bank gesessen und hatte das Bier zum doppelten Preis getrunken, wie es sonst zu haben war, was ihm aber auch bald nicht mehr auffiel, alle Momente gestoßen und angerempelt, weil der Gang zwischen den Bankreihen viel zu schmal war für den weitläufigen Schritt der Betrunkenen, schon am Nachmittag hatten sie sich in den Dunst des Bierzeltes gesetzt, obwohl dort vor Hitze kaum zu atmen war, und als es schon längst dunkel geworden war, saßen sie noch immer dort, Klein hatte halbwegs aufrecht zu bleiben versucht, während links und rechts im Takt der Musik an ihm gezogen worden war, über den Tisch war eine Unterhaltung bald unmöglich gewesen, und die Blasmusik hatte gestampft und gedröhnt, und manchmal hatte sich Klein ein wenig gewundert, daß die, unter denen er saß, die blöden, meist anzüglichen Reden des Conférenciers anscheinend genauso lustig fanden wie die Menschen an den anderen Tischen, für die, wie Klein meinte, diese Lustigkeit ja *eigentlich* da war, er war dagesessen und hatte geschrien und gelacht und hatte sich so wohl gefühlt wie schon lange nicht mehr, als könne er nur das Richtige machen, nicht den geringsten Fehltritt, und rundum war es immer ausgelassener geworden, Gelächter, Geschrei, schwitzende Gesichter, und auf einmal hatte es ein Gedränge gegeben und plötzlich einen Ruck und ein Geschiebe von rechts, und die Bank hatte sich aufgestellt, Gebrüll, und dann lagen die Menschen herum, Klein unter dem Tisch und jemand auf ihm, was machst denn du da, hatte Klein gelacht, wohnst du da herunten?, nein, hatte das Mädchen gegrinst, ich bin nur zu Besuch da, und er hatte sofort gewußt, wer das war, das ist die, mit der der Kulhavy damals beim Lazek war, und er hatte schnell weitergeredet, und sie hatte gelacht, bis sie auf einmal gemerkt hatten, es wird ganz finster, weil alle wieder saßen und das Licht wegnahmen, weißt was, hatte Klein gesagt, bleiben wir gleich herunten, da ist es eh viel schöner, und er hatte sich überhaupt nicht gewundert, daß sie herunten blieb und das ungeheuer lustig fand, erst beim Aufwachen war ihm das ganz unwahrscheinlich vorgekommen, als ihm der Kopf wehgetan und er Schwierigkeiten gehabt hatte, die letzte Nacht wieder in eine Ordnung zu bringen, alles mögliche hatte er auf einmal in seinem Kopf gehabt, nicht nur einen Namen, Irene, und ein dazugehörendes Gesicht, sondern auch Familienverhältnisse und einen halben Lebenslauf, den sie ihm erzählt haben mußte, und einen Treffpunkt, den sie vereinbart hatten, auf jeden Fall war nicht daran zu zweifeln gewesen, daß er mit ihr eine Weile unter dem Tisch geblieben war, dicht beisammen zwischen den Verstrebungen des Tisches, ja fast aufeinander, bis sie endlich durch ihr Lachen bemerkt worden und hervorgekrochen waren, unter Gelächter und zweideutigen Kommentaren, Irene mit ganz wirrem Haar und verschobenen Kleidern, aber lachend, und dann waren sie nebeneinander gesessen und hatten immer wieder herauslachen müssen, wenn sie einander angeschaut hatten, und er hatte seinen Arm um sie gelegt, weil das das Selbstverständlichste war nach der Nähe unter dem Tisch, und sie hatte sich ebenso selbstverständlich an ihn gelehnt, und sie hatten zusammen aus einem Glas getrunken, und bald hatten sie rundum fast nichts mehr wahrgenommen, waren sie nur immer wieder durch Gelächter und Bemerkungen auf ihre Selbstvergessenheit aufmerksam gemacht worden und darauf, daß sie nicht allein dasaßen und man ringsum sehen konnte, wie sie sich küßten, und er hatte sich schnell ein wenig ins Gespräch am Tisch eingemischt, aber alles, was er gesagt hatte, war nur für sie gewesen, und er hatte auf sie hingeredet, hatte ganz leicht reden können, ununterbrochen wie früher, nur daß er am nächsten Tag nicht mehr wußte, was er alles gesagt hatte, am liebsten wäre er zum Lenz gefahren, um ihn zu fragen, wie das eigentlich nun wirklich gewesen war und was der Lenz glaubt, ob das etwas bedeutet oder ob er für Irene nur eine betrunkene Bierzeltgeschichte war. Für ihn selber, hatte er sich sagen müssen, war so was nie ein Anfang gewesen. Die Bierzeltbekanntschaften der letzten Jahre hatte er sich am nächsten Tag immer schleunigst aus dem Kopf geschlagen. Aber diesmal ist es anders, hatte er gedacht, für ihn ist das anders, und sie ist doch auch nicht so ein Mensch, das sich abbeutelt wie ein nasser Hund, so ist die doch nicht, hatte er gedacht und nicht erwarten können, daß es endlich Mittag wird und endlich eins, und jetzt saß er im Auto und sah die Straße hinauf und schwitzte und ärgerte sich, daß er so zeitig hergefahren war. Wenn sie kommt, dachte er, stinke ich schon wie ein Bauarbeiter. Wenn sie überhaupt kommt. Wenn sie nicht, wie das früher bei ihm war, alles ganz schnell vergessen will. Wenn sie nicht heute meint, er ist ja gar keiner, zu dem sie paßt. Aber woher, dachte er, soll sie denn wissen, was ich für einer bin.

Er ist ganz hektisch geworden, als er sie endlich, zehn

Minuten zu spät, daherkommen sah. Händeabwischen, Krawatterücken, Stecktuchrichten, Staub-vom-Armaturenbrett-Blasen, Händeabwischen. Trotzdem hatte er das Gefühl, je näher sie kam, irgend etwas Wichtiges vergessen zu haben. Das Buch, das neben ihm auf dem Sitz lag, lag absichtlich dort. Aber im letzten Moment warf er es schnell nach hinten, weil er plötzlich fürchtete, sie werde die Absicht durchschauen. Als sie zehn Schritte vor ihm war, stieg er aus. Und im selben Augenblick wußte er, daß er den Mundspray vergessen hatte. Sie gab ihm die Hand, die heiß, aber trocken war. Ich bin ein bißchen zu spät, lächelte sie, aber ich habe meiner Mutter noch im Geschäft helfen müssen. Macht nichts, sagte Klein und hielt ihr die Autotür auf. Er sah, wie sie zusammenzuckte, als die Haut ihrer Oberschenkel den heißen Sitz berührte. Eine Decke, dachte er, ich hätte eine Decke drauftun müssen. Er hatte daran gedacht, daß er ihr die Tür aufhalten mußte, hatte an vieles gedacht, aber nicht an eine Decke. Wohin, sagte er, wo fahren wir hin? Egal, sagte sie, irgendwohin. Zum Glück sprang der Wagen gleich an, obwohl Klein in den letzten Wochen immer Schwierigkeiten damit gehabt hatte. Zwei Stunden, sagte Irene, habe ich Zeit. Zwei Stunden nur, fragte Klein. Naja, sagte Irene, vielleicht zweieinhalb, aber um sechs geht mein Zug.

Sie fuhren aus dem Ort. Klein war froh, mit dem Autofahren beschäftigt erscheinen zu können. Immer wieder sah er sie von der Seite an und versuchte abzuschätzen, wieviel bei ihr von der letzten Nacht geblieben war. Selber hatte er das Gefühl, da sitzt eine ganz andere als die aus dem Bierzelt, und es kam ihm fast aufdringlich vor, daß er Du zu ihr sagte, und es wunderte ihn, daß sie ihn, ohne davor zu zögern, einfach mit Du anredete. Als stünde ihm das gar nicht zu.

Sie fuhren einen Feldweg hinein. Bevor er ums Auto herum war, hatte Irene schon die Tür geöffnet und stieg aus. Aber zuschlagen konnte er die Tür wenigstens noch. Erst zwanzig Schritte weiter fiel ihm auf, daß er das Auto nicht abgesperrt hatte. Aber ist ja eh egal, sagte er, um den ist es nicht schade, ich muß mir sowieso bald einen

neuen kaufen. Sperr es lieber trotzdem ab, sagte sie, sonst können wir zu Fuß heimgehen.
Sie gingen den Feldweg hinauf. Überall waren die Felder schon abgeerntet, und auf den trockenen Rainen summten die Insekten wie weit entferntes Motorengedröhn. Klein rupfte ständig Halme aus und drehte an ihnen herum, versuchte Knoten hineinzuknüpfen und er sah dabei, als sei das etwas ihn ziemlich Beanspruchendes, auf seine Hände hinunter. Nur ab und zu ein Blick zu ihr hin. Reden fast nebenbei. Aber er dachte ununterbrochen daran, ihre Hand zu nehmen, versuchte es sich dauernd vorzustellen. Wenn ich wüßte, dachte er, was sie will, was sie erwartet. Wenn er sie ansah, konnte er sich etwas anderes als ein sittsames Spazierengehen und Über-den-schönen-Herbst-Reden kaum vorstellen. Gestern so dicht neben ihr gewesen zu sein, kam ihm überhaupt wie eine Einbildung vor. Plötzlich fiel ihm der Kulhavy ein und der Präservativautomat beim Lazek, den der Kulhavy benützt hatte. Das muß doch ein Irrtum gewesen sein, dachte er. Erst als sie schon über eine halbe Stunde dahingelaufen und fast schon beim Wald waren, griff er plötzlich auf ihre Hand hinüber. Er tat es mitten unterm Reden und wie nebenbei und als habe er nicht schon die ganze Zeit daran gedacht. Eine ungeheure Erleichterung war es ihm, daß sie gleich zugriff. Der ihm fürchterlich peinliche Moment, stehenzubleiben und mit dem Gesicht an ihres heranzugehen, ging dann auch gleich zusammen mit der Angst, sie werde sich wegdrehen, in der Umarmung unter. Umfallen, dachte Klein, ich möchte jetzt auf der Stelle umfallen. Bis zum Waldrand blieben sie alle paar Schritte stehen. Ich weiß nicht, sagte Klein, was mit mir los ist, ich bin nervös wie beim ersten Rendezvous. Man merkt es, lachte Irene, aber ich, sagte sie, bin auch ziemlich aufgeregt gewesen, als ich auf dein Auto zugegangen bin. Das hab ich gar nicht gemerkt, sagte er. Na ich schon, sagte sie. Er breitete am Waldrand seine Jacke ins Gras und wunderte sich, daß sie den Rock, der ihr im Hinsetzen bis über die halben Oberschenkel hinaufrutschte, nicht wieder hinabzog. Ich hätte vielleicht doch Präservative ein-

stecken sollen, dachte er. Er sah verstohlen auf die Uhr. Bestenfalls, merkte er, hatten sie jetzt noch eine dreiviertel Stunde. Weißt du eigentlich, sagte er plötzlich, daß ich vor einem halben Jahr noch Arbeiter war? In der Plohberger-Fabrik? Er sah seine Schuhspitzen an und drehte auf einmal den Kopf zu ihr. Irene lächelte. Ja, sagte sie, das hast du mir gestern schon erzählt. Wirklich?, sagte er, und es kam ihm vor, als habe er jetzt einen Mord gestanden, der ihm gar nicht angerechnet wird. Gestern hast du mir ein Loch in den Bauch geredet, sagte sie, und er hat den automatisch in seinem Kopf stehenden Satz, ich hätte geglaubt, du hast da schon eins, schnell weggedrängt. Warum, dachte er, fallen mir solche Blödheiten immer noch ein? Er hat sich schnell zu ihr gebeugt und sie wieder zu küssen angefangen, um nichts mehr denken zu müssen. Als er dann wieder die Augen aufmachte und ihr Gesicht und ihr Lächeln sah, hätte er ihr gerne gesagt, daß er auf sie steht. Aber dieser Satz ist ihm für sie ganz unpassend vorgekommen. Ich liebe dich, dachte er, ich liebe dich, immer wieder dachte er, ich liebe dich, und während er sie küßte, hatte er schon ganz deutlich das Gefühl, daß er es jetzt gleich sagen wird, aber er hat es einfach nicht sagen können.

Obwohl er wußte, es ist zu spät, wenn er jetzt nicht gleich anfängt, hat er doch die ganze Zeit keinen Versuch gemacht. Sie ist keine, die man beim ersten Mal aufs Kreuz legt, hat er gedacht, und er hat es sich fast geglaubt, daß ihm ihre Zärtlichkeit allein genügt. Im Nebeneinanderliegen hat er seinen Unterleib von ihr weggehalten, um sie nicht merken zu lassen, daß da etwas Hartes in seiner Hose war, als könne es für sie eine Beleidigung, zumindest eine Enttäuschung sein, daß er ihre Zärtlichkeit für *so etwas* mißbraucht.

Als sie aufstand und an ihrem Kleid herumrückte, hat er gefragt, ob sie nicht morgen fahren kann. Nein, sagte sie, das geht nicht. Wenn man will, sagte Klein, geht alles. Ich kann nächstes Wochenende wiederkommen, sagte sie. Ihre Mutter habe am Samstag sowieso irgendeine Vereinsfeier im Geschäft, wo sie ihr helfen solle. Wegen mir allein, sagte er, kannst nicht kommen? Doch, sagte sie, kann ich auch.

Beim Zurückgehen hat er von der Zukunft zu reden angefangen, und er hat so geredet, als müsse sie sich auch eine *gemeinsame* Zukunft vorstellen können, wenn sie sieht, was er nicht alles für sich erwartet, als könne er sie über der schönen Zukunft seine Vergangenheit ganz vergessen machen.

Seine Befürchtung, sie werde irgendwo im Ort aussteigen wollen, hat sich dann als grundlos erwiesen. Bis vors Haus, vor die Grillstube ihrer Mutter, ließ sie sich bringen. Leider war niemand auf der Straße, der hätte sehen können, wie sie aus seinem Auto stieg.

Den ganzen Abend lang hat er keine einzige zynische oder scharfe Bemerkung gemacht. Auch als seine Mutter sich eine alte Semmel in den Kaffee brockte und schlürfend auslöffelte, hat ihn das auf einmal nicht gestört. Er hat dazu sogar ein wenig lächeln können. Es hat ihn gewundert, daß der Mutter nichts an ihm auffiel, weil er das Gefühl hatte, seine Trostlosigkeit müsse doch ganz deutlich zu sehen sein. Am liebsten hätte er ihr überhaupt gleich alles erzählt. Der Kram, der in der Küche herumstand und der ihm immer so lächerlich vorgekommen war, ist ihm plötzlich wie etwas erschienen, mit dem man eigentlich Mitleid haben muß.

Obwohl sich die Arbeitswoche zog wie noch nie, weil er ständig auf den Freitag, auf die Ankunft Irenes wartete, ist ihm zu arbeiten trotzdem plötzlich viel leichter gewesen. Wenn er sich vorstellte, Irene könne ihn sehen dabei, stehe hinter ihm und sehe ihm lächelnd zu, ging ihm auf einmal alles ganz leicht von der Hand, auch das, was ihm sonst nur noch die tödlichste Routine gewesen war. Aber Bemerkungen, die der Niggisch ihm hinwarf und die er schon lange als das nur Übliche gar nicht mehr ernst, nicht einmal mehr richtig wahrgenommen hatte, wurden ihm wegen der vorgestellten Anwesenheit Irenes plötzlich zu den schlimmsten Beleidigungen, Herabwürdigungen, die er manchmal glaubte, einfach nicht mehr hinnehmen zu können.

Irene kam immer am Freitagabend. Fast jeden Freitag kam sie. Er holte sie um dreiviertel zehn vom Bahnhof ab und brachte sie bis vors Haus. Doch jedesmal war sie ihm, wenn sie endlich vor ihm stand, so fremd, als habe er sich die ganze Woche über eigentlich eine andere vorgestellt oder als sei einfach die falsche aus dem Zug gestiegen. Da gab es kein Aufeinander-Zulaufen und In-eine-erlösende-Umarmung-Stürzen, wie er es sich ausgemalt hatte, sondern nur ein Handgeben. Die Sätze, von denen er die ganze Woche immer wieder gemeint hatte, er werde sie zu ihr sagen können, sind ihm dann ganz unbrauchbar gewesen, einfach als Sentimentalität vorgekommen. Er mußte dann erst noch lange mit ihr vorm Haus im Auto sitzen, bis sich endlich, wenn sie zu reden aufhörten, die Vertrautheit wieder einstellte, die beim letzten Mal schon das Selbstverständlichste gewesen war.

Erst am Samstagabend, nach ein, zwei Stunden in der Alhambra-Bar, löste sich jedesmal der letzte Rest der Woche, die zwischen ihnen stand, in plötzlich ganz leicht zu sagende Sätze auf: Ich habe es gar nicht mehr erwarten können, daß du kommst. Du bist mir auch abgegangen. Ich habe geglaubt, die Woche vergeht nicht mehr. Im Zug ist mir auch vorgekommen, er kommt überhaupt nicht mehr an. Da war dann plötzlich die Fremdheit bei der Ankunft das nicht mehr Vorstellbare. Sie redeten und tranken sich so weit aneinander heran, bis endlich auch die Atmosphäre der Bar, die exotische Einrichtung zu etwas Nebensächlichem wurden. Auf dem Heimweg bogen sie dann zum um diese Jahreszeit ganz verlassenen Strandbad ab. Aber selbst wenn dort schon Autos standen, so war ein langes Herumfahren, bis sie endlich stehenbleiben konnten, doch keine Ernüchterung, die das eben noch vorhandene Gefühl zur Unkenntlichkeit hätte zusammenschrumpfen lassen. Zumindest für ihn war es so. Daß es für sie genauso war, hat er als selbstverständlich angenommen. Auf jeden Fall genügte dann ein Hinübergreifen, um alles schnell wieder aufzuwärmen. Beim ersten Mal, als er mit ihr im

Strandbad stand und seine Hände nicht mehr im Zaum halten konnte, hat er noch jeden Augenblick erwartet, daß sie ihm die Hand wegschieben und sich aufrichten und ihm das Heimfahren befehlen wird, aber sie hatte sogar ihren Körper ein wenig hochgehoben, damit seine Hände besser zurechtkamen. Ihre Hand dann an seiner Hosentür zu spüren, hat er fast nicht glauben wollen. Als sie auf dem Rücksitz lagen, ist er für einen Moment starr vor Enttäuschung geworden, als er merkte, daß sie genau Bescheid wußte, wie sie ihre Beine über die Rückenlehnen zu hängen hatte. Es stimmt also doch mit dem Kulhavy, hatte er gedacht. Ganz lächerlich und betrogen war er sich wegen seiner bisherigen Zurückhaltung und wegen seiner Rücksicht auf ein nun doch nicht vorhandenes Schamgefühl vorgekommen und überhaupt wegen seiner Phantasien, sie könnte noch unberührt sein. Fast wütend hatte er zugestoßen, aber dann doch gleich solche Gedanken wieder vergessen, so zärtlich war sie auch nachher noch zu ihm gewesen. Das war ihm ja etwas ganz Neues: eine langanhaltende Zärtlichkeit *hinterher*, statt der ihm von anderen, vor allem von Heidi bekannten Geschäftigkeit, die immer so getan hatte, als sei mit dem letzten Aufstöhnen gleich *alles* erledigt.
Am Sonntag liefen sie zwischen kahlen Feldern herum oder saßen in Lokalen, in denen sie *nur* reden konnten, und er dachte ständig daran, daß es gleich wieder für eine Woche vorbei sein würde. Dabei war ihm ganz unverständlich, daß es für Irene offenbar keinesfalls einen Sturz in die Trostlosigkeit bedeutete, von ihm wegzufahren. Statt dessen mußte er sie jedesmal erst dazu überreden, nächstes Wochenende sicher wiederzukommen. Aber für Irene hieß Heimfahren nicht nur, ihn zu treffen. Wenn sie nach Hause kam, gab ihre Mutter nämlich sofort der Kellnerin frei, sodaß Irene sich in die Küche stellen oder bedienen durfte. Daß Irene heimkam, war für ihre Mutter offenbar nichts weiter, als einen Dienstboten mehr im Geschäft zu haben. Nur zu diesem Zweck, schien ihre Mutter zu glauben, kam Irene überhaupt nach Hause. Und dann gleich wieder weggehen zu wollen, verstand die Mutter

nur als eine Lieblosigkeit der Tochter, die nicht sieht, wie die Mutter sich abrackert. Statt ihr zu helfen, sei sie nur aufs Vergnügen aus, hielt die Mutter ihr vor. Und wenn sie sowieso gleich wieder fortrenne, brauche sie erst gar nicht heimkommen. Wahrscheinlich, meinte Klein, könne sich ihre Mutter die Liebe ihrer Kinder nur als ein Für-sie-Arbeiten vorstellen. Aber der Herr Bruder, sagte Irene, der in der letzten Klasse des Gymnasiums sitze, müsse nie etwas tun, weil er angeblich zu ungeschickt sei. Und außerdem, sagte sie, helfe sie eigentlich gar nicht der Mutter, sondern nur dem Geld der Mutter, weil diese sich, solange die Tochter da sei, den Dienstboten erspare. Aber Geld habe die Mutter sowieso genug. Und deshalb muß Klein es verstehen, wenn sie nicht jedes Wochenende nach Hause kommen will. Aber Klein wollte das nicht verstehen. Er hat gemeint, von der großen Liebe und seiner Einsamkeit zu reden, genüge, um Irene alles andere zu einer Nebensache zu machen.

Wenn er an sie dachte und überhaupt, wenn sie bei ihm war, hatte er das Gefühl, endlich Boden unter die Füße bekommen zu haben. Irene war ja jemand aus der anderen Welt, in die er hineinwollte. Der erste Mensch aus dieser Welt, bei dem er nicht ständig Angst haben mußte, wegen seiner vielleicht doch noch durchscheinenden Vergangenheit zurückgestoßen zu werden, bei dem er nicht ständig das Gefühl haben mußte, seine veränderte Existenz werde nur als eine Maske genommen, die es zu durchschauen gilt. Endlich war da jemand, dem er auch ein wenig erzählen konnte, wie es ihm wirklich erging. Seine Größe, die er ihr aber trotzdem zeigen wollte, hat er deshalb in die Zukunft verlegt: Da wird er dann *alles* sein.

Indem er sich an ihr festhielt, hat er gemeint, endlich ein wenig selbstsicherer werden zu können. Wenigstens *ein* Mensch aus dieser anderen Welt, konnte er sich sagen, und zwar gerade der für ihn momentan wichtigste, hatte ihn angenommen.

Plötzlich stieß er mit dem Vater zusammen. Klein hatte ihn selten so gesehen, brüllend und rot im Gesicht, mit dicken Adern unter den dünnen Haaren. Der aufgestaute Ärger über den ihm immer unverständlicher werdenden Sohn schien mit einemmal hervorzubrechen. Dabei hätte es, nach Kleins Meinung, für den Vater schon oft viel bessere Anlässe gegeben als gerade diesen: die bevorstehende Wahl.
Klein hatte bei den letzten Gemeinderatswahlen schon einmal gewählt. Dieselbe Partei, die der Vater und die Mutter schon immer gewählt hatten. Das war für ihn fast etwas Natürliches gewesen. Ziemlich gleichgültig war es ihm obendrein, weil er sich gar nicht eingebildet hatte, sein Zettel, den er in die Urne steckte, könnte irgend etwas bewirken. Er konnte sich nur deshalb noch immer an diesen Tag erinnern, weil es da ein fürchterliches Besäufnis gegeben hatte. An diesem Tag war der Ausschank von Alkohol verboten gewesen, was nur dazu geführt hatte, daß auch die, die sonst nichts oder nur wenig tranken, plötzlich glaubten, sich einen Rausch ansaufen zu müssen, um wenigstens dieses eine Mal die Obrigkeit übers Ohr zu hauen. Überall in den Wirtshäusern waren schon zu Mittag die Betrunkenen getorkelt, obwohl auf den Tischen nur Cola- und Limonadeflaschen gestanden waren. Die Gendarmerie, die überfallsartige Kontrollen in den Lokalen machte, hatte entweder nicht merken wollen oder hatte es wirklich nicht gemerkt, daß in diesen Flaschen nicht Limonaden, sondern Rum oder Wein gewesen waren. Woher die Räusche kamen, hatte sie erst gar nicht gewundert.
Daß diesmal nicht nur im Ort, sondern im ganzen Land gewählt werden sollte, interessierte Klein nicht besonders, obwohl ihn im Ort auf Schritt und Tritt die Gesichter von Parteifunktionären anschauten, die große Wörter neben sich stehen hatten. Aber immer wieder kam er irgendwo dazu, wo darüber geredet wurde. Sogar im Büro. Allerdings konnte er dort nicht recht feststellen, wer da welche Partei wählen würde. Nur beim Ondra und beim Korbel war das klar. Sie sagten auf einmal

ziemlich oft *wir*, wenn sie die Partei meinten, von der sie hofften, daß sie gewinnen würde. *Wir* und *ihr*, sagten sie sich auf die Köpfe zu, weil jeder eine andere Partei für die bessere hielt. Und beim Zeitnehmen in den Hallen sah Klein, daß der Kirchner, der Betriebsratsobmann, der sich sonst kaum in den Hallen blicken ließ und lieber in seinem Büro vor dem Fenster stand und halbe Tage den Verkehr auf dem Hof beobachtete, auf einmal lächelnd von einem zum anderen ging, anscheinend um zu zeigen, daß die Partei, der er angehörte, sich wirklich für Arbeiter interessierte. Über diese Partei, die auch Klein das letzte Mal gewählt hatte und die der Vater eine Arbeiterpartei nannte, machte Klein sich nur mehr lustig. Schließlich machten sich ja auch seine neuen Bekannten im Kaffeehaus darüber lustig. Man brauche sich doch nur die Fernsehauftritte von manchen dieser Genossen anzuschauen, lachten sie, dann wisse man alles. Noch nicht einmal richtig reden, nicht einmal richtig Hochdeutsch könnten die. Von solchen Leuten könne sich doch ein intelligenter Mensch nicht regieren lassen wollen. Wenn Klein mitlachte und selber seine Geringschätzung dieser Partei zum Ausdruck brachte, hatte er immer ein wenig Angst, irgendwer am Tisch wisse vielleicht, daß er, Klein, selber einmal Mitglied einer Jugendorganisation dieser Partei gewesen war und sich an Maiaufmärschen und Fackelzügen beteiligt hatte. Er hatte zwar, konnte er sich sagen, damals nichts dafür gekonnt, der Vater hatte ihn einfach wie seine anderen Kinder dort hingeschickt. Daß das eine politische Organisation war, war ohnedies nicht feststellbar gewesen: Bei den Heimstunden im Pfarrheim, wußte er von einen Schulkollegen, wurden genau dieselben Spiele gespielt wie bei den Heimstunden im Arbeiterheim, und im übrigen war dieser Verein für ihn nur die Möglichkeit gewesen, ganz unverbindlich an Mädchen heranzukommen. Trotzdem meinte er, sich diese Zeit mit besonders abfälligen Bemerkungen vom Leib reden zu müssen, sie einfach zudecken zu können, damit die anderen nur ja nicht auf den Gedanken kämen, er habe einmal mit einer Arbeiterpartei etwas zu tun gehabt. Denn eine Arbeiterpartei,

ganz gleich, ob sie eine war oder sich nur so nannte (wie Kleins Onkel Hans, mit dem Vater streitend, immer beweisen wollte), war für ihn, meinte Klein, einfach nicht mehr das Richtige. Er konnte doch nicht sein ganzes Leben verändern und dann noch immer dieselbe Partei wie früher wählen. Und obendrein in seiner neuen Umgebung dann noch verschweigen müssen, was er gewählt hatte. Und dasselbe wie seine neuen Bekannten zu wählen, kam ihm vor, mußte für sie einfach der Beweis sein, daß er wirklich zu ihnen gehörte.
Der Vater saß gerade vor den Fernsehnachrichten und hatte zuerst immer wieder nickend die Sätze seines Parteivorsitzenden zur Kenntnis genommen und stieß dann zu den ziemlich ähnlichen Sätzen eines anderen Parteivorsitzenden immer wieder verächtlich die Luft durch die Nase, als Klein, eigentlich nur, weil ihn das Verhalten des Vaters ärgerte, plötzlich seine Absichten in bezug auf die Wahl kundtat. Wie angestochen fuhr der Vater herum. Meinst du das wirklich ernst, fragte er drohend. Sowieso, grinste Klein, glaubst du vielleicht, ich wähle so einen Kleingärtnerverein? Einen Moment war der Vater ganz starr, und man hörte nur den Parteimenschen, der von der Sicherung der Arbeitsplätze sprach, die auch der andere schon versprochen hatte, und dann fuhr der Vater auf Klein los, war sofort außer sich, du blöder Kerl du, schrie er, willst die Unternehmer wählen, du Tepp du blöder, willst den Unternehmerknecht spielen, was glaubst denn eigentlich, das du jetzt bist, ein Dreck bist, brüllte er, nichts als ein Dreck. Und was bist du, fragte Klein, und der Vater stürzte auf ihn zu, wenn er herschlägt, fuhr es Klein durch den Kopf, dann schlag ich zurück, Alois, schrie die Mutter auf, gar nichts Alois, brüllte der Vater und stieß die Mutter weg, die ihn am Arm gefaßt hatte, schau ihn dir an, schrie er, so was hast aufgezogen, so einen Falotten, packte er plötzlich die Tür und riß sie auf, schau, daß du weiterkommst, fuchtelte er mit den Armen, so was brauch ich nicht da im Haus, so einen, so einen ..., fiel ihm nichts mehr ein. Ich geh, wenns mir paßt, sagte Klein, und der Vater fuhr wieder auf ihn los,

das werden wir sehen, schrie er. Aufhören, aufhören, befahl die Mutter, wir sind doch nicht bei den Zigeunern. Hinaus, schrie der Vater. Wir sind bei den Proleten, sagte Klein und schlug die Tür hinter sich zu. In seinem Zimmer riß er die Laden auf, den Schrank, warf den Koffer aufs Bett, und dann stand die Mutter da, einen Moment starr auf der Schwelle, aber kommt ja gar nicht in Frage, daß du gehst, sagte sie. Geh hinaus, sagte Klein, glaubst, ich laß mich hinausschmeißen und bleib dann noch da? Und wo willst hin, fragte die Mutter, und draußen schrie der Vater nach ihr, und sie stürzte hinaus, und Klein sperrte die Tür ab und fing an, wahllos Gegenstände in seinen Koffer zu werfen, Bücher, Schallplatten, seinen dunklen Anzug, und er klappte den Koffer zu. Aber wo, dachte er, soll ich jetzt wirklich hin? Die Vorstellung, die ihm gerade noch ganz abenteuerlich erschienen war, sich einfach ins Auto zu setzen und auf und davon zu fahren, ist ihm auf einmal ganz kindisch vorgekommen. Aber dableiben, dachte er, kann ich jetzt auch nicht mehr.

Er hatte zuerst überlegt, ob er nicht überhaupt auf das Recht verzichten soll, ein Kreuz auf einem Zettel zu machen und damit irgendwelchen Parteifunktionären, die er nicht einmal kannte, zu einem einträglichen Dasein zu verhelfen, hatte sich schon ausgemalt, wie der Vater dastehen würde, wenn der Wendl, der ein Freund und Eisenbahnerkollege des Vaters und Vorsitzer im Wahllokal war, in dem Klein seine Stimme abgeben mußte, ihn fragen würde, warum er denn seinen Sohn nicht zur Wahl getrieben habe, und er hatte sich die Scham des Vaters vorgestellt, einen Sohn zu haben, der, wenn er nicht wählt, den Gegner unterstützt, wie alle Parteien behaupteten, doch dann war ihm eingefallen, daß die Parteien die Gewohnheit hatten, bei denen, die noch nicht gewählt hatten, zum Mittagessen aufzutauchen, um sie mit dem Auto ins Wahllokal zu verfrachten, und da war er dann doch lieber *freiwillig* gegangen.
Es hatte ihn ziemlich belustigt, wie ihm dann dort die

verschiedenen Beisitzer und der Vorsitzer, die alle ungeheuer wichtig taten, so fest ins Auge geblickt hatten, als wollten sie ihn im letzten Augenblick durch Hypnose noch zu einer Meinungsänderung bringen und dazu, gerade ihren Verein zu wählen. Unangenehm war ihm dabei nur, daß er im Ausweis, den er vorlegen mußte, obwohl ihn ohnedies alle kannten, nach wie vor Hilfsarbeiter als Berufsbezeichnung stehen hatte. In der Wahlzelle hatte er sich dann doch nicht entschließen können, neben die Unternehmerpartei ein Kreuz zu machen, ohne daß er ganz genau hätte sagen können, warum er plötzlich diesen Widerstand in sich hatte. Er hatte dann nirgendwo ein Kreuz hingemacht.
Am Abend hätte er dem Vater trotzdem gerne gesagt, daß er die Unternehmer gewählt habe. Aber das hätte dem Vater an diesem Abend nichts mehr getan, hätte ihn höchstens noch mehr triumphieren lassen. Schließlich war der Vater im nur zu den höchsten Anlässen benützten Wohnzimmer mit dem Brandeis und den über anderes redenden Frauen dabei gewesen, den Wahlsieg seiner Partei zu feiern. Selber auch einmal zu Siegern zu gehören, wie er sich einbildete und was ihm sicher nicht oft in seinem Leben passiert war, hatte den Vater so großmütig gemacht, daß er sogar Klein, mit dem er die letzten Tage nicht mehr geredet, dem er nur noch wütende Blicke über den Rand der Zeitung nachgeworfen hatte, einlud, sich zu ihnen zu setzen. Aber Klein ist nach einem demonstrativen Grüß-Gott-Sagen gleich wieder gegangen.
Zwei Tage später zog er aus. In ein Zimmer, das nur fünf Minuten von der Wohnung der Eltern entfernt war. Es war nicht leicht gewesen, eines zu finden. Die paar Untermietszimmer, die er sich angesehen hatte, waren alle nur durch die Wohnung der Besitzer zu betreten gewesen, was er sich keinesfalls antun wollte, und außerdem waren alle bis auf eines in einem Zustand gewesen, daß er am liebsten gleich gefragt hätte, ob man sich wirklich einbilde, daß so ein Loch eine Behausung für einen Menschen sein könne. Als eine Frechheit war es ihm vorgekommen, ihm solche Kammern zu zeigen, als sei er einer, für den so etwas

überhaupt paßt. Alle hatten zwar behauptet, wenn man sich das ein wenig herrichte, dann sei das gar nicht so schlecht, aber Klein hatte gemeint, so verrückt ist er noch lange nicht, daß er da irgendeinem Wohnungsbesitzer das Zimmer herrichte, damit der es dann teurer vermieten kann, wenn er bald auszieht. Lange, war er überzeugt, würde er sowieso nicht mehr im Ort bleiben. Und wenn er seine endlich schwielenfrei gewordenen weichen Handflächen ansah, dann hatte er schon überhaupt keine Lust, sie sich durch grobe Maurer- und Malerarbeiten gleich wieder zu verunstalten. Das eine Zimmer, das ihm gefallen hätte, war ihm wie selbstverständlich viel zu teuer gewesen, so teuer, daß er überzeugt war, der Mietzins des ganzen Stockwerkes werde sicher geringer sein, und außerdem hatte die Wohnungsbesitzerin sofort davon geredet, daß ihr Damenbesuche sogleich ein Grund wären, ihn wieder hinauszusetzen. Das Zimmer, für das er sich dann entschloß, war ihm zwar auf den ersten Blick als ein Bauarbeiterquartier vorgekommen, und als ihm das auf dem Gang liegende Klo gezeigt werden sollte, hatte der Hausbesitzer schnell noch an der Kette der Spülung gerissen, und dann hatte er hastig die Tür wieder zugemacht und Klein gar nicht hineinsehen lassen, aber er war, als Klein nur ganz unmerklich den Kopf geschüttelt hatte, sofort mit dem Preis heruntergegangen.

Als Klein dann die erste Nacht in diesem Zimmer schlief, wußte er auch warum: Das Zimmer lag direkt über einer Bus- und Lastwagengarage, und wenn die Wagen hinein- und hinausfuhren, klirrten die Scheiben in den Fenstern. Und wenn Klein das Fenster aufmachte, das auf den Hof des Fuhrunternehmens ging, dann machte er es immer gleich wieder zu, weil er sonst das Gefühl hatte, er liege mitten auf einer Tankstelle, so stark stank es nach Benzin und Öl herauf.

In diesem Zimmer gab es neben dem Bett nur einen wackligen Schrank, einen Tisch, einen Sessel, und vor den Fenstern hingen verschossene Vorhänge mit einem grauenhaften Muster, und an der Wand klebten ein paar sehr sorgfältig aus Magazinen ausgeschnittene nackte Frauen

mit riesigen Brüsten, die sein Vorgänger, ein Buschauffeur, hinterlassen hatte. Den Elektrokocher, der mit angebrannten Speiseresten verkrustet auf dem Fußboden stand, mußte er dem Hausbesitzer extra abkaufen, und es wunderte ihn, daß dieser Mensch für die Frauenkörper an den Wänden nicht auch noch etwas verlangte. Aber die Vorstellung, endlich einmal allein zu wohnen, weg zu sein aus einer Umgebung, die ihm als *Herkunft* zur Last gelegt werden konnte, hat ihn über den Zustand des Zimmers ziemlich schnell hinweggetröstet. Endlich nicht mehr den mißbilligenden Blicken des Vaters ausgesetzt sein! Endlich mit Irene in einem Bett liegen können, sodaß er nicht mehr die unmöglichsten, krampferzeugenden Verrenkungen im Auto auf sich nehmen muß! Eine vorübergehende Lösung, meinte er, sei es sowieso. Bis sich etwas Besseres findet. Und mit seinen Büchern und Bildern an den Wänden, stellte er sich vor, würde das Zimmer auch gleich anders aussehen. Unangenehm war ihm nur, Irene um Geld bitten zu müssen, weil die Miete drei Monate im voraus zu bezahlen war und er am Wochenende sein ganzes Geld in der Alhambra-Bar gelassen hatte. Ersparnisse hatte er ja sowieso nicht. Fast hätte ihm die Mutter schon den Tausender gegeben, aber als er sagte, wofür er ihn braucht, hatte sie ihre schon geöffnete Geldtasche wieder zuschnappen lassen, weil sie sich offenbar einbildete, ihn so zum Dableiben zwingen zu können. Sie weigerte sich auch, nur einen Finger zu rühren, als er seine Habseligkeiten ins Auto hinunterschaffte.
Leider war der Vater nicht da, als Klein auszog, sodaß er ihm nicht sagen konnte, wie froh er war, hier zu verschwinden. Die Mutter jammerte fast bis zum Schluß. Aber der Vater hats doch sicher nicht so ernst gemeint, kennst ihn doch eh, sicher tut es ihm schon längst wieder leid. Sie versuchte ein paarmal, den Kofferdeckel, den Klein zugedrückt hatte, wieder aufzuklappen. Aber Klein schob sie weg. Was sein Auszug für die Mutter *wirklich* bedeutete, wußte er ganz genau: Als eine Familie, meinte sie, in der gestritten wird wie beim Gesindel, würden sie dastehen, wenn der Sohn auszieht, obwohl doch wirklich

Platz genug in der Wohnung war. Daß das Gebrüll des Vaters für ihn nur das auslösende Moment gewesen war und er eigentlich aus ganz anderen Gründen abzog, hat er der Mutter ja nicht gesagt. Nur wenn der Vater sich bei ihm entschuldigt, sagte er, bleibt er da. Aber das hat selbst die Mutter nicht für möglich gehalten.

Das Allernatürlichste, hatte er gemeint, werde das sein, das Einfachste: daß Irenes Bekannte mit der Zeit seine eigenen werden würden. Ohne sich mit dem ihn gleich wieder abschreckenden Gefühl, man werde es ihm als Anbiederung auslegen, an sie heranmachen zu müssen, wird er neue, wichtige und selbstverständlich interessante Bekanntschaften machen. Wenn er mit Irene irgendwo saß oder ging, dann kamen ja von allen Seiten Grüße, man blieb stehen, redete, setzte sich zu ihnen an den Tisch. Plötzlich wurden Menschen, die ihm früher angst gemacht hatten und an die er sich nicht herangewagt hätte, zu lächelnden, liebenswürdigen Menschen, die sich freundlich erkundigten, was Irene denn so mache, wie es ihr gehe, ob sie noch immer in dieser Bank sei, wie es mit dem Befinden der Mutter stehe. Im Kaffeehaus kam die Frau des Besitzers immer gleich gesprungen. Sie stellte zwar, merkte Klein bald, immer wieder dieselben Fragen, schien die Antworten vom einen zum anderen Mal vergessen zu haben, aber die Tatsache, daß sie bei ihnen stand, um sich zu unterhalten und nicht nur, um eine Bestellung entgegenzunehmen, war ihm etwas ganz Erhebendes. Er wußte zwar, daß diese Freundlichkeit nicht ihm galt, hoffte aber doch, daß sie langsam auch auf ihn übergreifen würde.
Mit vielen von denen, die Klein schon längst unter seinen Freunden oder Bekannten haben wollte, hatte sich Irene im Gebäude des Gymnasiums aufgehalten, bevor sie als Fünfzehnjährige, ohne daß sie das gewollt hätte, von der Mutter ins Internat abgeschoben worden war. Was Klein wunderte, war, daß diese Freundschaften, die Irene in dieser Schule geschlossen hatte, noch zu halten schienen.

Immerhin war es fast sieben Jahre her, daß Irene aus dem Ort weggegangen und bestenfalls jedes zweite oder dritte Wochenende und in den Ferien nach Hause gekommen war. Und aus ihren Schulkollegen, aus den Jugendlichen von damals, waren fast oder ganz Erwachsene geworden, die mittlerweile die für sie anscheinend seit der Eintragung ins Geburtenregister reservierten Plätze an den Universitäten bezogen oder schon wieder verlassen hatten oder die sich in den Betrieben und Geschäften der Eltern auf das künftige Unternehmerdasein vorbereiteten. Die gemeinsame Schule schien da wirklich etwas Verbindendes zu sein, während es für Klein bald nach der Schulentlassung ganz gleichgültig geworden war, ob er mit einem Menschen in derselben Klasse gesessen war. Bestenfalls der Grund für einen Gruß auf der Straße war das geblieben. Die Wirklichkeit der Schule mitsamt den darin entstandenen Freundschaften war unter der viel mächtigeren Wirklichkeit der Werkstätten und Fabriken untergegangen, in die die Schulklassen zerstreut worden waren. Und wenn Freundschaften schon weiterbestanden hatten, dann nicht deshalb, weil man einmal dieselben Lehrer über sich gehabt hatte, sondern wegen der Ähnlichkeit der Verhältnisse, denen jeder einzelne dann in den Betrieben ausgesetzt war, vor allem aber wegen der gemeinsamen, meist nicht einmal richtig ausgesprochenen Hoffnungen, daß alles ganz schnell ganz anders werden, daß endlich das wahre Leben hereinbrechen werde. Die Erinnerungsseligkeit, mit der Irene nach so vielen Jahren noch immer Freundschaften aufwärmen konnte, war ihm fast unerklärlich. Wenn sie jemanden traf, hieß es schon sehr bald, kannst dich erinnern, weißt du noch?, wurden Schulklassen, Lehrer, Mitschüler, minimale Ereignisse mit einem unglaublichen Gedächtnisvermögen ausgekramt. Und seltsamerweise waren das lauter lustige Erlebnisse gewesen. Die ganze Schulzeit überhaupt etwas Lustiges. Da hatte es offenbar keine Schläger in der Schule gegeben, sondern schlechtestenfalls *unmögliche* Lehrer, die aber auch immer irgendwie übers Ohr hatten gehauen werden können, und dazu noch genug, über die man sich angeblich die ganze

Zeit nur lustig gemacht hatte, denen alle möglichen Streiche gespielt worden waren. Klein hatte, wenn er das hörte, immer ein ganz flaues Gefühl des Mangels im Bauch. Über seine Schulzeit hatte er ja nie so recht lachen können. Sie war ihm im *Ernst des Lebens*, der ihm schon lange vor der letzten Klasse immer wieder angedroht worden war, nur gleichgültig geworden. Die Wut auf manche Lehrer, denen er das Schlimmste angedroht hatte, zumindest, sie nicht mehr zu grüßen, war dann plötzlich nicht mehr dagewesen, und die Erinnerung an die Demütigungen, die er erlitten hatte, war bald nur mehr eine gleichgültige, wegwerfende Handbewegung wert gewesen. Aber eine lustige Zeit, wie bei Irene, war seine Schulzeit auch nachher nicht geworden.

Sich mit ihr unter ihren Freunden und Bekannten aufzuhalten, um von denen bald als einer der ihren angesehen zu werden, gerade diese günstige Gelegenheit wurde ihm immer unmöglicher. Das, was Irene nämlich mit diesen Menschen verband: die gemeinsame Herkunft aus sogenannten guten Häusern und die gemeinsame Vergangenheit, war genau das, was ihn von diesen Menschen trennte und auch immer wieder von Irene selber zu trennen schien. Kaum war von diesen Gemeinsamkeiten die Rede, hatte er das Gefühl, Irene rücke von ihm weg und zu diesen Menschen hinüber. Das Bereden von Erinnerungen schloß ihn aus, weil er ganz andere Erfahrungen gemacht hatte und, wie ihm dabei immer schien, nur noch die hier allerunnötigsten Erinnerungen mit sich herumschleppte. War von Schulerlebnissen die Rede, konnte er seine Hauptschulzeit nicht einfach ins Gespräch werfen, weil das höchstens der Beweis gewesen wäre, daß da *ein anderer* am Tisch saß. Aber auch wenn nicht gerade in Erinnerungen gekramt wurde, war ihm das Bewußtsein, daß Irene mit diesen Menschen etwas gemeinsam hatte, was ihm fehlte, immer wieder etwas, das ihm angst machte. So als könne sie ihm, wenn er sich mit ihr nur lange genug unter diesen Menschen aufhält, plötzlich abhanden kommen. Als zögen die anderen sie von ihm weg. Daß manche sie ihm nicht gönnten, hat er mit der größten Sicherheit stillschweigend vorausgesetzt. Irenes Vertrautheit mit einigen ihrer Jugendfreunde war ihm so unerträglich, daß ihn schon der Gedanke panisch machte, so einer sei bei ihr, in einer Umgebung ohne Zeugen, sodaß sie die günstige Gelegenheit nur ausnützen müßten. Überhaupt der Burger, dessen Eltern ein Elektrogeschäft genau gegenüber der Grillstube hatten, machte ihn nervös. Und der Wersig auch, dessen Vater Leiter des Finanzamtes war. Ganz zu schweigen vom Kulhavy. Diese Leute waren bei ihr daheim offenbar gern gesehene Gäste und gingen dort schon seit ihrer Schulzeit ein und aus, während Klein noch nie einen Fuß in die *Privaträume* von Irenes Zuhause gesetzt hatte und sich höchstens im Lokal als zahlender Gast willkommen vorkam. Er war früher schon öfter in diesem Lokal gewesen, doch nun meinte er, mindestens zweimal in der Woche am Abend das Teuerste auf der Speisekarte essen zu müssen. Daß Irenes Mutter längst wußte, daß Klein etwas mit ihrer Tochter hatte, war ihr, wenn sie ihm im Lokal gegenübertrat, nicht anzumerken. Sie war freundlich wie üblich. Mehr nicht. Auf jeden Fall war sie nicht freundlicher als früher. Manchmal redete er sich ein, es sei ja eigentlich schon viel, daß sie nicht extra unfreundlich war. Schließlich hatte sie ja Irene schon einmal gefragt, ob ihr denn nichts Besseres einfalle, nachdem Irene ihr berichtet hatte, sie sei mit Klein bis vier Uhr morgens unterwegs gewesen. Aber Irene hatte ihn schnell damit beruhigt, die Mutter habe sicher nichts gegen ihn persönlich, sondern nur etwas gegen den, der ihr die Tochter vom Arbeiten im Geschäft abhalte. Wenn Klein sie am Samstag abholte, wartete er meistens ein Stück von der Grillstube entfernt in der Kirchengasse. Und zweimal war Irene schon mit dem Wersig und einmal mit dem Wersig und dem Burger dahergekommen, die einfach zu ihr hinaufgegangen waren, während Klein im Auto hatte sitzen müssen und sich Gedanken gemacht hatte, warum sie so lange nicht kam. Ihre Beteuerungen, daß das einfach Freunde seit fast ewig seien, beruhigten ihn überhaupt nicht. Im Gegenteil. Und daß sie ihm erzählt hatte, mit vierzehn Jahren sei sie statt in die Maiandachten, wohin die Mutter sie geschickt habe, auf dem Lärchenberg händchenhaltend mit dem Burger herumgelaufen, hat er nicht einfach als etwas längst Vergangenes abtun können. Er hatte sogar eher das Gefühl, als habe sie ihn schon damals betrogen.

Die Angst, Irene werde plötzlich *einsehen*, er sei doch ein Irrtum und die lebenslangen Gemeinsamkeiten mit anderen zählten mehr als ihre paar gemeinsamen Stunden, war mit den Sätzen, daß sie ihn liebe, die sie in seinem Bett von sich gab, einfach nicht aus der Welt zu schaffen.

Wenn der Kulhavy irgendwo auftauchte, sah Klein Irene sofort lauernd von der Seite an, ob da nicht ein Anzeichen in ihrem Gesicht entstand, sie werde gleich zu ihm überlaufen. Sie hatte ihm zwar versichert, damals beim Lazek, als Klein sie mit dem Apothekerssohn gesehen hatte, sei gar nichts gewesen, auch nachher nicht, das sei eben auch nur ein alter Bekannter, und da sei nichts gewesen als ein bißchen Sentimentalität wegen des Birnenschnapses, den sie getrunken hätten, außer Händehalten unterm Tisch nichts weiter. Wenn Klein den Kulhavy allein traf, hatte er überhaupt das Gefühl, der triumphiere nun innerlich und denke, dieser Klein freut sich wie ein Schneekönig, dort herumfahren zu dürfen, wo ich nicht mehr will.

So ging es einfach nicht zusammen, mußte er genau die als eine Bedrohung empfinden, an die er endlich näher herankommen hätte können, als eine Gefahr, der man, so gut es geht, ausweicht.

Am liebsten wäre er ja mit Irene überhaupt nirgends mehr hingegangen, wo sie durch einen Tisch von ihm getrennt werden konnte und wo er noch das Gefühl haben mußte, ihre früheren Bekannten reden sie ihm jetzt weg. Um nicht dauernd in solche Angstzustände fallen zu müssen, hat er auf fast alles verzichtet, was ihm früher die Wochenenden bedeutet hatten. Zum Glück hatte er wenigstens das eigene Zimmer, sodaß er mit ihr nicht mehr unbedingt in Lokale gehen mußte, sondern sie in Sicherheit bringen konnte. Es war ihm ja ohnedies schon quälend genug, sie die ganze Woche über, die sie in der Großstadt war, nicht unter Kontrolle haben zu können. Daß die

Tante, bei der Irene wohnte, angeblich ärger war als ihre Mutter, wie Irene ihm erzählte, und sich einbildete, über Irenes Lebenswandel wachen zu müssen, und sie am Abend am liebsten gar nicht weggelassen hätte, war ihm auch nur eine halbe Beruhigung. Eine Zeitlang ging er mit ihr jeden Samstagabend, sofort nachdem er sie abgeholt hatte, in sein Zimmer hinauf. Dort konnten sie sowieso nur im Bett liegen. Meist brannte nur eine Kerze, um die Umgebung wegschwimmen zu lassen, oder es war überhaupt nur der Heizstrahler eingeschaltet, der mit rotglühenden Drähten in der Dunkelheit stand, sodaß Klein sich von der Gräßlichkeit des Raumes nicht dauernd irritieren lassen mußte. Lagen sie einmal im Bett, dann wurde es für sie genauso schwer wie für ihn, daraus wieder heraus zu müssen. Da wünschten sich beide, miteinander einschlafen und miteinander aufwachen zu dürfen. Aber es war nicht immer leicht, Irene sofort ins Zimmer hinaufzubringen. Natürlich sei es schön mit ihm da oben, sagte sie, aber sie wolle auch Leute sehen, Spaß haben und sich nicht immer zwischen vier Wänden vergraben. Wände habe sie ihr Leben lang und überhaupt während ihrer Internatszeit schon genug gesehen. Seine Argumente dagegen waren ihm selber neu. Aber er meinte doch, daß es nicht nur Ausreden seien. Was sie denn gar so Besonderes daran finde, fragte er, in Lokalen herumzuhängen. Er für seine Person habe davon schon die Nase voll. Das sei nichts. Tanzen sei nichts. Nein, sei auch nichts. Und Herumblödeln schon gar nicht. Das gebe nichts her. Und im Grunde seien alle diese Leute, mit denen man da zusammenkomme, nur auf die oberflächlichsten Vergnügungen aus. Das sei nichts für ihn. Das kenne er alles schon auswendig. Da passiere in Wirklichkeit gar nichts. Was denn bei ihm oben schon passiere?, wollte Irene wissen. Auf diese Frage hat er den Gekränkten nicht einmal extra spielen müssen. Plötzlich schien er der ernsteste, abgeklärteste Mensch geworden zu sein, den Vergnügungen gar nicht mehr interessieren. Wenn er wochentags oder wenn sie nicht da war, nach wie vor in Lokale ging, glaubte er es sich tatsächlich schon, wenn er sich vorredete, daß ihm das nichts mehr gäbe. Genug Geld, um jeden Tag wegzugehen, hat er ja ohnedies nicht gehabt.

Reiten, hatte Klein schon lange gemeint, wäre für ihn überhaupt das Angemessenste. Ganz selbstverständlich war dieser Wunsch in ihm aufgetaucht, ohne daß er sich vorher hätte fragen müssen, was denn ein schöner Beweis seiner neuen Position sei, und er sich als Antwort, na, selbstverständlich Reiten, hätte geben müssen. So etwas funktionierte schon ganz von selber.
Für *gewöhnliche* Sportarten, wie ihm etwa Fußball vorkam, hatte er sich ja schon seit seinen Kindertagen nicht mehr richtig interessiert, konnte er sich sagen, und auch damals war das allein deshalb zu etwas Interessantem geworden, weil er und seine Freunde kein Geld für den Eintritt gehabt hatten und durch die Astlöcher der Planken hatten schauen müssen, die das Fußballfeld umzäunten, um die günstige Gelegenheit abzuwarten, wenn alles wie gebannt aufs Feld starrte und auch kein Funktionär mehr ein Auge für Kinder übrig hatte, die über die Planken geklettert kamen. Jetzt war Fußball für ihn längst eine Handbewegung: Proletensport. Er brauchte ja nur zu vergleichen, um ohne zögern sagen zu können, was da besser zu ihm paßte: Während Fußballspieler mit nackten Knien und verrutschenden Hosen und hochroten Köpfen schwitzend herumrannten, saßen die Reiter bestens gekleidet im Sattel und ließen, während sie durch die schönsten Landschaften dahinsprengten, die Pferde für sich schwitzen. So konnte er sich sich selber sehr gut vorstellen. Noch dazu, wo im Ort sicher kein Arbeiter auf die Idee kam, auf ein Pferd zu steigen. Die Arbeiter waren ja schon froh, wenn sie in ein Auto steigen konnten. Und Klein konnte sich genau erinnern, wie er sich mit seinen Freunden, als er noch Lehrling und dann Arbeiter gewesen war, ein wenig über den Beckmann lustig gemacht hatte, der neben einer Teppichfabrik am Rande des Ortes auch eine Koppel mit etlichen Pferden besessen hatte. Auf so einer Wurst zu sitzen, wie sie das genannt hatten, war

ihnen nur lächerlich vorgekommen im Vergleich zu einem Platz auf der Sitzbank eines Motorrades, das brüllend hundertsechzig fuhr, statt zu wiehern und Roßknödel zu verlieren, noch dazu, wo der Beckmann nicht einmal wie ein Cowboy gekleidet auf dem Pferd saß. Dieses Sich-lustig-Machen kam ihm jetzt ohnedies schon wie der blankeste Neid der Besitzlosen vor, die nur mit Mopeds durch die Gegend hatten knattern können.
Er wußte nur nicht, wie er sich tatsächlich zu einem Reiter aufschwingen sollte. Sich selber ein Pferd zuzulegen, war ausgeschlossen. Sollte er vielleicht sein Auto dafür in Zahlung geben? Aber dafür hätte er wahrscheinlich nur eine alte, halblahme Mähre bekommen. Außerdem hatte er keinen Stall dafür, und er konnte es ja nicht wie das Auto auf der Straße stehen lassen. Nebenbei fraß so ein Pferd die ganze Zeit, auch im Stehen, während sein Auto nur Benzin brauchte, wenn es fuhr. Und das Auto überhaupt noch einmal herzugeben, war ihm schon ganz undenkbar. Obwohl ein eigenes Pferd für ihn rundum ausgeschlossen war, hat er lange herumüberlegt, ob es nicht doch irgendwie geht. An den Beckmann heranzukommen, war ihm ja zumindest ebenso unmöglich. Diese Familie war seit zwei Generationen im Besitz der Teppichfabrik und bereits so fein geworden, als ob sie plötzlich erfahren hätte, daß sie in direkter Linie von der Königin von Saba abstamme, sodaß sie nicht einmal in Form ihrer jüngsten noch ins Gymnasium gehenden Mitglieder im Kaffeehaus auftauchte, geschweige denn in anderen Lokalen.
Aber plötzlich war ihm da jemand ein Ausweg, von dem er vorher für sich nur das Schlechteste erwartet hatte: auch der Kulhavy besaß ein Pferd. Sein Vater hatte es ihm zum bestandenen Studienabschluß geschenkt, und er hatte es bei einem Bauern in der Nähe untergestellt, wo es, und das war Kleins Chance, noch ein zweites Pferd gab. Dieses Pferd, das dem alten Tierarzt gehörte, der es aber nicht mehr selber reiten konnte, weil er bei jedem Grabensprung fürchten mußte, ihm mit seinen hundertzwanzig Kilo das Rückgrat zu brechen, wurde hin und wieder an die ohnedies im Ort spärlichen Touristen ver-

mietet, die sich einbildeten, zu einem Urlaub gehöre auch ein Ausritt. Als der Kulhavy das erzählte, meinte Klein sofort, alle Abneigung gegen diesen Menschen begraben zu müssen. Um einen Hunderter pro Stunde sei das schon zu machen, sagte der Kulhavy. Die automatische Kopfrechnung, wie viele Arbeitsstunden ihn so eine Reitstunde koste, hat er schnell wieder vergessen wollen. Nebenbei meinte er, wenn der Kulhavy vielleicht übers gemeinsame Interesse am Reiten sein richtiger Freund werde, dann werde er ihm auch Irene in Ruhe lassen. Die Schwierigkeit, die der ersten Reitstunde dann noch im Wege stand – Klein besaß natürlich weder Reitstiefel noch das dazu nötige Geld –, war leicht zu beheben. Für den Anfang, meinte der Kulhavy, genügen auch Gummistiefel, und solche werde Klein wahrscheinlich haben.

Als er in diesen Stiefeln, die er das letzte Mal vor Jahren als Hilfsarbeiter in der Färberei angehabt hatte, hinter dem Kulhavy in den Stall ging, kam er sich eher wie ein Bauer statt als künftiger Herrenreiter vor. Drinnen merkte er dann, was er nicht gewußt hatte: daß ihm Pferde angst machten. So einem Riesenvieh mit so großen Zähnen die Trense ins Maul zu schieben, wie der Kulhavy es ihm beim anderen Pferd vorzeigte, war ihm wie eine Mutprobe. Er versuchte mit dem Pferd zu reden, weil der Kulhavy sagte, daß man es so beruhige, aber ihm ist nichts Rechtes eingefallen. Du bist aber ein schönes Pferd, sagte er nur immer wieder, obwohl er am liebsten gesagt hätte, du blöder Krüppel, mach endlich dein Maul auf.

Nach dem Satteln, das zehn Minuten dauerte und von der Stunde, die er dann bezahlen durfte, abgezogen wurde, wollte er aufs Pferd hinauf. Es war ein hohes Pferd. Er stieg in den Steigbügel, wollte sich hinaufstemmen, aber noch bevor er saß, lag er schon im Dreck des Hofes, weil der Sattel um den Bauch des Pferdes herumgerutscht war. Der Kulhavy grinste bis zu den Ohren, ach, er habe ganz vergessen, sagte er, ihm zu sagen, daß die meisten Pferde beim Satteln den Bauch aufblasen, sodaß man zuerst ein paar Runden mit ihnen gehen und dann den Sattelgurt nachziehen müsse. Klein war ganz sicher, daß der Kulhavy

das absichtlich vergessen hatte, aber er hat gefunden, es nützt ihm jetzt gar nichts, wenn er beleidigt ist. Reiten zu können, sei nämlich doch gescheiter, als dem Kulhavy eine aufs grinsende Maul zu hauen.
Daß ein Sattel etwas so Hartes sein würde, hatte er auch nicht erwartet. Wenn das Pferd im Schritt ging, war es noch erträglich, aber kaum fiel es in Trab, wurde Klein wie auf einem Rüttelbrett durchgeschüttelt, wobei er immer wieder die Steigbügel verlor und abzustürzen drohte. Immer wieder schien es ihm für Momente, daß ihm der Kulhavy nur deshalb aufs Pferd geholfen hatte, um ihn zu einer durch und durch lächerlichen Figur zu machen. Der Kulhavy saß anscheinend ganz bequem und locker auf seinem Pferd, war in seiner ganzen zu Pferd sitzenden Existenz für Klein der augenfälligste Beweis, daß er selber eigentlich eher auf ein Moped als auf ein Roß gehörte. Eigentlich, dachte er, geschieht es mir recht. Nirgendwo war ihm an der ganzen Reiterei etwas, das er angenehm hätte finden können. Und auf der Koppel im Kreis zu reiten, wo weit und breit niemand war, der hätte sehen können, daß er tatsächlich auf einem Pferd saß, war ja auch wirklich nichts. Und noch dazu zahlen müssen! Er hat sich gefragt, ob es tatsächlich jemanden gab, der das schön fand, oder ob das nicht doch so etwas war wie die Sache mit den gebratenen Schnecken, die er ja auch noch immer lobte und als eine außerordentliche Delikatesse bezeichnete, obwohl er sich vor ein paar Monaten während eines Kurses eine Dose gekauft, sie daheim im Rohr genau nach Vorschrift gebraten und dann eigentlich ziemlich jämmerlich gefunden hatte. Ein Vergnügen, fand er, war Reiten keinesfalls. Höchstens eines für Masochisten. Am Abend und noch ein paar Tage lang taten ihm die Sitzbeine so weh, daß er am liebsten ein Bett vor dem Schreibtisch gehabt hätte, wo er bäuchlings drauf liegen und arbeiten hätte können.
Trotzdem ist ihm das alles kein Grund gewesen, es besser sein zu lassen, ist er immer wieder gegangen. Nach den Reitstunden hätte er sich sogar am liebsten die Hände gar nicht mehr gewaschen, hätte er sie am liebsten jedem

unter die Nase gehalten oder selber daran gerochen und gesagt, also diesen Pferdegeruch bringt man einfach nicht weg. Auf jeden Fall hatte er bis jetzt noch kein so praktisches Gesprächsthema gehabt, um unauffällig von seinem Aufstieg zu reden anfangen zu können.

Und als der Kulhavy ihm dann endlich einmal einen Ausritt und einen Heimritt durch den Ort versprach, schien ihm, daß sich seine Schmerzen und die Tatsache, daß er so oft vor dem Kulhavy eine lächerliche Figur abgegeben hatte, doch gelohnt hatten. Solange sie noch in einem großen Bogen um den Ort dahinritten, war er zwar gar nicht begeistert. Es war kalt, und er fror in den Fingern, und die Zehen waren so gefühllos, daß er schon überhaupt nicht mehr spürte, wo die Steigbügel waren. Und das Pferd ließ sich von ihm auch nichts einreden, lief einfach dem Pferd des Kulhavy nach, kümmerte sich um keinen Schenkeldruck, ließ ihm nur dann, wenn er heftig am Zügel riß, was ihm der Kulhavy aber verboten hatte, ein bißchen seinen Reiterwillen. Doch als sie dann durch den Ort auf dem Pflaster dahinklapperten und er tatsächlich auf die Menschen, die da gingen und ihn ohne Ausnahme ansahen, hinunterschauen konnte, hatte er so deutlich wie noch nie das Gefühl, über diesen Menschen zu sein.

Trotzdem wußte er immer wieder für Momente nicht, ob ihm dieses Gefühl eigentlich nur peinlich oder doch erhebend sein sollte.

Schon im Vorbeigehen war er bei Heidi ein künftiger Schwiegersohn geworden, während er bei Irene offenbar nur eine Wochenendbekanntschaft ohne weitere Folgen bleiben sollte. Irene schien gar nicht auf den Gedanken zu kommen, ihn ihrer Mutter als offiziellen Freund vorzuführen. Sie verheimlichte zwar nichts, hatte aber anscheinend auch keinen Drang, jeden sofort von seiner Existenz und seiner Bedeutung für sie in Kenntnis zu setzen. Das geht doch niemanden etwas an, sagte sie, das ist unsere Sache. So was hatte er früher auch gesagt. Aber nun war es ihm gar nicht recht, daß er dazu nur nicken sollte. Schließlich wollte er es doch wissen: War er ihrer Mutter wirklich gut genug? War er ein denkbarer Schwiegersohn? Oder ließ man ihn nur, weil es nicht zu verhindern war und Irene nur noch mehr in seine Arme getrieben hätte, ein wenig mit ihr herumlaufen, in der Hoffnung, die ganze Sache werde sich als ein Irrtum von selber erledigen? Auf diese Frage, die in ihm brannte und ihn immer wieder in eine beklemmende Unsicherheit beförderte, eine Antwort zu bekommen, wäre ihm wie der Wahrheitsbeweis gewesen: ob er tatsächlich schon jemand geworden war, der in Irenes Welt willkommen ist.

Aber er konnte Irene nicht einfach fragen, was ihre Mutter wohl zu einer Hochzeit sagen würde. Damit würde er sich ja, kam ihm vor, an Irene gleich mit Haut und Haar ausliefern. So sicher sollte sie seiner auch wieder nicht sein können. Wenn er sogar schon Heiratsabsichten äußert, meinte er, dann bilde sie sich vielleicht sofort ein, mit ihm machen zu können, was sie wolle. Einen Schleichdich oder Geh-her-da auf Pfiff will er ja wirklich nicht abgeben. Und das sei, meinte er, dann zu befürchten. Auch wenn Irene vielleicht nicht *so eine* sei. Eine solche Sicherheit, die er ihr da verschaffen würde, verderbe nämlich den besten Charakter. Und für ihn war die größte Sicherheit noch immer die Unklarheit, in der er sie ließ. Deshalb mußte er statt von einer Hochzeit immer davon reden, daß er ja eigentlich überhaupt nicht zu heiraten gedenke und schon gar nicht vor dreißig. (Warum gerade dreißig, konnte er selber nicht sagen; aber dieser Zeitpunkt war ihm eben noch beruhigend weit weg.) Daß Irene dasselbe von sich behauptete, hat ihn aber gleich wieder gestört. Das schien ihm sofort, als nehme sie ihn eigentlich gar nicht ernst. Oder als sei sie der Ansicht, daß er eben keiner zum Heiraten sei.

Am besten werde sein, meinte er, er setzt sich nächsten Samstag, während Irene noch im Geschäft bedient, einfach hinein. Dann würde alles von selber gehen. Irene würde ihn nicht wie irgendeinen Gast behandeln können, würde sich an seinen Tisch setzen müssen, und da käme ihre Mutter dann auch nicht darum herum, ihn als Irenes Freund zur Kenntnis zu nehmen. Aber Irene hielt das für keine so gute Idee. Wenn er als leibhaftiger Arbeitsverhinderungsgrund für die Tochter dasitze, meinte sie, werde die Mutter höchstens eine Wut auf ihn bekommen. Am liebsten hätte er sich daraufhin gleich angetragen, selber im Geschäft zu helfen: dann sei Irene nämlich auch noch früher fertig, und der Mutter sei geholfen, und außerdem führe er ihr noch seine Brauchbarkeit vor. Doch die Vorstellung, jemandem das Essen servieren, ihn praktisch bedienen zu müssen, war ihm gleich viel zu haarsträubend, als daß er diesen Vorschlag wirklich hätte machen können. Aber immer nur vor dem Haus zu warten, sagte er, während alle möglichen Leute einfach zu ihr in die Wohnung hinaufdürften, sei kein Zustand. Die Zigaretten, die er, auf sie wartend, schon geraucht habe, möchte er einmal auf einem Haufen sehen. Bei der nächsten günstigen Gelegenheit wird sie mit der Mutter reden, sagte Irene. Aber diese Gelegenheit schien sich einfach nicht ergeben zu wollen.

Weihnachten standen bevor und ein paar arbeitsfreie Tage bis Heiligendreikönig, die in der ganzen Firma an jedem zweiten Samstagvormittag seit dem Sommer eingearbeitet worden waren. Wieder einmal schien es Klein, als sei ihm noch nie so deutlich aufgefallen, was für ein Drecksnest der Ort war. In keinem einzigen Geschäft hatte er ein passendes Geschenk für Irene gefunden, obwohl er genug herumgelaufen war. Er hatte etwas gekauft und es auch schon verpackt, aber das war nur etwas, worauf er bereits eine Wut bekam, wenn er nur daran dachte: Die Briefmappe aus Lederimitation gefiel ihm genausowenig wie das Briefpapier; das Parfüm roch nicht besonders, auf jeden Fall nicht so, daß er sich unbedingt gewünscht hätte, Irene rieche danach; und das Buch mit chinesischen Sprüchen hatte er überhaupt nur gekauft, um mit der Quantität der Geschenke ein wenig von ihrer Qualität abzulenken. Die Geschmacklosigkeit der Ge-

schäftsleute, die nichts Besseres auf Lager hatten, ärgerte er sich, würde nun aber als seine eigene Geschmacklosigkeit erscheinen.
Zum ersten Mal in seinem Leben war er nicht schon wochenlang vorher in Weihnachtsstimmung geraten, weil es in seinem Zimmer nicht nach frischgebackenen Keksen roch, nach denen es daheim immer schon seit Anfang Dezember gerochen hatte. In seinem Zimmer blieb trotz aller Parfümierungsversuche der Benzingeruch vorherrschend. Er war zwar öfter bei der Mutter gewesen, und sie hatte wieder solche Massen gebacken, als habe sie noch immer die ganze Wohnung voller Kinder oder als müsse der Vorrat bis zu den nächsten Weihnachten reichen, aber das hatte ihn nicht recht berührt. Jedesmal war ihm vorgekommen, als sei er bei fremden Leuten auf Besuch, wenn er bei der Mutter in der Wohnküche saß, und es hatte ihn fast gewundert, daß er *noch immer* ganz automatisch wußte, wo der Aschenbecher zu finden war und daß man an der Kette der Klospülung nur ganz kurz ziehen durfte, weil sonst das Wasser nicht zu fließen aufhörte. Die mickrige Weihnachtsbeleuchtung auf der Hauptstraße und die schon wochenlang gesäuselten Weihnachtslieder im Supermarkt sind ihm eher wie eine Parodie vorgekommen, die ihn höchstens ärgerlich gemacht hatte.
Am Vierundzwanzigsten wurde nur mehr bis mittag gearbeitet. Zumindest in den Hallen arbeitete man noch *normal*. Im Bürogebäude wurde nur noch das Allernotwendigste erledigt, sonst ging man von Abteilung zu Abteilung, stand herum, trank etwas, redete, überbot man sich gegenseitig mit angeblich gekauften Weihnachtsgeschenken. Im Einkauf war schon seit dem Morgen ein Umtrunk im Gang, an dem sich aber zuerst nur die Abteilungsleiter beteiligen durften. Der Reger, der Leiter des Einkaufs, hatte ein paar Kisten Wein gestiftet, mit dem ihn die Lieferfirmen, abgesehen von den kostspieligeren Geschenken, die aber nicht in die Firma, sondern an seine Privatadresse geliefert wurden, bestachen. In der Arbeitsvorbereitungsabteilung war auch dauernd ein Kom-

men und Gehen, dauernd war Gelächter, und der Woller aus dem Konstruktionsbüro, der schon ziemlich betrunken war, erklärte immer wieder, daß er sich heuer ruhig schon am Vierundzwanzigsten besaufen könne. Die Bescherung, sagte er, hätten sie nämlich schon gestern abend hinter sich gebracht, damit sie sich heute in aller Ruhe das Heiligabendprogramm des Fernsehens anschauen könnten. Klein hatte zuerst gemeint, das für einen Scherz halten zu müssen, zumindest hatte er gelacht, aber es war kein Scherz gewesen. Für ihn hätte das fast ein ganz angenehmer Vormittag sein können. Es hatte ihm nichts ausgemacht, als einziger in der Abteilung bis knapp vor zehn arbeiten zu müssen: der Niggisch saß nämlich nicht auf seinem Beobachtungsposten, war nur am Morgen kurz in der Abteilung gewesen und hatte sich dann gleich in den Einkauf begeben. Niemand hatte Klein an diesem Vormittag schief angesehen, wenn er die Arbeit unterbrochen und mitgeredet und mitgelacht hatte. Aber ein Gedanke hat ihn immer wieder gepeinigt: daß er zum Alten würde Weihnachtswünsche sagen gehen müssen. Das war üblich, hatte er erfahren, daß die Angestellten vor Weihnachten zum Alten küssen gehen. Von den Arbeitern erwartete das niemand. Ihm kam das gleich wie die schönste Arschkriecherei vor. Sein Leben lang hatte er keinem Fabriksherrn etwas Schönes ins Gesicht wünschen müssen. Aber er wußte nicht, wie sich das nun vermeiden ließe. Außerdem stellte er sich vor, die Überwindung, die ihn so etwas kostete, werde vielleicht als sein guter Wille angesehen werden, als Beweis, daß er auf der Seite des Alten zu stehen bereit war, wofür man ihn zum Dank endlich doch ins Angestelltenverhältnis befördern würde. Er ist gemeinsam mit dem Bachholder hinaufgegangen. Was man denn da eigentlich zum Chef sagen müsse, wollte er wissen. Na einfach „gesegnete Weihnachten", sagte der Bachholder. Das kam Klein aber schon gar nicht einfach vor. Nicht bloß „frohe", sondern „gesegnete" Weihnachten. Einen Kerzenschluckerspruch! Der Alte, wußte er, war vor ein paar Jahren plötzlich zum Kirchengeher geworden, hatte sogar ein Fenster für die neue Kirche gestiftet, woraufhin draußen in den Hallen das Gerücht umgegangen war, der Pfarrer habe sich als Gegenleistung verpflichtet, in seinen Predigten die Evangeliumsstelle, wonach ein Kamel eher durch ein Nadelöhr gehe, als daß ein Reicher in den Himmel komme, nie mehr zu erwähnen. *Frohe* Weihnachten, meinte Klein, werden aber doch sicher auch genügen. Was anderes wird er nämlich nicht über die Lippen bringen.

Offenbar hatten die meisten Angestellten ihre Segenswünsche schon hinter sich, zumindest gab es keine Schlange vor dem Chefbüro. Drinnen beim Alten war zum Glück nur der Herr Hans, sodaß außer ihm nur der Bachholder Zeuge wurde, wie Klein etwas hinmurmelte, das tatsächlich nach gesegneten Weihnachten klang. Mit heißem Kopf flüchtete Klein hinaus, und er hatte das Gefühl, als habe er sich nie in seinem Leben so erniedrigt. Wenn das einer von denen draußen in den Hallen hätte hören können!, dachte er. Und der Alte hatte auf seinen Weihnachtswunsch einfach nur Danke gesagt. Nicht einmal „Danke, gleichfalls". War in seinem Chefsessel gesessen und hatte Klein eine drucklose Hand gegeben, war nicht aufgestanden, hatte sich einfach etwas wünschen lassen und hatte dann wieder mit seinem Sohn weitergeredet. Die Stufen hinunter und dann in der Abteilung hatte Klein deutlich das Gefühl, daß er nun irgendein Zeichen an sich hatte, das ihn als Arschkriecher kenntlich machte.

Eine halbe Stunde vor Arbeitsschluß rief die Seemann aus dem Einkauf an und fragte, ob sie denn nicht hinaufkommen wollten. Und euren Chef, sagte sie, müßt ihr euch anschauen. Schon draußen auf dem Gang hörte man Schreien, Gelächter und Gesang. Aber keine Weihnachtslieder. Drinnen in der Abteilung schien das halbe Bürogebäude versammelt zu sein, alles war dick verqualmt, und es roch nach Wirtshaus, leere und halbvolle Flaschen und Gläser standen herum, und die Tür zum Zimmer des Reger, die sonst wie eine Tresortür geschlossen gehalten wurde, stand offen, und von dort kam das Gegröle, es braust unser Panzer wie Sturmwind dahin, hörte Klein singen, und der Tarmann grinste ein wenig sauer, aha, sagte er, sind sie also schon wieder einmal so weit, Klein bekam ein Glas in die Hand gedrückt, stand ein wenig dumm da, so etwas hatte er wirklich nicht erwartet, die ganzen Monate über hatte er die Angestellten kein einziges Mal so gesehen wie jetzt, so lustig und fast selbstvergessen, ja überhaupt *arbeits*vergessen, und plötzlich hörte der Gesang auf, stillgestanden, hörte Klein brüllen, und Gelächter brach los, und Klein drängte sich ein wenig vor, sah zwischen Köpfen und Schultern ins Zimmer des Reger hinein, wo der Niggisch habtacht stand, der Reger sei Oberleutnant im Krieg gewesen, hörte Klein den Tarmann neben seinem Ohr sagen, und der Niggisch war nur SS-Scharführer, dafür aber, kicherte er, hat unser Oberniggisch das große Kopfschüßlerabzeichen mit Eichenlaub und Schwertern, und der Reger kommandierte, und der Niggisch gehorchte, grinsend, aber doch halb ernst führte er die Kommandos aus, machte er mit einem Kleiderbügel Gewehrgriffe, auch der Holdeis aus der Buchhaltung versuchte es, brüllend kamen die Kommandos, und dann entdeckte der Niggisch den Tarmann, Herr Oberleutnant, bitte unterbrechen zu dürfen, schrie er den Reger an, und dann deutete er dem Tarmann mit einem winkenden Finger, aber der Tarmann schüttelte nur den Kopf, Befehlsverweigerung, schrie der Niggisch, aber ich war ja damals gar nicht dabei, sagte der Tarmann, lauter Zivilisten, schrie der Reger und fuchtelte mit den Armen, und dann drängte sich der König vor, stellte sich habtacht vor dem Reger auf, meldete irgendeine Kompanie, und dann konnte Klein nichts mehr sehen, weil sich alles in die Tür gedrängt hatte, drinnen fing gleich wieder ein Lied an, und Klein stellte sein Glas weg und lief schnell hinaus, wenn der Niggisch mich sieht, dachte er, dann bin ich fällig, und er setzte sich aufs Klo, rauchte und grinste vor sich hin, bis es fast Zeit zum Heimgehen war, und immer wieder kam ihm der Niggisch in den Sinn, der sonst das Sagen hatte und sich oben vom Reger einfach herumkommandieren lassen mußte, das schönste Weihnachtsgeschenk ist dieser Anblick gewesen, dachte Klein, ein ungeheurer Genuß.

Gerade als er aus dem Bürogebäude kam, fing es zu schneien an, und auf den gehetzten Gesichtern der Menschen, die sich bei der Stechuhr anstellten, entstand plötzlich ein zufriedener Ausdruck, so als hätte die Firma ihnen schnell noch ein Geschenk in Form von weißen Weihnachten beschert. Klein freute sich selber so lange über das dichte Gestöber, bis er im Auto saß und ihm einfiel, daß er keine Winterreifen hatte.

Die Kantine hatte heute nicht geöffnet, und er wußte nicht recht, wohin er sollte. Zur Mutter zu gehen, hatte er keine Lust. Dort gab es an diesem Tag, solange, wie er sich zurückerinnern konnte, nur geröstete Erdäpfel und Sauerkraut als Mittagessen. Als Kontrastprogramm zur Fresserei an den nächsten Tagen. Früher, als Kind, und auch später noch hatte er sich immer auf dieses einfache Essen gefreut, weil er vor lauter Kekskosten und Schüsselausschlecken Süßes schon nicht mehr hatte sehen können. Aber jetzt kam ihm so ein Essen überhaupt nur wie das Kleinhäuslerischste vor. Außerdem war der Vater noch bis zwei zu Hause. Er machte schon seit Jahren immer am Weihnachtsabend Dienst, damit die Kollegen, die kleine Kinder zu Hause hatten, sich unter den Christbaum stellen konnten. Es würde zwar, wußte Klein, heute sicher keinen Streit geben, geh hörts auf, würde die Mutter sagen, an so einem Tag streitet man nicht, aber sich die Sprüche des Vaters über die Selbstaufopferung der Eisenbahner anhören, die, um den Nächsten zu dienen, selber aufs Weihnachtsfest verzichteten, wollte Klein auch nicht. Er ist zum Bahnhof gefahren und hat sich in den Speisesaal des Bahnhofswirtshauses gesetzt.

Es war nicht viel Betrieb, mehr als die Hälfte der Tische waren leer, und die Menschen, die da waren, aßen alle so schnell, als müßten sie sich jetzt schon beeilen, um rechtzeitig zur Bescherung am Abend fertig zu sein. Statt der verstaubten Plastikblumen, die sonst in den kleinen Vasen auf den Tischen standen, steckten Tannenzweige darin, über die ein paar Lamettafäden geworfen worden waren, und eine Bierfirma wünschte auf grünen Bierdeckeln ein frohes Fest, zu dem selbstverständlich ihr Weihnachtsbockbier gehörte. Er bestellte Rindsbraten, weil ihm vorkam, so ein Essen, das es daheim immer erst am Sechsundzwanzigsten gab, heute schon zu essen, sei wie das Zurücklassen seiner lebenslangen Heiligabend-Mittagessen-Röstkartoffel-Vergangenheit. Er sah, während er wartete, durch die offenstehende Tür zum Schanktisch hinüber, wo ein paar Eisenbahner und ein paar Männer in Arbeitskluft standen, mit den Biergläsern in der Luft herumfuhren und so laut redeten, daß Klein jedes Wort verstehen konnte. Einer der Männer war schon ziemlich betrunken, und der Wirt wollte ihn offenbar loswerden. Geh, Pongratz, sagte er, geh heim, deine Alte wartet doch sicher schon auf dich. Aber der Betrunkene machte nur eine wegwerfende Handbewegung, ach was, die wartet später auch noch, erklärte er, und die Umstehenden fanden das aus irgendeinem Grund sehr lustig, zumindest ging ein Gelächter los, kamen Sprüche über daheim wartende Ehefrauen, und Klein versuchte sich vorzustellen, wie der Mann nach Hause kommen würde, und die Frau und ein paar kleine Kinder warten schon, und die Frau hat rote Augen, und die Kinder drücken sich in eine Ecke, und während der Mann auf dem Diwan seinen Rausch ausschläft, schält die Frau gekochte Kartoffeln für den Salat zum Karpfen am Abend, und plötzlich tropft etwas auf die klebrigen Schalen hinunter, und die Frau wischt sich schnell über die Augen und vergewissert sich mit einem Seitenblick, ob die Kinder auch nichts gesehen haben. Wenn du mir nichts mehr gibst, sagte der Mann zum Wirt, dann räum ich dir die Bude aus. Weißt was, sagte der Wirt, komm nächste Woche wieder, da hab ich die Maler, und sofort brüllte wieder ein Gelächter los, und Klein drehte sich schnell weg, weil er nicht mehr zuhören wollte, Proleten, dachte er, Gesindel, sonst säuft sich an diesem Tag doch keiner so an, und das Mitleid, das er eben noch mit der Frau dieses Menschen gehabt hatte, war sofort weg, wer weiß, was das für eine Schlampe ist, dachte er, aber trotzdem hatte er das Gefühl, als müsse er diesen Mann ein wenig beneiden, der jemanden hatte, der daheim auf ihn wartete.

Er trank das Bier zum Essen so schnell, daß er beim Aufstehen schon einen leichten Dusel hatte. Dieses Gefühl war ihm so angenehm, daß er sogar einen Moment überlegte, ob er nicht dableiben sollte, sich noch ein paar Bier kaufen und sich langsam wegtrinken, weg vom Tisch und vielleicht an die Männer heran, sich unter sie stellen und reden, nicht allein dasitzen und immer nur zuschauen, aber als er in die feuchte Kälte hinaustrat, kam ihm diese Vorstellung nur mehr wie ein Anfall vor, wie ein Rückfall von Zeit zu Zeit in unbedachten Augenblicken. Das ist die Weihnachtssentimentalität, dachte er, sonst überhaupt nichts.

Der Nachmittag war lang, obwohl es schon bald dunkel wurde, und ihm schien, als sei das der unnötigste Nachmittag seit langem. Um fünf wollte er Irene treffen. Im Zimmer war es sehr kalt, als er heimkam, und er schaltete den Heizstrahler ein und legte sich ins Bett, bis es halbwegs warm war. Aber weil er eine Zigarette nach der anderen rauchte, mußte er das Fenster aufmachen, sodaß es wieder kalt wurde. Er packte die Weihnachtsgeschenke für Irene noch einmal aus und sah sie an, aber sie sind davon nicht besser geworden. Zum ersten Mal, seit er sich für *ernste* Musik zu interessieren angefangen hatte, störte sie ihn, weil durch sie im Zimmer alles noch trostloser zu werden schien. Außerdem kam jede Stunde das Lied „Stille Nacht" aus dem Radio, das er schon überhaupt nicht hören wollte. Und zum ersten Mal hatte er den Eindruck, daß diese Musik gar nicht in dieses Zimmer paßte. Sonst hatte er immer eher das Gefühl gehabt, als ändere sich das Zimmer durch diese Musik, aber nun schien ihm, als hebe es sich nur um so deutlicher von der schönen Salonwelt ab, für die diese Musik gemacht worden war. Er schraubte die Whiskyflasche auf, setzte sie an den Mund, aber dann schraubte er sie doch, ohne getrunken zu haben, wieder zu. Kerzen anzuzünden, um die Umgebung zum Verschwinden zu bringen, hat er sich nicht getraut.

Er hörte Irenes Schritt schon auf der Treppe, aber er redete sich so lange ein, sie ist es nicht, um nicht enttäuscht sein zu müssen, bis sie an die Tür klopfte. Irene befreite sich gleich aus seiner Umarmung, nur auf einen Sprung sei sie gekommen, sagte sie, länger habe sie nicht Zeit, weil bis drei Uhr Leute im Geschäft gewesen seien und noch nicht einmal der Christbaum aufgeputzt sei. Und am Abend, fragte Klein und wollte ihr aus dem Mantel helfen. Was am Abend?, sagte Irene und hielt sich den Mantel vorne zu, als habe sie Angst, ihn herzugeben und dann weiter ausgezogen zu werden und hierbleiben zu müssen. Na, am Abend, sagte Klein, sehen wir uns doch, oder? Irene schüttelte den Kopf, unmöglich, sagte sie, doch nicht am Heiligen Abend. Da müsse sie bei der Mutter bleiben. Davonrennen, das könne sie der Mutter an diesem Abend doch nicht antun. Aber mir kannst du es antun, sagte Klein. Gehst du denn nicht zu deiner Mutter, fragte Irene. Jetzt schon, sagte Klein. Er nahm das Päckchen, das ihm Irene hinhielt, drehte es herum, ein Brief war draufgebunden, und er wollte ihn herausziehen. Aber den liest du erst um neun am Abend, sagte Irene. Warum, fragte Klein, was ist los damit. Das wirst du dann schon lesen, sagte Irene. Sie steckte seine Geschenke in die Tasche. Leider, sagte Klein, habe ich nicht bekommen, was ich wollte, aber weißt eh, sagte er, bei uns kriegt man ja einen Dreck. Es geht um den guten Willen, sagte Irene und hatte die Türklinke schon wieder in der Hand. Ob sie denn nicht wenigstens eine halbe Stunde dableiben könnte, fragte Klein. Nein, sagte sie, ich bin ja nur schnell weggerannt. Und den Karpfen für den Abend müsse sie auch noch holen, Christbaum schmücken, alles Mögliche noch. Bei Geschäftsleuten, sagte sie, sind Weihnachten eben so. Er versuchte sie zu sich zu ziehen, aber sie machte die Tür auf, frohe Weihnachten also, sagte sie. Ja, sagte Klein leise, sehr frohe Weihnachten sind das, aber sie schien es nicht mehr gehört zu haben. Er machte das Fenster auf und sah ihr nach und wartete darauf, daß sie sich umdrehen und zu ihm hinaufschauen würde, aber sie ging eilig über den Hof und verschwand hinter dem nächsten

Haus. Er griff wieder nach der Whiskyflasche, schraubte sie auf, aber jetzt zu trinken, kam ihm plötzlich wie eine Pose vor, so als würde er sich selber ein Sich-betrinken-Müssen nur vorspielen. Er zog den Brief aus dem Päckchen, sah ihn an, nichts war auf den Umschlag geschrieben, und er legte ihn weg, packte die Geschenke aus, ein Feuerzeug und ein Zigarettenbehälter und ein kleines Buch mit chinesischen Sprüchen auf Reispapier, und die Geschenke, die er ihr gemacht hatte, kamen ihm gleich noch viel mickriger vor. Er legte sich aufs Bett, zündete mit dem neuen Feuerzeug eine Zigarette an, griff nach dem Brief, sah ihn wieder an, warum, dachte er, sagt sie, ich darf ihn erst um neun aufmachen? Warum schrieb sie überhaupt einen Brief, wenn sie doch vor ihm gestanden war und alles hätte sagen können? Und warum war sie überhaupt gekommen, obwohl doch ausgemacht worden war, daß er sie um fünf vor dem Haus abholt? Plötzlich fiel ihm ein Roman ein, wo ein Mann den Brief einer Geliebten auch erst später hatte öffnen dürfen, und in dem Brief war dann gestanden: Wenn du diese Zeilen liest, bin ich schon ein paar hundert Kilometer von der Küste entfernt. War dieser Brief, den er da in der Hand hatte, vielleicht auch ein Abschiedsbrief? Wollte sie Schluß machen mit ihm und wagte es nur nicht, es ihm ins Gesicht zu sagen? Und um neun ist sie schon über alle Berge? Aber am Weihnachtsabend läuft sie doch nicht davon, redete er sich ein, am Weihnachtsabend ist doch heilige Familie. Das hatte sie doch selber gesagt. Er hat den Brief schnell unter seinen Kopfpolster geschoben, weil er ihn nicht aufmachen wollte.

Früher hatte die Mutter immer erklärt, sie stelle nur der Kinder wegen einen Christbaum auf, selber brauche sie keinen, außerdem verliere so ein Krampen ständig Nadeln, die man dann in der ganzen Wohnung herumschleppe. Aber nun waren ihre Kinder längst erwachsen und aus dem Haus, und trotzdem ließ sie sich den Baum nicht ausreden. Auch heuer stand wieder einer im Wohnzimmer. Wegen der Enkelkinder, sagt sie nun, die am

Christtag auf Besuch kämen. Alles war wieder wie üblich, wie in Kleins Kindheit, in der *unschuldigen* Kindheit, in die ihn die Mutter wohl zurückwünschte, damit er wieder ganz ihr Sohn sein könnte und nicht einer, dem das Zuhause nicht mehr paßte und der sich ein Zimmer genommen hatte.

Vor der Bescherung gab es Würstel mit Senf in der Küche. In jedem Jahr waren Würstel das Heiligabendessen gewesen, zuerst, während der Nachkriegsjahre, weil sie für die Familie wirklich etwas Besonderes gewesen waren, dann, später, nur mehr eine Besonderheit aus Tradition, weil Würstel auch weiterhin dem Heiligabend vorbehalten blieben und sonst nie auf den Tisch kamen, und jetzt noch immer, obwohl sie für Klein längst etwas waren, das er gar nicht mehr als richtiges Essen ansah.

Bevor die Mutter im Wohnzimmer verschwand, hatte sie sich heimlich Streichhölzer in die Schürzentasche gesteckt, so als dürfe Klein immer noch nicht wissen, daß sie es war, die die Kerzen auf dem Christbaum anzündete. Daß er zuerst zu ihr gesagt hatte, er sei nicht neugierig auf so ein Zeremoniell, das komme ihm höchstens lächerlich vor, hatte sie ja auch nicht weiter ernst genommen. Aber geh, hatte sie nur gesagt und mit der Hand abgewunken und sich offenbar gleich eingebildet, damit habe sie ihn auch schon überzeugt. Klein wußte ganz genau, daß die Mutter sagen würde, so, jetzt kommt der Moment, wo der Affe ins Wasser springt, um mitzuteilen, daß es soweit sei, aber als sie es dann wirklich sagte, wurde er trotzdem so ärgerlich, daß er sie am liebsten mit ihrem Christbaum allein gelassen hätte und schnell davongesprungen wäre. Kaum komme ich da herein, dachte er, hängt sie mir den ganzen alten Scheißdreck wieder um. Irgendwann hatte sie mit etwas angefangen, und das war dann auch gleich beibehalten und mit den Jahren nur immer unveränderlicher geworden. Und er konnte sich ändern, soviel er wollte, für sie blieb er anscheinend immer derselbe, dem man die alten Sprüche und Zeremonien anhängen konnte. Wozu bin ich überhaupt hergegangen?, dachte er. Er hat doch genau gewußt, was hier ablaufen wird. Aber was, dachte er, hätte ich sonst tun sollen? Vielleicht allein im Zimmer hocken und mich ansaufen? Und sich dann noch vorstellen, daß die Mutter allein mit ihrem Weihnachtsabend ist und wahrscheinlich vor sich hinflennt, wenn sie an ihn denkt, an den rücksichtslosen, gefühllosen Sohn, der die Mutter gerade heute allein läßt, obwohl er nur fünf Minuten entfernt wohnt, nicht einmal an diesem Abend bei ihr hereinschaut? Er sah die Mutter an, die erwartungsvoll im Türrahmen stand und sich anscheinend einbildete, sie mache ihm jetzt mit diesem ganzen aufgewärmten Zirkus eine Freude, mein Gott, dachte er, sie ist ja eigentlich eine arme Haut, und ändern kann sie sich ja auch nicht mehr, und er drückte schnell seine Zigarette aus und ging mit ihr ins Wohnzimmer hinüber.

Er stand dann eine Weile neben ihr vor dem Christbaum, auf dem die Kerzen brannten und ein paar Wunderkerzen Funken sprühten, weil er wußte, daß es zum Zeremoniell gehörte, zuerst eine Weile den Baum anzuschauen und sich nicht gleich auf die Geschenke zu stürzen. Dann packte er ein Hemd, sechs weiße Taschentücher mit gesticktem Monogramm, einen Pullover und eine Krawatte aus. Das ist von uns, sagte die Mutter, und Klein fand es lächerlich, daß sie *uns* sagte, obwohl sich der Vater sicher nicht um die Geschenke gekümmert, sie wahrscheinlich nicht einmal bezahlt hatte. Und zur Krawatte hätte er am liebsten gesagt, wenn die Mutter schon keinen Geschmack hat, soll sie lieber Unterhosen kaufen, die man nicht so öffentlich herumträgt wie Krawatten. Und das ist von der Oma, sagte die Mutter und hielt ihm das übliche Kuvert hin, in dem, das wußte Klein, ein Fünfhunderter war. Er hätte gerne noch gefragt, wo denn eigentlich die Bilderbücher für ihn sind, die er doch früher auch bekommen hat, aber er wußte, daß so etwas von der Mutter nicht für einen Scherz gehalten worden wäre. Selbstverständlich sagte die Mutter dann, als sie Kleins Geschenk, ein Kopftuch, auspackte, daß das doch nicht notwendig gewesen wäre, er habe doch eh kein Geld. Sie darauf hinzuweisen, daß das Tuch echte Seide sei, hat er sich dann ersparen können, weil die Mutter selber das Etikett entdeckte.

Nachher gab es die selbstgemachten Bäckereien und den wie immer zu wäßrigen Glühwein, und die Mutter hielt offenbar die Tatsache, daß sie den Kirschlikör diesmal nicht selber hergestellt, sondern gekauft hatte, für eine so gewaltige Änderung, daß sie immer wieder davon zu reden anfangen mußte. Klein war ein wenig unaufmerksam, weil er ständig an Irenes Brief denken mußte. Was für ein Unsinn, dachte er, daß ich ihn nicht sofort aufgemacht habe. Wenn es nun wirklich ein Abschiedsbrief war? Was sollte er dann machen? Sie zu überreden versuchen? Bitten!? Oder sie fahrenlassen, sagen, es war mir ein Vergnügen, ein Volksfest mit Laternen, wie er das früher gemacht hätte? Und dann gar niemanden mehr haben!? Ganz allein dastehen?

Für Momente hatte er immer wieder ein plötzliches, ganz zärtliches Gefühl für die Mutter, die mit ihren roten Händen die Kekse zerbrach, sie in den Mund schob und Glühwein darüberschlürfte. Sie redete von früheren Weihnachten: Damals, sagte sie, als du die Tusche aus dem neuen Malkasten übers Tischtuch unter dem Christbaum geschüttet hast, damals, als du und Robert die Flasche mit dem Wein, der für den Glühwein bestimmt war, in den Tagen vor Weihnachten fast leergetrunken und dann aus schlechtem Gewissen wieder mit Wasser aufgefüllt habt, damals, sagte sie ständig, und hatte sich offenbar nur gemerkt, wenn Klein etwas *angestellt* hatte. Mein Gott, dachte Klein, die lebt wirklich nur in der Vergangenheit, und plötzlich hatte er das Gefühl, daß die Mutter ihn mit ihrem Damals-Sagen eigentlich nur unterkriegen, daß sie ihm seine Vergangenheit, die er doch von sich abgeschnitten hatte, wieder an den Leib reden wollte. Aber es hilft nichts, dachte er, auch wenn sie meine Mutter ist, ich bin da nicht mehr daheim. Das war einmal. Ich bin eigentlich nirgends daheim, dachte er, und sofort fiel ihm der Brief wieder ein.

Er trank noch ein paar Glas Glühwein und sah dann mit der Mutter aus dem Fenster und ließ sich von ihr erzählen, wer von den im gegenüberliegenden Haus wohnenden Leuten keine Kerze ins Fenster gestellt hatte. Sie stellte

ja noch immer für die Brüder und die anderen Verwandten, die nicht aus dem Krieg heimgekehrt waren, am Heiligabend Kerzen auf, damit, wie sie sagte, die Vermißten heimfinden könnten. Das ist doch jetzt schon so lange her, sagte Klein, da kannst du damit auch schon aufhören. Die Mutter sah ihn an, schüttelte ein wenig den Kopf, mein Gott, ja, sagte sie, das ist wahr, und ich seh sie noch immer, wie sie so jung wie du waren. Sie war eine Weile still und sah nachdenklich aus dem Fenster, und Klein überlegte, ob er nicht schnell den Arm um sie legen sollte, aber da machte sie schon das Fenster zu und fing von etwas ganz anderem zu reden an.
Als er sagte, daß er jetzt geht, meinte die Mutter, daß er doch heute, ausnahmsweise, einmal in seinem alten Zimmer schlafen könnte, aber Klein schüttelte nur den Kopf. Ich will dir keine Umstände machen, sagte er. Aber das sind doch keine Umstände, meinte die Mutter. Trotzdem, sagte Klein.

Es war schon neun vorbei, als er in sein Zimmer hinaufkam. Der erste Blick nach dem Lichtaufdrehen ging auf den Polster, unter dem der Brief lag. Am liebsten hätte er sich sofort draufgestürzt, um ihn aufzureißen und zu lesen. Aber er zwang sich, alles wie sonst beim Heimkommen und ganz ruhig zu machen, als sei der Brief gar nicht da. Mantelausziehen, Schuheaufknöpfen. Als ob er es wie am Morgen vor Bürobeginn eilig hätte, wo ihm auch immer gerade im letzten Moment die Schuhbänder rissen, ging die Schlaufe am linken Schuh nicht auf, zog sich immer fester zu einem Knoten zusammen, sodaß er erst eine Gabel holen mußte, um den Knoten aufzustochern. Jackeausziehen. Hausschuheanziehen. In eine Weste fahren. Dann füllte er sein Zahnputzglas bis zur Hälfte mit Schnaps, nahm einen Schluck, schüttelte sich, nahm noch einen und füllte das Glas bis zum Rand. Dann meinte er, aufs Klo gehen zu müssen. Zigarette anzünden. Er überlegte, was er sonst noch machen könnte, trank einen Schluck und zündete eine Kerze an, drehte das Licht ab,

drehte es aber gleich wieder auf, trank, sah sich im Zimmer um, aber ihm fiel nichts ein, was er sonst noch machen könnte, trank einen Schluck, und dann griff er endlich unter den Polster. Als halte er jetzt sein Schicksal in Händen, hatte er das Gefühl, als er den Brief angriff. Er suchte erst noch nach einem Messer, trank einen Schluck, schnitt den Briefumschlag auf, und als er das Blatt auseinanderfaltete, ging sein Blick sofort zur Unterschrift, und dort stand: Ich liebe Dich. Er ließ das Blatt sinken und atmete tief auf, dann trug er die Kerze zum Nachttisch, schaltete das Licht aus, zündete eine neue Zigarette an und las endlich. Wenn Du diesen Brief liest, schrieb Irene, dann denke ich gerade an Dich. Er sah auf die Uhr, es war zwanzig nach neun. Wahrscheinlich, dachte er, hat sie an mich gedacht, und jetzt hat sie schon wieder damit aufgehört. Fast kam er sich wie ein Betrüger vor, weil er die Zeit nicht eingehalten hatte. Weihnachten sei daheim immer so ein Durcheinander, ein Haufen Verwandtschaft im Haus, schrieb Irene, und da habe sie gar keine Zeit, um an ihn zu denken, aber um neun werde sie sich aufs Klo setzen und fest an ihn denken. Und das schönste Weihnachtsgeschenk, das ihr die Mutter dieses Jahr gemacht habe, gebe sie gleich an ihn weiter: Morgen um drei solle er zu ihr kommen. Nicht unten warten, sondern in die Wohnung hinauf. Weißt Du, schrieb sie, was das heißt? Ja, dachte Klein, das weiß ich, was das heißt. Er trank einen Schluck, streckte sich im Bett aus und lächelte, ohne es zu merken, vor sich hin. Jetzt, dachte er, möchte ich jemanden haben, dem ich das erzählen kann.
Er hat das Glas leergetrunken und wieder angefüllt.

Eine Menge Fragen tauchten auf: Was sollte er anziehen? Sollte er Irenes Mutter Blumen mitbringen, wie es sich bei einem Antrittsbesuch laut Anstandsbuch gehörte? Und wo sollte er jetzt, mitten im Winter, Blumen hernehmen, wo doch die städtischen Blumenbeete zugeschneit waren und an einem Feiertag kein Geschäft offen hatte? Daß er Irenes Mutter bereits aus dem Lokal kannte, machte die

Sache nicht einfacher. Einer ganz fremden Person hätte er regelrecht vorgestellt werden können. Wie das funktionierte, wußte er. Aber sein Fall war komplizierter und nicht vorgesehen in diesem Buch, in dem sonst auch das Unnötigste und Wahnwitzigste, etwa wie man seinen Chef bei sich zu Hause stilgerecht empfängt, ganz genau beschrieben war.
Mittags war er bei den Eltern essen. Ingrid war schon da, mit dem Kind auf dem Arm und einem neuen im Bauch, und Günther redete die ganze Zeit von der Wohnung, die sie in Aussicht hätten, ganz offensichtlich in der Hoffnung, seine Schwiegereltern würden die Brieftasche aufmachen und einen ordentlichen Beitrag zum nötigen Baukostenzuschuß herauslassen. Am Nachmittag sollte auch Robert mit seiner Familie kommen. Als Klein sagte, daß er aber am Nachmittag keine Zeit habe, bekam der Vater gleich seine zynisch grinsenden Mundwinkel, wobei er ausnahmsweise nicht den Kopf schüttelte, sondern nickte, als wundere er sich seit neuestem nicht, sondern erwarte überhaupt nichts anderes mehr von diesem Sohn. Und die Mutter sagte im Vorzimmer zu Klein, weißt, sagte sie, wenigstens heute hättest dableiben können, wo wir sowieso das ganze Jahr über nie alle beisammen sind. Das ganze Jahr freue sie sich schon, wieder einmal die ganze Familie um sich zu haben. Was er denn gar so Wichtiges zu tun habe, wollte sie wissen. Bei Irenes Mutter, sagte er, sei er heute eingeladen. Ach so, sagte die Mutter und machte ein beleidigtes Gesicht, und die sind dir wichtiger als deine eigenen Eltern und Geschwister? Klein zögerte einen Augenblick, ja, sagte er, die sind mir wichtiger, und die Mutter machte den Mund auf und wieder zu. Zumindest im Moment, sagte Klein. Außerdem könne er jetzt nicht mehr absagen, und es sei ja das erste Mal, da gehe das schon gar nicht, und vielleicht komme er sowieso noch rechtzeitig zurück, wenn alle noch da sind, redete er schnell Entschuldigungen heraus, weil er sah, wie sehr seine Antwort die Mutter getroffen hatte. Aber diese Sätze halfen alle nichts mehr, die Mutter hatte auf einmal Wasser in den Augen, mein Gott, Georg, sagte sie, ich kenn dich gar nicht mehr,

wie du jetzt bist?, schüttelte sie den Kopf und lief davon, stockte aber bei der Tür, nur wenn du Geld brauchst, sagte sie, dann sind wir dir recht, machte sie die Tür auf und zog sie fast lautlos ins Schloß, und Klein stand da, wollte ihr nach, wollte sagen, daß er das doch nicht so gemeint habe, aber dann zuckte er nur die Schultern, die versteht mich ja sowieso nicht, dachte er, nahm seinen Mantel vom Haken und ging.

Er fuhr zum Illmann, der eine Gärtnerei besaß, in die Wohnung, konnte ihn aber nur schwer von der Dringlichkeit seines Bedürfnisses überzeugen, Blumen verkauft zu bekommen. Auf der Fahrt ins ohnedies nur ein paar Minuten entfernte Glashaus maulte der Illmann noch immer, daß er nicht einmal an den höchsten Feiertagen Ruhe habe, und fing davon ausgehend von der Opferbereitschaft der Kleinunternehmer im allgemeinen zu reden an, die nach seiner Meinung doppelt so viel und dreimal so schwer arbeiten wie die Arbeiter und Angestellten und sich dabei im Grunde nur für die Steuer abschinden, die ihnen das Weiße aus den Augen nehme, sodaß sie eigentlich vom Draufzahlen leben müßten. Klein nickte zu allem, weil er Blumen verkauft haben wollte, obwohl er ihm am liebsten gesagt hätte, behalten Sie gefälligst Ihre Sprüche bei sich, ich zahle ja eh. Im Glashaus zeigte ihm der Illmann gleich die teuersten Rosen, und Klein nahm sie, und auch gleich mehr davon, als er von billigeren Blumen zu nehmen vorgehabt hatte, weil er meinte, es sei wirklich unmöglich, den Mann aus Hausschlapfen und Trainingsanzug heraus- und in einen Anzug und Schuhe hineinzuscheuchen und ins Glashaus hinauszulocken, um dann drei Nelken zu nehmen. Zumindest meinte er, sich das Gesicht und die Sätze dieses Menschen ganz deutlich vorstellen zu können, wenn er wirklich nur einen so kleinen Kauf getätigt hätte. Daneben schien es ihm auch ganz unmöglich zuzugeben, daß ihm etwas zu teuer sein könnte. Der Illmann schien daraufhin gleich besser gelaunt zu sein und auch keine Eile mehr zu haben, ließ sich Zeit mit dem Binden und Einwickeln der Blumen und wollte Klein auch noch zu einer Glashausbesichtigung verleiten, sodaß Klein schon fürchtete, er werde zu spät kommen. Und gerade das, meinte er, durfte ihm beim ersten Mal auf keinen Fall passieren, weil ihm die Säumigkeit und der Rededrang des Illmann als eigener Charakterfehler ausgelegt werden würden.

Er mußte aber dann noch ein paar Runden um das Ortsviertel fahren, weil ihm aus seinem Anstandsbuch bekannt war, daß es ebenso unhöflich war, zu früh zu kommen wie zu spät. Am liebsten wäre es ihm gewesen, wenn er mit leeren Händen aus dem Auto steigen und so ins Haus hätte hineingehen können, in dem Irene wohnte, und ein Bedienter hätte ihm den Strauß Blumen nachgetragen: so unangenehm war es ihm, damit über die Straße zu gehen, obwohl weit und breit niemand zu sehen war. Als passe so ein Blumenstrauß gar nicht zu ihm, hatte er den Eindruck. Fast unmännlich fühlte er sich damit. Vor der Tür, auf der „Privat" stand, wickelte er das Papier von den Blumen, wie er es gelesen hatte, und rannte sich beim Zusammenknüllen des Papiers eine darin steckende Nadel unter den Nagel des Mittelfingers. Hinter der Tür war ein Klavier zu hören, er klopfte, aber niemand befahl ihm einzutreten, und als er zaghaft die Tür öffnete, sah ihm Irene lächelnd entgegen und hörte zu spielen auf. Im Raum, der ein Wohnzimmer zu sein schien, war sonst niemand. Klein machte ein paar Schritte hinein, sah sich um, und die Sätze, die er sich zurechtgelegt hatte, blieben ungesagt in seinem Kopf stehen. Lächerlich kam er sich vor mit den Blumen in der Hand, ohne zu wissen wohin damit, weil Irenes Mutter ja nicht da war, der er sie hätte überreichen können, aber Irene freute sich schon darüber und nahm sie ihm ab, weil sie wohl dachte, er habe sie ihr gebracht, und er wagte nicht zu sagen, daß sie nicht für sie seien. Ich habe geglaubt, sagte er, als er sich niedergesetzt hatte, deine Mutter wird da sein. Die sei noch unten im Geschäft, sagte Irene, werde aber gleich kommen. Sie schien selber ein wenig nervös zu sein, gar nicht mehr so ruhig und selbstsicher, wie er sie kannte. Sie schwang sich auf dem drehbaren Klavierhocker hin und her, redete in einem fort und horchte dazwischen zur Tür hin. Klein saß da und hätte am liebsten die ganze Zeit den Kopf geschüttelt, eine so ungeheure Enttäuschung war diese Wohnung, zumindest dieses Zimmer für ihn. Eine mindestens ebensolche Enttäuschung wie damals, als er zum erstenmal zum Lenz hinaufgekommen war. Ganz anders hatte er das erwartet. Hier war keine Spur von einer Kultur, wie er sie sich als den selbstverständlichsten Rahmen für Irene vorgestellt hatte. Die Möbel schienen nicht zusammenzupassen, die Malerei an den Wänden hatte eine Farbe, die sich mit den Vorhängen schlug, und zu der Uhr auf der Anrichte fiel ihm nur das Wort Kitsch ein. Wenn das Klavier und Irene nicht dagewesen wären, hätte er sich einbilden können, er sei zu Heidi hinaufgekommen. Die zehn Bücher im Schrank hinter Glas fand er besonders lächerlich. War vielleicht Irene überhaupt nicht so belesen, wie sie immer tat? Und wie kam es, daß er sich ständig die nobelsten Wohnungen vorstellte, und in Wirklichkeit war dann alles nur ganz gewöhnlich? Woher, dachte er, habe ich diese falschen Vorstellungen? Irene schien seine abschätzigen Blicke bemerkt zu haben und deutete mit der Hand im Zimmer herum, die Mutter, sagte sie, lege schon lange keinen Wert mehr auf eine schöne Wohnung, weil sie sie sowieso kaum benütze, sondern die ganze Zeit unten im Geschäft stehe, und wenn sie heraufkomme, dann nur, um sich ins Bett zu legen. Sie habe, sagte sie, schon oft zur Mutter gesagt, mit ihrem Geld könne sie sich ein Palais einrichten, aber die Mutter habe dafür nur Handbewegungen gehabt. Früher, erzählte sie, sei das anders gewesen, als ihre Eltern noch nicht geschieden gewesen seien, da hätten sie ein schönes Haus gehabt, aber das sei alles beim Vater geblieben, samt der Bäckerei, die der Vater nun verpachtet habe, und die Mutter habe nur dieses Haus bekommen, weil sie schuldig geschieden worden sei. Die Grillstube habe die Mutter erst nachher aufgemacht. Sie selber habe, sagte Irene, von der ganzen Geschichte damals nicht sehr viel mitbekommen, weil sie schon im Internat gewesen sei. Auf jeden Fall sei die Mutter früher anders gewesen, sagte sie, lebenslustiger, da habe sie nicht dauernd ein Geschäft im Kopf gehabt. Klein hörte zu, er konnte sich erinnern, daß Irene ihm das schon einmal erzählt hatte, aber damals hatte er das gar nicht richtig verstanden, zumindest nicht so verstanden, wie er es nun verstand, wo er in diesem Zimmer saß.

Überhaupt kam ihm Irene plötzlich ganz anders vor. Längst nicht so unverletzlich und mit einer so sicheren, zufriedenstellenden Vergangenheit wie sonst. Als sei sie in dieser Umgebung, für die sie sich offenbar ein wenig genierte, da sie sich sonst nicht gleich dafür entschuldigt hätte, ein wenig näher zu ihm gerückt. Wenn meine Mutter kommt und dir etwas zu trinken anbietet, sagte sie, dann lehnst du besser ab, weil sie sich sowieso einbildet, du trinkst zuviel. Was, sagte Klein, ich, ich trinke zuviel? Unten im Geschäft, sagte Irene, sage ihre Mutter, trinke er wie kein zweiter. Klein schüttelte den Kopf, so ist das also, dachte er, ich bin einfach ein Idiot, ein kompletter Idiot. Jedesmal, wenn er in der Grillstube essen ist, kommt Irenes Mutter, kaum sind die Gläser leer, schon an den Tisch, haben Sie noch einen Wunsch, fragt sie und nimmt das leere Glas in die Hand und wartet, daß er etwas bestellt. Und ich Idiot, dachte Klein, ich denke mir nur, die will ein Geschäft machen, und nein trau ich mich auch nicht sagen, weil es dann so ausschaut, als ob ich mir nichts mehr leisten könnte, also trink ich noch was, und sie geht her und bildet sich ein, ich trinke immer zuviel. Daran ist deine Mutter selber schuld, sagte Klein, konnte aber nicht mehr weiterreden, weil die Tür aufging und ihre Mutter dastand. Ach, sagte sie, Sie sind schon da? Klein sprang auf, und sie gab ihm die Hand. Was bietest du denn deinem Gast nichts an, sagte sie ein wenig tadelnd zu Irene, wo doch eh so viel da ist. Was möchten Sie denn trinken, lächelte sie Klein an, oder vielleicht Kaffee? Klein machte abwehrende Handbewegungen, ist ja nicht notwendig, murmelte er, und Irene zog ein wenig den Hals ein, und ihre Mutter verschwand wieder. Wie im Geschäft unten, dachte Klein. Gleich darauf schleppte sie Bäckereien und Kuchen an und brachte eine Flasche Kognak und Wein und Orangensaft, bis der Tisch voll war, und Irene schüttelte immer wieder unmerklich den Kopf, und Klein hatte das Gefühl, als sei ihr das Verhalten der Mutter ziemlich peinlich. Er wußte selber nicht recht, ob er in diesem übertriebenen Anschleppen von Speisen und Getränken einfach ein Verhalten sehen sollte, das diese Frau auch in ihren *Privaträumen* nicht ablegen konnte, oder ob es nicht doch eine Verlegenheitsgeste war wie bei der eigenen Mutter, die bei ihr fremden Gästen immer zu glauben schien, der Besuch habe sich mit dem Eintritt in ihre Wohnung eine Mastkur vorgenommen. Aber daß er selber die Ursache einer Verlegenheit bei dieser Frau sein könnte, die doch sonst unten in ihrem Geschäft mit der größten Selbstsicherheit herumging und herumkommandierte, konnte er nicht recht glauben. Solche Menschen, meinte er, konnten ja eigentlich überhaupt keinen Grund für Verlegenheiten haben. Auf jeden Fall schien ihm diese Bewirtung ein Beweis zu sein, wie wichtig sie seine Anwesenheit nahm. In ihren Sätzen, die sie sagte, kam aber die Tatsache, daß er etwas mit der Tochter zu tun hatte, nicht vor. Klein paßte genau auf, ob sie *ihr* sagen würde, um Irene und ihn zu meinen, aber sie sagte es nicht. Kaum saß sie dann endlich am Tisch, fing Irene hastig zu reden an, als habe sie Angst, es könne eine Peinlichkeitspause entstehen. Ihre Augen huschten unruhig zwischen der Mutter und Klein hin und her, und ständig drehte sie mit nervösen Fingern an einem Ring herum. Oder hat sie Angst, dachte Klein, daß ich mich hier blamiere? Er hat selber meistens nur Antworten gegeben, saß da, nickte, lächelte, sagte ein paar Wörter und nahm jedesmal nur ein einziges Stück Bäckerei von einer der Platten und schob es in den Mund, wenn Irenes Mutter ihn aufforderte, doch zuzugreifen. Sie mußte ihn immer wieder auffordern. Gerade als die Mutter anscheinend unabsichtlich dem gefährlich nahe kam, worüber er auf keinen Fall reden wollte: seine Eltern, seine Herkunft, klopfte es. Einen Moment war er erleichtert, aber als er den Burger in der Tür auftauchen sah, hatte er sofort das Gefühl, ein Feind komme herein. Ach, sagte der Burger, jetzt bin ich gerade daheim von der Jause davon, und hier gibt es schon wieder etwas. Er setzte sich aber trotzdem gleich nieder, als ob er hier zu Hause wäre. Irenes Mutter, die ihn mit du anredete, schien ihn aber keineswegs als eine Störung zu empfinden und fing ihn gleich auszufragen an, wie denn das Weihnachtsfest verlaufen sei und was es an Geschenken gegeben habe. Klein saß da, mit einem wie festgewachsenen Lächeln auf dem Gesicht, und hatte einen ganz verkrampften Hals vor Wut, was braucht dieses Arschloch gerade jetzt daherkommen, dachte er, ist er eingeladen oder ich? Ganz unwichtig geworden kam Klein sich auf einmal vor. So lange hatte er auf den Moment gewartet, hier sitzen zu dürfen, und jetzt mußte er sich als Zweiter fühlen. Die Unbefangenheit, mit der der Burger redete, kam ihm wie eine Aufdringlichkeit vor, eine Frechheit eigentlich, eine Unverschämtheit. Noch dazu tat er, als sei Klein gar nicht da, als säße er nur mit Irene und ihrer Mutter an einem reichlich mit Essen versehenen Tisch. Klein merkte, wie seine Hände immer mehr zu schwitzen begannen, und er überlegte krampfhaft, was er sagen, was er schnell erzählen könnte, um dem Burger das Wort zu entziehen. Zum Glück kam die Küchenhilfe herauf und meldete, daß die Anwesenheit der Frau Chefin dringend notwendig sei. Irenes Mutter verabschiedete sich gleich, das Geschäft, Sie sehen ja, sagte sie entschuldigend, aber greifen Sie nur zu, Herr Klein, deutete sie auf den Tisch, bevor sie verschwand. Was Irene denn heute abend mache, wollte der Burger wissen. Der Wersig, sagte er, mache heute abend ein Fest, und da sei sie selbstverständlich eingeladen. Wir zwei, sagte Klein sofort scharf und griff nach Irenes Hand, haben schon etwas anderes vor. Irene sah ihn überrascht an. Wir fahren mit Christian in die Alhambra, sagte Klein schnell. Der Burger grinste ein wenig, naja, sagte er und stand auf, dann will ich das junge Glück weiter nicht stören. Aber du störst uns überhaupt nicht, sagte Irene.

Am Abend erfuhr Klein dann von ihr, daß er auf ihre Mutter keinen schlechten Eindruck gemacht habe, nur den großen Rosenstrauß habe sie ein wenig angeberisch und vor allem verschwenderisch gefunden, und das gefalle ihr gar nicht.

Die Steckkarte mit seiner Nummer steckte nicht in ihrem Fach, als Klein nach den Weihnachtsferien in die Firma kam. Seine Hand blieb einen Moment über dem leeren Fach in der Luft stehen, aber er drängte den Gedanken, der sofort auftauchte, schnell wieder aus dem Kopf, Unsinn, dachte er, die ist sicher nur falsch eingeordnet. Er suchte eine Weile auf der Tafel herum, konnte aber seine Karte nicht finden. Das Fräulein Leiner vom Empfang winkte ihn dann gleich zu sich, als er das Bürogebäude betrat. Lächelnd, als habe sie ihm zu verkünden, daß er im großen Lotto alle Zahlen erraten habe, sagte sie, daß er sich sofort beim Personalchef melden solle. Ob sie wisse warum, fragte Klein, aber das Fräulein lächelte nur das Empfangsdamenlächeln weiter und zog das Schiebefenster wieder zu. Als sei er nicht in den zweiten, sondern in den zweihundertsten Stock hinaufgestiegen, stand ihm der Schweiß in den Achseln, als er an die Tür klopfte. Der Kramer lächelte auch. Und das Fräulein Sagreiter, das gerade beim Blumengießen war, lächelte, als übertrage sich die Mimik ihres Vorgesetzten ganz automatisch auf ihr Gesicht. Die Firma habe sich entschlossen, sagte der Kramer, ihn ins Angestelltenverhältnis zu übernehmen. Er schien vergessen zu haben, daß er noch vor ein paar Monaten Kleins Anfrage für die abwegigste Forderung gehalten hatte. Gehalt normal, sagte er, entsprechend der Verwendungsgruppe, und dann schob er Klein ein Formular zum Unterschreiben hin. Eine reine Formsache, sagte er, als Klein meinte, den Text ausführlich durchlesen zu müssen. Klein unterschrieb, weil er wußte, daß es sowieso keine andere Möglichkeit gab. Er hätte noch ganz anderes unterschrieben. Erst draußen dämmerte ihm, daß er auf das Angestelltenrecht verzichtet hatte, nur zum Quartal gekündigt werden zu können. Er hat eine wegwerfende Handbewegung gemacht, Hauptsache, dachte er, alles andere ist in Ordnung. (Daß er in eine zu niedrige Verwendungsgruppe eingestuft worden war, merkte er erst viel später.) Er hätte nur gerne gewußt, was bei der Firma diese Meinungsänderung hervorgerufen hatte. Hatten vielleicht doch die *gesegneten* Weihnachten, die er dem Alten gewünscht hatte, etwas genützt? Wenn das der Fall ist, dachte er, hätte ich ihm, von mir aus, diese Wünsche schon im Sommer sagen können. Er hat, seltsamerweise, überhaupt keine Dankbarkeit in sich spüren können. Vor ein paar Monaten, dachte er, hätte ich ihm noch die Zehen dafür geküßt.

In der Abteilung gab es auch eine Veränderung. Ein sechster Schreibtisch und ein Neuer waren da. Ein Ingenieur Rohde. Das sei der Schwager des Herrn Hans, flüsterte ihm der Tarmann zu. Also darf man in Zukunft über die Firma nicht einmal mehr leise schimpfen, sondern soll man sie am besten, flüsterte Klein zurück, überhaupt loben. Damit, grinste der Tarmann, haben wir einen direkten Draht in die Direktion. Dieser Mensch sei dazu da, erfuhr die ins Zimmer des Niggisch gerufene Belegschaft der Abteilung, um die Zusammenarbeit mit der Datenverarbeitung zu koordinieren. Der Niggisch schien über die Anwesenheit des Rohde ganz außer sich vor Glück zu sein. Nicht nur außerordentlich freundlich war er, was Klein ihm gar nicht zugetraut hätte, sondern er machte Witze und lachte sogar. Allerdings, stellte Klein am Vormittag fest, wurde dieses lachende Gesicht sofort wieder mürrisch, ja fast wütend, wenn der Rohde ihm den Rücken zukehrte. Aha, dachte Klein, dem Niggisch macht das Verwandtschaftsverhältnis dieses Herrn Bauchweh. Er hat sich entschlossen, den Rohde deshalb gleich sympathisch zu finden. Die ersten paar Stunden bot der Rohde auch allen seinen neuen Kollegen Zigaretten an, sah anscheinend keinen Grund, den Niggisch um Raucherlaubnis zu fragen. Klein hätte die Zigarette am liebsten in der hohlen Hand verborgen, und er erwartete jeden Moment, der Niggisch komme mit einem Schreikrampf aus seinem Zimmer gesprungen. Aber der Niggisch sagte nichts, schien auf einmal nichts zu bemerken. Vielleicht, meinte Klein, traut er sich jetzt nicht mehr, weil ich ja nun ein richtiger Angestellter geworden bin. Aber das hat er doch nicht recht glauben können. Daß der Niggisch am letzten Tag vor Weihnachten betrunken gewesen war und sich herumkommandieren hatte lassen, schien ihm nur noch eine falsche Erinnerung. Auf jeden Fall rauchte Klein weiterhin vorsichtshalber seine eigenen Zigaretten auf dem Klo. Das sei sowieso gescheiter, redete er sich ein, weil er ja sonst während des Rauchens arbeiten müßte. Am Nachmittag hat der Rohde dann ohnedies keine Zigaretten mehr angeboten. Und der Niggisch konnte auch nicht länger seine Natur verleugnen. Als er Klein anfuhr, hatte Klein endlich wieder das Gefühl, sich in klaren Verhältnissen aufzuhalten.

Nach ein paar Tagen sah Klein, daß im Fach mit seiner Nummer schon wieder eine Karte steckte. Er zog sie heraus und las einen ihm unbekannten Namen, und einen Moment schien ihm, als habe dieser Mensch mit seiner Nummer auch seine frühere Existenz übernommen, als habe er ihn endgültig davon befreit.

Es hatte aufgehört zu schneien, und manchmal kam kurz der Mond heraus. Mitten auf der Straße, die von K. in den Ort führte, ging Klein im frischgefallenen Schnee dahin, der zwischen den Fahrspuren unberührt geblieben war. Seine Füße in den Halbschuhen, mit denen er bis über die Knöchel einsank, waren naß, aber er spürte das nicht. Er hatte die Hände in die Manteltaschen gestemmt, und obwohl ein kalter Wind ging, hatte er den Mantel nicht zugeknöpft. Als er merkte, daß er keinen Schal mehr hatte, daß er ihn verloren haben mußte, nickte er wie zur Bestätigung vor sich hin, weil ihm das Verlieren des Schals wie ein Beweis seiner eigenen verlorenen Existenz vorkam, die da mitten in der Nacht in der Dunkelheit ganz allein durch den Schnee und die Kälte stapfen mußte, während in seinem Kopf ständig das Bild eines hell erleuchteten, heißen Ballsaales entstand, in dem lachende, aneinandergedrängte Menschen herumwirbelten. Er war sehr betrunken.

Vor einer halben Stunde waren sie diesen Weg in der umgekehrten Richtung noch zu dritt gegangen, Stefan, Elsi und er, aber plötzlich war ihm Stefans und Elsis Lustigkeit unerträglich geworden, wie eine Mißachtung seiner

Person war sie ihm erschienen, er hatte irgend etwas vor sich hingemurmelt, so etwas wie „das viele Bier", war ein paar Schritte in den Wald hineingegangen, bis er sie nicht mehr gesehen hatte, und er war stehengeblieben und hatte gehört, wie ihre Stimmen und ihr Lachen langsam schwächer wurden. Er hatte sich gegen einen Baum gelehnt und hatte gewartet, hatte lange warten müssen, er geht ihnen nicht einmal ab, hatte er immer wieder gedacht, aber dann waren Stefan und Elsi doch zurückgekommen und hatten nach ihm gerufen, aber er hatte sich nicht gerührt, hatte sogar ein wenig den Atem angehalten, als sie ein paar Meter neben ihm vorbeigingen, undeutlich nur hatte er sie in der Dunkelheit gesehen, hinter einer Wand von Schneeflocken, aber deutlich hatte er sie gehört, Elsi war ganz aufgeregt gewesen, der erfriert doch, wenn er wo einschläft mit seinem Rausch, hatte sie immer wieder gesagt, und er hatte sich schon hinter dem Baum hervortreten gesehen, lachend, fast habe er sich verirrt, hätte er gegrinst, aber da hatte er auf einmal Stefan wütend sagen gehört, der spielt sich ja nur auf, der spielt sich ja wieder einmal nur ein Theater vor, den kenne ich schon, hatte er gesagt, und Klein war sich wie ertappt vorgekommen und auf einmal ganz lächerlich, es war ja wirklich eine Pose, die er sich da vormachte, aber als Beweis, daß es doch keine war, war er stehengeblieben, und als Stefan und Elsi dann wirklich davongegangen waren, ohne sich weiter um ihn und sein *Schicksal* zu kümmern, war auf einmal gar nichts mehr lächerlich gewesen, da waren sein Alleinsein, seine Verlassenheit, die er sich zuerst nur vorgespielt hatte, plötzlich zu einer Tatsache geworden.
Er hatte Stefan schon längere Zeit nicht getroffen, aber an diesem Samstagabend hatte er auf keinen Fall allein bleiben wollen. Gerade an diesem Abend nicht. Von seinen neuen Bekannten war auch niemand verfügbar gewesen, weil alle auf den Maturantenball gegangen waren, der als der feinste im Ort galt. Und gerade auf diesen Ball hatte Klein nicht gehen können. Gerade dieses Balles wegen hatte er auch am Abend nicht allein sein wollen: Irene war mit dem Wersig dort hingegangen.

Bis zum Schluß hatte er nicht glauben wollen, daß sie es tatsächlich tun wird. Das war ihm ja das Unverständlichste gewesen. Wie konnte sie überhaupt Lust haben, ohne ihn auf einen Ball zu gehen? Lustig sein, während sie doch wissen mußte, daß er sich ganz verlassen vorkommen würde. Als sie ihm vor einer Woche erzählt hatte, der Wersig, mit dem sie jedes Jahr auf den Maturantenball gegangen sei, habe sie auch diesmal eingeladen, hatte Klein sofort gesagt, daß er für so ein Theater längst nichts mehr übrig habe und daß ihn keine zehn Rösser dort hinbringen könnten. Er war eigentlich ganz sicher gewesen, daß Irene dann sagen würde, bedauernd vielleicht, aber doch, naja, wenn du nicht gehst, dann gehe ich natürlich auch nicht. Aber sie hatte es nicht gesagt. Nur ganz vage hatte sie ihn eine Weile zu überreden versucht. Aber er hatte bald so viele Gegenargumente vorgebracht, daß er nicht mehr zurückkonnte. Auch dann nicht, als Irene ganz bestimmt erklärt hatte, wenn er schon so ein Weltverdruß sein will, dann soll er einer sein; sie wird auf jeden Fall mit dem Wersig gehen. Auch als sie ein paar Stunden später aus seinem Bett gestiegen war, und er sie gefragt hatte, ob sie *jetzt noch immer* auf diesen Ball gehen wolle, war sie bei ihrem Entschluß geblieben. Die ganze Woche über, während sie nicht dagewesen war, hatte ihm der Gedanke, daß sie es tatsächlich tun könnte, eine solche Angst gemacht, daß er alle Augenblicke rauchen hatte laufen müssen. Ein Ball, hatte er gedacht, war *die* Gefahr. Das war *die* Gelegenheit. Für ihn war das immer die beste Gelegenheit gewesen. Da hatte sich immer etwas ergeben. Da war man schon beim Tanzen nahe beisammen, konnte die Hände schon dort haben, wo man sie sonst erst nach umständlichen Einleitungen und langen Reden, wenn überhaupt, hinbringen konnte; und unten in der Bar war man nahe beisammen, näher noch als oben, Schenkel an Schenkel eingezwängt in den Nischen, wo es noch dazu fast finster war; und außerdem wurde getrunken. Und bei diesem Ball würde der Saal voll mit Menschen aus ihrer Welt sein, lauter Menschen, die nicht erst krampfhaft versuchen mußten, eine Vergangenheit aus sich hinauszuschmeißen, um

Irene nahekommen zu können, ein Saal voll mit Menschen, vor denen er Angst haben mußte. Daß auch der Lenz hingehen würde, vor dem Irene sich, wie er meinte, nicht so recht *trauen* können würde, weil sie doch wußte, daß das sein Freund war und er ihm alles berichten würde, hatte ihn immer nur für Momente beruhigt. Am liebsten hätte er den Lenz beauftragt, den ganzen Abend, die ganze Nacht hindurch kein Auge von ihr zu lassen. Und am allerliebsten hätte er überhaupt ihre Mutter gebeten, ihr zu untersagen, mit einem anderen als ihrem ständigen Freund auszugehen. Sich einzureden, daß wirklich nichts dabei sei, wenn sie ohne ihn gehe, hatte nichts genützt, weil ihm immer sofort eingefallen war, was er auf Bällen erreicht hatte. Weil er es ihr selber nicht verbieten konnte, hatte er ihr dann am Freitag, als er sie vom Bahnhof abholte, einen durch und durch traurigen Menschen vorgespielt, der es einfach nicht fassen kann, daß man ihm so etwas antut. Das hatte auf Irene zwar Eindruck gemacht, aber genützt hatte es nichts. Sie könne jetzt nicht mehr absagen, wo sie schon zugesagt habe, hatte sie gemeint, und außerdem schaue das dann aus, als ob sie überhaupt nur mehr sein Anhängsel sei. Obwohl Klein krampfhaft überlegt hatte, was er sagen könnte, um seine Sätze, mit denen er für sich selber das Ballgehen abgelehnt hatte, ungesagt zu machen, damit er doch noch mitgehen könnte, war ihm nichts eingefallen, zu dem er nicht sofort wieder gemeint hätte, Irene werde das nur als den Versuch verstehen, sie ständig unter Beobachtung zu haben. Zu sagen, wenn sie wirklich geht, ist es aus zwischen ihnen, hatte er sich nicht getraut, weil er plötzlich nicht mehr einschätzen konnte, was sie für eine Antwort geben würde; so zu allem entschlossen, war sie ihm vorgekommen.

Am Samstagnachmittag hatte er im Kaffeehaus immer wieder denselben Satz gesagt: Was machst du denn heute am Abend?, aber überall hatte er gehört: Maturantenball. Er hatte sich schon allein herumhängen gesehen, ohne Ablenkung, sodaß er ständig ans eine würde denken müssen, doch dann hatte er sich entschlossen, bei Stefan vorbeizuschauen. Er feiert mit Elsi bei einem ihrer Vettern seine zweijährige Verlobung, hatte Stefan gesagt, aber wenn Klein wolle und wenn ihm diese Leute nicht zu minder seien, hatte er gegrinst, könne er gerne mitkommen. Klein war ihm fast dankbar gewesen, und er hatte sich vorgenommen, Stefan in Zukunft wieder öfter zu treffen. Und am Abend waren sie dann zu siebent in einem als Bar eingerichteten Keller bei Elsis Vetter gewesen, Klein als einziger, der niemanden zum Angreifen bei sich hatte, und solange er nüchtern gewesen war, war er sich ganz überflüssig vorgekommen, fehl am Platz in dieser Lustigkeit außerdem, und er hatte sich gewundert, daß niemand ihn gefragt hatte, was er denn für einen Kummer habe, das muß man doch sehen können, hatte er gemeint, aber niemandem war aufgefallen, mit welchem Gesicht er herumsaß und daß er sich zu einem Lächeln immer erst zwingen mußte. Mit voller Absicht hatte er sich ganz schnell betrunken, in der Hoffnung, diese fürchterlichen Gedanken würden ihm dann vergehen. Aber das war nicht der Fall gewesen. Sie waren im Gegenteil plötzlich zu den aufdringlichsten Bildern geworden: Irene mit lachendem Gesicht, ausgelassen, wie sie ganz offensichtlich überhaupt nicht an ihn dachte, wie sie sich auch ohne ihn wohl fühlte; Irene mit dem Wersig, aber nicht nur mit ihm, sondern mit wechselnd anderen in einer finsteren Nische der Bar, ineinander verkrochen, schon keuchend, und dann im Keller eines nahe gelegenen Rohbaues, an die Ziegelwand gelehnt, längst nicht mehr daran denkend, daß ihr Ballkleid, das sie über die Schenkel hochgerafft hatte, schmutzig werden könnte; ständig hatten sich, kaum daß er sich einen Moment aus seiner angestrengten Lustigkeit hatte fallen lassen, diese Bilder aufgedrängt. Und daß Irene froh war, ohne ihn auf dem Ball zu sein, war für ihn schon zu einer unwidersprochenen Tatsache geworden. Sie hatte sich ja, schien ihm längst, überhaupt nicht richtig bemüht, ihn zum Mitgehen zu überreden. Wenn sie wirklich gewollt hätte, dann hätte sie ganz anders reden müssen. Aber in Wirklichkeit hatte sie nur den Schein gewahrt. Weiter nichts. Dazwischen hatte er sich immer wieder ganz lächerlich gefunden. Ein eifersüchtiger Gimpel war er. Ausgelacht hätte er früher so einen. Nie hätte er sich vorstellen können, daß ihm das selber einmal passieren würde. Die Hauptsache war ihm immer gewesen, er kam selber nicht zu kurz. Und wenn er nicht der einzige bei einem Mädchen gewesen war, dann war ihm das die Sicherheit gewesen, daß da keine Absichten waren, ausgerechnet ihn zum Ehemann zu machen. Warum, hatte er sich gefragt, war das auf einmal ganz anders. Weil er sie eben mehr liebe als alle seine früheren Freundinnen zusammengenommen, hatte er sich zur Antwort gegeben. Das sei der einzige Grund. Alle anderen Gründe, die ihm auftauchten, hatte er schnell wieder weggedacht. Immer wieder hatte er sich am Glas anhalten müssen, um nicht aufzuspringen, hinaus und ins Auto und in den Ballsaal zu stürzen. Vor der Klotür hatte er dann kurz mit Stefan darüber reden können. Seine Panik war schon so groß gewesen, daß er nicht einmal mehr gefürchtet hatte, er werde sich vor Stefan lächerlich machen. Er soll einfach nicht dran denken, war aber alles gewesen, was Stefan ihm als Trost gewußt hatte. Als sie aus dem Keller hinaufgekommen waren, war er schon so betrunken, daß Stefan und Elsi nicht mehr zu ihm ins Auto hatten steigen wollen. Und um nicht allein zurückzubleiben, war er zu Fuß mitgegangen, Elsi nach Hause zu begleiten, und nun ging er diesen Weg zurück, lief schneller, wenn er sich entschlossen hatte, dieser Unsicherheit ein Ende zu machen und doch noch auf den Ball zu gehen, und wurde wieder langsamer, wenn er das kopfschüttelnd und sich mit der Hand gegen die Stirn schlagend als das überhaupt Unmöglichste eingesehen hatte, keine Angst du, dachte er, ich komme schon nicht, brauchst dich schon nicht genieren mit mir, und der plötzlich in seinem Kopf stehende Gedanke, daß sie überhaupt nur allein gegangen war, um sich mit ihm nicht genieren zu müssen, war nicht mehr zu vertreiben, vor ihm tauchte die Brücke auf, die ein paar hundert Meter vor dem Ortseingang über den Fluß führte, und ohne sich noch recht dazu entschlossen zu haben, sprang er plötzlich auf den Sockel hinauf, von dem der rechte Stützbogen der Brücke wegführte, stand mit einem Sprung oben und ging schon den Bogen hinauf, spürte unter den dünnen Sohlen die runden Kappen der Nieten unter dem Schnee, und ging den Bogen hinauf, der nicht breiter war als die Spannweite einer Hand, mit der Sicherheit, daß er keinen Fehltritt tun kann, weil ein Danebensteigen und Abstürzen ja eigentlich kein Fehltritt, sondern nur eine der beiden Möglichkeiten ist, die er in Kauf nimmt, ging er mit einem, wie er meinte, bitteren Lächeln hinauf und mit dem deutlichen Gefühl, Irene sehe ihn jetzt, stand oben, drei Meter über der Straße, und drunten rauschte und gurgelte der Fluß, den er nicht sah, von dem es heraufdampfte, und den er sich nicht eisig, sondern ganz warm vorstellte, und er sah sich schon hinunterfallen, lächelnd, wie im Traum, wo man fällt und nicht aufprallt, sondern ganz weich landet, und Irene mit vor Schmerz erstarrtem Gesicht in Schwarz, und eine Leiche wird aus dem Fluß geborgen, und Irene wirft sich über sie, und ein Entsetzen im Ort, und so viele Menschen wissen auf einmal, was sie mit ihm, der ihnen nie etwas war, verloren haben, aber nun können sie gar nichts mehr gutmachen. Wenn sie mich überhaupt finden, dachte er, und er spürte, wie es ihn auf einmal im Hals zu würgen begann, und er ging langsam in die Knie und klammerte sich an der Eisenplatte an, auf der er stand, hockte da, oben, sechs Meter über dem Fluß, und als er sich dann endlich hinabzubewegen begann, deckte schon die Angst, abzustürzen, alles andere zu, rutschend, sich festklammernd, mit zitternden Muskeln und in den Ohren dröhnendem Herzschlag schob er sich Stück für Stück aufs andere Ende des Bogens zu und blieb, als er endlich drüben ankam, noch lange an den Sockel gelehnt stehen, ganz leer im Kopf, nur ein Keuchen und Herzklopfen, das langsam ruhiger wurde.

Als er wach wurde, ging sein Blick sofort auf die Uhr. Es war erst acht. Draußen wurde es langsam hell. Jetzt ist der Ball schon vorbei, dachte er. Ganz gleich, was dort geschehen war, jetzt war es wenigstens vorbei. Jetzt schlief Irene, als ob nichts gewesen wäre. Wenn überhaupt etwas

war, dachte er. Bei Tageslicht kam ihm die letzte Nacht nur noch wie ein böser Traum vor.
Vor Mittag ging er ins Kaffeehaus. Dort versuchten die meisten mit Bier ihre Katerbeschwerden zu vertreiben. Überall wurde über den Ball geredet. Aber niemand schien ihm etwas berichten zu müssen. Am liebsten wäre er zu Irene gefahren, um sie für seine grundlosen Verdächtigungen um Verzeihung zu bitten. Im Pissoir stand auf einmal der Burger neben ihm. Warum Klein nicht auf dem Ball gewesen sei, wollte er wissen. Klein zuckte nur die Schultern. Es wäre aber günstig gewesen, wenn du gegangen wärst, meinte der Burger. Warum, fragte Klein. Na wegen Irene, sagte der Burger, auf die solltest du dir ein bißchen besser aufpassen. Klein drehte sich schnell weg und zog den Reißverschluß seiner Hose zu, sie ist ein freier Mensch und kann tun, was sie will, hörte er sich sagen, und er wunderte sich dabei, daß es so ruhig klang. Als er ins Lokal zurückkam, hatte er das Gefühl, alle schauen ihn an, alle haben gerade noch geredet, haben sich gerade noch über ihn lustig gemacht. Als halte er sich unter lauter Tatzeugen auf, kam ihm vor, alle wußten es und vergönnten es ihm. Noch eine Viertelstunde zu bleiben und zu tun, als sei nichts, um dem Burger keine Flucht vorzuspielen, war ihm so schwierig, daß er sich am liebsten auf der Stelle betrunken hätte, wenn das nicht schon wieder ein Beweis für seine Betroffenheit gewesen wäre. Und der Burger, dachte er, hat es mir nur gesagt, um mir zu zeigen, daß ich sofort Zweiter bin, wenn sie nur wollen.

Wenn *er* früher *so etwas* gemacht hatte, dann war das trotzdem etwas ganz anderes gewesen. Er hatte damit niemanden so in die Unsicherheit gestürzt, war er sicher. Ein paar Tränen hatte es gegeben, aber das war schon alles gewesen. Jede hatte sich schnell wieder getröstet. Während er auf einmal das Gefühl hatte, als ganzer Mensch in Frage gestellt zu sein. Nicht nur als Liebhaber. Der Sohn des Finanzamtsdirektors war dem ehemaligen Arbeiter vorgezogen worden. So kam es ihm vor. *Er* war nicht gut genug für den Maturantenball gewesen. Das war ein Zurückstoßen. Wie sollte er diesen Menschen jemals wieder gegenübertreten, ohne sich nicht ganz winzig dabei vorzukommen? Wie sollte es überhaupt weitergehen? Er konnte sich auf einmal gar nichts mehr vorstellen. In einer solchen Verwirrung war er, daß er für Momente nicht mehr wußte, wie er zu den Menschen um ihn herum stand, wo er selbst überhaupt stand. Dort, wo er bis jetzt Irene gedacht hatte, als etwas Sicheres, schien ihm plötzlich ein Loch zu sein.

Irene war den Sonntagabend dageblieben, fuhr erst mit dem Frühzug am nächsten Morgen: So oft hatte er gesagt, er kann heute einfach nicht allein bleiben, er hält das heute nicht aus. Wenn sie wegfährt, hatte er das Gefühl gehabt, dann ist sie überhaupt für ihn endgültig dahin, dann hängt er völlig in der Luft. Daß sie sich wirklich zum Dableiben überreden ließ, kam ihm aber dann nur neuerlich wie der Beweis ihres *schlechten Gewissens* vor.
Den ganzen Nachmittag waren sie herumgelaufen, es war ein schöner, klarer Tag gewesen, und ihm war immer wieder vorgekommen, als passe das Wetter überhaupt nicht zu dem, was da *eigentlich* los war, neblig müßte es sein, hatte er sich vorgestellt, mit schwarzen, vor Nässe tropfenden Bäumen, auf denen ausgefranste Krähen hocken, und sie waren über den verschneiten, zugefrorenen Teich gegangen, nebeneinander, aber ohne Berührungen, und zwischen ihren Sätzen hatte es lange Pausen gegeben, so lange Pausen, daß Klein oft gar nicht mehr recht gewußt hatte, ob er den letzten Satz jetzt auch tatsächlich gesagt und ihn nicht nur gedacht hatte, und obwohl er sich immer wieder einredete, daß es wahrscheinlich das Beste wäre, wenn er es gar nicht so genau wüßte, hatte er sie doch langsam zu einem *Geständnis* gebracht: In der Hoffnung, seine Vermutungen, die der Burger wieder ins Laufen gebracht hatte, würden sich als grundlos erweisen, hatte er so lange geredet, bis sie zugegeben hatte, sie habe sich vom Wersig in der Bar küssen lassen, hatte sie wahrscheinlich aus Rück-

sicht nur gesagt, sie habe sich küssen *lassen*, als habe sie es nur geduldet, aber selber nichts dazu getan, doch Klein hatte ihr das nicht als Rücksicht auslegen können, sondern hatte es nur als ihren Versuch gesehen, hinter einem kleinen Geständnis eine noch größere Schuld zu verbergen. Irene hatte zwar immer wieder beteuert, das sei ja eigentlich gar nichts gewesen, nichts von Bedeutung, eigentlich denke sie schon nicht mehr daran, aber das hatte ihn überhaupt nicht trösten können. Sie wolle dadurch nur ihre Schuld bagatellisieren, schien ihm. Wie konnte sie denn behaupten, das sei bedeutungslos, wenn er sich dadurch selber so in Frage gestellt sah, wie er noch nie in Frage gestellt worden war? Und das Gedächtnis des Wersig und all der Menschen, die in der Bar Zeugen gewesen waren, wurde dadurch ja auch nicht ausgelöscht. Für sie blieb die Tatsache, daß sie ihm *untreu* gewesen war, auf jeden Fall bestehen. Und er selber blieb ihnen ein *Betrogener*. Obwohl er genau das Gegenteil erreichen wollte, hatte er das Gefühl gehabt, daß sie sich mit jedem weiteren Satz nur noch weiter auseinanderredeten. Manchmal hatte er gedacht, er hört jetzt mit dem Reden auf und greift einfach zu ihr hinüber, aber er hatte es nicht gekonnt, hatte sich nicht einmal vorstellen können, daß er es je wieder können würde. Nie wieder, dachte er, würde er so ein Vertrauen haben können. Was konnte nicht alles passieren, wenn sie die ganze Woche allein in der Großstadt war? Wenn bereits die paar Stunden ohne ihn auf dem Ball genügt hatten. Als Irene angefangen hatte, auf die Uhr zu schauen, hatte ihn die Angst, sie werde ohne *Versöhnung* wegfahren und dann für ihn unerreichbar sein, alle Bedenken vergessen lassen, er könne sich mit einem *Verzeihen* etwas vergeben, und er war plötzlich stehengeblieben, sagen wir, die letzte Nacht hat es gar nicht gegeben, hatte er sie vage angelächelt, aber gegen seine weiterlaufenden Gedanken hatte auch dieser Satz nichts ausrichten können.

Als er dann mit ihr im Bett lag, zwischen ihren Beinen, hatte er das Gefühl, als treibe er mit jeder Beckenbewegung den Wersig immer mehr aus ihr heraus. Ein Satz aus einem Buch über Physik fiel ihm plötzlich ein: Wo ein Körper ist, kann kein anderer sein, und er hat fast lachen müssen. Weißt du, sagte er nachher zu ihr, wenn es sich wenigstens nur nicht so herumreden würde. Er soll sich doch nicht immer so um die Leute kümmern, sagte Irene. Ja, meinte er, du hast gut reden, morgen bist du wieder weg. Irene machte eine heftige Bewegung, ich verstehe sowieso nicht, sagte sie, warum du noch immer da bist. In diesem blöden Nest. Dauernd rede er vom Weggehen, aber er rede nur. Und wo soll ich hin, fragte er. Es war eine Weile still. Wir könnten zusammenziehen, sagte sie. Klein richtete sich ein wenig auf, meinst du das ernst, fragte er. Sonst würde ich es nicht sagen, sagte sie. Er ließ sich wieder in den Polster zurücksinken, aber es geht ja nicht, sagte er, ich kann ja nicht auch zu deiner Tante ziehen. Nein, lachte Irene, das wird nicht gehen, aber wir könnten uns eine eigene Wohnung nehmen. Ja, eine Villa, sagte Klein, du weißt ja, ich habe so viel Geld, daß ich zwei Arbeiter zum Umschaufeln beschäftigen muß, damit es nicht schimmlig wird. Aber meine Mutter, sagte Irene, hat genug, und wenn wir beide verdienen ... Das ist ja das Problem, sagte Klein, wo soll ich einen Job hernehmen? Irene setzte sich plötzlich auf, dann mußt du endlich etwas tun, sagte sie heftig. Immer höre sie ihn nur reden. Weiß Gott, was wird er in Zukunft sein. Millionen wird er haben. Haus am Gardasee. Diener und Autos und Bankkonten. Manchmal meine sie wirklich, er glaube noch ans Märchen vom Schlaraffenland. Ob er sich einbildet, daß irgend etwas von selber geht? Ob er glaubt, daß jemand vorbeikommen und ihm das alles schenken wird? Das weiß ich besser als du, sagte er, weil mir hat noch nie jemand etwas geschenkt. Zumindest nichts, was irgendwas geändert hätte. Dann soll er endlich etwas tun, sagte sie. Wenigstens Stellenanzeigen wird er doch lesen können. Sie selber, versprach sie, werde mit ihrer Mutter wegen einer Wohnung reden; versprochen habe sie ihr schon lang eine. Und du glaubst, fragte er, das nützt etwas.

Was der Steiner durch all sein Können und seine Arbeitswut in Jahren nicht geschafft hatte, gelang dem Rohde aufgrund seines Verwandtschaftsverhältnisses zu den Firmenbesitzern innerhalb von Wochen und Monaten: den Niggisch, der ja wirklich keine Leuchte war, immer mehr zu verdrängen. Unversehens wurde der Rohde, der sich zu Beginn als Kollege aufgespielt hatte, zu einem Vorgesetzten. Das fiel Klein zunächst gar nicht so sehr auf, weil der Rohde nicht den Befehlston des Niggisch an sich hatte, sondern immer sehr freundlich war, sodaß Klein und auch die anderen glauben konnten, nicht einen Befehl auszuführen, sondern dem Rohde einen Gefallen zu tun. Aber der bot längst keine Zigaretten mehr an. Und die Zeiten, wo er sich von allen, geduldig zuhörend, ihre Arbeiten erklären ließ und ständig fragen mußte, wie etwas getan wurde, waren auch vorbei. Und bald war es so weit, daß der Herr Hans, wenn er in die Abteilung hereinkam, die er ja angeblich *erfunden* hatte, nicht mehr wie früher mit dem Niggisch redete, sondern seinen Schwager fragte, ob alles ordnungsgemäß laufe. Ein paar Wochen lang kam der Niggisch dann immer schnell aus seinem Zimmer geflogen und stellte sich dazu, versuchte er, dem Herrn Hans die dem Rohde gestellten Fragen zu beantworten, um darauf hinzuweisen, daß er es sei, der hier die Fäden in der Hand habe, aber bald gab er das auf und blieb in seinem Verschlag und tat beschäftigt.
Die Änderung der Arbeitsabläufe, die dadurch entstand, daß die Berechnungen nach und nach von der Datenverarbeitungsabteilung übernommen wurden, schnitt den Niggisch immer mehr von den Bereichen ab, die er zumindest aus Erfahrung besser als der Rohde verstanden hatte. Der Rohde kannte sich zwar im einzelnen noch viel weniger aus, aber das schien auch gar nicht notwendig zu sein. Dazu waren sowieso die anderen da. Er wußte, *was* gemacht werden mußte. *Wie* es zu tun war, wußte dann wie früher, wenn schon sonst niemand, der Steiner. Zuerst schien der Niggisch zu glauben, die Datenverarbeitungsabteilung sei schuld an der Beschneidung seiner Kompetenzen. Wenn jemand aus dieser Abteilung her-

einkam, schaltete der Niggisch automatisch die dicken Adern auf seinen Schläfen ein, ohne daß er sie aber durch Schreien wieder hätte loswerden können. Immer wieder behauptete er, früher sei alles viel besser gelaufen. Und es war ihm eine ungeheure Freude, wenn ihm jemand einen tatsächlichen oder angeblichen Fehler der Datenverarbeitung berichtete. Dann stürmte er strahlend mit den Blättern aus dem Zimmer. Meist kam er gar nicht mehr so triumphierend zurück. Langsam schien er aber doch zu begreifen, daß die Koppelung an die Datenverarbeitung nicht der Grund für sein In-die-Ecke-gedrängt-Werden, sondern ein Mittel des Rohde war. Die ganze Abteilung hatte das schon viel eher begriffen. Als erster lief der Bachholder mit fliegenden Fahnen über, indem er plötzlich anfing, zum Rohde gewandt, sich hinter dem Rücken des Niggisch über diesen lustig zu machen. Der glaubt noch immer, sagte er, wir sind in der Steinzeit wie früher. Der kann sich einfach nicht umstellen. Schauen Sie sich an, wie er schon wieder tut, als täte er was. Der Niggisch fing auf einmal selber an, die Zeitung in der Schreibtischschublade zu lesen. Und seit der Rohde in der Abteilung war, hatte er noch kein einziges Mal wie früher die Jalousien an der Glaswand zwischen den beiden Räumen heruntergelassen. Und als Klein an einem Montagmorgen in die Abteilung kam, waren gerade zwei Arbeiter dabei, den Schreibtisch des Rohde ins Zimmer des Niggisch hinüberzutragen. Neugierig bin ich, sagte der Tarmann, wie lange es dauern wird, bis sie den Schreibtisch des Niggisch heraustragen. Alle in der Abteilung sahen zu wie bei einem Naturschauspiel, in das sie sich plötzlich selber verwickelt fanden. Für den Bachholder war die Sache klar. Aber der Tarmann konnte die siebensüße Freundlichkeit des Rohde ebensowenig vertragen wie die Griesgrämigkeit des Niggisch. Warten wir nur, prophezeite er, bis der Rohde richtig im Sattel sitzt, ob er dann auch noch so freundlich sein wird. Der Ondra wäre eher für den Niggisch gewesen, traute sich aber angesichts der Tatsache, daß die Schwester des Rohde die Frau des Herrn Hans war, nicht recht, Partei zu ergreifen, während der Korbel immer erst den Rohde ansah, bevor er einen Befehl des Niggisch ausführte. Nur dem Steiner schien alles ganz gleichgültig, einer wie der andere zu sein, obwohl der Rohde ihn dauernd lobte, was dem Niggisch niemals eingefallen war. Klein war viel zu weit unten, als daß er sich in diesen Zweikampf, der da immer entschiedener ausbrach, hätte einmischen können. Außerdem meinte er, Vorgesetzter sei Vorgesetzter, und lange würde er hier ja sowieso nicht mehr sein. Der Niggisch wand sich, war überfreundlich zum Rohde und tat, als sei die schrittweise Beschneidung seiner Kompetenzen überhaupt die größte Freude für ihn, als sei das nur eine Entlastung, die ihn für andere Aufgaben frei mache. Bald kamen die Befehle ausschließlich vom Rohde. Der Niggisch schien kaum Hoffnungen zu haben, die Oberhand behalten zu können. Er war plötzlich viel freundlicher, auch zu Klein, den er sogar manchmal in einem Anfall von Charakterverleugnung *Herr* Klein nannte, als könne er sich damit Verbündete schaffen. Nur hin und wieder fiel er in seinen alten Ton zurück, wobei es meist Klein oder den Korbel erwischte, so als wolle er sich schnell seine Macht beweisen, die doch immer mehr dahinschwand. Aber für Klein und die Zeitnehmer reichte sie noch. Klein war oft ganz sicher, daß die Ausbrüche des Niggisch in Wirklichkeit gar nicht ihm galten, aber das machte für ihn selber keinen Unterschied. Manchmal meinte er zwar, den Niggisch bedauern zu müssen, wenn er ihn drinnen sitzen und mit mißmutigem Gesicht zum Fenster hinausschauen sah, weil er offenbar nicht wußte, wie er sonst die Arbeitszeit hinter sich bringen sollte, oder wenn er sich eifrig über seinen Schreibtisch beugte, während der Rohde mit dem Herrn Hans palaverte, aber dann fiel Klein doch wieder ein, wie der Niggisch immer zu ihm gewesen und wie er zeitweise jetzt noch war. Und mit so einem Hund, dachte er, soll ich Mitleid haben? Trotzdem, und obwohl der Rohde einfach viel erträglicher war, hatte Klein gar keinen rechten Genuß dabei, wenn er zusah und merkte, daß der Niggisch nur vage Abwehrbewegungen machte und dabei noch dem Rohde ins Gesicht lächeln mußte.

Außer sich die künftigen Veränderungen seines Lebens immer bunter auszumalen, was er ja schon immer getan hatte, tat Klein fast nichts dazu, um tatsächlich aus dem Ort wegzukommen. Meist phantasierte er sich gleich so weit weg, daß er gar nicht wußte, wie er das erreichen könnte, schob er einfach weithergeholte Kulissen vor das Nahe- und Nächstliegende. Wenn er tatsächlich Stellenanzeigen las und ein in Frage kommendes Inserat näher betrachtete, hatte er immer gleich das Gefühl, es sei eigentlich ein Größenwahn, eine Frechheit, sich hier zu melden: Entweder kam ihm vor, er habe noch zu wenig Praxis oder es fehlten ihm Kurse, dann wieder schreckte ihn der geforderte handgeschriebene Lebenslauf, mit dem er seine ganze und, wie ihm schien, ihn gleich disqualifizierende Vergangenheit preisgeben müßte, und wenn es schon kein Vernunftsargument dagegen gab, so doch sein Gefühl, die jeweilige Firma stelle sich garantiert einen ganz anderen Mann als ihn vor. Manchmal schnitt er eine Annonce sogar aus und trug sie eine Weile mit sich herum, aber über den Vorsatz, ein Bewerbungsschreiben zu entwerfen, kam er nicht hinaus. Nach einer Woche meinte er dann immer, nun sei es ohnedies schon zu spät dafür, die Stelle längst vergeben. Dabei wäre er tatsächlich lieber heute als morgen aus dem Ort verschwunden. Wenn jemand ihm das Angebot einer Firma ins Haus gebracht haben würde, sodaß er nur hätte zugreifen müssen, hätte er nichts dagegen gehabt. Am liebsten hätte er ja Irene gebeten, diese Sache für ihn zu erledigen, aber er wollte ihr seine Unbeholfenheit in solchen Dingen nicht eingestehen. Für die Hilfsarbeiterstellen, die er bis jetzt immer gehabt hatte, war ja, als erwarte man sowieso nur Analphabeten, kein Bewerbung*schreiben* notwendig gewesen. Meist war er durch die Vermittlung irgendwelcher Verwandten oder Bekannten untergekommen, oder er hatte erfahren, daß irgendwo Leute aufgenommen würden und war dann eben hingegangen und hatte seinen Körper zum Anschauen vorgeführt, aber seine eigenen Fähigkeiten schriftlich herauszustreichen, war noch kein einziges Mal von ihm verlangt worden.

Erst ein paar Sätze Irenes brachten ihn plötzlich ins Laufen. Ganz nebenbei teilte sie ihm mit, daß man ihr in der Bank das Angebot gemacht habe, für ein Jahr nach England zu gehen, und sie überlege nun ernsthaft, ob sie diese Chance, die sich sicher nicht oft biete, nicht ergreifen solle. Mit einem Schlag schienen ihm seine Zukunftspläne auf Luft gebaut zu sein. Wollte Irene denn auf einmal nicht mehr mit ihm zusammenleben? Sie wolle schon, sagte sie, aber er scheine nicht zu wollen. Die Monate vergehen, und er sage immer nur, es biete sich nicht das Rechte an. Sie glaube schon gar nicht mehr, daß er wirklich weg wolle. Anscheinend will er hier lieber versauern. Sie hat schon fünfzig Wohnungen angeschaut, und was hat er getan? Kein einziges Mal hat er es irgendwo versucht. Seine Beteuerungen und Versprechungen nützen jetzt gar nichts. Sie hat nur bis Ende Mai Zeit, sich zu entscheiden. Klein hat seinen Taschenkalender herausgenommen und hat nach der zweiten Maiwoche einen dicken Strich gemacht. Bis dahin habe ich auf jeden Fall in der Firma gekündigt, sagte er. Ganz gleich, ob er bis dahin etwas gefunden hat oder nicht. Dann kommt er. Und wenn er, falls sie noch keine Wohnung gefunden hat, unter der Brücke schlafen muß. Er ist sich plötzlich ganz abenteuerlich vorgekommen.

Innerhalb von drei Wochen schrieb er dann fast ein Dutzend Bewerbungsschreiben, hat er auf einmal alle Hemmnisse, sich selber so anzubieten, wie ein Marktschreier seine Kuh, aus sich hinauswerfen können. Daß seine Mutter wie selbstverständlich dagegen war, daß er weggeht, hat ihn immer wieder ganz sicher gemacht, das Richtige zu tun. Ob er glaubt, kam prompt ihr alter Satz, daß ihm dort die Gebratenen hineinfliegen werden. Dort werden sie es dir vorschütten. Nach Hause zu kommen und den Briefkasten aufzusperren, ist ihm plötzlich zu einem täglichen Ziel geworden. Er hat immer gleich am nächsten Tag eine Antwort erwartet. Wir danken, müssen Ihnen aber leider mitteilen, hieß es dann dreimal. Er hatte, sagte er sich, sowieso nichts anderes erwartet. Dann kam ein Brief, der ihn in seiner Unerfahrenheit glauben ließ, das sei so gut wie eine Zusage. Anruf erbeten. Er wußte nicht, von wo aus er anrufen sollte. Tagsüber, während der Bürozeiten dieser Firma, stand er selber im Büro. Die einzige Möglichkeit war das Besprechungszimmer der Firma. Seine Gehaltsvorstellungen haben das Gespräch schnell wieder beendet. Als er zurück in die Abteilung kam, teilte ihm der Tarmann flüsternd mit, daß der Rohde und der Niggisch über alles im Bilde seien. In der Vermittlung habe man nämlich mitgehört. Er erwartete, sofort zur Rede gestellt zu werden. Aber dem Rohde und dem Niggisch schien zu genügen, daß er sich mit seinen Gehaltswünschen die Nase angerannt hatte. Man ließ ihn sogar den Kurs in der Großstadt, für den er schon angemeldet war, besuchen, was er nicht mehr zu hoffen gewagt hatte: So sicher schienen sie zu sein, daß man ihn nirgends nehmen würde. Das machte ihn selber ganz unsicher. Stimmte es vielleicht doch nicht, was in den Kursen immer wieder gesagt worden war? Das sei ein Beruf mit den besten Zukunftsaussichten, hatte es geheißen. Unter mehreren Absagen waren dann doch zwei Briefe, in denen Interesse bekundet wurde. Zweimal versäumte er einen Kursnachmittag, um sich vorstellen gehen zu können. Die erste Firma lag so weit draußen, daß er über eine Stunde mit der Straßenbahn brauchte. Noch bevor er durchs Firmentor ging, wußte er, daß er hier nicht anfangen würde. Jeden Tag eine zweistündige Fahrt auf sich zu nehmen, war ihm zu verrückt. Ein achtseitiger Fragebogen, den er in einem Zimmer mit fünf anderen Bewerbern ausfüllen sollte, schreckte ihn endgültig. Familienverhältnisse, finanzielle Verhältnisse, Kinderkrankheiten und andere durchgemachte Krankheiten wollte man von ihm wissen. Warum will er aus seiner Firma weg? Name und Anschrift der Firma. Aller Firmen, in denen er bisher war. Grund früherer Kündigungen. Ohne einen Strich gemacht zu haben, ging er wieder. So etwas schien aber hier noch nicht oft passiert zu sein. Die Frau, der er die Formulare zurückgab, sah ihn jedenfalls an wie einen, der mindestens einen Raubmord auf dem Gewissen hat, den er im Fragebogen hätte zugeben müssen. Bei der nächsten Firma füllte er den ziemlich ähnlichen Fragebogen dann aus, weil ihm schien, daß er nicht darum herumkommen würde, wenn er wirklich genommen werden wollte. Gutes Betriebsklima war in der Annonce versprochen worden. Aber der Ton, mit dem der Personalchef mit seiner Sekretärin redete, die Kleins Bewerbungsschreiben nicht gleich finden konnte, war anders. Und die Freundlichkeit, die er Klein gegenüber an den Tag legte, schien erzwungen zu sein. Das angebotene Gehalt war lächerlich, dafür aber sollte es beste Aufstiegschancen geben. Als Klein seinen Gehaltswunsch nannte, war es auch hier wieder vorbei. Hinter ihm kam gleich der nächste herein. Draußen ärgerte er sich, daß er den von ihm ausgefüllten Fragebogen nicht zurückverlangt hatte. Wenn er in der nächsten Zeit den Rohde oder den Niggisch grinsen sah, hatte er immer das Gefühl, sie machten sich gerade über ihn lustig, der ihnen da ganz vergeblich zu entkommen versuchte.

Er hatte seinen neuen hellen Anzug angezogen, weil im Ort die Sonne schien, als er wegfuhr. Nach zwei Stunden Fahrt, als sich die Großstadt mit immer stärker werdendem Verkehr ankündigte, hingen die Wolken schon so tief, daß er sich wunderte, warum es noch nicht regnete. Er war eingezwängt in eine lange Kolonne von Lastwagen, fuhr hinter einem riesigen Fernlaster her, der bei jeder Steigung dicke schwarze Wolken ausstieß, und während Klein immer wieder, ohne es zu merken, die Aufschrift auf der Plane vor ihm las, entstanden Bilder in seinem Kopf, Bilder einer Wohnung, die mit dem, was Irene ihm erzählt hatte, überhaupt nichts zu tun hatten, oder es lief die Prozedur seiner bevorstehenden Vorstellung bei diesem Direktor Stamitz ab, dachte er sich Sätze aus, Antworten auf mögliche Fragen, die er immer wieder veränderte und dann noch einmal von vorne beginnen ließ.
Vor zwei Wochen war es plötzlich Ernst geworden: Irene hatte eine Wohnung gefunden. Ganz glücklich war sie auf

dem Bahnhof angekommen und hatte ihm die Einzelheiten vorgeschwärmt, neues Haus, vorletzter Stock, Lift, fast komplett eingerichtet, Einbaumöbel in Teak, automatische Jalousien, die im Schlafzimmer vom Bett aus zu bedienen sind, Grillherd und Spannteppiche, eine einmalig günstige Gelegenheit, weil der Besitzer ein Haus geerbt habe und nun Geld brauche, um seine Miterben auszuzahlen. Als sie Klein den Preis genannt hatte, meinte er, nicht recht zu hören. Sich selber auszurechnen, wie lange er brauchen würde, um soviel Geld zu ersparen, hatte er wegen der großen Zahlen, die ihm da im Kopf herumgingen, gleich wieder aufgegeben. Aber gegen jede Erwartung hatte Irene ihre Mutter, die auch sonst viel von Sonderangeboten hielt, noch am selben Wochenende dazu bringen können, am Montag das Geschäft für einen Tag zuzusperren und mit einer Handtasche voller Geld die Wohnung besichtigen und zahlen zu fahren. Klein hatte zu diesem Zeitpunkt noch immer keine Stelle gefunden. Seine Bewerbungsschreiben hatten nichts gebracht, und auch die Annonce, die Irene für ihn aufgegeben hatte, war ihr Geld nicht wert gewesen. Wenn er den Strich in seinem Kalender angesehen hatte, der immer näher rückte, nur noch drei Wochen entfernt gewesen war, dann hatte er ein wenig Angst bekommen, aber die Vorstellung, dem Niggisch die Kündigung ins Gesicht sagen zu können, hatte alle Bedenken immer gleich wieder zum Verschwinden gebracht. Er hatte sogar schon angefangen, die Tage zu zählen, aber wenn er zur Mutter sagte, nur noch soundsoviele Tage in diesem Nest, dann hatte sie den Kopf geschüttelt, aber geh hör auf, hatte sie gesagt, als sei er einfach nicht ernst zu nehmen. Er war sich ganz verwegen vorgekommen, ohne irgendwelche Sicherheiten alle Brücken hinter sich abzubrechen. Doch ein paar Tage später hatte er den Brief einer Firma im Postkasten, an die er als allererste geschrieben und von der eine Antwort zu bekommen er schon gar nicht mehr erwartet hatte. Es war ein ungewöhnlich freundlicher Brief gewesen. Die Rettung in letzter Minute, hatte er gesagt, und sich unter einem Vorwand, damit man in der Abteilung nicht stutzig würde, einen Tag Urlaub genommen, um sich vorzustellen und bei dieser Gelegenheit gleich die Wohnung zu besichtigen.

Er mußte quer durch die Stadt, weil die Siedlung, in der die Wohnung war, am anderen Stadtrand lag, aber nachdem er sich das zweite Mal zu spät zum Abbiegen eingereiht hatte und in eine ganz andere Gegend gekommen war, ließ er das Auto stehen und fuhr mit einem Taxi weiter. Der Lenker redete die ganze Zeit über die, die er Sonntagsfahrer nannte, und über die verkehrsbehindernde Straßenbahn und wie er selber mit einem Schlag das Verkehrsproblem lösen würde: nur Taxis, ausschließlich Taxis sollten erlaubt sein. Klein nickte meistens nur in den Rückspiegel hinein, weil er fürchtete, sich mit dem Reden als einer vom Land zu verraten und dann nur auf dem größten Umweg ans Ziel gebracht zu werden. Es dauerte so schon lange genug, und Klein sah immer wieder die Taxiuhr an und zuckte jedesmal ein wenig zusammen, wenn das Zählwerk eine Ziffer weiter sprang.

Die Siedlung war schon von weitem zu sehen und schien noch ziemlich neu zu sein, lauter gleiche, gerade Wohnblöcke mit vielen Stockwerken zwischen exakt rechtwinkeligen Straßen und frisch angelegten Rasenstreifen. Es dauerte eine Weile, bis der Taxilenker endlich die richtige Nummer gefunden hatte. Besoffen darf man da nicht sein, grinste er kopfschüttelnd, sonst findest da sicher nicht nach Hause. Klein stieg aus und sah das Haus hinauf. Irgendwo da oben mußte die Wohnung sein. Es kam ihm plötzlich unvorstellbar vor, zu so etwas jemals Daheim sagen zu können. Überhaupt schien ihm das Wort „Haus" auf diesen riesigen Kasten gar nicht zu passen. Ebensowenig wie „Siedlung", unter der er sich bis jetzt eine Ansammlung von höchstens einstöckigen Häusern mit Gärten dazwischen vorgestellt hatte. Drinnen roch es nach überhaupt nichts, als wohne hier niemand oder als sei Kochen verboten, damit kein unterschiedlicher Küchengeruch die Gleichförmigkeit des Ganzen störe. Obwohl es einen Lift gab, ging er zu Fuß hinauf, weil er das Haus sehen wollte. Aber es war nichts Besonderes zu sehen, nur

an einer der Türen war statt des üblichen Klingelknopfes ein großer, protziger Löwenkopf aus Messing mit einem Ring zwischen den Zähnen, was überhaupt nicht in die schmucklose Nüchternheit des Stiegenaufgangs paßte. Auf Tür Nummer 21 war kein Türschild, Klein läutete, aber niemand öffnete, und er läutete noch einmal, immer wieder, zehn Uhr hatten sie vereinbart, und jetzt war es schon zwanzig nach, er legte das Ohr an die Tür, konnte aber nichts hören, und er klappte den Briefschlitz auf, versuchte hineinzusehen, ein kalter Luftzug blies ihm ins Gesicht, da drinnen muß ein Fenster offen sein, dachte er, aber Irene ließ doch sicher keines offen, wenn sie nicht da war, er legte noch einmal das Ohr an die Tür, und plötzlich meinte er, drinnen Geräusche zu hören, Flüstern sogar, die ist drinnen, aber nicht allein, schoß es ihm durch den Kopf, und sofort liefen ihm die Gedanken davon, sofort wußte er, was da drinnen gerade passierte, Unsinn, sagte er sich gleich wieder, Unsinn, aber dann fiel ihm ein, daß ihn damals, als sie allein auf dem Maturantenball gewesen war, seine *Vorahnungen* auch nicht getäuscht hatten, irgendwo im Haus fing eine Schlagbohrmaschine im Beton zu rattern an, sodaß er nichts mehr hören konnte, er läutete noch ein paarmal, sah das Treppenhaus hinunter, aber es blieb ganz still, und als er hinunterstieg, fuhr der Lift nach oben und dann ging irgendwo über ihm eine Tür, und er drehte um, lief wieder hinauf, in der Hoffnung, das sei Irene gewesen, aber die Tür blieb zu.
Er lief vor dem Block auf und ab, sah die Straße hinunter, sah zurück zur Eingangstür, und dann meinte er, wenn wirklich jemand bei ihr oben ist, werden sie ihn jetzt sicher beobachten, und der, der bei ihr ist, wird so lange nicht herunterkommen, wie er hier herumläuft. Plötzlich schien ihm, als stehe hinter den vielen Fenstern überall jemand, um ihn zu beobachten, und er bog um die Ecke, stand lange da, rauchte, sah zum Eingang hin, aber als jemand aus dem Haus kam, war es kein Mann, sondern eine junge Frau mit einem kleinen Kind an der Hand, ich habe mich getäuscht, sagte er sich, hinter der Tür war gar nichts, und um etwas Nützliches zu machen,

und nicht nur zu warten, ging er weiter, um sich das Viertel, in dem er ja künftig wohnen würde, anzusehen. Daß ihm hier alles so trostlos schien, hat er gemeint, gleich auf das Wetter, auf den bleigrauen Himmel schieben zu können. Wenn man sich mit geschlossenen Augen im Kreis dreht, dachte er, weiß man nachher sicher nicht mehr, in welches Haus man gehört. Aber dann merkte er, daß die Häuser doch ein wenig unterschiedlich waren: auf jeder Stiege war ein anderes Mosaik neben der Eingangstür. Vielleicht war das gar nicht als Schmuck gedacht, sondern hatte denselben Zweck wie die verschiedenen Farben an den Einfluglöchern von Bienenstöcken. Die paar Menschen, die er traf, Frauen mit Kinderwagen, Frauen mit Einkaufsnetzen, kamen ihm alle so vor, als hätten sie sich nur zufällig zwischen diese Häuser verirrt, als würden sie aber *in Wirklichkeit* gar nicht hier wohnen. Und die Kinder, die auf einer kleinen betonierten Fläche auf Klettergerüsten hockten, schienen sich ein Spielen überhaupt nur vorzuspielen. Ein Schild mit einem abgewinkelten Pfeil und der Aufschrift: Zum Internisten, kam ihm in seiner Gewöhnlichkeit hier als etwas ganz Fremdes vor, sodaß er sich nicht vorstellen konnte, im Wartezimmer des Arztes, auf das das Schild hinwies, könnten Menschen mit wirklichen Leiden sitzen. Die Zukunft, merkte er, war hier auch schon miteingeplant: Eine kleine schmale Straße hatte neben sich mehrmals das Schild „Birkenstraße", aber die Bäume, nach denen sie benannt worden war, waren noch kümmerliche Setzlinge von kaum Unterarmdicke, die man erst suchen mußte. Er wunderte sich, daß er tatsächlich wieder das richtige Haus und die richtige Stiege fand. Irene, meinte er, mußte doch schon da sein. Diesmal benützte er den Lift. Hinauf und wieder herunter. Sich in seinem schönen Anzug neben die Haustür zu setzen, was er gerne getan hätte, hat er unpassend gefunden. Es kam ihm schon auffällig genug vor, dauernd vor dem Haus hin und her zu laufen.

Ach, du bist schon da, sagte Irene nur, als sie, über eine Stunde zu spät, langsam daherschlenderte. Daß sie *nur* beim Friseur gewesen war, kam ihm wie eine Ausrede vor.

Wozu war sie denn überhaupt zum Friseur gegangen? Doch sicher nicht wegen ihm. Sie tat sehr geschäftig: Schlüssel aus der Handtasche kramen, zeigen, welcher Knopf am Klingelbrett *ihr* gehört; fast schien sie beleidigt zu sein, daß Klein im Lift den richtigen Knopf drückte, daß sie ihn nicht drücken oder ihm wenigstens erklären konnte, welcher der richtige war; Wohnungstür aufsperren, drinnen alle Türen aufreißen und auf alles zeigen, was er sowieso sah, und immer wieder sagte sie, wie *günstig* sie zu dieser Wohnung gekommen sei. Klein ging hinter ihr her, stand neben ihr, nickte und hatte dauernd das Gefühl, der Wohnungsbesitzer werde irgendwo auftauchen. Überall sah es so aus, als seien die Bewohner nur für einen Moment weggegangen, würden aber gleich wiederkommen. Die Wohnung war, wie Irene es erzählt hatte, wirklich fast zur Gänze eingerichtet. Und in der Küche lagen noch Brösel auf dem Tisch, und im Kühlschrank stand noch eine halbvolle Mineralwasserflasche, im Klo war noch eine Rolle Papier, und um den Ausguß des Waschbeckens ringelten sich ausgegangene schwarze Haare. Hier werde ich mir immer nur wie auf Besuch vorkommen, dachte Klein. Jedesmal, wenn Irene „*meine* Wohnung" sagte, kam ihm vor, sie wolle ihn absichtlich ausschließen, ihn ganz bewußt nicht mitdenken.
Sie schien sich hier schon richtig daheim zu fühlen, so selbstbewußt und selbstverständlich ging sie herum, griff sie alles an. Draußen auf dem Balkon, den Irene, ihn korrigierend, eine Loggia nannte und an dessen Hinterwand ein altes Wagenrad hing, von dem Klein sich nicht recht vorstellen konnte, was es da zu suchen hatte, standen sie dann nebeneinander und sahen auf das Rasenstück hinunter und hinüber zu den anderen Wohnblöcken, da heraußen können wir frühstücken, wenn es schön ist, sagte Irene. Klein gab keine Antwort, weil ihm plötzlich einfiel, was er sich schon so oft vorgestellt hatte: Frühstück auf einer Terrasse, mit Blick auf den Park, weiße Korbstühle, Sonne und eine Frau in einem seidigen Kleid und mit sicheren Handbewegungen. Wie es ihm eigentlich ge-

falle, wollte Irene wissen, und sie sah ihn plötzlich ganz gerade an, gefällt es dir vielleicht nicht, fragte sie. Doch, sagte Klein, natürlich. Und warum schaut er dann so? Klein hob ein wenig die Schultern, ich weiß nicht, sagte er, es kommt mir nur komisch vor, in den Sachen von anderen Leuten wohnen zu müssen. Irenes heiterer Gesichtsausdruck war auf einmal wie weggewischt. Sie machte den Mund auf, als wolle sie etwas sagen, aber plötzlich drehte sie sich um und ging schnell in die Wohnung zurück. Ich hätte mir doch die Wohnung selber einrichten wollen, dachte er. Ein neues Leben anfangen und Wohnung einrichten. Jetzt kam es ihm fast so vor, als müßte er das Leben dieser früheren Bewohner einfach weiterleben.

Irene saß im Wohnzimmer auf der Polsterbank, als er hineinkam, und sah aus, als ob sie gleich zu heulen anfangen würde. Was ist denn, fragte Klein erstaunt, was hast du denn. Du kannst einem auch jede Freude verderben, fuhr sie ihn an. Sie rückte weg, als er sich neben sie setzte. Du mußt ja nicht da wohnen, sagte sie, wenn es dir nicht paßt. Soll ich wieder gehen, fragte Klein, ist dir das lieber. Irene gab keine Antwort, sondern sah, als würde das ihren Kopf ganz ausschließlich beschäftigen, ihrem Zeigefinger nach, der die Rillen im Bezug der Polsterbank entlangfuhr. Aufstehen und gehen, dachte Klein, ich müßte jetzt aufstehen und gehen, unaufhaltsam davongehen. Er zündete sich eine Zigarette an und öffnete ein paar Türen und Klappen des Wohnzimmerschranks, aber Schnaps hatten die früheren Bewohner doch keinen hinterlassen. Du tust gerade so, als ob du in einem Palast großgeworden wärst, sagte Irene, und dabei ... Klein drehte sich heftig herum, und was dabei?, sagte er, sag schon, wurde er laut, sag es schon endlich. Schrei mich nicht an, schrie Irene. Willst du sagen, schrie er zurück, daß für einen wie mich alles gut genug sein muß? Muß ich dir vielleicht auch noch dankbar sein, daß du mich gnädig hier aufnimmst? Ohne dich müßte ich ja in einer Baracke hausen. Aber das paßt ja sowieso viel besser zu mir, denkst du dir, schrie er, oder? Du hast einen Minderwertigkeitskomplex, sagte Irene. Natürlich, sagte Klein, daheim einen Größenwahn und bei dir einen Minderwertigkeitskomplex. Er schlug die Wohnzimmertür hinter sich zu, hatte schon die Klinke der Eingangstür in der Hand, aber dann drehte er sich wieder um und ging auf den Balkon hinaus. Es hatte angefangen zu regnen, und Klein lehnte sich neben dem Wagenrad an die Wand und sah zum nächsten Gebäude hinüber, das manchmal fast hinter den dichten, schrägen Strähnen des Regens verschwand. Er stand da und schüttelte immer wieder ein wenig den Kopf, wenn ich alles von ihr gedacht hätte, dachte er, aber das nicht, gerade von ihr nicht. Und was konnte er dagegen tun? Was konnte er überhaupt tun? Sich selber eine Wohnung suchen? Mit welchem Geld? Also in ein Untermietzimmer hinein. Oder überhaupt alles abblasen, aufgeben und im Ort bleiben. In diesem Drecksnest verkommen. Unter Leuten, unter denen er erst in hundert Jahren einer der ihren wird. Sich von manchen ewig von oben herab anschauen lassen müssen. Eher, dachte er, hänge ich mich an den nächstbesten Lusterhaken. Er schnippte die Zigarette in hohem Bogen über den Balkon hinaus und sah zu, wie sie hinunterfiel, wie sie im Fallen unterm Regen verschwand. Wenn man da hinunterspringt, dachte er, ist es sicher aus.

Im Taxi sprachen sie kein Wort miteinander. Jeder sah an seiner Seite durchs Fenster, gegen das der Regen schlug, und wenn sich ihre Blicke zufällig trafen, drehten sie schnell den Kopf weg, als ob ein Blick, ein Den-anderen-Anschauen schon ein Zugeständnis wäre, das sie sich nicht erlauben, mit dem sie sich etwas vergeben könnten. Klein war fast sicher, daß er diesen Weg ohnedies ganz umsonst machte. Es paßt sowieso zu diesem Tag, dachte er, wenn es dort wieder nichts wird. Und zu ihm selber, meinte er, würde das auch passen.

Irene stieg bei einem Espresso aus, in dem sie auf ihn warten wollte, und er ließ sich bis zum Firmentor bringen. Rundum eine trostlose Gegend: eine Fabrik und Lagerhalle nach der anderen entlang des Flusses, lauter Gebäude, die nicht einmal nach außen hin den Schein wahren wollten, es könnte drinnen angenehm sein. Nur ab und zu neuere Bauten mit großen Fenstern, die die zu den Fabriken gehörenden Bürogebäude zu sein schienen. Es goß so sehr, daß Kleins heller Anzug auf den Schultern schon ganz dunkel war, als er vom Taxi die paar Schritte zur Portiersloge lief. Ganz lächerlich kam er sich mit diesem Schönwetteranzug im Regen vor. So ein Anzug war doch ganz unpassend an diesem Tag. Eine Geschmacklosigkeit. Jeder, meinte er, wird in ihm sofort einen sehen, der keinen Geschmack hat, der nicht einmal weiß, welcher Anzug zu welcher Gelegenheit gehört. Der Portier war freundlich, hatte aber keinen Schirm, um ihn bis zum Bürogebäude geleiten zu können. Ein sogar bei so einem Wetter freundlicher Portier, dachte Klein, war zumindest kein schlechtes Vorzeichen. Obwohl wegen des Regens ein Sprint angebracht gewesen wäre, ist Klein nicht aufs Bürogebäude zugerannt, sondern nur schnell gegangen, weil ihm schien, ein Hinüberstürzen, Über-die-Lachen-Dahinspringen passe nicht zu einem Angestellten, der ja Besonnenheit und Ruhe als Charaktereigenschaften aufweisen soll.

Das Bürogebäude war ein alter Bau, innen sehr hell und sehr nüchtern, ein langer Gang mit Steinfußboden und weißen Wänden, von dem unzählige Türen weggingen, sodaß Klein für einen Moment das Gefühl hatte, in einen Spitalsgang geraten zu sein. Er las die Türnummern und die Namensschilder und wunderte sich, daß von zwanzig Türen gleich drei zu einem Direktor führten. Das Vorzimmer des Direktor Stamitz schien ein Gewächshaus zu sein. Vor lauter Blättern sah man kaum zum Fenster hinaus. Es war niemand im Raum, aber es roch stark nach Kaffee. Endlich ein richtiges Büro, dachte Klein sofort, in dem auch Kaffee getrunken wird. Er stand herum und wußte nicht, wohin. Sollte er noch einmal hinaus und laut klopfend wieder herein, oder sollte er durch die Tür ins Nebenzimmer, in dem wahrscheinlich der Direktor saß? Er räusperte sich ein paarmal, ohne daß das jemanden angelockt hätte. Statt dessen kam lautes Gelächter aus dem Nebenzimmer. Gelacht werden, dachte Klein, darf hier also auch. Endlich ging die Tür auf, und eine junge Frau kam heraus, immer noch mit einem Lachen im Gesicht, das aber augenblicklich verschwand, als sie Klein sah. Klein sagte so schnell Namen und Anliegen herunter, daß die Zeit gar nicht für eine Verlegenheit reichte, und dann stand er schon im Zimmer des Direktors, der aufsprang und mit ausgestreckter Hand um den Schreibtisch kam und beim Anblick von Kleins nassem Anzug sofort bedauerte, daß Klein in den Regen gekommen war. Ohne zu wissen warum, hatte Klein plötzlich einen Satz im Kopf: vom Regen in die Traufe. Hochaufgerichtet, mit erhobenem Kopf, versuchte er dazustehen, im Ganzen das Bild eines selbstbewußten Menschen abzugeben, aber er wurde gleich in einen Sessel gesetzt. Der Direktor redete in einem fort, als habe er schon lange nichts zu sagen gehabt oder als habe er sich vorgenommen, eine mögliche Verlegenheit des Bewerbers einfach wegzureden. Er bot ihm gleich Zigaretten an, obwohl er selber, wie er sagte, Nichtraucher war. Er kenne den Ort, sagte er, aus dem Klein stamme, denn er mache jedes Jahr in dieser Gegend Urlaub, die ja vom Fremdenverkehr noch nicht so überlaufen sei. Eine nette Stadt und überhaupt eine wunderschöne Gegend, sagte er, und Klein nickte, obwohl ihm noch nie aufgefallen war, daß der Ort ein netter und die Gegend eine schöne war. Der müßte einmal ständig dort wohnen, dachte er, dann würde er anders reden. Noch dazu in Kleins Haut müßte er stecken, dann würde ihm jedes Lob augenblicklich im Hals steckenbleiben und höchstens ein ausgiebiges Kotzen ergeben.

Die Zeugnisse und Kursbestätigungen, die Klein dem Direktor hinüberreichte, schienen diesen gar nicht zu interessieren, naja, sagte er nach einem kurzen Blick, das ist ja alles bestens, und dann fing er an, über die Firma zu reden, über Erzeugungsprogramm und Marktstellung der Firma, sodaß Klein fast glauben konnte, der Direktor wolle ihm die Firma verkaufen, aber dann kam der

Direktor doch mit dem Lobgesang über die soziale Einstellung der Firma und das angenehme Betriebsklima heraus, hielt auch sofort, als Klein seine Zigarette ausgedrückt hatte, die Schachtel wieder her. Das gibt es doch gar nicht, dachte Klein, und der Niggisch fiel ihm ein, so eine Freundlichkeit gibt es doch gar nicht, und er wartete darauf, daß der Direktor endlich auf den Tisch schlägt und sagt: So!, und jetzt reden wir *normal* miteinander. Auch einen peinlichen Fragebogen mußte Klein nicht ausfüllen. Er mußte nur bekanntgeben, welche Aufgabenbereiche er bis jetzt bearbeitet hatte, sehr schön, sehr schön, sagte der Direktor immer wieder dazu, und dann klopfte es, und ein Kopf erschien in der Tür, sagte aber gleich Entschuldigung und wollte wieder gehen, aber der Direktor bat ihn dazubleiben, das ist unser Herr Gollner, mein Stellvertreter, deutete er auf ihn, und das, wies er auf Klein, ist unser neuer Mann. Klein war so überrascht, daß er nur dumm vor sich hingrinste, als der Gollner ihm die Hand gab und ihm freundlich zunickte. Ich bin aufgenommen, dachte Klein, ich bin wirklich aufgenommen, und dann sagte der Direktor, der Herr Gollner solle ihn gleich mit den künftigen Kollegen bekannt machen, und Klein ging neben dem Gollner her, wurde angelächelt und lächelte zurück, aber ich habe ja noch nicht einmal gesagt, dachte er, daß ich hier anfange, und dann mußte er sich durch drei Zimmer lächeln und ungefähr zehn Hände schütteln, war er so durcheinander und so damit beschäftigt, „freut mich" und „angenehm" zu murmeln, daß er, als er wieder im Zimmer des Direktors saß, keinen einzigen Namen mehr wußte, der ihm genannt worden war. Nur ein paar Gesichter hatte er in Erinnerung, und alle diese Menschen hatten entweder tatsächlich weiße Arbeitsmäntel oder überhaupt keine angehabt, ein Privileg, das daheim in der Firma nur den Chefs und dem Kramer vorbehalten gewesen war, und die Zimmer hatte er im Kopf, und das waren lauter schön eingerichtete Zimmer gewesen. Ach ja, sagte der Direktor, die Gehaltsfrage haben wir noch nicht besprochen. Klein saß ganz locker da, als könne er in diesem Zimmer ohnedies nur mehr das Angenehmste erleben, und der Direktor sagte lächelnd eine Zahl, so viel, sagte er, haben wir für diesen Posten vorgesehen, und Klein riß die Augen auf und starrte den Direktor an, aber der lächelte noch immer, ein Witz, dachte Klein, das ist doch nur ein Witz, und mit einem Schlag meinte er, diese ganze Freundlichkeit, überhaupt diese ganze Vorstellungsprozedur zu verstehen, eine Falle war das gewesen, einfach eine Falle, unmöglich, dachte er, das geht doch gar nicht. Das waren ja nur achthundert mehr, als er jetzt hatte, und unter eineinhalbtausend mehr, hatte er sich vorgenommen, wird er auf keinen Fall gehen, und in den Kursen hatten ja alle angeblich immer das Doppelte von dem gehabt, naja, würgte er heraus, ich habe mir gedacht ..., aber der Direktor hob beruhigend die Hand, das ist natürlich nur das Anfangsgehalt, hörte er ihn sagen, beste Aufstiegschancen, wenn er tüchtig ist, Sozialleistungen, billige, aber nichtsdestoweniger ausgezeichnete Werksküche, und Klein bekam noch einmal eine Zigarette angeboten, was ist, dachte Klein, wenn ich sage, ich will mehr? Dann wird es aus sein, hatte er das Gefühl, dann wird es heißen, tut mir leid, aber bevor er noch etwas sagen konnte, fragte der Direktor, wann Klein denn anfangen könne. Anfang Juni, sagte Klein, na bestens, nickte der Direktor, und als Klein hinausging, wußte er nicht, sollte er sich freuen oder sollte er eine Wut haben. Nicht einmal zu handeln hatte er mit dem Direktor versucht. Der hat mich durchschaut, dachte er, der hat sicher sofort gewußt, was er mit mir machen kann. Aber ich hätte wenigstens handeln müssen, sagte er sich, warum trau ich mich nie von Geld reden. Es war doch eine Verrücktheit, immer so zu tun, als würde er sowieso keines brauchen. Und der Direktor war sich doch auch nicht zu schmutzig, ihm ein so lächerliches Gehalt anzubieten. Die Freundlichkeit und die paar Zigaretten kosteten der Firma ja nichts. Doch ihm wird das Geld abgehen. Aber ich muß ja nicht ewig hier bleiben, dachte er. Das wird ihm einfach ein Sprungbrett sein. Auf jeden Fall hatte er jetzt eine Stelle. Sowieso fast in letzter Minute. Aufatmen kann er. Jetzt steht er wieder

sicherer da. Jetzt wird das Kündigen ein Genuß sein und nicht das Gefühl, ins Leere zu steigen.
Als er aus dem hellen Gebäude hinauskam, war er fast überrascht, daß es immer noch regnete. Wenn es nach dem Direktor gegangen wäre, dachte er, würde jetzt, falls ihn das nichts kostet, sicher die Sonne scheinen.
Im Espresso ist er lächelnd auf Irene zugegangen. Sie haben mich genommen, sagte er, und erst als er sah, daß Irene ernst blieb und nur nickte, fiel ihm ihr Streit wieder ein. Jetzt hast *du* mir die Freude verdorben, sagte er nach einer Weile. Dann sind wir also quitt, sagte sie.
Sie haben trotzdem noch über zwei Stunden reden müssen, mit zuerst ganz langen, nur nach und nach kürzer werdenden Pausen zwischen den Sätzen, bis endlich alles so weit zerredet war, daß eine Versöhnung schon wegen ihrer Müdigkeit vom langen Reden das Naheliegendste war.

Er kam am Montagmorgen in die Abteilung, früher als üblich, weil er zeitig wach geworden war und nicht mehr hatte einschlafen können, was ihm sonst am Morgen nie passierte, aber in seinem Kopf hatten sofort Sätze zu laufen angefangen, Sätze, die er heute dem Niggisch sagen würde, und er hatte es zum ersten Mal nicht erwarten können, in die Firma zu kommen. Alle außer dem Rohde waren schon da, auch der Tarmann war aus dem Urlaub zurück und stand vor dem Gummibaum, den er für *seinen* Gummibaum hielt, weil dieser neben seinem Schreibtisch stand und weil er ihn immer goß, und an diesem Gummibaum hingen ein paar Blätter ganz welk herunter, für die er den Bachholder verantwortlich machte, dem er aufgetragen hatte, den Gummibaum während seiner Abwesenheit zu versorgen, aber der Bachholder hatte entweder darauf vergessen oder hatte absichtlich nicht gegossen, wie der Tarmann behauptete, eine Stichelei ging hin und her, in die sich auch die anderen einmischten, und Klein stand einen Moment da und hörte zu, und nie war ihm das Gerede der Kollegen lächerlicher vorgekommen, ein

Witz, dachte er, über so etwas zu streiten, überhaupt zu reden, gerade an diesem Tag, und er öffnete seinen Kasten, stockte und klappte die Tür wieder zu, nein, dachte er, den Arbeitsmantel werde ich nicht anziehen, ich gehe so wie ich bin hinein, und auf einmal spürte er, wie sein Herz gegen den Magen zu schlagen begann, und am liebsten wäre er schnell hinaus aufs Klo und hätte eine Zigarette gefressen, um zu warten, bis es wieder vorbei ist, aber mit ein paar Schritten war er an der Schiebetür, sah sich schnell noch einmal um, weil ihm vorkam, alle schauen ihn jetzt an, und im Moment, als er an die Tür klopfte, fiel ihm ein, daß er sich vorgenommen hatte, diesmal nicht anzuklopfen, sondern einfach hineinzustürmen, aber wenigstens die Tür ließ er wie geplant offenstehen, Guten Morgen, sagte er, und der Niggisch tat, als werde er bei etwas Wichtigem gestört, und knurrte einen Gruß, Herr Niggisch, sagte Klein sehr laut, ich möchte Sie in Ihrer Eigenschaft als Betriebsrat bitten, der Firmenleitung meine Kündigung zu überbringen, und er spürte sofort, wie sein Kopf heiß wurde und die Ohren zu glühen begannen, und der Niggisch machte den Mund auf, klappte ihn wieder zu, und auf einmal verzog sich sein Gesicht, als wolle er zu grinsen anfangen, doch es wurde nur eine zuckende Grimasse daraus, aber ..., aber ..., stotterte er, und seine Hände begannen sinnlos auf der Tischplatte herumzugreifen, und so, als hätte er erst jetzt begriffen, was los war, gab er sich plötzlich einen Ruck, ja, sagte er, ist recht, und Klein drehte sich schnell weg und hätte fast den Rohde umgerannt, der gerade hereinkam, und Klein drückte sich an ihm vorbei, stand drüben und sah, daß alle ihn anschauten, ganz still war es, und überall war eine Verwunderung auf den Gesichtern, als hätten sie so etwas noch nie erlebt. Klein versuchte ein Grinsen und ging zu seinem Kasten, schlüpfte aus der Jacke, krempelte die Ärmel hoch und zog den Arbeitsmantel an, deutlich spürte er die Augen der anderen in seinem Rücken, Sie haben wirklich gekündigt?, hörte er den Steiner sagen, und Klein drehte sich um und nickte, und er fing zu blinzeln an, weil er das Gefühl hatte, die Wimpern der oberen Lider wollten sich in den Wimpern der unteren Lider verfangen, und er setzte sich schnell an seinen Schreibtisch, rückte an Papieren herum, und dann quietschte die Schiebetür, Herr Klein, sagte der Rohde, würden Sie bitte einen Moment herüberkommen?

Noch nie war ihm im Nebenzimmer ein Platz angeboten worden, aber nun saß er. Und der Rohde redete. Und der Niggisch nickte dazu und versuchte ein so freundliches Gesicht wie der Rohde zu machen. Ob Klein es sich nicht noch einmal überlegen wolle, fragte der Rohde, er wisse ja selber, sagte er, daß Klein ein wenig unterbezahlt sei, aber er habe ohnedies schon vorgehabt, wegen ihm mit der Betriebsleitung zu reden. Und er könne ihm versprechen, daß dabei ein positives Ergebnis herauskäme. Gerade jetzt, bei der Umstellung auf eine neue Organisation, werde jeder Mann gebraucht. Und man habe ihn doch extra vor ein paar Wochen diesen Kurs machen lassen. Und für weitere Kurse sei er auch schon vorgesehen. Klein solle doch sagen, was er sich als Gehalt vorstelle, dann werde man sehen, was sich machen läßt. Klein ließ ihn reden. Saß da und rührte sich nicht und ließ ihn reden. Aber er konnte dabei nicht das geringste Gefühl eines Triumphes spüren, wie er sich immer vorgestellt hatte. Es war ihm einfach nur peinlich, und fast kam es ihm wie eine Gemeinheit vor, den Rohde da ganz sinnlos reden, fast bitten zu lassen. Nein, sagte er schließlich und stand auf, es nützt nichts. Es geht gar nicht mehr, weil er schon einer anderen Firma zugesagt hat. Die Freundlichkeit des Rohde war mit einemmal wie weggeblasen, na, dann tun Sie halt, was Sie nicht lassen können, sagte er ärgerlich, von Ihnen einen Dank dafür zu erwarten, was alles für Sie getan wurde, ist ja offenbar zu viel. Klein stand einen Moment da, wollte noch etwas sagen, aber der Rohde wies mit der Hand zur Tür, ja, sagte er, Sie können gehen, die Kündigungsfrist müssen Sie ja wohl noch einhalten. Nur mehr drei Tage, sagte Klein, weil ich habe noch einen Urlaub ausständig. Na, wir werden es auch ohne Sie aushalten, bellte der Niggisch endlich.

Dann saß Klein wieder an seinem Platz und hatte Mühe, sich das immer wieder aufkommende Gefühl, etwas Unanständiges, Gemeines gemacht zu haben, aus dem Leib zu denken. Jetzt auf einmal, dachte er, wissen sie, daß sie mir zu wenig gezahlt haben. Und jetzt brauchen sie mich auf einmal. Und vorher haben sie mir nur das Gefühl gegeben, daß sie mich aus purer Menschenfreundlichkeit hier dulden. Nie hat er ein Lob gehört, nie daß er etwas gut gemacht hat. Ich bin ein Trottel, dachte er, wenn hier jemand ein schlechtes Gewissen haben muß, dann doch nicht ich.

Wenn er sich umdrehte und die Kollegen ansah, schaute jeder sofort auf seine Arbeit hinunter, als sei Klein einer, mit dem man auf keinen Fall mehr etwas zu tun haben will, als sei er ein Aussätziger, den man nicht einmal anschauen darf, um sich nicht anzustecken.

Obwohl Klein sich sagte, daß ihm der Niggisch jetzt nichts mehr tun kann, und wenn er etwas sagen sollte, könnte er ihm ja direkt ins Gesicht grinsen, hat er sich doch nicht im Zimmer zu rauchen getraut, sondern ist wie früher aufs Klo hinausgegangen. Es zahlt sich ja nicht aus, redete er sich ein. Aber so, als ob er als der Klügere nachgäbe, wie er sich vorsagte, ist er sich doch nicht vorgekommen. Früher, dachte er, war das ganz anders, da ist das Kündigen ein Genuß gewesen. Warum das jetzt auf einmal nicht mehr so war, hat er sich nicht beantworten können.

Außer von den Leuten in der Abteilung hat er sich von niemandem im Bürogebäude verabschiedet. Der Niggisch und der Rohde taten so, als wären sie nie auf den Gedanken gekommen, ihn zurückzuhalten. Der Rohde war sogar schon wieder so großzügig, ihm viel Glück zu wünschen, während der Niggisch nur schnell die Hand über den Schreibtisch streckte und sie gleich wieder zurückzog, so als könne ihm zuviel Freundlichkeit in den Händedruck rutschen. Dem Niggisch tatsächlich einen der schönen Sätze zu sagen, die er sich so oft für diesen

Augenblick ausgedacht und aufgehoben hatte, ist Klein schon viel zu gleichgültig gewesen. Und sich von den Kollegen zu verabschieden, war auch nur eine Formalität. Daß sie seit seiner Kündigung nichts mehr mit ihm hatten zu tun haben wollen, hatte er gesehen, war zwar nur eine für den Niggisch und den Rohde aufgesetzte Maske gewesen: Kaum war niemand im Nebenzimmer gesessen, waren sie schon, möglichst für die anderen unauffällig, zu ihm gekommen und waren ganz begierig gewesen zu erfahren, in welche Firma er jetzt geht und was er dort für ein Gehalt bekommt. Aber Klein hatte den Namen der Firma nicht verraten wollen. So verrückt, daß er denen jetzt noch vertraut, hatte er gedacht, ist er doch wirklich nicht. Kaum dreht er sich um, rennt irgendeiner von denen, mindestens einer, zu den Befehlshabern, und die brauchen sich dann nur kurz das Telefon zu greifen und in der neuen Firma anzurufen, und schon steht er, wenn er dort eintrifft, wieder einmal seiner Vergangenheit gegenüber und noch dazu allen möglichen erfundenen, ihn anschwärzenden Geschichten dazu. Aber als Gehalt hatte er ihnen eine schöne große Zahl genannt, die sie zum Augenaufreißen gebracht hatte. Vielleicht, hatte Klein gedacht, profitieren die jetzt von meinem Verschwinden und gehen alle fordern. Aber wenn er sie ansah, hatte er sich das doch nicht recht vorstellen können. Um keinen war es ihm leid. Früher, als er sich noch nicht als etwas Besseres als die anderen Arbeiter vorgekommen war, hatte er, wenn er in einer Firma gekündigt hatte, zumindest im Moment des Verabschiedens manchmal das Gefühl gehabt, die, die er jetzt verläßt, werden ihm abgehen, auch wenn ihm dann tatsächlich keiner abgegangen war. Aber zumindest das Gefühl hatte er gehabt. Jetzt spürte er nichts. Da war nur eine Gleichgültigkeit in ihm, als gäbe er schon Fremden die Hand und nicht Menschen, mit denen er beinahe eineinhalb Jahre seines Lebens verbracht hatte. Er hat sie nicht einmal bedauert, daß sie hier bleiben mußten.

Er räumte in seinem Zimmer die letzten noch nicht in Koffer und Schachteln verstauten Habseligkeiten zusammen. Dann würde er Irene abholen, die seit einer Woche da war, und dann würden sie fahren.

Die letzte Schwierigkeit, die ihnen vor ein paar Tagen auf einmal im Weg gestanden war, war auch längst beseitigt. Plötzlich hatte Irenes Mutter nämlich Bedenken gehabt. Irgendwer, wahrscheinlich ihre Schwester – die Tante, bei der Irene wohnte –, mußte sie ihr eingeredet haben. Ganz unmöglich war es ihr auf einmal vorgekommen, daß Irene mit Klein „einfach so“ zusammenleben würde, „in wilder Ehe“, wie sie das genannt hatte. Das gehe nicht, hatte sie gesagt, wie stehe sie denn da, wenn das jemand im Ort erfahre. Noch dazu, wo sie die Wohnung bezahlt habe. Da heiße es doch gleich, sie habe ihnen auch noch das Bett gemacht. Sie wird sich schon dran gewöhnen, hatte Klein zu Irene gesagt, die ihm das ganz aufgeregt berichtet hatte. Außerdem seien hundertfünfzig Kilometer dazwischen, und was solle sie auf diese Entfernung schon machen. Aber die Tante, hatte Irene gesagt, sei nur zwanzig Minuten entfernt und würde sich sicher ein Vergnügen daraus machen, darüber zu wachen, daß sich niemand in Irenes Wohnung niederläßt. Dann schmeißt du sie einfach hinaus, hatte Klein gemeint. Fast hätte er mit Irene wegen dieses Satzes zu streiten anfangen müssen, weil sie anscheinend ein ganz anderes Verhältnis zur Verwandtschaft hatte als er, der Verwandte nur für etwas hielt, für das man nichts kann und dem man am besten aus dem Weg geht.

Klein hatte diesen Widerstand von Irenes Mutter nicht erwartet. Das ist doch ein Witz, hatte er gedacht, sie hat ihren Mann in seinem eigenen Bett mit einem seiner Bediensteten betrogen, und jetzt fällt ihr auf einmal die Moral ein.

Über eine Stunde war er mit Irene spazierengelaufen, und sie hatten getan, als würden sie Auswege überlegen. Aber sie hatten gewußt, daß es nur einen gab: den üblichen. Sie hatten nur deshalb so lange gezögert, diesen Ausweg auch auszusprechen, weil beide sich eingebildet hatten,

für den anderen komme so eine Lösung nicht in Frage. Ihm war es aber, als sie es endlich sagte, gleich wie eine Erlösung vorgekommen. Egal ist es doch ohnedies, hatten sie sich versichert, ob sie jetzt mit oder ohne Ring zusammen sind. Dann hatte er ihre Mutter, die in der Küche gestanden war und Steaks umgedreht hatte, in aller Form um Irenes Hand gebeten. Nie war er sich bei etwas lächerlicher vorgekommen. Nachher wunderte er sich, daß er diesen Mut aufgebracht hatte. Aber Irenes Mutter schien damit gerechnet zu haben. Naja, hatte sie die Schultern gezuckt. Wenn beide glauben. Und Irene sei ja ohndies großjährig, sodaß sie als Mutter ja eigentlich gar nichts mehr zu reden habe. Irene, hatte sie gesagt, frage sie ja auch sonst nicht. Irgendwann im Sommer, hatten sie dann, bis spät in die Nacht mit Irenes Mutter zusammensitzend, vereinbart, sollte die Hochzeit sein. Über achtzig Personen, hatte die Mutter aufgezählt, würden dazu eingeladen werden müssen, und Klein hatte schon im vorhinein vor so vielen fremden Menschen ein wenig Angst bekommen. Irene mit seiner eigenen Mutter bekannt zu machen und sie ihr gleich als künftige Schwiegertochter vorzustellen, war ihm dann auch noch peinlich genug gewesen. Aber er hatte die ganze Zeit das Gefühl, als habe er sich selber zu diesem Schritt entschlossen. Müssen hätte ich ja nicht, hatte er sich gesagt.
Er kramte in seinem Zimmer herum und mußte bei jedem Gegenstand, der ihm unterkam, erst lange überlegen, ob er ihn mitnehmen oder mit seiner Vergangenheit endgültig hier im Ort zurücklassen sollte, und auf einmal hielt er einen Taschenkalender in der Hand und ließ die Blätter durch die Finger laufen, da hatte er vor ein paar Jahren eine Art Tagebuch geführt, fiel ihm ein, und er blätterte herum, las, schüttelte den Kopf und blätterte, pro Tag war nur Platz für ein paar Sätze, aber meist hatte er nicht einmal die ganze Seite vollgeschrieben. Nur selten, und das waren ausnahmslos Samstage, war er mit dem Platz nicht ausgekommen. Und die Aufzeichnungen der Sonntage begannen fast jedesmal mit dem Satz: Aufgewacht mit argen Katerbeschwerden. Meist war der nächste

Satz: Zum Lazek auf ein Bier gegangen. Am Dienstag gab es meist die Eintragung: Endlich keine Katerbeschwerden mehr. Immer wieder standen dieselben Sätze da, aber andere waren ihm wahrscheinlich zu seinem Leben nicht eingefallen. Er hatte aufgeschrieben, wie das Wetter war, wenn es besonders gut oder besonders schlecht gewesen war. Meist hieß es da im nachhinein: Gott sei Dank ist es wieder schöner. Oder er hatte aufgeschrieben, was er gerade für Bücher gelesen hatte. (Ein Sonntag: Kater. Von Stefan „Der Graf von Monte Christo“ ausgeborgt. Bis drei Uhr morgens in einem Zug durchgelesen.) Oder er hatte notiert, ob er zu Hause geblieben oder weggegangen war. Oder er hatte kurze Bemerkungen über Mädchen gemacht, bei denen „etwas gegangen“ oder „leider nichts gegangen“ war. Die Namen der Mädchen kamen immer nur mit ihren Anfangsbuchstaben vor. Das Wort „Ich“ stand nur ganz selten im Kalender. Meist hieß es bloß: Habe (an einem Dienstag) schon wieder einmal kein Geld mehr. Oder: Bin im Kino gewesen. Halte es bald nicht mehr aus. Seltsamerweise kamen in diesen Aufzeichnungen die Stunden bis fünf Uhr am Nachmittag an Wochentagen überhaupt nicht vor. Kein Wort über Arbeiten, über Fabrik. So als habe es in seinem Arbeiterleben nichts gegeben, was des Aufschreibens wert gewesen wäre. Als sei ihn der Klein, der in Fabrikshallen gestanden war, überhaupt nichts angegangen, als habe er erst angefangen, er selber zu sein, wenn er das Fabrikstor hinter sich hatte. Nun las es sich aber, als ob sein Leben damals nur aus Freizeit bestanden hätte. Sehr häufig gab es den Satz: Es war wieder einmal überhaupt nichts los: hätte genausogut daheim bleiben können. Mitte des Jahres hörten die Eintragungen auf. Die letzte Aufzeichnung, ein einzelner Satz auf einer Seite, einem Mittwoch, nach einer ganzen Reihe von leeren Blättern, war: Ich muß einfach raus. Das Wort „einfach“ war zweimal unterstrichen. Eine Begründung war nicht angegeben.

Eine fürchterliche Anstrengung war es gewesen, seine Aufregung unter ruhigen Bewegungen zu verstecken, aufs Tor zuzugehen, als sei ein *sichtbares* Selbstbewußtsein, das aber auch nicht nach Eingebildet-Sein aussehen durfte, für ihn das Einfachste, das ganz Normale; sichere Schritte zu machen, als habe er überhaupt nicht das Gefühl, er gehe nicht *richtig*. Einen kalten Wind hätte er sich gewünscht, der ihm die heißen, feuchten Hände trocknet. Obwohl er unter mehreren Menschen durchs Tor, am Portier vorbei ging, hatte er nicht das Gefühl, als verschwinde er jetzt unter ihnen in der Anonymität. Im Gegenteil war ihm vorgekommen, als bewege er sich unter lauter Zuschauern. Neben ihm war ein Mann gegangen, der ihm schon im Bus aufgefallen war, weil er die gleiche Krawatte wie er selber trug, und im Bus hatte er einen Moment daran gedacht, daß das einer der neuen Kollegen sein könnte, aber dann hatte er sich das gleich wieder ausgeredet, er war ja nicht im Ort, wo alle Menschen, die dieselbe Richtung fahren oder gehen, in dieselbe Fabrik hineinwollen, nun war das aber doch ein Angestelltenkollege, und an der Tür zum Bürogebäude hatte es ein Hin und Her gegeben, der Mann hatte ihm die Tür aufgehalten, und Klein hatte gedeutet: nach Ihnen, und der Mann hatte dasselbe gedeutet, und dann hatten sie auf einmal gleichzeitig durch die Tür gewollt und waren zusammengestoßen und hatten sich ein wenig verlegen angegrinst und eine Entschuldigung gemurmelt, und dann hatte Klein ihm doch den Vortritt gelassen, vielleicht ist er sogar aus der Arbeitsvorbereitung, hatte er gedacht, schließlich hatte er sich ja damals bei der Vorstellung nicht alle Gesichter so genau angeschaut, aber der Mann war gleich im unteren Gang verschwunden, und Klein war die Treppe hinaufgestiegen, hatte gleich alles gegrüßt, was ihm auf dem Gang untergekommen war, und dann war er vor der Tür gestanden, durch die er mußte, und hatte geklopft und war eingetreten und war fast zurückgeschreckt, weil der Raum voller Menschen war, die dastanden und auf Schreibtischkanten saßen und alle zu ihm hinsahen, und er war einen Moment gestanden, unfähig, irgend etwas

Vernünftiges zu tun, aber da hatte der Gollner schon seine Kaffeetasse abgestellt und war auf ihn zugekommen und hatte ihn so freundlich begrüßt, als freue er sich tatsächlich, Klein hier zu sehen, und Klein hatte wieder allen die Hand geschüttelt und hatte gehofft, daß er nicht allzu rot im Gesicht ist, und er war gleich gefragt worden, ob er lieber Kaffee oder Tee mag, und die Gespräche waren weitergelaufen, als sei ohnedies nur einer hereingekommen, den alle für ihresgleichen hielten, und immer wieder war er angelächelt worden, und dann war der Direktor Stamitz aufgetaucht, hatte Klein sofort entdeckt und ihm die Hand gegeben und ein paar freundliche Sätze gesagt, und Klein hatte sich gewundert, daß beim Eintritt des Stamitz niemand aufgesprungen war, schließlich war er ein Direktor, aber niemand schien vor ihm Angst zu haben, der Stamitz hatte auch eine Kaffeetasse bekommen und hatte sich auf eine Schreibtischkante gesetzt, und Klein hatte nicht bemerken können, daß jetzt anders als vorher geredet worden wäre, und obwohl es schon halb acht vorbei war, war man noch immer gesessen und hatte geredet und gelacht und geraucht und Kaffee getrunken, das gibt es gar nicht, hatte Klein immer wieder gedacht, das gibt es gar nicht, daß es das gibt, und aus dem Zusammensitzen war dann eine Besprechung geworden, der Gollner hatte irgendeine Arbeitseinteilung getroffen, aber ohne einen einzigen Befehlssatz verwenden zu müssen, und dann war langsam jeder an seinen Schreibtisch gegangen, und der Gollner hatte Klein mit in sein Zimmer genommen, hatte ihm eine halbe Stunde lang den Organisationsplan der Firma erklärt, ich stelle mir vor, hatte er gesagt, Sie schauen sich erst einmal gründlich um und informieren sich über alles, ein, zwei Tage vielleicht, hatte er gemeint, lassen Sie sich ruhig Zeit, so eilig haben wir es nicht, und er hatte ihm einen Stapel Papier gegeben, den Klein studieren sollte, und nun saß Klein da, an seinem neuen Platz, schon über zwei Stunden, auf einem gepolsterten Drehstuhl, mit zwei anderen im Zimmer, dem, der Trisko hieß, saß er genau gegenüber, und wenn Klein aufsah, dann lächelte der Trisko ein wenig, Klein solle ruhig fragen, wenn ihm etwas unklar sei, hatte er ihm schon angeboten, und Klein dachte daran, wie es beim Niggisch in der Abteilung gewesen war, jede Frage hatte er sich dort hundertmal überlegt, bevor er sie wirklich gestellt hatte, weil der Niggisch, aber manchmal auch der Steiner immer so getan hatten, als sei ihnen ganz unerklärlich, wie jemand so dumm sein könne, das nicht zu wissen. Die ganze Aufregung, dachte er, ist offenbar unnötig gewesen. Hier war er anscheinend wirklich einmal unter Menschen geraten. Die wie Menschen miteinander redeten. Hier kann er dasitzen, ohne das Gefühl haben zu müssen, er steht unter Beobachtung. Und er muß nicht befürchten, jetzt kommt einer daher, der ihn anbellt, der ihm auf der Stelle zeigen will, daß er hier der Letzte ist. Aber hier bin ich ja gar nicht der Letzte, dachte Klein, hier bin ich nur ein Neuer. Hier, meinte er, würde er endlich der sein können, der er schon immer hatte sein wollen. Hier gab es keinen mehr, der schon ein fertiges Bild von ihm herumtrug. Jetzt, dachte er, fängt das neue Leben wirklich an. Jetzt ist er das alte endgültig los, weil es hier keiner kennt.

Sie waren schon fast durch den ganzen Betrieb gelaufen, Klein neben dem Gollner, der deutete und erklärte und in den Lärm schrie, zum allerersten Mal, dachte Klein, wird mir wirklich etwas erklärt, da hieß es nicht, daß etwas für ihn ohnedies ganz gleichgültig sei, weil er damit nichts zu tun haben werde, sie liefen zwischen Drehbänken entlang, und auf einmal stockte Klein, und er starrte einen Mann an, der an einer Drehbank stand, das gibt es nicht, dachte Klein, das ist nicht möglich, und er hatte das Gefühl, als fange sich in seinem Kopf alles zu drehen an, soviele Sätze hatte er auf einmal da drinnen, er stand da und starrte den Mann an, einen Menschen in einem blauen Overall und mit schmierigen Händen, kennen Sie den vielleicht, fragte der Gollner, und Klein riß den Kopf herum, was?, bitte?, stotterte er, ja, das heißt nein, schüttelte er den Kopf und ging hinter dem Gollner her, drehte sich um, sah zurück, und die Erklärungen des Gollner liefen an ihm vorbei, ganz automatisch nickte er, das gibt es nicht, dachte er, das ist doch ein Wahnsinn, eine Verrücktheit ist das: Der Mann im blauen Overall war ohne Zweifel der, der ihm am Morgen die Tür aufgehalten hatte, mit dem er zusammengestoßen war, der Mensch mit der gleichen Krawatte, wie er sie selber um den Hals hatte, und dieser Mensch war kein Angestelltenkollege, wie er sich eingebildet hatte, das war ein Arbeiter! Ein Arbeiter, der mit einem weißen Hemd und mit Krawatte zur Arbeit kam! So etwas gab es also. Das war also nicht überall das Undenkbarste. Das war vielleicht hier sogar das Selbstverständlichste. Und seine lebenslange Erfahrung war nur mehr eine lächerliche Erfahrung, die hier nicht mehr galt!? Daheim im Ort war es doch für einen Arbeiter unmöglich gewesen, am Morgen mit einem weißen Hemd durchs Fabrikstor zu gehen. So einem Menschen hätte kein Oberer erst sagen müssen, daß das nicht geht. Die Kollegen selber hätten ihn auf die Schaufel genommen, an den Pranger gestellt, daß er es nie mehr gewagt hätte. Ein Übergeschnappter, hätte es geheißen. Der wird bald mit einem Sieb die Milch holen gehen. Paßts auf, der zieht heute sicher den Schraubenschlüssel mit der Schraubenmutter an. So wäre gesagt worden. Mindestens. Und ein zweites Mal hätte es keiner versucht. Und hier war das möglich? Und wozu hatte er selber dann überhaupt alles auf sich genommen, um nicht mehr für einen Arbeiter gehalten zu werden? Das war also ganz umsonst, dachte er. Hier wechselte einer nur die Kleider, wenn er aus der Fabrik ging, und schon war alles erledigt. War er unkenntlich. Und was hat er wegen dieses weißen Hemdes alles mitgemacht. Das war alles umsonst, dachte er, das war alles umsonst. Das hätte er sich alles ersparen können. Und wenn ich jetzt irgendwo gehe, dachte er, dann kann ich also schon wieder für einen Arbeiter gehalten werden. Da sind also der Anzug und das weiße Hemd und die Krawatte wochentags kein Beweis mehr. Und wie sollte man sich denn hier auskennen? Woran sollte man sich halten? Aber wahrscheinlich, dachte

Klein, ist dieser Mensch doch nur eine Ausnahme. Ein einzelner vielleicht. Ein Spinner.
Beim Mittagessen in der Kantine sah er dann, daß es keine Tische gab, die extra für Angestellte reserviert gewesen wären. Hier waren alle Tische weiß gedeckt. Zwar saßen nirgends Arbeiter und Angestellte an einem Tisch zusammen – sofern man die überhaupt noch auseinanderhalten kann, dachte Klein –, aber alle mußten sich ums Essen anstellen.

Er konnte nicht einmal sagen, daß er enttäuscht gewesen wäre. Schließlich konnte er sich vorbeten, was er geschafft hatte. Er hatte es geschafft, sich draußen zu halten. Außerhalb der Fabriken. Er träumte jetzt nicht einmal mehr davon, plötzlich wieder hinein zu müssen, wieder drinnen zu sein. Das war vorbei. Er wurde nicht mehr vor lauter Angst wach und mußte sich sagen, es sei ja nur ein böser Traum gewesen, damit er sich erleichtert wieder in die Decke eindrehen konnte. Und er konnte sich sagen, daß so ein Aufstieg, wie er ihn hinter sich hatte, nur wenigen gelang. Ganz wenigen, die nicht jemanden gehabt hatten, der anschob. Er hatte sich durch sich selber bewegt. Und er war der Kleinstadt entkommen, dieser Enge, ohne daß er irgend etwas bedauert, daß er sich ein einziges Mal zurückgedacht hätte. Er war nicht einer geblieben, der sich das Weggehen nur gewünscht hatte, so lange gewünscht, bis dieser Wunsch schon so selbstverständlich gewesen wäre, daß er ihn hätte vergessen können. Und er wußte genau, daß er nicht zu denen gehörte, die für ein paar Jahre aus dem Ort verschwanden und dann plötzlich wieder zurückkamen, auf einmal *einsichtig*, daß der Ort doch nicht das Schlechteste sei, um dann für den Rest ihres Lebens dort zu bleiben, und wie vor schlechtem Gewissen, daß sie ihn einmal verlassen hatten, allen, die nun davonwollten, mit ihren Erfahrungen, mit ihren *Sinnlosigkeitserfahrungen* kamen. Von all dem, kam ihm vor, war er endlich abgenabelt. Und die Zeit war auch schon vorbei, wo er ganz ärgerlich geworden war, wenn Irene von *zu Hause* gesprochen und den Ort, das Haus ihrer Mutter damit gemeint hatte, oder wenn er sich selber dabei ertappt hatte, den Ort *daheim* genannt zu haben. Die erste Zeit nach seinem Weggang war ihm das wie eine ganz fürchterliche Gewohnheit vorgekommen, die man so schnell wie möglich loswerden muß. Schließlich hatte er doch, seit er ein wenig zu denken angefangen hatte, dort immer weggewollt. Dort war ihm gar nichts als Heimat vorgekommen, sondern alles eher als etwas, das ihn abzustoßen, wegzustoßen schien. Wenn er als Ortsbewohner jemanden von Heimat hatte reden hören

oder wenn er davon gelesen hatte, war ihm das immer wie eine nicht ganz erklärbare Übertreibung vorgekommen oder nur wie Gerede. So, wie die Tatsache, daß es Weihnachten und Weihnachtsbäume gab, für einen Beweis des Friedens auf der Welt zu halten. Wenn es ihm jetzt passierte, zum Ort, zur Wohnung der Eltern „daheim" zu denken, dann war ihm das nur mehr ein Achselzucken wert, eine kleine Handbewegung. Eine Gedankenlosigkeit ist das, sagte er sich, die nichts bedeutet.
An die Stadt hatte er sich gewöhnt. Er hatte längst keine Scheu mehr, mit dem Auto herumzufahren. Den Weg zur Bank, in der Irene arbeitete, und dann den Weg zur Firma, in der er beschäftigt war, kannte er schon so auswendig wie früher die Wege durch den Ort, von daheim zum Plohberger, sodaß er oft, wenn er auf dem Firmenparkplatz aus dem Auto stieg, gar nicht mehr wußte, wie er dort hingekommen war. Und so betrunken konnte er gar nicht sein, daß er in der Siedlung nicht automatisch das richtige Gebäude und die richtige Stiege gefunden hätte. Er kannte Straßen, Häuser und Geschäfte, Verkehrsampeln und Einbahnen und wußte schon vorher, was hinter einer Kurve, einer Hausecke auftauchen würde. Von den Menschen, die im selben Gebäude, auf derselben Stiege wie er wohnten, kannte er aber immer noch fast niemanden. Nach beinahe einem Jahr noch immer fast niemanden. Er grüßte nur ganz wenige im Haus, weil er meistens gar nicht wußte, ob sie hier wohnten oder nur zu Besuch waren. Daß sich das noch ändern würde, hat er gar nicht angenommen.
Sonst hatte er viele Menschen kennengelernt. Ein ganzes Bürogebäude voll. Zu vielen konnte er Familienverhältnisse denken, Vorlieben und Abneigungen und Freizeitbeschäftigungen und Gewohnheiten. Im Lauf der Zeit hatten sich aus Einzelheiten vorstellbare Menschen zusammengesetzt, von denen ihm manche das freundliche Lächeln beim Grüßen sogar wert waren, die ihm aber doch allesamt außerhalb der Arbeitszeit ganz gleichgültig geblieben sind. Bestenfalls ein Gesprächsthema gaben sie ihm ab, wenn er mit Irene sonst nichts zu reden hatte.

Ein Thema manchmal, um ein wenig lachen, sich ein bißchen besser vorkommen zu können. Aber mit keinem hatte sich etwas ergeben, was weiter als bis zum Firmentor gereicht hätte. Freundschaften gab es hier noch weniger als beim Plohberger im Bürogebäude. Das waren die reinsten Zweckgemeinschaften, auch wenn einige dieser Menschen nicht so auf die Unverletzbarkeit ihrer Individualität bedacht waren, wie das dort der Fall gewesen war, und gerne Andeutungen von „Abenteuern" machten, die sie angeblich gehabt hatten. Was sie erzählten, wußten sie ja, wurde ihnen im *Privatleben* nicht zur Last gelegt, wie das in einem kleinen Ort das Natürlichste war. Nach Büroschluß zerstoben die Menschen in verschiedene Richtungen, saß jeder allein in seinem Auto und fuhr einem von den Kollegen unbeobachteten Leben zu.
Klein ließ ja selber niemanden an sich heran. Schließlich konnte die Mauer von Sätzen, die er um sich aufgerichtet hatte und hinter der er sich halbwegs sicher fühlte, nur halten, wenn niemand besser über ihn Bescheid wußte. Seine Vergangenheit, seine Herkunft, die er ja nicht ganz weglügen konnte, hatte er in ein anderes Licht gesetzt. Alles war ein wenig anders gewesen. Ein anderes Elternhaus. Die Mutter nichtstuend zu Hause, Bücher lesend und ausgefallene französische Gerichte auf den Tisch zaubernd. Der Vater ein bahnhofsvorstandähnliches Wesen mit ungeheurer Bildung, das im Schrebergarten nicht Krautköpfe und Bohnen zieht, sondern Rosen züchtet. Sein eigenes Leben in Werkstätten und Fabriken etwas, das ganz weit weg liegt und in das er nur geraten ist, weil ihm die von den Eltern ausersehene angenehme Zukunft in seinem jugendlichen Übermut zu wenig abenteuerlich schien, weil er meinte, das schwarze Schaf spielen zu müssen. Selbstverständlich bedurfte es keiner Anstrengung, aus den Fabriken herauszukommen. Nie hat er das Gefühl gehabt, das geht dort drinnen jetzt nur mehr so weiter Richtung Rente. Vom einen Tag zum anderen, wie eine Einsicht, plötzlich der Entschluß, nun macht er doch das, was ihm eigentlich zusteht, und schon war eine Tür offen, saß er an einem Schreibtisch. Daß er der Beste beim Test war,

hat ihn kein bißchen überrascht. Im Kaffeehaus hat er sich ohnedies schon immer aufgehalten. Die angesehensten Menschen des Ortes und überhaupt die, die sich hinter hohen Zäunen in Villen verschanzen, schon seit jeher Du-Freunde. Nie hat er das Gefühl gehabt, in eine andere Welt erst hineinzumüssen. Und schon gar keine Unsicherheit in ihm, in der er immer darauf lauern mußte, ob er sich weiter so verhalten kann oder ob er sich aus dem Stand um hundertachtzig Grad ändern muß. Manchmal aber kam es ihm wie die ärgste Verrücktheit vor, seine Anstrengungen des Heraufkommens so bagatellisieren zu müssen. Kein Sieg sollte das mehr sein, sondern nur mehr ein Platznehmen auf einem ihm ohnedies reservierten Sessel. So als sei es tatsächlich eine Schande, sich von einer solchen Vergangenheit befreit zu haben, als zähle ein Es-sich-bequem-Machen in einem von der Herkunft bereiteten Bett immer noch viel mehr als die Anstrengungen eines Aufstiegs.

Das Gefühl, es geschafft zu haben, das er sich da ständig wegreden mußte, war ja ohnedies immer nur ganz vage. Meist nur wie eine Einbildung. Etwas ganz Hinfälliges, auf dem er sich nicht zufrieden ausruhen konnte. Sein Aufstieg war ja hier etwas Unsichtbares geworden, weil all das, was ihm im Ort noch der allereindeutigste Beweis dafür gewesen war, hier nur mehr in Ausnahmefällen zu gelten schien. Längst wußte er, daß der Mensch, den er am ersten Tag seiner Anwesenheit in der neuen Firma zuerst für einen Angestellten gehalten und der sich dann als Arbeiter entpuppt hatte, kein Einzelfall war. Arbeiter und Angestellte waren, wenn man sie nicht gerade an Maschinen oder Schreibtischen ertappte, tatsächlich oft kaum zu unterscheiden. Außerhalb des Betriebes und überhaupt an Wochenenden schien es sogar so zu sein, als verkleide sich der eine im anderen. Weiße Hemden und Krawatten fast schon wieder ein Beweis, einen Arbeiter vor sich zu haben. Ein buntes Hemd: ein Angestellter. Nur die älteren Arbeiter waren schon von weitem kenntlich. Sie schienen aus ihrer Haut, ihrer Kleidung nicht mehr herauszukönnen. Und mit weißen Hemden wären die

Verkrüppelungen ihres lebenslangen Arbeiterdaseins auch nicht mehr zu kaschieren gewesen. Aber sauber waren sie. Einfach, aber sauber. Und die, die in ganz abgetragenen Kleidern herumliefen und mit schmutzigen Händen Biergläser in Wirtshäusern festhielten, Menschen, die er im Ort blindlings zu denen gezählt hätte, unter denen er sich so lange in den Fabriken aufgehalten hatte, stellten sich hier plötzlich als die allerletzte Schublade heraus, im Ort von *anständigen Arbeitern* Gesindel, Pofel genannt: Gelegenheitsarbeiter, Trinker, Unterstandslose. Ja nicht einmal die Größe des Autos war hier ein eindeutiger Beweis. Unter den Arbeitern der Firma gab es genug, die in solchen Karossen daherkamen, daß Klein zu Beginn gemeint hatte, mindestens ein Direktor müsse da aussteigen. Und in Riesenschlitten, wurde ihm erklärt, säßen in erster Linie Zuhälter. Sogar das ihm ganz unumstößlich scheinende Gesetz, daß ein Arbeiter weniger in seinem Lohnsäckchen vorzufinden hat als ein Angestellter, war hier teilweise schon außer Kraft gesetzt. Angelernte Hilfsarbeiter, die im Akkord standen, trugen oft mehr nach Hause als Klein selber. Von Drehern und Schweißern gar nicht zu reden. Und als er einmal mit Irene in einen ein wenig außerhalb der Stadt gelegenen Reitklub gefahren war, wo er gemeint hatte, mindestens nur seinesgleichen anzutreffen, hatte ihn dort ein an eine Koppel gelehnter Mensch ganz vertraulich angesprochen, den er als unauffälligen Arbeiter der Formenbauerei kannte. Selber wolle er zwar auf kein Pferd, hatte dieser Mensch gesagt, aber seine beiden Töchter bringe er jede Woche her. Da war Klein endgültig alles durcheinandergeraten. Proletenkinder, hatte er gedacht, hängen jetzt also auch schon auf Pferden herum. Und sofort hatte er beschlossen, so ein Vieh nie wieder zu besteigen. Was war da noch das Besondere an ihm, der er zu einem Angestellten geworden war? Schon wieder durfte er sich eine *innere Überlegenheit* vorsagen. Trotzdem hatte er manchmal das beklemmende Gefühl, daß die ungeheure Anstrengung, zu einer anderen Existenz zu kommen, einfach ins Leere gegangen war.

An all das Neue im Büro hatte er sich bald gewöhnt, an die fremden Menschen, den dort herrschenden *Ton,* an die neue Arbeit, ans Kaffeetrinken, und er wunderte sich schon nicht mehr darüber, daß Geburtstagsfeiern während der Arbeitszeit abgehalten wurden. Ziemlich schnell war ihm dort alles zu etwas Üblichem geworden. Jeden Tag das Übliche. Ein neues Kalenderbild zu Beginn eines Monats, rechts an der Wand neben seinem Schreibtisch, kam ihm oft schon wie eine Änderung vor. Oder wenn der Trisko ein neues, aus einem Puzzle zusammengesetztes Bild an die Wand hängte. Ein paar Tage lang schien sich dann, wenn Klein von seiner Arbeit aufsah, etwas geändert zu haben.

Diese Bilder, Schiffe und Landschaften und bewegte Meere und englische Parforcejagden, mit denen der Trisko die ganze Abteilung versorgte, hingen überall als seine totgeschlagene Freizeit an der Wand, aus deren Minuten und Stunden sich Bilder zusammengesetzt hatten, die aber als fertige ganz unabhängig davon waren, wer sie zusammengeklaubt hatte, weil es ja ohnedies nur eine einzige richtige Möglichkeit gab; der bestimmte Mensch, der Trisko, kam darin nicht mehr vor, so als habe sich der Geist der Arbeitszeit in die Freizeit verlängert und dort Gestalt angenommen; und diese zusammengesetzte Freizeit hing dann auch noch da zur Dekoration der Arbeitszeit. Als der Trisko eines Tages ganz überraschend kündigte und die Firma verließ, waren die Wände ein paar Tage unerträglich leer und weiß, sodaß Klein meinte, der Trisko habe seine Bilder überhaupt nur aufgehängt, damit er dann, wenn er samt seiner Bilder verschwindet, wenigstens eine Zeitlang in Form seiner Bilder vermißt werde.

Daß das angenehme *Betriebsklima* in der Abteilung im Grunde nur eine außerordentlich kunstvolle Fassade war, wußte Klein mittlerweile auch schon. Dahinter fanden Anfeindungen und Positionskämpfe statt, die er einfach nicht für möglich gehalten hatte und die ihm ganz unerklärlich gewesen waren. Er verstand lange nicht, worum es dabei ging. Ganz absurd schien es ihm obendrein: Da war eine ständige Bewegung zum Zimmer des Direktors

Stamitz hin, ein seltsamer Zug, so als sei dieser ein Magnet, der alle anzieht, als sei es tatsächlich etwas Besonderes, in einem Zimmer zu sitzen, das dem Zimmer des Direktors näher liegt. Klein selber saß am weitesten von ihm entfernt, was ihm, aber keinesfalls den anderen, lange ganz gleichgültig war. Wenn Schreibtische getauscht wurden, von einem Zimmer ins andere übersiedelt wurde, dann meinte Klein, das geschehe einfach aus vernünftigen organisatorischen Gründen. Und das bedeute weiter nichts. Überhaupt wenn einer der Kollegen die Firma verließ, wurde die Abteilung von einer heftigen Umsiedlungsbewegung erfaßt. Tatsächlich schien die Reihenfolge der Zimmer, von dem, in dem er saß, über zwei andere und das Zimmer des Gollner bis zum Zimmer des Direktors hin, eine Art Stufenleiter zu sein. Aber ohne daß auch die Arbeit in dieser Richtung weniger oder bequemer geworden wäre. Sie wurde höchstens ein bißchen vom täglichen Zeitdruck unabhängiger, weil näher zum Zimmer des Direktors hin immer größere Bereiche umgreifende Planungen und Berechnungen erarbeitet wurden, die auch über größere Zeiträume gingen. Daß in dieser Richtung aber auch die Höhe der Verwendungsgruppen, in die man eingestuft wurde, und damit auch das Gehalt zunahm, hat Klein erst sehr spät herausgefunden. Er hatte ja schon lange genug gebraucht, bis er überhaupt etwas gemerkt hatte. So sehr hatte ihm der zu Beginn gewonnene Eindruck, sich hier unter Menschen zu befinden, die nicht gegeneinander, sondern miteinander arbeiten, Scheuklappen aufgesetzt. Weil er sich noch nie an so etwas hatte beteiligen können, war ihm das etwas ganz Fremdes gewesen. Und er hatte auch deshalb so lange nichts merken können, weil seine Position, als die letzte im letzten Zimmer, die allersicherste in der ganzen Abteilung war, in die sowieso keiner kommen wollte. Zu ihm war man nur freundlich gewesen. Als ihm endlich die Augen aufgingen, hat er sofort gemeint, seine Beliebtheit in der ganzen Abteilung habe ihren Grund nur in seiner Dummheit gehabt, nichts zu merken. Er hat sich sofort entschlossen, daß das nun anders werden würde. Allerdings wußte er noch nicht

recht, wie er das anstellen sollte. Sich die gelegentlichen Fehler, die andere machten, zu merken, statt sie gleich wieder zu vergessen, hat er auf jeden Fall schon günstig gefunden. Dazu, sie weiterzuerzählen, bei der nächsten Gelegenheit eine Bemerkung darüber fallen zu lassen, hat er sich aber noch nicht recht entschließen können.
Daß die Zustände in der Abteilung nicht nur idyllisch waren, hat er aber ganz selbstverständlich gefunden. Einfach natürlich.

Aber nicht nur sein Leben im Büro war ihm zu etwas Üblichem geworden, sondern auch sein Leben mit Irene, in der für ihn längst nicht mehr neuen Wohnung, die er schon ohne weiteres Daheim nannte. Was sie sich gewünscht hatten: ständig zusammensein, miteinander einschlafen und aufwachen zu können, war das Selbstverständlichste geworden. Vieles war selbstverständlich geworden. Aus den Improvisationen, sich in diesem neuen Leben, diesem neuen Daheim einzurichten, war langsam etwas Alltägliches entstanden. Die Dinge hatten ihren Platz bekommen. Und die Zeit ihre Einteilung. Gewohnheiten hatten sich gebildet. Sich plötzlich nicht mehr in den Sessel zu setzen, den er sich als *seinen Sessel* angewöhnt hatte, war bereits so etwas wie ein Aus-dem-Schritt-Kommen. Wenn ihm dann auffiel, was er da schon als eine Änderung ansah, hatte er immer das Gefühl, in der vollkommensten Ereignislosigkeit zu leben, ein Gefühl der eigenen Lächerlichkeit: Lachen würde er doch über einen, meinte er, von dem ihm so eine Sesselgeschichte berichtet werden würde.
Die Zeit, die sie zusammen waren und die ihnen zu Beginn viel zu kurz gewesen war, war schon lange etwas geworden, was sie irgendwie hinter sich bringen mußten. Ab und zu Kinogehen. Sich anschließend in ein Espresso setzen. Wo sie sich bald sagten, daß sie genausogut daheim sitzen könnten. Zehnmal ins selbe Lokal zu gehen, bedeutete hier ja nichts. Da war man noch längst kein Gast, den die Kellnerin wiedererkennt. Mit anderen

kamen sie ohnedies nicht ins Gespräch. Er wolle auch gar nicht, behauptete er. Oft sagte er den Satz: Wenn ich mir die Leute da nur anschaue! Außerdem gab es in der Nähe der Siedlung nur ein einziges Lokal, das ihnen aber nicht paßte, weil hauptsächlich laute Jugendliche darin verkehrten. Und jedesmal erst weiter hinein in die Stadt zu fahren, kostete oft schon eine Überwindung. Meist blieben sie abends daheim. Fernsehen. Bis Sendeschluß, auch wenn sie einander schon nach zehn Minuten versicherten, es nicht länger auszuhalten. Schachspielen. Was aber auch bald langweilig wurde, weil Irene viel besser spielte und immer gewann. Oder es wurde an der nötigen Hausarbeit so lange herumgetan, bis es Zeit zum Schlafengehen war. Immer wieder der Blick auf die Uhr: zahlt sich das heute noch aus? Bald war auch das Bedürfnis verschwunden, unbedingt etwas miteinander zu tun. Trotzdem ärgerte es ihn weiterhin, wenn Irene las und er keine Lust zum Lesen hatte und plötzlich reden wollte. Umgekehrt dasselbe, nur daß Irene das meist nicht sagte. Und Gewohnheiten, die sie früher aneinander nicht einmal bemerkt hatten, fingen an, einen am anderen zu stören: Wenn etwa sie endlos lange in der Kaffeetasse rührte, obwohl der Zucker längst zergangen sein mußte, oder wenn er die Unterlippe zwischen die Zähne zog und daran herumbiß.
Die Bekannten, die sie ab und zu trafen, waren allesamt Irenes Bekannte, die, so schien es ihm oft, ihn nur deshalb zur Kenntnis nahmen, weil er eben auch da und nicht zu übersehen, weil er einfach Irenes Mann war. Diese Menschen hatte er sich nicht ausgesucht, hätte er sich auch nicht, sagte er, die hatte er ebenso mitgeheiratet wie Irenes Verwandtschaft, wie ihre Tante. Zu jedem ist ihm sofort eine Menge an schlechten Eigenschaften eingefallen, die ein Zusammentreffen mit ihnen eigentlich gar nicht wünschenswert machen können, während Irene behauptete, er wolle sie nur in den Käfig sperren, sie von ihren Freunden und Bekannten abschneiden.
Nur ein einziges Mal war ein Bekannter von ihm bei ihnen zu Besuch gewesen. In einem Anfall von Optimismus hatte er ein paar Namen aus dem Telefonbuch heraus-

gesucht, aber angerufen und eingeladen hatte er dann doch nur den Achatz, der als einziger dieser Bekannten kein Arbeiter war, sondern im Ort als technischer Zeichner gearbeitet, nun aber in der Stadt in ein Taxiunternehmen eingeheiratet hatte. Als die gemeinsamen Erinnerungen erledigt gewesen waren, hatten sie nicht mehr gewußt, was sie miteinander reden sollten. Sogar Irene, der so etwas sonst nicht schwerfiel, hatte Mühe gehabt, über die entstehenden Pausen drüberzureden. Erst die Wehklage des Achatz, daß er früher als einfacher Angestellter ein Leben wie ein junger Hund gehabt habe, und der Gesang seiner Frau übers traurige Los der Kleinunternehmer, die, indem sie ein paar andere für sich arbeiten lassen, eigentlich Anspruch auf einen Menschlichkeitsorden hätten, war ein halbwegs den Rest des Abends ausfüllendes Gesprächsthema geworden. Beim Verabschieden hatten sie nicht vereinbart, einander wieder zu treffen, sondern es war nur gesagt worden, daß sie einander anrufen werden. Nicht einmal die zwei Flaschen Wein, die sie getrunken hatten, hatten daran etwas ändern können.

Wenn Irenes Tante kam, ging Klein ohnedies nur mehr in der Wohnung herum, als ob er Kopfschmerzen habe und auf keinen Fall angesprochen werden wolle. Jetzt kam sie zum Glück nicht mehr so oft. Zu Beginn schien sie sich eingebildet zu haben, Irenes Wohnung sei auch gleich ihre. Fast täglich war sie aufgetaucht. Und kaum war sie gekommen, hatte sie schon irgendwo zu putzen angefangen, als ob da mittlerweile alles wieder verlottert wäre. Komm, ich mach das schon, hatte sie zu Irene gesagt. Alles hätte nach ihrem Willen gehen sollen. Der Salat mit Zitrone statt mit Essig. Die Ordnung in den Kästen, überhaupt im Wäscheschrank. Den Aschenbecher nach jeder Zigarette ausleeren. Untersetzer unter die Gläser, damit kein Rand auf der Tischplatte entstehe, auf der ohnedies keiner entstehen konnte. Geschirr abtrocknen, statt es nach dem Abwaschen einfach umzustürzen und selber trocknen zu lassen. Irene schien das nicht weiter zu stören, und auch Klein war zu Beginn noch sehr freundlich gewesen, weil er gemeint hatte, die Anerkennung der Tante, ihr Wohlwollen erringen zu müssen. Aber bald hatte er sich immer öfter vorgestellt, sie aus der Wohnung hinaus-, die Stiege hinunterstoßen zu müssen. Am meisten machte ihn wütend, wenn er sah, wie Irene sich von der Tante herumkommandieren ließ, während er das nicht dürfen sollte. Wenn er heimkam und die Stimme der Tante hörte oder eines ihrer Kleidungsstücke an der Garderobe hängen sah, hätte er am liebsten sofort wieder kehrtgemacht. Außerdem paßte ihr vieles nicht an ihm. Er rauche zu viel, wovon die Vorhänge gelb würden. Sei außerdem unachtsam mit der Asche. Und Irene rauche sicher nur, weil er rauche. Beine mit Schuhen lege man nicht auf Polstersessel. Durch Irene ließ sie ihm ausrichten, daß man zu einem Besuch höflicher sei. Und dauernd verglich sie ihn mit ihrem vor fünfzehn Jahren bei einem Autounfall ums Leben gekommenen Ehemann, der, würde er noch leben, die unaufhaltsamen Schritte auf der Stufenleiter der Beamtenlaufbahn nach oben machend, nun schon fast Ministerialrat wäre. Der hätte das nicht gemacht. Das auch nicht. Und das hätte er so gemacht. Bis Klein ihr eines Tages, nachdem er vor Wut eine halbe Flasche Schnaps in sich hineingegossen hatte, sagte, sie solle sich um ihren eigenen Dreck kümmern. Da war sie abgezogen und lange nicht mehr gekommen. Aber kaum war sie aus der Tür gewesen, war Irene über ihn hergefallen, woraus dann ein tagelanger Streit geworden war. Wenn er sich nicht entschuldigt, hatte die Tante zu Irene gesagt, setze sie keinen Fuß mehr in diese Wohnung. Sie habe es nicht nötig, sich von so einem so etwas sagen zu lassen. Um so besser, hatte Klein gesagt.

Die Tante war schon früher oft ein Streitgrund gewesen. Aber nicht nur die Tante. Bald hatte fast alles dazu werden können, außer vielleicht die ohnedies immer seltener werdenden, nur mehr ausschließlich im Bett ausgesprochenen Versicherungen, daß sie einander lieben. Oft genügte der geringste Anlaß. Eine Bemerkung, daß sie oder er *schon wieder* etwas vergessen habe. Ein Blick. Ein Kopfschütteln. Ein Hinaufziehen der Augenbrauen. Eine Bemerkung über eine *unnötige* Geldausgabe. Warf er ihr das

vor, dann bekam er zu hören, daß sie ohnedies mehr als er verdiene, was er aber schon gar nicht hören konnte und ihn überhaupt aufbrachte. Dann wieder war es nur ein nebenhin gesprochener Vorwurf, daß er etwas nicht hätte sagen sollen oder daß er es nicht hätte so sagen sollen, der zum auslösenden Moment wurde. Eine Bemerkung Irenes über seine Eltern, eine Bemerkung von ihm über ihre Mutter, ihren Bruder. Obwohl er oft selber ganz genau derselben Meinung war, daß etwa die Mutter kleinhäuslerisch sei und der Vater von einer Unzugänglichkeit, die schon eine Unhöflichkeit, ja eine Feindseligkeit sei, ärgerte er sich doch darüber, wenn er Irene das feststellen hörte. Im Kopf nahm er dann seine Eltern mit Sätzen in Schutz, die er nie laut gesagt hätte. Statt dessen ließ er ein paar Wörter über die Geldgier ihrer Mutter aus, die nach wie vor der Meinung war, ihre Tochter komme ausschließlich zum Arbeiten zu ihr, oder er sagte etwas über ihren größenwahnsinnigen Rotzbub von einem Bruder, der, weil er jetzt auf der Universität sei, sich weiß Gott wie gescheit vorkomme, was auch Irene sonst behauptete. Wenn der eine aussprach, was der andere schon oft gesagt hatte, war es auf einmal zu viel. Als stünde eine abfällige Äußerung jedem nur bei seinen eigenen Anverwandten zu.
Auch daß Irene so oft „nach Hause" fahren wollte, führte fast jedesmal zu einer Auseinandersetzung. Für ihn war es, kam er in den Ort, als stürze die ganze Vergangenheit wieder auf ihn ein. Er war dort nun eher noch unsicherer als früher, weil ihm vorkam, als einer, den man länger nicht gesehen hat und der plötzlich wieder aufgetaucht ist, von allen ganz genau beobachtet zu werden. Aber Irene fühlte sich offenbar verpflichtet, die Wohnung, die die Mutter ihr gekauft, geschenkt hatte, bis zum Rest ihres Lebens abzuarbeiten. Das störte ihn deshalb so besonders, weil es ihm wie eine Herabsetzung seiner eigenen Person vorkam, wenn *seine* Frau die Gäste der Grillstube *bediente*, ihnen Essen und Trinken servierte, es ihnen *nachtrug*. Deswegen hatte er es sich ja auch schon mit der Schwiegermutter „verscherzt". Er hatte sie angefahren, ob sie in ihrer Tochter nur den Dienstboten sehe? Irene

arbeite die ganze Woche genug, hatte er gesagt, Bank und Haushalt, also solle die Mutter ihr wenigstens hier Ruhe lassen. Irenes Mutter war damals tief gekränkt gewesen, mit Tränen in den Augen und zitternder Unterlippe, hatte von der Undankbarkeit der Kinder geredet, für die sie sich abrackere, und Irene hatte dann ihn angefahren, was ihm eigentlich einfalle, und seine Entschuldigung, daß er ihr doch nur habe helfen wollen, hatte sie nicht gelten lassen, sie helfe sich schon selber, hatte sie gesagt, dazu brauche sie nicht ihn, und er hatte gefragt, wozu sie ihn überhaupt brauche, und dann hatte er, weil an diesem Tag weder Irenes Mutter noch sie selber mit ihm gesprochen hatte, zur eigenen Mutter gehen müssen, die, als er ihr den Vorfall erzählt hatte, ihm gleich vorwarf, wie unglücklich er sie damit mache, wenn er sich mit seiner Frau nicht vertrage. Auch jedesmal, bevor Irenes Mutter auf Besuch kam, was nicht sehr oft geschah, gerieten Klein und Irene aneinander, weil Irene dann plötzlich wie verrückt zu putzen und herumzuräumen anfing, während sie sich sonst eher gegen solche Arbeiten sträubte und meinte, zumindest das könne er tun, wenn sie schon ohnedies fast die ganze Hausarbeit mache, obwohl sie genauso arbeiten gehe wie er. Meist war nach einem Streit gar nicht mehr festzustellen, wer ihn und wie er angefangen hatte. Während er meinte, in Irenes Sätzen überall Andeutungen, Anspielungen auf seine Vergangenheit heraushören zu müssen, auch wo gar keine waren (was Irene eine „Angerührtheit", einen Verfolgungswahn, ein lächerliches Jedes-Wort-auf-die-Goldwaage-Legen nannte), paßte ihr oft sein Ton nicht, von dem sie behauptete, dieser mache die Musik. Er sei taktlos, sagte sie, stoße alle vor den Kopf, während er behauptete, nur ehrlich zu sein, und sie beschuldigte, alle in Schutz nehmen und verstehen zu wollen außer ihn selber.

Zu Beginn ihres Zusammenlebens hatte er sich noch darüber gewundert, wie leicht sie gegeneinander gerieten. Das hatte er nicht erwartet. Die Meinungsverschiedenheiten, die sie vorher gehabt hatten, als er noch im Ort gewesen und sie nur an den Wochenenden gekommen war, schienen fast alle etwas ganz Unbedeutendes gewesen zu sein. Aber damals hatten beide die kurze Zeit, die paar Stunden, die sie zusammengewesen waren, nicht damit vertun wollen, hatten sie einfach einen schon fast ausgesprochenen Satz schnell noch hinuntergeschluckt, hatten sie einen schon aufgebrochenen Streit mit Gesten und Berührungen schnell wieder zugedeckt. Dafür hatte es aber, als sie dann außer der Arbeitszeit ständig zusammen waren, keine Notwendigkeit mehr gegeben. Am schlimmsten war es immer an den Wochenenden gewesen, an den zwei Tagen, an denen sie einander nicht aus den Augen gekommen waren. Kaum ein paar Tage in der neuen Wohnung, noch vor ihrer Hochzeit, waren sie manchmal schon so gegeneinander gestanden, daß er sich gesagt hatte, es sei eine Verrücktheit, daraus eine Ehe werden zu lassen. Bis zur Hochzeit hält das gar nicht mehr, hatte er gemeint. Aber es hatte gehalten. Trotz der heftigsten Auseinandersetzungen. Trotz Davonlaufen. Meistens hatte *er* die Tür hinter sich zugeschlagen. Schließlich war es *ihre* Wohnung und er laut Meldezettel nur Mitbewohner. Bald aber hatte er sich das Davonrennen meist nur mehr vorgestellt, weil es ihm oft nur wie eine Pose vorgekommen war, die noch dazu nichts brachte. Das, kaum war er aus dem Haus, schon wieder fast selbstverständliche Zurückkommen schien ihm dann wie ein Zu-Kreuz-Kriechen zu sein.

Gegen diese ständigen Streitigkeiten halfen die besten Vorsätze nichts. Immer wieder brach es ganz plötzlich auf. Zu Beginn war es wenigstens noch so gewesen, daß eine Handbewegung genügt hatte, ein versöhnlicher Satz, ein Hinübergreifen ins andere Bett, hatte aus einem Streit ein plötzliches Ineinanderstürzen werden können, das zuerst noch ein tagelanges, aber mit der Zeit nicht einmal mehr stundenlanges Gefühl der Zärtlichkeit hinterließ, das Gefühl, es gehe doch mit ihnen, aber das hatte sich bald abgenützt, sodaß sie, kaum fielen sie auseinander, wieder in zwei Standpunkte zerfielen, der Streit gleich wieder anfing, ohne daß da noch eine Gier auf den anderen, auf sein Geschlecht, die Kluft noch einmal hätte zudecken können.

Jetzt war eine Versöhnung, ohne die sie zu Beginn nicht einmal hatten einschlafen können, meist gar nicht mehr recht beabsichtigt, vergaßen sie nur, wenn sie schon tagelang nur noch das Notwendigste miteinander geredet hatten, den Grund ihres Gegeneinander-Seins, sodaß ein paar Tage lang wieder alles in Ordnung zu sein schien. Daß das so war, wunderte ihn kaum noch. Das schien einfach normal zu sein. Und anders nicht zu gehen. Daß sie überhaupt nicht zusammenpassen, wie er oft meinte, schien ja auch immer nur für die Dauer ihres Streites zu stimmen, nachher aber doch nur ein voreiliges Urteil gewesen zu sein. Allerdings: Auch nach der Versöhnung waren die immer bösartiger werdenden Sätze, mit denen sie gegeneinanderschlugen, nicht aus der Welt. Daran konnten sie sich jederzeit zurückerinnern. Die Versicherung, sie hätten es nicht so gemeint, sagte nichts dazu, daß sie sich doch getroffen gefühlt hatten. Und die Gründe eines Streits nachher lächerlich zu finden, hat den nächsten schon gar nicht verhindern können.

Irene fuhr gleich am Morgen ab, wie sie es vorgehabt hatte. Klein brachte sie nicht einmal zum Bahnhof, sondern blieb im Bett und tat, als sei er noch ganz verschlafen. Aber er war hellwach, war sofort hellwach gewesen, als der Wecker geläutet hatte. Und während er sie im Bad und dann in der Küche hörte, überlegte er angestrengt, was er schnell noch sagen könnte, um doch noch mitfahren zu können, aber ihm fiel nichts ein, was die vielen Gründe aus der Welt geschafft hätte, die er schon fürs Dableiben aufgezählt hatte. Er dachte an den letzten Abend, die letzte Nacht, an den ermüdenden Streit, der damit begonnen hatte, daß er sie hatte überreden wollen dazubleiben, nicht zur Mutter zu fahren. Sie habe es der Mutter doch versprochen, hatte Irene gesagt. Und die Mutter ist ja allemal noch wichtiger als ich, hatte er gemeint. Außerdem, hatte Irene behauptet, wolle sie aus der Stadt hinaus, endlich wieder einmal ordentlich ins Grüne, und er hatte gesagt, daß er diese Ausrede schon kenne, in Wirklichkeit

stehe sie ja dann doch nur die ganze Zeit im Geschäft. Seinen Vorschlag, mit ihr irgendwo hinaus, aber nicht in den Ort zu fahren, auf den sie nicht einstieg, hatte er ein Auf-die-Probe-Stellen genannt, und dann hatte es nicht mehr lange gedauert, bis sie nur mehr die Gebetsmühlen ihrer Standpunkte gedreht hatten. Sie waren einander am Tisch, auf dem noch die Reste des Abendessens gestanden waren, gegenübergesessen und hatten ganz genau gewußt, womit der eine den anderen jetzt zu treffen versuchen wird, aber sie hatten es dann doch nicht geschafft, sich nicht getroffen zu fühlen. Klein hatte dann zu reden aufgehört, als er gesehen hatte, daß sie nicht mehr miteinander reden. Es war fast nur noch wie das Heruntersagen von Auswendiggelerntem gewesen. Er hatte gefürchtet, im Weiterreden so weit zu kommen, daß sie einander gar nicht mehr erreichen, doch dann hatte er das Gefühl gehabt, als komme diese Furcht eigentlich schon zu spät. Er war plötzlich so müde gewesen, daß er nicht einmal mehr darüber hatte nachdenken können. Er hatte die Zigarette in den Aschenbecher gelegt und zugesehen, wie der Rauch hochstieg, und das hatte seine ganze Aufmerksamkeit konzentriert, sodaß er den Eindruck gehabt hatte, etwas Wichtigem zuzusehen, etwas, das wichtiger war als alles, was er mit ihr noch hätte reden können.
Den ganzen Abend hatten sie dann verbissen in den Fernsehapparat gestarrt, als sei eine Bemerkung zum Geschehen auf dem Bildschirm schon das Eingeständnis, wieder zu reden anfangen, wieder versöhnlich sein zu wollen. Im Bett hatte er dann so getan, als sei er augenblicklich eingeschlafen, aber wie immer hatte es ihm Schwierigkeiten gemacht, den ruhig Schlafenden zu spielen, weil ihm die Lage, in der er im Bett gelegen war, plötzlich ganz unbequem gewesen war und er auf einmal das fast nicht mehr abzuweisende Bedürfnis gehabt hatte, sich ständig zu bewegen. Er hatte lange überlegt, ob er die Hand nicht zu ihr hinüberstrecken soll und hatte die ganze Zeit darauf gewartet, daß sie es tun würde, aber ehe er sich wirklich dazu hatte entschließen können, war er eingeschlafen.
Bevor Irene ging, kam sie noch einmal ins Schlafzimmer

herein. Er hatte die Augen geschlossen und hörte sie aufs Bett zukommen, und fast spürte er schon, wie sie sich über ihn beugte, aber als er die Augen öffnete, stand sie nur da und war dabei, ihre Uhr ums Handgelenk zu schließen. Ich fahre dann, sagte sie, und er brummte irgend etwas, als verstehe er in seiner Verschlafenheit gar nicht so recht, was passierte. Ohne es zu merken, hielt er den Atem an, bis er draußen die Tür schnappen hörte, dann streckte er sich aus und stieß auflachend die Luft durch die Nase, es ist verrückt, dachte er, einfach verrückt. Warum war er denn wirklich nicht mitgefahren? Er hatte hier nichts zu tun, was er nicht auch dort hätte tun können. Jetzt würde er im Grunde die ganze Zeit nur noch darauf warten, daß sie zurückkam. Aber wenn er sich jetzt doch noch zum Mitfahren entschlossen hätte, dann hätte er sich sicher wieder sagen lassen müssen, er fahre ja nur mit, um sie zu beaufsichtigen. Und bei jeder Unmutsäußerung hätte er gehört, daß sie ihn ja nicht zum Mitfahren gezwungen habe. Und wenn sie sich über irgend etwas, über die Mutter, über einen Gast beklagt hätte, hätte er gesagt, grinsend und die Handflächen nach oben drehend, daß er ihr sowieso abgeraten habe, zugeredet wie einer kranken Kuh. Der nächste Streit wäre dann ziemlich unvermeidlich gewesen. Jetzt, dachte er, können wir wenigstens nicht streiten. Und im Ort war er sowieso auf niemanden neugierig. Er hätte die Eltern besuchen können. Aber gerade sie waren ja ein Grund, warum er sich, kaum im Ort, schleunigst wieder wegwünschte. Überhaupt die Mutter. Immer wieder war sie ihm eine Erinnerung an seine Herkunft. Wenn er sie allein besuchte, ging es noch. Auch den Vater hielt er dann leichter aus. Aber wenn Irene dabei war, fing ihn ihr Gerede so zu ärgern an, daß er die Lippen zusammenpressen mußte, um ihnen nicht dauernd über den Mund zu fahren. Und am ärgsten war es ihm, wenn die Mutter ins Lokal der Schwiegermutter kam. Der Vater ging da meist nicht mit, vergrub sich, wenn er nicht Dienst hatte oder gerade Dienst gehabt hatte und schlief, sowieso draußen in seinem Schrebergarten. Irenes Mutter lud seine Mutter, wenn die „Kinder“ da waren, ja immer ein. Setzen wir uns zusammen, nannte die Schwiegermutter das, obwohl es dann immer so aussah, daß Klein im Lokal bei der Mutter saß, höchstens noch mit Irene, weil deren Mutter sowieso ständig mit ihren Arbeiten beschäftigt herumlief. Klein hätte seine Mutter dann immer am liebsten verleugnet, als kenne er diese Frau gar nicht, während sie mit einer nicht zu übersehenden, nicht zu überhörenden Begrüßung und einem schmatzenden Kuß auf den Mund, wobei er den Kopf wegzudrehen versuchte, allen im Lokal offenbar zeigen wollte, daß er ihr Sohn war. Dazu noch ihr lautes Reden! Alle rundum konnten mithören, ohne extra zuhören zu müssen. Eine ganz ohnmächtige Wut stieg in ihm hoch, wenn sie etwa lauthals erzählte, wie gut ihr das Fernsehprogramm vom letzten Abend gefallen habe. Vielleicht hätte die Mutter dann bald damit aufgehört, aber in seinem Ärger, in seiner Scham fuhr er sie an, so ein Blödsinn, eine Oberidiotensendung, sagte er, und da fühlte sich die Mutter um so mehr bemüßigt, darüber zu reden, laut, und obwohl er wußte, wie lächerlich das war, genierte er sich für sie, hätte er wohl lieber gehabt, wenn sie leise erzählt hätte, wie ihr das Buch von Hamsun oder sonst jemandem in dieser Art gefallen habe. Kaum war die Mutter dann wieder weg, war bei ihm sofort das schlechte Gewissen da, wäre er ihr am liebsten nachgelaufen, um sich zu entschuldigen, hätte er gerne mit ihr geredet, irgend etwas erzählt, aber solange sie dasaß, würgte er an seinem Ärger herum, ließ er ab und zu eine verächtliche Bemerkung aus, als wolle er allen rundum zeigen, daß er längst etwas ganz anderes als die Mutter war, sah er sich durch sie nur an seine Vergangenheit erinnert. Im Kopf fand er nachher Entschuldigungen für sie, nachher war es ihm furchtbar, diese Frau als seine Vergangenheit so brutal abzustoßen, zählte er sich auf, was sie bisher für ein Leben gehabt hatte, sagte er sich vor, was sie nun für eines hatte, neben dem Vater, für den sie nichts weiter zu sein schien als eine Haushälterin, doch dann sagte er sich immer gleich wieder, warum sollte er für sie, für das alles eine Entschuldigung finden, warum sollte er das überhaupt ertragen?, er war doch selber ein Mensch, sagte er sich, er hat es doch auch nicht leicht gehabt. Warum sollte er also seinen Ärger, seine Wut nicht auf sie hinlassen? Sie ließ ja auch ihre Phrasen, ihr stumpfsinniges Gerede auf ihn los, obwohl sie längst gesehen haben mußte, daß er nicht mehr der war, der er einmal gewesen war, den sie sich als Sohn vorgestellt, den sie erzogen hatte; aber sie ließ nicht locker, wollte sich einfach das Bild, das sie sich von ihm gemacht hatte, nicht nehmen lassen. So als sei alles, was er sagte, was er tat, wie er war, nur eine momentane Spinnerei, eine Marotte, eine Uneinsichtigkeit, und er werde ohnedies morgen oder übermorgen zu *vernünftigen* Ansichten zurückkehren, zu solchen, wie sie sie hatte, wie sie überall um sie herum existierten. Immer redete sie ihm zu, versuchte sie ihm einzureden, wie er sein sollte, als dürfe sie wirklich erwarten, daß das etwas nütze. Diese Verrücktheit, sagte er sich dann immer, hat er sich jahrelang anhören müssen, einmal muß Schluß sein damit. Wieviele Generationen sollte denn dieser Wahnsinn, daß man so wie die Eltern sein soll, daß man unveränderlich dort bleiben sollte, wo sie waren, noch weitergehen? Immer wäre er am liebsten gleich davon, wenn die Mutter auftauchte. Oder mit ihr der Vater, der noch darauf stolz zu sein schien, wie und was er war. Immer tauchten sie ihm wie der Inbegriff seiner Vergangenheit auf. Wie ein Bleigewicht, dachte er oft, hängen die an einem, das einen wieder hinunterziehen will. Und er fragte sich dann manchmal, wann es endlich so weit sein würde, daß er die Eltern, vor allem die Mutter, nicht mehr als eine Verunglimpfung seiner eigenen Person, als etwas ansehen müßte, das ihn selber zu etwas Geringerem macht, daß er sie nicht mehr nur als einen Stempel seiner Herkunft betrachten, sie verleugnen muß. Nein, dachte Klein und drehte sich wieder in die Decke ein, es ist wirklich das Beste, daß ich dageblieben bin. Er blieb lange im Bett, als sei damit die Zeit zu verkürzen, bis er Irene vom Bahnhof abholen konnte.

Nach dem Aufstehen bewegte er sich langsam in der Wohnung umher, brauchte über zwanzig Minuten im Bad, machte bedächtige Handgriffe und fuhr dann mit dem Lift hinunter, weil er keine Zigaretten mehr hatte und zum Frühstück in Ruhe rauchen und nicht gleich davonrennen wollte. Beim Automaten mußte er feststellen, daß er kein Kleingeld hatte, und er ging quer durch die Siedlung zur Trafik hinüber. Es hatte am Vormittag geregnet, und obwohl es schon wieder nach Regen aussah, war man überall auf den Parkplätzen eifrig mit Autowaschen beschäftigt. Kleinhäuslermanieren, dachte Klein, die Alte putzt daheim die Wohnung, und sie schrubben jeden Samstag das Auto. Auch wenn das Jüngste Gericht bevorsteht. Er wußte selber nicht genau, warum er darauf stolz war, sein Auto weniger zu waschen, aber manchmal schien ihm, als sei das ein Beweis, daß er schon weiter, über so etwas schon hinaus war. In der Trafik verlangte er eine Schachtel Zigaretten, die er sonst nicht rauchte. Er wußte nicht genau, was sie kostete, aber obwohl er meinte, daß der kleine Geldschein, den er in der Börse hatte, reichen würde, gab er einen größeren hin, weil er plötzlich dachte, vielleicht kosten die doch mehr, und es ihm schon im vorhinein unangenehm war, wenn ihm der Trafikant gesagt hätte, das reicht nicht. Warum mache ich eigentlich so etwas?, dachte er, als er wieder hinausging. Was wäre denn dabei, wenn der Trafikant gesagt hätte, ich kriege noch etwas? Was war das für eine komische Angst? Die Angst, für einen gehalten zu werden, der sich etwas nicht leisten kann? Oder der nur gemeint hat, er kann es sich leisten, und der, um das zu kaschieren, dann noch schnell das restliche Geld hingezahlt hätte, obwohl er es sich nicht leisten kann? Unsinn, dachte Klein, das ist doch lächerlich. So etwas müßte er doch längst losgeworden sein. Und noch dazu bei einer Schachtel Zigaretten, die sich ja jeder leisten kann. Was war das aber? Funktionierte das noch immer? War er noch immer der von unten Heraufgekommene, der fürchtet, als solcher erkannt zu werden, als einer, der zu wenig Geld hat?

Droben in der Wohnung, beim Frühstückmachen, ärgerte er sich ein wenig, weil Irene für die nächsten beiden Tage nichts eingekauft hatte. Er hockte vor der geöffneten Kühlschranktür und nickte mit dem Kopf. Sie hatte also

überhaupt nicht an ihn gedacht. Hatte nicht daran gedacht, daß er etwas essen mußte. So etwas Nebensächliches war er also schon für sie. Der Gedanke, die beiden Tage zu hungern, so als könne er sie damit bestrafen, war ihm einen Moment sehr angenehm, aber dann hat er ihn doch zu lächerlich gefunden. Nein, dachte er, im Gegenteil, ich werde es mir gut gehen lassen. Als er versuchte, sich das Gut-gehen-Lassen ganz konkret vorzustellen, ist er verwundert gewesen, daß ihm außer „einfach nichts tun" gar nichts einfiel.
Den ganzen Nachmittag saß er auf der Loggia und las in einem Lehrbuch für Netzplantechnik, das er vor kurzem gekauft hatte. Sich etwas in den Kopf zu lesen, erschien ihm ja schon wieder als die beste Möglichkeit weiterzukommen, von anderen unterscheidbar zu werden und endlich so hoch hinaufzukommen, wo er sicher keinen Arbeiter mehr treffen würde, der sich ein weißes Hemd als Tarnung angezogen hat und mit dem er verwechselt werden konnte. Er hatte zwar gemeint, ein Lehrbuch für Intrigentechnik wäre noch besser, aber so ein Buch gab es anscheinend nicht. Zweimal läutete das Telefon, und er ist jedesmal ganz erwartungsvoll hingegangen. Aber das erstemal war Margit, eine frühere Bürokollegin Irenes, am Apparat, die fast so etwas wie Irenes Freundin war und die nur ach so, naja, danke, sagte, als sie hörte, daß Irene nicht da sei, und beim zweitenmal behauptete eine Männerstimme, falsch verbunden zu sein. In der letzten Zeit war es ihm schon öfter passiert, daß eine Männerstimme von einer falschen Verbindung geredet hatte, und manchmal hatte sich nach dem Abheben überhaupt niemand gemeldet. Zwischen den Sätzen des Buches liefen ihm immer wieder die Gedanken davon, versuchte er sich Methoden auszudenken, wie er den Anrufer dazu bringen könnte, zuzugeben, daß er eigentlich Irene sprechen wolle. Er hat oft auf die Uhr gesehen und sich jedesmal vorgesagt, wieviele Stunden es noch bis zum Abend dauerte, bis es Zeit sein würde, wegzugehen.
Er fuhr in die Innenstadt und ging in ein Restaurant, in dem er schon öfter mit Irene gesessen war. Es war noch

ziemlich früh, erst wenige Tische waren besetzt, und der Kellner ist gleich zu ihm gekommen. Nierenbraten sei heute besonders zu empfehlen, sagte der Kellner freundlich, und Klein hatte sofort das Gefühl, ein besonders willkommener Gast zu sein. Er las die Speisekarte ein paarmal hinauf und hinunter und bestellte dann doch den Nierenbraten. Weil er nicht genau wußte, ob man dazu Rot- oder Weißwein trank, hat er ein Bier genommen. Zum Glück dauerte es nur ein paar Minuten, bis er den Teller auf dem Tisch hatte, sodaß er nicht lange bedauern mußte, nichts zum Lesen mitgenommen zu haben. Beim Essen versuchte er, ruhige, exakte Bewegungen zu machen, so als müsse er sein Essen dem Kellner und den anderen Gästen vorspielen. Ohne daß es ihm besonders auffiel, beobachtete er die anderen daraufhin, ob sie alles *richtig* machten, aber er hat keinen Fehler bemerken können. Als am Nebentisch ein junges Paar Platz nahm, hörte er wieder, daß der Nierenbraten besonders zu empfehlen sei, und er ärgerte sich ein wenig darüber, weil er sich eingebildet hatte, dieser Satz sei ausschließlich für ihn gewesen. Wahrscheinlich, dachte er, haben sie zu viel davon gekocht und versuchen, ihn jetzt jedem anzudrehen. Er ist ein wenig schadenfroh geworden, als auch am Nebentisch ein Nierenbraten bestellt wurde. Dann saß er da, rauchte und trank langsam sein Bier aus, und auf einmal war dieses Gefühl wieder da, das ihm nur allzu bekannte Gefühl, als bliebe ihm ständig eine Hand übrig, wenn er an der Zigarette zog, zum Glas griff, das Gefühl, als sei die Haltung seiner Hände ganz unnatürlich, so als müsse er sich krampfhaft bemühen, mit der überzähligen Hand irgendwie fertig zu werden. Das hatte er doch vorbei geglaubt! Wenn er mit Irene essen gegangen war, hatte er das schon lange nicht mehr gespürt. Oder hatte er, indem er mit ihr reden konnte, darüber nur hinwegreden können? Ein Witz, dachte er, zu viele Hände. Dabei waren doch diese Hände jahrelang etwas gewesen, das ganz selbstverständlich irgendwelche von ihm verlangte Arbeiten verrichtet hatte, waren sie brauchbar gewesen. Nie war ihm damals aufgefallen, daß er zu viele hätte. Da hatte er im Gegenteil

immer bedauern müssen, daß es nur zwei waren, weil die Arbeiten doch immer so gewesen waren, daß er manchmal gemeint hatte, ein Mensch mit bloß zwei Händen könne sie unmöglich verrichten. Und jetzt blieb ihm eine Hand übrig! Blieb ihm noch immer eine Hand übrig! Wenn mir die Kellner oder die anderen hier zuschauen, dachte er, müssen sie denken, ich gehöre hier gar nicht herein. Hier herinnen hat man zu wissen, was man mit Händen anfangen kann. Hier herinnen ist es das Allernatürlichste von der Welt, auch Händen, die nicht arbeiten, den Anschein zu geben, als seien sie ausreichend beschäftigt. Man muß mir, dachte er, müssen die denken, eine Arbeit in die Hand geben, einen Besen vielleicht, damit ich wieder weiß, wozu ich meine Hände habe und sie nicht in so unnatürlichen Haltungen herumliegen lasse. Er hob schnell die Hand, um dem Kellner zu winken. Vergeht denn das überhaupt nicht mehr, dachte er, überhaupt nie mehr? Beim Zahlen hat er es dann doch nicht geschafft, dem Kellner weniger Trinkgeld als ursprünglich gedacht zu geben, als er sich noch eingebildet hatte, das Antragen des Nierenbratens sei eine extra für ihn herausgelassene Freundlichkeit. Fehlt jetzt nur noch, dachte er, daß ich beim Hinausgehen stolpere.
Nach zehn kam er in die leere Wohnung hinauf. Er war zuerst noch eine Weile in der Innenstadt herumgelaufen und hatte sich dann plötzlich in ein Lokal hineingesetzt, um sich zu beweisen, daß diese Unsicherheit im Restaurant nur ein kleiner Rückfall gewesen war, der schon wieder vorbei war. Er war an der Theke gesessen und hatte ein Bier getrunken, und obwohl er sich gesagt hatte, daß das Lokal viel zu gewöhnlich sei, um sich hier etwas zu beweisen, hatte er doch das Gefühl, als spiele er sich seine Selbstsicherheit eigentlich nur vor. Und als er gemerkt hatte, daß er nur deswegen noch immer auf diesem Hocker saß, weil ihm das Weggehen, das für alle sichtbare Zur-Tür-Gehen schon im vorhinein unangenehm war, war er schnell gegangen. Im Wohnzimmer drehte er den Fernseher auf und wieder ab, schaltete das Radio ein, kurbelte am Senderknopf, schaltete wieder aus, blätterte die Schall-

platten hin und her, hatte bei keiner Lust, sie zu hören, und legte dann doch eine auf. Als er schließlich dasaß, die Beine auf dem Tisch, und rauchte und ab und zu einen Schluck Schnaps trank, wurden auf einmal die Gedanken an Irene, die tagsüber noch ganz leicht zu verscheuchen gewesen waren, so aufdringlich, daß er spürte, wie ihm das Herz zu klopfen anfing. Er ging auf den Balkon und sah zum gegenüberliegenden Haus hinüber, sah die erleuchteten Fensterreihen entlang, es war ganz still, und er lehnte am Geländer, rauchte, und plötzlich fing ein Stöhnen an, das Stöhnen einer Frau, das aus einem nahe gelegenen offenen Fenster kommen mußte, und einen Moment wurde er ganz starr, und dann drehte er sich plötzlich um und ging schnell in die Wohnung hinein.
Er trank das Glas aus, holte die Flasche, um es wieder vollzugießen, aber dann schraubte er die Flasche doch wieder zu. Nein, dachte er, betrinken ist nichts. Betrinken ist ganz schlecht. Da rennen die Gedanken dann erst recht. Er saß eine Weile da und versuchte sich einzureden, daß Irene sicher im Geschäft stehen würde, aber die Bilder, die wie von selber in seinem Kopf entstanden, waren nicht zu vertreiben. Und in diesen Bildern stand Irene überhaupt nicht im Geschäft. Er ging schnell ins Schlafzimmer hinüber und öffnete den Schrank. Was fehlte hier? Was hatte Irene mitgenommen? Etwas, mit dem sie am Abend weggehen konnte, vielleicht in die Alhambra oder sonst in ein Nachtlokal? Mit dem Wersig vielleicht. Dem Kulhavy. Dem Burger. Sonstwem. Er schob die Kleider hin und her, konnte aber nicht feststellen, was im Schrank fehlte. Als er im Vorzimmer am Telefon vorbeikam, stockte er. Sollte er anrufen? Aber was sollte er zu Irene sagen? Aus welchem Grund ruft er an? Will er zu Kreuz kriechen? Und sie würde sicher seinen Anruf gleich als das verstehen, was er war: ein Kontrollanruf. Er ging wieder ins Wohnzimmer, drehte die schon abgespielte Platte um, weil es ihm zu still war, und trank einen Schluck Schnaps aus der Flasche. Dann saß er da und schüttelte immer wieder den Kopf. Verrückt, dachte er, verrückt. Solange sie da ist, hat er das Gefühl, daß es nur

mehr die Mißverständnisse sind, die sie zusammenhalten, aber kaum ist sie weg, gerät er in Panik. In diese entwürdigende Angst. Denkt er nur mehr daran, daß sie ihn wegstoßen könnte, zurückstoßen, indem sie sich gedankenlos mit einem anderen einläßt. Mit irgendeinem, der dann grinsen kann: so ein Trottel, dieser Klein. Wenn sie da ist, streiten sie. Wenn über sonst nichts, dann über sein Mißtrauen. Sie versteht das ja nicht. Sie scheint überhaupt nicht zu verstehen, was *so etwas* für ihn bedeuten würde. Für sie hat das sicher einen einfachen Namen: Eifersucht. Aber das, dachte er, ist es nicht. Das ist es sicher nicht. Er kann sich nur nicht vorstellen, wie das ist, wenn er es erfährt. Für sie eine Nebensache vielleicht, wenn sie sich mit einem einläßt, eine Gedankenlosigkeit, die für sie gar nichts bedeutet, vielleicht denkt sie sich nichts dabei, weil sie ja nicht weiß, was so etwas für ihn wäre: eine Katastrophe. Er müßte dann doch Konsequenzen ziehen. Sie denkt sich nichts, und er müßte die Konsequenzen ziehen. Schluß und vorbei, müßte er sagen. Unerträglich wäre es, sich von denen, die sich da immer noch als etwas Besseres vorkommen, auch noch auslachen zu lassen. Weg müßte er. Weg von ihr. Und genau das ist es, wovor er solche Angst hat. Daß dann niemand mehr da ist für ihn. Überhaupt niemand mehr. Sie ist doch der einzige Mensch, den er hat. Der ihn akzeptiert hat. Nicht deswegen, weil er eine Angestelltenexistenz war, sondern trotz seiner Vergangenheit. Oft, wenn er mit ihr gestritten hat, hat er sich vorgestellt, er geht jetzt. Hat er immer darauf gewartet, keine Angst mehr bei diesem Gedanken zu bekommen. Aber das war jedesmal nur ein folgenloses Spiel, weil er sich gleich wieder sagte, er kann ja gar nicht auf der Stelle davon. Wohin denn? Keine Wohnung, hatte er sich gesagt. Und Geld auch nicht viel. Und bis er irgendwo etwas gefunden hat, wo er unterkriechen kann, hatte er sich vielleicht schon wieder mit Irene versöhnt.

Zehn Minuten später stand er wieder vor dem Telefon, zögerte, suchte die Nummer und wählte dann plötzlich. Aber als das Freizeichen kam, legte er schnell auf. Wenn

Irene da war, im Geschäft, so bedeutete das noch gar nichts. Sie konnte ja, dachte er, die Mutter schlafen geschickt haben und allein im Geschäft geblieben sein. Das hatte sie schon öfter gemacht. Und dann war alles möglich.

Solange er im Bad beschäftigt war, ist er wieder ruhig gewesen. Kopfschütteln: diese unsinnige Angst, die nichts hilft. Aber dann im Bett, als er ausgestreckt dalag und ins Dunkel schaute, fingen die Bilder wieder an. Die Hände feucht. Die Füße, obwohl es sehr warm im Zimmer war, feucht und kalt. Und immer wieder ganz plötzlich ein beklemmendes Gefühl über dem Magen, wie ein Flattern in der Brust. Er zog den Polster über den Kopf. Dann holte er Zigaretten. Ich könnte sie fragen, dachte er, wann sie morgen kommt und ob ich sie vom Bahnhof abholen soll. Er hat lange gezögert und ist dann aufgestanden und zum Telefon gegangen. Er wußte genau, daß er morgen, bei Tag, den Kopf darüber schütteln würde. Aber das half ihm jetzt nichts.

Eigentlich hätte Klein im Bett liegen müssen. Schließlich war er im Krankenstand. Nicht mit einer vorgetäuschten Krankheit wie sonst manchmal, wenn er nach einer Auseinandersetzung mit Irene bis spät in die Nacht mit ihr geredet hatte, oft bis gegen Morgen, und er dann, wenn der Wecker geläutet hatte, viel zu müde gewesen war, um in die Firma zu fahren. (Meist hatte dann er in der Bank angerufen, um Irene zu entschuldigen, und sie hatte seiner Firma den plötzlichen Ausbruch einer fieberhaften Erkrankung mitgeteilt.) Diesmal war es ein rechtmäßiger Krankenstand: ein unangenehmer. Vor vier Tagen hatte noch spät am Abend Irenes Bruder angerufen, der dringend Geld brauchte, und weil Irene schon im Nachthemd gewesen war, hatte er hinunterfahren und ihn hereinlassen wollen, doch der Lift war gerade besetzt gewesen und Klein war die Treppe hinabgelaufen, immer ein paar Stufen auf einmal nehmend, wütend wegen der Störung und wegen des Anlasses, und plötzlich war die automatische Drei-Minuten-Stiegenhausbeleuchtung erloschen, und er hatte nicht mehr stehenbleiben können, sondern war blind ins Dunkel hineingesprungen. Sehnenzerrung mit Bluterguß, hatte der am nächsten Tag gerufene Arzt festgestellt. Seither war er mit hochgelagertem Bein und Umschlägen um den linken Knöchel im Bett gelegen. Schon am zweiten Tag mehr von Langeweile als von Schmerzen gepeinigt. Spätestens ab Mittag hatte er gewartet, daß es Abend wird und Irene nach Hause kommt und er jemanden zum Reden hat und nicht mehr nur den Radiosprechern zuhören muß, deren selbstbewußte lässige Reden ihn oft so ärgerten, daß er plötzlich aus dem Bett springen und zum Radio humpeln mußte, um es mit einer heftigen Bewegung auszuschalten.

Schon am ersten Tag seines Krankenstands war Irene drei Stunden später als üblich nach Hause gekommen. Noch dazu ohne die Spur eines schlechten Gewissens. Die Geburtstagsfeier einer Kollegin habe sich so lange gezogen. Nur mit Mühe hatte er seine Wut hinunterschlucken können. Er liegt da, und der Magen knurrt ihm schon seit Stunden, und sie feiert einfach lustig einen Geburtstag, hatte er gesagt. Irene hatte auf die paar Flaschen neben seinem Bett gedeutet, wenn er imstande ist, sich Bier aus dem Kühlschrank zu holen, hatte sie gemeint, wird er auch imstande sein, sich Brot abzuschneiden und Wurst draufzulegen. Sie hatte dann für den nächsten Tag vorgekocht, damit er sich das Essen zu Mittag nur wärmen mußte. Und am Nachmittag hatte sie angerufen, daß es später werden würde, weil Überstunden zu machen seien. Aus seinem Ärger war, weil er Zeit genug gehabt hatte, sich alles Mögliche vorzustellen, langsam ein immer heftigeres Mißtrauen geworden. Überstunden Mitte des Monats, wo in der Bank üblicherweise wenig zu tun war?! Als Irene gegen acht nach Hause kam, hatte sie nach Wein gerochen. Angeblich war sie nach den Überstunden nur noch schnell mit dem Berger, dem Stellvertreter des Filialleiters, in ein Lokal gegangen. Ohnedies nur auf ein Glas und nur eine Viertelstunde, hatte sie behauptet. Nach so einem Tag werde sie sich das wohl verdient haben. Und er komme doch auch nicht immer schnurgerade aus dem Büro. Habe sie nicht schon öfter auf ihn warten müssen? Einmal sogar bis halb zwei, sodaß sie schon gefürchtet habe, ihm sei etwas passiert, weil er es nicht einmal der Mühe wert gefunden habe, anzurufen. Und er regt sich wegen einer Viertelstunde auf. Obwohl Klein ihren Sätzen aufgelauert hatte, hatte er keine eindeutigen Indizien darin finden können. Ihr genauer Bericht, was sie mit dem Berger beredet hatte, hatte ihn ein wenig beruhigt. Er wollte sich ja gerne beruhigen lassen. Aber dann hatte er sich fragen müssen, warum sie ihm solche Belanglosigkeiten überhaupt so haarklein erzählte. Redete da nicht das schlechte Gewissen? Erfand da nicht die Angst, um ein Alibi gefragt zu werden, schon im vorhinein beruhigend klingende Ausreden? Und der Berger war ein unverheirateter Mann. Und viel zu oft, hatte er plötzlich gemeint, sich erinnern zu können, war der Berger in der letzten Zeit in ihren Reden vorgekommen. Daß sie zu müde war, um ihn in ihr Bett und in sich hineinzulassen, ist ihm am nächsten Tag immer bohrender, immer mehr ein Beweis geworden. Geduscht hatte sie ja auch gleich nach dem Nachhausekommen. Den Geruch eines anderen weggeduscht? Als dann ihr neuerlicher Anruf: schon wieder Überstunden, gekommen war, hätte er ihr am liebsten gesagt, daß sie ihn nicht für blöd halten soll. Außerdem hatte er gemeint, im Hintergrund Musik gehört zu haben. Zwei Stunden lang hatte er sich dann vorgesagt, daß er sofort hätte zurückrufen müssen, um sich zu vergewissern. Die beiden Sätze waren ihm eingefallen, die er sich einmal in dieses Heft mit Aussprüchen bedeutender Dichter und großer Redner geschrieben hatte: Ein Wahn, der mich beglückt, ist eine Wahrheit wert, die mich zu Boden drückt. Und: Besser bittere Wahrheit als süße Illusion. Er hatte nicht gewußt, was er jetzt für richtiger halten sollte. Lächerlich war ihm auf einmal beides erschienen. Und er hatte es im Bett immer weniger ausgehalten. Ganz hilflos war er sich da vorgekommen, zur Untätigkeit, zum Warten verurteilt. Einfach darauf zu warten, was da kommen würde! Er hatte sich plötzlich daran erinnert, wie er schon einmal in einer ähnlichen Situation gewesen war: Ein Kind war er gewesen, vielleicht zehn, elf Jahre alt, und mit Masern war er im Bett gelegen und aus irgendeinem Grund, den er gar nicht recht begriffen hatte, war zwischen dem Vater und der Mutter eine heftige Spannung gewesen, die plötzlich zu einem Streit geworden war, dem wildesten Streit zwischen den Eltern, an den er sich überhaupt erinnern konnte, und die Mutter hatte plötzlich den Mantel vom Haken gerissen, ich halts nicht mehr aus, ich renn euch davon, hatte sie geheult und war davongelaufen, und Klein war aus dem Bett gesprungen und hatte der Mutter nachlaufen wollen, aber der Vater hatte ihn zurückgehalten und wieder ins Bett gesteckt, Klein wieder heraus, wieder zur Tür, schreiend schon und zitternd, barfuß ins kalte Stiegenhaus, wo ihn der Vater gerade noch erwischt hatte, sonst wäre er so, wie er war, hinaus in den Schnee gelaufen, auf Knien hatte er den Vater angebettelt, die Mutter zurückzuholen, aber der Vater hatte nur verlegen gegrinst, und Klein hatte nicht verstehen können, daß der Vater noch grinsen konnte, wenn die Mutter davon war, und dann hatte er im Bett warten müssen, zitternd war er dagelegen und hatte gemeint, unmöglich hier liegen zu können, er müßte doch der Mutter nach; wenn er nicht krank gewesen wäre, wenn er Kleider angehabt hätte! Aber so hatte er warten müssen, warten im Bett, bis die Mutter wieder aufgetaucht war, und lange noch war er in Panik geraten, wenn die Mutter weggegangen war und ihn nicht hatte mitnehmen wollen, überhaupt am Abend, wenn er schon im Bett gewesen war, und es hatte dabei gar nichts genützt, daß Robert und die Schwester im Zimmer gewesen waren, und geniert vor dem größeren Bruder, der sich über ihn lustig gemacht hatte, hatte er sich auch nur nachher. Dasselbe Gefühl des Warten-Müssens, im Bett festgenagelt, hatte er jetzt wieder. Um acht hatte er in der Bank angerufen, weil Irene gesagt hatte, spätestens nach sieben ist sie da. Ganz gleich, ob sie jetzt dort ist, hatte er gedacht, oder ob ihm gesagt wird, sie ist schon vor Stunden gegangen, er will nur endlich Gewißheit haben. Aber in der Bank hatte sich niemand gemeldet.

Er hatte sich sofort angezogen. Der verletzte und noch immer dick angeschwollene Fuß hatte nur mit Mühe in den Schuh gepaßt, hatte sehr weh getan, aber in den Kleidern hatte er sich gleich ein wenig sicherer gefühlt. Jetzt war er wenigstens bewegungsfähig. Mußte er nicht mehr alles nur untätig auf sich zukommen lassen. Hierhin und dorthin konnte er. Etwas tun. Fragte sich nur, was. Nach einer Weile war er mit dem Lift hinuntergefahren und ins Auto gestiegen. Er war sehr schnell gefahren, obwohl ihn der Fuß so geschmerzt hatte, daß er kaum die Kupplung hatte durchtreten können. Und nun saß er im Auto, rauchend, schräg gegenüber der Bank, und sah ununterbrochen zum Eingang hin. Jedesmal, wenn die Straßenbahn an der Haltestelle stehenblieb und ihm die Sicht verdeckte, hatte er das Gefühl, gerade jetzt werde Irene herauskommen. Als er zuerst hier vorgefahren war, hatte er gemeint, in der Bank sei niemand mehr, weil vorne kein Licht gebrannt hatte und sogar die Leuchtreklame schon ausgeschaltet gewesen war. Er war hinübergehumpelt, ganz vorsichtig, um jederzeit die Flucht ergreifen zu könnun, und durch die Glastür, auf der ein Schild: Geschlossen, hing, hatte er dann gesehen, daß es ganz hinten im Raum noch hell war, so als stehe dort die Tür zu einem anderen Raum offen. Sein Aufatmen war aber sofort wieder im Gedanken untergegangen, daß Irene ja da drinnen durchaus ganz allein mit dem Filialleiterstellvertreter sein konnte. Obwohl er schon einen ganz bitteren, pelzigen Geschmack im Mund hatte, zündete er die nächste Zigarette gleich an der vorherigen an. Der Schmerz in seinem Fuß war auf einmal nur mehr ganz dumpf, wie von weit her, und für Momente hatte Klein immer wieder den Eindruck, als gehe ihn das, was er da beobachten wollte, eigentlich auch nichts an, als sei er nur ein zufälliger Beobachter, als sitze er nur da, ohne auf etwas zu warten. Immer wieder tauchte der Gedanke auf, daß vielleicht doch niemand in der Bank sei, sondern daß vielleicht nur eine Lampe auszuschalten vergessen worden war. Ich hätte viel genauer schauen müssen, warf er sich vor. Er war ja in der Angst, entdeckt zu werden, viel zu schnell zurückgehumpelt. Und wenn da wirklich niemand mehr drinnen war, konnte er die halbe Nacht hier warten. Es war ohnedies fast neun. Und Irene war vielleicht schon zu Hause und machte sich Sorgen um ihn. Sollte er daheim anrufen? Aber was sagen? Vielleicht, daß er es im Bett nicht mehr ausgehalten habe und nur ein wenig Luft schnappen und ein Bier trinken gefahren sei. Gleich neben der Bank war eine Telefonzelle. Diese Zigarette, sagte er sich, dann gehe ich hinüber. Aber je länger er saß, um so wahrscheinlicher kam es ihm vor, daß Irene gerade in diesem Augenblick herauskommen würde. Daheim meldete sich ohnedies niemand. Und die Nummer der Bank, um dort anzurufen, fiel ihm auf einmal nicht ein. Alle möglichen Nummern hatte er plötzlich im Kopf, ohne sagen zu können, was das für welche waren. Um die Nummer im Telefonbuch zu suchen, hätte er das Licht in der Zelle aufdrehen müssen. Aber dann wäre er schon von weitem deutlich sichtbar gewesen. Er blätterte im Telefonbuch, bis er meinte, ungefähr beim richtigen Buchstaben zu sein, ließ kurz sein Feuerzeug aufflammen, blätterte weiter, sah zur Bank zurück, und auf einmal gab es ihm einen Ruck, dort drinnen war es hell geworden, sah er, und im nächsten Moment kam Irene heraus und neben ihr ein Mann. Er spürte, wie sein Herz wild zu schlagen begann, den Hals herauf, und dann ging das Licht in der Bank wieder aus, und zwei weitere Männer kamen heraus, einer versperrte die Tür, und dann kamen alle in seine Richtung gegangen, gerade auf ihn zu. Mit einer heftigen Bewegung drehte er sich weg, riß den Hörer ans Ohr und hörte hinter sich die Stimmen näher kommen, wenn sie mich erkennt, dachte er, wenn sie mich erkennt, und vor all den anderen noch dazu, jetzt, dachte er, jetzt, und spürte schon, wie die Tür aufging, aber Irene und die drei Männer gingen vorbei, er sah sie von hinten, wie sie ein Stück weiter stehenblieben und einander die Hand gaben, und plötzlich fing der Schmerz in seinem Knöchel wieder zu pochen an. Zwei der Männer stiegen in Autos, und der dritte überquerte mit Irene die Straße, knapp vor der herankommenden Straßenbahn. Klein lehnte sich ans Glas der Telefonzelle und wartete, bis die Straßenbahn außer Sichtweite war, dann ging er langsam auf sein Auto zu. Er hat nicht einmal eine Erleichterung in sich spüren können, weil da nichts war als eine bodenlose Müdigkeit, sodaß er sich am liebsten übers Lenkrad gelegt und nicht mehr gerührt hätte. Langsam kam dann die Scham durch.

Er war im Kino gewesen. Allein. Eigentlich nur, um die Zeit totzuschlagen. Zwei Stunden sonst nichts denken zu müssen. Gegen elf kam er nach Hause. Im Vorzimmer standen Irenes Hausschuhe neben seinen, aber nicht ihre Schuhe. Sie war also noch nicht da. Natürlich nicht, dachte er, natürlich nicht.

Sie war mit ihren Kollegen unterwegs. Alle zwei, drei Monate gingen alle Angestellten der Bankfiliale, in der sie arbeitete, gemeinsam in ein Restaurant und dann meistens noch in ein Weinlokal, um den Inhalt des Sparschweins, das für diesen Zweck jeden Montag gefüttert wurde, zu veressen und zu vertrinken. Klein hatte Irene zuletzt am Morgen gesehen, als sie im Bad so lange vor dem Spiegel gestanden war, daß er sich nicht hatte verkneifen können zu fragen, ob sie am Abend auf einen Ball wolle oder ob dieses Lokal, in das sie heute mit ihren Kollegen gehe, denn gar so fein sei. So fein, hatte Irene gesagt, daß sie dich nicht einmal hineinlassen würden. Oder nur in deiner Begleitung, hatte Klein gemeint. Es hatte ganz locker geklungen, und er hatte gegrinst, aber eigentlich war ihm gar nicht nach Grinsen gewesen.

Er nahm ein Bier aus dem Kühlschrank und begann die Zeitung, die er schon im Büro gelesen hatte, noch einmal zu lesen. Sogar die Reklamen las er so aufmerksam, als würde ihm da etwas ganz Wichtiges mitgeteilt. Die Tür zum Vorzimmer stand einen Spalt offen, sodaß er sofort gehört hätte, wenn Irene den Schlüssel ins Schloß gesteckt hätte. Ab und zu ging er zum Fenster und lehnte sich hinaus, und wie schon oft bedauerte er, daß die Wohnung kein Fenster hatte, das auf derselben Seite des Hauses wie der Eingang lag. Da hätte er Irene schon von weitem kommen sehen können, oder er hätte sehen können, wer sie nach Hause brachte. Und wie sie sich von dem, der sie nach Hause brachte, verabschiedet hätte. Aber ich warte ja gar nicht auf sie, versuchte er sich immer wieder einzureden. Er war, sagte er sich, einfach nicht müde genug, um ins Bett zu gehen. Jedesmal, wenn er in die Küche ging, um sich etwas zu holen, sah er zum schmalen Fenster über der Eingangstür hin, das eine Milchglasscheibe hatte: Wenn draußen die Stiegenhausbeleuchtung brannte, konnte Irene kommen. Aber das Fenster war jedesmal dunkel. Und jedesmal ärgerte er sich ein wenig, weil es ihm nicht gelang, auf diesen Blick zu verzichten. Zwanzig vor zwölf ging er ins Bad, wo er sich so ausführlich wusch, an sich herumsäuberte, Zehennägel schnitt, sich frisierte, daß er sich die Ausrede, er mache das nicht, damit Zeit verging, während der Irene kommen konnte, selber nicht mehr glaubte. Schließlich fiel ihm nichts mehr ein, was er hätte tun können, um das Ins-Bett-Gehen zu vermeiden. Obwohl nur mehr eine Zigarette in der Packung war, nahm er keine frische Schachtel ins Schlafzimmer mit, und er drehte auch gleich das Licht ab. Diesmal würde er schon schlafen, wenn sie käme. Das letzte Mal, als sie mit ihren Kollegen weggewesen war, war sie gegen halb eins gekommen. Also eine halbe Stunde noch, dachte er. Wenn er schnell einschläft, braucht er ihr den Schlafenden nicht vorzuspielen. Dann sieht sie, er wartet nicht auf sie, ihm ist es gleichgültig, wann sie kommt. Oder ob sie überhaupt kommt. Es war so still im Zimmer, daß er das Knistern der Zigarettenglut ganz laut hörte. Die letzten Züge hat er so gierig geraucht, daß er schon sicher war, er würde doch noch aufstehen und eine frische Schachtel holen müssen. Um zwölf, dachte er, schließen die meisten Lokale. Und eine halbe Stunde würde sie für den Heimweg brauchen. Aber sie konnten natürlich auch in ein Lokal gegangen sein, das bis eins offen hatte. Ein paar der verheirateten Frauen, überhaupt die, die Kinder daheim hatten, würden zwar früher nach Hause gehen, aber Irene sicher nicht. Sie würde sich wieder beweisen wollen, daß sie so lange ausbleiben kann, wie sie will. Also würde sie bis spätestens halb zwei da sein. Bis halb zwei, meinte er, würde er ganz ruhig sein. Und wenn sie bis dahin nicht da sein sollte? Dann mußte ihr etwas passiert sein. Unsinn, sagte er sich gleich wieder, dann kann ihr zwar, muß ihr aber nichts passiert sein. Er wußte genau, daß er nur gedacht hatte, es könne *ihr* etwas passieren, um nicht an etwas anderes denken zu müssen. Um nicht daran denken zu müssen, daß *etwas* passiert sein konnte. Aber das kann auch jetzt schon passiert sein, dachte er. Sie konnte längst mit einem Kollegen die übrigen verlassen haben, unter dem Vorwand, müde zu sein. Und alle anderen konnten auch schon längst nach Hause gefahren sein. Vielleicht kam sie überhaupt bis zum Morgen nicht. Und was sollte er da tun? Solange warten? Solange konnte er doch nicht warten. Würde er da irgendeine ihrer Kolleginnen, die im Telefonbuch standen, anrufen? Oder überhaupt den Berger? Damit sie ihn dann alle miteinander auslachen konnten? Nein, anrufen würde er nicht. Er stand auf, um sich Zigaretten zu holen, sah eine Weile aus dem Wohnzimmerfenster, aber außer dem Gelächter und dem Grölen einiger Betrunkener war nichts zu hören. Auto blieb auch keines stehen. Er ließ die Tür ins Vorzimmer offen: Wenn im Stiegenhaus Licht gemacht werden würde, würde es im Vorzimmer ein wenig hell werden. Ab wann, dachte er, darf ich mir eigentlich berechtigte Sorgen machen? Konnte ihr nicht tatsächlich etwas passiert sein? So ausgeschlossen war das nicht. Und würde sie ihn nicht mit Sicherheit angerufen haben, um ihm zu sagen, daß es später wird? Letztesmal hatte sie schon um elf angerufen. Plötzlich merkte er, daß aus dem Vorzimmer ein schwacher Lichtschein kam. Er sprang auf und sah hinaus: Tatsächlich brannte im Stiegenhaus Licht. Er stieg schnell wieder ins Bett, drückte die Zigarette aus, versuchte sich in eine bequeme Stellung zu legen und hielt den Atem an. Aber sein Herz klopfte so laut in den Ohren, daß er von draußen nichts hören konnte. Jetzt müßte sie gleich bei der Tür sein, dachte er, gleich müßte sie da sein. Aber plötzlich war der Lichtschein aus dem Vorzimmer wieder weg. Er lag noch eine Weile ganz angespannt da, dann zündete er eine Zigarette an und leuchtete aufs Zifferblatt seiner Uhr. Es war jetzt eins. Er stand auf, weil er plötzlich einen starken Harndrang hatte. Sah zum Vorzimmerfenster, als er ins Klo ging. Drinnen sagte er sich, daß es sich wegen der paar Tropfen nicht ausgezahlt hätte, aufzustehen. Zehn Minuten später ging er schon wieder. Dann ließ er die Nachttischlampe brennen. Wenn ich sie nicht brennen lasse, dachte er, wird aus jedem Auf-die-Uhr-Schauen etwas Besonderes, weil ich extra dafür aufdrehen muß. Aber wenn die Lampe brannte, konnte er nicht feststellen, ob es im Vorzimmer hell wurde, konnte er die Voranzeige, daß möglicherweise sie es war, die da nach Hause kam, nicht erkennen. Er drehte ab. Spätestens um zwei, dachte er, rufe ich irgendwo an. Und was ist, überlegte er, wenn es dann heißt, daß alle längst nach Hause gefahren sind? Für die Polizei war das kein Fall. Für die Polizei war ein Mensch erst nach vierundzwanzig Stunden abgängig, hatte er einmal irgendwo gehört. Für die Polizei, dachte er, wäre ich nur der hysterische Ehemann, den die Frau betrogen hat oder dem sie davongelaufen ist. Aber was könnte er sonst tun? Einfach hier zu liegen, würde er nicht aushalten. Er ging wieder aufs Klo. Das Vorzimmerfenster war dunkel. Im Bett merkte er, wie er zu zittern begann. Es muß kalt sein, dachte er, aber er wußte sofort, daß das eine Ausrede war. Dann drehte er das Licht auf. Zwanzig nach eins. Warum hatte sie nicht längst angerufen? War das die Rache, daß auch er einmal nicht angerufen hatte? Oder dachte sie überhaupt nicht an ihn? Kam er ihr gar nicht in den Sinn? Oder wollte sie ihm nur zeigen, daß sie ihm keine Rechenschaft schuldig war, was sie in der letzten Zeit immer öfter gesagt hatte. Was sollte er tun? Etwas trinken. Die Nervosität wegtrinken. Sich selber wegtrinken. Und dann, wenn er keinen klaren Kopf mehr hat, überhaupt in Panik geraten. Valium, dachte er, wirkt nicht so schnell. Das hatte ihm der Arzt verschrieben, nachdem trotz ständiger heftiger Magenschmerzen beim Röntgen nichts festzustellen gewesen war. Vielleicht, dachte er, war es überhaupt eine Lüge, daß sie mit ihren Kollegen weggegangen ist. Er stand auf, um nachzusehen, ob der Telefonhörer vielleicht nicht richtig auflag. In diesem Fall könnte sie anzurufen versucht haben, ohne ihn zu erreichen. Aber der Hörer lag auf. Er wählte die Nummer der automatischen Zeitansage, um sich zu vergewissern, ob das Telefon in Ordnung war. Es war in Ordnung. Und mit dem Summerton wurde es ein Uhr sechsundzwanzig Minuten und fünfzig Sekunden. Das war einfach eine Rücksichtslosigkeit von ihr. Sie mußte doch wissen, daß er sich Sorgen machen würde. Vielleicht lag sie in einem Bett und lachte über ihn. Oder sie lag mit verrenkten Gliedern irgendwo hinter einem Gebüsch. Er ging ins Klo. Ging in die Küche und machte ganz sinnlos den Kühlschrank auf und wieder zu. Ging ins Bad, um sich die Hände zu waschen. Dann sah er im Wohnzimmer lange aus dem Fenster. Draußen war keine Bewegung und auch nichts zu hören. Als er sich wegdrehte, hörte er endlich den Schlüssel im Schloß. Er sah auf die Uhr: zehn nach halb zwei. Genau wie ich es mir ausgerechnet habe, dachte er.

Irene stockte im Türrahmen, als sie ihn im Vorzimmer stehen sah. Du bist noch auf?, sagte sie überrascht. Und du bist schon da, sagte er, weißt du überhaupt, wie spät es ist? Sie drückte die Tür hinter sich zu. Das habe ich ja wieder befürchtet, sagte sie, hängte ihre Handtasche an einen Garderobehaken und schlüpfte aus den Schuhen. Und betrunken bist du auch, sagte er. Nein, sagte Irene, ich habe einen Schwips gehabt, einen angenehmen, aber der ist mir sowieso schon wieder vergangen. Sie ging an ihm vorbei und öffnete die Klotür, wenn man dich so sieht, sagte sie, vergeht einem ja überhaupt alles. Na, und warum bleibst du dann nicht gleich aus?, fuhr er sie an. Du gestattest, ich wohne da, sagte sie und zog die Klotür hinter sich zu.

Er mußte zwei Zigaretten rauchen, bis sie endlich ins Schlafzimmer kam. Als sie aufs Bett zutappte, drehte er plötzlich das Licht auf. Damit du nicht stolperst, sagte er. Irene stockte einen Moment, sah ihn an, dann stieg sie ins Bett und vergrub sich gleich im Bettzeug, als wolle sie sofort schlafen. Klein lehnte starr am Kopfhaupt des

Bettes und sah sie so lange an, bis sie den Kopf hob. Was ist denn, fragte sie, warum drehst du das Licht nicht ab? Eine Rücksichtslosigkeit ist das von dir, sagte Klein. Warum sie nicht wenigstens angerufen habe? Es habe da kein Telefon gegeben, sagte Irene. So, zog er einen Mundwinkel zynisch nach unten, wo bist du denn gewesen? Im Wald vielleicht? Irene schaute ihn eine Weile an, wenn du es ganz genau wissen willst, sagte sie, ich habe mich so gut unterhalten, daß ich nicht einmal daran gedacht habe. Ich habe überhaupt nicht daran gedacht, sagte sie betont, genügt dir das? Und jetzt laß mich schlafen, drehte sie sich auf die andere Seite, ich bin nämlich müde. Aber ich will jetzt nicht schlafen, sagte Klein. Na, dann bleib wach, sagte Irene und zog sich die Decke über den Kopf. Und du wirst jetzt auch nicht schlafen, sagte er und riß ihr die Decke wieder weg. Irene setzte sich plötzlich auf, bitte sehr, sagte sie, worüber willst du reden? Will er eine Entschuldigung von ihr hören? Eine Entschuldigung dafür, daß sie sich einmal so wohl gefühlt hat, daß sie aufs Anrufen vergessen hat? Daß sie sich erlaubt hat, sich ohne ihn wohl zu fühlen? Denn das darf ja nicht sein, sagte sie, das ist ja das Ärgste für dich. Sie dürfe sich ja nur mit ihm gut unterhalten. Mit sonst niemandem. Sonst komme er sich ja gleich mißachtet vor. Herabgesetzt. Wenn sie mit jemandem ein paar Wörter mehr redet oder wenn sie jemanden interessant findet oder überhaupt nur ganz nett: gleich glaubt er, das ist ein Angriff auf ihn. Wie ein Schießhund paßt er auf, daß ihr nur ja keiner zu nahe kommt. Mit *solchen* Augen schaue er, hielt sie Daumen und Zeigefinger wie eine Brille vor die Augen, wenn sie einmal lustig sei. Er selber kann ja gar nicht richtig lustig sein, einfach nur so, das kann er nicht. Bevor er einmal lacht, hat er sich schon zehnmal überlegt, ob das auch wirklich ein Grund zum Lachen ist oder nicht unter seiner Würde. Unter seiner eingebildeten Würde. Aber ihr sei das egal. Sie will sein können, wie ihr gerade zumute ist. Und nicht erst lange denken, was er denn wieder sagen, was er jetzt wieder für ein Gesicht machen wird. Und wenn sie mit anderen lacht, rennt er nachher mit gekränkten Nasenlöchern herum. Da will er ihr gleich ein schlechtes Gewissen einreden. Dauernd soll sie ein schlechtes Gewissen haben. Wenn sie einmal eine Straßenbahn versäumt, will er Rechtfertigungen hören, wo sie sooo lange gewesen ist. Einmauern möchte er sie am liebsten. Und selber will er auch nirgends hin. Und von allen Bekannten passe ihm keiner. Der ist ihm zu blöd, und der ist ihm zu oberflächlich, und der ist ihm wieder zu großsprecherisch, und die hat auch nichts im Kopf. Und in Wirklichkeit hat er nur Angst vor allen. Überall sieht er Gespenster. Er bildet sich ein, alle sind nur auf der Welt, um ihm was Schlechtes zu wollen. Das ist ja der Witz, sagte sie, wenn man so groß tut wie du, dann muß man ja Angst haben, daß einem wer draufkommt, daß man in Wirklichkeit ganz anders ist. Dabei ist es allen vollkommen egal, was er früher gemacht hat, daß er einmal Arbeiter war. Na gut, war er eben einer. Einen Schmarren ist es ihnen egal, sagte Klein, du hast ja überhaupt keine Ahnung. Was weiß sie denn schon, wie das ist. So ein verhätscheltes Mensch, das immer alles gehabt hat. Du hast einen Verfolgungswahn, sagte Irene, ich habe mir eh schon manchmal gedacht, sagte sie, du hättest bleiben sollen, wo du hergekommen bist. Unter denen wäre er dann vielleicht wirklich etwas Besonderes gewesen. Hätte er nicht immer den Mann von Welt spielen müssen. Das ist dir, sagte sie, nämlich ein paar Nummern zu groß. Natürlich, sagte Klein, ein Arbeiter muß ein Arbeiter bleiben, da haben wir es ja wieder, selbstverständlich, was bildet sich so ein Hund denn ein?, sagte er, ich bin ja ein Größenwahnsinniger. Nein, sagte Irene, eine Imitation bist du, und manchmal eine ganz lächerliche. Klein fing plötzlich zu lachen an, sehr gut, sagte er, und das weißt du erst jetzt? So lange hast du gebraucht, um da draufzukommen? Er zündete sich wütend eine Zigarette an. Lächerlich hast du dich schon von Anfang an gemacht, sagte Irene, aber damals ... So?, lachte Klein, und was hast du dann überhaupt von mir wollen? Warum hast du mich dann geheiratet auch noch? So eine lächerliche Imitation? Irene sah vor sich hin, dann zog sie langsam die Schultern hoch, das war sowieso ein Mißverständnis, sagte sie. Na gut, daß du draufkommst, grinste Klein, das hab ich mir nämlich auch schon hundertmal gedacht. Er lehnte sich in den Polster zurück und sah sie grinsend an. Irene rückte ein wenig herum und streichelte mit ganz automatischen Bewegungen die Bettdecke und sah ihren Fingern zu, als sei es im Moment das Wichtigste, daß die Decke ganz regelmäßig nebeneinanderliegende Falten habe. Ganz kurz entstand ein Lächeln auf ihrem Gesicht, das aber, als sie wie unwillig den Kopf schüttelte, sofort wieder verschwand. Damals, sagte Irene, habe sie ihn ja manchmal noch rührend finden können. Neben der Lächerlichkeit. Wie sie sich zum ersten Mal getroffen hätten. Er eingezwängt in einen dicken Anzug, trotz der Hitze. Und wie er ums Auto gelaufen sei, um ihr die Tür aufzumachen. Und wie er sich für sein Auto geniert und getan habe, als sei er nur aus Zeitmangel noch nicht dazu gekommen, sich einen Cadillac anzuschaffen. Und seine gespreizten Reden. Endlich einer, habe sie damals geglaubt, der sie nicht gleich mit einem eingebildeten Selbstbewußtsein erschlagen will. Seine Unsicherheit habe ihr damals sogar gefallen, schüttelte sie den Kopf, und seine großen Sprüche von der großen Liebe und seine Dackelaugen, wenn sie wieder weggefahren sei. Und seine geschwollenen Briefe. Aber das einzige Ehrliche ist nur seine Unsicherheit gewesen. Und die hat er nicht zugeben wollen. Sonst war alles ein Versuch, sie einzusperren. Mit niemandem reden. Nirgends hingehen. Sonst ist er ja so traurig. Wenn du mich wirklich liebst, kannst du ja so was nicht tun. Lauter solcher Sprüche. Und dann noch die Reden von der großen Zukunft. Wirst sehen, wenn ich erst einmal hier weg bin. Und was war dann? Dann war überhaupt nichts mehr. Was hat er getan? Nichts hat er getan. Manchmal, sagte sie und sah ihn plötzlich an, kommt mir vor, du lebst überhaupt nicht. Nur wenn sie einmal allein weggehen oder nach Hause fahren will, wird er plötzlich wach. Da hat er auf einmal wieder Gefühle. Da fällt ihm plötzlich ein, daß er sie braucht. Sonst hat er nie etwas für sie übrig gehabt. Außer Vorwürfe. Vergnügungssüchtig ist sie. Biedert sich bei Leuten an, die es nicht wert sind. Er darf ja sagen, was er will. Da ist er nicht wählerisch. Aber wenn sie etwas sagt, kommt er um vor Wehleidigkeit. Und wenn er bei anderen noch so gehemmt und unsicher ist, daheim, in den vier Wänden, ist er auf einmal stark. Sie sah auf ihre Hände hinunter, und plötzlich strich sie die Falten, die sie ununterbrochen zusammengeschoben und wieder verändert hatte, mit den flachen Händen glatt, ich halte dich einfach nicht mehr aus, sagte sie, ich halte das einfach nicht mehr aus.

Klein hatte ihr zugehört, mit einem wie festgewachsenen Lächeln auf dem Gesicht, und wenn er sie angesehen hatte, hatte er immer auf die Mulde zwischen ihrem Hals und dem Schlüsselbein geschaut, wo das Pochen ihres Herzens zu sehen gewesen war. Bist du jetzt fertig, fragte er. Irene machte eine müde Handbewegung, ich könnte noch stundenlang reden, sagte sie, aber ... Na dann red, fuhr er sie an, red schon weiter, wenn du schon einmal dabei bist. Deine Erlaubnis brauche ich sowieso nicht, sagte Irene, verbieten laß ich mir nichts mehr von dir. Natürlich nicht, sagte Klein, du als eine Bessere brauchst dir von mir, von mir lächerlichen Imitation doch nichts verbieten lassen. Irene legte sich in den Polster zurück und sah zur Zimmerdecke hinauf. Du kannst einem zwar leid tun, sagte sie, aber ich bin nicht die Caritas, ich will auch leben. Und neben dir, schüttelte sie den Kopf, geht das nicht. Klein drückte mit einer heftigen Bewegung die Zigarette im Aschenbecher aus, auf dein Mitleid scheiß ich dir, sagte er, ich brauch so was nicht. Daß du ordinär sein kannst, sagte Irene, weiß ich schon. Das ist mir ganz Wurscht, sagte Klein, überhaupt alles, fuhr er mit der Hand flach durch die Luft, alles, was du sagst. Es war eine Weile still, Irene hatte die Augen geschlossen, und Klein hörte, wie draußen ein Vogel zu schreien begann. Die Margit hat ganz recht, sagte Irene langsam, du bist eigentlich ein armer Mensch, und der Rudi, sagte sie, und Klein machte eine so jähe Bewegung, daß das Bett aufquietschte, deine Margit, sagte er, interessiert mich einen Dreck, und überhaupt deine ganzen feinen Freunde. Die sind bei mir, wenn du es wissen willst, im Arsch daheim. Und dein blöder Bruder, sagte er, soll überhaupt die Goschen halten, so ein blödes Bürscherl, das noch nicht einmal gerade brunzen kann, der soll erst einmal hinriechen, wo ich schon hingeschissen habe. Irene stützte sich auf den Ellbogen und nickte ihn lächelnd an, sehr gut, sagte sie, sehr gut kannst du das. Ich kanns noch viel besser, wenn du willst, sagte Klein. Das glaub ich dir aufs Wort, lachte Irene auf, das bist nämlich du, zeigte sie mit dem Finger auf ihn, das bist nämlich wirklich du, lachte sie, und Klein packte sie plötzlich am Arm, ja, das bin ich, schrie er und riß sie hoch und schlug mit der anderen Hand zu, schlug ihr direkt ins Gesicht und faßte sie an den Haaren und schlug zu, du Kreatur, schrie er, du elendige du, und Irene riß die Arme über ihren Kopf, hör auf, hör auf, schrie sie, und er schlug ihr die Arme weg, traf ihr Gesicht, ihren Mund, nicht schlagen, nicht schlagen, heulte Irene, und er schlug immer weiter zu, bis sie still war.

Sie lag da, die Hände schützend über dem Kopf und mit dem Gesicht in den Polster gepreßt, und er kniete daneben, keuchend, starrte auf sie hin, und langsam ließ er die Arme sinken, und sein Mund öffnete sich wie im Entsetzen, mein Gott, dachte er, mein Gott, und er griff auf sie hinüber, mit fahrigen Händen, Irene, du, stieß er heraus, du, das hab ich nicht wollen, du Irene, du, tastete er zitternd ihre Schultern entlang, und Irene richtete sich auf einmal auf, stieß seine Hände zurück und starrte ihn mit weitaufgerissenen Augen an, nein, sagte sie, nein, schüttelte sie heftig den Kopf, geh weg, geh weg du, rückte sie immer weiter von ihm fort, verschwinde du, stieß sie heraus, und er drängte ihr nach, aber Irene, du, ich habs doch nicht wollen, versuchte er sie festzuhalten, stammelte er Wörter heraus und griff immer wieder zu, schlagen, sagte Irene, schlagen, das kannst du, aber ich laß mich nicht schlagen, sagte sie, stand sie auf einmal neben dem Bett und riß an ihrem Nachthemd, das er festhielt, aber ich habs doch nicht wollen, schrie er auf, ich habs doch nicht wollen, was willst du denn noch? Von dir nichts mehr, sagte Irene, nur daß du verschwindest. Klein ließ plötzlich den Stoff ihres Nachthemdes los und richtete sich auf, und ein verzerrtes Grinsen entstand auf seinem Gesicht, das würde dir passen, was?, sagte er, loswerden willst du mich, weil du einen anderen hast, stieß er heraus. Ja, schrie Irene, ja, ja, ja, schrie sie, aber jetzt geh, bitte geh. Sie starrten einander an, und Klein öffnete den Mund, und seine Lippen begannen sich zu bewegen, dann geh *ich*, schrie Irene, und sie stolperte zur Schlafzimmertür, riß sie auf, und Klein starrte ihr nach, starrte die Tür an, die hinter ihr zugeschlagen war, hockte da, mit verrenktem Körper, ohne es zu spüren, ein Durcheinander im Kopf, halbe Sätze, die aus dem Kopf zu laufen schienen, verschwanden, und wo sich wie Gedanken nur mehr Wahrnehmungen ausbreiteten, wie etwas Fremdes, weit weg die nackten Zehen eines weggestreckten Fußes, die wie etwas nicht zu ihm Gehörendes aus der Bettdecke ragten, und ein Stück Matratze, wo das Leintuch verschoben war, und Asche und Zigarettenstummel übers zerrüttete Bettzeug verstreut, das laute Ticken des Weckers und das weit entfernte Gefühl, irgend etwas ist, irgend etwas ist passiert, aber nicht mit ihm, und eine Hand mit nach oben verdrehter Handfläche und nach innen gekrümmten Fingern und eine Uhr am Gelenk, und auf einmal, als fange der Raum zu schwanken an und gleichzeitig ein Schrecken, der ihn aufstieß, und er drehte sich um und griff nach den Zigaretten, zündete eine an, sah vor sich hin, schüttelte immer wieder den Kopf, rauchte, und plötzlich sprang er aus dem Bett, riß die Tür auf und faßte Irene am Arm, die gerade aus der Wohnung wollte, da kommst du mir nicht hinaus, stieß er hervor und stellte sich mit dem Rücken gegen die Wohnungstür. Irene sah ihn ganz ruhig an, dann drehte sie sich um und griff zum Telefon. Wen willst du anrufen?, riß er ihr den Hörer wieder aus der Hand. Sie ging ins Wohnzimmer, und er blieb im Türrahmen stehen, geh ins Bett, sagte er drohend. Irene setzte sich in einen Sessel, geh ins Bett, sagte Klein wieder. Irene sah ihn kurz an, mit dir bleibe ich nicht mehr unter einem Dach, sagte sie, und wenn du mich erschlägst. Sie saß ganz ruhig da, und als Klein einen Schritt auf sie zumachte, fuhr sie plötzlich herum, was soll ich denn tun, daß du mich in Ruhe läßt, daß du endlich gehst?, schrie sie, geh doch endlich. Klein stockte und sah sie an, und er spürte noch im ganzen Körper, wie er auf sie zugehen und sie berühren würde, aber da war ihr Gesicht, das wie in einer Qual zu einer Grimasse verzerrt war, und langsam, als ob sein Körper auf einmal nachgäbe, sanken seine Arme hinunter, seine Schultern, und er drehte sich um und schloß so sachte die Tür, als könne er, wenn er sie zuschlägt, der Tür einen Schmerz zufügen.

Es wurde schon hell, und die Vögel schrien, als Klein aus dem Haus kam. Er sperrte den Schlagbalken auf, der den Parkplatz abschloß. Ging zu seinem Auto hinüber. Jeder Schritt, den er machte, war ihm ganz deutlich ein Weggehen. Tasche in den Kofferraum stellen. Den Wagen starten. Beim Schlagbalken ganz automatisch stehenbleiben, um ihn wie sonst hinter sich zu schließen. Aber plötzlich war da das Gefühl, daß ihn das eigentlich gar nichts mehr anging. Er fuhr die Straße hinunter und hielt bei der Ampel, die ganz sinnlos in den Morgen leuchtete. Niemand war jetzt unterwegs, aber die Ampel erteilte noch immer ihre Befehle, wurde gelb, wurde grün, Klein stand da, die Ampel wurde wieder rot, wo soll ich hin, dachte er. Bis jetzt war es einfach gewesen. Da hatte sich eines aus dem anderen ergeben. Er hatte die Tasche gepackt. Geld eingesteckt. Den Lift gerufen. Das war einfach abgelaufen. Er wußte gar nicht recht, was er alles in die Tasche getan hatte. Kästen hatte er geöffnet und etwas herausgenommen, und die ganze Zeit hatte er das vage Gefühl gehabt, daß er eigentlich das alles, was er da in die Tasche tut, gar nicht braucht. Nur vor der Schatulle, in der ihr gemeinsames Geld war, hatte er lange überlegt, wieviel er nehmen sollte, wieviel ihm zustand. Ganz klar und nüchtern war er da plötzlich gewesen. Und sein Weggehen auf einmal nicht mehr das Aufbrechen in etwas ganz Unvorstellbares, sondern fast wie etwas Vernünftiges. Er nimmt das ganze Geld, hatte er zuerst gemeint, denn Irene bleibt sowieso das Sparbuch. Aber er hatte doch die Hälfte der Geldscheine wieder zurückgelegt. Dann hatte er ins dunkle Schlafzimmer hineingeredet, daß er seine Sachen *irgendwann* einmal abholen wird. Undeutlich hatte er Irenes Körper unter der Bettdecke und ihr Haar auf dem Polster gesehen, aber sie hatte sich nicht gerührt. Bei der Wohnungstür hatte er noch einen Moment zurückgehorcht, aber es war ganz still geblieben. Und dann war der Lift dagewesen, und er hatte einsteigen müssen. Dann aussteigen, Tür auf und wieder zusperren, zum Auto gehen. Aber was sollte er jetzt tun? Er sah zur Ampel hinauf und wartete darauf, daß sich in seinem Kopf etwas zusammensetzen würde. In ein Hotel vielleicht? Aber was sollte er dort? Er war ganz wach, nicht einmal müde, und hell wurde es auch schon. Lokale hatten jetzt wahrscheinlich keine mehr geöffnet. Irgendwohin, dachte er, es ist ja sowieso alles gleichgültig.

Er fuhr eine Weile ziellos in der Stadt herum, fuhr, bog ab, hielt vor Ampeln, fuhr wieder, und manchmal, wenn er bei Grün losfuhr, wunderte er sich, daß er da vorher überhaupt stehengeblieben war. Immer wieder Kopfbewegungen, um Gedanken zu vertreiben. Zigarettenanzünden, um Gedanken zu vertreiben. Räuspern. Auf dem Sitz hin und her rücken. Immer wieder standen dieselben Bilder in seinem Kopf. Das Vorzimmer, das dunkel wird, als er beim Weggehen das Licht abdreht. Das dunkle Schlafzimmer mit dem Bett. Und immer wieder das Bild, wie Irene die Arme über den Kopf gerissen hatte, um sich vor seinen Schlägen zu schützen. Die Haarsträhnen über ihrem Gesicht. Und deutlich das Gefühl im rechten Arm, im ganzen Körper, wie er auf sie hingeschlagen hatte. Und das Gefühl, wie er ihr gegenübergestanden war und in ihr gequältes Gesicht gesehen hatte, das Gefühl, er kann sie nicht mehr erreichen. Als er an eine Ausfallstraße kam, fuhr er aus der Stadt hinaus. Er fuhr sehr langsam, als müsse er fürchten, irgendwo zu früh hinzukommen. Plötzlich merkte er, auf welcher Straße er da wie zufällig fuhr: Auf dieser Straße würde er, wenn er auf ihr immer geradeaus weiterfahren würde, ja in den Ort kommen! Bei der nächsten Seitenstraße bog er ab. Als die Sonne aufging, waren ihm alle Ortsnamen, die ihm begegneten, schon ganz fremd. Fast niemand war auf den Straßen, und in den Dörfern war keine Bewegung. Um diese Zeit, dachte er manchmal, bin ich sonst höchstens nach Hause unterwegs gewesen. Ohne sich recht dazu zu entschließen, fuhr er, als er durch einen Wald kam, einen schmalen Weg hinein, bis er vor einer großen Lache stehenbleiben mußte. Er schaltete den Motor ab, saß eine Weile bewegungslos da und sah zu, wie die Luft über dem heißen Kühler ein wenig zu flimmern anfing. Als er die Tür öffnete, um auszusteigen, merkte er plötzlich, wie müde er war. Er lehnte sich gegen den Türrahmen, hockte lange da, mit den Füßen außerhalb des Autos im taunassen Gras, irgendwo hinlegen, dachte er, und schlafen, einschlafen und nichts mehr denken, und nicht mehr aufwachen. Aber dann, auf dem Rücksitz liegend, waren ihm die Vögel rundum in den Büschen viel zu laut. Es dauerte lange, bis er sich entschließen konnte, den Weg zurückzufahren und auf der Straße weiter durch den Wald, bis wieder die Felder anfingen. In einem Feldweg, weit weg von der Straße, blieb er stehen. Im Liegen sah er noch lange zu, wie sich die Spitzen des Korns im Morgenwind bewegten.

Am Vormittag fuhr er wieder zurück. Ohne zu wissen, was er in der Stadt sollte. Draußen, zwischen den Feldern, hatte er sich noch alles mögliche vorzustellen versucht, was er sonst tun könnte, aber er hatte von Anfang an, eigentlich gleich beim Aufwachen gewußt, daß er in die Stadt zurückfahren würde.

Er war gegen neun wach geworden, weil ihm die Sonne heiß ins Gesicht geschienen hatte, und sofort, ohne die Augen öffnen zu müssen, hatte er gewußt, wo er war und was geschehen war. Es war gewesen, als liefen seine Gedanken augenblicklich an dem Punkt weiter, wo der

Schlaf sie unterbrochen hatte, oder als hätten sie sich auch im Schlaf unaufhörlich weitergedreht. Ganz unwahrscheinlich war es ihm vorgekommen, daß er wirklich geschlafen hatte, daß er tatsächlich hatte einschlafen können, und er hatte sich fast darüber geärgert, als habe er sich mit dem Schlafen etwas Schönes erlaubt, eine Erleichterung, wodurch seine Lage gleich weniger entsetzlich und daher weniger Mitleid wert geworden wäre.
Es war heiß, und der Asphalt spiegelte, als wäre er naß, und während der ganzen Fahrt hatte Klein immer wieder das gedankenlose Gefühl, er fährt jetzt nach Hause, ist nach Hause unterwegs, kann dort ankommen. Was sollte er aber wirklich in der Stadt? Dort war doch jetzt nichts mehr für ihn. Obwohl er angestrengt überlegte, fiel ihm nichts weiter ein als sein Schreibtisch im Büro. Der stand noch. Das war noch etwas, dem er sich zugehörig fühlen konnte. Aber heute war Samstag und das Büro abgesperrt. Sonst war die Stadt nur wie irgendeine andere. Nur eine Ansammlung von Häusern. Und in keinem jemand, dem er etwas bedeutet hätte. Niemand mehr, zu dem er hätte gehen können. Außer vielleicht zur Schwester. Aber was sollte er dort? Ein paar Monate hatte er sich bei ihr schon nicht mehr blicken lassen. Und jetzt auf einmal? Wenn sie allein gewesen wäre, wäre sie vielleicht eine Möglichkeit gewesen. Aber da war ja auch noch Günther, dem er nicht mehr sein würde als ein Verwandtenbesuch. Und wenn er hinfahren würde, müßte er nach ein paar Stunden wieder gehen. Und reden könnte er auch nur über etwas, was ihn jetzt gar nicht interessierte. Nicht über sich und was geschehen war. Die Schwester hatte ihre eigene Familie und ihre eigenen Sorgen. Und helfen konnte sie ihm ja auch nicht. Bestenfalls auf der Bank in der Küche könnte sie ihn ein paar Tage schlafen lassen. Aber daß er so abgerutscht war, konnte er ihr doch nicht zeigen. Sofort würden die Eltern alarmiert werden. Und die Mutter könnte sich schon wieder einmal *Sorgen* wegen ihm machen. Nein, dachte Klein, die Verwandtschaft ist jetzt das Unmöglichste.
Er fuhr zum nächstgelegenen Bahnhof der Stadt. Als er

aus dem Auto stieg, merkte er, wie zerdrückt Anzug und Hemd vom Schlafen waren, aber er nickte nur leicht mit dem Kopf, das paßt jetzt sowieso genau zu mir, dachte er. In der großen Halle standen Gruppen von Gastarbeitern zusammen, und als Klein an ihnen vorüberging, wünschte er sich plötzlich, daß einer von ihnen ihn angesehen hätte, damit er ihn ein wenig hätte anlächeln können. Im Selbstbedienungsrestaurant stellte er sich mit einem Tablett in die Reihe, doch der Anblick der Speisen ekelte ihn so, daß er beinahe wieder hinausgegangen wäre. Aber ich muß etwas essen, sagte er sich, essen muß ich etwas. Er verlangte ein Paar Würstel und ein kleines Bier, sprach aber so leise, daß die Frau hinter der Theke ihn erst verstand, als er zum zweiten Mal die Bestellung wiederholt hatte. Dann stand er da, mit dem Tablett in den Händen und überlegte einen Moment, ob er sich nicht zu jemandem an den Tisch setzen sollte. Aber er konnte sich nicht vorstellen, daß es irgend jemandem recht sein könnte, wenn er sich zu ihm gesetzt hätte. Allein sitzen zu müssen, kam ihm dann so vor, als entspreche das ohnedies nur genau seiner Lage. Er aß ganz langsam, hatte bei jedem Bissen das Gefühl, keinen weiteren mehr hinunterzubringen, und als er mit dem ersten Würstchen zu Ende war, war das zweite schon kalt und lag mit runzeliger Haut neben der Semmel, von der er nur einmal abgebissen und die er dann liegengelassen hatte, weil der Bissen im Mund immer mehr geworden war, und er den Eindruck gehabt hatte, seine Kehle schwelle jetzt überhaupt zu. Jedesmal, wenn jemand mit einem Tablett von der Kassa wegtrat und kurz dastand und sich nach einem Platz umsah, wünschte er, dieser Mensch setze sich zu ihm. Aber er wußte jedesmal schon vorher, daß dieser Wunsch ganz vergeblich war, weil es genug Tische gab, an denen niemand saß.

In der oberen Halle, von der die Bahnsteige zu erreichen waren, setzte er sich auf eine Bank, ohne zu wissen, warum er das tat. Vor ihm war ein ständiges Hinundhergehen, Menschen, die auf einen Zug warteten, um einsteigen zu können, Menschen, die auf jemanden warteten, und er saß da und sah alle an, versuchte zu taxieren, ob in ihren Gesichtern irgendeine mögliche Anteilnahme für ihn sei. Aber alle hatten anscheinend etwas ganz Bestimmtes im Kopf, das sie, zumindest im Moment, für ihn nicht in Frage kommen ließ. Zwei Bänke weiter saß ein alter Mann in einem dicken, verschlissenen Wintermantel zwischen einem Haufen prall vollgestopfter Plastiktragetaschen, die für ihn Zimmer, Küche, Kabinett zu sein schienen, und aß, ohne sich um irgend etwas um ihn herum zu kümmern. Mit einem großen Taschenmesser schnitt er dicke Scheiben von einer Zwiebel ab und schob sie zusammen mit Brotwürfeln in den Mund, die er schon geschnitten vor sich auf einer Zeitung liegen hatte. Klein sah ihm zu, und er konnte sich auf einmal ganz leicht vorstellen, so wie dieser Mann zu verkommen, irgendwo im Freien zu schlafen, auf einer Parkbank, in einer Hauseinfahrt, nichts mehr zu haben als ein paar Plastiktragetaschen, den Tag irgendwie hinzubringen, ohne sich noch etwas zu wünschen. Wer weiß, dachte Klein, was der einmal gewesen ist. Ihm selber würde man dann auch nicht mehr anmerken, daß er einmal weiße Hemden und teure Anzüge getragen hatte. Und wenn er wie dieser Mann Brot und Zwiebeln auf einer schmutzigen Zeitung schneiden würde, könnte man nicht mehr erkennen, daß er einmal in guten Lokalen gespeist hatte. Dort drüben, dachte er, sitze ich. So würde er sein. Ausgespuckt von der Welt. Fertig mit allem. Und wenn Irene ihn dann einmal sehen würde ... Plötzlich merkte er, daß er sich zu diesen Vorstellungen ständig einen Beobachter hinzugedacht hatte, einen mitleidigen Beobachter, daß er sich Irene hinzugedacht hatte, die sehen würde, wie er verkam, wie es um ihn stand. Er schüttelte ein wenig den Kopf, Selbstmitleid, dachte er, und sofort war auch das leichte Würgen im Hals weg, das unter der Vorstellung seines Zugrundegehens entstanden war. Aber eigentlich, dachte er, ist das ganz gleichgültig. Ob Selbstmitleid oder nicht. Alles, was er tat, war ganz gleichgültig. Wenn es doch niemanden mehr gab, für den das etwas bedeutet hätte. Warum, dachte er, habe ich eigentlich niemanden? Was war da eigentlich geschehen? Was war da falsch gelaufen? Er war doch früher nie ein Einzelgänger gewesen. Immer hatte er genug Freunde gehabt. Das Unbegreiflichste war es ihm gewesen, immer allein herumzulaufen, wie manche im Ort, sich mit irgendwelchen absonderlichen Interessen zwischen vier Wänden zu verkriechen oder wie ein streunender Hund in den umliegenden Wäldern herumzurennen. Warum war er jetzt auf einmal selber so ein einzelner? Die Lautsprecher sagten die Ankunft eines Zuges an, und gleich darauf kam ein Schwarm Menschen von einem Bahnsteig herein. Klein sah Begrüßungen, lachende Gesichter, Umarmungen, Paare, die eng umschlungen dahingingen, Menschen, die einander immer wieder das Tragen des Gepäcks abnehmen wollten, alle, hatte er den Eindruck, hatten jemanden, und die, die allein waren, waren wahrscheinlich nach einem Zuhause unterwegs, wo jemand auf sie wartete, und er stand plötzlich auf, um schnell aus dem Bahnhof zu gehen. Als er an dem alten Mann vorbeikam, der gerade die Reste seines Essens in das Zeitungspapier wickelte, dachte Klein gar nicht mehr daran, daß er sich zuerst vorgestellt hatte, ihm schnell und ohne auf einen Dank zu warten, einen Geldschein zuzustecken.

Den ganzen Nachmittag saß er dann in einem Gastgarten neben dem Fluß am Rande der Stadt. Stundenlang saß er da, ohne sich viel zu rühren, außer nach dem Bierglas zu greifen und sich wieder eine Zigarette anzuzünden. Obwohl ihm die Kleider am Körper klebten, zog er nicht einmal die Jacke aus, so als könnte ihm daraufhin zu angenehm sein, als müsse er jetzt einfach alles ertragen. Und als die Wirtin ihn fragte, ob er denn den Sonnenschirm nicht aufspannen wolle, der neben dem Tisch stand, machte er nur eine gleichgültige Handbewegung. Manchmal sah er seine Hände an, die ganz klebrig waren, und als er sah, daß seine Fingernägel anfingen schmutzig zu werden, hat er dazu nur ein wenig gelächelt, weil er das Gefühl hatte, als müsse alles so sein, als könne er zu allem ohnedies nur ja sagen. Die Menschen an den anderen Tischen wechselten, ohne daß ihm das

besonders auffiel, und er sah zu, wie er einem Film zugesehen hätte oder den Schiffen, die ab und zu den Fluß heraufkamen. Wenn er sich vorzustellen versuchte, was diese Menschen wohl über ihn dachten, waren seine Gedanken, noch ehe sich da eine Vorstellung hätte bilden können, meist schon wieder ganz woanders. Sich an ihnen ein Mitgefühl vorzustellen, gelang nicht. Dazu waren ihm diese Menschen viel zu laut und lustig, mit sich selber oder dem Gegenüber beschäftigt oder damit, die Kinder im Zaum zu halten. Wahrscheinlich, dachte er, bin ich für die nichts weiter als ein Reiz auf der Netzhaut. Wie der Tisch, der Sessel, das Bierglas. Für diese Menschen war das irgendein Samstag. Ein Sommernachmittag. Auch für mich, dachte er, wäre das, wenn nichts geschehen wäre, nur irgendein Samstag geworden. Wahrscheinlich wäre der Tag irgendwie vergangen, ohne daß er sich später daran hätte erinnern können. Was hätte er denn gemacht? Für den Vormittag hatte er vorgehabt, Platten kaufen zu gehen. Das war jetzt so weit weg, daß es ihm komisch vorkam, daß er so etwas wirklich hatte tun wollen. Und was würde Irene tun? Wahrscheinlich mit diesem Mann zusammen sein. Wenn es ihn überhaupt gab und sie ihn nicht nur erfunden hatte, um ihn zu verletzen, ganz genau zu treffen. Vielleicht saß sie auch irgendwo in einem Gastgarten. In einem luftigen Kleid, vielleicht in dem grobleinenen, das er mit ihr kaufen gewesen war. Vielleicht lachte sie gerade jetzt. Hatte das Haar offen. Aber vielleicht war sie am Vormittag gleich zum Friseur gegangen. Angeblich ließen sich ja Frauen, wenn sie ein anderes Leben anfangen wollten, gleich eine neue Frisur machen. Vielleicht hatte sie sich das Haar überhaupt abschneiden lassen. Aber diese Vorstellung war ihm so unangenehm, daß er sie schnell aus dem Kopf drängte.
Als er über den Fluß in die Sonne sah und die Gedanken immer langsamer wurden, hatte er wie im Auto das vage Gefühl, er könne, wenn er dann aufsteht, nach Hause gehen. Aber ich kann gar nirgends mehr hin, dachte er. Für diese Nacht würde er in ein Hotel gehen. Und dann ein Zimmer suchen. Wie ist das denn gekommen?, dachte

er wieder. Warum hatte er gleich überhaupt niemanden mehr, sobald ihn ein einziger Mensch verließ? War da vielleicht die Großstadt daran schuld? Im Ort, konnte er sich vorstellen, wäre das anders. Aber als er noch im Ort gewesen war, hatte er ja auch schon das Gefühl gehabt, als sei es um ihn herum menschenleer geworden. Er blinzelte in die Sonne, rührte sich nicht, bewegte nur ein wenig die Zehen in den verschwitzten Schuhen. Begonnen, dachte er, hat es eigentlich damals, als ich ins Angestelltengebäude übersiedelt bin. Vielleicht sogar schon früher. Als er alle seine Freunde von sich abgeschnitten hat. Als ihm vorgekommen ist, sie passen nicht mehr zu ihm. Ab damals, dachte er, ist es eigentlich immer menschenleerer um mich geworden. Und jetzt würde er, wenn er verschwände, niemandem mehr abgehen. Höchstens in der Firma. Man würde bei ihm daheim anrufen und erfahren, daß er dort nicht mehr wohnt. Und dann? Wahrscheinlich würde man ihn nach einiger Zeit einfach aus den Gehaltslisten streichen. Und etwas später würde er der Mutter abgehen, wenn er sich nicht mehr bei ihr meldet. Und Irene würde sich fürs erste auch noch fragen, wo er geblieben ist, weil er doch noch seine Sachen bei ihr hat, die Bücher und Platten und all den Kram. Er hat ein wenig vor sich hingelächelt, weil der Gedanke, daß das dort auf ihn wartete, sodaß er noch einmal hingehen konnte, ihm plötzlich wie eine Hoffnung gewesen ist.

Es war schon lange dunkel, und vom Fluß heraus kam es kühl, als er endlich den Gastgarten verließ. Er war betrunken und wußte nicht gleich, wo er das Auto abgestellt hatte. Drinnen in der Stadt blieb er plötzlich bei einer Telefonzelle stehen. Weil die Beleuchtung nicht funktionierte, konnte er die Ziffern auf der Wählscheibe nur undeutlich erkennen, und als es dann lange läutete, ohne daß sich jemand meldete, meinte er schon, er habe eine falsche Nummer gewählt, aber plötzlich war Irenes Stimme im Hörer, ja?, sagte Irene nur. Er zögerte einen Moment mit dem Finger über dem Zahlknopf. Wenn er sich nicht meldete, würde sie trotzdem vermuten, daß er es war. Ich bin es, sagte er. Ja, sagte Irene. Ihre Stimme klang abweisend, und er wußte, daß sie jetzt eine Falte zwischen den Brauen haben würde. Es geht um meine Sachen, sagte er, wann kann ich sie mir holen? Wann du willst, sagte Irene. Er spürte, wie sein Herz zu klopfen anfing. Jetzt, sagte er. Nein, sagte Irene sofort, jetzt nicht. Und warum nicht, fragte er. Es war einen Moment still, und er hörte das Rauschen in der Leitung und seinen Pulsschlag im Ohr. Jetzt geht es nicht, sagte sie, und in seinem Kopf entstand sofort das Bild, wie sie im Vorzimmer stand, und die Tür zum Wohnzimmer steht offen, und da drinnen sitzt ein Mann, Irene nur im Schlafrock, der oben auseinanderklafft, sodaß ihre Brüste zu sehen sind, Irene überhaupt nackt und die Tür ins Schlafzimmer offen und im Bett ein Mann, ja, sagte Klein plötzlich, ich melde mich dann wieder, und er hängte schnell auf und ging zum Auto hinaus. Ohne sich zu bewegen, saß er eine Weile da, bis endlich der Ärger überhand nahm, daß er sie angerufen hatte, und die plötzliche Wut, daß in seinem Bett ein anderer lag, obwohl das Bett fast noch von ihm warm sein mußte.

Er nahm ein Zimmer im ersten Hotel, das ihm unterkam und das nicht teuer aussah. Als die Tür hinter ihm einschnappte, hatte er das Gefühl, als sei jetzt etwas Endgültiges geschehen, als sei er jetzt von allem, was früher sein Leben war, abgeschlossen. Langsam fing er an, die Tasche auszupacken, aber als er die Schranktür öffnete, kam es ihm mit einemmal ganz sinnlos vor, da irgend etwas hineinzuhängen. Er öffnete das Fenster, das in einen schmalen Lichthof ging, lehnte sich aufs Fensterbrett und sah lange in den dunklen Schacht hinab, in dem nichts zu sehen war als das matte Glänzen einer Reihe Mistkübel. Im Sitzen zog er sich aus, mit langsamen Bewegungen, und ging barfuß zur Waschmuschel hinüber. Als er dort ein kleines Stück in rosa Papier verpackter Seife liegen sah, das ihm wie eine extra für ihn gedachte Aufmerksamkeit vorkam, spürte er plötzlich, wie ihm Tränen in die Augen zu steigen begannen. Er hob den Kopf und sah in den Spiegel und sein bartstoppeliges Gesicht kam ihm so trostlos vor, daß er die Tränen nicht mehr zurückhalten konnte. Er sah zu, wie sich sein Gesicht verzerrte und zuckte und wie die Tränen über die Wangen liefen, und plötzlich drehte er das kalte Wasser auf und hielt seinen Kopf darunter.

Gegen Morgen wurde er plötzlich wach. Und sofort stand wieder ganz deutlich in seinem Kopf, was geschehen war. Er spürte, wie sein Herz gegen den Hals heraufschlug und wie sich vom Bauch aus eine Hitze über den ganzen Körper ausbreitete, unter die Kopfhaut kroch. Durch die Vorhänge kam Licht. Er drehte die Nachttischlampe auf und sah auf die Uhr. Es war vier. Ein Tag, dachte er, einen ganzen Tag bin ich jetzt schon allein. Als er das Licht wieder abdrehte, hatte er das Gefühl, als habe er irgend etwas überlebt.

Schon beim Betreten des Bürogebäudes hatte er Angst, da drinnen etwas tun zu müssen, was er nicht fertigbringen würde. Am Schreibtisch zögerte er jedesmal lange, bevor er sich entschließen konnte, eine neue Arbeit anzufangen, hatte er schon vorher das Gefühl, überfordert zu sein, es auf keinen Fall in der vorgesehenen Zeit zu schaffen. Er ging oft aufs Klo, hockte auf der Muschel, stützte den Kopf in die Hände und starrte seine Schuhspitzen an. Selbst bei den einfachsten Dingen, bei den Alltäglichkeiten, die sonst keine Überlegung wert gewesen waren, hatte er nun das deutliche Gefühl, er wird das nicht können. Irgendwo hineingehen und etwas kaufen! Plötzlich konnte er in einem Supermarkt stehen, den Einkaufswagen vor sich und mußte erst angestrengt nachdenken, was er hier überhaupt wollte. Und hinterher, etwa wenn er ganz gedankenlos Zigaretten gekauft hatte, wunderte er sich, daß das noch funktionierte. Und immer wieder an diesem Tag und auch an den folgenden Tagen war er ganz unvermittelt zu Tränen gerührt, ohne daß da ein Grund dafür gewesen wäre. Ständig war da eine mit den Tränen kämpfende Überempfindlichkeit, die ihn mit jeder Belanglosigkeit mitleidig machte, lenkte er vom Selbstmitleid aufs Mitleid ab, um über die Mitleidigkeit wieder aufs

Selbstmitleid zu kommen. Ein Rest eines Radiergummis auf dem Schreibtisch, der bunte, wippende Rock eines Kindes auf der Straße reichten schon, um aus der dazwischen doch immer wieder vorhandenen klaren Nüchternheit: eigentlich ist ja gar nichts passiert, eigentlich läuft ja alles doch weiter, in die Rührseligkeit zu fallen. Die Hände eines alten Arbeiters beim Mittagessen in der Kantine taten ihm auf einmal so leid, beim Gedanken, daß sie nie mehr würden spüren können, wie das ist, über eine weiche Haut zu streichen. Und manchmal kam ihm plötzlich der Gedanke, so zu tun, als sei alles nicht gewesen: die letzten zweieinhalb Jahre nur eine Einbildung. Einfach in eine Fabrik unter die Arbeiter würde er sich stellen, und es kann dort weitergehen, wo er ausgestiegen ist. Auf einmal kam ihm vor, damals sei eine schöne Zeit gewesen. Alles ist klar gewesen, und er war kein einzelner, sondern einer von vielen. Er hat getan, was alle taten, und das war etwas Sicheres. Und so könnte es wieder werden. Mit einem Schlag, stellte er sich vor, wären alle Unsicherheiten aus der Welt. Er wüßte wieder genau, wo er hingehört. Und was er tut und sagt, wäre nur das Selbstverständlichste, ohne daß er lange überlegen muß. Aber wenn er sich erinnerte, wo er damals ausgestiegen war: in diesem stinkenden Scheißhaus beim Plohberger, damals, als der Mehrwald gekommen war und gesagt hatte, Herr Klein, Sie sollen bitte ins Bürogebäude kommen, dann wußte er auch sofort, daß das nicht möglich war, daß er das nicht mehr konnte. Unmöglich kann er das wieder nur sein, was er schon gedacht hat. Eine Sentimentalität ist das, sagte er sich, wieder unter die Arbeiter zu wollen. Trotzdem war es ihm wie eine Hoffnung. Am schönsten, dachte er, wäre es, wenn ich ihnen damals nicht davongelaufen wäre, sondern wenn ich alle hätte mitnehmen können. Aber wie das hätte funktionieren sollen, konnte er sich nicht vorstellen.

Er ging in der Wohnung herum und räumte seine Habseligkeiten in die beiden Koffer. Irene kam ihm kein einziges Mal richtig in die Nähe. Sie blieb in der Küche bei Margit sitzen und schien sich keine Gedanken zu machen, er könnte etwas mitnehmen, was eigentlich ihr gehörte. Er hörte sie reden, einmal sogar lachen, so als sei da niemand sonst in der Wohnung, niemand, der sie etwas anging. Als mache vielleicht nur ein bestellter Handwerker seine Reparaturen, der, wenn er seine Arbeit erledigt und den Ehemann restlos beseitigt hat, wieder geht. Aber Klein war ganz sicher, daß Irene diese Gleichgültigkeit nur für ihn inszenierte. Oder nicht einmal für ihn, sondern für Margit. Feig ist sie, dachte er, feig. Bestellte sich die Freundin her, um nicht mit ihm allein in der Wohnung sein, um nicht mit ihm reden zu müssen. Um sich nicht anschauen zu müssen, wie er Stück für Stück aus der Wohnung, aus ihrem Leben in die Koffer hinein verschwindet.

Er hatte gemeint, das Auseinanderklauben ihrer Besitztümer werde etwas ganz Entsetzliches werden, Angst hatte er davor gehabt, immer wieder werde da etwas auftauchen, was weder dem einen, noch dem anderen allein gehörte, immer wieder werde da eine Erinnerung ihres Zusammenseins herumliegen, werde ihm da mit den Dingen etwas auferstehen. Aber es war nicht einmal so schlimm. Nur trostlos. Wie damals kam es ihm vor, als der Großvater gestorben war, und er mit der Mutter und der Großmutter die Habseligkeiten des Toten weggeräumt, ihn endgültig beseitigt hatte. Nun war er es eben selber, der sich hier wegräumte. Auch wenn er nicht erst alles zusammensuchen und auseinanderklauben mußte. Irene hatte diese Trennung ja schon ziemlich für ihn erledigt. Sie habe ihm die meisten Sachen schon zusammengerichtet, hatte sie gesagt, als er gekommen war.

Obwohl er noch den Schlüssel zur Wohnung gehabt hatte, hatte er geläutet. Fast hatte es ihn gewundert, daß auf dem Türschild noch sein Name stand und daß Irene nicht ganz verändert war. Das Haar hatte sie sich doch nicht abschneiden lassen, und ihr Geruch war noch derselbe. Aber er hatte gleich gemerkt, wie unruhig sie war. Ein ängstliches Gesicht, unruhige Augen und fahrige Bewegungen. Er hatte sie selber nicht ruhig anschauen können. Wie in einem Krampf waren seine Augen über sie weggeruckt. Hatten das Vorzimmer abgetastet. Aber da war nichts gewesen, was auf die Anwesenheit eines anderen Mannes hingewiesen hätte. Die Männerschuhe waren seine gewesen. Und dann war er erschrocken und einen Moment ganz starr dagestanden, als er durch die offene Küchentür Margit hatte sitzen sehen. Guten Abend, hatte er schnell gesagt und sich weggedreht. In seinem Kopf war es auf einmal leer gewesen. Damit hatte er nicht gerechnet. Eher noch damit, daß *er* da sein würde. Den ganzen Weg hierher hatte er sich ja vorzustellen versucht, wie sein letzter Besuch ablaufen würde. Immer wieder hatte er das vom Anfang an, vom Eintreten in die Wohnung an, ablaufen lassen. Und jedesmal, ohne daß er etwas dazu hätte tun müssen, hatte es damit geendet, daß sie einander auf einmal lange angesehen hatten. Jedesmal war er dann dageblieben. Und jetzt war diese Margit hier. Zufällig oder herbestellt. Von Irene extra herbestellt aus Angst vor ihm? Oder aus Angst, sie könnte schwankend werden? Sich von ihm wieder überreden lassen? Den Ehering, hatte er gesehen, hatte Irene auch nicht mehr am Finger. Obwohl er seine Hand sofort in die Hosentasche gesteckt hatte, hatte er seinen Ehering auf einmal so deutlich gespürt, daß er ganz sicher war, Irene habe ihn bemerkt. Im Schlafzimmer waren seine Kleider, seine Hemden und seine Unterwäsche schon gestapelt auf dem Bett gelegen. Zum Nehmen und In-den-Koffer-Packen waren sie dagelegen. Und er hatte alles genommen und den Koffer gepackt. Ganz automatisch, als könne er gar nicht anders. Als reagiere er nur auf eine Aufforderung wie bei einer Verkehrsampel. In einer seltsamen Lethargie. Ja. Ja. So ist das also. Ja. Das Bett, hatte er gemerkt, war zugedeckt gewesen. Irene hatte das sonst höchstens getan, wenn ihre Mutter auf Besuch gekommen war. Und er hatte das Gefühl gehabt, sie habe nun mit dem Zudecken des Bettes alle Zärtlichkeiten, die es zwischen ihnen gegeben hatte, alle Vertrautheit ihrer Körper zudecken wollen. Eine Decke drüber. Weg. Aus der Welt. Oder, hatte er plötzlich

gedacht, sie hat die Intimitäten mit ihrem Liebhaber zudecken wollen. Der jähe Schrecken, als er bemerkt hatte, daß das Hochzeitsbild weg war, war auch gleich in einem Kopfnicken, ja, ja, untergegangen.
Er ging im Wohnzimmer hin und her, vom Koffer weg, zum Koffer hin, griff herum, sah etwas an, legte es zurück, stand da und horchte auf die Stimmen in der Küche, griff wieder etwas an, zuckte die Schultern, legte etwas in den Koffer, und ständig hatte er das Gefühl, er spiele sich etwas vor. Er und Irene spielen sich nur etwas vor. Und einer dem anderen. Filmszenen könnten das sein. Und eigentlich könnte er auch ganz plötzlich mit diesem Theater aufhören. Und auf einmal, wenn sie hereinkäme, mit ihr ganz laut über die Koffer zu lachen anfangen. Diese ganze Unwirklichkeit einfach auslachen.
Er fing an, die Bücher, die Irene noch nicht nach Besitzern getrennt hatte, eines nach dem anderen aus dem Regal zu ziehen und die, die er mit in die Ehe gebracht hatte, auf dem Tisch zu stapeln. Auf einmal wußte er bei einem nicht, wem es zustand. Sie hatten es, fiel ihm ein, auf einem Spaziergang gekauft. Aber wem gehörte es nun? Wer hatte es damals bezahlt? Mit einem Ruck stellte er es wieder zurück. Nein, sie sollte ihm nicht nachsagen, er habe ihr etwas weggenommen. Er zog das nächste heraus, stockte, sah es an, sah das Regal entlang, schaute die Koffer an, und plötzlich drehte er sich um und klappte die Deckel der Koffer zu. Sollte sie doch alles behalten! Sollte sie glücklich damit werden. Er sah sich im Zimmer um. Nein, er würde überhaupt nichts mehr nehmen. Sollte sie sehen, wie er war. Er schluckte, weil es ihn im Hals zu würgen begann. Wenn nur diese Margit nicht da wäre, dachte er. Aber die würde nun auch sehen, wie er wirklich war. Und wenn sie noch so schlecht von ihm gedacht haben sollte. Er legte schnell die Schlüssel auf den Tisch und nahm die Koffer. Ich bin soweit, sagte er in die Küche hinein. Irene kam bis zum Türrahmen. Stand wie verlegen da mit herumsuchenden Augen. Aber hinter ihr saß unübersehbar Margit. Die Bücher, sagte Klein, habe ich dir alle dagelassen. Irene machte eine unwillige Bewegung

mit dem Kopf, warum?, sagte sie, ich brauch sie nicht. Er sah sie einen Moment an, das ist nicht sie, dachte er, das ist für die da drinnen gesagt. Na, dann wirf sie eben weg, sagte er plötzlich. Er öffnete die Wohnungstür, drehte sich um, na dann, sagte er, und Irene öffnete den Mund, als wolle sie etwas sagen, und er spürte auf einmal, daß er die Koffer gleich loslassen und den Schritt zu ihr hinmachen würde, aber Irene streckte plötzlich die Hand aus, da, sagte sie und hielt ihm ihren Ehering hin. Er schüttelte den Kopf, dann wünsch ich dir alles Gute, sagte er schnell, faßte die Koffer und ging hinaus. Als er mit dem Lift nach unten fuhr, war er noch immer ganz gerührt, daß er ihr, obwohl sie ihm doch den Boden unter den Füßen weggezogen hatte, auch noch Glück gewünscht hatte. Weggestoßen hat sie mich, dachte er, und einen anderen drübergelassen, und ich wünsche ihr noch Glück. Und die Bücher, die ihm immer so viel bedeutet haben, hatte er ihr auch dagelassen. Er wußte plötzlich genau, daß er sie auch deshalb zurückgelassen hatte, damit noch etwas von ihm da war, was er sich abholen konnte.

Ganz lächerlich war es ihm vorgekommen, sich gerade hier wie für Dauer einzurichten, seine Habseligkeiten zu verräumen, den Dingen einen festen Platz zu geben. Immer wieder hatte er den Kopf geschüttelt: Warum habe ich dieses Loch überhaupt genommen? Eine Verrücktheit war das gewesen. Eine Kopflosigkeit. Dieses verdammte Selbstmitleid. Die Gegend war trostlos. Und das Haus alt wie alle Häuser rundum, mit dunkelgrauer, fast schon schwarzer, abbröckelnder Schnörkelfassade. Klo und Wasser auf dem Gang. In der Küche ein Geruch, als sei hier seit Jahrzehnten ununterbrochen Kohl gekocht worden. Und eine gräßliche Zimmereinrichtung: Bett, Tisch, drei verschiedene Sessel, zwei verschiedene Schränke, ein Korbstuhl, der sich aufzulösen begann, ein verschlissener Teppich auf dem Boden und an der Wand, die seit ewig nicht mehr ausgemalt worden zu sein schien, ein ausgeblaßter Kunstdruck mit einem Rosenstrauß in einer Vase, der die

Blätter verliert. Als er sich die Wohnung nach Büroschluß angesehen hatte, hatte er sich gesagt, daß das jetzt genau zu ihm paßte. Gleichgültig ist es, wie er jetzt haust. Noch weiter herumzufahren und andere Wohnungen zu besichtigen, hatte er sich auch nicht vorstellen können. Aber nachdem er seine Sachen von Irene abgeholt hatte und es schon dunkel geworden war, hatte hier alles noch viel trostloser ausgesehen als bei Tageslicht. Eine viel zu schwache Birne hatte in der Deckenlampe gebrannt, von der Glasstäbe herabhingen, die manchmal, wenn über ihm jemand gegangen war, leise aneinandergeschlagen hatten. Von nebenan war ein Fernsehapparat zu hören gewesen, als er nach dem Wegräumen seiner Besitztümer auf dem Bett gelegen war. Auf den nackten Matratzen, weil er kein Bettzeug hatte, nicht einmal daran gedacht hatte, daß er welches brauchen würde. Wenn mich jemand sehen könnte, wo ich gelandet bin, hatte er immer wieder gedacht. Wie der schönste Beweis seines Aufstiegs war ihm diese Umgebung auf einmal vorgekommen. So weit hatte er es also gebracht. Das hier war also die weiße Villa, die er sich früher vorphantasiert hatte. Wenn er einen Strich unter die letzten Jahre macht, hatte er gedacht, dann bleibt dieses Loch übrig. Bleibt übrig, daß er allein in diesem Loch ist. Er war dagelegen und hatte den abgewetzten Fleck an der Mauer neben dem Bett angesehen. Wenn er das damals gewußt hätte! Völlig sinnlos, was er alles auf sich genommen hatte. Um und um hatte er sich gekrempelt. Und herausgekommen war einer, der in einem möblierten Zimmer auf den nackten Matratzen liegt. Ein Loch, in dem es nicht auszuhalten ist. Er war nur deshalb so lange liegengeblieben, weil er sich nicht hatte vorstellen können, wohin er gehen könnte.

Das Zusperren der Wohnung kam ihm ein wenig lächerlich vor. Eigentlich, dachte er, könnte ich hier ruhig offenlassen. Die Schlüssel waren groß und einfach, sahen danach aus, daß hinter der Tür, zu der sie paßten, nie jemand gewohnt hatte, der mit Sicherheitsschlössern irgendein Eigentum hatte beschützen müssen. Überall im Haus waren die Küchenfenster zum Gang offen, und Klein hörte das Zischen von heißem Fett, laute Stimmen und Gelächter. Wenigstens nicht allein hier wohnen müssen, dachte er. Er lief eine Weile ziellos in den Gassen herum und dachte daran, daß er die Gegend, in der die Schwester bis vor einem halben Jahr gewohnt hatte und die dieser sehr ähnlich war, einmal eine Selbstmördergegend genannt hatte. In meinem Zimmer oben, dachte er, wäre auch ein tragfähiger Lusterhaken.

Aus einem Wirtshaus an einer Hausecke kam lautes Gelächter, und er blieb stehen, sah bei der offenen Tür hinein, ein übliches Wirtshaus, die üblichen Wirtshausgäste, sah er, und wie von selbst hatte er das Gefühl, daß er hier gleich hineingehen wird; hineingehen wird er und sich unter die Leute stellen. Mit einem Ruck ging er weiter, nein, dachte er, das geht doch nicht, ich gehöre hier doch nicht hinein. Sofort würde man ihn als einen ansehen, der hier nicht hineingehört. Ich hätte etwas anderes anziehen sollen, dachte er. Aber er hatte ja nicht einmal ein buntes Hemd, hatte nur lauter weiße. Eines dreckig werden lassen, mich zwei Tage nicht rasieren und dann, dachte er. Hier in dieser Gegend sahen ja die Menschen den Arbeitern aus dem Ort schon viel ähnlicher. Zwei Häuser weiter war wieder ein Wirtshaus. Offene Fenster, Lärm, eine Musikbox, die uralte Schlager spielte, Männer an den Tischen, Männer vor dem Schanktisch, die mit weitausholenden Armbewegungen redeten. Klein sah zum Fenster hinein, und plötzlich faßte er an die Krawatte, knüpfte sie auf und steckte sie in die Jackentasche. 'n Abend, muß ich sagen und nicht Grüß Gott, dachte er, als er durch die Tür ging. Er stellte sich an den Schanktisch und verlangte ein Bier. Das hätte ich schon längst machen sollen, dachte er.

Klein kam aus dem Zimmer des Stamitz und ging durch die drei anschließenden in sein eigenes Zimmer hinüber, setzte sich wortlos an den Schreibtisch, zündete mit gewaltsam ruhig gehaltenen Händen eine Zigarette an, beugte sich sofort über die Tabellen, die vor ihm lagen, und als der Faber ihn fragte, was der Stamitz denn gewollt habe, machte er nur eine gleichgültige Handbewegung, ach, nichts Besonderes, sagte er, ohne den Faber anzusehen. Automatisch begann er Zahlen in die Rubriken einzutragen, während in seinem Kopf noch immer das Bild des Stamitz stand, ein ernstes Gesicht, das auf ihn hinredete, Sätze sagte, ganz ruhig, ohne laut zu werden, Sätze, die ihn herausgestoßen hatten aus seiner Gleichgültigkeit, mit der er ins Zimmer des Stamitz hineingegangen war. Er hatte nicht gewußt, was der Stamitz von ihm wollen könnte, noch dazu an einem Freitagnachmittag, nach dem Essen, zwei Stunden vor dem Wochenende, an das er gedacht hatte, als das Telefon klingelte, und dieser Gedanke hatte ihm angst gemacht, ein ganz leeres Wochenende, hatte er gedacht, würde das sein, zwei ganz und gar leere Tage, vom Aufwachen bis zum endlichen Einschlafen ohne Notwendigkeiten, an denen er sich anhalten, an denen er sich weitertasten, bis zum Montag hinüberbringen konnte, und der Faber hatte den Hörer abgenommen und dann gesagt, der Stamitz wolle den Herrn Klein sprechen, und da war er, ohne sich viel zu denken, hinübergegangen, hatte sich in den Sessel gesetzt, auf den der Stamitz gedeutet hatte, und er hatte dem Stamitz zugesehen, der in ein langdauerndes Papierkramen verwickelt gewesen war, aber dann hatte der Stamitz ihn plötzlich ganz gerade angesehen, tja, Herr Klein, hatte er gesagt, was ist denn auf einmal mit Ihnen los? Sagen Sie, was ist denn jetzt auf einmal?, hatte er den Kopf geschüttelt. Bis jetzt war Klein ein so brauchbarer Mann. Nie hat es Schwierigkeiten mit ihm gegeben und jetzt auf einmal. Auf einmal tauchen in seiner Arbeit Fehler über Fehler auf. Nicht einer, sondern andauernd. Die Nachkalkulation, die Klein am Mittwoch abgeliefert hat, hatte er Klein einen Stapel Papier hingeschoben, auch total falsch. Zufällig sei der Herr Meißner noch vorher draufgekommen, bevor das hinausgegangen sei. Wie kommt Klein denn zu diesen Ziffern? Erfindet er sie? Das geht doch nicht. Das ist doch unmöglich. Und wenn wir uns nicht auf Sie verlassen können ..., hatte er auf einmal die Handflächen nach oben gedreht und Klein kopfschüttelnd angesehen.

Klein hatte keine Antwort gegeben, hatte nur wirr in den Bogen der Nachkalkulation zu blättern angefangen, hatte auf fast jeder Seite Durchgestrichenes und Korrigiertes gesehen und hatte gespürt, wie ihm der Schweiß ausbrach, mein Gott, hatte er gedacht, mein Gott, und er hatte gehört, wie der Stamitz noch weitere Fehler aufzählte, gar nicht mehr recht verstanden hatte er, was der Stamitz da sagte, weil sich in seinem Kopf ein alles ausfüllender Gedanke breitgemacht hatte, jetzt ist es aus, jetzt ist es hier aus, jetzt ist das Letzte aus, hatte er nur denken können, und er hatte jeden Moment erwartet, daß der Stamitz laut wird, daß er sagen wird, also das geht nicht, da müssen wir uns von Ihnen trennen. Glauben Sie denn, daß das so weitergehen kann, hatte der Stamitz gefragt, was sollen wir denn mit Ihnen machen? Klein hatte hilflos die Schultern gehoben. Ist das alles, was sie dazu zu sagen haben, hatte der Stamitz gefragt und ihn angeschaut, und plötzlich hatte er ein sorgenvolles Gesicht gemacht, was ist denn jetzt eigentlich wirklich los mit Ihnen, hatte er wissen wollen. Hat Klein irgendwelche Sorgen? Geht es ihm nicht gut? Hat er privat Schwierigkeiten? Die Kollegen sagen ja auch, er schließe sich in letzter Zeit überall aus, sei ganz anders als früher. Nicht daß ich mich in ihr Privatleben einmischen will, hatte er gesagt. Aber wenn einmal die Arbeitsleistung beeinträchtigt werde, dann habe er schon ein Recht. Was ist also? Klein hatte nur ein wenig den Kopf geschüttelt und zwischen dem Gesicht des Stamitz und den Löchern in den Aktenordnern hinter dem Stamitz hin und her gesehen, was soll ich denn sagen, hatte er gedacht, das nützt doch nichts, und er hatte das Gefühl gehabt, wenn er jetzt zugibt, was geschehen ist, wenn er gesteht, daß er jetzt kein ordentliches Privatleben mehr hat, dann wird er überhaupt nicht mehr tragbar sein, ein ordentlicher Angestellter hatte ein ordentliches Privatleben, und auf einmal hatte ihm der Stamitz eine Zigarettenschachtel zum Zugreifen hingehalten, und dabei, hatte der Stamitz gesagt, haben wir Sie schon für den Posten des Bayer vorgesehen gehabt. Damit sei es jetzt natürlich nichts. Das sei eine zu große Verantwortung.

Unter diesen Umständen müsse er den Faber vorziehen. Aber der ist doch erst so kurz da, hatte Klein plötzlich gesagt, der hat doch überhaupt keine Ahnung. Das zu beurteilen, hatte der Stamitz gemeint, müssen Sie schon mir überlassen. Und im übrigen sei der Faber ein zuverlässiger, verantwortungsbewußter Mann. Außerdem ist Klein doch selber schuld. Ich persönlich, hatte der Stamitz ein wenig gelächelt, wäre ja auch eher für Sie gewesen. Bis vor kurzem auf jeden Fall. Aber Klein weiß ja, daß man mit Sympathien allein nicht weiterkommt. Doch vielleicht kann ich Ihnen irgendwie helfen, hatte er gesagt, sagen Sie es ruhig, wenn irgend etwas ist, wo ich Ihnen helfen kann. Auf jeden Fall möchte er ihm den Rat geben, ganz gleich, was ist, mit dem Trinken ein bißchen vorsichtig zu sein. Klein hatte ihn wie ertappt angesehen, naja, hatte der Stamitz gesagt, die Kollegen meinen eben . . ., und Klein hatte sofort gedacht, der Faber, das muß der Faber gewesen sein. Der Faber hatte ja gesehen, wie er Kopfschmerztabletten geschluckt hatte, heute am Vormittag wieder, und gerochen hatte er wahrscheinlich auch etwas. War ja keine Irene mehr da, die hätte sagen können, er soll sich einen Kaugummi besorgen und niemandem direkt ins Gesicht reden. Versprechen Sie mir, war der Stamitz dann endlich aufgestanden, daß Sie sich zusammennehmen werden, und Klein hatte im Hinausgehen das Gefühl gehabt, nur mit knapper Not davongekommen zu sein, und nun saß er am Schreibtisch, und ihm wurde heiß, wenn er nur daran dachte, was passieren hätte können. Was hätte er dann getan? Wenn das Letzte zusammengebrochen wäre, an dem er sich noch anhalten konnte. Dann wäre endgültig alles vorbei gewesen. Unmöglich, gerade jetzt hinaus zu müssen. Eine andere Stelle suchen zu müssen. Sich selbstsicher irgendwo anbieten zu müssen. Gerade jetzt. Und dann irgendwo noch beweisen müssen, daß er ein guter Mann war. Er schaute von seinen Tabellen nicht auf, um dem Faber nicht ins Gesicht sehen zu müssen. Das sind die Kollegen, dachte er. Sofort schnappen sie zu, wenn man ein wenig nachläßt, wenn man sich eine Blöße gibt. Am liebsten wäre er hinaus-

gegangen, um sich aufs Klo zu hocken und keinen mehr sehen zu müssen. Aber er wurde das Gefühl nicht los, daß der Faber auf ihn aufpaßte, genau registierte, was er tat, vielleicht schon immer aufgepaßt hatte, und der Grohe vielleicht auch. Wie Raubtiere, dachte er, unter was für Raubtiere bin ich da gefallen? Und er hat geglaubt, nun endlich unter Menschen zu kommen. Draußen in den Hallen, dachte er, müssen sie Vorarbeiter und Abteilungsleiter dazu anstellen, aber hier macht das jeder umsonst.
Als es endlich drei wurde und er aus dem Zimmer, aus dem Bürogebäude gehen konnte, dachte er für eine Weile gar nicht daran, daß er vor dem Anbrechen des Wochenendes Angst gehabt hatte. Endlich war da wieder, zumindest für Momente, eine Erleichterung.

Im Auto auf dem Parkplatz tauchte aber gleich wieder die Frage auf: Wohin? Er hatte keine Lust, nach Hause zu fahren. Überhaupt kam es ihm lächerlich vor, dieses Loch so zu nennen. Rundum beeilten sich alle, ins Wochenende zu entkommen, war ein Laufen, Türenschlagen und Autostarten, jeder schien ganz genau zu wissen, wohin er sollte, was er mit den beiden kommenden Tagen anfangen würde, während Klein dasaß und denken mußte, daß er ja eigentlich gleich hier stehenbleiben und auf den Montag warten könnte. Er hielt vor der Ampel, obwohl er noch ganz leicht über die Kreuzung gekommen wäre, sah nebenan auf dem Gehsteig eine Frau stehenbleiben, eine Arbeiterin aus der Fabrik war das, wußte er, aus der Armaturenmontage, aber jetzt sah sie ein wenig anders aus als sonst, wenn er sie an der Bandstraße oder in der Kantine sitzen gesehen hatte, ein buntes Kleid hatte sie an und kein Tuch ums Haar geknotet, und ganz plötzlich beugte er sich zum Fenster hinüber, wollen Sie ein Stück mitfahren, fragte er. Die Frau sah sich um, als zweifle sie, daß sie gemeint sein könnte. Wo fahren Sie denn hin, fragte sie dann. Wohin müssen Sie denn, fragte Klein. Sie nannte einen weit entfernten Bezirk, und Klein öffnete sofort die Tür, wenn Sie wollen?, sagte er.

Sie saß neben ihm, ganz gerade, hatte die Tasche auf ihren Schoß gestellt, hielt sie mit beiden Händen fest und griff immer wieder nach dem Rocksaum, um ihn hinunterzuziehen. Klein redete über die Hitze, fragte, wie es in der Montage sei, hörte, daß es dort nicht schlecht sei, und wenn er zu reden aufhörte, sagte auch sie nichts, sie gab immer nur Antworten, wendete immer nur kurz den Kopf zu ihm und sah dann wieder geradeaus. Zwischen seine Sätze, die er aussprach, schob sich immer wieder dieselbe Frage, die er nur dachte. Daß sie keinen Ehering hat, sagt ja noch nichts, dachte er auch. Fast war die Frage schon in seinem Mund, aber dann schob er sie doch wieder auf. Als er eine Bemerkung über den Werkmeister der Montage machte, ein langes Gestell mit dem Kopf so hoch oben, daß er nicht einmal einen Aussichtsturm braucht, da lächelte sie und nickte, und Klein hat endlich gefragt, ob sie es eilig habe. Sie sah ihn kurz an, naja, sagte sie, eigentlich nicht. Ich auch nicht, lächelte Klein, und er deutete nach vorne, wo ein Gastgarten zur Straße hin lag. Wenn Sie wollen, sagte er gegen die Windschutzscheibe hin, aber etwas zu trinken wäre bei diesem Wetter nicht schlecht. Sie schien unschlüssig zu sein, und Klein stieg ganz vorsichtig auf die Bremse, na, fragte er, als der Wagen zum Stehen kam. Naja, sagte sie und zuckte ein wenig die Schultern, auf einen Sprung.
Im Gastgarten war ziemlich viel Betrieb, lauter Arbeiter, nach Kleins Meinung, die Bier in sich hineinschütteten und kalten Schweinsbraten auf kleinen Brettchen schnitten oder Wurst in Essig und Öl aßen, keine einzige Krawatte konnte Klein entdecken, und der Wirt, der ihnen das Bier brachte, hatte eine um den Bauch ganz schmierige Schürze. Klein fing schon zu fürchten an, daß er bald nichts mehr zu reden wissen werde, weil die Frau ihm einfach keine Stichwörter lieferte. Erst als er ihr eine Zigarette anbot und sie rauchten und er sagte, daß das heute schon seine vierzigste Zigarette sei, gab das eine Weile ein Gesprächsthema ab. Er sah immer wieder ihre Hände an, breite, kräftige Hände mit kurzgeschnittenen Nägeln und einer dicken Narbe am Daumen, ganz andere Hände sind das

als Irenes Hände, dachte er. So zuverlässig kamen ihm diese Hände auf einmal vor, und plötzlich hielt ihm die Frau die ausgestreckten Hände hin, ich bin nicht verheiratet, sagte sie, wenn Sie das meinen. Klein schüttelte den Kopf, deswegen habe ich nicht geschaut, sagte er und legte seine linke Hand auf den Tisch, auf deren Rücken noch immer die Narbe zu sehen war. Ich habe auch eine, sagte er. Sie lachte ein wenig verlegen auf, ach so, sah sie ihren Daumen an, das hab ich mir in der letzten Firma geholt, sagte sie, auf einer Stanze, der ganze Daumen könnte weg sein. Bei mir, sagte Klein, war es nur ein Stapel Transportkisten, der umgekippt ist. Er zögerte einen Moment, ich war auch einmal Arbeiter, sagte er dann, vor zwei Jahren noch. Sie sah ihn erstaunt an, mit einem schnellen Blick von oben bis unten, ach so, sagte sie, und wie sind Sie da herausgekommen? Klein trank einen Schluck, schaute seine Hände an, durch Glück, sagte er, durch Zufall. Ein Telegrafenmast sei schuld gewesen, sagte er und fing an, vom Lesjak zu erzählen, dessen Sessel und Schreibtisch er übernommen hatte, und vom Test, von den dreiunddreißig Bewerbern und den Kursen, die er gemacht hatte. Aber ganz so sicher, ob das wirklich ein Glück war, sagte er, bin ich eigentlich nicht. Na hören Sie, lachte sie, was denn? Wenn sie sich vorstelle, in einem schönen kühlen Büro zu sitzen, gemütlich und mit so viel Zeit, daß man vierzig Zigaretten dabei rauchen könne, dann sei das doch etwas ganz anderes als in der Halle. Wahrscheinlich, sagte sie, wissen Sie das nicht mehr. Doch, nickte Klein, das vergeß ich nicht. Er hob sein leergetrunkenes Glas, weil der Wirt vorbeiging, geht noch ein Kleines, fragte er sie lächelnd, haben Sie noch ein bißchen Zeit. Naja, sagte sie und nickte, ohne auf die Uhr zu sehen.

Um acht war er wieder vor ihrem Haus, vor dem er sie zwei Stunden zuvor abgesetzt hatte. In seinem Zimmer, als er sich gewaschen und umgezogen und dann gewartet hatte, daß es Zeit wird, sie abzuholen, war er ganz erwartungsvoll geworden, und obwohl er sich das immer wieder auszureden versucht hatte, war ihm doch vorgekommen, als habe er plötzlich wieder fast so etwas wie ein Ziel. Als er ins Auto gestiegen war, hatte er sogar daran gedacht, daß er es wieder einmal waschen müßte, ohne daß daraufhin gleich wieder der übliche Refrain, das sei ja in der ganzen Sinnlosigkeit überhaupt das Allersinnloseste, in seinem Kopf gestanden war. Und er hatte eine Weile überlegt, ob er ihr Blumen mitbringen sollte, aber das war ihm dann doch zu unpassend vorgekommen. Obwohl er die Türnummer, die sie ihm gesagt hatte, noch immer wußte, suchte er auf der Namenstafel neben dem Stiegenaufgang ihren Namen, Hafner, las er, darüber war etwas durchgestrichen worden, vielleicht der Vorname ihres Mannes, dachte er. Er kannte ihren Namen bereits, auch ihren Vornamen, Christine, und er wußte, daß sie geschieden war, seit sechs Jahren allein, nach einer nur ein halbes Jahr dauernden Ehe mit einem Handelsvertreter; ohne daß er sie danach gefragt hatte, hatte sie ihm das erzählt, und selber hatte er sich ganz erleichtert gefühlt, als er ihr dann hatte erzählen können, daß er von seiner Frau weg und in was für einem Loch er gelandet war. Beinahe drei Stunden waren sie in diesem Gastgarten gesessen, und als er sie endlich gefragt hatte, was sie am Abend mache, und ob sie nicht etwas zusammen unternehmen könnten, war er schon fast sicher gewesen, daß sie sagen würde, naja, eigentlich eh.

Sie schien schon auf ihn gewartet zu haben, mußte nur noch ihre Handtasche holen, während er heraußen auf dem Fußabstreifer stehenblieb und ins Vorzimmer hineinsah, in dem nichts Besonderes zu sehen war. Sie hatte ein anderes Kleid an, trug Ohrringe, Armreifen und eine Halskette und hatte die Lippen geschminkt, und als er neben ihr die Treppe hinunterging, merkte er, daß sie sehr stark nach irgendeinem Parfüm roch. Ein billiges Parfüm, dachte er sofort. Daß sie schwarze Schuhe und eine weiße Handtasche hatte, war ihm auch gleich aufgefallen. Überhaupt kam sie ihm jetzt ein wenig anders vor, fast wie verkleidet. Wie sie am Nachmittag ausgesehen hat, dachte er, das hat besser zu ihr gepaßt.

Sie fuhren zu einem Restaurant der Innenstadt, und als sie auf die Tür zugingen, wünschte er sich für einen Moment, daß das Lokal geschlossen hätte. Zwischen den Tischen gehend, an denen überall Menschen saßen, merkte er, wie sie ihre Handtasche fest an sich preßte, als müsse sie sich daran festhalten, und der plötzlich in seinem Kopf stehende Gedanke, es könnte jemand hier sein, der ihn kannte, irgendeiner seiner Kollegen vielleicht, war ihm so unangenehm, daß ihm ganz heiß wurde. Er war froh, als sie endlich saßen und das peinliche Gefühl, für alle deutlich sichtbar zu sein, langsam verschwand. Als der Kellner dann den Wein brachte und Klein den eingeschenkten Schluck kostete, sah sie ihn ein wenig verwundert an, als habe sie diese Zeremonie noch nie gesehen, und plötzlich kam ihm selber vor, als übertreibe er da vor ihr, als spiele er sich vor ihr nur auf. Er schaute sofort weg, als er sah, daß sie beim Trinken den kleinen Finger wegspreizte. Und er sah sich um, ob jemand gesehen hatte, daß sie das Messer abschleckte. Und er sah sich um, als sie das Gemüse von der Vorlegeplatte aß, statt es zuerst auf den Teller zu tun. Er beobachtete den Kellner, wie er sie ansah. War da kein Augenbrauen-Hinaufziehen? Er redete ununterbrochen, als könne er damit ihre Unsicherheit aus der Welt reden. Aber warum, dachte er, stört mich das überhaupt? Auch wenn er sich sagte, daß das doch gleichgültig sei, störte es ihn. Dabei hatte er das alles einmal genauso wie sie gemacht. Mühselig hatte er sich das erst abgewöhnen müssen. Worum ging es ihm also? Doch nur darum, daß die Kellner und die Leute rundum wegen ihr nun denken könnten, sie seien jemand, der besser in ein Wirtshaus oder vor eine Würstelbude paßte. Wozu, dachte er, bin ich mit ihr da überhaupt hereingegangen? Er schleppte sie da herein, obwohl er doch vorher hätte wissen können, daß das nicht das Richtige für sie war. Wäre er mit ihr in diesem Gastgarten geblieben, müßte sie sich jetzt nicht minderwertiger als die Leute hier vorkommen und ihm müßte nichts peinlich sein. Als er sie fragte, ob sie noch dableiben oder lieber anderswohin gehen möchte, war sie sofort fürs Gehen.

Bis knapp vor die Sperrstunde saßen sie dann in einem Espresso, tranken, und Klein redete gegen den Lärm der Musikbox an, die ununterbrochen lief und die die Gesprächspausen, die zuerst noch entstanden, zudeckte. Wie in Sicherheit gebracht kam Klein sich da mit ihr vor, in dieser Umgebung, in der sie beim Lachen nicht gleich wieder den Hals einzog, als sei Lachen etwas Ungehöriges, wie ihr das anscheinend im Restaurant vorgekommen war, und sie machte auch keinen Versuch mehr, die Narbe an ihrem Daumen in den Fingern der Hand oder unter dem Tisch zu verbergen. Er merkte, daß er anfing, ein wenig betrunken zu werden, und die Vorstellung, hier mit ihr sitzen bleiben zu können, ist ihm so angenehm gewesen, daß sich der Gedanke an sein leeres Zimmer, in das er vielleicht heute doch noch zurückmüssen würde, leicht wegdrängen ließ. Als sie dann vor dem Haus hielten, in dem sie wohnte, und sie schon nach der Klinke der Autotür tastete, schaltete er plötzlich den Motor ab und legte die Hand auf ihre Schultern. Ich möchte nicht nach Hause fahren, sagte er. Sie sah ihn an, saß da, ohne sich zu rühren, ich halte es allein in meiner Bude nicht aus, sagte er, ich halte es nicht mehr aus. Es war einen Moment still, und sie sahen einander an, ich möchte mit dir gehen, sagte er. Sie nahm langsam die Hand von der Türklinke weg und nickte. Als er sich zu ihr beugte und ihren Kopf zu sich bog, war ihm noch einen kurzen Augenblick der Geruch ihres Parfüms unangenehm.

Im Treppenhaus legte sie ihren Zeigefinger an die Lippen, als fürchte sie, jemand könnte hören, daß sie nicht allein nach Hause kam. Droben in der Wohnung standen sie eine Weile aneinandergelehnt da, dann schob sie ihn weg und begann die Polsterbank aufzuklappen und das Bett zu machen. Während sie im Bad war, zog er sich schnell aus und kroch unter die Bettdecke. Neben ihm hing das Bild einer Zigeunerin mit riesigen steifen Brüsten unter einer dünnen Bluse an der Wand, wie man es in Supermärkten zu kaufen bekam. Vielleicht, dachte er, war das der Geschmack ihres Mannes. Aber wahrscheinlich war es doch ihr eigener. Die Möbel im Zimmer sahen ja auch sehr nach billigem Sonderangebot aus, und überall standen billige Nippsachen herum. Er fing ein wenig zu lächeln an, als er die mit schwarzer Wolle umhäkelte Flasche auf dem Fernseher sah, die wie eine Katze aussah und die auch in der Wohnung seiner Eltern stand. Dann ging die Tür einen Spalt auf, und ihr nackter Arm griff herein, tastete nach dem Schalter neben dem Türrahmen und drehte das Licht ab. Es blieb trotzdem ein wenig hell im Zimmer, weil vor dem Fenster die Straßenbeleuchtung war. Undeutlich sah er ihre Figur, als sie schnell ins Bett stieg. Sie legte sich neben ihn, ohne ihn zu berühren und als er hinübergriff, merkte er, daß sie eine Gänsehaut hatte. Er fing an, sie zu streicheln und wartete darauf, daß auch sie ihn streicheln würde, aber sie bewegte sich nicht, lag eigentlich nur da, ließ es geschehen, und er drängte sich zwischen ihre Beine, die sie bereitwillig öffnete, aufpassen brauchst nicht, sagte sie, und er spürte, wie rauh ihre Hände waren, die sie auf seinen Rücken gelegt hatte. Nach ein paar Minuten war alles vorbei, und sie stand sofort auf, preßte sich ein Taschentuch, das sie unter dem Kopfpolster gehabt hatte, zwischen die Beine und ging aufs Klo hinaus. Klein streckte sich aus, wie früher ist das, dachte er. Als er noch bei Heidi gewesen war. Eigentlich, dachte er, ist es fast so, als ob ich zurückgekommen wäre.

Als sie wieder hereinkam, kroch sie nicht unter seine Decke, sondern legte sich auf die andere Seite des Bettes. Komm, sagte Klein und hob die Decke, leg dich zu mir. Er hielt sich an ihr fest, ohne sich zu bewegen, es ist schön bei dir, sagte er, aber nach einer Weile rückte sie wieder weg. Ich kann so nicht schlafen, sagte sie, da tut mir am nächsten Tag alles weh. Sie ließ ihre Hand bei ihm, und er strich sacht über ihre Narbe. Hast du oft jemanden da, fragte er. Nein, sagte sie, so eine bin ich nicht.

Er lag noch lange wach, während sie schon schlief. Er hörte sie atmen, sehr laut, und ein paarmal fürchtete er schon, sie werde zu schnarchen anfangen, aber dann bewegte sie sich ein wenig und atmete wieder ruhiger. Im Einschlafen hatte er noch deutlich das Gefühl, daß ihm jetzt nichts mehr passieren konnte. Aber ein anderes Parfüm, dachte er noch, muß ich ihr schenken.

Er setzte Christine vor dem Supermarkt ab und fuhr in sein Zimmer. Als er die Tür aufsperrte, kam die Nachbarin, eine alte Frau, die er noch nie gesehen hatte, aus der Nebenwohnung und starrte ihn mit unverhohlener Neugier an. Wohnen Sie vielleicht jetzt da, fragte sie. Ja, sagte Klein, seit ein paar Tagen. Die Frau schüttelte ein wenig den Kopf, dauernd wohnt wer anderer da, sagte sie, man kann sich gar nicht so schnell umgewöhnen. Klein öffnete die Wohnungstür, an mich, dachte er, braucht sie sich nicht erst zu gewöhnen. Er fing an, die Reisetasche, die er erst vor ein paar Tagen ausgepackt hatte, wieder einzuräumen, ohne recht zu wissen, was er hineinlegen sollte. Den dunklen Anzug hängte er in den Schrank. Den, dachte er, werde ich jetzt sicher nicht mehr so schnell brauchen. Seine Badehose, die er nicht finden konnte, war wahrscheinlich bei Irene geblieben, und er überlegte einen Moment, ob er sie nicht deswegen anrufen sollte, aber dann schüttelte er gleich den Kopf, um die Vorstellung, zu Irene in die Wohnung hinaufzukommen, zu vertreiben. Einen Vorschuß, dachte er beim Geldzählen, würde er sich in der Firma ohnedies nehmen müssen, weil das Geld höchstens noch für eine Woche reichte, auch wenn die teuren Lokale jetzt ausfielen. Er kaufte in einem Warenhaus ein kariertes Hemd und eine Badehose und ging dann in die Parfümerieabteilung, stand eine Weile vor den Regalen, griff herum, aber dann drehte er sich doch wieder weg. Vielleicht, dachte er, würde sie nur denken, daß sie ihm zu wenig fein gerochen hat, wenn er gleich nach der ersten Nacht mit einem Parfüm daherkommt.

Vor dem Haus nahm er die Reisetasche aus dem Kofferraum, stockte und stellte sie dann wieder zurück. Christine war gerade beim Kochen, als er läutete. Ein Stapel Schnitzel lag schon gebacken auf einem Teller und zwei weitere zischten noch in der Pfanne. Kaffee hatte sie auch schon in eine Thermosflasche gefüllt. Gezuckert, sagte sie, habe ich ihn noch nicht, weil ich nicht weiß, wie süß du ihn magst. Lächerlich, dachte Klein, die kann also auch nicht einmal zum Baden gehen, ohne Proviant für drei Tage mitzunehmen. Wie daheim bei der Mutter, dachte er. Wahrscheinlich würde auch Christine sagen, daß das, was sie von zu Hause mitnahm, billiger war als etwas in einem Lokal Gekauftes. Er drückte sich eine Weile neben ihr in der Küche herum, aber seine Berührungen, die ihm selber ganz ungeschickt vorkamen, schienen ihr lästig zu sein.

Das Wohnzimmer war schon aufgeräumt, das Bett verschwunden, Klein sah sich um, aber viel mehr, als er in der Nacht schon gesehen hatte, sah er auch jetzt nicht. Nichts lag herum. Alles schien seinen unverrückbaren Platz zu haben. Er blätterte ein wenig in einem Stapel Liebesromane und halbausgefüllter Kreuzworträtselhefte, die neben einem Stapel alter Fernsehillustrierter im Fach unter dem Tisch waren, sah die beiden schon ein wenig vergilbten Papierrosen an, die in einem Glas standen und wahrscheinlich von einer Schießbude stammten, und plötzlich schien ihm, als könne er sich ihr Leben ganz deutlich vorstellen. Er ging in die Küche hinüber, aber als er neben ihr stand, wußte er nicht, was er sagen sollte. Und gerade, kam ihm vor, hatte er es noch gewußt. Doch jetzt, wo er sie sah, wie sie mit sicheren Handgriffen herumwerkte, ließ sich das nicht mehr sagen. Kann ich dir was helfen, fragte er, und sie schüttelte den Kopf, ich bin ja gleich soweit, sagte sie.

Als er im Wohnzimmer sein neues Hemd anzog und in die Badehose schlüpfte, läutete es draußen. Christine kam zur Wohnzimmertür, die er offengelassen hatte, zog sie ins Schloß, und dann hörte er sie lange mit einer Frau reden. Er sah zur Tür hin und fürchtete die ganze Zeit, daß sie hereinkommen könnten. Er stand da, ganz angespannt, rauchte, setzte sich nieder, stand wieder auf, ging zum Fenster, und dann schien die Frau gegangen zu sein, und er legte das Ohr an die Tür, um ganz sicher zu gehen. Meine Nachbarin, sagte Christine, als er in die Küche kam. Sie füllte Kartoffelsalat in ein verschraubbares Glas. Sie hat dich gesehen, sagte sie. Na und?, sagte Klein. Christine gab keine Antwort, sondern räumte die Tasche ein. Ist es dir unangenehm, fragte er. Ja, sagte sie. Klein versuchte ein wenig zu lächeln und legte plötzlich den Arm um ihre Schultern, warum denn, fragte er. Die glauben dann immer gleich weiß ich was, sagte sie. Und ist es nicht weiß ich was, fragte Klein. Christine streifte ihn mit einem schnellen Blick und drehte sich weg, können wir gehen?, sagte sie.

Sie fuhren zu einem Ziegelteich am Rande der Stadt. Von den Menschen, die rundum auf den räudigen Wiesen lagen, dachte Klein, daß das also lauter Menschen waren, denen der Eintritt in die städtischen Bäder zu teuer war. Hauptsächlich Jugendliche waren da, Lehrlinge, nach der langen Reihe von Mopeds neben der Straße zu schließen, und Familien, denen man ansah, daß Essen für sie das einzige Vergnügen war, das sie sich ausführlich leisten konnten. Christine deutete auf ein paar freie Quadratmeter Wiese zwischen den Decken, aber Klein wollte lieber etwas abseits liegen. Als sie sich auszog, merkte er, wie sie ihn mit schnellen Blicken beobachtete. Sie schien sich ein wenig für ihren Körper zu schämen, in den der Bikini, den sie trug, tief einschnitt. Sie legte sich sofort auf den Bauch und vergrub den Kopf in die Arme, nachdem sie sich schnell und ganz oberflächlich mit Sonnenöl eingerieben hatte. Soll ich dir den Rücken einschmieren, fragte Klein. Wenn du willst, sagte sie. Aber gleich bedauerte er wieder, daß er sich angeboten hatte, weil es ihm plötzlich fast als etwas zu Intimes schien, jetzt über diese Haut, dieses weiche Fleisch zu streichen. Beinahe unvorstellbar war es ihm, daß ihm dieser Körper in der Nacht so nahe, ja fast selbstverständlich gewesen war. Er sah sich um, ob jemand ihn beobachtete, und legte sich dann neben sie, ohne sie zu fragen, ob sie ihm den Rücken einölen würde.

Sie blieben, bis die Sonne hinter den Bäumen verschwand, die die Straße säumten. Christine lag meistens nur da, döste vor sich hin, und wenn Klein manchmal kurz und wie unabsichtlich ihre Haut berührte, schien sie das gar nicht recht zu bemerken. Sie ging jedesmal mit ins Wasser, wenn er ging, aber sie schwamm immer nur ein paar Züge, seltsam exakt und mit fest zusammengepreßtem Mund, als habe sie es erst vor kurzem erlernt, und stieg wieder hinaus. Wenn er dann zur Decke kam, lag sie meist schon wieder da und hatte den Kopf in den Armen vergraben. Klein hätte gerne mit ihr geredet, um nicht nur daliegen zu müssen, aber sie schien nicht reden zu wollen. Meist machte sie nur kurze Bemerkungen zur Umgebung, oder sie sagte, daß es heiß sei, daß das Wasser sauberer sei als in den Bädern, oder sie redete von ihrer Hoffnung, daß das Wetter so bliebe, und war dann schon wieder still. Wahrscheinlich, dachte Klein, ist sie nur müde. Von der ganzen Woche Arbeit, von der Sonne, einfach nur müde.

Er nahm seine Reisetasche mit in die Wohnung hinauf. Christine fing gleich an, etwas zu essen herzurichten, nachdem sie ihren Bikini ausgewaschen und die feuchten Handtücher aufgehängt hatte. Er braucht ja nicht schon wieder etwas, sagte Klein, aber Christine legte weiter Wurst auf Teller, es ist ja sowieso nur etwas Kaltes, sagte sie. Sie will mich füttern, dachte Klein, damit ich kräftig bin, aber dieser Gedanke kam ihm gleich ganz lächerlich vor. Im Wohnzimmer schaltete sie dann sofort den Fernsehapparat ein, und während sie aßen und dazwischen ein wenig redeten, sah sie immer wieder zum Bildschirm hin. Interessiert dich das, fragte Klein. Sie zuckte die Schultern, kommt ja eh gleich was anderes, sagte sie. Nach einer Weile setzte er sich so, daß er nicht mehr zum Fernseher sehen konnte, weil er selber, ohne daß ihn interessiert hätte, was dort ablief, dauernd hinübergeschaut hatte. Können wir nicht abdrehen, fragte er, als er die Sprecherin das Programm ankündigen hörte. Christine sah ihn überrascht an, warum, sagte sie, willst schon schlafen gehen? Klein sah sie einen Moment an, ach, ist ja egal, dachte er, wenn sie es sehen will. Er setzte sich neben sie, trank das Bier aus, rauchte, sah dem Geschehen auf dem Bildschirm zu, sah sie hin und wieder von der Seite an und legte dann den Arm um sie. Jedesmal, wenn

der Unterhalter auf dem Bildschirm einen seiner plumpen Späße losließ und Christine dazu ein wenig lachte, spürte er, wie er ärgerlich wurde. Er zog den Arm wieder weg und fragte, ob es noch etwas zu trinken gäbe.
Vor dem Nachtkrimi machte Christine das Bett auf, aber als er sie dann zu streicheln begann und sich zu ihr hinüber schob, deutete sie mit dem Kopf zum Fernseher hinüber, dreh ab, sagte sie, als müsse sie sich für das, was sie dann wieder eher nur mit sich geschehen ließ, vor den Menschen auf dem Bildschirm genieren, als könnte sie von diesen gesehen werden.
Als sie vom Klo zurückkam, hob er die Decke nicht mehr auf, sondern schob nur nach einer Weile seine Hand zu ihr hinüber, weil ihm vorkam, daß er ihr das schuldig sei.

Er war lange vor ihr wach. Lag da und versuchte sich sowenig wie möglich zu bewegen, um sie nicht zu wecken. An den Geräuschen der Autos merkte er, daß die Straße trocken war, daß es in der Nacht zu regnen aufgehört haben mußte. Er sah zum Fenster, vor dem sich die Vorhänge leicht bewegten, sah seine Reisetasche neben dem Schrank stehen, mit offenem Reißverschluß, und er wußte ganz genau, daß er ihn dann zuziehen, daß die Tasche hier nicht stehenbleiben würde, wenn er mit Christine aus der Wohnung ginge. Vorm Einschlafen hatte er das schon gedacht, hatte er sich vorzustellen versucht, wie das sein würde, und er hatte deutlich das Gefühl gehabt, daß auch Christine daran dachte. Eine andere Möglichkeit, hatte er gedacht, gibt es nicht. Den ganzen Sonntagnachmittag und den Abend lang hatte er immer wieder gemeint, er steht auf, zieht den Reißverschluß der Tasche zu und sagt, ich gehe jetzt.
Es hatte den ganzen Sonntag geregnet. Mittags waren sie in einem nahe gelegenen Wirtshaus essen gewesen, wahrscheinlich wären sie dort auch sitzen geblieben, aber der Wirt hatte um zwei schon Sperrstunde und Ruhetag gemeldet, und dann waren sie nur noch in der Wohnung

herumgesessen, ohne zu wissen, was sie tun sollten. Immer wieder waren sie zum Fenster gegangen, um hinauszuschauen, ob da nicht wenigstens ein Riß im gleichmäßig grauen Himmel wäre. Bei einem anderen Wetter, war Klein vorgekommen, wäre alles doch anders. Dann würde irgend etwas möglich sein, irgend etwas würde geschehen. Aber er hatte gewußt, daß das nur eine Ausrede war. Wenn er sich vorzustellen versucht hatte, was dieses Mögliche sein könnte, war ihm ja nichts eingefallen. Ganz gleich, wovon sie zu reden angefangen hatten, immer war das Gespräch nach ein paar Sätzen wieder ausgetrocknet, als hätten sie alles, was es zwischen ihnen zu bereden gab, schon beredet. Nur um irgend etwas zu tun, hatte er sich mit ihr über ein Kreuzworträtselheft gesetzt, aber der ganze restliche Tag war damit nicht zu vertreiben gewesen. Christine hatte so oft das Fernsehprogramm gelesen, daß er gemeint hatte, sie müsse es schon auswendig können. Offenbar war es ihr an diesem Tag die einzige Hoffnung gewesen, den Fernseher aufdrehen zu können. Selber war ihm das auch schon so vorgekommen. Aber der Nachmittag war ganz langsam gewesen. Immer wieder eine unerträgliche Stille im Raum. Ein fast verlegenes Lächeln, wenn sie einander angesehen hatten. Und ein Kopfschütteln, wenn er sich gefragt hatte, warum sitze ich hier? Warum sitze ich noch immer hier? Und ständig der Gedanke, daß sie jetzt gleich fragen wird, wann er geht. Daß sie fragt, warum er überhaupt noch da ist. Die Vorstellung, zu gehen und in sein leeres Zimmer zu kommen, hatte ihm zwar angst gemacht, aber die Vorstellung zu bleiben war auch nicht besser gewesen. Trotzdem war er geblieben. Hatte er immer wieder zu reden anzufangen versucht. Aber alles, was sie gesagt hatten, war ihm wie etwas erschienen, das gesagt wurde, nur um irgend etwas zu sagen. Was sie geredet hatte, war ihm ganz belanglos vorgekommen. Und das, worüber er zu reden versucht hatte, hatte anscheinend sie nicht interessiert. Aber er hatte nicht gewußt, was sie interessierte. Wahrscheinlich sowieso nichts Besonderes, hatte er gedacht. Daß sie einfach eine langweilige, schweigsame Person war, hatte er sich nicht einreden können. Er hatte sie ja oft in der Kantine gesehen, und da war sie ganz anders gewesen. Und er wußte, wie das war, wenn ein paar Frauen in der Fabrik zusammenstanden oder wenn sie mit anderen Arbeitern beim Essen saßen. Ununterbrochen wurde da geredet und gelacht. Da war niemand um ein Gesprächsthema verlegen. Aber er hatte kein einziges finden können. Er hatte sich vorzustellen versucht, worüber er früher geredet hatte. Damals, hatte er gedacht, als ich noch nicht draußen war, sondern mittendrin. Aber er hatte sich nicht mehr recht erinnern können. Irgendwie war damals einfach so dahingeredet worden. Ohne daß er hätte überlegen müssen, worüber. Hatte ja keiner gemeint, besonders geistreiche Gespräche führen zu müssen. Alles hatte sich damals irgendwie von selber ergeben. Da hatte er doch sicher nie gedacht, was interessiert diesen Menschen, worüber rede ich? Da war das Richtige einfach in ihm entstanden, das jetzt nicht entstand. Und an diesem Sonntag, in dieses Zimmer zusammengedrängt, war noch genug gewesen, was dieses ganz automatische innerliche Kopfschütteln in ihm ausgelöst hatte, diesen plötzlichen Ärger, den er nicht gewollt, den er sich verboten hatte, aber der dann doch einfach dagewesen war: auf Sätze hinauf, die sie gesagt, gedankenlos herausgeredet hatte und die er von früher kannte, gegen die er sich jahrelang gewehrt hatte, Sätze, in denen es dauernd „man" hieß, als rede da nur irgendein unumstößliches Gesetz durch den Mund dieses Menschen. Viel früher als nötig hatten sie dann gesagt, daß es Zeit wäre, schlafen zu gehen, weil sie ja am nächsten Tag wieder früh heraus müßten. Er hatte dann nicht gewußt, ob sie tatsächlich sofort eingeschlafen war oder ob sie sich nicht auch nur schlafend gestellt hatte, wie er selber.

Er lag da, bewegte vorsichtig die Beine, die ihm vom krampfhaften Stilliegen zu kribbeln begonnen hatten, eine Sentimentalität, dachte er, es ist nur eine Sentimentalität gewesen. Ein Irrtum, daß er zurückkann, wenn er nur will. Und eine Verrücktheit, daß er es bei dieser Frau noch versucht hatte. Was er sich vorphantasiert hatte, war keine Möglichkeit. Das hätte er vorher wissen müssen. Aber ich

habe es ja sowieso gewußt, dachte er, die ganze Zeit habe ich es gewußt. Schon seit langem. Und ganz genau seit jenem Abend, als er in dem Wirtshaus in der Nähe seines Zimmers gewesen war, in das er plötzlich hineingegangen war, um sich dort unter die Menschen zu stellen, voller Erwartung, in einer ganz wahnwitzigen Hoffnung, und wo er dann doch nur dagestanden war und zugehört und getrunken hatte. Irgendwann hatte er sich zwar in das Gespräch vor dem Schanktisch eingemischt, aber da war er schon ziemlich betrunken gewesen, weil er ganz schnell getrunken hatte, um endlich zu dem Gefühl zu kommen, er braucht jetzt nur den Mund aufzumachen, ohne zu denken, und schon läuft es, er braucht sich nur gedankenlos fallen zu lassen, und schon ist es wie früher, ist er mittendrin. Und er war eigentlich nur ins Gespräch gekommen, weil er den Mann, der neben ihm gestanden und dessen Händen ganz deutlich der Arbeiter anzusehen gewesen war, auf einen Schnaps eingeladen hatte. Und dabei hatte er das Gefühl gehabt, als erkaufe er sich jetzt das Mitreden-Dürfen. Seit damals hatte er es gewußt. Hatte er gewußt, daß es nicht möglich war, so zu tun, als seien die letzten Jahre nicht gewesen, als sei mit ihm nichts geschehen, als wache er jetzt eigentlich nur auf, um wie früher zu sein. Das war nur derselbe Irrtum gewesen wie damals, als er ein weißes Hemd angezogen und gemeint hatte, nun ein ganz leeres Blatt sein zu können, auf das man einfach etwas anderes draufschreiben kann.
Er richtete sich ein wenig auf, sah zu Christine hinüber. Am besten wäre es, dachte er, ich wäre gar nicht mehr da, wenn sie aufwacht. Benützt würde sie sich sowieso vorkommen. Benützt und stehengelassen. Auch wenn er ihr noch so hochheilig versichern würde, daß er das nicht gewollt habe. Weil es stimmte. Aber wahrscheinlich, dachte er, ist das Haustor noch gar nicht offen.

Es war einige Monate her, seit Klein die Eltern zuletzt besucht hatte. Die neue Straße, die damals noch im Bau gewesen war, war nun schon offen, eine Straße, die nicht mehr in den Ort hineinführte, sondern einen weiten Bogen darum machte und von der Abzweigungen nach W.-Ost, W.-Nord, wie auf Schildern stand, weggingen. Klein hatte keine Ahnung, wo diese Abzweigungen herauskommen würden. Alles schien ihm mit der neuen Straße ganz fremd geworden.

Er hatte die übliche Einfahrt erwartet, hatte sie während der Fahrt immer wieder automatisch im Kopf, an der Strumpffabrik vorbei, die etwas außerhalb lag, den Fluß entlang, links ein paar Tankstellen, die aufgelassene Tanekfabrik, über die Brücke, dann die Textilfabrik Grünauer, den Hügel hinunter, ein paar Gemeindebauten, die noch im Rohbau gewesen waren, als er damals wegging, die Abzweigung zum Sportplatz, das erste Wirtshaus, Schindl, so hatte er das im Kopf gehabt, aber jetzt fuhr er auf einer breiten Straße dahin, die durch den Wald geschlagen worden war, und als er aus dem Wald herauskam, lag der Ort ziemlich weit drüben, in einer Perspektive, wie er ihn noch nie gesehen hatte. Er wartete auf die nächste Ausfahrt, aber als dann die Häuser hinter einem Hügel verschwanden und linker Hand schon die Abwasserteiche der Kartoffelfabrik auftauchten, die sich über die ganze Senke bis zum weit an den Horizont gerückten Wald hinzogen, merkte er, daß er am Ort vorbeigefahren war.

Von den Teichen kam ein süßlich fauliger Gestank herüber, der ganze Ort roch bei Westwetter danach, Klein fuhr langsam das kahle, vegetationslose Ufer entlang, das felderig aufgerissen war und von dem dicke Schollen getrockneten Schlammes wegstanden, und er sah über die schwarze Wasserfläche, in deren Mitte sich etwas im Kreis bewegte, das wie eine Brücke aussah und offenbar Luft ins verseuchte Wasser sprudelte und es zu schneeweißen Schaumbergen auftürmte. Das war einmal ein Karpfenteich gewesen, hier hatte es Schilf gegeben, hier hatte Klein mit seinen Freunden gebadet, und im Frühjahr hatten sie hier sich paarende Kröten gejagt, aber das war lange her. Mindestens sechzehn, siebzehn Jahre, rechnete Klein aus, und ihm fiel ein, wie er einmal mit

einem großen Fisch nach Hause gekommen war, den er hier gefangen hatte, er hatte sich gefreut, etwas heimbringen zu können, aber daheim hatte sich niemand gefreut, sofort hatte die Mutter es mit der Angst bekommen, die sie sich mit Vorwürfen an ihn aus dem Leib hatte reden wollen, einen Dieb hatte sie ihn genannt, die ganze Familie sei immer eine anständige Familie gewesen, und er mache so etwas, bringe sie in Verruf, am liebsten hätte sie den toten Fisch wieder zum Teich zurückgebracht, und gebraten hatte sie ihn dann nur, weil sie nicht gewußt hatte, wie sie ihn sonst beseitigen sollte, und Klein hatte dann selber stündlich erwartet, daß man ihn verhaften und einsperren kommen werde. Trotzdem, dachte Klein, ist damals eine schöne Zeit gewesen. Denn die Strafe, die er bekommen hatte, drei Tage Hausarrest, und die Angst, die er ausgestanden hatte, hatten ihn nicht allein betroffen. Seine Freunde, die dabeigewesen waren und ebenfalls einen Fisch nach Hause gebracht hatten – Klein allerdings den größten –, hatten ja die gleiche Angst und ähnliche Strafen erleiden müssen.
Er fuhr auch an der nächsten Ausfahrt vorbei, niemand erwartete ihn, niemand wußte, daß er kam, er hatte Zeit, und es war ihm auf einmal ganz angenehm, auf dieser Straße dahinzufahren. Warum er überhaupt hierher gefahren war, wußte er selber nicht recht. Ganz plötzlich hatte er sich entschlossen. Kaum aus der Stadt heraußen, hatte er es zwar schon wieder sinnlos gefunden, aber er war trotzdem weitergefahren, so als wäre fürs Umdrehen ein zu schwieriger Entschluß nötig. Sich zu entschließen, nicht mehr ins Büro zu fahren, war hingegen ganz leicht gewesen. Ich fahre nicht mit dir, hatte er zu Christine gesagt. Sie war gerade dabei gewesen, sich Jausenbrote zum Mitnehmen zu machen, und hatte sich nur kurz umgedreht. Ich hab es eh gewußt, hatte sie nach einer Weile gesagt, und es ist eh besser. Wahrscheinlich, hatte Klein gedacht, glaubt sie jetzt, daß ich nicht mit ihr gemeinsam in der Firma auftauchen will. Ich fahre überhaupt nicht in die Firma, hatte er plötzlich gesagt, überhaupt nie mehr. Christine hatte ihn angesehen, aber das geht doch

nicht, hatte sie gesagt, was willst du denn . . .? Doch, hatte Klein gesagt, das geht. Sie hatte auf die Uhr gesehen, dann wird es aber Zeit für mich, hatte sie gemeint. Hinbringen kann ich dich trotzdem, hatte Klein gesagt, aber sie hatte den Kopf geschüttelt, und dann waren sie nebeneinander aus dem Haus gegangen, Klein mit der Reisetasche in der Hand, und obwohl Christine ausgesehen hatte, als sei ihr ohnedies alles ganz gleichgültig, hatte er das Gefühl gehabt, daß es nicht so war. Heidi, hatte er gedacht, hatte auch immer so getan: nur nichts merken lassen. Er war nach rechts zu seinem Auto gegangen und sie die Straße hinunter, und er hatte sich nicht einmal nach ihr umgesehen und war ganz sicher gewesen, daß auch sie sich nicht nach ihm umdrehen würde. Am Vormittag war er dann aus der Stadt herausgefahren, trotz des Sinnlosigkeitsgefühls zuerst noch in einer seltsamen Hochstimmung, in die er immer wieder gefallen war, wenn er daran dachte, daß man sich in der Firma fragen würde, was mit ihm sei, oder wenn er sich seinen Schreibtisch vorstellte, an dem niemand sitzen würde, aber bald hatte er mit jedem Kilometer, mit dem er dem Ort näher gekommen war, immer mehr gewünscht, die Strecke dehne sich aus, statt kürzer zu werden, doch jetzt, am Ort vorbei, war dieses vage Unbehagen auf einmal verschwunden, er würde einfach ein Stück weiterfahren, dachte er, einfach weiter, und irgendwann einmal umdrehen, aber nach einigen Kilometern war dann plötzlich eine Tafel, Ende der Ausbaustrecke, und er rumpelte über ein Stück Baustelle auf die alte Straße hinunter. Der Asphalt war geflickt und zusammengestückelt, zu beiden Seiten gab es verkrüppelte Apfelbäume mit schuppigen Stämmen, und Klein kam es auf dieser alten Straße auf einmal vor, als sei er erst jetzt in die Gegend gekommen, in der er seine Kindheit und Jugend verbracht hatte, als sei er zuerst nur draußen herumgefahren, ohne hineinzukönnen.

Langsam fuhr er durch die Dörfer auf den Ort zu. Überall an der Straße gab es neue Einfamilienhäuser, an die er sich nicht erinnern konnte, manche standen noch im

Rohbau da, und als hinter der Ortseinfahrt die Plohbergerfabrik auftauchte, merkte er, daß sich auch hier etwas geändert hatte. Seit er weggegangen war, war er hier nicht mehr gewesen. Auch während seiner seltenen Besuche nicht. Die Fabrik war wieder größer geworden, merkte er. Ein Auswuchs vom Kesselhaus her, eine große, flache Halle hatte sich über den letzten freien Platz ausgebreitet, der zwischen der Plohbergerfabrik und der Färberei wie ein Niemandsland gelegen war. Und das Bürogebäude wurde anscheinend aufgestockt. Offenbar war die Katastrophe, die der Plohberger bei jeder kollektivvertraglichen Lohnerhöhung über das Unternehmen hatte hereinbrechen sehen, noch immer nicht eingetreten. Der Niggisch fiel ihm ein, von dem die Mutter ihm beim letzten Besuch erzählt hatte, er sei nicht mehr in der Firma, habe sie, wie man sich erzähle, freiwillig verlassen, ohne gekündigt werden zu müssen, Klein lächelte bei diesem Gedanken ein wenig vor sich hin, sah auf die Gebäude hinüber und zählte zusammen, wie viele Jahre seines Lebens er in ihnen verbracht hatte, so viele Jahre, schüttelte er den Kopf, und er mußte sich trotzdem erst vorsagen, mußte sich fast einreden, da drinnen bin ich einmal gewesen, da drinnen hat alles angefangen, weil er das Gefühl hatte, das da drüben habe nie etwas mit ihm zu tun gehabt.

In der Wohnung der Eltern war niemand. Zumindest wurde auf sein Läuten nicht geöffnet. Wahrscheinlich, dachte er, sind sie im Schrebergarten. Vor der verschlossenen Tür zu stehen, machte alles noch sinnloser. Er ging zu seinem Auto hinunter, war froh, daß er niemandem begegnete, daß niemand sagen konnte, ach, bist auch wieder einmal da?, und daß er nicht antworten mußte, ja, er sei auch wieder einmal da, oder daß er gefragt werden konnte, wie es ihm nun gehe, was er mache und wie er sich in der Großstadt tue. Er fuhr schnell durch den Ort, so schnell, daß ihn auf keinen Fall jemand hätte grüßen können oder daß er selber jemanden hätte erken-

nen und grüßen müssen, und obwohl alles war, wie es immer gewesen war, kam es ihm ganz fremd vor, so als sei der Ort, indem alles auch ohne ihn weitergehen konnte, tatsächlich ein anderer geworden.
Die Gartentür, stellte er erleichtert fest, war nicht versperrt. Auch hier war er schon lange nicht mehr gewesen. Die kleine Betonburg rechts in einem Beet war frisch gestrichen, hatte auf einem Turm eine rotweißrote Blechfahne, die sie, kam ihm vor, früher nicht gehabt hatte, und drei neue Riesenfliegenpilze aus Holz steckten in der Erde, und die Mutter, sah er, hatte dem Vater noch immer keine Hollywoodschaukel einreden können. In dem kleinen Holzhäuschen war niemand, und er ging nach hinten in den Garten, wo ein noch viel kleineres Häuschen zwischen den Zwetschkenbäumen stand, rosa und hellgrün gestrichen, das der Vater vor ein paar Jahren gezimmert hatte, angeblich für die Kinder Roberts, die während der Ferien immer ein paar Wochen bei den Großeltern verbrachten, hatte der Vater es hingestellt, aber als es fertig gewesen war, war es doch nur ein Haus für den Vater selber geworden, gerade groß genug, daß er aufrecht darin stehen und sich der Länge nach auf die an der Innenseite angebrachte Bank legen konnte, wo er dann *seine* Zeitungen, die „Arbeiter-Zeitung" und den „Eisenbahner", lesen und von wo aus er mit dem Luftdruckgewehr auf Spatzen hatte lauern können, wenn er frisch gesetzt hatte. Daß der Vater über die Tür „Villa Alois" gemalt hatte, hatte Klein immer besonders lächerlich gefunden, und es war ihm ein Beweis für die unausstehliche Bescheidenheit des Vaters gewesen, der damit, hatte ihm damals geschienen, zeigen wollte, daß es für ihn *bald etwas tat*, er bald mit etwas zufrieden war.
Als Klein vor die Tür des Häuschens trat und sein Schatten hineinfiel, drehte der Vater sich um. Ach, du bist es, sagte er. Er schien nicht im geringsten überrascht zu sein, als sei Klein ohndies erst gestern dagewesen. Er stellte die Rotweinflasche weg, aus der er sich gerade eingegossen hatte, und gab ihm die Hand. Die Mama ist nicht da, sagte er, zum Doktor gegangen. Hat sie was, fragte Klein,

und der Vater machte eine geringschätzige Handbewegung, weißt eh, sagte er, ihr Rheumatismus im Arm. Und wie geht es dir, fragte Klein. Der Vater schien einen Moment überrascht zu sein, dann deutete er in den Garten hinaus, heuer hab ich ein bißchen ein Pech gehabt, sagte er und fing zu erzählen an, daß er den Salat etwas zu früh gesetzt habe, und dann sei das Wetter so schlecht gewesen, daß er noch einmal habe setzen müssen, und jetzt bei der Hitze wachse der Salat aus, bevor er richtige Köpfe mache, und mit den Karotten, für die er eine neue Sorte ausprobiert habe, die der Nachbar ihm geraten habe, sei es auch nichts, und die Hälfte der Kirschen hätten die Amseln gefressen, obwohl er eine Scheuche an den Baum gehängt habe. Aber manchmal ist es schon so, sagte er, da kannst nichts machen. Er deutete auf die Rotweinflasche, magst auch einen Schluck, fragte er. Klein nickte, und der Vater nahm ein Glas vom Fensterbrett, blies den Staub heraus und ging dann zur Pumpe hinüber, um es auszuwaschen. Klein sah ihm nach, seiner ein wenig gebückten Figur in den alten Gartenkleidern, und er hatte plötzlich das Gefühl, als sei der Vater überhaupt nicht mehr der, dem er einmal gegenübergestanden, gegen den er angegangen war. Ein alter Mann war das, der von Gartenarbeit redete, wenn er gefragt wurde, wie es ihm ging, als spiele er selber keine Rolle mehr. Und die Abwesenheit der Mutter hatte er auch gleich beredet, als sei es ganz ausgeschlossen, daß der Sohn *ihn* besuchen kommen könnte. Warum tat ihm der Vater auf einmal leid? Wer weiß, dachte Klein, warum der so geworden ist; wer weiß, was der sich einmal für ein Leben vorgestellt hat? In ein paar Jahren würde er in die Rente gehen und aufs Sterben warten. Im Grunde, dachte Klein, weiß ich gar nichts über ihn. Er hatte den Vater ja nie von sich reden gehört. Wirklich ins Reden war der Vater ja immer nur gekommen, wenn er erzählt hatte, wie er etwas gemacht hatte, wie er etwas machen wollte, im Detail war da alles vorgekommen, exakt die Namen der Werkzeuge, nicht einfach Zange, sondern Wasserpumpenzange oder Flachzange, nicht irgendwelche, sondern fünfzehner Linsenkopfschrauben; eine halbe Stunde hatte er darüber reden können, wie er an die hintere Gartentür ein neues Schloß montiert hatte oder mit welchen Tricks er den Maulwurf, der ihm im Garten alles untergrabe, zu erwischen gedenke. Anders als über seine Arbeit hatte der Vater von sich nicht reden können, und gerade dabei hatte ihm niemand zugehört. Auf die Nerven, dachte Klein, ist er mir damit immer gegangen. Ganz gleichgültig waren ihm diese Sätze des Vaters gewesen. Und der Vater war sich vielleicht unverstanden oder überhaupt mißachtet vorgekommen.

Er trank den Wein, den der Vater ihm eingoß, und sagte, daß er auch eine möchte, als der Vater sich eine seiner billigen Zigaretten anzündete, und dann ging er zwischen den Beeten herum, auf denen der Vater Unkraut zu jäten anfing, stellte Fragen nach dem Wachstum des Gemüses, lobte die Größe des Karfiols, und er hatte ständig das Gefühl dabei, der Vater werde ihn gleich fragen, warum er sich auf einmal für den Garten interessiere, für den er sich doch nie interessiert hatte. Aber der Vater fragte nicht, redete über die Kaninchen, die er sich gerne wieder einstellen würde. Aber *sie* ist ja dagegen, sagte er. Nach dem Krieg, sagte er, haben wir noch lange welche gehabt, kannst dich erinnern? Ja, nickte Klein, obwohl er sich nicht erinnern konnte, und er nahm sich vor, der Mutter, wenn sie dann käme, zuzureden, dem Vater die Kaninchen doch zu erlauben.

Er sah dem Vater eine Weile zu, wißt ihr eigentlich schon, sagte er plötzlich, daß Irene und ich nicht mehr zusammen sind? Der Vater richtete sich auf, ach so, sagte er, seit wann? Seit einer Woche, sagte Klein, und es kam ihm ganz unwahrscheinlich vor, daß das noch nicht länger her war, während er doch das Gefühl hatte, die Trennung liege weit zurück. Und das ist endgültig, fragte der Vater. Klein zögerte ein wenig, ich glaube schon, sagte er, wir haben einfach nicht zusammengepaßt. Der Vater nickte und beugte sich wieder zum Beet hinunter, rupfte weiter Unkraut aus. Da wird die Mama aber schauen, sagte er dann, das wird wieder was für sie sein. Ich weiß gar nicht, ob ich es ihr sage, sagte Klein. Kannst du es ihr nicht sagen, fragte er plötzlich. Der Vater sah ihn an und begann langsam immer mehr zu grinsen, jaja, zu dem seid ihr dann zu feig, sagte er, aber sonst traut ihr euch alles. Er nickte vor sich hin, wenn du mich gefragt hättest, redete er auf das Beet hinunter, hätt ich dir gleich sagen können, daß die nichts für dich ist. So was Eingebildetes, sagte er, die immer auf uns herabgeschaut hat. Aber mich, schüttelte er den Kopf, fragt ja keiner. Klein habe ja immer geglaubt, weiß wer er nicht sei. Und jetzt hat er sich eben die Nase angerannt. Wenn du auf mich gehört hättest . . ., sagte er. Ja, sagte Klein plötzlich heftig, dann wäre ich jetzt bei der Eisenbahn und hätte vielleicht schon einen Schrebergarten und könnte Salat setzen, der dann nichts wird, und auf Maulwürfe lauern und sie nicht erwischen. Sie sahen einander an, dann schüttelte der Vater den Kopf, wenn du eh ein so großer Herr bist, sagte er, was kommst denn dann heimgerannt, was willst denn dann überhaupt bei uns? Er stand auf und trug den Korb mit dem ausgerauften Unkraut zum Komposthaufen hinüber. Klein sah ihm nach, sah, wie der Vater in seinem Häuschen verschwand, sich Wein eingoß, ich bin ein Idiot, dachte er, warum habe ich ihm das überhaupt erzählt? Warum hatte er geglaubt, wirklich mit dem Vater reden zu können? Und warum war er überhaupt hergefahren? Warum machte er in letzter Zeit lauter Verrücktheiten? Bildete er sich ein, was nicht alles möglich sei, während es doch unmöglich war? Und was würde sein, wenn er der Mutter erzählen würde, was geschehen war? Er konnte sich das genau vorstellen. Jammern würde sie, was er ihr nicht alles antut. Und was die Leute wieder sagen würden. Was wollte er wirklich hier? Er konnte sich doch nicht eingebildet haben, daß hier wirklich jemand Mitleid für ihn haben würde. Daß hier jemand verstehen würde, was wirklich mit ihm geschehen war. Und wenn er es ihnen zu erklären versuchen, wenn er sagen würde, daß eben alles nicht so geworden war, wie er sich vorgestellt hatte, wie es wahrscheinlich nie hätte werden können, dann würden sie höchstens sagen, sie hätten das ja schon vorher gewußt. Die Mutter würde alles fürs

Selbstmitleid verwenden und der Vater für seine Selbstgerechtigkeit und Besserwisserei. Abgeraten hätten sie ihm, würden sie sagen, zugeredet, schon damals, aber er habe nicht gehört. Und was würde ihm das helfen? Und sollte er sie wirklich in dem Glauben lassen, daß sie recht gehabt hatten? Daß sie mit ihren gedankenlosen Sprüchen recht gehabt hatten? Er ging zum Vater hinüber. Wenn die Mutter nicht bald kommt, sagte er, muß ich fahren. Er habe ja, sagte er, nur einen Tag frei, sei nur auf einen Sprung da und müsse am Abend wieder in der Firma sein. Er überlegte einen Moment, ob er nicht auch noch sagen sollte, daß er ganz vergessen habe zu erzählen, er sei Stellvertreter des Abteilungsleiters geworden. Aber warum, dachte er, soll ich schon wieder etwas erfinden? Und sich dann wieder anstrengen müssen, das zu werden, was er erfunden hatte? Und es vielleicht doch wieder nicht werden können.

Er rief von der Telefonzelle auf dem Stadtplatz in der Firma an, um mitzuteilen, daß er nicht habe kommen können, weil seine Mutter im Krankenhaus sei. Morgen aber werde er wieder da sein. Dann fuhr er in die Wohnung der Eltern, weil der Vater gemeint hatte, die Mutter sei vielleicht nach Hause gegangen. Er war fast erleichtert, daß sie nicht dort war. Dem Vater hatte er ohnedies, falls er die Mutter nicht antreffen sollte, schöne Grüße für sie aufgetragen. Als er wieder ins Auto stieg, war es knapp vor halbfünf, und er beeilte sich, aus dem Ort zu kommen, dessen Straßen sich nach Arbeitsschluß mit all den Menschen füllen würden, die ihn kannten.

RESIDENZ VERLAG

JOCHEN JUNG (Hrsg.)

GLÜCKLICHES ÖSTERREICH

Literarische Besichtigung eines Vaterlands

212 Seiten. Leinen

Mit Originalbeiträgen von Friedrich Achleitner, Ilse Aichinger, Gerhard Amanshauser, H. C. Artmann, Rudolf Bayr, Alois Brandstetter, Helmut Eisendle, Gustav Ernst, Gunter Falk, Erich Fried, Barbara Frischmuth, Gertrud Fussenegger, Reinhard P. Gruber, Bernhard Hüttenegger, Franz Innerhofer, Gert Jonke, Alfred Kolleritsch, Otto Kreiner, Friederike Mayröcker, Christine Nöstlinger, Ernst Nowak, Andreas Okopenko, Wilhelm Pevny, Peter Rosei, Gerhard Rühm, Jutta Schutting, Hilde Spiel, Peter Turrini, Hans Weigel, Gernot Wolfgruber und Helmut Zenker.
Österreich – was ist das? Ist es jenes Land, das die Fremdenverkehrswerbung preist? Sicher nicht. Finden wir es in der Bundeshymne? Nur wenig. Im Lokalteil der Zeitungen? Schon eher. Und in den Köpfen der Dichter? Das zu erforschen, war jedenfalls die Absicht, als wir österreichische Autoren aller Schattierungen nach ihrer Vorstellung von Österreich und ihrer Beziehung zu diesem Land fragten. Das Ergebnis ist in Form und Inhalt so vielfältig geworden wie die Zahl derer, die sich an dieser Anthologie beteiligt haben, denn das Verhältnis zum eigenen Land wird trotz gmeinsamer Geschichte und Topographie immer sehr persönlich sein. Daß sich darüber hinaus Gemeinsamkeiten feststellen lassen, steht dazu nicht im Widerspruch. – Ein Lesebuch für aufgeweckte Patrioten.

H. C. Artmann:
Die Jagd nach Dr. U.
oder
Ein einsamer Spiegel,
in dem sich der
Tag reflektiert
dtv
neue reihe

Barbara Frischmuth:
Das Verschwinden
des Schattens in der
Sonne
Roman
dtv
neue reihe

Günter Kunert:
Ein englisches
Tagebuch
dtv
neue reihe